Lily Braun

Im Schatten der Titanen

Lily Braun

Im Schatten der Titanen

Unveränderter Nachdruck der Originalausgabe von 1912.

1. Auflage 2022 | ISBN: 978-3-36844-279-8

Verlag: Outlook Verlag GmbH, Zeilweg 44, 60439 Frankfurt, Deutschland
Vertretungsberechtigt: E. Roepke, Zeilweg 44, 60439 Frankfurt, Deutschland
Druck: Books on Demand GmbH, In de Tarpen 42, 22848 Norderstedt, Deutschland

Im Schatten der Titanen

Jenny von Pappenheim

Im Schatten der Titanen

Erinnerungen an Baronin Jenny von Gustedt
von
Lily Braun

44 · Tausend

Deutsche Verlags-Anstalt / Stuttgart
1912

Mit vier Porträts und zwei
: Faksimile-Reproduktionen :
———
Alle Rechte vorbehalten

Druck der Deutschen Verlags-Anstalt in Stuttgart
Papier von der Papierfabrik Salach in Salach, Württemberg

Inhalt

	Seite
Einleitung	7
Aus Bonapartes Stamm	15
Jerome Napoleon	17
Diana von Pappenheim	46
Briefe von Jerome Napoleon und Gräfin Pauline Schönfeld an Jenny von Pappenheim	57
Unter Goethes Augen	77
Jennys Kindheit	79
Goethe	89
Freundschaft und Liebe	106
Der Leidensweg der Mutter	237
Im stillen Winkel	239
Im Strome der Welt	315
Ausleben	343
Wieder daheim	345
Dem Ende entgegen	378
Anmerkungen	421
Register	427

Einleitung

Im Jahre 1890 starb Jenny von Gustedt, deren Leben diese Blätter schildern sollen. Sie war die letzte Zeugin einer großen Zeit, ihre Gestalt war geweiht und verklärt durch Goethes Freundschaft. Unter dem Titel „Aus Goethes Freundeskreise" gab ich ein Jahr nach ihrem Tode ihre Erinnerungen und hinterlassenen Papiere heraus. Sie sind auch diesmal die Grundlage des vorliegenden Buches. Aber es ist nicht dasselbe wie damals. Es ist äußerlich und innerlich ein anderes geworden. Das gilt nicht nur in bezug auf die Anordnung des Stoffes, sondern auch in bezug auf den Inhalt, der sich um vieles bereichert und manchen für die Öffentlichkeit uninteressanten Ballast verloren hat. Auch die Gestalt, die im Mittelpunkt des Buches steht, Jenny von Gustedt, meine geliebte Großmutter, erscheint verändert. Ihr Bild, das die junge Enkelin noch nicht zu erkennen vermochte, weil sie jenes Sehen noch nicht gelernt hatte, das sich nur auf den vielverschlungenen Pfaden eigenen Lebens lernen läßt, dessen Wiedergabe daher mißlingen mußte, weil all die mannigfaltigen Farbentöne ihr fehlten, die nur durch persönliche Erfahrungen zu gewinnen sind, tritt jetzt lebendiger hervor. Wie die Menschheit stets erst nach und nach zu ihren großen Führern heranreift und ihnen in Geist und Herzen Altäre baut, lange nachdem sie ihre Standbilder auf ihren Gräbern in Erz und Marmor errichtet hat, so werden die Toten jedes einzelnen Menschenlebens ihm auch erst mit der Reihe der Jahre vertraut und wahrhaft lebendig.

Wohl war meine Großmutter mir von klein auf Schutzgeist und Leitstern des Lebens, bei ihr fand ich Verständnis für alles, was mich bewegte; fremd war mir die eigene Mutter im Vergleich zu ihr. „Wie mein das Kind ist, könnt ihr nicht glauben," schrieb sie, als ich kaum fünf Jahre alt war. Aber erst jetzt, nachdem sie lange in der Erde ruht, nachdem ich Weib und Mutter geworden bin, nachdem die „Krallen des Lebens", von denen sie die Narben trug, sich auch mir ins Fleisch geschlagen haben, verstehe ich sie ganz. Ich weiß nun aber auch, was ich ihr schuldig bin: Wahrheit. Nicht nur die Wahrheit, die ich erst im Laufe der Jahre erkannte, sondern auch die, die ich, unter dem Einfluß konventioneller Familienmoralbegriffe, bei der ersten Ausgabe des Buches zu verhüllen gezwungen war.

Von Kindheit an verwob sich mir das Bild meiner Großmutter mit dem jener Titanen, die an der Schwelle des neunzehnten Jahrhunderts die Welt beherrscht hatten: Goethes und Napoleons. Wenn andere Kinder, der Ahne zu Füßen sitzend, den alten trauten Märchen lauschen, die sie erzählt, so ward ich nicht müde, den Lebensmärchen ihrer Jugend zuzuhören. Von Weimars Glanzzeit sprach sie mir, von vielen kleinen Dingen und Erlebnissen, die groß wurden, weil das Licht des Goethenamens sie umgab, von den Menschen der Zeit, die wie ein anderes Geschlecht von da an in meiner Erinnerung lebten, von dem Großen, Herrlichen selbst, dessen Haus ihr eine Heimat war und Zeit ihres Lebens ihres Geistes Heimat geblieben ist. Als ich älter wurde, war sie es, die mir Goethes Lebenswerk erschloß; aus dem alten blauen Band der „Iphigenie", den er ihr geschenkt hatte, tönten zuerst seine Worte an mein Ohr. Schauer der Ehrfurcht ließen mein Herz erzittern, wie sie dann der Fünfzehnjährigen den schmalen Goldreif an den Finger steckte, der stets ihr liebstes Angebinde aus des Dichters Hand gewesen war. Wenige Jahre später, während einer langen Genesungszeit nach schwerer Krankheit, wo ein junges Ding, wie sie sagte, so leicht auf törichte Gedanken kommt, sandte sie mir ihre schriftlichen Aufzeichnungen, für die sie bei ihren Kindern ein Interesse nicht voraussetzen konnte. Sie schrieb dazu:

Lablacken, 22./11. 1884.

Mein trautstes geliebtes Lilichen!

Die alten Manuskripte, die ich Dir sende, werden Dir vielleicht mehr Last als Freude sein; sie sind nach Zeit, Stimmung,

Schrift und Abschrift so kunterbunt durcheinander, und jede Sache bedarf fast einer Erklärung, so daß ich Dein Versprechen hinnehme, Dich und Deine Augen, Deine Zeit und Deine Gedanken nicht damit zu quälen, sondern sie nur als leichte Beschäftigung und Anregung zu betrachten. Ich habe, wie Du weißt, viel verbrannt, so als Braut vier Bände Tagebücher und später viele Kisten voll oft recht interessanter Briefe, auch die von Scheidler, meinem Hausphilosophen, wie er sich nannte. Die Briefe an ihn ließ ich nach seinem Tode von seiner Tochter verbrennen, ebenso bat ich Holtei und manche andere meiner Korrespondenten darum; ich bedaure es auch nicht: man liest kaum mehr die schönsten klassischen Werke, wie wird man alte, vergilbte, schwierige Handschriften lesen! Was übrig blieb, überlasse ich Dir, mein geliebtes Enkelkind, ganz und gar, Du darfst mit alledem thun und lassen, was Du willst, ich bin damit, wie mit Allem im Leben, außer mit meiner fast krankhaften Mutterliebe und mit meinem immer mehr reifenden Christenthum vollständig fertig, bin sehr unproductiv, und nur manchmal, wenn die Anregung von außen kommt, schreibe ich Erinnerungen nieder, die Du später auch haben sollst. Mein Bestes an Gedanken und Gefühlen legte und lege ich in Briefen nieder. Die meisten anderen Sachen haben eine Geschichte: Entwicklung, Klärung, unnütze oder gut ausgenutzte Leiden, von Anderen angeregte Ueberschwänglichkeiten, von innen verarbeitete Irrthümer. Die Aufsätze aus Wilhelmsthal hatten persönliche Beziehungen und gehören in die Kategorie getrockneter, gepreßter Blumen mit leisem Duft und matter Farbe. Die vier französisch geschriebenen Charakterbilder waren die Fortsetzung früherer, ebenfalls dem Feuertode geweihter, die unter Goethes Augen entstanden waren und ihn interessierten. Die Art Novelle ‚Gräfin Thara' ist mein letztes Geschreibsel; sie hat mich, mit langen Unterbrechungen, oft angenehm beschäftigt und sollte eigentlich nur eine Art Einleitung, ein Faden sein, an den ich Erfahrungen und Ansichten reihen wollte . . ."

Die Beschäftigung mit den alten Manuskripten bildete ein neues Band zwischen uns. Ich bat oft um Erklärungen, die mir mündlich und schriftlich bereitwillig gegeben wurden, so daß nach und nach zu den alten Schriften viele neue hinzukamen, auch die Erinnerungen, die sie auf Anregung des Großherzogs Karl Alexander von Sachsen-Weimar, ihres treuen Freundes, noch in ihrer letzten Lebenszeit niedergeschrieben hatte.

Einst, als ich wenige Jahre vor ihrem Tode wieder einmal in ihrem stillen grünen Zimmer bei ihr saß, öffnete sie das wohlbekannte Fach ihres Schreibtisches, das in seiner vorderen Hälfte für mich immer eine Fundgrube wunderbarer Dinge gewesen war: Ringe aus Haaren, Broschen mit geheimnisvoll darin verschlossenen Bildchen, Gemmen und Steine, und andere Merkwürdigkeiten hatten zu meinem Lieblingsspielzeug gehört, um das sich tausend Träume schlangen; an einem Miniaturbilde aber, das die Mitte eines breiten goldenen Armreifens bildete, war mein Blick stets gebannt hängen geblieben: einen Mann in großer Uniform, mit klassisch regelmäßigen Zügen und dunklen, leuchtenden Augen stellte es dar. Jerome Napoleon war es, des großen Kaisers Bruder, jenes Kaisers, den Großmutters Erzählungen mir immer als einen Riesen der Vorzeit hatten erscheinen lassen — nicht als jenen bekannten Kleinkinderschreck aller guten Preußenkinder, sondern als eine schier übermenschliche Gestalt, deren Machtgebot eine Welt formte und beherrschte. Aus der hinteren Hälfte des Fachs, das alle diese Wunderdinge enthielt, zog Großmutter ein sorgfältig verschnürtes Paket hervor und gab es mir. „Bewahre es mit dem übrigen," sagte sie, „damit es, wenn ich sterbe, nicht vernichtet wird." Es enthielt Briefe des einstigen Königs von Westfalen an sie, die geliebte Tochter aus seinem heimlichen Liebesbund mit einer ihm immer unvergeßlichen Frau. Wohl hatte ich schon lange von Großmamas Herkunft reden hören, als Kind schon hatte man mich meines Ahnherrn wegen verhöhnt, und wenn ich an Eltern und Verwandte schüchterne

Fragen nach ihm zu richten wagte, so wurden sie rot und schalten mich; ich wußte nie recht, ob ich stolz sein oder mich nicht vielmehr seiner schämen sollte. Seine Briefe erst lehrten mich ihn lieben.

Als Großmama gestorben war und ich ihre Erinnerungen der Öffentlichkeit übergeben durfte, war es selbstverständlich meine Absicht, ihrer Herkunft der Wahrheit gemäß zu gedenken. Aber die engere und die weitere Familie, in deren Mitte ich lebte, entrüstete sich nicht wenig über mein Vorhaben; sie sah ihre Ehre dadurch bedroht, die Stellung ihrer Mitglieder in Staat und Gesellschaft gefährdet. Und ich, der Bande des Bluts noch gleichbedeutend erschienen mit Banden des Geistes und Herzens, fürchtete, sie durch Widerspruch zu zerreißen, und gehorchte. Daß dieser Gehorsam der Familie gegenüber durch eine Lüge vor der Öffentlichkeit erkauft wurde, daran dachte niemand. Nur mich quälte sie, und in der Empfindung, daß eine Zeit kommen werde, in der ich mein Unrecht gutzumachen vermöchte, bewahrte ich sorgfältig die Briefe Jeromes und weigerte mich wiederholt, sie zu vernichten. Indem ich sie nunmehr der Lebensbeschreibung meiner Großmutter einfüge, glaube ich ihr gegenüber eine Pflicht zu erfüllen. Und noch mehr vielleicht bin ich ihrem Vater die Veröffentlichung schuldig: nicht nur, daß sie seines Blutes war, zeigt sich darin, sondern auch, daß er es wert gewesen ist, diese Tochter zu besitzen.

Sein Name hat in Deutschland keinen guten Klang: der widerlichste Klatsch, dessen Geifer zur Höhe eines Napoleon, auch als er ein gestürzter Riese war, nicht heraufreichte, hielt sich dafür an seinen Brüdern und Schwestern schadlos. Halb Wüstling — halb Schwachkopf — so lebt Jerome in der Tradition der Nachkommen jener Deutschen, die sich zu seinem Hofe drängten, die von seiner allzu freigebigen Hand Titel und Würden, Vermögen und Grundbesitz dankbar entgegennahmen. Seine Briefe an meine Großmutter haben mich veranlaßt, ihn selbst in seinen Memoiren und seinem Briefwechsel, seine

Familie, seine Zeitgenossen und die objektive Geschichtschreibung zu Rate zu ziehen, um seine wahre Erscheinung dadurch kennen zu lernen. Nur sehr wenig sieht sie der traditionellen gleich. Das auch vor der Öffentlichkeit festzustellen, das Bild seiner Persönlichkeit zu reinigen von dem Schmutz, mit dem man es beworfen hat, es in seiner Güte und Liebenswürdigkeit, wie in seiner erschütternden Tragik auferstehen zu lassen — wurde mir zum Herzensbedürfnis. Und da es stets einer der schönsten Züge meiner Großmutter gewesen ist, der Verleumdung zu steuern, wo sie ihr begegnete, glaube ich um so mehr in ihrem Sinne zu handeln, wenn ich in diesem Buche der Schilderung ihres Vaters Raum gewähre.

Unklar mußte leider das Bild ihrer Mutter bleiben. Wie sie auf jedem ihrer Porträte eine andere ist, so ist auch ihr Wesen nicht festzuhalten. Die Geliebte Jeromes wurde als ein so dunkler Fleck in der Familiengeschichte betrachtet, daß man versuchte, ihn so sehr als möglich zu verwischen. Ihr letzter Brief an ihre Tochter ist das einzige persönliche Zeichen ihres Daseins, das mir erhalten blieb. Was sonst wohl vorhanden sein mag, schläft wahrscheinlich unter dem strengen Schutze der Prüderie in Rumpelkammern und Familienarchiven den Schlaf des Todes. Auch die anderen Briefe, die ich dem Buch neu einverleiben konnte, sind an Umfang geringer, als es unter anderen Umständen hätte sein können. Sehr vieles mag der Vernichtung anheimgefallen sein, und die verschlossenen Familienschreine und fürstlichen Hausarchive, wo sich z. B. die Briefe an die Kaiserin Augusta, an die Herzogin von Orleans, an den Großherzog Karl Alexander und an andere finden dürften, öffnen sich mir nicht mehr. Wo es geschah — was ich nicht unterlassen will, dankbar zu erwähnen —, wie im Goethe-Schiller-Archiv und im Familienarchiv der Bonapartes, hat sich nichts gefunden.

*

Für eine Zeit, wie die unsere, die ihrer selbst in all ihrer verständigen Nüchternheit überdrüssig wurde, ist es charakteristisch, daß sie der Vergangenheit nachspürt, verborgene Schätze wieder ans Licht befördert, Toten neues Leben einflößt und ewig Lebendige, die für sie lange verschollen waren, wieder auf sich wirken läßt. Viele sehen nichts anderes darin als ein Zeichen der Dekadenz, des Absterbens, weil es an alte Menschen erinnert, die mit steigenden Jahren immer mehr in der Erinnerung leben. Mir scheint, daß es vielmehr ein Zeichen neuen, werdenden Lebens ist, dem freilich, wie immer im Herbst, ein Absterben des alten vorangehen muß. Denn Sehnsucht drückt sich aus darin, und Sehnsucht ist immer etwas Junges, dem Erfüllung folgen muß. Diese Sehnsucht aber möchte dieses Buch nähren.

Aus Bonapartes Stamm

Jerome Napoleon

Wo alte Linden ihre Kronen breit und stolz gen Himmel wölben, ihre weit ausladenden Äste nach allen Richtungen auseinanderstrecken, da hat nicht nur die innere Lebenskraft sie zu so vollkommener Entwicklung befähigt, da hat die Natur ihnen auch den freien Raum gewährt, der solches Wachsen ermöglicht. Ihre jüngeren Geschwister und ihre Nachkommen erreichen niemals die Höhe und Stärke der Großen über ihnen: sie genießen ihres Schutzes, sie atmen dieselbe Luft; der Blütenreichtum, den der Sturm abwehrt von denen da droben, fällt duftend auf ihre jungen Häupter, aber mit ihrem vollen Strahlenkranz krönt sie die Sonne nicht — im Dämmer stehen sie, im Schatten der Titanen. Und das Zeichen ihres Lebens im Schatten verlieren die Epigonen nie...

Am 9. November des Jahres 1784, einem rauhen Spätherbsttage, brachte Lätitia Bonaparte das letzte ihrer zwölf Kinder zur Welt: Jerome. Fünfzehn Jahre früher, als die Hochsommersonne über Ajaccio brannte und Herz und Geist der blühend schönen jungen Frau erfüllt war von den Kämpfen um Korsikas Freiheit, die sie, hoch zu Roß, ihrem Gatten zur Seite, das schlummernde Leben in ihrem Schoß, mitgekämpft hatte, war ihr zweiter Sohn geboren worden: Napoleon. Ihn trieb der strenge Vater und das rauhe Schicksal früh aus dem Schutz des Elternhauses; arm und unbekannt mußte er sich schon als Knabe aus eigener Kraft die Stellung schaffen. Anders Jerome. Sein Vater starb, als er ein Jahr alt war; seine Mutter, seine Geschwister, allen voran der ernste Bruder, der, als sei es selbstverständlich, an Stelle des Oberhauptes trat, umgaben das reizende Kind mit den zierlichen Gliedern und den großen lachenden Augen mit zärtlicher Liebe. Bis zu seinem dreizehnten Jahre blieb es bei der Mutter, während schon der Stern Napoleons immer leuchtender aufging über der Welt. Als dann das Kollegium von Juilly den jungen

Jerome aufnahm, war er nicht ein neuer, fremder Schüler wie andere, sondern der Bruder des großen Napoleon, dessen Triumphe jedes französische Herz höher schlagen machten; Lehrer und Kameraden, stolz, einen desselben Blutes unter sich zu haben, begegneten ihm mit liebevoller Bewunderung.[1]

Von den Ferien in Paris bei Frau Lätitia in der Rue de Rocher oder in dem kleinen Hause in der Rue Chantereine, wo Josephine ihn mit Zeichen der Güte und Verwöhnung überschüttete,[2] kehrte er, erfüllt von Schlachtenbildern und Siegeshymnen, in die Schule zurück. Und welche Gefühle des Stolzes und der Begeisterung, welche Träume von Ruhm und Glanz mußten den Fünfzehnjährigen bewegen, als Napoleon, von seinem ägyptischen Märchenzuge heimkehrend, das jubelnde Frankreich durchzog. Dieser Soldat von 30 Jahren, der Österreich unterworfen, England erschüttert, Venedig gedemütigt und Italien erobert hatte, war sein Bruder! Europa zitterte vor ihm; vor Jerome aber wandelte sich der ernste Heros zum zärtlichsten der Väter. Unter der Wohnung des ersten Konsuls wurden dem Knaben seine Zimmer angewiesen. Er erfreute sich hier der vollkommensten Freiheit, und selbst alte, graue Männer, die Napoleons Zärtlichkeit für den jungen Bruder sahen, beugten den Nacken vor ihm.[3] Seine Wünsche blieben selten unerfüllt; zwischen einer Familie, die immer bereit war, seine Streiche zu verzeihen, und einem Hof, dessen ständiges Amüsement sie waren, konnte Jerome seinen Phantasien freien Lauf lassen.[4] Er war schön und graziös, voll sprühenden Temperaments und lachenden Leichtsinns; alles Schöne entzückte ihn, und sein Bedürfnis, das Glück, sein Lebenselement, überall um sich zu fühlen, machte ihn verschwenderisch, wenn es galt, Freunde zu erfreuen, Unglücklichen beizustehen. Ein liebenswürdiges Glückskind — so erschien er auf den ersten Blick. Er wäre es gewesen, wenn nicht jene allzu häufige Begleiterscheinung der Güte — Schwäche denen gegenüber, die er liebte — und die Familieneigenschaften der Bonapartes —

trotziger Stolz und verzehrender Ehrgeiz — der lichten Helligkeit seines Bildes die tiefen Schatten hinzugefügt hätten. Zwei seiner Jugenderlebnisse sind bezeichnend für diese Seiten seines Charakters.

Mit fünfzehn Jahren kannte er keinen heißeren Wunsch, als Napoleon in den italienischen Feldzug zu begleiten. Seine Freundschaft für seinen Spielkameraden Eugen Beauharnais verwandelte sich in einen nie ganz überwundenen Haß, als der Wunsch diesem, dem älteren, gewährt, ihm aber abgeschlagen wurde. Er blieb teilnahmlos und finster angesichts der Siegesnachrichten und war der einzige, der den heimkehrenden Sieger zu begrüßen sich weigerte und, von ihm aufgesucht, all seiner Zärtlichkeit gegenüber eisig blieb. „Was soll ich tun, um dich zu versöhnen?" fragte lächelnd der Held den jungen Trotzkopf. „Den Säbel von Marengo schenke mir!" rief dieser. Sein Wunsch ward erfüllt, und unzertrennlich blieb er bis zum Tode von der Waffe des Bruders.[5]

Ein Jahr später wurde er Soldat; im gleichen Regiment diente der Bruder Davouts. Auch dessen Brust schwellte der Stolz, und er begegnete dem Kameraden hochmütiger als dieser ihm. Einer von uns ist zuviel in der Welt — dieser Gedanke beherrschte Jerome mehr und mehr. Er forderte Davout zum Duell, einem Duell ohne Zeugen bis zur Abfuhr. Sein Gegner schoß ihn in den Unterleib, wo die Kugel sich an einem Knochen platt drückte und dort liegen blieb, bis sie sechzig Jahre später bei der Autopsie der Leiche gefunden wurde.[6] Schon damals also schien jene dunkle Prophezeiung sich zu bewahrheiten: daß kein Bonaparte von einer Kugel fällt — jene Prophezeiung, die ein Unterpfand des Glücks zu sein schien, und deren Erfüllung schließlich das Unglück erst vollenden half!

Inzwischen hatte Europa sich merkwürdig verwandelt: als wäre die Alte Welt nichts als weiche, gefügige Masse in der Hand des Bildhauers Napoleon. Er allein war es aber auch, der die Stelle zuerst empfand, wo sie seiner Absicht harten Widerstand leistete. Das britische Inselreich mit seiner meerbeherrschenden Macht war das Gespenst, das er drohend vor sich sah und nicht zu fassen vermochte. Darum setzte er alle Kräfte daran, die französische Flotte auszubauen und kriegstüchtig zu machen, darum suchte er für die Marine sorgfältig die besten Männer aus. Seine Liebe zu Jerome, seine große Meinung von den Fähigkeiten des Bruders konnte er nicht besser beweisen als dadurch, daß er ihn zum künftigen Admiral bestimmte. Hier, so glaubte er, sollte seine tollkühne Tapferkeit und seine Abenteuerlust das rechte Feld finden. „Nur auf dem Meere," so schrieb er an Jerome, „ist heute noch Ruhm zu erwerben. Lerne was Du irgend kannst, dulde nicht, daß irgend jemand es Dir zuvortut, suche Dich bei allen Gelegenheiten auszuzeichnen. Denke daran, daß die Marine Dein Beruf sein soll."[7] Mit erstaunlicher Leichtigkeit fand sich der verwöhnte siebzehnjährige Jüngling in den anstrengenden Schiffsdienst, den ihm der Konteradmiral Gauteaume auf Napoleons ausdrücklichen Befehl auferlegte. Die Flotte, die dieser im Verein mit Salmgunt zu befehligen hatte, war für Ägypten bestimmt; die Ungeschicklichkeit der Führer machte die Expedition zu einer völlig zwecklosen. Jerome entgingen die Gründe nicht; sein Blick dafür wurde durch den Ärger über die Situation, die es ihm unmöglich machte, sich auszuzeichnen, noch geschärft. Er kritisierte scharf die beiden Admirale, deren gegenseitige Eifersüchteleien sie am Vorgehen hinderten. „Gibt es etwas Jämmerlicheres," schrieb er, „als um lächerlicher Prätensionen willen eine große Sache zu gefährden? ... Wie gefährlich, zwei Menschen zusammenzuspannen, von denen der eine nicht zu befehlen, der andere nicht zu gehorchen versteht."[8] Mag sein, daß diese freimütige Kritik seiner Vorgesetzten, die eine Kritik seines Bruders in sich schloß, diesem zu Ohren kam und, ihm selbst vielleicht unbewußt, dazu beitrug, Jerome mit anderen Augen anzusehen. Die großen

Tatmenschen haben mit den Mondsüchtigen eins gemein: sie vertragen es auf ihrem gefährlichen Wege nicht, angerufen, gestört oder gar gewarnt zu werden.

Unter dem Admiral Villaret-Joyeuse hatte Jerome Gelegenheit, sich auf St. Domingo und Haiti im Kampfe gegen Toussaint Louverture auszuzeichnen. Das gelbe Fieber, das ihn mit äußerster Heftigkeit packte, trieb ihn auf kurze Zeit nach Frankreich zurück, von wo aus er dann im Jahre 1802 zur Vollendung seiner seemännischen Ausbildung nach den Antillen ging. In Martinique war sein ehemaliger Chef, Villaret-Joyeuse, Gouverneur, ein ehrgeiziger Schmeichler, der sich die Gunst des ersten Konsuls am sichersten durch die Gunst seines jungen Bruders zu gewinnen glaubte. Er ernannte Jerome, den Achtzehnjährigen, der kaum ein Jahr des Seedienstes hinter sich hatte, zum Kapitän des „Epervier". [9] Als selbständiger Führer des eigenen Schiffes sollte er nach Frankreich zurückfahren. Aber war es aus Leichtsinn, den brennender Ehrgeiz steigerte, aus Unverstand oder aus Irrtum? bei der Begegnung mit einem englischen Kriegsschiff nötigte er es, die Segel aufzubrassen und Zweck und Ziel der Fahrt anzugeben, was einer Herausforderung fast gleichkam. Das Unglück, das er dadurch heraufbeschwor, war um so größer, als es gerade nur eines Zündstoffs bedurfte, um die kriegerische Stimmung zwischen England und Frankreich zum Ausbruch kommen zu lassen.[10] Rasch genug sah er ein, was er getan hatte; er meldete dem Gouverneur von St. Pierre den Vorfall, als die Engländer bereits beschlossen hatten, ihm den Weg nach Frankreich abzuschneiden und den Bruder Napoleons als willkommene Geisel in Gefangenschaft zu nehmen. Jerome, der von diesem Plan Kenntnis erhielt, blieb, wenn er Frankreich vor schweren politischen Komplikationen, seinen Bruder vor den Folgen seiner eigenen Schuld bewahren wollte, nichts anderes übrig, als auf neutralem Schiff unerkannt die heimischen Gestade wiederzugewinnen. Er wählte mit einem kleinen Gefolge Getreuer den Weg über Amerika, wo er die Gelegenheit zur Überfahrt am leichtesten zu finden hoffte. Seine Absicht, auch dort unerkannt zu bleiben, erfüllte sich nicht. Die Liebedienerei der französischen Konsuln, die Sucht der Amerikaner, Europäern von Rang ihre Huldigungen zu erweisen — vielleicht ein Zeichen, daß das Sklavenblut in den Adern vieler noch nicht fortgeschwemmt ist — zerrissen sein Inkognito schon wenige Stunden nach seiner Ankunft. Wie ein Prinz von Geblüt wurde der Bruder Bonapartes empfangen und umringt. In Washington und in Baltimore, wo er die äußersten Anstrengungen machte, um seine Rückkehr nach Frankreich zu beschleunigen, wurde er in einer Weise gefeiert, daß seine Anwesenheit den Engländern nicht unbekannt bleiben konnte und sie ihre Vorsichtsmaßregeln verdoppelten, um ihn nicht entkommen zu lassen. Es bedurfte jedoch einer größeren Macht als der Englands, um den jungen Brausekopf festzuhalten: der Augen Elisabeth Pattersons, die ihm liebeglühend entgegenleuchteten, ihrer roten Lippen, die sich glückverheißend ihm darboten. Sie schlugen ihn in Banden, ließen ihn Vergangenheit und Zukunft vergessen und der seligen Gegenwart junger Leidenschaft leben. Hat der eitle Vater des reizenden Mädchens ihn mit schlauer Absicht gefesselt? Hat sie selbst dem Bruder des großen Napoleon Schlingen der Koketterie gelegt? Müßige Fragen! Ist's nicht genug der Erklärung, daß zwei junge schöne Menschen in Liebe zueinander entbrennen? Mit dem Feuer seiner 19 Jahre liebte Jerome, mit der Sicherheit des verwöhnten Lieblings der Seinen rechnete er auf deren Zustimmung zu seiner Ehe mit Elisabeth. Er hatte sich verrechnet. Wohl liebte Napoleon seine Brüder und Schwestern, und diesen, den jüngsten, vor allen; aber in ihrer Mitte hatte nur ein Wille zu gelten: der seine; wohl wollte er sie glücklich sehen, aber nur das Glück aus seinen Händen galt ihm als solches. Die Nachricht, daß Jerome eigenmächtig, ohne seine Zustimmung abzuwarten, die Ehe mit Miß Patterson geschlossen habe, traf in dem Augenblick in Paris ein, als

Frankreich dem ersten Konsul die kaiserliche Würde verlieh und seine Brüder und Schwestern zu Prinzen und Prinzessinnen erhob. Sie war der bittere Tropfen in dem Kelch seines Ruhms, und da das französische Gesetz die Rechtsgültigkeit der ohne Einwilligung der Eltern geschlossenen Ehe Minorenner nicht anerkannte und Lätitia, die stolze Mutter eines Geschlechts von Herrschern, auf der Seite Napoleons stand, erklärte Napoleon die Ehe für null und nichtig und schloß Jerome aus der kaiserlichen Familie aus. Jeromes Hoffnungen waren damit noch nicht zerstört; der hinreißende Liebreiz seines Weibes mußte, so glaubte er, auch den eisernen Willen eines Napoleon brechen. Im März 1805, anderthalb Jahre nach seiner Heirat, schiffte er sich mit ihr nach Portugal ein. Aber der Arm des Kaisers reichte bis Lissabon; französische Agenten verweigerten der jungen Frau die Landung, nur Jerome erhielt die Erlaubnis, den Weg nach Italien einzuschlagen.

Wie anders fand er Europa, als da er es verließ. Die drei Jahre seiner Abwesenheit, die ihn eingesponnen hatten in stilles Liebesglück, hatten den Bruder, hatten Frankreich emporgeführt zum Gipfel des Weltruhms. Konnte sein eigenes Geschick, sein Kampf um Anerkennung seiner Liebe, jenem Manne, der die Geschicke der Völker in seinen Händen hielt und um die Kronen Europas kämpfte, anders erscheinen als wie das Spiel eines Kindes? Im Augenblick, da Napoleon sich zu Mailand Italiens Krone aufs Haupt setzte und zum Gedächtnis der Schlacht von Marengo die Böllerschüsse krachten, die Glocken läuteten, die Fahnen wehten und Tausende und aber Tausende dem Rausch der Festesfreude sich hingaben, betrat Jerome — er, der den Säbel von Marengo trug! — ein Unbekannter, ein Ausgeschlossener, den Boden Italiens. In Alessandria empfing ihn der Kaiser. Weit mehr als der Zorn ihn geschreckt haben würde, — er hätte vielleicht nur seinen Stolz und seinen Eigensinn geweckt —, mußte ihn die Zärtlichkeit Napoleons erschüttern. Alle sah er wieder, die

Brüder, die Freunde, geschmückt mit dem immergrünen Lorbeer des Ruhms, während in seinen Händen die welkenden Rosen der Liebe schon entblätterten. Er stand vor der Wahl, — denn unerbittlich blieb der Kaiser —, auf der einen Seite der Weg empor zu den Höhen der Menschheit, zu höchsten Siegespreisen, zur Königskrone, auf der anderen das Leben im Dämmerschein stillen Familienglücks, ohne Zweck und Ziel. So sehr sich ihm auch das Herz zusammenkrampfte, — wie er Elisabeth liebte, dafür zeugen seine Briefe aus jener Zeit —, er wählte den Ruhm, nicht die Liebe. Welch ein Jüngling von 21 Jahren hätte anders zu wählen vermocht?![11]

Um die Stimme des Herzens zu übertönen und nachzuholen, was er versäumt hatte, stürzte er sich mit Feuereifer in die Aufgabe, die ihm gestellt wurde.

Im Sommer des Jahres 1806 kommandierte er in der Flotte des Admirals Willaumez den „Veteran" und nahm mit ihm von Brest aus neun englische Schiffe, die zwei Kriegsschiffe eskortierten. Auf der Höhe von Concarneau erreichte ihn die englische ihn verfolgende Flotte; die Situation war verzweifelt; auf der einen Seite der überlegene Feind, auf der anderen Sandbänke und Riffe. Entschlossen, eher zu sterben als sich zu ergeben, ergriff Jerome der Mut der Verzweiflung, und unter den Augen der englischen Flotte vollzog sich jene Tat unwahrscheinlicher Tollkühnheit, von der ein englisches Journal der Zeit folgendes berichtete: „Jerome Napoleon hat allen unseren Maßregeln zu trotzen gewußt und alle Anstrengungen unserer braven Matrosen nutzlos gemacht; daß er den Hafen sicher und ohne Verluste erreichte, ist ein neues Beispiel für das unglaubliche Glück, das sich an die Schritte der Bonapartes zu heften scheint und alle ihre Operationen begleitet."[12]

Nun erst verlieh Napoleon dem Heimkehrenden den Titel eines französischen Prinzen, und als Anerkennung seiner Tapferkeit den Rang eines Kontreadmirals. Als höhere

Jerome Napoleon

Auszeichnung noch empfand es Jerome, daß Napoleon ihm für den bevorstehenden preußischen Feldzug die bayrische und württembergische Division anvertraute und es ihm nun endlich vergönnt war, unter den Augen des bewunderten kaiserlichen Bruders zu fechten. Jerome bewährte sich. Trotz seiner 24 Jahre wußte er sich den Respekt der Truppen und ihrer Führer zu gewinnen, aber mehr noch das Herz der Soldaten durch seine Sorge für ihr Wohl.[13] Am Tage, als die letzte schlesische Stadt vor ihm kapitulierte, erreichte ihn die Nachricht vom Tilsiter Waffenstillstand. Der Friede folgte. Napoleon hatte Preußen unterworfen und seinem Bruder ein Königreich erobert. Mit ein paar Federstrichen warf er die Länder links von der Elbe zu einem Staat zusammen und ernannte Jerome zum König von Westfalen; mit ein paar gewechselten Briefen gewann er ihm in Katharina, der Tochter des Souveräns von Württemberg, die Königin. Das Herz der also durch kaiserliche Allmacht Vereinigten wurde nicht gefragt, und als das blonde, rosige Prinzeßlein aus altem Fürstenstamm dem dunkeln, blassen Jüngling aus dem Geschlecht der korsischen Usurpatoren gegenübertrat, da wußte es noch nicht, wie rasch, wie dauernd der Sieggewohnte es erobern würde.

Mit dem ganzen Prunk des kaiserlichen Hofes, in einer Gesellschaft, in der Vertreter alter Dynastien sich mit den neugeschaffenen Aristokraten, Fürsten und Königen von Napoleons Gnaden vereinigten, wurde am 28. August 1807 die Hochzeit des jungen Paares gefeiert. Aber die bunten Lichter, die ganz Paris am Abend erleuchten sollten, verlöschten in strömendem Wolkenbruch, und die Raketen, die bestimmt gewesen waren, prasselnd gen Himmel zu steigen, verstummten vor dem Grollen des Donners ...

Inzwischen war die Organisation des jungen Königreichs erfolgt, mit dem Code Napoléon die neue Administration im Lande eingeführt, zum Empfang des Herrscherpaares alles vorbereitet. Mit einem Brief, der dem Bruder die Prinzipien, nach denen er regieren sollte, nochmals auseinandersetzte, entließ ihn Napoleon. „Schenke denen kein Gehör, die Dir sagen werden, daß Deine Völker, an Sklaverei gewöhnt, unserer Gesetze nicht würdig sind," so heißt es darin, „das ist nicht wahr. Sie erwarten vielmehr mit Ungeduld, daß ein jeder, den das Talent dazu befähigt, — nicht nur der Adlige —, zu jeder Stellung Zugang finden kann, daß jede Form der Dienstbarkeit und Abhängigkeit ein für allemal abgeschafft werde. Ich baue, was die Sicherung Deiner Monarchie betrifft, weit mehr auf die Folgen dieser Maßregeln, als auf die Resultate großer Eroberungen. Dein Volk muß sich einer Freiheit, einer Gleichheit, eines Rechtsschutzes erfreuen, die in Deutschland nicht ihresgleichen haben. Diese Art, zu regieren, wird zwischen Dir und Preußen eine zuverlässigere Grenzscheide bilden als die Elbe, als Frankreichs Festungen und sein Schutz. Welches Volk, das die Segnungen einer liberalen Herrschaft kennen gelernt hat, wird in die Bande des Absolutismus zurückkehren wollen? Sei darum ein konstitutioneller König. Du schaffst Dir damit ein natürliches Übergewicht über Deine Nachbarn." [14]

In den Empfindungen der großen Masse des Volkes schien sich Napoleon nicht zu täuschen. Mochte der Bruder des Korsen ihm fremd erscheinen, seine Person ihm zunächst gleichgültig, vielleicht sogar antipathisch sein, es begrüßte in ihm den endlichen, heißersehnten Frieden, geordnete Verhältnisse, gesicherte wirtschaftliche Entwicklung.[15] Darum war sein Empfang ein überraschend freudiger, den die persönliche Freundlichkeit des Herrscherpaares nur noch steigern konnte. Die Proklamation des Königs, vor der in jedem Dorf des Landes sich die Neugierigen sammelten, verhieß die Sicherstellung der Konstitution, die Abschaffung der Adels- und Kirchenprivilegien, der Leibeigenschaft und aller Personaldienste, die Gleichheit vor dem Gesetz, die Gleichberechtigung aller Religionsbekenntnisse, die Aufhebung der Sonderstellung der Juden, die Neuordnung des

Gerichtsverfahrens. „Lange genug hat Euer Land unter den Vorrechten des Adels und den Intriguen der Fürsten gelitten. Alle Leiden der Kriege mußtet Ihr tragen, von den Segnungen des Friedens bliebt Ihr ausgeschlossen. Einige Eurer Städte erwarben die unfruchtbare Ehre, daß Verträge und Traktate in ihren Mauern geschlossen wurden, in denen nichts vergessen war, als das Schicksal des Volkes, das sie bewohnte."[16] War dies nicht ein Widerhall der Prinzipien von 1789, unter deren Einfluß das neue Frankreich sich entwickelt hatte, und deren Verwirklichung in Deutschland an der Ohnmacht des Volkes und der Macht der Fürsten gescheitert war? Sie bedeuteten diesmal mehr, als Fürstenproklamationen und Versprechungen sonst zu bedeuten hatten. Küster, der Geschäftsträger Preußens in Westfalen, der dem Berliner Hof regelmäßig Bericht zu erstatten hatte und neben dem Grafen Reinhard, dem Bevollmächtigten Napoleons und geistvollen Korrespondenten Goethes, der zweifelfreieste Zeuge war, sah mit Erstaunen, wie rasch die neuen Einrichtungen Wurzel zu fassen vermochten. Weite Kreise der Bevölkerung empfanden die Regierung Jeromes als einen Fortschritt gegenüber den alten Zuständen; die Gebildeten, von deren Unhaltbarkeit längst überzeugt, freuten sich der neuen freiheitlichen Einrichtungen; Kaufleute und Handwerker sahen sich besonders durch sie gefördert. „Was mir aber das meiste Vergnügen macht," schrieb Küster am 21. November 1808 nach Berlin, „ist, in der Lage zu sein, dem Gange einer aufgeklärten und gerechten Verwaltung folgen zu können, welche auf einer glücklichen Konstitution sich aufbaut. Sie entwickelt sich mehr und mehr durch die sukzessive Organisation aller ihrer Hauptzweige, und es ist nicht zweifelhaft, daß dieser neue Staat, dessen Souverän nur das Gute will, und zwar mit Bedacht und doch mit Entschlossenheit — bald zu einem hohen Grad der Vollkommenheit und des öffentlichen Glücks gelangen wird."[17] In einem späteren Brief rühmt er die Einfachheit und Schnelligkeit in der Verwaltung, berichtet von dem praktischen Wert des durch den König geschaffenen Zentralbureaus für Armenunterstützung in Kassel und sagt von ihm, daß er von den regierenden Brüdern des Königs die meiste Energie und den meisten eigenen Willen besitze.[18]

Gerade das aber, was ihn auszeichnete, war das Unglück Jeromes. Ein eigener Wille war jene Eigenschaft, die Napoleon bei seinen Brüdern am wenigsten brauchen konnte, und Energie konnte nur dort am Platze sein, wo etwas Wichtiges durchzusetzen, etwas Wertvolles zu erreichen war. Jerome lag es am Herzen, seinem Lande ein guter König zu sein; ihn verlangte danach, von dem ganzen Stolz seines Geschlechts beseelt, zu beweisen, daß er es aus eigener Kraft sein konnte. Aber seine Absichten stießen auf unüberwindliche Widerstände und wurden durch die Pläne des Kaisers durchkreuzt.

Offiziell hatte seine Regierung mit dem Einzug in Kassel begonnen, aber der Kampf mit den finanziellen Schwierigkeiten hatte bereits zwei Monate früher angefangen. Auf dem Papier war ihm freilich eine Zivilliste von fünf Millionen zugesichert worden, in Wirklichkeit aber war der Staatsschatz durch Kriegsabgaben, durch die Lasten, die die Okkupation durch französische Truppen dem Lande auferlegt hatte, vollkommen erschöpft, und um allein die Kosten für die Einrichtung des Hofes, die Reise nach Westfalen und den feierlichen Einzug bestreiten zu können, mußte Jerome ein Darlehn aufnehmen.[19] Die traurigsten Verhältnisse fand er vor, als er einzog. Selbst für ihn persönlich war die Lage eine äußerst beschränkte: er, der gewöhnt war, rückhaltlos aus dem vollen zu leben, der von einem Kaiserhofe kam, wo Luxus als etwas Selbstverständliches erschien, der seine Freunde und Untergebenen, noch ehe er ein König war, königlich zu belohnen pflegte, fand im Schlosse zu Kassel nur notdürftig eingerichtete Zimmer und eine gähnende Leere im Säckel des Hofmarschallamts. Schon 1808 schrieb der holländische Gesandte an König Louis, den Bruder Jeromes: „Die finanziellen Schwierigkeiten Westfalens sind enorm."[20]

Aber nicht genug der vorgefundenen Not, wurden von Napoleon immer neue Opfer verlangt. Auf der einen Seite machte er dem König heftige — und nicht unberechtigte — Vorwürfe über die hohen Gehälter seiner Minister, auf der anderen schrieb er ihm bereits einen Monat nach seinem Regierungsantritt: „Ich brauche notwendig Geld und Truppen. Trotz der Einnahmen aus den eroberten Ländern verschlingt die Armee mehr als sie; mein Kriegsbudget allein beträgt 400 Millionen. Statt der 20 000 Mann, die Du stellen mußt, stelle 40 000 — Du kannst es."[21] Nach einem Vertrage vom April desselben Jahres mußte sich Jerome verpflichten, die aus den Besitzungen des früheren Souveräns und den säkularisierten Besitzungen derjenigen Personen, die nicht mehr westfälische Untertanen waren, stammenden Einkünfte dem Kaiser zu überlassen. Zwar nahm dieser zunächst nur sieben Millionen davon in Anspruch. Jerome aber sollte den Rest von nicht weniger als 26 Millionen im Verlauf von achtzehn Monaten aufbringen.[22] Außerdem hatte Westfalen 12 500 Mann französischer Truppen ständig zu besolden und zu ernähren.[23]

Im Juli bereits erging eine neue Mahnung Napoleons an den Bruder: er müsse, da Österreich rüste, seine Truppen in Kriegsbereitschaft halten; im August wurden für den spanischen Feldzug 500 Pferde und 1000 Mann verlangt; im September forderte er den gesicherten Unterhalt der französischen Truppentransporte.[24] Als Jerome und Katharina der Einladung Napoleons im Oktober 1808 zur Kaiserentrevue nach Erfurt folgten, empfing er sie zwar aufs freundlichste, aber für die Sorgen des Königs um sein Land hatte er kein Ohr. Die Not der Bauern, das Daniederliegen von Handel und Gewerbe kümmerte ihn wenig; was galt ihm, der Staaten zerstörte und schuf, Könige absetzte und krönte, das Land Westfalen? Er, der Riese, sah weit hinweg über die Niederungen, nur die Gipfel grüßend. Wie alle großen Tatmenschen war er, sich selbst unbewußt, zum Zerstören vor allem geschaffen: das Alte zu stürzen, dazu gehörte Titanenkraft; das Neue aufzubauen, ist die Aufgabe für den emsigen Fleiß der Vielen.

Die Lage in Westfalen wurde von Jahr zu Jahr verzweifelter. Dem Aufstand von Dörnberg, eines von Jerome mit Gnadenbeweisen überschütteten Offiziers seiner Garde, folgten die Kämpfe von Schills Freischaren und der verwegene Zug des tapferen Herzogs von Braunschweig-Öls, der zur äußersten Entrüstung Napoleons sich durch Jeromes Truppen durchzuschlagen und die ihn erwartende englische Flotte zu erreichen imstande war. Mochte Jerome, der kaum Vierundzwanzigjährige, von allen Seiten auf das härteste bedrängte König, sich wirklich taktischer Fehler schuldig gemacht haben, — er hatte sich stets als ein Draufgänger, nicht als überlegener Feldherr bewiesen —, so war die Strafe, die ihn traf, eine unverhältnismäßig harte. Napoleon ließ ihn seine Oberhoheit auf das empfindlichste fühlen. Seinen Ministern wurde mitgeteilt, daß sie „sich in erster Linie dem Kaiser gegenüber verantwortlich fühlen müßten"; Graf Reinhard, der Vermittler dieser Nebenregierung, wurde angehalten, „nach Paris zu melden, was in den westfälischen Küchen vor sich geht", obwohl Jerome sich dieses System der Spionage entrüstet verbeten und ihm erklärt hatte: „Alles, was mein Bruder wissen will, kann er von mir selbst erfahren."[25] Und wie der Kaiser durch brutale Zurücksetzung des Königs Stolz verletzte, so verletzten die französischen Truppen die Sicherheit des Königreichs. „Seit meiner Thronbesteigung fahren die französischen Offiziere, Soldaten, Reisende und Kuriere fort, sich in meinen Staaten ebenso feindselig gegen die Bewohner zu benehmen, als zur Zeit des Krieges gegen sie. Sie haben es in einem Königreich, das mit Frankreich eng verbunden und ihm vollkommen ergeben ist, an jeder Rücksicht und an allem schuldigen Respekt fehlen lassen," schrieb Jerome an den Marschall Berthier.[26] Seine Bitte um strengere Vorschriften für das Benehmen der Truppen hatten keinen Erfolg, sie riefen nur neue, unbegreifliche Rück-

sichtslosigkeiten hervor. Ohne irgendwelche offizielle oder in=
offizielle Mitteilung, — Jerome erfuhr gesprächsweise davon —,
erschienen auf Napoleons Befehl zur Festsetzung der einzelnen
Stationen der Demarkationslinie gegen die englische Einfuhr
französische Zollbeamte in Westfalen und traten wie die Herren
auf.[27] Plünderungen und Diebstähle, die auf ihre Rechnung
geschoben wurden, kamen vor und reizten die Wut des Volkes
aufs äußerste. Jerome wollte sich zuerst mit allen Mitteln
widersetzen. „Ich ignoriere," schrieb er nach Paris, „durch
welche Befehle fremde Zollbeamte sich erlauben, sich bei mir
festzusetzen. Werden solche Vorkommnisse geduldet, so gibt es
hier weder einen König noch ein Königreich. Es kann doch
unmöglich den Intentionen des Kaisers entsprechen, daß ein
Souverän in seinem eigenen Lande solchen Übergriffen ausgesetzt
ist." Zu Reinhard, dem er von seiner Absicht, abzudanken,
sprach, sagte er: „Ich bin sowieso nicht auf Rosen gebettet,
und ich kann nicht zugeben, daß durch solche, das Land ru=
inierende Maßregeln das Volk mir vollends entfremdet wird."[28]

Seine Energie schien nicht ohne Eindruck zu bleiben. Die
Vergrößerung seines Reichs durch Hannover bis zur Küste der
Nordsee wurde ihm in Aussicht gestellt und damit die Beseiti=
gung der finanziellen Nöte gesichert. Im März 1810, als
Jerome und Katharina mit großem Gefolge der Einladung
Napoleons zu seiner Hochzeit mit der Österreicherin nach Paris
gefolgt waren, leuchtete ihm wieder die volle Sonne kaiserlicher
Huld. Napoleon, auf der Höhe seines Glücks, wollte nur
Glückliche um sich sehen, und der Zauber von Paris, der Glanz
der üppigen Feste ließen Jerome alles Leid vergessen und seiner
Jugend schrankenlos froh werden. Bilder und Berichte der Zeit
schildern ihn, wie er in weißem, goldgesticktem Sammetkostüm,
die weißen, wallenden, von blitzender Brillantagraffe gehaltenen
Federn auf dem Sammetbarett, das feingeschnittene dunkle
Gesicht mit den großen glänzenden Augen von strahlendem
Frohsinn erhellt, alle Herzen im Sturm zu erobern wußte.

Er und Pauline, seine Schwester, das waren im Kreise dieser napoleonischen Olympier die Götter der Jugend und Schönheit, und die seligen Zeiten, da er als Knabe, von allen verwöhnt, unter den Zimmern des großen Bruders wohnte, schienen, wiedergekehrt zu sein.

Voll neuer Hoffnungen und frischen Tatendrangs kehrte er nach Kassel zurück. Der Plan eines Kanals zwischen Elbe und Weser wurde ausgearbeitet, die Anlage eines Kriegshafens in Kuxhaven begonnen, wichtige und kostspielige Regulierungen der Elbe- und Wesermündungen in Angriff genommen. Da traf ihn ein neuer Schlag: Napoleon nahm den wertvollsten Teil der dem Königreich Westfalen inzwischen neu einverleibten hannoverschen Lande wieder in französischen Besitz und hatte auf die Vorhaltungen des nach Paris entsandten Ministers von Bülow nur die eine Antwort: „Ich nehme es, weil ich es brauche." Jerome berief seine Minister und diktierte eine Note, durch die er in schärfster Form als Entschädigung für Hannover Lippe, Anhalt, Waldeck, Schwarzburg und die sächsischen Herzogtümer verlangte. Reinhard gegenüber sprach er wieder von seiner Abdankung, die mehr und mehr ein Gebot der Ehre für ihn sei. Der kaiserliche Gesandte berichtete unverzüglich über diese Unterredung nach Paris und fügte hinzu: „Wenn jemals der König mir Gelegenheit gegeben hat, die Geradheit und Sicherheit seines Geistes zu bewundern und der Vornehmheit seiner Gesinnung Gerechtigkeit widerfahren zu lassen, so war es bei dieser Gelegenheit."[29] „Ich glaube, hätte Jerome eine Armee von 300 000 Mann, er würde mir den Krieg erklären!" rief Napoleon beim Empfang dieser Nachrichten.[30]

Aber so groß auch Jeromes Entrüstung, so tief sein Stolz auch verletzt war — eine Empfindung behielt zuletzt bei ihm immer die Oberhand: die Bewunderung und Ehrfurcht vor der Größe seines Bruders. Mitten im härtesten Winter nach der Zurücknahme von Hannover zog er sich, um seinen Schmerz in der Stille zu überwinden, auf das Land zurück und schrieb von da aus an den Kaiser: „Entspricht es Ew. Majestät politischen Absichten, Westfalen mit dem Kaiserreiche zu vereinigen, so habe ich nur den einen Wunsch, davon sofort in Kenntnis gesetzt zu werden, um nicht in die Lage zu kommen, deren Maßnahmen, trotz des besten Willens, mich ihnen stets anzupassen, fortwährend zu durchkreuzen ... Ich bin aller Opfer, aller Beweise meiner Anhänglichkeit fähig, wenn Ew. Majestät es verlangt. Soll ich aber weiter regieren, so kann es nur unter Bedingungen sein, die mich nicht entwürdigen."[31] Die Antwort war — Mahnungen zur Kriegsbereitschaft, zu neuen Aushebungen, zum Unterhalt neuer französischer Truppendurchzüge. Mit einer Rücksichtslosigkeit, die alles Vorhergegangene übertraf, führte der Marschall Davout, Jeromes alter Feind, seine Armee durch Westfalen; in Kassel einziehend, ignorierte er den König, im ganzen Reiche hausten seine Soldaten wie in Feindesland. Und Napoleon schien blind und taub zu sein für das drohende Schicksal, das sich langsam vorbereitete, für die zähneknirschende Wut, die die Faust noch in der Tasche ballte, aber schon heimlich nach offenen Waffen Umschau hielt. Jerome sah das Unheil wachsen, und als einziger vielleicht, der es damals wagte, dem Imperator mit einer selbständigen Meinung gegenüberzutreten, schrieb er ihm am 5. Dezember 1811 folgenden denkwürdigen Brief:[32]

„In einer Lage, die mich zum äußersten Vorposten Frankreichs macht, durch Neigung und Pflicht dazu getrieben, alles zu beobachten, was sich auf Ew. Majestät Interessen beziehen kann, ist es, denke ich, richtig und notwendig, Sie mit aller Offenheit über das zu informieren, was in meiner Nähe vor sich geht. Ich beurteile die Ereignisse vollkommen ruhig; ich sehe der Gefahr entgegen, ohne sie zu fürchten; aber ich muß Ew. Majestät die Wahrheit sagen, und ich hoffe, Sie vertrauen mir genug, um sich auf meine Art, die Dinge zu sehen, verlassen zu können.

Ich weiß nicht, wie Ihre Generäle und Ihre Agenten Ihnen die jetzige Situation in Deutschland darstellen; wenn sie Ihnen von Unterwerfung, von Ruhe und Schwäche sprechen, so werden Sie von ihnen getäuscht und betrogen. Die Gärung ist aufs höchste gestiegen; die verwegensten Hoffnungen werden unterhalten und mit Begeisterung großgezogen; man hält sich an das Beispiel Spaniens, und wenn der Krieg ausbrechen sollte, so wird das ganze Land vom Rhein bis zur Oder der Herd einer ausgedehnten und tatkräftigen Empörung sein.

Die Hauptursache dieser gefährlichen Bewegungen ist nicht allein der Haß gegen die Franzosen und der Unwille gegen das Joch der Fremdherrschaft, sie liegt noch weit mehr in den unglücklichen Zeiten, in dem gänzlichen Ruin aller Klassen, in dem übermäßigen Druck, den die Abgaben, die Kriegskontributionen, der Unterhalt der Truppen, die Durchzüge der Soldaten und die unausgesetzt sich wiederholenden Belästigungen aller Art ausüben. Es sind Ausbrüche der Verzweiflung von den Völkern zu besorgen, die nichts mehr zu verlieren haben, weil man ihnen alles genommen hat.

Es ist nicht nur in Westfalen und in den Frankreich unterstellten Ländern, daß die Feuersbrunst ausbrechen wird, sondern auch in den Ländern aller Souveräne des Rheinbunds. Sie selbst werden die ersten von ihren Untertanen Unterworfenen sein, wenn sie nicht mit ihnen gemeinsame Sache machen ...

Ew. Majestät braucht nicht anzunehmen, daß ich übertreibe, indem ich Ihnen das Unglück des Volkes schildere; ich kann Ihnen sagen, daß in Hannover, in Magdeburg und anderen wichtigen Städten meines Königreiches die Besitzer ihre Häuser im Stiche lassen und vergebens versuchen, sie zu den niedrigsten Preisen loszuwerden. Überall droht das Elend den Familien; der Aristokrat, der Bürger und der Bauer, überlastet mit Schulden, scheinen keine andere Hilfe mehr zu erwarten, als von einem Befreiungsfeldzug, den sie mit all ihren Wünschen herbeisehnen, auf den sie alle Gedanken richten.

Dieses Bild entspricht in all seinen Einzelheiten den Tatsachen. Von den Hunderten von Berichten, die mir täglich zukommen, widerspricht ihm keiner. Ich wiederhole es Ew. Majestät: ich wünsche nichts so sehr, als daß Sie angesichts dieser Tatsachen die Augen öffnen und mit all der Überlegenheit Ihres Geistes urteilen mögen, um danach die Ihnen richtig erscheinenden Maßnahmen zu treffen..."

Selbst wenn der Inhalt dieses Briefes von Eindruck gewesen ist, — er kam zu spät, der unheilvolle Krieg gegen Rußland, wo Feuer und Frost sich vereinigten, um, weil Menschenkraft der großen Armee nichts anzuhaben vermochte, zum vernichtenden Feinde zu werden —, war schon beschlossen, und als einzige Antwort brachte der Kurier des Kaisers die mit eigener Hand in größter Eile hingeworfene Frage nach dem Stande der verfügbaren Streitkräfte Westfalens.[33] Wenige Monate später rückte Jerome an der Spitze seiner Truppen in Polen ein. Er war bestimmt, den rechten Flügel der Armee zu kommandieren und sich dem Heere des Prinzen Bagration gegenüberzustellen. Nach mühseligen Märschen im Regen und im Sumpf gönnte Jerome in Grodno seinen Truppen drei Ruhetage. Dem Kaiser wurde davon Meldung gemacht. Er sah eine Eigenmächtigkeit des Bruders darin, die seine sorgfältig erwogenen Pläne durchkreuzte, und befahl dem Marschall Davout, sobald seine Armee mit der Jeromes zusammenstieße, den Oberbefehl über beide zu übernehmen. Davout nahm die Gelegenheit wahr, in schroffster Form dem Befehl Folge zu leisten. Jerome reichte sein Entlassungsgesuch ein und verließ Polen noch am gleichen Tage. Nicht das Verlangen nach den Vergnügungen Kassels, — wenig verlockend mögen sie in dieser Zeit dumpfer Gewitterschwüle gewesen sein! —, trieb ihn zu diesem raschen Entschluß: sein tief verletzter Stolz allein hieß ihn handeln.[34] Und sein Entschluß war berechtigt; starrköpfig und falsch wurde seine Handlungsweise erst, als Napoleon ihn zu bleiben bat und er dennoch den Weg heimwärts fortsetzte. Im August kam er in Kassel an, zwei Monate später kehrten die traurigen Reste der westfälischen Armee in die Heimat zurück, durchzogen die jammervollen, von Frost und Hunger, Krankheit und Verwundungen gezeichneten Gestalten, die letzten Glieder der großen Armee, plündernd, stehlend und bettelnd das erschöpfte Land. Und schon wurden von Paris neue Forderungen laut: Magdeburg sollte mit 20 000 Mann besetzt und auf ein Jahr verproviantiert werden, eine neue Armee galt es zu schaffen, ohne Aufenthalt Bataillone und Eskadronen formieren![35] Jerome wußte es: das war das Ende, und entrüstet wandte er sich an Reinhard, der ihn zur Eile in der Erfüllung der kaiserlichen Befehle nötigen wollte. „Wenn Westfalen dem Elend erliegen wird," rief er aus, „und die Einwohner sich lieber eine Kugel vor den Kopf schießen, als daß sie ihr letztes Stück Brot opfern, dann wird man Ihnen vorwerfen, daß Sie die wahre Lage verschwiegen haben. Ihre Pflicht wäre es, die Wahrheit zu sagen, selbst auf die Gefahr hin, in Ungnade zu fallen. Nach drei Monaten würde man Ihnen recht geben!"[36] Sein Appell blieb ohne Erfolg. Und nun rüstete er sich mit vollem Bewußtsein zum Ende seines Königsdramas, das viele töricht — oder verlogen — genug waren, für eine fröhliche Operette zu erklären.

Zunächst brachte er die Königin in Sicherheit: er sandte sie am 10. März 1813 mit einigen Damen ihres Hofes nach Paris, sie rücksichtsvoll in dem Glauben lassend, daß es sich nur um eine kurze Abwesenheit handeln würde. Nachdem ihm dann der Kaiser seine dringende Bitte, sich in Magdeburg, dem wichtigsten und am meisten gefährdeten Punkt seiner Monarchie, mit seinen Truppen einschließen zu dürfen, rundweg abgeschlagen hatte,[37] wandte er all seine Zeit und Kraft auf die Ausbildung der jungen Rekruten, ohne den Forderungen des Kaisers rasch genug nachkommen zu können. Infanterie, Artillerie, Husaren, Kürassiere — lauter blutjunge Westfalen, die, wie Jerome einmal in der Verzweiflung ausrief, sich oft

noch vor dem eigenen Gewehr fürchteten und auf dem Pferde
nicht festsaßen, — sollten zur Armee des Prinzen Eugen stoßen.
Kassels Garnison bestand schließlich nur noch in einem Regiment
unausgebildeter Rekruten. Dabei wurde der Geldmangel immer
empfindlicher, die von Frankreich versprochene finanzielle Unterstützung für die Equipierung der neuen Truppen blieb aus,
und die Armeelieferanten wollten nur noch gegen sofortige Be-
zahlung liefern. Jerome verkaufte die Staatswagen, den größten
Teil seines Marstalls, Silber und Kleinodien, um sie in Waffen
und Uniformen zu wandeln.[38]

Noch einmal bat er den Kaiser bei einer persönlichen Begegnung in Dresden um einen Posten in dem großen Kampf,
der bevorstand. Napoleon bot ihm, den er selbst zum König
gemacht hatte, eine untergeordnete Stellung als Untergebener
eines seiner Marschälle an. Jerome, in der bitteren Erinnerung
an die noch nicht vernarbte Wunde, die ihm in Polen geschlagen worden war, lehnte ab. Aber mochte auch der Kaiser
ihn an seiner verwundbarsten Stelle, seinem Stolze, treffen,
seine persönlichen Dienste geringschätzen, — der Napoleonischen
Sache, die auch die seine war, blieb sein Denken und Tun
geweiht. Mit ruhigem Ernst, fast mit Heiterkeit, hinter der
selbst seine Freunde die Überzeugung des Königs von der Un-
abänderlichkeit des kommenden Untergangs nicht zu ahnen vermochten, widmete er sich weiter der Reorganisation der Truppen
und sandte sie immer wieder zur Armee, sobald ihre Ausbildung es ermöglichte. Nicht er, der wissen mußte, daß die
Entblößung der Hauptstadt von allen Verteidigungsmitteln der
Preisgabe seiner Person gleichkam, sondern Reinhard war es
schließlich, der von der kaiserlichen Armee die Deckung Kassels
gegen die Scharen der immer näher anrückenden Kosaken forderte. Umsonst! Die Angst der Bewohner wuchs zusehends,
nur Jerome blieb ruhig. Im Morgengrauen des 28. September
waren die Russen vor den Toren. Die in der Nacht und am
Abend vorher unter des Königs Augen aufgeführten Barri-

laden, von den Königshusaren verteidigt, an deren Spitze der vierundachtzigjährige General von Schlieffen focht wie ein Rekrut, waren von der russischen Artillerie bald überwunden. Der Ministerrat trat zusammen: er überwand schließlich den Widerstand des Königs und vermochte ihn dazu, die Stadt zu verlassen, um sich mit den bereits angekündigten Hilfstruppen der kaiserlichen Armee zu vereinigen. Seine erste Empfindung hatte ihm den richtigen Weg gezeigt: die Stadt zu verteidigen bis zum letzten Blutstropfen, zu fallen eher als davonzugehen oder sich zu ergeben; daß er ihr nicht folgte, — wer will ihn darum richten? Die Hoffnung ist eine starke, lebenerhaltende Kraft, bei einem Mann von 29 Jahren vor allem. Zu bleiben bedeutete für ihn gewissen Tod oder Schlimmeres: russische Gefangenschaft. Und Größere als er haben zur rechten Zeit zu sterben nicht verstanden!

Am Nachmittage desselben Tages kapitulierte Kassel vor Czernischeff. Fünf Tage später verließen die Russen die Stadt. Und nach zwei weiteren Tagen erschienen zum Erstaunen aller die ersten königlichen Truppen wieder. Jerome folgte ihnen von Koblenz aus. Aber in jeder Stunde, die ihn Kassel näher führte, schien sich der Himmel mehr zu verdüstern: Bayern hatte sich vom Kaiser losgesagt, Württemberg schloß sich unter der Führung von Jeromes Schwiegervater seinen Feinden an, Bremen hatte kapituliert, in Scharen desertierten die Soldaten, um sich den Gegnern anzuschließen, und vom Kaiser selbst keine Nachricht! Trotz alledem trieb es Jerome nach Kassel zurück, — niemand wußte, warum. Am Abend des 16. Oktober traf er ein; zwei Tage darauf folgte dem Kaisertraum der Bonapartes das furchtbare Erwachen der Leipziger Schlacht. Bis zum Abend des 24. Oktober drangen nur dunkle Gerüchte von dem, was geschehen war, in die Stadt, bis sich die Masse der Alliierten langsam heranwälzte. Wo ist der Kaiser? Diese eine Frage peinigte Jerome unausgesetzt. Hilfe dem Kaiser! Dieser Gedanke beherrschte ihn schließlich allein. Alle, die die

Treue noch hielten, — es waren angesichts der wachsenden Desertion wenig genug —, ihm zuführen: dieser Wunsch wurde zum Entschluß. Mit einer kleinen, von allen Seiten zusammengezogenen Armee von 5000 bis 6000 Mann erreichte er Köln, ein anderer Truppenteil von demselben Umfang befand sich in Wesel. Nun, da er, ein König ohne Land und Krone, dem besiegten Kaiser gegenüberstand, hoffte er endlich als einfacher französischer General seine unter so schweren Opfern geschaffene und zusammengehaltene Armee in den Entscheidungskampf führen zu dürfen. Über seinen Kopf hinweg wurde dem Herzog von Tarent der Oberbefehl übergeben. So war er verurteilt, er, der treueste der Brüder, abseits zu stehen, als die letzten Kämpfe geschlagen wurden.

Napoleons Abdankung und der Einzug der Bourbonen machten auch Jerome zum Heimatlosen, Landesflüchtigen. Nachdem sein Schwiegervater, der König von Napoleons Gnaden, ihn in Württemberg, wo Katharina im Hause der Eltern Zuflucht glaubte finden zu können, zum Gefangenen gemacht, ihn unausgesetzt auf das ehrenrührigste behandelt hatte und seine tapfere treue Frau mit allen Mitteln der Überredung und der Drohung hatte bewegen wollen,[39] sich von ihm zu trennen, wurde ihm schließlich mit Weib und Kind, das ihm Katharina in der Zeit der tiefsten Erniedrigung geboren hatte, von jenem politischen Rechenkünstler Metternich, der in dem letzten Trauerspiel der Napoleoniden die Stelle des Mephisto spielen sollte, Triest als Aufenthaltsort angewiesen. Er wurde bewacht wie ein Gefangener; trotzdem erreichte ihn die Nachricht von Napoleons Flucht aus Elba, seinem Triumphzug durch Frankreich, und es gelang ihm, aller Bewachung und aller Gefahr zum Trotz, nach Frankreich zu entkommen, der erste und der einzige der Brüder des Kaisers, der sich zu seiner Fahne meldete. Mit dem Kommando einer Division belohnte ihn Napoleon, die bei Belle-Alliance den äußersten linken Flügel der Armee bildete, und aus deren Reihen die ersten Schüsse fielen, das Signal zur furchtbaren Schlacht. Gegen den Wald und das Schloß von Hougoumont stürzte Jerome tollkühn mit den Seinen, und überall, wo das Gewühl am dichtesten war, wehte sein weißer Mantel.[40] Als es zu Ende ging, blieb er in nächster Nähe Napoleons. „Zu spät, mein Bruder, hab' ich dich erkannt," soll der Kaiser im Augenblick, da sein Stern auf immer verlöschte, zu ihm gesagt haben.[41] Die Sage meldet, daß sie beide der erlösenden Kugel warteten. Wer aber zu so schwindelnder Höhe stieg, muß bis zum tiefsten Abgrund niedersteigen: zu Tausenden fielen die alten Krieger um sie her, ihnen aber war bestimmt, Schlimmeres zu ertragen als den Tod: die Verlassenheit.

Jeromes Leben war von da an, wie das aller Bonapartes, ein unstetes Wanderleben, unter ständigen, quälenden Sorgen. Wo er hinkam, war er ein Gefangener, von den Kreaturen Metternichs bewacht, der ihn in einem Bericht an die deutschen Souveräne für „einen der gefährlichsten und unruhigsten Köpfe der Bonaparteschen Familie" erklärte, und auf dessen Veranlassung die Mächte den Vertrag von Fontainebleau, durch den die Bourbonen verpflichtet worden waren, den Mitgliedern der Familie Bonaparte bestimmte Revenuen zukommen zu lassen, umstießen, weil es zu gefährlich sei, „den verwegensten der kaiserlichen Brüder, Jerome, mit Geldmitteln zu versehen.[42] Erst als der einsame gefesselte Adler auf fernem Felsen die große Seele ausgehaucht hatte, als sein junger Sohn der langsamen österreichischen Seelenvergiftung erlegen war und die Überreste des Welteroberers in der Erde des Landes ruhten, das sein Geist und sein Schwert zwei Jahrzehnte lang zum ruhmreichsten der Erde gemacht hatte — erst dann war es dem alternden Jerome, dem letzten der großen Napoleoniden, vergönnt, in Frankreich auszuleben. Zum Gouverneur der Invaliden ernannt, hütete er den toten Bruder, wie er dem lebenden gedient hatte, und starb, ein Greis, im Schatten des Titanen, unter dem sein Leben verflossen war.

Ist das das Bild des „Königs Lustik", das uns von allen Moralpredigern und guten Patrioten von klein auf als abschreckendes Beispiel verderblicher Sündhaftigkeit vor Augen geführt wurde? Haben in diesem Leben, vor allem in den sechs Jahren des westfälischen Königtums, von denen ein Jahr immer reicher war an Kämpfen nach innen und außen als das andere, alle jene schwülen Geschichten Platz, die die lange Regierungszeit eines Ludwig XV. kaum ausfüllen könnten? Es scheint, daß der Bruder des Mannes, den der Ruhm zu den Größten der Erde erhob, ein Opfer der historischen Legende werden mußte, weil Haß und Neid nicht emporreichte bis zu Napoleon selbst; die Ehre, den Namen dieses Halbgottes zu tragen, mußte er mit Verfolgung und Verbannung bezahlen.

Jerome war ein lebensfroher Mensch, mit einem empfänglichen, leicht zu entflammenden Herzen; der antike Schönheitskultus von Florenz, der Stadt seiner Ahnen, schien vor allem in ihm wieder lebendig geworden zu sein. In seiner Freigebigkeit kannte er keine Grenzen, und Freude zu bereiten, war für ihn die größte Freude. Seine erste Jugend, seine ganze Erziehung, in der die Frage nach dem materiellen Wert der Dinge nie eine Rolle spielte, unterstützten die Entwicklung dieser Seiten seines Wesens. Er war ein grandseigneur, — es gibt keine deutsche Bezeichnung dafür. Mit dem Maßstab des Kleinbürgers gemessen, war er ein Verschwender. Daß er es in einem anderen Sinne nicht sein konnte, dafür zeugt die finanzielle Lage seines Königreichs, der ständige Kampf mit den durch die Forderungen der Napoleonischen Politik entstehenden großen pekuniären Schwierigkeiten. Gewiß: sein Hof, der eines jungen strahlenden Fürsten, war ein glänzender, die leeren Räume der Schlösser von Kassel und Napoleonshöhe füllten sich bald nach seinem Einzug mit den schönsten Erzeugnissen der feinen Kunst der Empire; er und die Königin —, deren tatsächlich vorhandene Neigung zur Verschwendung zwar von Reinhard wiederholt getadelt und noch im Exil von

Jerome selbst im Zügel gehalten werden mußte, aber von den Sittenrichtern Jeromes, die den Franzosen, den „Erbfeind" treffen wollten und die deutsche Prinzessin daher schonten, sorgfältig verschwiegen wurde[43] —, hatten immer eine offene Hand für ihre Freunde. Gewiß: Jerome erwies sich oft als allzu gutmütig, indem er Unwürdige mit Geschenken überschüttete; noch für die Kinder seiner Freunde oder seiner im Kriege gefallenen Offiziere sorgte er in einer Weise, die seine Kräfte überstieg, und den Wünschen derer, die er liebte, konnte er niemals widerstehen. Aber der finanzielle Ruin Westfalens war zum geringsten Teil seine Schuld: er war schon vorhanden, als er die Regierung übernahm, und mußte durch die furchtbaren Erfordernisse der Napoleonischen Kriegszüge notwendig zum Äußersten führen. Was aber die Berichte über Jeromes wahnsinnige Verschwendungen noch sicherer in das Bereich der Märchen verweist, ist die Tatsache, daß Jerome, der beschuldigt worden ist, ein großes Vermögen aus Westfalen mitgenommen zu haben, schon auf dem Wege von Kassel nach Köln gezwungen war, seine letzten Pferde, ein herrliches Gespann von sechs Schimmeln, für neunzehnhundert Frank zu verkaufen, und daß er schließlich nur ein bares Vermögen von 80000 Frank besaß. Er und die Königin waren genötigt, alles, was sie an Wertsachen ihr Eigentum nannten, — Brillanten, Perlen, Silber, Kunstgegenstände —, zu verkaufen, um überhaupt existieren zu können.[44]

Aber wenn er schon kein verbrecherischer Verschwender war, so ist er doch ein Wüstling gewesen, sagen die Tugendhaften, die zwar das „Austoben" ihrer eigenen Jugend für selbstverständlich halten, aber an den korsischen König von 23 Jahren den strengsten Maßstab der Moral anlegen zu müssen glauben.

Seine Zeitgenossen erzählen von ihm, wie schön und verwegen, von welch bestrickender Liebenswürdigkeit er gewesen ist. Noch als Greis wußte er die Menschen zu faszinieren. Küster rühmte von Kassel aus seine große Güte für hoch und niedrig, und sein strahlendes, alle mit sich fortreißendes Temperament;⁴⁵ Reinhard, der ihm kritisch genug gegenüberstand, schrieb: „Nichts ist der Leichtigkeit und Würde zu vergleichen, mit der der König repräsentiert; nichts erscheint angelernt, nichts studiert. Man sieht, daß ihn die Krone nicht drückt, die er trägt, weil er sich würdig fühlt, sie zu tragen."⁴⁶ Und diese Krone fiel ihm in den Schoß, da er kaum 23 Jahre alt war! Zu gleicher Zeit aber fesselten ihn politische Rücksichten an ein Weib, das sein Herz nicht begehrt hatte, das er erst nach und nach zu lieben lernte.

In Kassel strömte ein buntes Gemisch von Abenteurern und alten Aristokraten seinem Hofe zu. Viele, die sich später als Freiheitskämpfer ihrer Vaterlandsliebe nicht laut genug rühmen konnten, umschmeichelten ihn und empfingen dankbar Geld und Orden und Würden aus seinen Händen. Die Frauen vor allem, ehrgeizige und leichtsinnige, solche, die den König beherrschen, und solche, die von dem schönen Manne geliebt sein wollten, drängten sich in seine Nähe. Und er war kein prinzipienfester Tugendbold, — korsisches Blut ist wild und heiß —, er liebte die schönen Frauen. Es bedurfte keiner Verführungskünste, um sie zu besitzen; wie der Prinz im Märchen vom Rosengarten war er: die Rosen schmiegten sich ihm von selbst zu Füßen, er brauchte sie nicht zu brechen. Die Gräfin Truchseß=Waldburg, geborene Prinzessin von Hohenzollern, kam mit der Absicht, ihn zu gewinnen, an den Hof, die Gräfin Bocholtz war ihre Rivalin in diesem Kampf.⁴⁷ Reinhard, der in seinen Berichten nach Paris jedes Detail eines Maskenballes sorgfältig registrierte, allen Hofklatsch der Schilderung für wert befand, weiß wohl von denen zu erzählen, die das Herz des Königs entflammten, aber von den wüsten Orgien, die jene übel duftende, gleich nach dem Sturz des Königs anonym erschienene „Geheime Geschichte des ehemaligen westfälischen Hofes zu Kassel"⁴⁸ behaglich und weitschweifig darstellt, weiß er nichts. Auch der kleine Page von Lehsten, dessen Erinnerungen Otto von Bolten=

stern kürzlich veröffentlichte, weiß nichts davon. Von schönen Frauen und frohen Festen erzählt er, auch davon, daß der König die Liebe genoß, aber zu gleicher Zeit erklärt er, daß die geringste Verletzung des Anstands, daß zweideutige Äußerungen und öffentliche Galanterien am Hofe vom König selbst auf das strengste bestraft wurden und „kein Beispiel bekannt war, wonach die Unschuld eines jungen Mädchens von gutem Ruf durch Verführungskünste untergraben worden wäre".[49] Neuerdings schien dagegen ein Buch Moritz von Kaisenbergs über Jerome dem alten Klatsch neue Nahrung zu geben. Bei näherer Prüfung aber zeigt es sich, daß ein großer Teil der veröffentlichten Briefe fingiert ist und dem romanhaften Charakter des Ganzen entspricht. Die darin erzählten Schauergeschichten sind vielfach wörtlich jener ominösen „Geheimen Geschichte" entnommen, die auch vielen ebenso wertlosen wie tendenziösen Romanen das Material geliefert hat.[50] Kein Patriotismus ist ja auch wohlfeiler wie der der Beschimpfung des Feindes, und durch nichts fühlt die eigene gemeine kleine Seele sich wohltuender erhoben, als wenn sie Hochgestellte im Schmutze findet. Ohne diese fatale menschliche Eigenschaft würden Klatsch und Verleumdung es nicht so leicht haben, an Stelle der Wahrheit zu treten. Auch nicht angesichts der Person des Westfalenkönigs, dessen Charakter eine unumstößliche Rechtfertigung gefunden hat. Für ihn gilt, wie für Faust: das Ewig-Weibliche zieht uns hinan.

Katharina von Württemberg war ihm ohne Liebe vermählt worden. Bald nach der Hochzeit schon schrieb sie an ihren Vater: „Ich bin die glücklichste der Frauen und kann der Vorsehung nicht genug danken, daß sie mein Schicksal mit dem der besten der Männer vereint hat."[51] Reinhard berichtete von Kassel aus an den Kaiser: „Das Leben der Königin ist nur von der der Anbetung gleichkommenden Liebe zum König beherrscht."[52]

Das Tagebuch der Königin bringt auf jeder Seite die rührendsten Beweise ihrer Liebe und ihres Vertrauens.[53] Während der häufigen Trennungen korrespondierten die Gatten täglich miteinander, und über einen langen Zeitraum verstreut finden sich in den Briefen der Königin folgende Stellen: „Ich habe nur Dich in der Welt" — „Lieber nehme ich alle Unannehmlichkeiten auf mich, als das Unglück, Dir mißfallen" — „Du weißt, daß nichts mich so zur Verzweiflung bringt und mich so unglücklich macht, als von Dir getrennt zu sein."[54]

Nach dem Sturze des Kaiserreichs, als Katharina für sich und ihr Kind einer vollkommen unsicheren Zukunft entgegensah, bot ihr ihr Vater ein Schloß in Württemberg und eine gesicherte, ihrem Rang entsprechende Existenz an für den Preis ihrer Trennung von Jerome. Aber während Napoleons Gattin den vom Glück Verlassenen ruhig verriet und seinen und ihren Sohn um ihres Wohllebens willen an Österreich auslieferte, schrieb Katharina ihrem Vater: „Durch die Politik gezwungen, den König zu heiraten, hat das Schicksal es doch gefügt, daß ich die glücklichste Frau wurde, die es geben kann. Alle meine Gefühle gehören ihm: Liebe, Zärtlichkeit, Bewunderung," und sie erklärte zum Schluß: „Der Tod oder mein Gatte, das ist die Devise meines Lebens!"[55]

Einem Mann, der ein Wüstling ist, kann eine Frau sich vielleicht aus falschem Pflichtgefühl opfern, nie aber wird sie ihm die heiße Liebe eines Lebens weihen, — jene Liebe, die selbst die schwerste Probe besteht: daß das Herz des anderen nicht stets in gleicher Liebe für sie entbrannte.

Allen Schmutz, den Neid und Haß und böswillige Verleumdung auf Jeromes Grab gehäuft haben, spült der Strom der Liebe Katharinas fort, und gelingt es ihm nicht ganz, bleibt noch etwas von ihm an den bunten Blumen der Erinnerung haften, die darauf wachsen wollen, so weiß ich von einer anderen Liebe, einer heimlichen, stillen, die auch die letzten Blättchen reinwäscht. Von ihr will ich erzählen.

Diana von Pappenheim

Ein alter Brief liegt vor mir, rauh das Papier, die Schrift verblaßt, auf dem gelben, mit Stockflecken besäten Umschlag ein zerdrücktes Siegel, das mit zierlichen Blumenkränzen umwundene Wappen der Freiherren von Pappenheim: ein schwarzer Rabe im Schild und auf dem Helm — ein schwarzer Unglücksrabe. Die Adresse lautet: A Mademoiselle Diane, Comtesse de Waldner, Dame d'honneur de S. A. I. Madame la grande Duchesse et Princesse héréditaire de Saxe-Weimar à Pyrmont. Datiert ist der Brief vom 15. Juli 1806 aus Stammen, dem Familiengut der Pappenheims; der ihn schrieb, war der Kammerherr des Herzogs Karl August von Weimar, Wilhelm Maximilian von Pappenheim. Der Werther-Geist der Zeit atmet in seinem eleganten Hoffranzösisch, und seltsam warnend tönt für den, der rückwärts schaut, die Stimme des Schicksals zwischen den Zeilen. Also lautet er:

„Meine geliebte Freundin! Der Brief, den ich gestern das Vergnügen hatte, Ihnen zu schreiben, wird schon in Ihren Händen sein. Ich reise morgen früh nach Kassel und Fulda. In sechs Tagen hoffe ich wieder hier zu sein und eine Menge Briefe von Ihnen vorzufinden .... Ich habe viele gute Bücher eingepackt, die ich nach Weimar schicke, damit sie uns nächsten Winter recht unterhalten mögen. Ich fühle mehr denn je, daß der Geist immer beschäftigt werden muß, wenn wir nicht in Gefahr geraten sollen, in unserer Entwickelung zurückzugehen, wovor uns Gott behüten möge. Ich treffe hier alle Vorbereitungen, daß, wenn ich im Oktober oder November auf acht Tage zurückkehren muß, Sie mich begleiten können und gut untergebracht sind ...

Schreiben Sie mir bitte recht genau, wie Ihr Befinden ist! Sehen Sie zuweilen meinen Freund Laffert? Rät er Ihnen nicht, das Tanzen, als ein frivoles, für ein junges Mädchen gefährliches Vergnügen, aufzugeben? Welche Vergnügungen haben Sie nicht, während ich es bitter empfinde, von Ihnen getrennt zu sein . . .

Ein kleiner Spaziergang in den Feldern hat mich eben zu einem Platze geführt, wo ich vor vier Jahren begonnen hatte, einen Garten, eine Einsiedelei, kurz einen Raum zu verwirklichen, so wie er Ihnen gefallen würde. Das Herz klopfte mir: als ich Stammen verließ, um in Weimar Dienst zu tun, mußte ich eine Unternehmung vernachlässigen, die mir so viel Freude gemacht und von der ich mir so süße Freuden versprochen hatte; die Mauer war schon zur Hälfte aufgeführt, da befahl ich, die Arbeit zu unterbrechen, weil ich nicht mehr zurückzukehren glaubte; jetzt, da ich mich mit einer so liebenswürdigen Frau verbinden will, schlich sich der Wunsch, sie wieder aufzunehmen, leise in mein Herz. Wie glücklich wäre ich, Sie mir zur Seite zu sehen in dem Lande, wo ich geboren bin! Der Gedanke, daß Sie zu jung sind, um den Zerstreuungen der Welt zu entsagen und auf dem Lande zu leben, stimmte mich traurig, und ich sah, daß man nicht alles zusammen wünschen und haben kann. Wenn Sie zum mindesten diesem Lande so viel Geschmack abgewinnen könnten, um den Sommer hier zuzubringen! Dann hätte Weimar im Winter stets neuen Reiz für uns beide. Das Land ist schön, man würde mit braven Menschen leben, man genösse all das, was ich besitze, ohne jetzt irgend etwas davon zu haben: die Jagd, die Fischerei, die Gärten, die Früchte bis hinab zu den kleinsten Bedürfnissen des Lebens. O laß uns leben und lieben, wie unsere guten Vorfahren hier lebten und liebten! Entschließen wir uns dazu, uns in ein paar Jahren hier zurückzuziehen! Wollen Sie? Geben Sie mir diese Hoffnung und glauben Sie denen nicht, die Ihnen sagen werden, daß Sie für das Landleben nicht geschaffen sind. Sie haben Geist genug, um mit einem Gatten, der Sie zärtlich liebt, überall leben zu können. Während meines Lebens habe ich mich immer in den süßen Illusionen einer vagen Hoffnung gewiegt; seitdem ich

Ihnen verlobt bin, beginne ich an ihre Wirklichkeit zu glauben. Mein Schicksal ist entschieden; ich bin glücklich; wer aber wollte dann nicht dort leben, wo er die meisten Freunde hat, wo er geboren ist — in der Heimat! Wir können leicht auf alle Karriere verzichten, wenn der Ehrgeiz und die Freuden der großen Welt uns nicht verführen, die oft nichts als Reue hinterlassen oder nur vorübergehende Vergnügungen bringen, bei denen Geist und Herz leer bleiben . . ."

Aus einem Bilde der Zeit, zu dem meine Augen hinüberschauen, lächelt der üppige kleine Mund der Braut, eines entzückenden, kaum achtzehnjährigen Mädchens mit tief in die Stirn fallendem blondem Kraushaar mir entgegen. Diesen Brief, diesen einzigen Brief bewahrte sie von dem, der ihr Gatte wurde, ihr Leben lang.

Im Schlosse der Eltern in Ollwiller im Elsaß, zu Füßen der alten Ruine Freundstein, der ihr Geschlecht seinen Namen verdankte, war sie im Jahre 1788 geboren worden. Wieso sie nach Weimar kam und Maria Paulownas, der jungen Erbgroßherzogin Hofdame wurde, weiß ich nicht. Kaum zwei Jahre scheint sie dort gewesen zu sein. Im Herbste 1806 heiratete sie den mehr als 20 Jahre älteren Pappenheim, ein Jahr darauf, als ihr erster Sohn geboren worden war, erreichte ihren Gatten das Dekret des Königs von Westfalen, das an alle im Auslande lebenden Kurhessen erging, bei Androhung der Einziehung seiner Güter nach Westfalen zurückzukehren. Was Pappenheim von seiner Braut vergebens erfleht, von seiner Frau vergebens verlangt hatte, Jeromes Befehl sollte es erzwingen: das Leben in der Heimat.

Anders freilich, als er es sich geträumt hatte: statt in den stillen Frieden des ländlichen Besitzes führte der Weg in die rauschenden Feste des Kasseler Hoflebens. War es sein Ehrgeiz, war es ihre Lebenslust, die solche Entscheidung traf, — wer weiß es? Im Sommer 1808 kam er mit seinem kleinen Sohn und seiner hochschwangeren Frau, die im September

Diana von Pappenheim

ihrem zweiten Sohn das Leben gab, nach Kassel.[56] Bereits im Winter danach muß das Pappenheimsche Paar am Hof erschienen sein, und die junge Frau mit der herrlichen Gestalt, der schneeweißen Haut, den lachenden blauen Augen und jenem unbeschreiblichen Liebreiz, der weniger in der Regelmäßigkeit der Züge als in der Anmut des ganzen Wesens bestand, muß schon bei ihrem ersten Auftreten die Aufmerksamkeit aller auf sich gezogen haben. Ihre Jugend allein, die der künstlichen Mittel nicht bedurfte, um zu bezaubern, stellte die älteren Damen des Hofes in den Schatten und reizte ihren Neid. Bei Gelegenheit eines Maskenballes, am 5. Februar 1809, erlaubte sich eine von ihnen unter dem Schutze der Masken= freiheit, Herrn von Pappenheim mit seiner so viel jüngeren Frau zu necken; Gräfin Truchseß, so berichtete der Allerwelts= geschichtenträger Reinhard nach Paris, machte aus dem Spaß eine große Klatschgeschichte, die dem König zu Ohren kam und wohl bösartiger Natur gewesen ist, denn bereits am 16. Februar erhielt die ebenso ehrgeizige wie eitle Frau den Befehl, den Hof auf immer zu verlassen,[57] Pappenheim aber wurde zum Grafen und zum ersten Hofmarschall ernannt, während Diana als Palastdame in den Hofstaat der Königin eintrat.[58]

Ein Nervenleiden, das Pappenheim bereits 1795 gezwungen hatte, den Soldatendienst als Major der kurhessischen Leibgarde aufzugeben und sich einige Jahre in der Stille von Stammen zu erholen, machte sich inzwischen wieder geltend; und neben ihm, dem alternden kranken Mann, sah Diana in der Blüte ihrer Schönheit und Jugend den jungen strahlenden König. War es ein Wunder, daß ihr Herz sich ihm hingab, vielleicht lange, bevor sie es sich selbst gestand? Daß sie sich wehrte gegen die erwachende Leidenschaft, daß sie dem heimlichen Werben des Königs aus dem Wege ging, dafür zeugt ein Bericht Reinhards aus dem Jahre 1809. Nach der Rückkehr des Königs aus Sachsen, so erzählten die bösen Zungen in Kassel, sollte es zu einer Einigung zwischen beiden gekommen sein. „Die Abreise der Gräfin nach Weimar," so fügt Reinhard hinzu, „straft das Gerücht Lügen." Sie kehrte erst zurück, nachdem die Königin wieder in Kassel eingetroffen und Pappenheim aus Aix-la-Chapelle, wo er Genesung gesucht hatte, heimgekehrt war. „Noch kann man also," schloß der alte Zyniker seinen Bericht, „an die Tugend der Gräfin glauben."[59]

Im März 1810 begleitete sie die Königin nach Paris. Ihr Mann jedoch wird im Gefolge des Königs nicht genannt. Der Glanz des Pariser Lebens, wo ein Zauberfest das andere jagte, die lachenden Frühlingstage, die bis in den Juni hinein eine Schar fröhlicher, junger Menschen auf Frankreichs glücklicher Erde festhielt, enthielten jene süße berauschende Luft, in der die Blume der Leidenschaft rasch emporblüht und sich wundervoll entfaltet. Niemand freilich wußte davon, die Lästerzungen schwiegen, auch als es wieder heimwärts ging nach Kassel, erwähnte Reinhard in seinen Berichten den Namen der Gräfin Pappenheim nicht, nur von der zunehmenden Krankheit ihres Mannes war hier und da die Rede.[60] Da kam der trübe Winter 1810/11 nach der Zurücknahme Hannovers durch den Kaiser. Vor allen Festen fliehend, zog sich das Königspaar mit wenigen Getreuen, unter ihnen Diana von Pappenheim, nach Napoleonshöhe zurück. Hier, wo sie des Königs zerrissene Seele sah, wo zu der großen Liebe jene Empfindung hinzutrat, die dem Weibe die letzten Waffen nimmt, — das Mitleid —, öffnete sich ihm ihr Herz. In dem kleinen Landhaus Schönfeld, zwischen Kassel und Napoleonshöhe, trafen sich die Liebenden und vergaßen im Feuer ihrer Leidenschaft den harten Winter, der draußen mit starren Fingern an die Fenster klopfte, und das eisige Schicksal, das alle Blumen der Hoffnung zu knicken drohte.

Am 7. September 1811 brachte Diana das Kind ihrer Liebe zur Welt: Jenny, die Jerome über die Taufe hielt und die, da der Gatte Dianens noch nicht von ihr getrennt lebte, als seine eheliche Tochter anerkannt wurde. Bis dahin hatten selbst die böswilligsten Lästerer das Geheimnis von Jeromes und Dianens Liebesbund nicht zu entdecken vermocht, das Kind mit den leuchtenden, dunkeln Augen, der gelblichen Haut, dem fein geschwungenen Näschen war seine Offenbarung. War es wohl auch sein Händchen, das den unglücklichen Pappenheim, dessen Geist sich mehr und mehr umnachtet hatte, in das Dunkel stieß, aus dem es ein Entweichen nicht mehr gab? Diana geleitete den Schwerkranken nach Paris und blieb bei ihm, bis die Ärzte ihr keine Hoffnung mehr gaben. Welche Qualen mögen sie gefoltert haben in dieser Zeit, wie zerrissen mag ihr Herz gewesen sein von der Not des Gewissens, von der unbesiegbaren Glut sehnsüchtiger Liebe!

1812 schrieb Reinhard nach Paris: „Die Gräfin Pappenheim ist zurückgekehrt und wohnt gegenüber dem Schloß in der Wohnung, die der Oberhofmarschall zuletzt innegehabt hat. Ihr Mann ist noch immer in Paris in der Behandlung des Dr. Pinel."[61] Kurze Zeit später zog ein stiller Gast in Stammen ein, und zwei Jahre noch blickten die armen, blöden Augen über die Fluren seiner Väter hinaus, die er so sehr geliebt hatte. Diana besuchte ihn zuweilen, er kannte sie nicht mehr.

Die drohenden Gewitterwolken, die sich um das Schicksal ihres Geliebten zusammenzogen, vor denen so manche, die ihn in Tagen des Glücks umschmeichelt hatten, feige entflohen, fesselten sie nur noch mehr an seine Seite, gaben ihrer Liebe die Weihe gemeinsam getragenen Leids. Und ein Kind von ihm trug sie wieder unter dem Herzen, ein Kind, das vor der Welt keinen Vater haben würde. Sie prunkte nicht mit ihrer Liebe, denn nicht Glanz und Einfluß verlangte sie von ihm, und der König war weit davon entfernt, sich wie ein prahlerischer Roué vor der Welt mit der schönen Geliebten zeigen zu wollen. Darum legte sich schützend der Schleier des Geheimnisses um sie, darum enthalten selbst die späteren Skandalgeschichten kein Wort von Diana von Pappenheim.

Ihre Entbindung stand nahe bevor, als die Russen in Kassel einzogen. Die Angst um sie, die den König folterte, trieb ihn noch einmal nach Kassel zurück zu jenem kurzen Aufenthalt, den niemand begriff und den seine Feinde dahin deuteten, daß er im Schloß verwahrte Reichtümer noch heimlich habe entfernen wollen. Er hatte noch gerade Zeit, die Geliebte in Schönfeld in Sicherheit zu bringen, dann war mit dem Königstraum der Liebestraum vorbei, und niemals sahen sie sich wieder!

In der Zelle des stillen Pariser Klosters Notre-Dame des Oiseaux saß ein Vierteljahrhundert später eine junge Nonne am Schreibtisch und schrieb einer fernen, unbekannten deutschen Schwester diese Zeilen:

„... Und nun, meine liebe Jenny, will ich die Zweifel zerstreuen, die Deine Gedanken zuweilen bewegen, denn mehr als einmal habe ich, meine geliebte Schwester, mit Madame Duperré von Deiner und meiner Geburt gesprochen. Sie war, wie Du ganz richtig sagst, die intimste Vertraute unseres Engels von Mutter, ihr übergab mich Mama im Augenblick meiner Geburt. Damals, 1813, brachte der König, — genötigt, sein Reich zu verlassen —, noch die geliebte hochschwangere Frau nach dem Schlosse Schönfeld, wo ich geboren wurde und dessen Namen ich trug. Da Mama genötigt war, in Deutschland zu bleiben, und mich nicht mit sich nehmen konnte, denn Herr von Pappenheim war schon seit langem wahnsinnig und von ihr getrennt, vertraute sie mich ihrer besten Freundin an, nachdem sie ihren Schmuck und alle ihre Wertsachen verkauft hatte, um meine Existenz sicherzustellen. In der Verzweiflung dieser Stunden, wo sie glaubte, als Buße für ihre Sünden alle Bande zwischen sich und dem König zerreißen zu müssen, folgte sie dem Rate der Freundin und teilte ihm mit, ich sei gestorben. Madame Duperré sagte mir, daß sie in ihrem ganzen Leben nichts so bitter bereut habe, wie diesen Rat, den sie erteilte, denn des Königs damals tiefverwundetes Herz litt nicht nur sehr unter der Nachricht, es wäre für ihn eine Freude gewesen, für mich forgen zu können. Bei Dir lagen die Verhältnisse anders. Du wurdest geboren, als unser Vater noch regierte und Mama und Herr von Pappenheim formell zusammenlebten. Das ermöglichte Deine scheinbare Legitimität; der ganze Hof jedoch wußte, daß Du des Königs Tochter seiest, und die Natur selbst schien es beweisen zu wollen, indem sie Dich schon als kleines Kind zu Deines Vaters genauem Ebenbild formte. Aber auch Mama hat es wiederholt Madame Duperré versichert, und als ich mit unserem Vater, der sich inzwischen überzeugen konnte, daß ich nicht gestorben und nicht mit Dir identisch bin, das erstemal zusammenkam, sprach er mir sofort von Dir und erzählte mir alles genau so, wie Madame Duperré es mir schon tausendmal wiederholt hatte. Wir beide sind die einzigen Kinder aus dem Liebesbund zwischen unserer Mutter und dem König. Gottfried und Alfred sind nicht unsere rechten Brüder, denn der eine war schon geboren, als die Pappenheims an den Hof kamen, und den anderen trug sie gerade unter dem Herzen. Ich verstehe vollkommen, meine geliebte Schwester, daß die Rücksicht auf das Andenken Deiner Mutter und die Wohlfahrt Deiner Kinder Dich dazu bestimmen, Deine Beziehungen zu Papa vor ihnen zu verschleiern. Mein und sein Wunsch beschränken sich darauf, daß Du Deinem Herzen freien Lauf läßt, Deinem Vater all die Liebe entgegenbringst, die er verdient und die unsere verklärte Mutter für ihn von uns fordert.

Immer wieder hat sie in ihrem Briefwechsel mit mir von unserer Herkunft erzählt und mir das Versprechen abgenommen, Dir nichts davon zu sagen. ‚Im Augenblick aber,' so schrieb sie mir, ‚wo die Verhältnisse Dir eine Begegnung mit Deinem Vater gestatten werden, was so lange unmöglich ist, als er im Exil lebt, und wo er Dir von Deiner Schwester spricht, soll es Deine erste Aufgabe sein, Jenny aufzuklären und sie in meinem Namen zu bitten, all die Liebe und Zärtlichkeit, die ein Kind seinem Vater schuldig ist, ihm entgegenzubringen und ihn nicht des Glückes zu berauben, der Zuneigung seiner Tochter sicher sein zu dürfen.' Dieser Brief, liebste Schwester, aus dem ich Dir diese Zeilen abschreibe, ist der einzige, den ich noch von unserer Mutter besitze, — auf ihren Wunsch mußte ich ihre Briefe vernichten —, aber dieser eine genügt auch, um alle Deine Zweifel zu beseitigen. Nachdem er seine Aufgabe erfüllt hat, will ich auch ihn verbrennen. In diesen stürmischen Zeiten wissen wir niemals, was geschehen kann. Gerade uns Klosterschwestern kann die Revolution gefährlich werden, und ich will nicht, daß irgend etwas von unserem Engel von Mutter in Hände fallen soll, die es entweihen. Schweren Herzens trenne ich mich von dieser letzten Reliquie, aber dem Andenken und der Liebe zu unserer Mutter muß ich dies Opfer bringen...

Papa verläßt mich soeben, er trägt mir alles Zärtliche an Dich auf. Wie sehnt er sich danach, Dich zu umarmen, aber da es in diesen Zeiten nicht möglich ist, mußt Du ihn und mich dadurch entschädigen und unsere Trennung erträglich machen, daß Du recht oft schreibst. Je näher ich unseren Vater kenne, desto mehr liebe und verehre ich ihn. Ich versichere Dich, meine liebe Jenny, man hat viel Böses von ihm erzählt, dessen er nie fähig gewesen ist. Viel ist in seinem Namen geschehen, wovon sein gütiges Herz nichts wußte, und Neid und Haß, die dem Glück wie der Größe auf den Spuren folgen, haben sein Bild beschmutzt und verzerrt. Wir haben die Aufgabe, ihn durch unsere Liebe viel unverdientes Leid vergessen zu machen...

                              Deine Schwester Pauline."

Das Leben hatte das Haar des Vaters bleichen, der Tod die schönen Augen der Mutter schließen müssen, ehe Jenny erfuhr, von wessen Blut sie war, und daß hinter Pariser Klostermauern ihr noch eine Schwester lebte.

In der Familie wußte jeder, daß diese Frau mit den napoleonischen Zügen eine fremde Blume war, nicht dem friedlichen

Hausgärtchen deutscher Familiensippe entsprossen. Ihr selbst
war es ein nur dunkel geahntes Geheimnis geblieben. Auf
welche Weise sie es erfuhr, weiß ich nicht, denn die ersten
Briefe der Nonne, ihrer Schwester, an sie, befanden sich nicht
in dem mir übergebenen Paket. Es enthielt nur die folgende
kleine Auswahl aus der während vieler Jahre bis zu Jeromes
Tode im Jahre 1861 und bis zu dem der Nonne in den
achtziger Jahren lebhaft geführten Korrespondenz, die bloß
durch wiederholten Aufenthalt meiner Großmutter in Paris
unterbrochen wurde. Die Briefe bedürfen keines Kommentars.
Nur tote Blätter sind es, und die sie schrieben, schlafen schon
lange den ewigen Schlaf, aber die Liebe, die in ihnen atmet,
füllt sie mit warmem Blut und lebendigem Leben.

Von Diana blieb nicht viel erhalten. Ein paar Bilder,
von denen jedes ein anderes Antlitz zeigt: das süße, lachende
Mädchen zuerst, eine schöne, kühle Frau zuletzt. Und ein Brief
an Jenny, ihre Tochter. Wie der des liebenden, hoffnungs-
vollen Bräutigams der einzige ist, der von des unglücklichen
Pappenheim Hand, trotz des Jahrhunderts, das über ihn hin-
wegging, erhalten blieb, so ist der Brief der sterbenden Diana
der einzige, der von ihr zeugt. In jenem lag, dunkler Ahnungen
voll, die Zukunft verborgen, in diesem weint und schluchzt der
Schmerz der Vergangenheit. Hier ist er:

Weimar, 20. Oktober 1844.

Meine liebe Jenny!

Ich frage nicht mehr, ob ich schreiben darf — ich schreibe!
Denn ich kann Dich versichern, daß es mir schlechter geht als
im Augenblick der Abreise. Eine tiefe Melancholie erfüllt
meine Seele, eine schreckliche Mutlosigkeit beherrscht mich. Wer
nur trösten will, glaubt mir versichern zu müssen, daß gar
keine Gefahr vorhanden ist, und ich kann nicht einmal daran
zweifeln! Schon ein Monat schrecklichster Qualen, und noch
kein Schritt näher der Ewigkeit. Und all diese Leiden sollen

sich noch oft wiederholen, ehe das Ziel erreicht ist. — O mein Gott, welchen Prüfungen willst Du mich noch unterwerfen!

Ich möchte mich einsperren können und mich vor keines Menschen Augen zeigen; meine Nächte sind immer schlecht, am Morgen habe ich die Empfindung, als hätte ich eine Schlacht gewonnen. Man umgibt mit Sorge und Liebe dieses nutzlose Leben, das zwischen Bett und Lehnstuhl hin und her vegetiert. Wenn diese Zeilen Dir Tränen erpressen, — ich kann's nicht ändern, ich kann nicht anders schreiben, und Du weißt ja, daß ich nicht sterben werde! Du darfst auch nicht daran denken, herzukommen. Du kennst meinen Grundsatz meinen Töchtern gegenüber: daß ihre erste und heiligste Pflicht sie neben ihre Gatten und ihre Kinder stellt. In meinem Zustand wirken auch Schmerz und Freude gleichmäßig stark auf mich; erlaubt man jemand bei mir einzutreten, den ich lange nicht gesehen, so ergießt sich ein Strom von Tränen aus meinen Augen, und dann kommt das Fieber. Vielleicht werden Monate, Jahre über meine tiefeingewurzelte Krankheit vergehen — wie könntest Du darüber auch nur eine Deiner nächsten Pflichten vernachlässigen, während ich nichts brauche als Ruhe, Stille und Einsamkeit.... Ach, könnte ich von dort oben zu Dir hinuntersehen, dann hättest Du den schönsten Trost: meine Mutter hat die dunkle Schranke überschritten, sie ist dort, wo mein Wunsch und mein Gebet sie hingeleitete.

Ich schließe, meine Jenny, meine geliebte Tochter, denn kein Wort könnte ich äußern, das nicht das Echo eines kranken Körpers und einer tieftraurigen Seele wäre. Bete für mich, mein Kind, aber bete nicht, daß der Gott der Güte mir dies Leben erhalten möchte, das auf mir lastet und immer auf mir lasten wird...

Briefe der Nonne mère Marie de la Croix (Gräfin Pauline Schönfeld) und des Königs Jerome Napoleon

Paris, den 5. Februar 1848.

Im Augenblick verlasse ich meinen teuren Vater, meine liebste Schwester, und ich beeile mich, mit Dir zu reden; da dieser beste Vater mir sehr ans Herz gelegt hat, Dich nicht lange ohne Antwort zu lassen — ein überflüssiger Rat, denn meine Liebe zu Dir würde mir nicht gestatten, Dir nicht so rasch als möglich von demjenigen zu sprechen, der uns so sehr liebt, und dem ich so viel an Liebe weihe, als mein Herz zu geben imstande ist. Deinen Brief, meine Jenny, erwartete ich mit größter Ungeduld, denn jedesmal, wenn ich unseren geliebten Vater sah, frug er danach; er schien zu ahnen, daß dieser Brief seinem Herzen wohl tun würde. Und das geschah, meine geliebte Schwester: ich wollte, Du hättest seine tiefe Bewegung sehen können, als er von den warmen Gefühlen erfuhr, die für ihn in Deinem Herzen Eingang zu finden scheinen; große Thränen füllten seine Augen, und von Zeit zu Zeit wiederholte er: „So werde ich denn auch die Liebe meiner Jenny besitzen! Und Dir, meine Pauline, verdanke ich dieses Glück! O sage es Deiner Schwester, daß sie einen Vater hat, der sie zärtlich liebt und der sehr darunter gelitten hat, sich ihrer Nähe und ihrer Zärtlichkeit nicht erfreuen zu dürfen!" Du wirst gut tun, meine Jenny, ihm selbst zu schreiben, sein Vaterherz würde dafür sehr empfänglich sein. Ja, meine Jenny, wir müssen uns bemühen, ihn mit allem erdenklichen Glück zu umgeben; das ist eine Pflicht, deren Erfüllung unser Engel von Mutter vom Himmel herab von uns verlangt. Unser Vater sagt von ihr, daß sie eine Frau ohne Gleichen gewesen wäre und er ihr immer das zärtlichste Andenken bewahrte.

den 6. Februar.

Wenn Du an Papa schreibst, so adressiere den Brief an mich; ich kann Dir seine Adresse nicht geben, weil er in wenigen

Tagen seine Wohnung zu wechseln gedenkt. Es ist keine Rede davon, daß er sich etwa in der Nähe von Paris ankauft; er hat noch keine festen Pläne, solange seine Geschäfte nicht ganz geregelt sind. Alle Welt scheint ihm wohl gesinnt, aber die Welt ist zuweilen falsch, darum ist er in großer Unruhe, bis das Gesetz von der Kammer angenommen ist. Sobald die Entscheidung fällt, teile ich sie Dir mit. Ich hoffe sehr, daß die Pension, die er fordert, ihm bewilligt wird, denn unser guter Vater lebt auf großem Fuß, will immer schenken und helfen und Andere glücklich machen. Für sich selbst braucht er fast nichts, aber Anderen gegenüber ist er von einer beinahe zu großen Generosität. Was Napoleon betrifft, so ist er der beste Sohn, der sich denken läßt; kein Tag vergeht, ohne daß er seinen Vater, den er vergöttert, sieht; er arbeitet viel und sucht seinem Vater alles Unangenehme aus dem Wege zu räumen; da es aber keine vollkommenen Wesen giebt, so amüsiert er sich und macht leider viel von sich reden, was unseren Vater sehr beunruhigt. „Aber," so sagt Papa, „meine Predigten packen ihn nicht, weil das Beispiel fehlt, das ihnen Gewicht geben könnte! Die Sünden der Jugend, die wir an unseren Kindern büßen!" Napoleon hat ein weiches Herz, was für Papa notwendig ist, da er es sehr gern hat, von seinen Kindern zärtlich behandelt zu werden. Mathilde ist der Gegensatz ihres Bruders, sie ist kalt, vor allem ihrer Familie gegenüber. Sie scheint nichts zu lieben als ihre Freiheit, besucht den Vater nur an seinen Empfangstagen und hat keinerlei Bedürfniß, ihn allein zu sehen; sein Kommen und sein Gehen ist ihr vollkommen gleichgültig. Sie ist eine reizende Salondame, sehr graziös, die überall gefällt, und bei der das Amüsement an Stelle jeder Art von Herzensbeziehungen tritt. Papa sagt, daß ihr Charakter dem von Napoleon, dem Deinen und dem meinen vollkommen entgegengesetzt ist, und weder ihm selbst noch ihrer Mutter gleicht. Er hofft, daß sie sich in einigen Jahren geändert haben wird. Während der zwei Jahre ihrer

Ehe war sie so unglücklich, daß sie jetzt nichts so genießt als ihre Freiheit. Glücklicherweise hat sie keine Kinder... In diesem Moment ist von Papas Familie nur Prinz Paul von Württemberg, sein Schwager, in Paris; er sieht ihn oft. Papa ist so gut, daß alle Menschen, die ihn kennen, ihn lieben; er will nichts anderes, als Allen Gutes tun, die ihn umgeben.

8. Februar.

Ich sah Papa soeben, der, wie immer, viel von Dir gesprochen hat: „Wie wären wir glücklich," sagte er, „wenn Jenny, als die dritte, unter uns sein könnte. Es gehört zu meinen größten Entbehrungen und zu den schmerzhaftesten Strafen für meine Sünden, daß ich nicht mit Euch zusammen leben kann!" Mathildens Kälte läßt Dich uns doppelt vermissen!... Ich sehe jetzt häufig Frau Duperré, die sehr an Papa hängt, und für die Papa eine dauernde, aufrichtige Dankbarkeit empfindet. Sie läßt Dich aufs herzlichste grüßen. Laß uns nicht lange auf einen Brief warten, der für Papa ein Herzensbedürfniß ist... Jedes Mal, wenn wir zusammen sind, fühlen wir, daß Du uns fehlst; wir würden uns so gut verstehen, und Papa würde so glücklich sein! Er kommt alle anderen Tag zu mir und wiederholt mir stets, daß seine besten Augenblicke die sind, die er bei mir verlebt. Gestern war Papa beim König, der ihn und Napoleon sehr liebenswürdig empfangen hat. Napoleon, der die gegenwärtige Regierung nicht liebt, widersetzte sich zuerst, hin zu gehen, als aber Papa bemerkte: wer das Ziel will, muß auch den Weg wollen, erklärte er sofort, seinem Vater zu Liebe wolle er nachgeben. Sein Verdienst hierbei ist um so größer, als er für gewöhnlich einen eisernen, unbeugsamen Willen hat...

Paris, 15. März 1848.

Eben erhalte ich Deinen Brief, meine geliebte Schwester, und gleich setze ich mich zum Schreiben nieder, denn um Dir eingehend zu schreiben, brauche ich mehrere Tage. Das Schreiben wird mir sehr schwer und bei jedem Brief zittere ich, daß es der letzte sein könnte, den ich zu schreiben imstande bin . . . Ich war recht in der Sorge um Dich, da ich aus unseren Zeitungen erfuhr, daß auch in Deutschland und zwar besonders in Preußen die Revolution ausgebrochen ist; Papa ließ jeden Tag, an dem er mich nicht selbst sehen konnte, nach Nachrichten von Dir fragen, so groß war seine Sorge in dem Gedanken, daß Preußen wie unser armes Frankreich in fieberhafter Unruhe lebt. In diesem Augenblick ist es ruhig in Paris, aber die Zukunft ist recht dunkel; der Handel liegt darnieder, die Finanzen stehen schlecht; man sieht nichts als ruinierte oder unglückliche Menschen. Ich bedaure auch von ganzem Herzen die arme Herzogin von Orleans, die sich in ihrem Unglück so tapfer und edel gezeigt hat; — freilich glaube ich, daß sie glücklicher sein wird, als sie auf dem Throne gewesen wäre! Ich gebe Dir keine politischen Details, ich sage Dir nur, daß alle Welt traurig ist und vor den Wahlen und vor der Nationalversammlung zittert. Papa und Napoleon haben sich, Gott sei Dank, in nichts eingemischt und werden es auch ferner nicht tun; Papa hat den Posten eines General-Gouverneurs der Invaliden abgelehnt. Man hatte ihm auch eine Stellung innerhalb der provisorischen Regierung angeboten, aber er will zu meiner Freude nichts annehmen. Ich wäre vor Angst gestorben, wenn ich ihn in diesem Augenblick in einflußreicher Stellung hätte sehen müssen. Er denkt nicht daran, Paris zu verlassen, weil, wie er sagt, sein Herz fern von mir zu sehr gelitten haben würde. Sieben Tage lang konnten wir uns nicht sehen, weil die Barrikaden jede Kommunikation unmöglich machten. Unsere erste Zusammenkunft nachher hat uns fast ebenso erschüttert, wie die, die ich zu allererst mit meinem geliebten Vater gehabt habe. Wir entschädigen uns jetzt für die Trennung, denn es vergehen nicht zwei Tage ohne ein Zusammensein. Du bist am häufigsten der Gegenstand unserer Unterhaltung.

Was ich am meisten in Papas Charakter bewundere, ist seine unbeschreibliche Güte. Nie wird man ihn irgend etwas

Schlechtes von anderen sagen hören; er findet immer noch eine Entschuldigung oder Erklärung, selbst für eine Handlungsweise, die sich gegen ihn richtet, und weiß bei Jedem eine gute Seite zu entdecken.

den 16. März.

Ich kehre heute zu Dir zurück, in Erwartung des Besuchs von Papa. Ich habe ihm soeben einen Eilboten geschickt, um ihn wissen zu lassen, daß es Dir gut geht und ich einen langen Brief von Dir habe, er hat mir daraufhin sagen lassen, er werde in zwei Stunden hier sein, um Näheres zu erfahren. Du siehst, liebste Schwester, wie sein Herz an Dir hängt, und meins erfreut sich seiner Liebe zu Dir ebenso wie der zu mir selber ...

Paris, den 3. April 1848.

Meine liebe, gute Jenny!

Dein Brief, den ich eben durch Deine Schwester erhalte, macht mich sehr glücklich, er ist für mich ein wahrer Trost inmitten der großen Umwälzungen, von denen Niemand (er mag welche persönlichen Lebenserfahrungen immer haben) sagen kann, wohin sie führen werden!!

Du hast sehr recht, mein geliebtes Kind, die Bande, die uns verbinden, sind heilig wie die Natur; ihr Geheimniß soll, solange wir leben, unter uns bleiben: Deine wundervolle Mutter hat es mit sich gen Himmel genommen. Dich, liebes Kind, das ich in meinen Armen gehalten habe, noch ehe Deine Augen sich dem Licht öffneten, Dich, von der ich lange glaubte, Du seist Pauline, die Nonne, — Dich habe ich nie vergessen; Dich in meine Arme schließen, Dir meinen Segen geben zu können, wie ich ihn Dir jetzt nur schriftlich senden kann, wird ein Tag des Glückes für mich sein. Küsse Deine Kinder im Namen des alten, bis zu dieser Stunde ihnen unbekannten Freundes: in Zukunft wird meine Jenny es verstehen, ihnen Zärtlichkeit und Liebe für ihn einzuflößen! Wenn Werner jetzt um Dein Geheimniß weiß, so drücke ihm dankbar die Hand für das Glück, das er Dir gegeben hat. Ich drücke Dich an mein Herz und segne Dich als Dein Dich liebender Vater Jerome.

Paris, 24. Mai 1848.
Meine liebe Jenny!

Auf Deinen lieben Brief vom 12. vorigen Monats habe ich lange nicht geantwortet — nicht etwa, weil ich mich nicht mit Dir beschäftigt hätte, mein liebes Kind, bist Du doch der Mittelpunkt aller Gespräche zwischen mir und Deiner vortrefflichen Schwester, sind doch die Stunden, die ich bei ihr bin, meinem Herzen die teuersten!! Wir leben hier auf einem Vulkan, mein Kind, aber ich vertraue dem Stern dieses großen und edlen Frankreich, für das ich noch mit Freuden die letzten Jahre, die mir zu leben übrig bleiben, opfern möchte! Es scheint mir nebenbei, daß es auch in Eurem Lande nicht friedlicher ist, was mich sehr beunruhigt — habe ich doch auch dort Wesen, die meinem Herzen teuer sind! Küsse aufs zärtlichste Deine lieben kleinen Kinder; lehre sie, mich zu lieben, ohne daß sie einen Augenblick aufhören, das Andenken ihrer herrlichen Großmutter zu ehren! Ich verlasse mich auf meine Jenny, daß dieses Ziel erreicht wird! Drücke Deinem Mann in meinem Namen herzlich die Hand; in diesen Zeiten müssen die Männer vor allem einander entgegenkommen; vielleicht ist die Zukunft nicht so dunkel, als Viele es glauben annehmen zu müssen. Ich segne Dich, meine liebe Jenny, und drücke Dich an mein Herz. Jerome N.

24. Mai 1848.

Papa verläßt uns soeben, und ich kehre zu Dir zurück, meine Jenny. Ich habe ihm das Bild der Mutter gezeigt, er hat es ähnlich, aber lange nicht hübsch genug gefunden, er wird es kopieren lassen, da er sich nicht mehr davon trennen mag. Auch eins von ihm selbst will er für Dich malen lassen, und sobald beide fertig sind, sollst Du sie bekommen. Im Gedanken daran, Dir eine Freude zu machen, ist er jetzt schon ganz glücklich. Er küßt Dich so zärtlich, wie er Dich liebt, und er läßt mich noch hinzufügen, daß die Größe dieser Liebe der Größe seiner ganzen Liebesfähigkeit entspricht. Lebewohl, liebste Schwester, antworte bald und glaube an die aufrichtige Liebe Deiner Schwester Pauline.

Schicke doch ja Deine Lithographie, das würde Papa so große Freude machen!

Paris, den 16. Juni 1848.

Meine liebe, gute Jenny!

Ich bin seit einigen Tagen im Besitz Deines Briefes vom 3., ohne daß ich bisher einen Augenblick gefunden hätte, um Dir zu schreiben und Dir zu sagen, wie Deine Zärtlichkeit mich stets aufs neue beglückt. — Ich höre mit Freuden, daß es bei Euch ruhiger ist; was uns betrifft, so sind wir einer vollkommenen Organisation und der notwendigen Ruhe, um zu ihr zu gelangen, noch sehr fern; hoffen wir, daß es nicht mehr lange dauern wird, und daß unsere konstituierende Kammer, die die besten Absichten hat, bald eine von dieser edeln und großmütigen Nation anzunehmende Verfassung schaffen wird — dieser Nation, die noch immer bereit war, für die Sache der Gerechtigkeit und die Größe ihres Namens die größten Opfer zu bringen! — — Ich habe das Bild Deiner herrlichen Mutter kopieren lassen und Pauline für Dich übergeben, die es jedoch nicht eher abschicken will, als bis sie das meine beilegen kann, was die Sendung um einige Tage verzögert. Ich hoffe, meine Jenny, daß die Dinge sich so einrichten lassen, um unser Zusammensein zu ermöglichen und mir zu gestatten, Dir vor meinem Tode meinen väterlichen Segen zu geben. Grüße Deinen Mann, küsse Deine Kinder zärtlich von mir und sei versichert, liebes Kind, daß Du nicht lebhafter als ich wünschen kannst, einander zu sehen — es wäre ein Augenblick des Glücks nach Jahren des Kummers. Ich küsse Dich zärtlich. Jerome.

Paris, 16. Juni 1848.

Du wirst angenehm überrascht sein, liebste Schwester, so rasch einen Brief von uns zu erhalten, aber Papa hat einen Augenblick der Ruhe mit Eifer ergriffen, um mit Dir zu sprechen, um Dir zu sagen, wie er Dich liebt. Die politischen Ereignisse verjüngen den geliebten Vater nicht; er ist sehr müde, ohne eigentlich krank zu sein. Übrigens wünscht er sehnlich, daß wir uns alle acht Tage schreiben möchten, da es ihm recht lang erscheint, immer vierzehn Tage warten zu müssen. Das Bild der Mutter habe ich; ich zögere aber mit der Absendung, bis das von Papa fertig ist; zu gleicher Zeit werde ich Dir Haare von ihm und vom Kaiser schicken. Der Ausdruck Deiner Liebe macht unseren Vater sehr glücklich! Je mehr ich ihn kenne, desto mehr liebe ich ihn, aber mein armes Herz blutet, wenn ich sehe, wie die politischen Verhältnisse sich scheinbar zu seinen Gunsten umgestalten; sein Name hallt überall wider; eine starke Partei steht auf Seiten seiner Familie und wünscht, sie am Ruder zu sehen. Doch der Wankelmut des Volks, seine Unbeständigkeit in der Neigung läßt mich den Moment fürchten, wo sie die Regierung in Händen haben könnten. Der Gedanke macht mich zittern, daß traurige Ereignisse, in die die Familie verwickelt wird, die alten Tage unseres Vaters zu beunruhigen vermöchten. Ich wäre außer mir, wenn dieses gütige Herz noch einmal durch Kummer zerrissen würde. Unser geliebter Vater sieht die Dinge anders an; er glaubt, wenn Gott die Bonapartes wieder an die Spitze der Regierung stellt, so wird es für die Dauer sein. Unglücklicherweise denken andere nicht wie er, sie wissen, wie wenig man auf die Sympathien und Antipathien der Völker bauen kann, wie wenig besonders auf die des französischen Volks. (Unter uns gesagt! Denn Papa kann es gar nicht genug loben, und wir sind darin immer verschiedener Ansicht.) Louis ist nicht in Paris; er hat Kandidaturen, die man ihm in verschiedenen Departements anbot, abgelehnt, aber seine Anhängerschaft ist eine so große,

Paris ce 3 Avril 1848

Ma chère & bonne Jenny !

Ta lettre que j'ai reçu par ta sœur m'a rendu bien heureux. Elle est pour moi d'une véritable consolation au milieu du bouleversement, dont personne (quelqu'expérience que l'on puisse avoir) ne peut prévoir la fin !!!! Tu as bien raison, chère enfant — nos liens sont écrits dans la nature, et sont par conséquent imprescriptibles, mais le secret doit rester entre nous, ton Dorothé me l'a emporté au ciel avec elle : mais chère enfant, toi que j'ai reçu dans mes bras lorsque tes yeux n'étoient pas encore ouverts à la lumière, toi que j'ai cru pendant long-tems que tu étois Pauline religieuse, je ne t'ai jamais oubliée, et te presse dans mes bras et te donne de vive-voix ma bénédiction. Comme je te l'envoye dans le moment, ma écrit sera pour moi un jour du bonheur. Embrasse tendrement tes enfans pour leur vieil ami inconnu jusqu'à ce jour ; mais désormais ma Jenny saura leur inspirer de la tendresse & de l'affection pour lui !!! Si Werner est à jour de ton secret, serre-lui affectueusement la main, & le remercie du bonheur dont il fait jouir ma Jenny. Je te presse sur mon cœur en te bénissant toi & ta mari. Ton ――――

daß er wohl bei einem neuen Anerbieten zur Annahme gezwungen werden wird. Ich sehe mit Beunruhigung, daß Papa vielleicht gezwungen werden wird, sich in die Dinge zu mischen, obwohl er es bisher vermieden hat; der Wunsch, seinem Vaterland nützlich zu sein, sein schönes Frankreich dem Sumpf zu entreißen, in den es zu versinken droht, wird ihn vielleicht dazu bestimmen... Lebwohl, liebste Schwester. Ich bin zu erregt, um genau zu wissen, was ich schreibe. Die Angst, daß Ereignisse eintreten könnten, die dem geliebten Vater Unglück bringen, foltert mich ... Wenn Du Nachrichten von der Herzogin von Orleans hast, teile sie mir mit, da sie mich sehr interessieren... Hoffen wir, daß glückliche Umstände uns bald zusammenführen! Schreibe unserem Vater immer recht liebevoll, weil er Dich so zärtlich liebt.

Deine treue Schwester Pauline.

Paris, den 15. November 1848.

Meine liebe, gute Jenny!

Es ist grade an diesem Tage, daß ich Dich in meine Arme schließen möchte, aber ich hoffe (wenn die Ereignisse sich nicht ändern), daß ich im Laufe des nächsten Jahres dies Glück haben werde: es wäre das größte Glück für Deinen Vater, mein Kind; es würde mich wieder jung machen, meine Jenny, und indem ich Dich und Deine Kinder segnen könnte, würde ich hoffen, ihnen Glück zu bringen. Deine kleine Zeichnung hat mir die größte Freude gemacht; in Gedanken sehe ich Dich auf Deiner hübschen Terrasse sitzen, Deinen kleinen Werner um den Blumenkorb springend! Küsse Deine Kinder in meinem Namen, und drücke dem Manne freundschaftlich die Hand, der über dem Glück meiner Jenny wacht. Ich schreibe bei Deiner Schwester, damit mein Brief sich nicht länger verzögert. Ich drücke Dich an mein Herz und segne Dich.

Dein Dich liebender Vater Jerome.

Paris, den 11. Oktober 1849.

Meine liebe Jenny!

Trotz meines Schweigens liebe ich Dich nicht weniger zärtlich und denke nicht weniger an Dich, mein liebes Kind, die ich noch viel mehr liebe, seit ich das Glück hatte, Dich bei mir zu sehen: ich bitte Dich, sage Deinem Mann, wie ich ihm immer dafür dankbar sein werde, daß er Dir erlaubte, einige Tage bei mir zuzubringen. Ich hoffe, liebe Jenny, daß ich, sobald die Zeiten bei Euch und bei uns ruhigere sind, wieder das Glück haben werde, Dich in meine Arme zu schließen, und daß Du dann mit Deinem Mann und Deinen Kindern kommst. Dein Brief, so gütig wie Du selbst, meine Jenny, hat mich sehr glücklich gemacht. Ich küsse Dich zärtlich.

Dein Dich liebender Vater Jerome.

Sprich oft von mir mit Deinen Kindern!

Paris, den 1. Februar 1850.

Meine liebe Jenny!

Ich beantworte Deine liebevollen Briefe, die ich immer voller Freude wieder lese; heute, mein liebes Kind, bestätige ich Dir auch den Empfang Deines Briefes vom 24. an Deine Schwester. Ach, meine gute Jenny, diese teure Schwester verliert ihr Augenlicht vollkommen, nachdem sie während mehr als vierzehn Tagen die schrecklichsten Schmerzen ausgestanden und mit einem wahren Heldenmut ertragen hat! Ich komme eben von ihr; sie hört nicht auf zu weinen, was ihr Auge noch mehr angreift; ich will sie nun einer homöopathischen Kur unterwerfen; nicht weil ich große Hoffnungen daran knüpfe, aber weil ich nichts unversucht lassen will. — Was das geliebte Kind vor allem verzweifelt macht, ist der Gedanke, ihren Vater, ihren Bruder und ihre geliebte Jenny, an die sie bald nicht einmal mehr schreiben darf, nicht mehr sehen zu können! Du wirst meinen Schmerz verstehen!

Küsse zärtlich Deine Kinder, grüße Deinen vortrefflichen Mann, und zweifle niemals an meiner väterlichen Liebe. Ich drücke Dich an mein Herz, mein liebes Kind.

Dein treuer Vater Jerome.

Paris, 10. Juli 1850.

Mein geliebtes Kind!

Deinen lieben entzückenden Brief vom 12. April habe ich längst beantwortet; Deine Schwester wird Dir gesagt haben, durch welches Mißverständniß er nicht in Deine Hände gelangte; damit sich das nicht wiederholt, übergebe ich ihr diesen Brief zur Weiterbeförderung. Du kannst, meine liebe Jenny, nichts Gutes und Zärtliches an Deinen Vater schreiben und für ihn empfinden, was ich nicht mindestens in gleicher Stärke für Dich und Deine liebe Familie empfinde; ich hoffe bestimmt, daß die Dinge sich so einrichten lassen, daß ich Euch alle während einiger Wochen bei mir haben kann. Es ist das ein schöner Traum in meinem Leben, den ich zu verwirklichen hoffe, ehe ich sterbe, denn ich liebe Dich und Deine Kinder, als hätte ich Euch alle erzogen und vor mir aufwachsen sehen; ich liebe meine Jenny so sehr, daß ich wünschte, ich könnte für meinen lieben Napoleon eine Frau finden, die ihr ähnlich ist. Meine liebe Pauline ist mein ganzer Trost, sie ersetzt mir M., die ich nicht mehr sehe!!! Ich küsse Dich zärtlich, geliebtes Kind, mit Deinen Kindern, die hoffentlich wissen, daß ich noch lebe; alles Gute Deinem lieben Mann, und Dir, mein liebes Kind, all meine Zärtlichkeit und väterliche Liebe.

Dein Dich liebender Vater
Jerome.

Chateau de Gourder, 17. September 1850.

Meine gute und innig geliebte Jenny!

Dein lieber Brief vom 10. vorigen Monats beweist mir wieder, daß mein liebes Kind ihren Vater, der sie so zärtlich liebt, nicht vergißt, und das macht mich um so glücklicher, als mein Herz von andrer Seite so unnatürlich erkältet wird! Es ist ein Ersatz, den Gott mir gab, und für den ich ihm täglich danke! Unsere liebe Pauline ist immer gut, zärtlich, liebevoll und befindet sich trotz des schlechten Sommers nicht übel. Ich bin seit gestern hier, beim schönsten Wetter der Welt, in einer reizenden Gegend, in vollster Ruhe und allein, ich habe nicht einmal einen Adjutanten bei mir; ich bedarf der Ruhe, denn die Dinge stehen schlecht bei uns, und Niemand kann voraussehen, wohin sie führen werden. Ich habe mich vollkommen von der Politik zurückgezogen, und indem ich aufs Land ging, habe ich dies öffentlich konstatieren wollen. Ich vermisse nur meine liebe Pauline, denn Napoleon wird mich nächsten Sonnabend besuchen. Daß ich Euch, meine Jenny, nicht Alle bei mir haben kann: Dich, Deinen Mann und Deine Kinder, von denen ich hoffe, daß sie sich um ihre Liebe für mich nicht erst bitten lassen müssen! Lebwohl, meine Jenny, ich drücke Dich an mein Herz; küsse Deine Kinder und ihren Vater, der Dich glücklich macht.

Dein Dich liebender Vater
Jerome.

Gourdex, den 14. Okt. 1850.

Meine geliebte Jenny!

Ich erhalte soeben Deinen lieben Brief vom 4., und ich antworte sofort, um mich mit Dir, die mich so gut versteht, zu unterhalten. Ich bin wirklich in einem reizenden, bequemen Haus sehr gut und nach jeder Richtung hin angemessen untergebracht; die Marquise und ich sind fast immer allein, selbst mein Adjutant darf nur kommen, wenn er gerufen wird. Mein lieber Napoleon kommt alle acht Tage, um 24 Stunden mit uns zuzubringen und dann nach Paris zurückzukehren, wo er eine Arbeit vollendet, die ihm Ehre machen wird. Ich verlasse Gourdex nur, um meine liebe Pauline, die recht leidend war, zu sehen; der Weg von Chartres nach Paris ist eine Spazierfahrt von nur drei Stunden.

Ich bin weit davon entfernt, liebste Jenny, der Politik zuzustimmen, die die Regierung einschlägt; ich habe mich auch vollkommen von den Geschäften zurückgezogen; ich bleibe in meinen alten Tagen mit meinen Erfahrungen allein.

Mit Freude sehe ich, meine Jenny, daß, wenn die politische Situation es nicht verhindert, die Dinge sich so arrangieren, daß Du binnen kurzem mit Deinem Mann und Deinen Kindern einige Wochen in Gourdex zubringen kannst. Ich werde Dir demnächst Näheres darüber schreiben, ebenso über einen schon halb reifen Plan, den ich für meinen lieben Napoleon habe. — Lebwohl, geliebtes Kind, grüße Deinen Mann, küsse zärtlich Deine Kinder im Namen von Mamas altem Freunde, der ihnen seinen Segen schickt. Ich drücke Dich an mein Herz, mein liebes Kind.

Dein Dich liebender Vater
Jerome.

Paris, 26. Januar 1851.

Meine geliebte Jenny!

Alle Tage seit längerer Zeit greife ich zur Feder, um Deine guten zärtlichen Briefe, die mich so beglücken, zu beantworten, und alle Tage lege ich sie wieder fort, weil ich hoffe, Dir endlich einmal über die Situation, die mich so sehr bewegt, etwas Tröstliches sagen zu können. Ich hoffe, daß der gute Genius meines Vaterlandes es dem Unheil entreißen wird: Du weißt, liebes Kind, daß ich es mir zum Gesetz gemacht habe, ungefragt keinen Rat zu erteilen, und mich aller Politik fern zu halten; auch sehe ich meinen Neffen höchst selten, damit man nicht behaupten kann, daß ich ihn nach irgend einer Richtung hin beeinflusse. Ich sehe aber nur zu deutlich die ganze Gefahr der Lage, die, durch die Intrigen der Herren Thiers und Konsorten, alle Tage kritischer wird.

Ich habe voller Freude die Bilder Deiner Kinder erhalten, ich habe sie einrahmen lassen und sie stehen vor mir; küsse sie zärtlich von mir. — Unserer lieben Pauline geht es besser, und ich hoffe, ihr Auge wird erhalten werden. Ich freue mich, daß das gerechte Avancement Deines Onkels Dich beglückt hat; ich habe sehr wenig Teil daran; er hat es sich durch seine Talente und seinen eigenen Wert selbst geschaffen. Ich bedaure nur, daß er den alten Invaliden vergessen hat und ich ihm nicht die Hand drücken kann.

Ich presse Dich an mein Herz, geliebtes Kind, und segne Dich. Wollte Gott, alle meine Kinder wären so gut wie Du und die liebe Pauline!

Jerome.

Gourdey, den 22. Februar 1851.

Das Bildchen unseres lieben Otto, meine geliebte Jenny, macht mir die größte Freude; von Dir gemalt, liebes Kind, ist es eine doppelte Freude für Deinen alten Vater. Ich danke Dir und segne Dich für die Freude, die Du mich empfinden läßt. Umarme Deine Kinder, indem Du meiner gedenkst! Ich hoffe, meine Jenny, daß ich nicht sterben werde, ohne Dich und Deine Kinder wiederzusehen. Wenn Gott es will, daß die Geschicke meiner Familie sich konsolidieren, so sollen die, die meinem Herzen nahe stehen, nicht vergessen werden! — Seit einem Monat erfreue ich mich hier der vollkommensten Ruhe bei einem Wetter, einer Sonne, die ich in gleicher Jahreszeit selbst in Italien nicht erlebt habe. Aber ich denke doch am 1. kommenden Monats zurückzukehren, denn Deine gute Schwester leidet unter meiner Abwesenheit, und ihr lieber Napoleon genügt ihr nicht! . . .

Dein Dich liebender Vater
Jerome.

Paris, den 18. März 1851

Meine geliebte Jenny!

In Beantwortung Deiner lieben Briefe vom 24. Februar und 10. März komme ich, um mit Dir zu plaudern, was für Deinen Vater stets ein Augenblick des Glücks ohne jede Bitterkeit ist. Ich kann, liebes Kind, auf das Glück nicht verzichten, Dich wieder zu sehen, ich will nicht sterben, ohne Deinem Mann für das Glück zu danken, das er Dir bereitet, ohne Dich, meine geliebte Jenny, und Deine Kinder zu segnen. Ich verzeihe gern meiner guten Pauline, die alle Freude, die das Bildchen meines kleinen Otto mir gemacht hat, allein auf meine Liebe zu Dir zurückführt; sie bildet sich ganz irrtümlicherweise ein, daß ich sie weniger liebe als Dich; ich mache keinen Unterschied zwischen Euch beiden, weil Ihr beide in gleicher Weise meine Liebe verdient und Eurem Vater die gleiche Zärtlichkeit entgegenbringt! — Ich freue mich der neuen Stellung, die ihr einnehmt, indem ihr nach Rosenberg übersiedelt; Werner findet dort einen segensreichen Wirkungskreis.

Ich habe mehr als einen Monat mit der Marquise (die für Dein freundliches Gedenken herzlich dankt) ruhig auf dem Lande gelebt, wo wir uns des schönsten Wetters der Welt erfreut haben; seit dem 4. d. Mts. sind wir zurückgekehrt, und ich hatte die Ungeschicklichkeit, mir eine Erkältung zuzuziehen, die mich zehn Tage lang an das Zimmer fesselte und mich hinderte, unsere liebe Pauline zu umarmen. Seit einigen Tagen entschädige ich mich dafür, indem ich sie so oft als möglich aufsuche. Gestern mußte sie ihres Auges wegen, das sich wieder verdunkelte, zur Ader gelassen werden, trotzdem fand ich sie leidlich wohl, und Du, geliebte Jenny, stehst immer im Mittelpunkt unserer Unterhaltungen. — Napoleon geht es gut, er bittet mich, Dich seiner zärtlichsten Freundschaft zu versichern; Blanqui empfiehlt sich Dir angelegentlichst, und alle lassen meiner Jenny volle Gerechtigkeit widerfahren, was mich sehr beglückt.

Der politische Horizont ist finster, mehr oder weniger überall, aber da wir nur die Werkzeuge der Vorsehung sind, wird nichts geschehen, was nicht geschehen muß, und wenn man ein gutes Gewissen hat, so kann man in Ruhe und Resignation die Dinge erwarten: „tue was Du kannst, es kommt, was kommen muß."

Es gibt mehr als eine Gelegenheit, geliebtes Kind, die mir gestattet, auf unser Wiedersehen zu hoffen, und sobald sie sich bietet, werde ich sie nicht entweichen lassen. Lebwohl, meine Jenny, ich drücke Dich an mein Herz und segne Dich und Deine Kinder.

Dein Dich liebender Vater
Jerome.

Paris, den 29. August 1851.

Meine liebe Jenny!

Mit Freuden denke ich daran, daß dieser Brief zu Deinem Geburtstage in Deine Hände gelangen und Dir meinen väterlichen Segen bringen wird, was meine Jenny, die in ihrem Herzen die Keime alles Guten und Edlen trägt, sicher glücklich macht. Küsse in meinem Namen Deine lieben Kinder: ein natürlicher Instinkt muß ihnen sagen, daß sie mich lieben müssen. — Ich überlas gerade Deinen letzten lieben langen Brief, als meine liebe Pauline mir den vom 23. schickte: zur Zeit der Feuersbrunst war ich krank und auf dem Lande; übrigens hätte ich mich des Marschall Sebastiani wegen nicht derangiert; ich habe mehr als eine Ursache, diesen Mann nicht zu lieben!... Du mußt nicht glauben, mein liebes Kind, daß der politische Horizont unseres Frankreichs so schwarz ist, daß Jeder um unsere Existenz zittern müßte. Sei versichert: Niemand kann uns Böses tun, als wir selbst, wenn auch zugegeben werden muß, daß die Lage eine kritische ist. Ich bin gewiß, Gott wird Frankreich schützen!

Bei der Feuersbrunst habe ich von 250 Fahnen nur ...
(unleserlich) verloren; die 50 Fahnen von Austerlitz befanden
sich in höchster Sicherheit in meinem Kabinet, wo Du Dich
entsinnen wirst, sie gesehen zu haben. Unsere liebe Pauline
fährt fort, sich wohl zu befinden; die Heilung ihres Auges ist
wirklich ein Wunder, und ein Wunder, das mich sehr glücklich
macht, denn das geliebte Kind wäre sehr zu bedauern gewesen,
wenn sie die, die sie liebt, nicht mehr hätte sehen können!
Lebwohl, liebe Jenny, ich drücke Dich an mein Herz und sende
Dir zu diesem Tage meine wärmsten väterlichen Segens-
wünsche.

Dein Dich liebender Vater
Jerome.

Paris, den 14. November 1851.

Meine geliebte Jenny!

Dein Brief hat mich gerade am Vorabend meines Geburts-
tages erreicht, und ich antworte Dir sofort, um Dir zu sagen,
daß er nicht ein Wort enthält, das nicht den Weg zu meinem
Herzen gefunden hätte! Ach, mein liebes Kind, warum müssen
die Ereignisse und das Schicksal uns so weit von einander entfernen?! Ich wäre so glücklich, Deine Kinder um mich zu
haben, Deinem vortrefflichen Mann zu danken für das Glück,
mit dem er Dich umgiebt. Aber, liebste Jenny, irgend etwas
sagt mir, daß ich nicht sterben werde, ohne Euch Alle gesegnet
zu haben. Mein Leben ist recht bewegt, trotzdem ich mich
zurückgezogen habe, und ich sehe, wie die Ruhe, deren ich so
sehr bedarf, mir immer weiter entflieht. — Mit Freuden
empfing ich das Portrait Deiner reizenden kleinen Marianne,
grüße sie aufs zärtlichste von mir, ohne dabei der Anderen zu
vergessen. Ich hoffe, meine Jenny, Du sprichst Ihnen oft von
Deinem „alten Pathen" (weil es nun einmal so sein muß!);
lehre sie, mich zu lieben, damit, wenn ich sie einmal umarmen

darf, ich spüren kann, daß ihr eigener Herzschlag es ihnen sagt: kein Fremder ist es, der uns küßt!

Ich segne Dich, liebes Kind, und grüße Deinen Mann und Deine Kinder.

Dein Dich liebender Vater
Jerome.

P. S.

Ich übergebe meinen Brief Deiner guten Schwester, die mein ganzer Trost ist!

Le Havre, den 2. Sept. 1857.

Meine liebe Jenny!

Ich beantworte Deinen Brief vom 26. vorigen Monats, der mich hier erreicht hat, wo ich seit vierzehn Tagen bin, und wo die Seeluft mir vortrefflich bekommt (Du weißt, ich nehme keine Seebäder). Ich baue sogar an einem Luftschloß, das sich hoffentlich nächstes Jahr verwirklicht: Dich mit Deinem Mann und Deinen Kindern hier her kommen zu lassen. Das würde Dich freuen, meine liebe Jenny? Ich, der ich Dein liebevolles Herz kenne, bin davon überzeugt! — Dein Brief hat mich sehr interessiert. Ich möchte nur, daß mein lieber Otto seine Gesundheit schont, die nichts jemals ersetzen kann. Ich kann mich als Beispiel anführen; ich, der ich 73 Jahre alt bin und vom Alter gar nichts spüre, und darum noch so glücklich bin, meinem Vaterland und meiner Familie zuweilen noch nützlich sein zu können. — Mein guter Napoleon assistiert im Augenblick der Grundsteinlegung der Rhone-Brücke und der ersten Eröffnung des Mont Cenis; das liebe Kind ist mein Glück und mein Stolz, und seine Liebe entschädigt mich für manche Lebensleiden. (Die gute Pauline, deren zärtliche Liebe ich kenne und die ich darum doppelt liebe, schafft sich übrigens mehr Sorgen, als vorhanden sind — sage es ihr recht deutlich.)

Sage Otto, daß man ein Duell vermeiden muß, wenn die Ehre nicht verletzt ist, daß es aber beim Beginn des Lebens auch darauf ankommt, nicht für feige gehalten zu werden — ich bin übrigens überzeugt, daß er getan hat, was zu tun notwendig war. Küsse ihn und Deine anderen Kinder von mir. Ich umarme Dich zärtlich.

         Dein Dich liebender Vater
         Jerome.

Unter Goethes Augen

Jennys Kindheit

Weimar, das die junge Frau von Pappenheim an der Seite des Gatten, den ältesten Sohn im Arm, in kindlichem Frohsinn verlassen hatte, nahm sechs Jahre später die einsame, gebrochene Frau wieder auf. Der Mann, der schon lange ein geistig Toter war, hatte in Stammen den letzten Atemzug getan, ihre kleinen Söhne waren ihr — auf höheren Familienbeschluß wahrscheinlich — genommen und zu einem Pfarrer in Pension gegeben worden, der am besten geeignet schien, sie vor dem Einfluß der „sündigen" Mutter zu bewahren, nur die kleine Jenny hatte man ihr gelassen. In der Stadt Karl Augusts und Goethes hatte man gelernt, die Liebesbeziehungen der Menschen untereinander mit anderen Augen anzusehen als mit denen der Sittenrichter, darum galt auch Diana hier nicht als Verfemte, sondern als Unglückliche, der Liebe und des Mitleidens ebenso würdig wie bedürftig. Ihre ältere Schwester Isabella, die an den General von Eglofsstein verheiratet und Mutter der auch von Goethe oft bewunderten schönen Töchter war, bereitete ihr ein Heim; ihre einstige Herrin, die gütige kluge Erbgroßherzogin Maria Paulowna, empfing sie mit offenen Armen und sorgte dafür, daß auch ihr kleines Töchterchen in Weimar heimisch wurde. Ihre eigenen beiden Töchter, Marie und Augusta, die spätere deutsche Kaiserin, wurden die unzertrennlichen Spielgefährten und lebenslangen treuen Freundinnen der Tochter Dianens. „Als kleines, dreijähriges Mädchen," so erzählt Jenny selbst, „brachte mich meine Mutter zum erstenmal nach Belvedere, dem Sommeraufenthalt Maria Paulownas, um mit den Prinzessinnen zu spielen. Ich war mit Augusta in gleichem Alter und sollte von nun an in fast geschwisterlichem Verhältnis neben ihr aufwachsen. Prinzeß Augusta war ein schönes Kind mit früh entwickeltem, energischem Charakter. Sie hat den Gouvernanten die Erziehung nicht leicht gemacht, und mancher Kinderspiele erinnere ich mich, die nicht ohne Sturm und Tränenregen verliefen, weil sie ihr Trotzköpfchen durchsetzen wollte."

Mit ihr zusammen genoß sie den ersten, bereits in ihrem fünften Jahr begonnenen Unterricht. Es muß ein fröhlicher Wetteifer zwischen den beiden gewesen sein, denn Jenny war ein ungewöhnlich begabtes Kind, und Augusta „zeigte eine eiserne Ausdauer, die durch klaren Kopf und leichte Auffassung unterstützt wurde; sie war wie ein Bienchen, das aus jeder, auch der unscheinbarsten Blüte sich das Süßeste holte.*"

Goethe, der Maria Paulowna, die „Lieblich-Würdige", sehr liebte — „sie ist eine der besten und bedeutendsten Frauen unserer Zeit und würde es sein, auch wenn sie keine Fürstin wäre; denn darauf kommt es an, daß, wenn der Purpur abgelegt wird, das Beste übrigbleibe," sagte er von ihr zu Eckermann — und „etwas Väterliches im Umgang mit ihr hatte," kümmerte sich ernstlich um die Erziehung ihrer Kinder, und sie, die „in ihrem bewundernden Aufschauen zu ihm die Rolle einer Tochter übernahm", richtete sich darin ganz nach seinem Rat. Dadurch kam auch Jenny vom ersten Augenblick des bewußten geistigen Erwachens unter seinen Einfluß, und es war die Atmosphäre seines Geistes, in der sie aufwuchs. Für sie selbst galt mit, was sie in Erinnerung an diese frühe Zeit von Goethes Verhältnis zu Karl Augusts Enkeln berichtete: „Er war leicht steif und zugeknöpft, aber niemals ihnen gegenüber. Kamen sie zu ihm, was häufig geschah, so hatte er immer neue, interessante Dinge zu zeigen und zu erklären: den Kindern Bilder und geschnittene Steine, den Heranwachsenden Bücher und Kunstwerke. Rührend war es, wie er auch für das körperliche Wohl der Kinder besorgt war, wie er sich der Ausführung seines Planes, den Griesebachschen Garten für sie zum Tummelplatz zu kaufen, freute."

---

* Diese Äußerung ist ein Zitat aus den Schriften meiner Großmutter, wie alles, was ich im folgenden ohne weitere Bemerkung unter Anführungszeichen mitteile.

Zum heutigen hohen Feste sey nun, theure liebe Schwester,
das freundlichste, schönste, herzinniglichste Wohl;
Sie und ihrer Angehörigen sind in bestem Leben,
immer neuerer Freude und Genuß entgegen gehend.
Es drücke Sie glücklich von immer lieben Hand ?
Ihres blühenden Neffen, der liebsten Gemahl & Bruders.

Am 28ten August   Herzlichsten Theilnahme
1831.   J W Goethe

Auch Karl August und Luise traten in den intimeren Gesichtskreis des Kindes. „In meiner frühsten Jugend," so schreibt sie, „hat mir niemand mehr imponiert als die Großherzogin Luise, Karl Augusts Gemahlin. Sie war ernst, ruhig, fürstlich, von einer Würde der Erscheinung, die sich auch im Äußeren kundgab. Als sie es lästig und unangemessen fand, sich noch Toilettengedanken zu machen, blieb sie bei einer bestimmten, ihr zusagenden Mode: unter der lichten, krausen Blondenmütze einen Kranz von weißen Löckchen um die Stirn; ein dunkles, einfarbiges, ungemustertes, schwerseidenes Kleid, vorn bis zur Taille herunter ein anliegendes, garniertes Blondentuch, halblange Puffärmel mit Handschuhen bis zur untersten Puffe, das Kleid faltig, lang, hinten etwas schleppend, dazu die edle Haltung, die klangvolle tiefe Stimme — so trat sie in den zu ihr geladenen Kinderkreis und freute sich an den Spielen ihrer Enkelinnen, der Prinzessinnen Marie und Augusta. So hat sich mir ihr Bild eingeprägt, so malte sie auch ihre Hofdame, Julie von Egloffstein.

„Wenn sie und Karl August zusammen erschienen, konnte man sich keinen schärferen Gegensatz denken: die ernste Fürstin mit dem durchdringenden Blick, dem trotz aller echten Weiblichkeit strengen Urteil, der ruhigen Sprechweise, der entschiedenen Abneigung gegen alles, was nur im entferntesten an Frivolität streifte, und der kleine, über das ganze runde Gesicht immer freundlich lächelnde Großherzog, dessen Witze leicht etwas derb, dessen Schmeicheleien leicht etwas grobkörnig sein konnten. Als beide jung waren, mag dieser Gegensatz empfindlich gewesen sein, im Alter störte er nicht mehr, auch hatte die treue, aufopferungsvolle Liebe der Großherzogin für den Gatten jede Kluft zu überbrücken vermocht. Er zollte ihr dagegen eine unbegrenzte Hochachtung, ein schrankenloses Vertrauen. Was sie gegenseitig am festesten verbunden hat, war ihre Vaterlandsliebe. Man hat Karl August als Mäcen gefeiert und hätte ihn doch noch mehr als Landesherrn feiern sollen. Sein klarer Blick schien selbst die Zukunft zu durchdringen, die politischen

Verhältnisse vorherzusehen; aber er ging nicht nur ins Große, er sah auch das Kleine, das Kleinste und fand überall und immer in Luisen die beste, verständnisvollste Unterstützung. Wie sie Napoleon begegnete, weiß die Weltgeschichte; wie sie im stillen für die Armen im Lande sorgte, weiß das Volk; wie sie uns Kindern eine mütterliche Fürstin war, das wissen ihre Enkel, das weiß auch ich. Sie blieb mir aber immer, so oft ich sie sah, die Großherzogin, denn ‚eine Würde, eine Höhe entfernte die Vertraulichkeit'. Oft erzog ein Blick von ihr uns mehr als eine Strafe unserer Erzieherinnen, und ein kleines Geschenk aus ihrer Hand wurde mit mehr Ehrfurcht betrachtet als die größte Bonbonniere von Karl August, der mit uns scherzte und lachte und es gar nicht liebte, wenn ‚die Frauenzimmerchen zimperlich taten', sondern gern fröhliche, auch kecke Antworten hörte."

Von nachhaltigem Einfluß auf Jennys geistige Entwicklung sollte der Mann werden, dem ihre Mutter im Jahre 1817 die Hand zum zweiten Ehebunde reichte: Ernst August von Gersdorff.[62] Seit langem im weimarischen Dienst, hatte ihn der Herzog, als Probe auf seine Befähigung, mit seiner Vollmacht am Wiener Kongreß teilnehmen lassen, und er hat diese Probe, zu der ihn Goethe mit den Abschiedsworten entließ: „Der Herzog und das weimarische Volk verdienen es, daß ein Mann wie Sie Gut und Blut, Gedanken und Tatkraft für ihre Sache einsetzt,"[63] glänzend bestanden. Mit scharfem Blick hatte er nicht nur die Disposition zu dieser „großen Komödie" erkannt, sondern auch die Absichten ihres Regisseurs Metternich durchschaut. Er erreichte alles, was für Sachsen-Weimar zu erreichen war: die Abtretung eines bedeutenden Gebiets durch Preußen und die großherzogliche Würde für das Herrscherhaus. Sein größtes Verdienst aber erwarb er sich nach seiner Rückkehr und seiner Ernennung zum Minister, indem er Karl Augusts Absicht, seinem Lande — im Gegensatz zu allen anderen deutschen Fürsten — eine Verfassung geben zu wollen, auf das lebhafteste unterstützte. Gersdorffs Energie und liberaler Gesinnung, seiner

Unabhängigkeit von den reaktionären Gelüsten eines Metternich und Genossen war es vor allem zu danken, daß der Verfassungsentwurf in wenig Wochen durchgearbeitet, von der Regierung geprüft und vollzogen, daß die Freiheit der Presse innerhalb der Landesgrenzen gesichert und, zum erstenmal in Deutschland, eine allgemeine Einkommensteuer ins Leben gerufen wurde. Wenn er sich so durch seine politische Tätigkeit als ein für seine Zeit und seinen Stand ungewöhnlich aufgeklärter Mann erwies, so zeigte er sich durch seine literarischen und künstlerischen Interessen als echter Bürger Weimars. Ein gründlicher Kenner der griechischen Dichter und Philosophen, hatte er sich vor der ausschließlichen und kritiklosen Verherrlichung der einheimischen Großen stets zu bewahren gewußt und über ihrem Ruhm nie vergessen, zu beobachten und aufzunehmen, was das Ausland an poetischen und künstlerischen Schätzen zu bieten hatte, und was die Vergangenheit hinterließ. Wie alle Menschen von intensivem Leben und starker Arbeitskraft, hatte er, trotz seiner amtlichen und privaten Tätigkeit, dabei immer noch Zeit, sich seiner Familie und seinen Freunden zu widmen. Jennys lebendiger Geist mußte ihn besonders anziehen, und früh schon beschäftigte er sich mit ihr, nie müde, ihre Fragen zu beantworten und ihren Interessen eine ernste Richtung zu geben. Schon das neun- und zehnjährige Mädchen nahm er auf seine Spaziergänge mit, ihr, statt der Kindermärchen, Homers Heldengestalten vor Augen führend.

Das Jahr 1822 entführte Jenny, der Sitte der Zeit folgend, in eine Straßburger Pension, wo sie nicht nur ihre Sprachkenntnisse vervollkommnen, sondern von wo aus sie vor allem mit der Familie ihrer Mutter in nähere Beziehungen treten sollte. Aber wie sie auch hier auf Goethes Wegen ging, so wurde auch auf andere Weise der Gedanke an ihn, die Verbindung mit ihm aufrechterhalten: war doch ihr Onkel, Baron Karl von Türckheim, in dessen Familie sie jeden Sonntag zubrachte, der Sohn von Goethes Lili, derjenigen Frau, die von allen, die er liebte, die seiner würdigste gewesen ist.[64] Als

Jenny nach Straßburg kam, war die Erinnerung an sie, die der Mittelpunkt nicht nur einer zahlreichen Familie, sondern auch eines großen Freundeskreises gewesen und erst 1816 gestorben war, noch äußerst lebendig, und die zärtliche Liebe, die sie überall genossen hatte, mochte wohl nicht müde werden, sie zu schildern. In strahlender Schönheit lächelte ihr Bild der kleinen Jenny entgegen, sobald sie die Schwelle des Hauses der Verwandten überschritten hatte — kein Wunder, daß sie der verlassenen Geliebten Goethes in ihrem schwärmerischen Herzen Altäre baute, die die Jahrzehnte überdauerten, ohne der Verehrung für Goethe selbst irgendwelchen Eintrag zu tun.

Wie Jerome für seine Mitschüler im Kollegium zu Juilly der Gegenstand allgemeiner Bewunderung gewesen war, weil er Napoleon zum Bruder hatte, so wurde Jenny von ihren Mitschülerinnen wie ein Wesen ganz besonderer Art betrachtet, weil Goethe sie kannte, weil die Hand des großen Mannes auf ihrem Scheitel geruht. Bekam sie Briefe aus Weimar, so war die Neugierde aller eine große, und sie selbst wollte immer viel mehr wissen, als man ihr schrieb: „Ich muß meine Eltern damals wohl sehr mit neugierigen Fragen gequält haben, denn ich entsinne mich, daß meine Mutter mir schrieb, ich möchte mich mehr um meine Bücher als um Weimars Feste kümmern. Trotzdem flossen Berichte mir darüber reichlich zu. Mein sehr geliebter Stiefvater war es besonders, der mir trotz der ihn überbürdenden Staatsgeschäfte in seiner geistvoll-humoristischen Art von Weimar erzählte. War es doch ein Paradies für mich, Goethe, der Abgott meines kindlichen Herzens, alles, was mit ihm zusammenhing, wertvoller als alle Herrlichkeiten der Welt. Die heutige Jugend hat keinen Begriff von solch einem Enthusiasmus; ihn zu haben, ist ein großes Glück, dessen Mangel einen traurigen Schatten auf das Leben unserer jungen Leute wirft. Die Begeisterung für Goethe war bei uns Pensions=kindern so mächtig, daß man meinen sollte, wir hätten schon jahrelang andächtig zu seinen Füßen gesessen, und wir lasen doch nur heimlich hie und da seine Werke! Daß ich ihn kannte, daß er mir das Haar gestreichelt, die Hand gereicht hatte, gab meiner Person in den Augen meiner Freundinnen eine weihevolle Bedeutung. Jede Zeile, die von Weimar kam, wurde verschlungen, jedes Wort, das er gesagt hatte, machte die Runde durch die ganze Mädchenschar. Wir haben einmal, als er krank war, bitterlich weinend in einer Ecke gesessen, und ich und meine liebste Freundin falteten schließlich die Hände zu einem Kindergebet für den großen, bewunderten Dichter. Ein Gefühl wie dieses mag heute als sentimental belächelt werden, ich glaube doch, wir waren dabei frommer, glücklicher, unsere Seelen harmonischer, unser Geist erfüllt vom Guten, Schönen und Wahren. Die Empfänglichkeit dafür war größer, die Freuden des Lebens darum zahlreicher, nicht vergällt durch Spottsucht und wohlfeile Witze."

Da sie im Zeichnen besonders viel Talent entwickelte, veranlaßte sie ihre Mutter, im Jahre 1825, eine Arbeit von sich zur Ausstellung in die weimarische Zeichenschule zu schicken. „Ich schickte," so schreibt sie selbst, „die Kopie eines charaktervollen Bildes Le prisonnier; es war in Wischmanier, à l'estombe, und stellt den Moment dar, wo ein bekehrter Verbrecher den letzten Trost seines Beichtvaters empfängt.

„Zu meinem Entzücken erhielt ich, damals vierzehn Jahre alt, eine silberne Medaille, worauf neben schön ausgeprägten, symbolischen Figuren die Worte standen: ‚Der Fleiß benutzt die Zeit' und ‚Die Zeit belohnt den Fleiß'.

„Um mich dankbar zu beweisen, schrieb ich einen kindlichhochtrabenden Brief: ‚Du größter Dichter meines lieben Vaterlandes usw.', und zeichnete mit großer Mühe nach einem alten Folianten, in welchem Ludwig XIV. von Geschichte und Wahrheit, welche Neid und Lüge zertreten, verherrlicht wurde, deren Tempel, nur daß ich in den Nischen, statt der des Königs, die Büsten von Schiller und Goethe anbrachte. Karl August sagte, als er das Bild sah: ‚Was haben sie das arme Kind mit Geschmacklosigkeiten gequält!'"

Auch die Fäden, die, dem Kinde noch unbewußt, es so eng mit dem großen Korsen verknüpften, sollten ihr bei Gelegenheit ihres Straßburger Aufenthalts ahnungsvoll zum Bewußtsein kommen; der Bruder ihrer Mutter, Graf Eduard Waldner, ein Kriegsgefährte Napoleons, dem vor Moskau ein russischer Degen die Schädeldecke verletzt hatte, so daß er zeit seines Lebens genötigt war, eine Platte von Gold zu tragen, machte mit ihr während einiger Ferienwochen eine Reise durch die Vogesen. Eben erst hatte sein Kaiser auf ferner Felseninsel die große Seele ausgehaucht — wie einer jener Götter der Vorzeit, bei deren Anblick Ehrfurcht und Entsetzen miteinander streiten, stieg, von ihm emporgezaubert, seine Gestalt vor dem geistigen Auge des Kindes empor. Der Rausch der Freiheits= kriege hatte in ihr noch keine Erinnerung hinterlassen können, und in Weimar war die Bewunderung, die Goethe dem Welt= eroberer zollte, doch nicht ohne Einfluß auf seinen Kreis ge= blieben, so daß Jennys Empfinden dem Eindruck rückhaltlos offen stand. Vielleicht wirkte auch jener geheimnisvolle Ein= fluß des Bluts, der sich nicht fassen und wägen läßt, und doch Verwandtes zu Verwandtem zieht, denn lange, ehe sie von ihrer Herkunft wußte, beherrschte das Schicksal der Bonapartes ihre Phantasie und fesselte sie mit besonderer Liebe an Eduard Waldner, der ihr am meisten von ihnen zu erzählen wußte; denn bei der Mutter daheim durfte die Vergangenheit mit keiner Silbe berührt werden, und der Stiefvater verwies ihr stirnrunzelnd jede Frage danach.

Unter all diesen verschiedenartigen Einflüssen, zu denen ein für die damaligen Begriffe von Mädchenerziehung ziemlich strenger Unterricht in den Wissenschaften und Künsten hinzukam, entwickelte sich Jenny geistig und körperlich wie jene glühenden Blumen des Südens, deren eine sie war. Der Brief eines französischen Lehrers an das damals dreizehnjährige Mädchen zeugt von ihrer Frühreife.

„Ihre intellektuelle Entwicklung," so schreibt er, „ist Ihrem

Alter weit voran geeilt; das ist zuweilen ein Unglück, denn was frommt es, so früh, im Alter des ersten Lenzes, in die Abgründe des Daseins sehen zu können:

> Wer erfreute sich des Lebens,
> Der in seine Tiefen blickt!

„Ich weiß — ein Zufall hat mir darüber Gewißheit verschafft — daß Ihre Gedanken reifer sind, als man es von der doppelten Zahl Ihrer Jahre erwarten würde... Wie steht es übrigens um Ihre Lektüre? Wie weit sind Sie mit Schiller? Sind die Eindrücke von dem, was Sie lesen, immer noch so stark, daß Sie alles darüber vergessen, was Sie umgibt?" Leider fehlt die Antwort auf diesen Brief; sie hätte aber wohl nichts anderes enthalten können als eine Bestätigung des darin Gesagten. Das Gemüt dieses Mädchens war nicht nur wie weiches Wachs, in dem alles innere und äußere Erleben seine tiefen Spuren hinterließ, es war auch wie köstlicher Marmor, der unter den Händen des Künstlers „Leben" sich zur Schönheit formt.

Eben 15 Jahre geworden, sah sie die Heimat wieder. Ihr Stiefvater, der stets in lebhafter Korrespondenz mit ihr gestanden hatte, suchte sie auf die Freuden wie auf die Gefahren des neuen Lebens brieflich vorzubereiten. Früher schon hatte er einmal von sich gesagt: „Ich stehe in eigensinnigem Gegensatz zu allem Weimarer Götzendienst," jetzt schrieb er an Jenny, deren Natur ihm geneigt schien, sich in anbetender Schwärmerei aufzulösen:

„Was Goethe uns war, uns ist und nach seinem Tode, wenn man ihn voll und ganz zu erkennen imstande sein wird, noch werden kann, weiß niemand höher zu schätzen als ich, und gerade deshalb wünsche ich, daß Du nicht zu denen gehörst, die ihn, wie die Heiden ihren Götzen, anbeten, ohne ihn zu kennen, nur des berühmten Namens wegen. Das ist Heuchelei und Eitelkeit, zeugt aber von keinem großen Geist, denn ein solcher gehört dazu, um ihn zu verstehen und wahrhaft zu würdigen, wie ich es von Dir erwarte."

Mehr, als er ahnte, war sie seinem Rat schon gefolgt,

hatte heimlich über Werthers Leiden bittere Tränen vergossen, und sich von Gretchens Schicksal das Herz erschüttern lassen. Auf den Eindruck, den sie davon empfing, bezog sie sich später, wenn sie angesichts gewisser strenger Erziehungsmethoden in bezug auf die Lektüre zu sagen pflegte: „Laßt die Kinder nur lesen ohne Kommentar, ohne Ge= und Verbote. Das Herrliche großer Dichtungen, das sie vielleicht noch nicht verstehen, empfinden sie, und an dieser starken Empfindung wächst ihr Verständnis, und ihre Seele weitet sich." Auch Prinzeß Augusta, so erzählt sie, trug früh schon das Verlangen, Goethes Werke zu lesen, und sprach ihm davon. „Er wählte lange, ehe er ihr ein Buch nach dem anderen in die Hand gab." Mit ihr gemeinsam, also auch unter seiner Leitung, setzte sie die in Straßburg allein begonnene Lektüre fort. Alle ihre alten Beziehungen knüpften sich wieder an, viele neue traten hinzu, und der Strudel des Weimarer Lebens riß sie um so mehr mit sich fort, als ihr Liebreiz alle Welt bezauberte. Den Stempel ihrer Abstammung trug sie unverkennbar auf der Stirn, in den dunkeln Augen, auf der warmen dunkel getönten Haut, in der Lebhaftigkeit und der Reife ihres Wesens. Goethe, der für Schönheit und Jugend immer gleich Empfängliche, war entzückt von ihr. „Jenny von Pappenheim," sagte er zu Felix Mendelssohn, „ist gar so schön, so unbewußt anmutig,"[65] und seine Vorliebe für sie drückte er bei allen Gelegenheiten aus. In ihrer großen Bescheidenheit hat sie später nur davon erzählt, wenn ich sie darum bat oder der Großherzog Karl Alexander, ihr treuer, lebenslanger Freund, sie im Interesse der Goetheforschungen dazu aufforderte. Stellt man aber ihre verschiedenen Schilderungen — die, die sie als junges Mädchen schrieb, und die, welche die Erinnerung der alten Frau diktierte — zusammen, so wacht Alt-Weimar auf vor uns, wie es nur durch den erweckt werden kann, der selber in ihm lebte und für den es nie gestorben ist. Es sei ihr darum selber das Wort gegeben:

Goethe

Im November 1826 kam ich nach Weimar zurück; schüchtern, mit hochklopfendem Herzen erschien ich vor Goethe, der meine Mutter und mich im Aldobrandinizimmer mit großer Freundlichkeit empfing. Ich sehe ihn vor mir, nicht allzu groß und doch größer erscheinend als andere, mit jener Jupiterstirn, die ich am vollendetsten in der von Bettina gezeichneten Statue wiederfinde, die unser Museum schmückt, während seine Augen durch Stieler am besten wiedergegeben sind. Auch mich sehe ich noch im rosa Kleid und grünen Spenzer, unter einem großen, runden Hut heiß errötend bei seinem kräftigen Händedruck. Ich brachte keinen Ton über die Lippen, obgleich er mich, wie er es gern bei jungen Mädchen tat, mit ‚Frauenzimmerchen' und ‚mein schönes Kind' ermutigte; erst als er lächelnd sagte: ‚Die Augen werden viel Unheil anrichten,' ermannte ich mich zu der verwunderten Frage: ‚Warum denn gerade Unheil?' Dann verging ein Jahr, wo ich Goethe nur bei seinen Abendgesellschaften und zu seiner Geburtstagsfeier sah; er hat mir jungem Ding aber immer so imponiert, daß ich vor ihm eigentlich nie ich selbst war, sondern eine Seele, die mit auf der Brust gekreuzten Armen zu ihm emporsah. Ich hielt den Atem an, wenn ich ihn sprechen hörte, und glaubte vergehen zu müssen vor Scham, als er meine Mutter einmal frug: ‚Was treibt denn eigentlich die schöne Kleine?' Meine Nichtigkeit drückte mich von da an so sehr, daß ich manche Stunde der Nacht wachend zubrachte, alle Bücher, deren ich habhaft werden konnte, um mich herum.

„Nach der Geburt von Alma, Goethes reizender Enkelin, die meine lebendige, sehr geliebte Puppe war, wurden meine Beziehungen zu Goethes Haus und Familie sehr innige. Täglich stieg ich nun zu Ottilie hinauf, ich lernte die kleine Alma wickeln, ihr Milch im Schnabeltäßchen geben, bekümmerte mich zu Anfang wenig um die Mutter, und wenn die Kinderfrau beschäftigt war, hieß es: Fräulein von Pappenheim ist ja da und hat das Kind. Einst, an einem Sonntag, kam ich aus der Kirche, Ottilie war nicht in ihrer Stube, ich hatte mein Püppchen und spielte mit ihm. Plötzlich trat ein junger Mann herein, sah uns betroffen an, wirbelte seltsam im Zimmer umher, so daß ich ganz ängstlich wurde. Als Ottilie auf mein Rufen erschien, entpuppte er sich als junger Engländer, Namens Thistelswaite, der an Goethe empfohlen war und den er heraufgeschickt hatte. Goethe frug nach ihm, und Ottilie erzählte von seinem auffälligen Benehmen, worauf Goethe lächelnd sagte: ,Wer so schöne Freundinnen hat, muß für Schleier sorgen,' eine Äußerung, die mich mehr beglückte als alle Schmeicheleien, die ich je gehört hatte.

„Walter und Wolf Goethe liebte ich bald mit einem ebenso mütterlichen Gefühl wie ihre Schwester, und daraus entwickelte sich nach und nach die Freundschaft mit der Mutter. Ihr edler, poetischer Geist, ihre liebenswürdige Gabe, aus jedem Menschen das Beste und Klügste, was in ihm lag, heraufzubeschwören, das Neidlose, Klatschlose, geistig Anregende im Verkehr mit ihr übten einen unwiderstehlichen Zauber auf mich aus; der Weg nach den Dachstuben zu dem ,verrückten Engel', wie sie meine Tante Egloffstein, zu der ,Frau aus einem anderen Stern', wie sie ihre Freundin, die Schriftstellerin Anna Jameson, nannte, wurde nur zu gern von mir zurückgelegt. So kam ich häufig an Goethes Tür vorüber; kehrte ich ein, so war es in seinem Eß- und Empfangszimmer oder in seinen Gärten, wo ich ihn traf. Er selbst führte damals schon körperlich das regelmäßige Greisenleben, was ihn sicher so lange geistig frisch erhalten hat. Der einfache Wagen Karl Augusts hielt etwa zweimal in der Woche vor Goethes Haus, während die wunderbaren Freunde oben zusammen waren. Der 28. August 1827 versammelte zum letztenmal eine Schar Gratulanten in Goethes Zimmern. Später unterblieb auf seinen Wunsch der große angreifende Empfang. Damals überbrachte König Ludwig von Bayern dem Dichter seinen Orden. Es war ein bewegter Augenblick, doch die Menge der Fürsten auf weltlichem und geistigem Gebiet beachtete ich wenig neben dem wunderbaren Glanz der Goetheaugen. Das Jahr darauf schickte König Ludwig einen antiken Torso als Geburtstagsgeschenk an Goethe, wovon sein Friseur Kirchner, welcher täglich die Frisur auf dem Jupiterhaupte herstellte, meiner Mutter erzählte: es wär' ein Mann ohn' Kopf und Arm', die würden aber wohl nachkommen.

„Zu einem späteren 28. August — seinem letzten Geburtstag — schickte ich ein Paar Pantoffeln; da ich aber nie eine Künstlerin, ja nicht einmal eine Verehrerin von sogenannten Damenhandarbeiten war, schämte ich mich meiner unvollkommenen Gabe und schrieb, da ich nicht wagte, sie selbst zu bringen, folgende Verse dazu:

> Nur ganz bescheiden nah ich heute mich,
> Wo so viel schönre Gaben dich umringen;
> Doch, Herr, Bedeutung hab auch ich,
> Denn Liebe und Verehrung soll ich bringen;
> Drum, wenn auch Höhre, Meister, dich begrüßen,
> Mir gönne nur den Platz zu deinen Füßen.
>
> ‚Zwar kann ich Engeln nicht Befehle geben,
> Daß seine Schritte sie mit Liebe führen,
> Doch will ich weich mit Seide euch durchweben,
> Daß ihn kein Steinchen möge hart berühren;'
> So sprach die Herrin, und so laß mich schließen
> Und gönn auch ihr den Platz zu deinen Füßen.

„Es war etwa elf Uhr vormittags, als Friedrich, Goethes wohlbekannter Diener, mir auf meiner Eltern Treppe begegnete, um der Freudestrahlenden des Dichters Dank zu bringen. Auf rosa gerändertem, großem Bogen las ich folgende Antwort:[66]

Dem heil'gen Vater pflegt man, wie wir wissen,
Des Fußes Hülle, fromm gebeugt, zu küssen;
Doch! wem begegnet's, hier, im langen Leben,
Dem eignen Fußwerk Kuß um Kuß zu geben?
Er denkt gewiß an jene liebe Hand,
Die Stich um Stich an diesen Schmuck verwandt.

Am 28. August 1831.

Der älteste Verehrer J. W. v. Goethe.

„Zu meinem Geburtstag schenkte mir der verehrte Greis einen goldenen Ring, dessen Stein eine lanzenartige Spitze zeigt.[67] Er nannte diese mit freundlich-galanten Worten einen Pfeil. Die Zeit und die genauen Worte, mit denen er allegorische Beziehungen zu freundschaftlich überschätzten Gaben in mir bezeichnen wollte, habe ich vergessen, doch fällt das Geschenk in Goethes letzte Lebensjahre. Auch einen Separatabdruck seiner Iphigenie schenkte er mir mit der auf rosa Papier geschriebenen Widmung:[68]

Freundlich treuer Gruß und Wunsch zum siebenten September 1830.

Weimar. Goethe.

„Noch einmal wurde mir die Freude eines poetischen Grußes zuteil. Gräfin Vaudreuil, die schöne Frau des französischen Gesandten, hatte mich für sich in Buntstift zeichnen lassen. Sie schickte das Bild zur Ansicht an Goethe, der, in der Meinung, ich habe es ihm gesandt, mir folgende Verse zukommen ließ:

Der Bekannten, Unerkannten.

Dich säh ich lieber selbst,
Doch könnt ich nur verlieren,
Wer dürfte dann dein Auge so fixieren.

Am 16. Januar 1832. Goethe.

„Auf dringende Bitten meiner Schwester und liebsten Freundin Pauline, welche Nonne im Kloster Notre dame des oiseaux in Paris war, schenkte ich das Manuskript dieser Verse, vielleicht die letzten von Goethes Hand, der Bibliothek dieses Pariser Klosters. Der damalige Bibliothekar war ein sehr gelehrter Abbé, der in Göttingen studiert hatte und deutsche Literatur, Goethe besonders, kannte und liebte.

„Ein anderes Blatt, das Goethe mir einmal für die Autographensammlung eines Freundes, der aber inzwischen plötzlich gestorben war, geschenkt hat, enthält folgenden Vers:

> Nun der Fluß die Pfade bricht,
> Wir zum Nachen schreiten,
> Leuchte, liebes Himmelslicht,
> Uns zur andern Seiten.
>
> Joh. Wolfgang v. Goethe.[69]

„Die Geselligkeit in Goethes Haus war ein vielfaches Kommen und Gehen; wenn es ihm lästig wurde, gab er oft auf Wochen den Befehl, keine Fremden mehr zu melden, und der Fall ist vorgekommen, daß Amerikaner ihn nicht anders sehen konnten, als wenn er im langen Rock oder grauen Mantel zur Spazierfahrt vor der Haustür in den Fensterwagen stieg. Der beste und liebenswürdigste Blitzableiter war Ottilie, der er namentlich die an ihn empfohlenen Engländer zuschickte, die den Weg in die einfachen, aber geistig durchleuchteten Dachstuben häufig fanden. Hatten sich die Visitenkarten sehr angehäuft, so vermochte sie ihn zu einer Abendgesellschaft, wo er sich vorher sehr nach den Herzensangelegenheiten seiner Gäste erkundigte und ihr die eigentlich überflüssige Empfehlung machte: daß ihm (oder ihr) sein Glück begegne. Da sah man denn hoch, groß, etwas steif den Dichterfürsten die Gäste empfangen. Das Aldobrandinizimmer barg den Kreis der Mütter und Tanten und, da Goethe bei solchen Zwangsgelegenheiten selbst wenig sprach, oft eine große Portion Langerweile; das Urbinozimmer daneben wußte davon nichts, da war für ‚die Begegnungen des Glücks‘ gesorgt. Waren diese

Gesellschaften durch besondere Größen der Kunst und Wissenschaft, Humboldt, Rückert, Zelter, Rauch, Felix Mendelssohn, veranlaßt, so hatten sie einen anderen Charakter und auch für Goethe ein anregendes Interesse.

„Er lud gern zu Tisch ein, wo sein Sohn, Ottilie, Ulrike, die Enkel und der Hauslehrer die Tischgäste waren. Man aß nach damaliger Zeit gut, nach jetziger Zeit einfach; erst in den letzten Jahren hatte er einen Koch, vorher Haushälterinnen, mit denen er die Wirtschaft führte ohne Ottiliens Hilfe. Er hatte kein Vertrauen in ihre wirtschaftlichen Talente und sagte wohl scherzend: ‚Ich hatte mir so eine kochverständige Tochter gewünscht, und nun schickt mir der liebe Gott eine Thekla und Jungfrau von Orleans ins Haus.‘ — Die Unterhaltung war bei diesen kleinen Anlässen stets sehr animiert. Sie drehte sich immer um Gegenstände der Kunst und Wissenschaft. Seine Augen schleuderten Blitze, sobald irgendeine Klatscherei zum Vorschein kam. Bei einer solchen Gelegenheit wurde er einmal sehr derb, er rief mit dröhnender Stimme: ‚Euren Schmutz kehrt bei euch zusammen, aber bringt ihn nicht mir ins Haus.‘

„Eines sehr belebten Mittagsmahles weiß ich mich zu entsinnen, das zu Ehren der Polen Mickiewicz und Odyniec stattfand, beide äußerst liebenswürdige, geistreiche Menschen, besonders ersterer ein echtes Kind seiner Heimat: himmelhochjauchzend, zu Tode betrübt.

„Zu Ehren von Tiecks — Vater, Mutter und zwei Töchter — waren auch einmal oben bei Ottilie und unten bei Goethe Feste arrangiert worden. Goethe sah die Familie zuerst bei sich zu Tisch; ich war zwar nicht gewünscht, erlaubte mir aber, mit dem Vorrecht der Jugend, nachher in das Allerheiligste einzudringen, um Tiecks zu Ottilie zu geleiten, während der alte Herr andere Gäste empfing. Es kam auf Walter Scott die Rede, welchen er sehr schätzte, was meinem englisch empfindenden Herzen wohl tat, nur wagte ich die Einwendung, daß ‚The fair maid of Perth‘ nicht immer allzu unterhaltend sei, worauf mir ein strafender Seitenblick und ein ‚Die Kinder wollen eben immer noch bunte Bilderbücher' zuteil wurde.

„Einige Tage später war Tee bei Ottilie. Man stand umher, sprach mit gedämpfter Stimme, sah sich bei jedem Geräusch erschrocken nach der Tür um, als ob eine Geistererscheinung erwartet würde, aber sie kam nicht. Ottilie sollte sie heraufbeschwören, doch die irdischen wie die himmlischen Geister sind eigensinnig.

„Man wurde unruhig, Tieck wechselte die Farbe, biß sich auf die Lippen, immer häufiger flogen die unsichtbaren Engel durchs Zimmer. Ich wandte mich an Eckermännchen, der still in einer Ecke stand und eben sein unvermeidliches Notizbuch einsteckte. ‚Er will nicht,' sagte er; da nahm ich meinen Mut zusammen und ging hinunter. Die ersten Stufen lief ich, die letzten schlich ich nur langsam, denn ich fürchtete mich doch etwas und wäre fast schon umgekehrt, wenn ich mich nicht vor Friedrich geschämt hätte. Er wollte mich nicht melden; ich solle nur so hineingehen, meinte er.

„Goethe stand am Schreibpult im langen offenen Hausrock, einen Haufen alter Schriften vor sich; er bemerkte mich nicht, ich sagte schüchtern:

„‚Guten Abend!'

„Er drehte den Kopf, sah mich groß an, räusperte sich — das deutlichste Zeichen unterdrückten Zorns. Ich hob bittend die Hände.

„‚Was will das Frauenzimmerchen?' brummte er.

„‚Wir warten auf den Herrn Geheimrat, und Tieck —'

„‚Ach was,' polterte der alte Herr, ‚glaubt Sie, kleines Mädchen, daß ich zu jedem laufe, der wartet? Was würde dann aus dem da?' und damit zeigte er auf die offenen Bogen; ‚wenn ich tot bin, macht's keiner. Sagen Sie das droben der Sippschaft. Guten Abend.'

„Ich zitterte beim Klang der immer mächtiger anschwellenden Stimme, sagte leise ‚Guten Abend', doch es mochte wohl sehr traurig geklungen haben, denn Goethe rief mich zurück, sah mich freundlich an und sprach mit ganz verändertem Tonfall:

„‚Ein Greis, der noch arbeiten will, darf nicht jedem zu Gefallen seinen Willen umstimmen; tut er's, so wird er der Nachwelt gar nicht gefallen. Gehen Sie, Kind, Ihre frohe Jugend wird denen da oben besser behagen, als heut abend mein nachdenkliches Alter.' — —

„Unvergeßlich ist mir die liebste Erinnerung an Goethe: Ich war mit Ottilie an einem schönen Frühlingstage zu Fuß nach Tiefurt gegangen; lange hatten wir auf dem stillen friedlichen Platz neben dem Pavillon gesessen; der Blick nach der mit alten schönen Bäumen bewachsenen Anhöhe war wohltuend und regte zu vertraulichem Gespräche an. Der Vormittag war verstrichen, und wir gingen durch den Park nach der oberen Chaussee; dort hielt ein Wagen, Goethe stieg aus, umfaßte jede von uns mit einem Arm und führte uns zurück nach der Ilm, lebhaft von Tiefurts Glanzzeit und der Herzogin Amalia erzählend. An einem länglich viereckigen Platz, von alten Bäumen umgeben, blieb er stehen, es war der Teeplatz der edlen Fürstin; etwas weiter zeigte er uns die Stellen, für die er ‚Die Fischerin' geschrieben hatte und wo sie aufgeführt worden war. So weich und mild sah ich ihn nie, der ganze Tag war so harmonisch — langsam stiegen wir den Berg hinauf, wo der Wagen hielt, und fuhren zusammen nach Weimar zurück. Vor Goethes Haustür stand ein kleiner Knabe, der Pfefferkuchen feilbot; Goethe nahm ein Herz, über dem zwei Täubchen einträchtig saßen, schenkte es mir und lud mich noch zu Mittag ein, was Friedrich rasch meinen Eltern kundtun mußte. Nach Tisch holte er seinen Faust, an dessen zweitem Teil er noch arbeitete und aus dem er Ottilie oft vorlas. Jetzt durfte ich ihm lauschen, ich hätte es ewig tun mögen, nie den ‚Platz zu seinen Füßen' zu verlassen brauchen. Es dämmerte, als ich gehen mußte. Die Hand, die er mir reichte, zog ich dankbar und ehrfurchtsvoll an die Lippen. Er sah wohl, welch einen Eindruck ich mit mir nahm, und sagte noch, als ich mit Ottilien an der Tür stand: ‚Ja, ja, Kind, da habe ich viel hineingeheimnißt.'

„Mit Julie Egloffstein, Adele Schopenhauer und anderen kam ich oft zu ihm, aber keine Erinnerung war mir lieber als jene. Das Pfefferkuchenherz behielt ich, bis es in Staub zerfiel, die Erinnerung wird niemals zerfallen.

„Anmutig war eine Stunde in Goethes Hausgarten, wo ich mit Ottilie einem Menschenschädel, den wir am Zaun gefunden hatten, würdigere Ruhe unter einem Baum bereitete. Goethe hatte uns von seinem Arbeitszimmer im sonnigen Garten gesehen, kam herunter und sagte: ‚Ihr Frauenzimmerchen verklärt auch noch den Tod.' Wir hofften den Gedanken gedichtet zu bekommen, aber es blieb bei der schönen Prosa.

„Ein andermal überfielen wir, eine Schar übermütiger Mädchen, den Dichter zur Abendzeit in seinem Gartenhaus. Wir kamen von Tiefurt und brachten ihm eine Menge Frühlingsblumen. Dabei hatte eine von uns das Unglück, den Gipsabguß einer Venus umzustoßen. Wir wurden blaß vor Schreck, einen Zornausbruch erwartend; die Sünderin selbst brach in Tränen aus. Ein sonniges Leuchten flog jedoch über seine Züge, er drohte mit dem Finger und meinte: ‚Ei, ei, wer wird um die tote weinen, wo Venus so viel lebende Vertreterinnen hat.'

„Oft sah ich ihn zwischen seiner Malvenallee im Parkgarten auf und nieder gehen; er mochte wohl an seine Farbenlehre denken, da ihn die vielfarbigen besonders erfreuten. — Vielfache kleine, durch ihn groß werdende Erinnerungen tauchen aus meiner Jugend bei mir auf, es fehlt aber für andere der Rahmen des damaligen äußerlich sehr einfachen, in Herz und Geist sehr geschmückten weimarischen Lebens. Es war nicht ganz ohne Zopf, nicht ganz ohne Sünde, auch reich an Leiden und Kämpfen, um so mehr, als zu den wirklichen noch viele gemachte und eingebildete kamen, die sich dadurch verwickelten, daß man der Liebe eine Berechtigung auch auf Kosten der Pflichten einräumte, doch dieser Allerweltsstoff wurde in Weimar aus der Gemeinheit herausgehoben, mit edlen Waffen bekämpft, poetisch verwendet. Unser Leben blieb reiner und harmonischer als das Leben der jungen Generation. Man hatte Zeit füreinander und für sich selbst, das Hasten und Jagen unserer Zeit war uns unbekannt, das Leben nach innen hin tiefer und reicher, so arm es nach außen erscheinen mochte. Und doch fiel auch meine Jugend schon in den Abend dieses geistigen Lebens — eine schöne Mondscheinnacht mit mildem, hohem, die Landschaft verklärendem Licht!

„Schiller, Herder, Wieland waren längst tot. Frau von Schiller und ihre Schwester, Frau von Wolzogen, kannte ich nur als alte Damen. Erstere ging regelmäßig im Park spazieren, den Mops an der Leine, und hatte wenig mehr von dem, womit sie als Schillers reizendes Weibchen oft erwähnt worden war. Ihre Tochter Emilie, spätere Frau von Gleichen-Rußwurm, wurde mit uns Kindern zu den Prinzessinnen eingeladen, war aber viel älter als wir alle und der Gegenstand meiner stillen Huldigung. Die Romane ‚Gabriele' von Johanna Schopenhauer, ‚Agnes von Lilien' von Frau von Wolzogen, ‚Römhilds Stift' von Frau von Ahlefeldt, welche diese Damen bekannt gemacht hatten, wurden noch gelesen, die Autorinnen selbst waren noch geistesfrisch, aber doch auf Ausleben vorbereitet. Von Wielands Nachkommen kannte ich die kleine Enkelin Lina Wieland, die im Hause des Großvaters, unserer Wohnung gegenüber, wohnte, und Fräulein Stichling, deren Vater in zweiter Ehe die Tochter Herders heiratete, eine geistig und praktisch gebildete, still und sinnig ihrer Familie lebende Hausfrau. Auch Charlotte von Stein sah ich öfters, da ich mit ihrer Enkelin und treuen Pflegerin befreundet war. Ich wurde zum Tee zu ihr gebeten; dann saß sie alt, schweigsam, freundlich hinter einem grünen Lampenschirm, irgendein Werk Goethes vor sich.

Noch weiter zurück in den Erinnerungen und in den Kreisen, die Goethe und Karl August mit übersprudelndem Geist und Herzen belebt hatten, führen mir die Gedanken einige Persönlichkeiten aus der Zeit der Herzogin Amalie vor. Da schreitet Einsiedel, alt, gebeugt, müde, sich schwer auf den Stock mit dem goldenen Knopf stützend, an mir vorüber. Er geht, die hohen Treppen eines Hauses am Ende des heutigen Karlsplatzes nicht scheuend, täglich um zwei Uhr zu der ebenso alten, ebenso müden Adelaide von Waldner. Beide waren am Hofe Anna Amalias jung gewesen; die große, tiefe Liebe, die sie verbunden hatte, konnte nicht zur Ehe führen, wohl aber zu lebenslänglicher, reiner Freundschaft. Das Zusammensein der Greise störte niemand, bis ihm selbst die Kräfte versagten. Er starb vor ihr, und als sie ihr Ende nahen fühlte, bat sie meine Mutter, ihre Verwandte und Freundin, ein Päckchen vergilbter Briefe, das sich in einem geheimen Schubfach fand, zu verbrennen. Es war die Korrespondenz mit Einsiedel, während er sich in Italien befunden hatte. Ein paar halb zerfallene Blumen nahm sie mit sich ins Grab. — Frisch und jugendlich hatte sich ihr Zeitgenosse Knebel erhalten. Wenn ich nach Jena kam, wo mein Onkel Ziegesar Präsident und Kurator war, besuchte ich ihn zuweilen. Er ging nicht mehr aus, erfreute sich an seinem Garten, an der Aussicht in die Berge und lebte immer in einem stillen, drolligen Kampf mit seiner viel jüngeren Frau, deren Lebhaftigkeit mit seiner Ruhe sehr kontrastierte. Sie hatte den Turban aus der Zeit und Mode der Frau von Staël beibehalten, und es amüsierte mich sehr, wenn er bei jeder ihrer schnellen Bewegungen hin und her schwankte.

„Zwei eigentümliche Erscheinungen aus meiner Kinderzeit waren Herr und Frau von Schardt, die neben uns wohnten und meinem Bruder und mir sehr freundlich waren. Sie war innig befreundet mit Zacharias Werner, der das ‚Kreuz an der Ostsee' geschrieben hatte. Dieses ganz geistige Verhältnis bekundete sich doch auch in kleinen Liebesgaben. Sie stickte einst eine damals sehr beliebte seidene Weste mit der ausgesprochenen Absicht: ‚Wenn sie hübsch wird, bekommt sie Werner, wenn sie nicht hübsch wird, bekommt sie der gute Schardt.'

„Selten nur sah ich Frau von Heygendorf und dann meistens auf irgendeinem ihrer Armenwege. Sie war unendlich wohltätig, sanft und gut, so daß ich sie niemals häßlicher Intrigen für fähig gehalten habe. Die Liebe zu Karl August war eine sie so vollständig erfüllende, daß man bei seinem Tode für ihren Verstand fürchtete. Das Theater, dessen Zierde sie gewesen war, besuchte sie nicht einmal mehr. Auch Goethe ging nur selten hinein, blieb dann gern unbemerkt im Hintergrunde, und nur bei der ersten Aufführung des ersten Teils vom Faust sah man ihn einen Augenblick sich vorbeugen. Ein Flüstern ‚Goethe ist auch da' verkündete seine Anwesenheit und erhöhte unsere Andacht.

„Auch die Großherzogin Luise lebte immer zurückgezogener. Sie liebte die großen Feste nicht mehr und war bei kleinen Empfängen stiller denn je; um so wertvoller war mir ein Kuß, ein freundliches Lächeln, da sie wenig sprach. Unserem jugendlich übermütigen Leben und Treiben stand sie fremd und vielfach mißbilligend gegenüber, war sie doch selbst niemals so recht von Herzen jung gewesen. So hatte sie sich auch früher nie von dem genialischen Treiben in der Musenstadt hinreißen lassen; aber es ist durchaus falsch, wenn man daraus beweisen will, daß sie überhaupt kein Verständnis dafür hatte. Sie sah es nur nicht, wie so manches unechte Genie, als notwendigen Beweis geistiger Größe an. Sie bewunderte, sie verstand Goethe wie wenige, aber nicht den Menschen, sondern den Dichter, den Gelehrten; sie fühlte sich dem Geiste ihres Gemahls aufs innigste verbunden, ihre unendliche Liebe hatte für seine Schwächen immer wieder Vergebung, aber kein Vergessen und kein Verstehen. Sie war, so schien es, schon auf einer höheren seelischen Stufe geboren, zu der sich andere erst mühsam emporarbeiten müssen. Selbst ihr Schmerz hatte etwas Heiliges an sich. Als Karl August gestorben war, verschloß sie sich lange vor jedem Blick. Niemand sah ihr furchtbares Leid, denn als sie vor uns erschien, war sie ruhig und gefaßt und dachte sofort daran, andere zu trösten, Goethe vor allem, der aber schon abgereist war. Sie soll ihm, wie Julie Egloffstein mir sagte, einen langen Brief geschrieben haben, den aber niemand zu sehen bekam. Gleich nach Goethes Heimkehr ging sie allein zu ihm. Kurz nachher traf ihn Ottilie im Lehnstuhl sitzend, während er immer vor sich hin murmelte: ‚Welch eine Frau, welch eine Frau!' Zu Julie Egloffstein sagte die Großherzoginmutter: ‚Goethe und ich verstehen uns nun vollkommen, nur daß er noch den Mut hat, zu leben, und ich nicht.'

„Sie schien auch keine Lebenskraft mehr zu haben und zeigte sich nur noch im engsten Familienkreise. Nicht lange darauf, am 14. Februar 1830, folgte sie dem geliebten Gatten zur ewigen Ruhe. Es ist sehr schmerzlich, daß wir immer erst nach dem Verlust voll empfinden, was wir besessen haben. So auch hier; wir alle, das Land, das Volk fühlten uns verwaist. Goethes Sohn war so ergriffen, wie ich ihn nie vorher gesehen hatte, und Goethe sagte mit trübem Blick: ‚Ich komme mir selber mythisch vor, da ich so allein übrig bleibe.'

„Noch Schwereres stand dem Greise bevor, als der Heimgang der liebsten Freunde und der Lebensgefährtin für ihn gewesen war: die ewige Trennung von dem einzigen Sohn, der in seinen sorgenden Gedanken und in seinem Herzen einen so großen Platz einnahm. Sein Tod wirkte furchtbar auf den Vater, denn ob er auch bei jedem Schmerz Stille, Arbeit, Einsamkeit als letzte Heilmittel suchte und seinen äußeren Ausbruch so sehr unterdrückte, daß man ihn neuerdings oft deshalb herzlos schilt, er empfand so tief wie wenige, darum litt er auch körperlich so sehr darunter. Nur beim Tode seiner Frau, so erzählte mir Huschke, war er weinend vor ihrem Bett in die Knie gesunken mit dem Ausruf: ‚Du sollst, du kannst mich nicht verlassen!' Als die Trauerglocken den Einzug des toten Karl August uns allen wehmutsvoll in die Seele läuteten, war er still verschwunden. Den Kanzler Müller, der den Auftrag hatte, ihm des Sohnes Tod mitzuteilen, ließ er nicht zu Worte kommen, er sah ihn nur groß an und ging hinaus. Daß er die Kunde erraten hatte, wurde klar, als Ottilie den nächsten Morgen in Trauerkleidern bei ihm eintrat und er ihr die Hände mit den Worten entgegenstreckte: ‚Nun wollen wir recht zusammenhalten.' Dann versuchte er zu arbeiten, verschloß sich vor jedem Besuch, wollte schließlich verreisen; ein Blutsturz warf ihn aufs Krankenlager und zeigte nur zu deutlich, wie entsetzlich er litt. Bei allen geistig bedeutenden Menschen scheint Geist und Körper besonders innig zusammengewachsen zu sein, das ist ‚der Pfahl im Fleisch', die Bürde, die große, dem Überirdischen näher als dem Irdischen stehende Naturen zur Erde zurückzieht. Zu solchen gehörte Goethe, nicht nur als Dichter, sondern auch als Mensch.

„Wenn er nichts geschrieben hätte, würde er doch in die erste Reihe der größten Menschen gehören. Er war gut, neidlos, einfach, half und förderte gern, keine Hochschätzung der Welt hat ihn eitel, keine ihrer Huldigungen hat ihn anmaßend gemacht. Was vielen als Egoismus erschien, das Wegräumen äußerer Hindernisse auf dem Wege zu seinen Zielen, hat diese Ziele möglich gemacht. Er gab seinem Volke eine Sprache, den deutschen Geistern einen Mittelpunkt, er weckte schlummernde Kräfte, Gedanken, Gefühle und Bestrebungen in einem Maße, welches sich besonders darin dokumentiert, daß nach einem Jahrhundert seines Wandelns und Wirkens kaum ein deutsches Werk erscheint ohne Motto aus Goethes Schriften und ohne Zitate zur Bekräftigung ausgesprochener Ansichten. So reich und voll er das geistige Leben erfaßte und beherrschte, so bedürfnislos war er im äußeren Leben. In seinen unansehnlichen Wohnstuben leuchteten und lebten mit ihm, durch ihn und in ihm große und gute Geister, in seiner unansehnlichen Equipage, in seinen unansehnlichen grauen Mantel gehüllt, spendete er Gedanken, Lebensweisheit, menschenfreundliche Gesinnungen; in seinen einfachen Gärten war keine Blume für ihn ohne Genuß, kein Licht- und Farbeneffekt ohne Beachtung, keine Naturerscheinung ohne Gedankenanregung.

„Wie großartig waren die letzten Stunden seines Lebens, ruhig, mild, mit klarem Geist, noch empfänglich für anmutige Kunstleistung. Ein Maler hatte ihm das Bild[70] der schönen Gräfin Vaudreuil geschickt, er betrachtete es aufmerksam: ‚Wie gut ist es doch, wenn der Künstler nicht verdirbt, was Gott so schön gemacht hat.‘ Noch in den letzten Stunden stand er hoch aufgerichtet in der Tür seiner Stube, so daß er ungewöhnlich groß erschien. Das bekannte Wort ‚Mehr Licht‘ (?) mag er wohl gesagt haben, klar und deutlich aber sprach er seine letzten Worte: ‚Nun kommt die Wandlung zu höheren Wandlungen.‘ Er starb kampflos, sagten die Anwesenden, nur Ottilie warf sich mir gleich darauf schluchzend in die Arme: ‚Und das nennen die Leute leicht sterben!‘ Bekannte und Verwandte wollen nach seinem Tode eine unerklärliche Trauermusik gehört haben, als ob die Noten im Musikschrank lebendig geworden wären. Gräfin Vaudreuil versicherte mir, daß es so gewesen sei, auch Ulrike von Pogwisch sprach davon; ich selbst war so betäubt an dem Tage, daß ich keine Rechenschaft zu geben vermag, was Wahrheit, was Phantasie gewesen ist. Ebenso ging es mir bei dem Mittagsspuk im Parkgarten, den August und Ottilie, Walter und Wolf Goethe empfunden hatten und der nach Goethes Tod besonders auffällig gewesen sein soll. Ich war lange dort und empfand nichts von der mir beschriebenen unheimlichen Stille, die ein entsetzliches Angstgefühl verursachen sollte. Goethe selbst war es, der mir bei einem Besuch im Gartenhaus den Ursprung des Spukes folgendermaßen erzählte: ‚Ich habe eine unsichtbare Bedienung, die den Vorplatz immer rein gefegt hält. Es war wohl Traum, aber ganz wie Wirklichkeit, daß ich einst in meiner oberen Schlafstube, deren Tür nach der Treppe zu auf war, in der ersten Tagesfrühe eine alte Frau saß, die ein junges Mädchen unterstützte. Sie wandte sich zu mir und sagte: ‚Seit fünfundzwanzig Jahren wohnen wir hier, mit der Bedingung, vor Tagesanbruch fort zu sein; nun ist sie ohnmächtig, und ich kann nicht gehen.' Als ich genauer hinsah, war sie verschwunden.'

„Etwas Unheimliches habe ich, wie gesagt, nach seinem Tode nicht bemerkt, wenn nicht das Gefühl des Verlassenseins, das sich unser Aller bemächtigte, unheimlich genannt werden kann. Täglich ging ich, wie sonst, den gewohnten Weg zu Ottilien, aber leise und langsam nur schlich ich die Stufen empor und schlüpfte wohl manchmal in die verlassenen Räume, um mich auszuweinen.

„Meine letzte Erinnerung an Goethe war der ernste, mächtige, stille Trauerzug, der ihn in weihevoller Stunde zu Karl Augusts Fürstengruft geleitete.

*

„Als ich noch ein Kind war, ging ich allsonntäglich zur Kirche, faltete allabendlich die Hände zum Gebet, jeden Morgen galt mein erster Gruß dem lieben Heiland. Da sah ich Goethe, er streichelte mir das Haar, er lächelte freundlich und schenkte mir ein Körbchen Erdbeeren, das er gerade einem armen, zerlumpten Mädchen abgekauft hatte, für mehr Geld, als es verlangte, wie ich deutlich bemerkte. Von nun an wurde jeder Tag mir zum Fest, an dem ich ihm begegnete; ich sah ihn überall: im Park, im Wald, auf der Straße, zu Haus, nur in der Kirche nicht.

„‚Warum geht der Herr Geheimrat nicht in die Kirche?' frug ich.

„‚Er ist kein Christ!'

„Ich erschrak tödlich. Wie konnte das sein? Wie konnte er lächeln, wie konnten die Leute ihn grüßen, wie konnte er leben und war doch kein Christ?

„Ich wuchs heran. Da hörte ich, daß einer armen, fleißigen Familie das Haus abgebrannt war; ich ging hin, um ihr mit meinen schwachen Kräften beizustehen, und fand sie glücklich und zufrieden in einem neuen Heim: „Der Herr Geheimrat hat uns schon geholfen." — Wie konnte er barmherzig sein, wie konnte Segen auf seiner Gabe ruhen? Er war ja kein Christ!

„Und die Jahre vergingen. Ich machte die Bekanntschaft eines frommen Mannes und freute mich dessen. Er gab mit vollen Händen, er sprach so schön von Gott und Christentum; keine Kirche in seiner Gegend gab es, die nicht von ihm unterstützt worden wäre, kein Sonntag verging, ohne daß er vor dem Altar des Herrn gekniet hätte. Eines Tages aß ich bei ihm, ein Diener zerbrach eine Schüssel, und sein Herr schlug ihn dafür. Dann hörte ich von seinem Bruder sprechen; man sagte, er sei sehr arm. ‚Er ist ein Ketzer und Gottesleugner und trägt gerechte Strafe,' sagte mein Wirt. Ich erschrak, denn er war ja ein Christ!

„Ich wurde ein Weib, ich sah das Elend in der Welt, die bitterste Armut in den Hütten, und Kirchen von Gold strotzend, und Priester in Seide und Spitzen — da dachte ich an ein schlichtes Zimmer mit niedrigen Fenstern und hölzernen Stühlen, an einen Mann darin im langen, grauen Rock mit einer milden Hand, leuchtenden Augen, herrlichen Gedanken — war er nicht doch ein Christ?!

„Nun bin ich alt. Ich erschrecke nicht mehr, wenn ein geliebter Mensch die Kirche meidet, aber ich bin verzweifelt, wenn er an den Hütten der Armut vorübergeht. Ich bewundere nicht mehr den frommen Mann, dessen Name in allen Kirchenkollekten zu finden ist, aber ich verachte den, der es versäumt hat, ihn in die Herzen der Menschen zu schreiben."

Freundschaft und Liebe

Die Zeit, in die Jennys Jugend fiel, pflegt heute als die des Biedermeiertums bezeichnet zu werden, und der moderne Gebildete, dessen prätentiöser Geisteshochmut jeden Zweifel an seiner tiefgründigen Kenntnis aller Dinge für verdammenswerte Majestätsbeleidigung erklärt, stellt sich darunter eine Periode geruhigen, geistesarmen Philistertums vor, eine ereignislose Pause inmitten der beiden Akte der Welttragödie: Napoleon und 1848. Redselige Gefühlsergüsse, die Pfeife und die geblümte Kaffeetasse sind, so meint er, ihre Symbole. Wer aber unter dem Einfluß dieser allgemein verbreiteten Auffassung in der Geschichte der Menschheitsentwicklung nach dieser Pause sucht — sehnsüchtig sucht vielleicht, wie der vom Lärm der Großstadt Umtoste nach einem stillen, grünen Winkel — der mag die Jahresblätter noch so oft hin und her wenden, er findet sie nicht. Und vor dem, was er findet, löst sich das Bild der guten alten Zeit auf wie ein Traum am Morgen.

Nationale Kämpfe erschütterten Europa. Der Freiheitskampf der Griechen begeisterte die Jugend, der der Polen stempelte sie wieder zu bewunderten Märtyrern; die Magyaren und die Italiener rangen um ihr Volkstum. Unterirdisch und doch für alle schon fühlbar grollte der durch die Metternichsche Zuchthauspolitik erregte Zorn des Bürgertums. Politische Attentate in ungewöhnlich großer Zahl wurden zu Verkündern der Revolution der Zukunft. Und die trotz aller Beschränkung der Preßfreiheit sich rasch ausbreitende Tagespresse begann in das stille Heim des Bürgers den Strom des öffentlichen Lebens zu leiten und wurde zum Sprachrohr nicht nur der Unterdrücker, sondern auch der langsam zur Manneskraft reifenden liberalen Ideen. Daneben aber entwickelte sich mit der zunehmenden Zahl der zum Himmel ragenden Fabrikschlote, mit der wachsenden Herrschaft der Maschinen etwas Neues, nie Dagewesenes: das Selbstbewußtsein der in den Höllen der

Industriemagnaten zusammengezwängten Massen. In England und Frankreich griffen sie zum erstenmal zur Selbsthilfe der Arbeitseinstellung, und gegenüber dem allgemeinen Elend fingen soziale Ideale an, Hirn und Herz der Denker und Dichter zu erobern. St. Simons Sozialismus ward vielen zur neuen Religion, von der sie die Erlösung der Welt erwarteten.

Doch das wachsende Interesse für politische und soziale Fragen nahm den geistig belebten und empfänglichen Teil der Bevölkerung nicht in dem Maße in Anspruch, daß Kunst und Wissenschaft darüber zu kurz gekommen wären. Die Tatsache, daß deutsche Gelehrte — Vertreter jenes Typus weltfremder Stubenweisheit — ihre stille Studierstube verließen und auf die große Bühne des politischen Kampfes traten, trug mit dazu bei, daß auch die Ergebnisse ihrer Forschungen über den engen Kreis der Fachgelehrsamkeit hinaus mehr und mehr in die Köpfe der Laien drangen. Aber von noch größerer Bedeutung als sie war die Kunst für das geistige Leben der Gesellschaft. Je älter der letzte der Klassiker wurde, desto lebendiger wurden er und seine Zeitgenossen, die Schiller, Herder, Wieland, für das gebildete Deutschland. Und die Romantiker mit dem Zauber ihrer weltentrückenden Phantasie, dem funkelnden Glanz ihrer Sprache machten ihnen den Rang vielfach streitig. Mit ihnen wetteiferten um Ruhm und Gunst die glänzenden Sterne am Dichterhimmel des Auslandes — Scott, Dickens, Shelley, Lamartine, George Sand, Balzac, Hugo — während die Vertreter des jungen Deutschlands schon anfingen, der Romantik den Krieg zu erklären.

Da das Berufsleben den Bürger noch nicht in jenes Prokrustesbett fesselte, das ihn heute nur zu oft zu geistiger Verkrüppelung zwingt, und seine Frauen und Töchter die Befreiung aus innerer oder äußerer Not noch nicht in der Lohnarbeit zu suchen brauchten, so gab es in ihrem Familienkreise die schöne Ruhe, die geistiges Genießen ermöglicht. Eine andere

Voraussetzung mußte allerdings noch hinzukommen, damit dieser kostbare Besitz nicht in gedankenlosem Zeitvertreib verschwendet werde: der Seelenhunger nach intellektueller Speise, die Sehnsucht nach Nahrung für das Gemüt. Hatten die Kämpfe der Zeit die Männer mehr und mehr aus dem lethargischen Schlaf geweckt, in dem ein behaglich-einförmiges Leben so leicht zu versinken vermag, so hatten die Ideen des St. Simonismus, die geistige Vorkämpferschaft einer Staël und einer George Sand in Verbindung mit dem Einfluß der das weibliche Geschlecht auf das Piedestal geistiger Ebenbürtigkeit erhebenden Romantiker, die alte Überzeugung von der Minderwertigkeit der Frauen in ihren Grundfesten erschüttert und ihnen die Augen geöffnet für die Bedürfnisse ihres eigenen Wesens. Es war nur natürlich, daß ihre plötzliche Befreiung aus den Fesseln alter Sitten und Vorurteile sie auf der einen Seite zu einem Mißbrauch der noch unverstandenen Freiheit, einem kecken Hinwegsetzen über alle Hindernisse führen mußte, und auf der anderen, nach der bisherigen gewaltsamen Unterdrückung, ein überschäumender Ausbruch der Gefühle sich geltend machte. Nachdem die sturmbewegten Wogen sich aber geglättet hatten, blieb als nicht zu überschätzender Gewinn die lebendige Anteilnahme der Frauen am geistigen Leben, die freie Entfaltung ihrer Empfindung und ihrer Fähigkeiten zurück. Der geistige Einfluß einer Rahel, die soziale Wirksamkeit einer Bettina, der erste deutsche Frauenrechtskampf einer Luise Otto-Peters sind demselben Boden entsprungen wie der phantastische Selbstmord einer Charlotte Stieglitz, die Liebesrasereien einer Hahn-Hahn.

„Still und bewegt," dieses schöne, von Rahel geprägte Wort war das Motto der Biedermeierzeit: still das tägliche Leben des einzelnen, still das Heim, ruhig das Zimmer mit seinen Mullvorhängen und geradlinigen Möbeln; der Geist aber und das Herz bewegt vom eigenen Denken und Fühlen und von dem der großen Welt.

Weimar war während der zwölf Jahre, die Jenny von Pappenheim als erwachsenes Mädchen dort lebte, wie ein Brennpunkt der Zeit. Hier hatte die Klassik der Romantik in ihren besten Vertretern die Hand gereicht, hier strömte alles zusammen, was geistige Bedeutung besaß, und wer von den Führern intellektuellen und künstlerischen Schaffens nicht persönlich kam, um einmal eine Luft mit dem Größten zu atmen — als einen Segen fürs Leben —, der wurde doch durch seine Werke den meisten vertraut. Angehörige aller Nationen kamen, brachten ihre Interessen mit und die Kunde von ihrem Heimatland. So waren denn die engeren und weiteren Kreise, die sich um Goethe zogen, in ihrer Mannigfaltigkeit bunt wie ein Regenbogen und vielfach wechselnd wie ein Wellenspiel. Je älter Goethe wurde, desto ausgedehnter wurde die Völkerwanderung. Aus England besonders, wo es damals zum guten Ton gehörte, die Sprache Goethes sprechen zu können, kamen zahlreiche Gäste.

Die jungen Mädchen Weimars sahen sie besonders gern, denn die Fremden waren meist reiche, unabhängige junge Leute, nur gekommen, um Goethe zu sehen, Deutsch zu lernen und sich zu amüsieren. Keinerlei Berufsarbeit zog sie von ihren literarischen und anderen Interessen ab, keinerlei Ermüdung durch des Tages Arbeit hinderte sie am Genuß der Geselligkeit. Zu jeder Zeit konnten sie sich den Damen widmen, der einheimischen männlichen Jugend waren sie daher stets ein Dorn im Auge. Alfred von Pappenheim, der seine Halbschwester Jenny zärtlich liebte und vor seinem Eintritt in russische Kriegsdienste in Weimar lebte, auch auf Urlaub oft dorthin zurückkehrte, konnte selbst in seinen Briefen seinen Ärger über die Engländer, die die „ersten Liebhaberrollen spielen", nicht unterdrücken, und Karl von Holtei, ein häufiger, beliebter Gast in Weimar, sekundierte ihm dabei, indem er schrieb: „Zum erstenmal in meinem Leben wünsch' ich ein Engländer zu sein, wenigstens immer so lange, als ich in Weimar bin, denn

Weimar an der Ilm ist eine Stadt,
Schön, weil sie so viel Schönheiten hat,
Alle Fremden sind wohlgelitten,
Vorzüglich die Briten."

Der Einfluß der Engländer, unter denen sich manch einer befand, der später im künstlerischen oder politischen Leben eine Rolle spielen sollte, war unverkennbar: das Interesse für englische Literatur, das sie erregten, stieg bis zur Schwärmerei. In den verschiedenen geselligen Kreisen war die gemeinsame Lektüre interessanter Literaturerscheinungen allgemein üblich. Sie regte zu ernsten Gesprächen an und trug dazu bei, daß zu oberflächlicher Unterhaltung und seichtem Tagesklatsch wenig Neigung blieb. Englische Bücher — Lord Byron vor allem und Walter Scott, die beide Goethes höchste Anerkennung gefunden hatten — wurden besonders gern gelesen.

Aber auch die französische Literatur wurde nicht vernachlässigt. Graf Alfred Vaudreuil und seine schöne Frau Luise, der französische Gesandte am Weimarer Hof, und Graf Karl Reinhard, sein Attaché, der Sohn des uns aus Jeromes Geschichte bekannten Reinhard, sorgten dafür, daß sie der Weimarer Gesellschaft vertraut wurde, und Jennys französische Beziehungen, die besonders durch ihre Korrespondenz mit den Türckheims und mit Graf Eduard Waldner aufrechterhalten blieben, machten sie selbst zur geeigneten Mittelsperson für Frankreichs geistiges Leben, das in den Namen eines Chateaubriand, Lamartine, Balzac, George Sand, Victor Hugo kulminierte. Galt das Interesse der Jugend hauptsächlich der schönen Literatur, so wurde durch die häufigen Besuche berühmter Gelehrter in Weimar, durch die von Maria Paulowna eingeführten literarischen Abende am Hof, wo von ihnen oder von den stets geladenen Jenaer Professoren Vorlesungen gehalten wurden, auch für die wissenschaftliche Bildung und Aufklärung gesorgt.

In einem anderen geselligen Zirkel, der sich im Hause Johanna Schopenhauers zusammenfand, waren es die politischen Fragen, die am häufigsten erörtert wurden. „Es wehte eine eigentümliche Luft in diesen Räumen," erzählte Jenny von Pappenheim in Erinnerung an sie, „die von der Luft Weimars verschieden war. Man atmete, man bewegte sich freier als bei Hofe, weniger frei als bei Ottilie. Die Interessen, die uns hier zusammenführten, waren mehr geistige als Herzensinteressen; der Kreis, in dem die Unterhaltung sich bewegte, umschloß nicht nur die Literatur, sondern auch jede Art der Wissenschaft; selbst die sonst unter uns verpönte Politik, der wir mit ziemlicher Gleichgültigkeit begegneten, fand hier Beachtung. Johanna Schopenhauer hatte eine unvergleichliche Art, sich selbst in den Hintergrund zu stellen und trotzdem, wie mit unsichtbaren Fäden, die Geister in Bewegung zu erhalten. Oft schien sie selbst kaum an der Unterhaltung teilzunehmen, und doch hatte ein hingeworfenes Wort von ihr sie angeregt; ein ebensolches belebte sie, sobald sie ins Stocken zu geraten schien. Ihre Tochter Adele, meine sehr liebe, wiewohl bedeutend ältere Freundin, war in anderer Art wie die Mutter, aber doch auch ein belebendes Element dieses Kreises. Ihre Leidenschaftlichkeit riß sie oft über die Grenzen der geselligen Unterhaltung hin. Ihre Empfindungen waren von verzehrender Glut und ein Hauptgrund ihrer vielfachen körperlichen Leiden. Von Natur reich begabt, fehlte ihr die Kraft, sich zu beschränken, so daß sie weder ihr poetisches, noch ihr künstlerisches Talent zu Bedeutendem ausbildete. Goethes eindringliches Wort: ‚Beschränkung ist überall unser Los' wollte sie nicht verstehen, daher das Gefühl des Unbefriedigtseins dauernd auf ihr lastete. Vollkommen und tadellos war ihre Geschicklichkeit im Silhouettenschneiden. Sie illustrierte einmal ein Märchen, das Tieck vorgelesen hatte, und zwar während er las, mit einer Feinheit und poetischen Auffassung, die deutlich zeigten, was sie hätte leisten können, wenn sie die Ausdauer gehabt hätte, zeichnen und malen zu lernen. Durchaus verschieden von Mutter und Schwester zeigte sich Arthur Schopenhauer, der, so selten er auch in Weimar war, doch oft genug erschien, um sich uns unsympathisch zu machen. Goethe verteidigte seine Persönlichkeit einmal ziemlich lebhaft. Er, der so innigen Anteil an dem Ergehen seiner Freunde nahm, sah ungern, wie das Zerwürfnis zwischen Johanna Schopenhauer und ihrem Sohne ständig zunahm und sein Einfluß machtlos dem gegenüberstand. Die Treue in der Freundschaft, die tätige Liebe zu den Kindern seiner Freunde ist immer einer seiner schönsten Charakterzüge gewesen, von dem die Schopenhauersche Familie das beste Zeugnis ablegen konnte. Er war ein häufiger Gast in deren Hause gewesen; nun, da er nicht mehr ausging, zog er Adele oft in seine Nähe, der Mutter so am besten seine Dankbarkeit für ihre Gastfreundschaft, ihren anregenden Umgang beweisend.

„Ein ständiger Besucher ihrer Teeabende war Dr. Stephan Schütze, eine sehr beliebte, originelle Persönlichkeit. Er hielt sich bescheiden zurück, sprach nicht viel, aber dann mit liebenswürdigem, trockenem Humor, der auch in seinen Gedichten, die er uns häufig vorlas, Ausdruck fand. Vorlesen, Vorsingen, Vorzeigen eigener oder gesammelter Kunstwerke machte überhaupt unsre damalige Geselligkeit zu einer so belebten. Man wetteiferte darin, man hatte einen aufmerksamen, geschärften Blick für alle Vorkommnisse inneren und äußeren Lebens und teilte anderen die eigenen Beobachtungen und Erfahrungen rückhaltlos mit. Daß sie sich nicht auf die engen Grenzen Weimars beschränkten, daß uns auch für das politische Leben der Blick geöffnet wurde, war mit das Verdienst Johanna Schopenhauers."

Diese vielfachen Anregungen sollten aber auch in verschiedenster Weise fruchtbar werden, zu eigener Fortbildung und selbständiger Tätigkeit anregen, und es war wieder Goethe, der dies Bestreben nach jeder Richtung eifrig unterstützte. An der Zeitschrift „Chaos", die nur für einen abgegrenzten Teil naher Bekannter erschien, nahm er regen Anteil. Jenny, die sich darin in Versen — englischen, französischen und deutschen — und in Prosa oft vernehmen ließ, erzählt von ihr:

„Ihre Gründung war ebenso originell wie sie selbst. Wir saßen ziemlich einsilbig bei Ottilie im Mansardenstübchen, Emma Froriep, Hofrat Soret, Mr. Parry und ich. Eckermann, den sein Herr und Meister eben losgelassen hatte, kam ebenfalls hinauf und sah betrübt aus dem Fenster.

„‚Es regnet‘, sagte er.

„‚It rains!‘ wiederholte Parry.

„‚Il pleut!‘ lachte Soret.

„Ottilie, ärgerlich über diese animierte Unterhaltung, schlug vor, irgend etwas zu erfinden, um die einschlafende Gesellschaft wieder aufzurütteln. Nach langem Hin- und Herreden wurde ein ‚Musenverein‘ feierlich gegründet. Er sollte regelmäßig zusammenkommen und dichtend, singend, malend den Musen dienen. Goethe aber sollte unser Oberhaupt, unser Apollo sein; davon wollte er jedoch nichts wissen, und der Musenverein als solcher kam nur noch einmal zusammen, um dann dem ‚Chaos‘ Platz zu machen, das nun während fast zweier Jahre im Mittelpunkt unseres Interesses stand.[71] Es war ein geselliger Zeitvertreib, weckte, förderte Interessen, Talente und Talentchen und hinderte wertlose Klatsch-Konversationen, war also in Goethes Sinn. Ottilie, Dr. Froriep, Soret und Parry redigierten das ‚Chaos‘ mit vielem Takt und großer Verschwiegenheit. Es erschien jeden Sonnabend, man fand Herzensergießungen in drei Sprachen, riet, hoffte verstanden zu werden, hatte Stoff zu angenehmen Gedanken und Unterhaltungen; es war ein anmutiges Spiel. August Goethe, Karl von Holtei, der den ersten Prolog für sie geschrieben, und Felix Mendelssohn, Goethes David, waren unsere eifrigsten Mitarbeiter; Mendelssohn verfaßte einige allerliebste Verse dafür, sandte auch später einen Reisebrief aus Schaffhausen und mystifizierte uns, indem er, sich hinter dem Namen einer Dame versteckend, eine Warnungspredigt vor Weimars Gefahren einschickte. Sein immer sehr harmloser Zorn richtete sich gern gegen die Engländer, besonders gegen Mr. Robinson, den er stets nach seinem Freytag frug. Ganz besondere Freude bereitete uns Mendelssohn mit seinen Kompositionen einzelner Chaoslieder. Eins derselben ist fast zum Volkslied geworden und hat mich immer gerührt, wenn ich es hörte.[72] Im zweiten Jahrgang unserer Zeitung erschienen drei Briefe Mendelssohns,[73] die dieser an Goethe geschrieben hatte. Die Briefe seiner Freunde, die Goethe an Ottilien zuweilen zum Zweck der Veröffentlichung gab, wurden von ihm erst einer genauen Revision unterworfen; er strich Unnötiges, kürzte die Sätze und änderte oft noch den ersten Druck. Ebenso verfuhr er mit Gedichten, die ihm in die Hände fielen. Er vernichtete oft über die Hälfte der Strophen; waren die Verse gar zu schlecht, so schüttelte er nur bedenklich den Kopf, brummte ‚hm, hm' oder ‚nu, nu' und legte sie beiseite. Von den Erzeugnissen unserer dilettantischen Muse, die er zurechtgestutzt hatte, pflegte Ottilie scherzend zu sagen: ‚Wir haben sie durch das Fegefeuer geschickt.'

„Nach zwei Jahren des Bestehens unserer Zeitschrift mischten sich Neugier und Eitelkeit auch auswärtiger Kreise hinein, und da wurde sie so seicht, daß es eine Art Erlösung war, als der sehr kluge Irländer Goff daneben ein englisches ‚Creation' erscheinen ließ, dem ein französisches ‚Création' von Soret folgte."

An Goethes Geburtstag, dem 28. August 1829, war das erste Blatt der Zeitschrift erschienen. Sie enthielt außer einigen Beiträgen von Goethe selbst solche von Riemer und Knebel, Fouqué und Chamisso, von Johann Dietrich Gries, dem geistvollen Übersetzer des Tasso, des Ariost und des Calderon, von Eckermann und August Goethe, von Adele Schopenhauer, von den reizenden Schwesternpaaren Egloffstein und Spiegel. Von Sulpice Boisserée wurde ein Brief an Goethe über das Oberammergauer Passionsspiel veröffentlicht, worüber Goethe ihm selbst Mitteilung machte: „Ihre anmutige Beschreibung der traditionellen Aufführung eines geistlichen Dramas ist sogleich in dem Abgrund der chaotischen Verwirrung verschlungen worden." Auch Zelter schickte einen Bericht über Berliner Theaterereignisse, und Bettina von Arnim sandte zierliche Reime. Unter den Ausländern treten die jungen Engländer als Mitarbeiter besonders hervor: Lord Loveson Gower, Charles des Voeux, Samuel Naylor brachten Übersetzungen Goethescher Verse in ihrer Muttersprache, der Irländer Goff, der schließlich auf dem Grabe seines geliebten Kindes starb, nachdem er zehn Jahre lang jeden Winter nach Weimar gekommen war, um eine Nacht auf dem Kirchhof zuzubringen, sandte phantastische Träumereien, und W. M. Thackeray, der schon als ganz junger Mann nach Weimar kam, stellte hie und da schüchtern sein noch unbekanntes Talent in den Dienst des „Chaos". Zur Erinnerung an ihn, der in Jennys noch vorhandenem Album durch einige seiner hübschen Zeichnungen vertreten ist, schrieb Jenny später:

„Thackerays ‚Vanity fair' rief mir wieder lebhaft den liebenswürdigen Verfasser ins Gedächtnis zurück, der ein so treuer Freund meines väterlichen Hauses war; sein treffender Humor, sein weiches Herz sprechen sich in jedem seiner Werke aus. Er war hauptsächlich in Weimar, um sein eminentes Zeichentalent zu entwickeln. Während wir um den Teetisch saßen und sprachen, zeichnete er die humoristischsten Szenen. Sich selbst zeichnete er in einer Minute und fing immer beim Fuß an, ohne die Feder abzusetzen, daneben pflegte er einen kleinen Gassenjungen hinzustellen, der ihn verspottete, da er einen durch Boxen eingeschlagenen Nasenknochen hatte. Sonst sah er gut aus, hatte schöne Augen, volles, lockiges Haar und war ziemlich groß. Er gehörte zu den beliebtesten Engländern, die sich in Weimar länger aufhielten, und deren gab es genug."

Einer ihrer leidenschaftlichsten Verehrer, Prinz Elim Metschersky, Attaché der russischen Gesandtschaft, schrieb in Prosa und Poesie für das „Chaos" und widmete der Angebeteten, nicht zu Erobernden, darin folgendes Gedicht:

> L'éclat de ton regard aurait trop ébloui
> Si la nuit ne l'avait recouvert de son voile;
> Il a le clair-obscur du jour évanoui,
> Il a le feu brillant, le feu vif de l'étoile.

Le génie et l'esprit unis au sentiment
Voulurent tour à tour qu'il fut leur interprète,
La lyre exprime ainsi par son frémissement
Chaque sensation de l'âme du poète.

Er war es auch, der auf seine Bemerkung, daß man in Weimar nicht zu tanzen verstünde, von Jenny die Antwort erhielt: „Wir vergessen zu tanzen, aber die einzige Ursache ist: zu angeregte Unterhaltungen. Fragen Sie die bösen Zungen nach unserem schlimmsten Fehler, und sie werden Ihnen antworten: zu angeregte Unterhaltungen. Und um Ihnen zu beweisen, daß es nicht die Damen allein sind, die sprechen, sei Ihnen verraten, daß sie alle Englisch gelernt haben durch zu angeregte Unterhaltungen." Durch seine Behauptung, „daß die deutschen Mädchen von sechzehn Jahren mit ebensolcher Sicherheit von der Liebe sprechen wie die Französinnen im gleichen Alter von ihren Puppen", führte Metschersky einen anderen lebhaften Meinungsaustausch herbei. Die Antwort Ottiliens darauf ist so bezeichnend für die damalige Gemüts- und Geistesatmosphäre Weimars, daß sie wiedergegeben zu werden verdient. Sie schrieb:

„Über jede Empfindung sprechen wir uns mit Klarheit und Offenheit aus. Wäre Weimar ein Ort, wo man wenig Fremde sieht, oder diese sich doch in einem großen Zirkel verteilen könnten, wir würden, wie es Sitte und Gewohnheit verlangt, die ganze Stufenleiter, die man mit einem Fremden durchzumachen hat, von der ersten Frage an: Sie sind zum erstenmal in Weimar? bis zu all den Gesprächen über Theater und Wetter, durchkämpfen; doch da die verschiedensten Länder uns ihre Bewohner senden, so haben wir uns alle stillschweigend entschlossen, die entsetzliche Kette der Langenweile, die uns auf die hergebrachte Weise täglich und stündlich drücken würde, abzuwerfen und, nachdem wir die erste Phrase als Abfindungsquantum bezahlt, dann ruhig in unserer Weise fortzufahren, als wäre kein Fremder zugegen. — — Worin besteht denn der

Unterschied, sich fremd oder einheimisch fühlen? Doch nur darin, daß man den alten Bekannten mit Vertrauen und ohne Zeremonie entgegenkommt; also tut und spricht, als könnte man nicht mißverstanden werden, während man den Fremden eigentlich immer in anderen Orten mit einer Art behandelt, die doch eigentlich nichts wie ein höflich gezeigtes Mißtrauen ist.

„Sie loben den Enthusiasmus, den wir für unsere Dichter empfinden, und die Sorgfalt, mit der wir ihre unsterblichen Werke in unserer Seele aufnehmen. Doch ich frage Sie, was ist mehr das Eigentum des Dichters als das gelobte Land der Liebe, als all die Wunderquellen, die ihm entspringen, sie mögen nun Namen tragen, wie sie wollen. Die Frauen verstehen sich überhaupt schlecht auf das Sondern, im Gegenteil, sie suchen alle Empfindungen zu verketten, und Liebe, Poesie, Ruhm, Vaterland, das alles bildet für sie eine elektrische Kette, von der man nur ein Glied zu berühren braucht, und es erzittert die ganze Reihe. So ist es auch mit ihrem Wissen und Verstehen aller Dinge, sie suchen stets den Teil davon zu erfassen, der es an eine Empfindung anschließt. Nehmen Sie uns die Empfindung oder vielmehr das Recht, sie zu zeigen, schneiden Sie uns von unseren Dichtern ab, und wir werden wie die Pariserinnen genötigt sein, zu witzeln und über Mode, Equipage und dergleichen zu reden; erlauben Sie Ihren Frauen, Frauen zu sein, das heißt ein Herz zu haben, und sie werden uns an Liebenswürdigkeit übertreffen, weil ihre angeborene Heiterkeit nur gemildert werden würde, während bei uns das Gefühl oft so despotisch das Übergewicht erhält, daß jede Eigenschaft des Geistes dadurch unterdrückt und gänzlich untüchtig für die Geselligkeit gemacht wird. — Man verspottet die Chinesinnen, daß sie in der frühesten Jugend die Füße ihrer Töchter in so enge Bande schnüren, daß dadurch der Fuß nie seine natürliche Form erhält, zum eigentlichen Gebrauch untauglich wird und sie durch das Leben schwanken. Doch mich deucht, nach Ihrer Schilderung, daß die französischen Mütter dasselbe Experiment mit ihren Töchtern vornehmen, nur mit dem Unterschied, daß sie statt des Fußes das Herz dazu wählen — und am Ende ist doch ein verkrüppelter Fuß besser als ein verkrüppeltes Herz."

Wer heute die vergilbten Blätter des „Chaos" zur Hand nimmt, dem wird die ganze Zeit lebendig: wieviel Geist und Wissen, wieviel mehr noch Schwärmerei und Leidenschaft! Selbst das Lächeln glänzt nur zwischen Tränen, und in den poetischen Liebesgrüßen, die hin und her gewechselt wurden, herrscht weniger die Seligkeit als das Leid der Liebe.

Auch Jennys Herz, das achtzehnjährige, liebte zum erstenmal; es war nicht jenes wild aufflackernde, strahlende und rasch wieder erlöschende Feuerwerk, dem die erste Liebe junger Menschen gleichzusehen pflegt, es war die verzehrende Flamme heißer Liebesglut, die sie ergriffen hatte. Sie ist niemals ganz erloschen, und noch im späten Alter muß sie still auf dem Altar der verborgenen Herzenskammer gebrannt haben, denn junger Liebe, für die andere meist ein mitleidig-spöttisches Lächeln übrig hatten, begegnete die Greisin mit tiefster, fast mit ehrfürchtiger Teilnahme. Und nie kam der Name dessen, dem ihr Herz gehört hatte, über ihre Lippen. So weiß ich nur, daß er ein Engländer war, daß sie sich ihm, den ein schweres Lungenleiden nach dem Süden trieb, gegen den Willen der Eltern heimlich verlobte und durch Ottiliens Unterstützung mit ihm in Verbindung blieb, bis er im Jahre 1834 in Korfu einsam gestorben ist. Die Schwermut, die alles beherrscht, was sie in diesen fünf Jahren sehnsüchtiger und sorgenvoller Liebe geschrieben hat, ihre Unnahbarkeit für die Bewerbungen derer, die ihr Herz an sie verloren hatten, ihre Abneigung gegen die gewohnten Freuden der Jugend sprachen für die Tiefe ihrer Empfindung. Was an den Geliebten erinnerte, hat sie vernichtet; vielleicht zeugt dieses Opfer aller Liebeszeichen von größerer Pietät, als wenn sie sie bewahrt und damit vor den Händen und den Blicken Gleichgültiger nicht geschützt

hätte. Nur diese zwei Gedichte, die sie unter dem Eindruck
ihres Schmerzes schrieb, und eine Erinnerung an das Haus
Goethes, von dem ihres Lebens Inhalt in Glück und Leid
ausging, sind erhalten geblieben:

Menschenschicksal

Jüngst sah ich im Vorübergehn
Vor einem goldnen Gitter
Ein lieblich Kindchen rüttelnd stehen,
Im Herzen Ungewitter.

„Die goldnen Ketten fesseln mich,
Die goldnen Stäbe bannen,
Die goldnen Wände drücken mich,
Ich möcht, ich möcht von dannen!"

Und was erreicht sein wild Bemühn?
Hat es sich losgerungen?
Zog es ins Weite stark und kühn?
Ist Großes ihm gelungen?

Am goldnen Gitter steht das Kind,
Schaut bleich ins Weltenrund,
Nur daß die Händchen blutig sind
Und Stirn und Füße wund.

Ein Leichenbegängnis

Ich grabe im Herzen ein tiefes Grab
Und senke den bleichen Freund hinab,
Und decke es zu mit Tränen und Weh
Damit kein Fremder es jemals säh!

Es tritt die Erinnerung leis hinzu,
Sie singet milde den Freund zur Ruh
Und baut im Herzen ein Monument
Darauf eine ewige Lampe brennt.

Tief in der Nacht dann schleich ich hin
Und grabe mit treuem, liebendem Sinn
Ein Lebewohl auf den Grabesstein
Und ein Wiedersehen auf die Lampe ein!

„... Ich stieg jene breite klassische Treppe empor, die meine Schritte schon so oft durchmessen hatten — mit fünfzehn Jahren, als ich im runden Hut, im Pensionskleid und grünen Spenzer mit kindlicher Erregung und jugendlichem Enthusiasmus an der Seite meiner Mutter hinaufging, um zum ersten Male den Nestor, den Herkules des deutschen Parnassus zu besuchen; mein Herz grüßte ihn mit jener heiligen Ehrfurcht, die uns die Arme über der Brust kreuzen läßt, mit jener vertrauenden Zärtlichkeit, die voll Hingebung einen Vater in dem erhabenen Greis mit den weißen Haaren, mit der Jupiterstirn findet; mit sechzehn Jahren ging ich denselben Weg, um mein Püppchen (Alma von Goethe) zu finden, ein reizendes Kind, das ich wickeln und umhertragen durfte; später wurde seine Mutter meine Freundin. Mit wie viel verschiedenen Gemütsbewegungen betraten meine Füße diese Stufen! Sie fühlten den leichten Schritt des jungen Mädchens, das, zum Fest geschmückt, nur dem Gedanken an das Vergnügen nachhängt, jenem Gedanken, der die Füße beflügelt und die runden Wangen abwechselnd weiß und rosig färbt; sie fühlten denselben Tritt, unsicher und zögernd vor Hoffnung und Furcht wegen einer möglichen Begegnung, die das Herz nicht mehr ganz gleichgültig ließ, und wenn die Füße wieder langsam die Stufen hinuntergingen, hätten sie fühlen müssen, ob andere sie begleiteten und oft für ein Wort, für einen Blick still standen, oder ob das junge Mädchen enttäuscht und allein, fast gedankenlos den gewohnten Weg betrat. Während vieler trauriger Tage stieg ich empor, teils um zu trösten, teils um selbst getröstet zu werden, um zu klagen, um zu lernen, um Gewißheit zu erlangen über dunkle Gerüchte oder um manchmal an der Freude über gute Nachrichten teilzunehmen. Als Krankenpflegerin stieg ich empor wie als harmloser Besuch, als Geladene zu einer geistreichen Gesellschaft, die sich am Flügel oder um den runden Tisch mit seinen zwei Kerzen versammelte. Mit brennenden Wangen ging ich hinauf, getrieben vom wild pochenden Herzen, zurückgehalten von zitternden Knien — ich glaubte unter diesem Dach mein Glück, meine Zukunft zu finden; — dann, eines Tages, schritt ich dieselben Stufen abwärts; an einer Stelle hörte ich ein Wort, und das Wort hieß ‚Lebewohl'; und es war so mächtig, daß es sich den Mauern, der Treppe einprägte; und noch nach acht Jahren, wenn ich eintrat, schrien Mauern und Treppe mir dies Wort bis in die Tiefe des Herzens zu."

Wie Jenny einmal von Goethe gesagt hatte, daß er zu denen gehöre, die ihre Größe mit dem „Pfahl im Fleisch" bezahlen müssen, so erging es ihr: jede seelische Erschütterung ergriff auch den Körper. Jener furchtbare Abschied, der wohl den Abschied fürs Leben schon ahnen ließ, schien sie aller Lebenskraft zu berauben, und da keiner der Weimarer Ärzte ihr helfen konnte, wandte sich ihre Mutter schließlich an Dr. Samuel Hahnemann, den Begründer der Homöopathie, der nach langem Wanderleben und Anfeindungen aller Art sich endlich in Köthen als Hofrat und Leibarzt des Herzogs Ferdinand niederlassen konnte. Er nahm den wärmsten Anteil an dem Ergehen seiner Patientin, und seine Briefe an sie — winzige Zettelchen mit winziger Schrift — gewähren Einblick in die originelle Art seines Verkehrs mit ihr. So schreibt er im November 1827:

„Mein gnädiges Fräulein!

„Die pünktliche Folgsamkeit, mit welcher Sie meinen Wünschen nachkommen und die Offenheit in Darlegung Ihres körperlichen und Gemütszustandes in Ihrem Berichte verdienen meinen ganzen Beifall. Seyn Sie versichert, daß ich den innigsten Theil an Ihrem Wohle nehme und daß ich Alles thun werde, Sie herzustellen. Auch Ihre trüben Ideen sind bloß Folgen Ihres körperlichen Unwohlseyns, was bei Ihnen schon in zartester Kindheit begonnen haben muß. Mit der Gesundheit Ihres Körpers weichen aber jene niederschlagenden Vorstellungen gänzlich. Bis hierher hatte diese melancholische Gemüths-Verstimmung doch den großen Vortheil für Ihre Sittlichkeit, Sie vor dem Leichtsinn zu bewahren, welcher so oft junge Frauenzimmer Ihres Alters von dem edelen Ziele ihres Daseyns entfernt und der modigen Frivolität Preis giebt . . .

„So hat der Allgütige selbst durch dieses Seelenleiden Ihnen eine Wohlthat erwiesen in Sicherstellung Ihrer Moralität, deren Reinheit mehr als alle Güter der Erde werth ist . . ."

Wenige Monate später hieß es:

„Mein liebes gnädiges Fräulein!

„Sie haben allerdings bei reiferen Jahren, wenn Ihr jetzt noch zu zartes und daher so viel bewegtes Herz mehr Kraft und ruhigere Schläge bekommen wird, auch Ihr inneres Siechtum noch mehr sich gebessert hat, frohere, gleichmäßigere Tage zu verleben. Die unnennbaren, Sie jetzt noch bestürmenden Gefühle werden sich dann am besten in einer, wie Sie verdienen, glücklichen Ehe zu einem ruhig frohen Leben auflösen unter schönen Mutter- und Gattenpflichten. Nur getrost; bei Ihrer edlen Denkungsart wird es Ihnen noch recht wohl gehen, da, wie ich sehe, Sie nicht zu große Ansprüche an diese etwas unvollkommene Welt machen und mehr bei sich selbst an Vervollkommnung arbeiten. Ich bitte mir ferner Ihre Körper- und Geisteszustände treu zu berichten, und versichert zu sein, daß ich auf Alles achte, was Ihnen zum Wohlsein gereichen kann als

Ihr teilnehmender untertäniger

S. Hahnemann.

„Im Tanze bitte ich stets sehr mäßig zu sein, dann kann er Ihnen nicht anders als wohl bekommen."

Aus den übrigen Briefen sei noch folgendes wiedergegeben:

„Mein gnädiges Fräulein!

„Billig hätten Sie mir längst den Gegenstand Ihrer so tiefen Betrübniß eröffnen sollen, wo nicht speziell und mit Namennennung, doch im Allgemeinen bezeichnend — nicht etwa bloß, weil ich als Mensch herzlichen Anteil nehme, sondern weil ich als Ihr treuer Arzt doch wissen muß, ob auch der Gegenstand der Art war, daß auch eine gesunde Person so stark hätte müssen davon affiziert werden, oder so beschaffen, daß eine solche Trauer der Sache nicht angemessen war und Sie nicht so tief und anhaltend davon hätten gebeugt werden können, ohne körperlich krank zu sein. So aber stehe ich da, wie vor einem Rätsel, dessen Aufklärung ich von Ihnen erwarten muß, ehe ich besondere Rücksicht mit meiner Arznei darauf nehmen kann. Bloß beiliegende 16 Pülverchen bitte ich noch zu gebrauchen ... Allein spazieren wünsche ich nicht, wohl aber recht viel ins Freie in Gesellschaft, damit Sie Ihren Gedanken nicht zu sehr nachhängen. Vor Wein sollten Sie sich gänzlich hüten ... Nach Verbrauch der Pülverchen bitte ich sogleich zu berichten

Ihrem untertänigen

Köthen, d. 1. Sept. 1828. Hahnemann."

„Mein liebes gnädiges Fräulein!

„Wenn die gütige Vorsehung den sendet, der Ihrer würdig ist, der wird um Ihre schöne Seele freyen, und Ihre Schönheit nur als vortreffliche Zugabe ansehen — der wird auch ein Mann sein, vor dem die Gecken fliehen und die Wüstlinge beschämt zurücktreten, die keine Ahnung von dem Werthe einer engelreinen, weiblichen Seele haben, die ich durch Ihre Briefe in Ihnen zu verehren das Glück gehabt habe ... Diese Pülverchen nehmen Sie getrost von Ihrem

untertänigen

Köthen, d. 3. Nov. 1828. S. Hahnemann."

In einem der letzten Briefe lesen wir:

„Fahren Sie nur so fort, nächst Ihrer diätetischen Folgsamkeit, mir in Ihren Briefen Ihre Denkungsweise, Ihr Herz und Gemüth aufzuschließen. Sie haben einen alten Mann vor sich, der ungemein empfänglich für so etwas ist, ungeheuchelten Theil daran nimmt, auch wohl hierin guten Rath zu geben weiß. Erhält, wie bei Ihnen, das geistige Gefühl und die Empfindsamkeit die Oberhand, so wird das körperliche davon übermannt und über die Maße gestört. Da ist es nöthig, auf den rechten Weg einzulenken, wo der Körper neben dem Geiste seine Rechte behaupten könne, da ist es nöthig, solche Beschäftigungen zu wählen, wobei die Phantasie möglichst wenig aufgeregt und mehr das Denken und Beobachten geübt wird.... Nächstdem bitte ich bloß leichte, frohe Lieder (keine andere Poeterey), gute, wahre Reisebeschreibungen, Lebensbeschreibungen und Geschichte zu lesen. Um Ihnen aber etwas und womöglich vielmehr Vergnügen bei Ihren Spaziergängen zu verschaffen, haben Sie in Weimar die beste Gelegenheit, sich einen unpedantischen Lehrer in der Naturgeschichte zu verschaffen, der Ihnen, im Beiseyn Ihrer gnädigen Frau Mama, Kenntnisse beibringen wird, die Ihnen dereinst weit schätzbarer und lieber sein werden, als viele andere weibliche Beschäftigungen. Dann sind Sie auf Ihren Spaziergängen nicht mehr einsam und ohne Unterhaltung. — —"

Der gute Rat des Seelenarztes mochte dem trauernden Gemüt des jungen Mädchens eine bessere Arznei sein, als seine „Pülverchen" ihrem Körper. Aber den Rat, der überall zwischen den Zeilen seiner Briefe zu finden und sicherlich von den besorgten Eltern diktiert war: durch die Verbindung mit einem „würdigen Mann" die erste Leidenschaft zu überwinden, vermochte sie nicht zu befolgen. An Bewerbern fehlte es nicht; ihre Schönheit und noch mehr der Liebreiz ihres Wesens bezauberte alle.

In einem Briefe Eckermanns aus dem Jahre 1829 heißt es unter anderem: „Der rechte Balkon wird leer gewesen sein, denn es war ziemlich alles bey Frau v. Goethe. Man las den Egmont, welches bis gegen 11. dauerte. Da ich, wie gewöhnlich mich unter den Zuhörenden befand, so könnte ich über die lesenden Personen, ihre Art des Vortrags, ihre Betonung, im Vergleich zum Theater, meine stillen Bemerkungen machen... Was soll ich aber zu unserm Liebling Jenny sagen, auf der meine Augen ruhten und die sich nur auf andere Gegenstände wandten, um zu ihr erfrischter und mit größerer Neigung zurückzukehren.

„Sie hatte die Rolle des Ferdinand, welcher wie Sie wissen erst spät kommt. Sie saß aber gleich von Anfang an dem Tisch der Lesenden, gegen den die Zuhörer einen langen Halbzirkel bildeten. An den übrigen vorlesenden Personen war besonders anfänglich eine gewisse Verlegenheit merklich, wie sie unter solchen Umständen gewöhnlich sein mag, und welche sich besonders darin zeigte, daß die Seele der Lesenden nicht ganz bei der Sache war, wodurch dann falsche Betonungen und dergleichen entstanden. Jenny aber saß da in der ruhigen Unschuld eines Kindes, die Hand unter ihr Köpfchen gestützt. ‚Jetzt, dachte ich, ist freylich an Dir nicht die geringste Spur einer Verlegenheit sichtbar, aber ich will sehen, wie Du thust, wenn es an Dich kommt.' Nun kommt Alba, er spricht mit Silva, mit Gomez, er ruft seinen Sohn Ferdinand. Jenny fängt ihre Rolle an, es ist dieselbige Ruhe, dieselbige Unbefangenheit, dasselbe Kind. Die durchaus edle Rolle des Ferdinand sagte ganz ihrer schönen Seele zu, und ich kann nicht sagen, daß je die Unschuld eines reinen Wesens mir in solchem Grade und solcher Liebenswürdigkeit erschienen sey. Nach beendigtem Stück sagte ich ihr manches gute. Sie sagte aber, daß sie groß Angst gehabt und daß ihr Herz während dem Lesen laut gepocht habe. Ich sah sie mit verwunderten Augen an und konnte nicht begreifen, wie einer Regungen des Herzens so verbergen könne, daß man ihm nicht das geringste ansieht.

„Es waren auch zwey englische Damen zugegen, Lady Murray in mittleren Jahren und eine junge Lady in ihrer Begleitung, von deren Schönheit man mir viel gerühmt hatte... Allein neben der schönen Melany und Jenny konnte sie sich in meinen Augen nicht halten..."[74]

Alfred von Pappenheim schrieb einmal an seine Stiefschwester Cecile von Gersdorff, Dianens Tochter aus ihrer zweiten Ehe: „Es tut mir leid, daß ich Dich nicht begleiten kann... Mit Jenny würde ich mich nicht leicht entschließen, zu reisen, aber Du als Backfischchen fändest vielleicht nicht so viel Verehrer, und meine Rolle als Chapron würde dann nicht so schwer sein."[75] Und Karl Wolfgang von Heygendorff, der Sohn von Karl August und Caroline Jagemann, der Jenny sehr verehrte, schrieb noch in der Erinnerung begeistert, wie „wunderschön und engelgut" sie damals war.

Sie blieb allen gegenüber, die sich um sie bewarben, von gleichmäßig kühler Freundlichkeit. Die Freundschaft mußte ihr ersetzen, was ihr die Liebe schuldig geblieben war, und in einer Zeit wie die ihre, wo die Herzen einander weit offen standen, weil der eigene innere und äußere wüste Lebenskampf die Empfindungen noch nicht bis zu dem traurigen Rest vollkommener Selbstsucht abgestumpft hatte, gab es noch echte, teilnehmende Freunde. Ottilie Goethe nahm unter ihnen die erste Stelle ein. Deren Charakteristik, die sie bald nach der Trennung von ihr niederschrieb und auch im Alter noch für zutreffend erklärte, gibt ein deutliches Bild dieser merkwürdigen Frau:

„Ich fand meine Freundin in ihren hübschen Mansardenstuben, umgeben von Büchern und Papieren, vor einem kleinen offenen Bücherschrank; ihre Augen glänzten, ihre braunen Locken schienen schon zwanzig Mal nach hinten geschüttelt zu sein; ihre kleine weiße Hand hielt ein Buch, ihre Wangen brannten, und schon ihre Begrüßung zog mich in die lebhafteste Unterhaltung.

„‚Herr Noël,' sagte sie, ‚frug mich nach einer Charakteristik seines Geschlechtes, und ich gab ihm Gottes Recept einer Männerseele: eine starke Dosis Egoismus, dreimal so viel Eitelkeit, ein gut Theil Berechnung, das sie Vernunft nennen, das Alles gewürzt durch eine Portion Geist — und das Ragout ist fertig.'

„In dem Ausdruck, mit dem Ottilie ihr Epigramm begleitete, lag genug Wahrheit, um den verächtlichen Zug, der ihren Mund umspielte, anziehend zu machen, und Coquetterie, um ihm den Stachel des Beleidigenden zu nehmen, aber auch genug Triumph, genug von dem ‚je ne sais quoi' der Frau, welche den Sklaven neben der Gebieterin verrathen läßt.

„Mr. N. lehnte sich an den Bücherschrank; ich hatte mich in einen Lehnstuhl geworfen, dessen Rücken in kunstvoller Stickerei das Wappen Englands zeigte, Ottilie stand in der Vertiefung des Fensters, das durch die schrägen Wände gebildet wurde. Die Unterhaltung drehte sich um Irland und die Irländer, ein Thema, das sie ganz beherrschte; sie in dieser Festung anzugreifen, hieß alle Waffen ihres Geistes gegen sich richten.

„‚Nicht wahr, Du würdest bei einem Feuerwerk nicht versuchen, eine Ferse in Deinen Strumpf zu stricken?' sagte ich ihr; ‚und so kann ich mir an der Seite eines Irländers kein häusliches Glück vorstellen!'

„‚Ich liebe dieses Feuerwerk!' entgegnete sie; ‚ich würde ohne Strümpfe gehen und leicht diese prosaischen Kerzen entbehren, die man vernünftige Leute nennt; sie haben kein Herz und setzen die Vernunft an dessen Stelle — starke Liebe, starker Haß, ernster Kampf und keine Berechnung, das ist es, was ich liebe. Der Irländer allein hat Herz, Feuer, Muth —'

„‚Auch Narrheit und Unbeständigkeit,' unterbrach sie Mr. N. Nach diesem unerwarteten Einwurf trat sie vor, war mit einem Schritt auf der Fußbank, mit dem nächsten auf dem Stuhl und warf, wie ein verzogenes Kind, ein Buch nach dem andern auf die Locken ihres Gegners. Und doch war nichts Rohes in dieser Kinderei; ich, das junge Mädchen, lächelte wie eine

Großmama zu den Schülerstreichen dieser Frau und Mutter, die von Zeit zu Zeit zwanzig Jahre ihres Lebens vergaß; alles war an ihr natürlich und ungeziert, aber ihre Seele, ihrem Geist, ihrem Herzen fehlten die Zügel — wie schwer hat sie diesen Mangel büßen müssen!

„Mr. N. suchte mit den Augen einen unauffindbaren Gegenstand. ‚Sie suchen eine Uhr!' rief sie aus; ‚ich besitze keine, ich bin dafür zu sehr Irländerin.' Erstaunt erwartete er eine Erklärung dieser weder in Roman noch Geschichte jemals erwähnten Nationaleigentümlichkeit. ‚Das heißt, ich habe eine zu hohe Meinung von Gastfreundschaft; es gibt nichts Gröberes als solch eine Uhr, die in jeder Viertelstunde die Besucher an die verflossene Zeit erinnert; schlimm genug für die, welche sich an die Zeit binden, bei mir findet sie keinen Platz, um ihre Sense anzulehnen.'

„‚Und dadurch,' antwortete er, ‚werden wir unpünktlich, denn die Langeweile vertreibt uns nie!'

„‚Warten Sie nur, habe ich erst Salons, Lakaien und schöne seidene Kleider, so werde ich schrecklich langweilig sein. Ich war es schon weniger, als ich aus Sparsamkeit noch Talglichter brannte, denn jedesmal, wenn ich sie putzen mußte, sah ich meine Gäste an, sagte schnell etwas Lustiges, und während sie lachten, putzte ich sie geschwind incognito. Jetzt bin ich liebenswürdig zwischen meinen schiefen Wänden, weil ich sie dadurch meinen hohen Besuchern vergessen lassen muß.' Mr. N. nahm seinen Hut, sie sagte ihm freundlich Lebewohl, tauschte einen Händedruck von zehn Jahren Bekanntschaft mit ihm und kehrte zu mir zurück. ‚Er ist doch sehr schön,' sagte sie. ‚Der Vater hat mir eine angenehme Bekanntschaft ausgesucht. Er soll ein Herzogthum zu erwarten haben, jedenfalls paßt er gut in mein Herzogthum.'

„‚Also wieder und immer wieder,' rief ich traurig aus.

„‚O Du neugierige, kleine Katze, spielst Du wieder die erfahrene Frau und ich das kleine Pensionsmädchen?'

„Währenddessen hatte die Phantasie mit zauberhafter Schnelle andere Bilder aufgezogen. Einem Gedanken schien sie nachzusinnen, dessen Schatten schon ihre Züge bedeckte.

„‚Keinen Brief von H. und doch bin ich jetzt frei!'

„‚Er hat keinen Pfennig, Ottilie, du weißt es recht gut!'

„‚Was soll mir das Geld! Er wollte Missionar werden, ich stimme dem bei, es ist ein edler Beruf. Kannst Du Dir in der Mitte der Wilden Deine Freundin vorstellen, sie selbst als seine ergebenste Schülerin? — Auch eine Schule wollte er gründen; ich würde die Wirtschaft führen —'

„‚Aber, liebes Herz, Du verstehst ja nichts davon.'

„‚Die Liebe wird es mich lehren! Nur eins beunruhigt mich, ich kann Desvoeux nicht vergessen; ich schrieb davon an H. —'

„‚Und erzählst es N. morgen.'

„Sie lachte, aber ich hatte Recht, denn nichts hatte Bestand in diesem Kopfe, in dem die Phantasie Alleinherrscherin war. Da warf sie zwanzig verschiedene Männerbilder, tausend Lebenspläne, Gedanken, momentane Empfindungen durcheinander, bis die Bilder zerbrachen, die Gedanken ausarteten — dann saß sie vor den Trümmern und weinte! Aber wie bei kindlichen Schmerzen, tröstete sie die Blume, die ein Fremder ihr reichte, sie lächelte, sie berauschte sich an ihrem Duft und warf sie schließlich in die allgemeine Unordnung zu Bildern und Gedanken. Und doch waren edle unter ihnen, Gedanken von Pflicht, Barmherzigkeit und Hingebung, aber kein einziger entsprang einem Grundsatz. Der Ursprung war Liebe, das Ziel war Liebe, das Leben war Liebe, trotzdem diese Frau nicht mehr jung und nicht schön war. Die Strahlen der Schönheit, mit denen ihr Geist sie oft zu verklären schien, warfen sie nur noch tiefer in Gram und Reue, denn oft entzündete sich die Leidenschaft an diesem Glanz, um, wenn er erlosch, ebenso schnell zu vergehen; sah sie die Flamme matter und matter brennen, fühlte sie, daß ihr Athem sie nicht mehr anzufachen vermochte, so weihte sie die Stunden der Nacht ihrem wilden Schmerz. Und dennoch entsagte sie nicht diesem Phantom der Liebe, sie begehrte in der ganzen Welt nichts als sie, inmitten brennender Thränen rief sie aus: ‚Immer nur Leidenschaft, niemals Liebe!' Aber schon im nächsten Augenblick klammerte sie sich an die Leidenschaft, die ihr in der Maske der Liebe nahte — und dann immer dasselbe Trauerspiel: Glück, Seligkeit, Verlust und Reue. Trotzdem fehlte es ihr an Freundinnen. Sie hatte alte und junge, fromme und kluge, Weltfrauen und junge Mädchen mit derselben Einbildungskraft wie die ihre; Freundinnen mit gebrochenem Herzen und Priesterinnen der Vernunft — sie Alle waren ihr ergeben, denn sie war von Herzen liebenswürdig — liebenswürdig selbst in ihrer Thorheit. Ja, sie hatte Freundinnen, doch diese hatten sie nicht!

„‚Glaubst Du, daß er kommt?' fuhr sie fort. ‚Da stehe ich nun den ganzen Tag am Fenster und warte auf den Briefboten und denke dazwischen an D.'

„‚Du bist zu müßig, Ottilie!'

„‚Was soll ich tun? D. gab mir zu thun: den Tasso mußte ich übersetzen und drucken lassen, dann nahm ich drei Monate lang Zeichenstunden, weil er sich die Copie eines Bildes wünschte, und ich hatte noch nie einen Bleistift berührt! Übrigens — doch, du wirst lachen — nachdem N. mich gestern Abend verlassen hatte, kam mir ein Gedanke, den ich diesen Morgen aufschrieb, ich will ihn dir vorlesen. — Du sagst, ich sei müßig, und weißt doch, daß ich sechs Stunden des Tages dem Vater widme; oft kann ich nicht mehr und glaube ohnmächtig zu werden vor Schwäche, doch der Gedanke, daß ich ihm nützlich, ihm nothwendig bin, daß ich seine alten Tage verschönen und in der Welt zu etwas gut sein kann, dieser Gedanke giebt mir die Kräfte wieder. Neulich haben wir den Plutarch zu lesen angefangen, und schließlich las er mir aus dem zweiten Teil des Faust; es war schön und groß, als ich aber nach elf Uhr mein Zimmer betrat, fiel ich, meiner ganzen Länge nach, zu Boden.'

„Ich erhob mich, um sie zu küssen; ich liebte in diesem armen Kinde der Phantasie dieses Gefühl, diese Pflicht, die ihrer Hingebung entsprang, dieser stillen, gewissenhaften, rührenden Hingebung mit all ihren kleinen, stündlichen Opfern, ihren verborgenen Anstrengungen bis zur Entkräftung, deren nur eine Frau fähig ist. Inzwischen hatte sie auf allen Tischen nach ihrer Schrift gesucht, doch vergebens; ich kam ihr zu Hilfe und entdeckte endlich unter Büchern, Briefen, Stickereien und Noten ein mit einer großen engen Schrift bedecktes Papier. Ich begann zu lesen; welch buntes Durcheinander: Kleider und Schärpen, Blumen und Bücher, die sie sich zum Geburtstage wünschte, verschiedene Adressen, quer darüber einige Verse ihrer Tasso-Übersetzung, den Titel einer neuen Geschichte Irlands, und endlich in der Mitte fand ich etwas, das eine Fortsetzung zu haben schien. ‚Gib her, das ist's,‘ sagte sie und begann:

„‚In einem dunklen Tempel verbreitete eine einsame Ampel ihr trauriges Licht; lange schon hatte sie gebrannt und Niemand gab sich die Mühe, sie mit Lebensspeise zu versorgen; trotzdem leuchtete sie noch, denn der Tempel lag auf dem Wege frommer Pilger, und sobald die Flamme nahe am Erlöschen war, warf eine barmherzige Hand ihr etwas hin, das Leben zu fristen. Es war nicht immer geweihtes Öl, das ihr gebührte; die Pilger gaben, was sie hatten: eine Blume, ein Lorbeerblatt, einen Dornenzweig; der Eine gab ihr einen Tropfen Blut, der Andere seine Thränen — und die Lampe brennt heute noch!'

„‚Du bist es,‘ sagte ich; ‚diese Flamme ist deine Seele, doch der neue Pilger, Ottilie, bringt dir nur einen Dornenzweig!'

„‚Sei es darum, auch dieser bringt mir Leben.'

„Goethe hatte während dieses Abends den Besuch eines Freundes, Ottilie war frei, ich blieb bei ihr; um sieben Uhr kam Herr N. und verschiedene junge Engländer, später der Thee auf rundem Tisch, den zwei Lichter erhellten.

„Die Unterhaltung wurde lebhaft, wie immer, sie drehte sich um Armuth und Reichthum, und Ottiliens Verachtung dieser ‚kleinen Stückchen von schmutzigem Metall' trat deutlich zu Tage.

‚„Doch wie vereint sich deine Verachtung mit den Ansprüchen einer eleganten Frau?' fragte ich lächelnd.

‚„Ach, du triffst wieder meine schwächste Seite! Stellen Sie sich vor, meine Herren, sie moquiert sich über mich! Über mich, die ich ein neues Mützchen, eine seidene Schürze, russische Schuhe und die schönste aller Sammetcravatten trage!'

‚„Man sagte mir, es sei nicht allzu lang her, daß du dich der Mode fügst!' gab ich zurück; ‚und deine Locken —'

‚„Sind tausendmal schöner als dein Vogelnest! Sie sind —'

‚„Vom Jahre dreizehn,' unterbrach ich sie.

‚„Ja, vom Jahre dreizehn!' rief Ottilie bewegt; ‚alles Gute, alles Schöne ist vom Jahre dreizehn; — damals gab es noch Begeisterung, damals war Preußen herrlich, und unsere Herzen hatten ein Vaterland! Die Regimenter durchzogen die Stadt und ließen uns ihre Verwundeten; wie Engel des Friedens betraten wir die Krankenhäuser, und die Kranken segneten uns! Des Abends gab die Stadt einen Ball. Wenn wir einem der Officiere einen Walzer versagen wollten, hieß es: vielleicht ist es der letzte, und wir gewährten ihn. Dann die Bivouaks und morgens die Trommler, die Schlachtmusik — ein Gruß, ein Lebewohl mit gesenktem Degen — es gab in Deutschland keine Schlafmützen mehr, sie waren alle Männer geworden und die Männer Helden! Damals war es der Mühe wert, zu leben und zu sterben!' . . .

„Die Stunden vergingen. Kein Klatsch, keine Frivolität, keine Taktlosigkeit störte unser Zusammensein. Ottilie hatte es mit jenem Talent, das keine Frau in dem Grade besaß wie sie, verstanden, Jeden mit sich zufrieden zu machen; sie hatte mit Jedem über das ihn am meisten Interessierende gesprochen, wobei Jeder sich naturgemäß am wohlsten fühlt; sie hatte alle

Geistesgaben geweckt und welche zu säen versucht, wo sie keine gefunden hatte.

„So war meine Freundin, als ich wußte, warum mein Herz ihr entgegenschlug, jetzt — — Ich will diese dunkeln Mysterien des Schicksals und der Schuld nicht berühren. Dank dem Himmel, der mich nicht zum Richter dieser unglücklichen Frau berufen hat! Ihre Seele war glänzend und liebenswürdig, doch für einen anderen Planeten geschaffen; sie hatte sich in ihrem Fluge getäuscht, statt der blühenden Gärten ihres Sterns fand sie die kalten Nebel des unseren, statt der Liebe fand sie die Vernunft auf dem Thron, statt des heiteren Lebens fand sie Arbeit und Sorgen, statt der unendlichen Räume des Sterns ihrer geflügelten Brüder fand sie die kleinlichen Verhältnisse unserer Erde, wo man geht — oder kriecht. Mit jedem Schritt verstieß sie gegen ein irdisches Gesetz, jedes Gesetz rächte sich, jeder Irrthum kostete ihr eine Feder ihrer Flügel, einen Strahl ihres Lichts, eine Blume ihrer Schönheit — sie weinte, doch sie lernte nichts! Man donnerte ihr in die Ohren: Die Vernunft ist König, du bist des Majestätsverbrechens schuldig; zum Schaffot! zum Schaffot! Sie wollte entfliegen — ihre Flügel waren gebrochen, sie wollte durch einen Strahl ihres Lichts ihre Richter gewinnen — das Licht war erloschen; auf ihrer Harfe wollte sie ihre Klagen singen — zerrissen waren die Saiten!"

Wie über der Familie Bonaparte, so schien über der Familie jenes anderen Titanen ein dunkles Schicksal zu walten, und wie der Schatten des einen über Jennys Leben seinen Schleier warf, so auch der Schatten des anderen, da die Freundschaft sich noch inniger als mit der Mutter das ganze Leben hindurch mit den Enkeln verband und ihr auch den Vater nahe geführt hatte. Die Nachwelt ist im Urteil über ihn so hart und ungerecht gewesen, wie die Mitwelt grausam war gegen seine Söhne. Jenny charakterisierte ihn folgendermaßen:

„August Goethe habe ich sehr gut gekannt; er war nichts Außergewöhnliches, sondern ein kluger, gutmüthiger Mann, der, als Sohn eines anderen Vaters, einen ernsten, ruhigen Lebensweg gefunden hätte. Der alte Goethe liebte seinen Sohn unendlich, er sah in ihm ein Stück seiner selbst, oder wollte es vielmehr sehen; das empfand August aber nicht als Glück, sondern als drückende Last. Goethe hatte viele Kinder verloren, dieser Eine sollte ihm alle anderen ersetzen. Er nahm ihn schon als Knaben auf seinen Wanderungen mit, versuchte ihm seine Passionen einzuimpfen. Augusts frischer Geist faßte leicht und fröhlich auf, was der Vater ihm lehrte; er zog aber, wie es ganz natürlich war, den Umgang mit gleichaltrigen Gefährten dem alleinigen mit seinem Vater vor. Das schmerzte diesen, denn er vergaß, wie so viele Väter den Söhnen gegenüber, die eigene Kinderzeit. Er wurde strenger, überwachte seinen Unterricht, überhörte ihn zuweilen und unterdrückte die aufwallende Zärtlichkeit, weil sie ihm nicht in sein Erziehungssystem zu passen schien. Augusts heißes Herz wandte sich mehr und mehr der Mutter zu, die ihn von Anfang an verhätschelte. Sie verstopfte das schreiende Mäulchen des Babys mit Süßigkeiten und anderen Dingen; sie öffnete dem streng bewachten Knaben jede Hinterthür; sie steckte, was sie vom Wirthschaftsgeld erübrigte, dem Jüngling zu.

„Er muß bildschön gewesen sein; eine dunkle Erinnerung aus meiner ersten Kinderzeit zeigt ihn mir wie einen jugendlichen Halbgott. Nun stelle man sich Weimar, stelle man sich die Welt ringsum vor, die von Goethes Namen erfüllt war, und man wird sich nicht wundern, daß Jeder, der zu Goethe kam, um dem Vater seine Huldigungen zu Füßen zu legen, dem schönen Sohn alle erdenklichen Zärtlichkeiten erwies. Ein großer Charakter oder ein großes Talent allein hätten das Gegengewicht halten können.

„Die Nähe des Vaters floh er, weil die forschenden Blicke, die unausgesprochenen Anklagen ihn einschüchterten. So kam es, daß er, der sonst so Fröhliche, sich in den Räumen Goethes am liebsten stumm und mißmuthig in die Ecken drückte. Das Gefühl, hier nur als der Sohn seines Vaters betrachtet zu werden, der Gedanke, daß er den Mund nur aufthun könne, wenn er etwas Geistreiches zu sagen wisse, wird Jeder begreiflich finden, der sich in seine Lage versetzt. Schmeichler, wahre und falsche Freunde umgaben ihn außerhalb des väterlichen Hauses; unter ihnen ließ er sich nun vollständig gehen, sie nannten seine Streiche genial, die nur jugendlich und unvernünftig waren, sie bewunderten seine Verse, die heute von jedem Tertianer besser gemacht werden. Nur wenige, die Ottilie mir nach seinem Tode mittheilte, sind tief empfunden und schön ausgeführt, die aber kannte Niemand. Goethe schien eine Zeit lang des Sohnes Leben nicht zu beachten, vielleicht daß er auch hoffte, ein Genie würde sich daraus entwickeln. Er wartete vergebens; der Punkt, bis zu dem jeder Mensch innerlich vorschreitet, war von ihm erreicht, er gehörte nicht zu seines Vaters Genossen, die ‚immer strebend sich bemühen'. Es kam aber auch für ihn eine Zeit, wo er die innere Leere empfand. Seine Wünsche gipfelten schließlich in dem einen Wunsch: Fort! Nach langem Kampf wagte er endlich, Goethe diesen Wunsch auszusprechen. Es kam zu ernsten Scenen, denn Goethe wollte oder konnte ihn nicht begreifen, selbst als Knebel sich auf seine Seite stellte. Fern von Weimar, womöglich unter anderem Namen, hätten Augusts gute Seiten bald die weniger guten unterdrückt.

„Um dieselbe Zeit ungefähr lernte er Ottilie von Pogwisch kennen. Man hat erzählt, Goethe habe die Heirath mit ihr bewerkstelligt, August habe deshalb eine große Jugendliebe aufgeben müssen. Das ist nicht wahr; er hatte eine ganze Anzahl mehr oder weniger leichtsinniger Verhältnisse, aber, wenn bei ihm überhaupt von großer Liebe gesprochen werden kann, so gehört diese Ottilien allein. Deren Großmutter, Gräfin Henckel, die Oberhofmeisterin bei Maria Paulowna und also auch

meine Vorgesetzte war, sträubte sich von Anfang an sehr gegen
diese Verbindung. Erst als Christiane von Goethe gestorben
war, willigte die stolze alte Dame in die Heirath ihrer Enkelin.
Der Jubel und die Glückseligkeit waren groß damals, sie
glaubten sich heiß zu lieben, und doch liebte Ottilie in ihm nur
den Sohn seines Vaters, den sie mit den schönsten Träumen
ihrer Phantasie ausschmückte. Es war nur Phantasie! Ihr
Geist vermochte ihn auf die Dauer nicht zu fesseln, und eine
Schönheit, die seine Sinne erregen konnte, besaß sie nicht. So
ging bald ein Jeder seine eigenen Wege. Ihre Ehe wurde,
durch Beider Schuld, sehr unglücklich. Die Enttäuschung, die
sie empfand, wenn sie nach und nach aus der glänzenden Hülle
ihrer Phantasiegebilde einen gewöhnlichen Menschen sich ent=
puppen sah, war immer sehr groß, am schmerzlichsten aber bei
ihrem Gatten, bei Goethes Sohn. Sie hätte ihn vielleicht nun
mit christlicher, helfender, duldender Liebe tragen und heben
können, und er, als der Rausch der Leidenschaft verflogen war,
mit ernstem Pflichtgefühl als treuer Gatte und Vater ihr zur
Seite stehen — daß nichts davon geschah, war mehr Schicksal
als Schuld. Charaktere, wie die ihren, durften sich nie ver=
binden. Wie das in einer kleinen Stadt immer zu sein pflegt,
wo die Menschen dicht an einander wohnen, mischte sich der
Klatsch auch noch in die Ehe. Beide standen wie auf offener
Scene, und besonders das Galerie=Publicum verfolgte mit ge=
hässiger Neugier den Fortgang des Dramas. Ottilie hatte
unverdienter Weise, denn sie that wissentlich Keinem etwas Böses
an, viele Feinde, besonders Feindinnen, die sie ihrer Stellung
wegen beneideten und sich zwischen sie und August zu drängen
versuchten. Es gelang ihnen nur zu gut. Die gewohnten
Schmeicheleien, die Ottilie ihm bei ihrer unbedingten Wahr=
heitsliebe nicht zutheil werden ließ, fand er anderswo zur
Genüge; die Träume, die sein Geist ihr nicht verwirklicht hatte,
suchte sie in ihrer Umgebung zu finden. Erschienen sie öffentlich
zusammen, so war ihr Benehmen tadellos; auch zu Hause

machten sie den Eindruck eines einigen Paares, sobald die Kinder bei ihnen waren. In der Erfindung immer neuer Spiele für sie war August unerschöpflich; sie zogen ihn — wie oft! — von seinen Kneipereien ab, die seiner an und für sich schwankenden Gesundheit schadeten. Aber auch die Freude an seinen Söhnen verbitterte ihm sein Mißtrauen. Ich stand einmal mit ihm am Fenster des Eßzimmers kurz vor Tisch. Im Garten ging Goethe auf und nieder, seine Enkel kamen hinuntergelaufen, um ihn zu holen. Jubelnd umschlangen sie den Großvater, erzählten, lachten, spielten; er freute sich sichtlich ihrer lieblichen Gegenwart, und ich sah mit Vergnügen zu. Da fiel mein Blick auf August: er starrte mit zusammengekniffenen Lippen, blaß und schwer athmend, auf dasselbe Bild, sein Aussehen sagte mehr als Worte.

„Ein schöner, besonders hervorzuhebender Zug in Augusts Wesen war seine Freundestreue. Wen er lieb gewann — freilich waren's nicht immer die Würdigsten —, für den ging er durchs Feuer. Sein Unglück war, daß Keiner von ihnen ihn, den Sohn Goethes, günstig zu beeinflussen versuchte, alle ordneten sich ihm unter, und doch bin ich überzeugt, daß er sich hätte beeinflussen lassen. Dem Einzigen, der es versuchte, Ernst von Schiller, ist es stets geglückt. August liebte ihn zärtlich, und es wäre von dauerndem Erfolg gewesen, wenn sein Freund immer hätte um ihn sein können. Sein ruhiger Ernst, sein fester Charakter, seine Abneigung gegen alles Gemeine, seine Abstammung nicht zum mindesten, denn sie stellte ihn August gleich, stempelten ihn eigentlich zu seinem Freunde. Es sollte nicht sein — auch hier Schicksal und keine Schuld!

„Am ‚Chaos' betheiligte sich August mit großer Lebhaftigkeit; die meisten seiner Reime — Gedichte möchte ich sie nicht nennen — wurden darin gedruckt. Er schrieb hübsche Briefe, eine Tugend, die ich jetzt, wo sie so ganz verloren geht, doppelt als solche anerkenne. Die Briefe an seinen Vater waren weniger natürlich, sie zeigten den Zwang, den Goethe, mit der besten Absicht, auch darauf ausübte. August sollte Beobachtungen über Witterung, Naturerscheinungen usw. anstellen, die ihm fernlagen und ihn gar nicht interessierten. Von Menschen und Ereignissen erzählte er lieber, besonders von Italien aus, wo er sich endlich frei und als Herr seiner selbst empfand.

„Der Gedanke ‚Fort von Weimar!' war schließlich zu einer Macht geworden. Fort, recht weit fort, wo er an Leib und Seele zu genesen hoffte. Daß er krank war, fühlte er immer deutlicher. Er kam zur Erkenntnis auch seines seelischen Zustandes, ohne die Kraft zu haben, sich zu ändern, ungefähr wie ein Wahnsinniger, der in lichten Momenten seinen Zustand begreift und dadurch nur noch unglücklicher wird. In besonders trüben Augenblicken sagte er sich: ‚Ich will nach Rom, um dort zu sterben.'

„Der Entschluß zu fliehen reifte in ihm. Er glich darin dem alten Goethe, der sich von allen Qualen durch schnelles Losreißen aus den gewohnten Zuständen befreite. Nur wenige wußten um Augusts Plan. Mir theilte ihn Ottilie mit, und ich konnte mir nicht versagen, ihm die herzlichsten Wünsche mit auf den Weg zu geben. Ich war überzeugt, ihn neugeboren wiederzusehen. Der Abschied von seinem Vater soll erschütternd gewesen sein. Mir wurde erzählt, August sei ihm plötzlich weinend zu Füßen gefallen und dann davongestürzt, während Goethe, überwältigt von böser Ahnung, auf seinem Lehnstuhl zusammengebrochen sei. Die Kinder schieden fröhlich von ihm mit allen möglichen Wünschen und Bitten: sie sollten den Vater nie wiedersehen.

> Ich will nicht mehr am Gängelbande
> Wie sonst geleitet sein,
> Will lieber an des Abgrunds Rande
> Von jeder Fessel mich befrein!

so lauteten seine letzten Verse im ‚Chaos'. Und er ging, befreit von jeder Fessel, um auch die des Lebens abzuwerfen. Er wurde im Lande seiner Sehnsucht von allen Leiden erlöst, aber anders, als er es gedacht hatte."

Die drei Kinder von August und Ottilie fanden in Jenny eine zweite und sorgsamere Mutter, als die eigene war. Die Knaben, **Wolf** und **Walter**, waren im gleichen Alter mit Jennys Stiefschwester Cecile von Gersdorff, Dianens Tochter aus ihrer zweiten Ehe, und innig befreundet mit ihr, so daß doppelte Bande der Liebe die Familien aneinanderfesselten. Jenny gab den Kindern zusammen den ersten Unterricht und setzte ihn fort, auch als ihr geliebtes Schwesterchen nach Straßburg in Pension kam. Sie schrieb darüber an diese:

„Weimar, 22. April 1835.

„... Meine Stunden machen mir und den lieben Kindern große Freude; sie werden ernster betrieben als zu Deiner Zeit, wozu Ernas Vernunft und Wolfs angeborener Ernst sehr beiträgt; Letzterer ist mir unbeschreiblich lieb, sein Charakter entwickelt sich ausnehmend gut und tüchtig, er ist seinem Alter in jeder Beziehung ungeheuer voraus, läßt das Schönste hoffen; mein ganzes Herz hängt an dem lieben Knaben und der Gedanke einer Trennung von ihnen wird mir täglich schmerzlicher, je unabwendbarer ich ihn in die Wirklichkeit treten sehe... Alma ist ein gutes, gehorsames, mühsam strickendes und knippelndes Kind, später verspricht sie jedoch mehr zu werden..."

Daß die Stunden ernst genommen wurden, bezeugt eine Stelle aus einem Briefe Walter Goethes an Cecile Gersdorff vom 6. Dezember 1834, worin er sagt: „Bei Jenny habe ich mit Anna, Erna und Wolf Stunde, was mir viel Freude macht. Leider mußte ich meine ganze Rethorik kopieren, indem als unsere Stunden begannen, meine Cahiers verschwunden waren." Noch im Alter unterschrieb sich Walter in seinen Briefen an Jenny: „Dein dankbarer Schüler." Persönlich näher als er stand ihr Wolf, dessen erste Knabenliebe seiner liebreizenden Lehrerin gegolten hatte. Sie schrieb von ihm:

„Mit sechs Jahren war er ein heiteres, sehr gesprächiges Kind mit den wunderschönen Goetheschen Augen, voll Lust zu jedem Spiel, der Liebling seines Großvaters. Er wurde ein denkender, lernender Knabe, der mit Leidenschaft auf- und erfaßte. Noch ein halbes Kind, fühlte er die Liebe eines Jünglings. So wie seine tiefen, dunkeln, glühenden Augen alle Mängel in seinem Äußeren überstrahlten und ihn schön machten, so war es eigentlich die Liebe, die sein ganzes geistiges Ich durchstrahlte und ihn zum Dichter stempelte."

Bezeichnend nicht nur für ihr Verhältnis zueinander, sondern auch für Wolfs Charakter sind die folgenden Abschnitte aus Jennys Briefen an ihn:

6./6. 35.

„Solltest du wirklich in deinem jungen Herzen das tiefe, heilige Gefühl der Liebe zum höchsten Geiste vermissen, solltest du wirklich stürmen wollen, wo sich dein Knie verehrend beugen müßte, nun so laß jeden Gedanken an Gott, an Glauben, an Religion eine Zeit lang dahingestellt, richte alle Kräfte deiner Seele auf den einen Mittelpunkt deines Wesens und entwickele mit deinem ganzen Streben die Fähigkeit des Rechten in deiner Brust, und alles Große muß sich stufenweise daran entwickeln. — Ersticke jedes kleinliche Gefühl, streife alles ab von deiner Seele, was nicht aus edler Quelle fließt und kein edles Gepräge trägt; es ist des wahren Menschen unwürdig, und möchtest du wohl ein Scheinmensch sein, der dem Feuerwerk gleicht, das eine Minute in dunkler Nacht ein Flammenrad bildet, sich in unruhigen Funken zerstreut und dann zwecklos verpufft? Sieh nicht verachtend auf eine ganze große, hohe Welt, laß auch sie jetzt dahingestellt, richte deine Blicke nur auf dich selbst, daß du dich dir selbst erhältst; nicht einen Gedanken von Egoismus, von Eitelkeit, von Dünkel darfst du wuchern lassen, sie müssen alle fort; in den Umriß, den du dir von deiner Seele zeichnest, wie sie werden kann und muß, paßt solch elendes Gerümpel nicht. Wolf, ich beschwöre dich, laß nicht so winzige Rücksichten dein Ohr vor meiner Stimme schließen, daß du keinen fremden Einfluß oder gar einen weiblichen erdulden willst. Ich fühle mich ganz frei von der Eitelkeit, als könnte ich etwas vollbringen, als solltest du mir etwas zu Liebe thun, um irgend einer Prätension zu schmeicheln — kein Mensch bekehrt, aber eine Wahrheit thut es, aus welchem Munde der Zufall sie auch fließen lasse, und nur der Wahrheit spüre nach; ihre einzige Offenbarung und Besiegelung findest du im Rechthandeln und =denken. Es giebt nichts auf der Welt außer dem Rechtthun, was von Verwirrung, Unzufriedenheit, Kampf und Irrthum frei wäre, es giebt nirgends Befriedigung als in der Tugend. Ich sage dir nicht, sie ist leicht, aber es ehrt dich, wenn man dir, dem Fünfzehnjährigen, das Schwere zumuthet. Du willst nicht, daß ich dir als Beispiel deinen Großvater nenne. Ja, er war als Dichter ein Genie, aber als Mensch war er das, was Jeder aus sich machen kann, der die Kraft, den festen Willen, das heilige Pflichtbewußtsein in sich fühlt. Die Bitterkeit in deiner Seele muß weg, sie ist ein Unkraut, eine Schwäche. Die auf sich selbst gestützte Seele muß klar das Schlechte und Erbärmliche in der Welt ins Auge fassen können, ohne daran irre zu werden; es geht den Menschen nur insofern an, als er Krieg dagegen führen muß, auf ihn selbst und seine Entwickelung aus dem Mittelpunkt des tiefsten Inneren hat es gar keinen Bezug, es ist von anderem Schrot und Korn als er.

2./4. 37.

„Du fragst mich, was ich von meinen Grundsätzen und den Bestrebungen, ihnen zu folgen, habe? Alles, was mir lieb und werth ist, habe ich durch sie; ich habe treue Freunde, auf die ich bauen kann, wie auf mich selbst, solange ich das in mir erhalte, was mich ihnen achtungswerth macht; ich habe Ruhe der inneren Gedanken, Trost für jeden Schmerz, natürlich solange ich nicht durch physisches Kranksein unempfänglich und also nicht zurechnungsfähig bin; ich habe den Genuß, in hohen Geistern vertrauend, einstimmend schwelgen zu können, und so wenig ich noch das Ideal meines Selbst erreicht habe, so weit ich auch hinter einem Schleiermacher, hinter einer Rahel stehe, so bin ich doch schon hoch genug geklommen, um sie zu erkennen; ich habe ein ausgefülltes Leben, vollauf zu thun im kleinen Kreise der eigenen Ausbildung und der Verkündigung des Wahren, Schönen und Guten, so weit meine Stimme reicht. Es ist schon ein namenlos hohes Gefühl, sich als freiwilliger Soldat im Heer zu fühlen, das gegen Lüge, Unrecht und Schwäche zu Felde zieht; da ist von Dank oder Undank, Werth oder Unwerth in den Menschen gar nicht mehr die Rede, man trägt die Fahne der Wahrheit und steckt sie freudig auf, wo man ein Plätzchen erobern kann, und weil der Boden, auf dem die Wahrheit lebt, der Menschen Seele ist, muß Seele zu Seele reden und sich nicht darum kümmern, ob der Boden hart oder viel Unkraut darauf ist.

„Nun frage ich dich, was hast du wohl von deiner Denkungsweise? Verachtung aller Dinge, selbst der höchsten, Mißtrauen in alle Menschen, selbst in lang erprobte Freunde deiner Kindheit, ein mächtiges Streben und kein festes Ziel, eine leidenschaftlich aufgeregte Kraft und Langeweile, den Trieb zum Denken und keinen festen Mittelpunkt als Stütze. Das Alles bist nicht du, das ist dein Irrthum, denn zu deiner Kraft gehört ein edles Streben, zu deinem Streben gehört ein hohes Ziel, zu deinem heißen Herzen gehört ein wahrer Freund und in dein Denken, Wolf, gehört ein Gott!

„Ich könnte jedes Wort noch einzeln fassen und ein Capitel über jedes schreiben, doch ich bin zaghaft, weil ich nicht weiß, ob dich der eine Bogen nicht schon schreckt.

„Ich liebe nicht den Spott in deinem Munde und muß mich immer überwinden, um meinen Glauben an dich diesem Spott auszusetzen; ich liebe nicht deine Zweifel an jeder treuen, wahren Neigung und möchte dir nie Gelegenheit geben, sie durch Mißverstehen zu nähren oder durch Bitterkeit zu äußern.

„Ich wollte dir noch von deinen Kinderjahren reden und dir die erste Wurzel zeigen, worauf der Baum treuer Freundschaft steht, den ich dir in deinen Lebensgarten pflanzte, doch kannst du dies den zehn verflossenen Jahren nicht glauben, so helfen auch die wärmsten Worte nicht."

Schon damals also, zwischen Wolfs 15. und 17. Jahre, zeigte sich bei ihm jenes unheilvolle Gefühl, das sein Leben in steigendem Maße verbittern sollte: das Mißtrauen. Mißtrauen gegen die Freunde, weil er glaubte, ihre Freundschaft gehöre nicht ihm, sondern dem Enkel Goethes, Mißtrauen gegen sich selbst, weil er an seine Leistungen den Maßstab der Leistungen seines Großvaters anlegte. Ottiliens Erziehung wirkte dabei nur nachteilig; sie verzärtelte ihre Söhne nie, aber sie erzog sie für „einen anderen Stern". „Du weißt ja," sagte Wolf später einmal zu Jenny, „wie wir durch unsere Mutter auf das Edle, auf große Gesinnung dressiert worden sind mit Liebe und, wenn es sein mußte, auch mit Sporn und Peitsche." Eingehüllt in diese um ihn geschaffene weltfremde Atmosphäre, tat jede Berührung mit der Welt schon den Jünglingen weh. Sie gingen ihr aus dem Wege und lebten nur in dem Kreise, den das Goethehaus um= und abschloß. Zu denen, die ihnen von auswärtigen Freunden am nächsten standen, gehörten zwei der beliebtesten Gäste in Weimar, Felix Mendelssohn, der Walters musikalische Begabung weckte, und Karl von Holtei, der August Goethes Freund gewesen war. Beide traten auch zu Jenny in nähere Beziehungen.

Felix Mendelssohns erster Besuch in Weimar wurde ihr brieflich mitgeteilt, als sie noch in Straßburg in Pension war. „Bei meinen Eltern," so erzählt sie, „war er auch einmal zu Tisch eingeladen, man zeigte ihm ein Bild von mir, und er wünschte, mich nach seinen ‚Ringelreihen' tanzen zu lassen. Die Abschrift einer kleinen Composition von ihm —

ich entsinne mich nicht mehr, welche es war — versetzte mich in helles Entzücken, und lange Zeit hindurch beschäftigte mich der Gedanke an den ‚wunderbaren Jüngling', an Goethes ‚David'.

„Bald darauf kehrte ich nach Weimar zurück, wo Felix Mendelssohns Name in Aller Mund war. Selbst August Goethe, der sehr selten ein liebevolles Urtheil über fremde Menschen hatte, gab zu, daß er das Zeug dazu habe, alle Welt, selbst ihn mit sich fortzureißen. Es vergingen einige Jahre, bis ich die persönliche Bekanntschaft des jungen Musikers machte; vergessen jedoch konnte ich ihn nicht, da Goethe öfters Briefe von ihm bekam, die Ottilie sofort mitgetheilt wurden und die ich dann vorlesen hörte. Sie athmeten alle die unendliche Verehrung für seinen Gönner, eine Verehrung, die nicht bei den Worten blieb, sondern sich durch Thaten am schönsten äußerte. Das war es ja auch, was Goethe bezweckte, was ich immer mehr an ihm bewunderte: der Einfluß, den er auf Alle, die ihm nahe traten, ausübte, dem Keiner entging. Er weckte und förderte jedes Talent, und wie Viele, die sonst im Dunkel verkommen wären, zog er an das Licht seines herrlichen Geistes. Es ging eine Wirkung von ihm aus, die mir, wenn sie auch heute noch nicht vergangen ist, doch damals eine unbeschreibliche elektrische Kraft zu haben schien und die Mendelssohn, der selbst ein genialer Mensch war, mit doppelter Gewalt empfunden haben muß.

„Im Sommer 1830 war es, als Ottilie mir unter dem Siegel der Verschwiegenheit mittheilte: Mendelssohn kommt. Daß ein musikalischer Besuch erwartet wurde, ahnte ich schon, als ich die Treppe hinauf kam, Goethes Thür offen fand und hinein sah: Riemer packte mit Friedrich, Goethes Bedienten, Noten aus, die abgestäubt wurden, und der damals einzige Mann, der kranke Flügelsaiten zu heilen verstand, entlockte dem langen, braunen Kasten kläglich wimmernde Töne. Ich vermuthete Zelters Besuch und freute mich darauf, denn der alte Herr mit seiner derben Komik, seiner polternden Sprechweise und seinem liebewarmen Herzen war mir sehr werth geworden. Statt seiner kam nun sein Schüler, das Wunderkind, das Sonntagskind. Als ich ihm zuerst begegnete — er ging zu Goethe, ich kam von Ottilie —, beschlich mich ein leises Gefühl der Enttäuschung, er sah zart aus, ging etwas gebückt, und sein Gesicht machte mir keinen bedeutenden Eindruck. Denselben Nachmittag traf ich ihn bei Gräfin Henckel und glaubte einen anderen Menschen zu sehen: die Lebhaftigkeit seines Mienenspiels, seine Grazie, die doch durchaus nichts Weibisches hatte, sein strahlendes Lächeln, als ob man einen Vorhang vor einem Fenster weg= zöge und nun in den schönsten Frühling sähe — das Alles machte seine Erscheinung zu einer sich der Erinnerung dauernd einprägenden. Und nun sein Spiel, das so ganz er selber war: kein Gefühl, das ins Bizarre ging, keine Disharmonie, die sich nicht milde auflöste, keine Virtuosenkunststückchen, bei deren An= blick uns schwindlig wird. Hummel schien mir mit mehr Feuer, mit mehr äußerer Leidenschaft zu spielen, aber man empfand nicht, wie bei Mendelssohn, daß so ganz das Herz im Spiele lag.

„Von Anfang an verbrachte er den größten Theil des Tages im Goetheschen Hause. Er war wirklich Goethes David, denn er verscheuchte jede Wolke von der Jupiterstirn unseres ver= ehrten Dichters. Jedem, der damals Mendelssohn kannte, wird es begreiflich sein, trat er doch mit dem ganzen Zauber der Jugend, der Genialität, der glücklichen Zukunftsträume in unseren Freundeskreis. Es fiel Niemandem ein, wie das heute in anderen Städten der Fall sein würde, ihn seiner Abstammung wegen mißtrauisch zu betrachten. Der Gedanke wäre im da= maligen Weimar unmöglich gewesen, und wird es sein, so lange die großen Traditionen nicht zur Fabel geworden sind. Goethe schätzte die Menschen nach ihrem Werth, Karl August hatte es stets gethan und war von seiner einmal gewonnennen Überzeugung selbst durch Gegenbeweise nicht abzubringen gewesen. Am herr= lichsten befolgte unsere geliebte Großfürstin diesen Grundsatz, und wir Alle hätten uns geschämt, nicht diesen großen Vorbildern nachzueifern. So gehörte Rahel, so gehörte Mendelssohn zu unserer anerkannten Aristokratie.

„Vormittags war er meist allein mit seinem Gönner, der nie müde wurde, ihm zuzuhören. Wie Goethe es bei allen Dingen liebte, nach einem bestimmten System zu verfahren, so auch hier: er wünschte die Geschichte der Musik in Tönen nach geordneter Zeitfolge zu hören. Irgendwo las ich einmal, daß man daraus die Folgerung zöge, er habe von Musik nichts verstanden und ihre äußerliche Kenntnis nur als für seine Bildung nöthig erachtet. Das glaube ich nicht. Felix Mendelssohn war stets aufs Höchste überrascht von Goethes tiefem Verständniß und sprach oft mit uns davon: ‚Goethe erfaßt die Musik mit dem Herzen, und wer das nicht kann, bleibt ihr sein Lebtag fremd.' In Ottiliens Zirkel, den gerade damals das ‚Chaos' vereinigte, beschäftigte und belebte, trat er als neues, willkommenes Element. Alles, was Kunst im weitesten Sinn berührte, faßte er mit Begeisterung auf, während das wissenschaftliche Gebiet, besonders das naturhistorische, nicht in seinen Interessenkreis zu ziehen war, obwohl er es gut zu verbergen wußte. Goethe, dem, seiner eigenen wunderbaren Natur nach, jede Einseitigkeit unverständlich blieb, versuchte oft auf Felix einzuwirken. Es blieb vergebene Mühe; einmal soll Goethe sogar — ganz Saul! — seinem Liebling zornig den Rücken gekehrt haben, weil er ihn nicht verstand. Aufs Höchste erschrocken saß Mendelssohn wie versteinert vor dem Flügel, bis er, fast unbewußt, mit den Fingern die Tasten berührte und, wie zu eigenem Trost, zu spielen begann. Plötzlich stand Goethe wieder neben ihm und sagte mit seiner weichsten Stimme: ‚Du hast genug, halt's fest!' So erzählte Felix, der lange dem Sinn der Worte nachgrübelte. Ein andermal war er die indirekte Ursache eines heftigen Auftritts, der freilich wortlos verlief. Er spielte Nachmittags bei Ottilie; ein Freund nach dem anderen kam herein, das neueste ‚Chaos' lag vor uns, wurde besprochen, belacht, sein Spiel verhallte ziemlich ungehört. Da ging die Thür auf, Goethe erschien, warf einen Blick so voll Zorn und Verachtung auf uns, daß unser Gewissen uns sofort mindestens zu Räubern und Mördern stempelte, ging ohne Gruß an uns vorüber, auf Mendelssohn zu, und ehe wir zur Besinnung gekommen waren, hatte er mit ihm das Zimmer verlassen. Es war dies das einzige Mal, daß ich Goethe oben sah. Später sagte mir Ottilie, der Vater habe sie noch tüchtig ausgezankt und ihr befohlen, auch ihren Besuchern sein Urtheil nicht vorzuenthalten.

„Felix Mendelssohn machte Verse, wie wir alle, aber er beanspruchte nicht den Ruhm eines Dichters. Gesellschaftsspiele, wobei in möglichster Geschwindigkeit hübsche Reime gemacht werden mußten, waren an der Tagesordnung. Der Ungeschickte oder der, dessen Versfüße zu sehr humpelten, war verpflichtet, ein Pfand zu zahlen, das meist wieder durch ein Gedicht eingelöst wurde. In Tiefurt, wenn wir genug getanzt oder gespielt hatten, ruhten wir uns dabei aus, und vor Kurzem fand ich noch ein Päckchen vergilbter Blätter, mit allen möglichen und unmöglichen Reimen bekritzelt, die mich lebhaft an jene Zeit erinnerten. Darunter befanden sich auch Mendelssohns Verse, mit denen er einmal in Tiefurt sein Pfand eingelöst hatte:

>Ihr wollt durchaus, ich soll ein Dichter werden,
>Weil ich mit Euch in Weimar bin;
>Ich aber kam als Musikant auf Erden,
>Und meine Reime haben keinen Sinn.
>
>Ich will in Tönen Eure Schönheit preisen
>Und Eure Macht, die mich zum Dichten zwingt;
>Verfaßt die Lieder nur zu meinen Weisen,
>Und dann versprecht mir auch, daß Ihr sie singt.
>
>Vermessen scheint mir's, wollt ich weiter dichten,
>Denn ich verscherze damit Eure Gunst;
>Ihr Schönen seid zu streng im Strafen, Richten,
>Mir hilft's doch nichts, ich lebe meiner Kunst.

„Als unser verwöhnter Musikant, der doch im Grunde ein Dichter war, wie jeder echte Künstler, uns seine schon einige Male hinausgeschobene Abreise verkündete, war der Kummer groß. Er mußte versprechen, wiederzukommen, zu schreiben, uns einige Lieder zu schicken, die uns seine Gegenwart etwas ersetzen sollten. Ulrike von Pogwisch beschäftigte sich einen ganzen Abend damit, seine Silhouette auszuschneiden, die sie dann unter uns vertheilte. Bei strahlendem Sonnenschein fuhr er fort, sein Wagen war angefüllt mit Rosen, die wir ihm zugeworfen hatten; Ottilie und Ulrike gaben ihm das Geleit, und so schied er von Weimar, recht als ein Sonnenkind. Er hinterließ nur trauernde Freunde, nicht einen Feind.

„Als ich ihn nach vielen Jahren in Berlin wiedersah, war zwar der lachende Frühlingsglanz von seinen Zügen verschwunden, aber Herbst- und Winterstürme hatten sie nicht umbraust und störten auch wohl nie sein Sonnenschicksal. Sein Spiel war gehaltvoller, ruhiger geworden, die stürmischen Phantasien seiner Weimarer Zeit wiederholten sich nicht mehr. In der Erinnerung an die Vergangenheit leuchteten seine Augen auf, und er sagte mit dem Tone tiefster Überzeugung: ‚Wer weiß, was ohne Weimar, ohne Goethe aus mir geworden wäre!'"

In persönlich nähere Beziehung als zu Mendelssohn trat Jenny zu Karl von Holtei. „Er war einer der häufigsten Gäste unserer lieben Musenstadt," schrieb sie. „Im Winter 1828 lernte ich ihn kennen, und zwar nach einer seiner öffentlichen Vorlesungen, die wir eines Hoffestes wegen nicht besuchen konnten. Bei Johanna Schopenhauer, wo er stets wie ein Glied der Familie aufgenommen wurde, traf ich ihn zum erstenmal. Wir erwarteten von ihm, dem Vielgereisten, viel Neues, Interessantes zu hören. Welch eine Enttäuschung, als er eintrat.

„‚Gott Lob, hier bin ich der Engländerpest entflohen,' sagte er. Das war keine Empfehlung für ihn, da die Engländer eine große Rolle spielten. Nach der allgemeinen Vorstellung begann er über die Interesselosigkeit der Weimaraner in ziemlich derber Weise herzuziehen, weil seine Vorlesung nicht besucht gewesen war. Wir bewiesen ihm, daß die Carnevalszeit keine günstige für dergleichen sei, worauf er uns vergnügungssüchtig schalt. Schnell legte unsere liebenswürdige Wirthin sich ins Mittel, um einer allgemeinen Verstimmung vorzubeugen, und bat ihn, uns durch einen Vortrag zu versöhnen, das würde uns zugleich reizen, den Saal späterhin zu füllen. Er ließ sich nicht lange bitten, las einzelne Gedichte und eine komische kleine Erzählung, improvisierte sodann eine Art Entschuldigung in Versen wegen seines ersten Auftretens im Kreise der Grazien und Musen, wobei er sich mit einem Satyr verglich, der zwar einen Bocksfuß habe, aber trotzdem die Gutmüthigkeit selber sei; damit war der unangenehme Eindruck verwischt, wir nahmen ihn von nun an auf wie einen der Unseren. Bei Anderen, wo sein ungezwungenes Wesen ebenso gegen das Hergebrachte verstieß, wurde es ihm oft sehr schwer, ja manchmal unmöglich, sich so zu rehabilitieren wie bei uns. Um ihn ganz zu würdigen, mußte man ihn näher kennen. Er gehörte zu den Menschen, die, sei es aus falscher Bescheidenheit oder, was hier wohl besser zutrifft, aus einer Art Hochmuth, ihre guten Seiten sorgfältig verstecken. Sie bauen um ihr schönes Selbst eine Dornröschenburg und wundern sich, wie selten ein Prinz die Dornhecke zu durchbrechen versucht. Sehen wir uns Holteis Leben an, so wird es verständlicher, daß er sein Bestes mißtrauisch verschloß. Er mußte mit viel Gemeinheit umgehen, mit viel Gemeinheit rechnen; edler Umgang war ihm selten geworden, und das, was den Menschen Zeit seines Lebens am meisten verbittert, eine freudlose Kindheit in der Nähe unwürdiger Verwandter, hatte er wie Wenige durchkosten müssen. Der Kampf mit dem Leben, der uns so leicht zu uns selber sprechen läßt: ‚Landgraf, werde hart,' hatte ihn längst gestählt. Bisher war mir der Kampf zwischen Pflicht und Neigung, zwischen Glauben und Zweifel allein schmerzlich bekannt geworden, in Holtei trat mir zum ersten Mal jener andere harte Kampf gegen die grauen Schwestern, Sorge und Not, entgegen.

„Als Holtei einen tieferen Blick in unsere Welt gethan hatte und sah, daß man hier frei athmen könne, fiel die rauhe Schale von selbst von ihm ab. Sein natürlicher Frohsinn, sein weiches Gemüt, sein Humor, der zwar immer etwas derb blieb, gewannen die Oberhand, er fühlte sich bald heimisch und war ein gern gesehener Gesellschafter. Die junge, einheimische Herrenwelt Weimars liebte ihn, weil er ihre Abneigung gegen die Engländer unterstützte, die Damen freuten sich, wenn er kam, weil er stets ein paar galante Verse bei sich hatte; Goethe empfing ihn häufig, weil er Neues und Interessantes hübsch vorzutragen wußte.

„Sehr innig gestaltete sich die Freundschaft zu August Goethe. Holtei sah in ihm eine höhere, nur auf falsche Wege geleitete Natur und gewann den segensreichsten Einfluß über ihn, der sich sogar im häuslichen Leben angenehm bemerkbar machte. August liebte Holtei innig, betheiligte sich ihm zu Liebe an unseren geselligen Freuden, so daß eine Zeit vollständiger Harmonie angebrochen zu sein schien, die aber nur so lange andauerte, als Holtei anwesend war.

„Unter all den kleinen und großen Festen, die uns vereinigten, waren bei schönem Frühlingswetter die Picknicks die beliebtesten. Zu Fuß, zu Wagen, zu Pferde ging's hinaus nach Tiefurt, Ettersburg, Belvedere. Tiefurt besonders, unter dessen herrlichen alten Bäumen schon unsere Eltern jung und froh gewesen waren, galt als angenehmer Vereinigungsplatz, wo bei Spielen, Spaziergängen, dicker Milch, auch wohl bei einem ländlichen Ball im Pavillon große Heiterkeit herrschte. Dorthin kam jeden Nachmittag Lord Charles Wellesley, der Sohn des Herzogs von Wellington, und brachte uns Kirschen oder Erdbeeren mit, die er selbst bei der Hökerin eingekauft hatte. Er war äußerlich unansehnlich, etwas taub, sehr einfach und sehr liebenswürdig im Gegensatz zu seinem Bruder, Lord

Donero, der stolz und zurückhaltend war, seinem Vater sehr ähnlich sah und nur unter Umständen liebenswürdig sein konnte. Mit Ottilie Goethe und Emma Froriep waren wir zur Zeit von Holteis Anwesenheit auch einmal hinausgefahren, eine Anzahl junger Leute fanden sich noch dazu, und wir saßen schon fröhlich um unseren frugalen Vespertisch, als Holtei in gehobener Stimmung vom alten Goethe aus zu uns kam. Er war wohl deshalb liebenswürdiger als sonst zu den Engländern und versprach sogar den Vortrag eines ganz neuen Gedichtes, wenn er dafür noch — dicke Milch bekäme. Die Satte wurde feierlich vor ihn hingesetzt, er sprang auf einen Stuhl und recitierte ein Gedicht, das er auf Weimar verfaßt hatte.

„Jubelnder Beifall belohnte den Dichter, der sich ruhig dem Genuß der dicken Milch überließ, während Ottilie einen Zettel aus der Tasche zog und ebenfalls höchst witzige Verse auf Weimar vortrug, zu denen sie allerhand aus dem Stegreif dazu improvisirte.

„Nachdem ein Jeder seinen Imbiß mit poetischer Begleitung zu sich genommen hatte, zerstreuten wir uns im sonnendurch=
leuchteten, frühlingsduftigen Park an den Ufern der Ilm, die rauschend und flüsternd von vergangenem Leid, vergangener Freude erzählte und immer wieder denselben Lebenszauber voll Liebeslust und Jugendglück in ihren Fluthen wiederspiegelte.

„Selbst Holtei wurde nach und nach bei uns ein Natur=
schwärmer, was ihm sonst fern lag. Er sprach es wohl aus, wie schnell der Herbst des Jahres, wie der Herbst des Lebens all die Freuden vernichtet und ihn, den Wandervogel, wieder in die Fremde treibt. In solchen Stunden habe ich ihn kennen und schätzen gelernt, in solcher Stimmung war es, wo er mir folgende Zeilen in das Album schrieb:

,Ach' ist unser erstes Wort,
Denn des Seufzers bittre Kunde
Dringt in stillem Friedensort
Aus des Kindes zartem Munde.

Und des Frühlings Zauberhauch,
Und der ersten Liebe Beben
Will mit bangem ‚Ach' sich auch
Kund den bunten Blüthen geben.

Und der Trennung ernster Schmerz
Macht sich Luft mit diesem Worte
Seinen Boten schickt das Herz
Aus der Lippen heil'gen Pforte.

Aber einmal noch umwehn
Freudig uns des Wortes Schauer,
Unerwartet Wiedersehn
Staunet: Ach — nach langer Trauer.

Liebst du dieses Wortes Klang,
So verschmäh nicht diese Zeilen.
Jeder Vers wird zum Gesang,
Wird dein Aug auf ihm verweilen.

Weimar, März 1828.   Karl von Holtei.

„Im Herbst 1829 kam Holtei wieder nach Weimar. Er traf mit dem französischen Bildhauer David zusammen, der sehr gefeiert wurde und sich trotz seiner Jugend schon einen Namen gemacht hatte, dessen guter Klang durch die Büste Goethes ihm weit über die Grenzen Deutschlands und Frankreichs einen bedeutenden Ruf verschaffte. In der Gesellschaft machte sein Talent, aus Brot die Köpfe der Anwesenden abzuformen, ihn schnell beliebt, so daß Holtei, der etwas mißtrauisch und empfindlich war, sich zurückgesetzt fühlte. ‚Wenn nur die guten Weimaraner mal einen Mondbewohner herbekämen, sie würden sogar Schiller und Goethe darüber vergessen,' brummte er, und erst, als David fortreiste, kam der alte gute Freund wieder zum Vorschein.

Meine Korrespondenz mit Holtei begann durch das ‚Chaos' und setzte sich fort, nachdem es eingegangen war."

Einige Auszüge aus Briefen Jennys an ihn mögen hier folgen:

„14./5. 32.

„Meine Politik finde ich in der Geschichte und in der Philosophie, mein Staatsminister ist Herders Nemesis, diese allein rechnet gut und gerecht.

14./8. 32. Berka.

„Sie sehen am Datum meines Briefes, daß ich noch in meiner lieben Einsamkeit bin; die Natur ist so schön, die physische und moralische Luft so rein, daß die Brust freier athmet und alles Treiben und Drehen und Quälen der politischen Welt in dem unreinen Nebel versinkt, welcher unter den Bergen zu meinen Füßen liegt. Nicht Fröhlichkeit, aber Ruhe und Frieden bedarf das Herz, und dieses findet es in den majestätischen Wäldern, in der hehren Natur, welche, den Menschen zum Spott, in Frieden und Krieg, in Sturm und Ruhe, im Ungewitter und Sonnenschein immer groß bleibt. Möchten die Menschen, die Nationen, die Könige und Diplomaten sich ein Beispiel daran nehmen!

22./9. 33.

„Sollte die biblische Sage vom Baume der Erkenntniß nicht dieselbe Grundidee ausdrücken als die Fabel des Prometheus? Das Licht des Himmels, die Erkenntniß, raubte er, die Frucht des Paradieses, die Erkenntniß, raubte Eva. Ihre Schuld war die Begierde des Wissens, ihre Unschuld ein unbewußtes Rechthandeln. Sie wollten wissen, so mußten sie die Unschuld verlieren, denn nun begann das Forschen, das Streben, das Ergründen, das Zweifeln. Auch die Strafen des Prometheus und der ersten Menschen enthalten den tiefen Sinn der unbefriedigten Erkenntnißbegierde. Das Paradies, nämlich das Glück, liegt so nah und ist so unerreichbar, der Engel mit dem Flammenschwert: die Leidenschaften der Menschen, stehen drohend vor der Pforte. Der grausame Adler und das zurückweichende Wasser in den Strafen des Prometheus — wäre es nicht die Darlegung des Goetheschen Ausspruchs: daß nicht nur das Unmögliche, sondern so vieles Mögliche dem Menschen versagt ist?

25./6. 36. Kochberg.

"Mit der Veredelung der Seele muß der Mensch denselben Proceß vornehmen, dem der Maler bei den Mosaikgemälden folgt, der Geist muß erst in schönem Umriß das Ganze vor sich haben, was er darstellen will: sein eigenes Ich in höchster Vollkommenheit. Dann müssen alle Fähigkeiten, alle Kräfte, alle Talente die bunten Steinchen zutragen, die das Gemälde bilden sollen. Es gehört die Geduld eines ganzen Lebens, die redliche Arbeit jeden Tages dazu, um das Werk zu fördern; jeder Gedanke, jede Kenntniß, jede Handlung mag ein Steinchen sein — glücklich, wer sich am Ende seiner Tage vor das vollendete Bild stellen und in Wahrheit sagen darf: es ist vollbracht.

4./7. 36.

"Ich halte es immer für einen Mangel an Menschenkenntniß, wenn man sich über schnelle Untreuen wundert. Gerade in der Aufregung der Gefühle, in der krankhaften geistigen An- und Abspannung, welche ein großer Schlag hervorbringt, der zerstörend in unser gewohntes Geistes- und Gefühlsleben eindringt, gerade in solchem Zustande ist das Herz eines neuen Gefühls, eines neuen Anschmiegens am fähigsten, es steht gleichsam offen. Später schließt es sich, andere Gewohnheiten wurzeln fest, und unter ihnen hat eine liebe Erinnerung wieder einen festen, bestimmten Platz; dann wird ihr Wegrücken schon bedeutend schwerer, und ich wundere mich viel mehr über zweijährige als über zehnjährige Treue.

"Darum ist mir die Bemerkung Larochefoucaults immer so wahr erschienen: ‚On n'est jamais plus près d'une nouvelle passion qu'en sortir d'une ancienne.' Das ist schon ein sehr tiefes Gefühl, welches dem Reiz der Leidenschaftlichkeit widersteht, den die Seele eben gekostet hat, das ist schon die Kraft einer seltenen Liebe, welche mit Abscheu den Becher des Genusses von sich stößt, den es nur einem Herzen verdanken will; daher finden wir so sehr viel mehr Frauen, die nur eine Liebe empfunden haben, als solche, die bei einem zweiten oder dritten Verhältniß dieser Art stehen geblieben sind. Bildet nicht das tiefste, reinste Gefühl die Grenze, so kettet sich Leidenschaft an Leidenschaft zu endloser Kette."

Von Holteis Briefen an Jenny sind nur die wenigen Zeilen vorhanden, von denen sie selbst erzählt: „Holtei schrieb mir nach Goethes Tod, und seine Worte bezeichnen am besten sein tiefes Empfinden: ‚Es geht ein Riß durch die Welt und durch die Herzen, nun Er geschieden ist. Wer weiß, ob es uns, die wir ihn kannten, nicht besser wäre, wir sprängen hinein in diese Kluft und gingen so dort hinüber, wo Er herkam und nicht zum zweiten Mal kommen wird!"

Der intime Kreis um Ottilie und ihre Kinder schloß sich nach Goethes Tod besonders eng zusammen. Es war, als ahnten alle, daß diese vier Menschen es mehr als andere bedurften, von einer doppelten und dreifachen Mauer der Freundschaft vor dem Leben, das wie ein barbarischer Eroberer draußen stand, geschützt zu werden. Und doch war es schließlich stärker als ihrer aller Liebe!

Neben Adele Schopenhauer und Alwine Frommann, gehörte Emma Froriep zu den Intimen, die Tochter des Medizinalrats und späteren Leiters des Landesindustriekontors Ludwig Froriep, dessen Haus auch eines der Mittelpunkte des damaligen geistigen Lebens war. Jenny Pappenheim befreundete sich innig mit Emma Froriep, in deren elterlichem Haus sie viel verkehrte.

Wichtiger als die geistige Anregung, die sie im Froriepschen Hause fand, war für Jenny der Einfluß der ruhigen, charaktervollen Freundin. Sie verkehrte täglich mit ihr, und die beiden jungen Mädchen sahen es als eine besondere Weihe ihrer Freundschaft an, daß sie im Frühling und Sommer zuweilen in dem lieblichen, nahegelegenen Berka wochenlang allein zusammen hausen durften. Damals war es, nach den Zeichnungen in Jennys Album, noch ein einfaches Dörfchen und das Landleben kein Badeleben. Aber gerade das entsprach dem Geschmack der Freundinnen. Die Liebe Jennys zur Natur beherrschte schon das junge Mädchen. In Wald und Heide suchte sie den Frieden wieder, den sie im unruhigen geselligen Leben der Stadt verloren hatte. Emma Frorieps Gestalt war wie ein Stück dieser Natur. Jenny hat sie auf den folgenden Seiten gezeichnet:

„Inmitten der Mißlaute des Irrthums, der Leidenschaft, der Schmerzen, inmitten der Verwirrungen des Schicksals und der Seele, inmitten der Kämpfe zwischen Kopf und Herz, zwischen der Pflicht und dem Vergnügen gab mir Gott eine reine Harmonie. Wenn sich über meinem Haupt das Gewitter zusammenzog, der Donner über mir rollte und die Blitze hie und da die Nacht in mir erhellten, dann kreuzte ich die Arme, hielt mich gewaltsam aufrecht und wartete, denn bald sprach meine Harmonie in sanften Tönen zu mir; wenn tausend verschiedene Stimmen mir tausend verschiedene Worte zuschrien, wenn die Welt und das Leben mir ihre gefälschten Werthscheine zuwarfen, wenn Jedermann um mich nach eigenem Tact sein eigenes Instrument spielte, wartete ich wieder, denn bald übertönte der reine Gesang meiner Harmonie alles. Wenn das Schicksal mit seiner Riesenstimme mir seine Befehle zurief, so flüchtete ich zitternd zu meiner Harmonie, die jene schrecklichen Laute sanft und zärtlich wiederholte, so daß ich ihnen ohne Angst zu folgen vermochte.

„Emma heißt meine Harmonie, mein Gewissen, meine Vernunft, Emma ist der Name meines einzigen Ideals, das sich zur Wirklichkeit verkörpert hat. Eins hier unten ist für mich vollkommen gewesen: die Freundschaft mit ihr. Ich liebe meine anderen Freunde, ich spreche und lache mit ihnen, ich theile ihre Freude wie ihren Schmerz, doch nur vor Emma enthülle ich ganz mein Inneres, nur zu ihr sage ich: ‚Ich leide,' — und ich habe viel gelitten!

"Lange schon bewohnten wir dieselbe Stadt, besuchten dieselbe Gesellschaft und kannten uns nicht. Ich war eben aus der Pension gekommen, war ein lebhaftes, leidenschaftliches Kind, dessen Herz und Geist für nichts Anderes als für den Namen Goethe Platz hatte. Ich stürzte mich in den geselligen Strudel, das Amusement war mein einziges Ziel; Emma, obwohl viele Jahre älter als ich, stand betrachtend, wo ich handelnd war, sie folgte instinctmäßig den Gewohnheiten der Übrigen, sie erlaubte sich nichts, das nicht mit der Sitte übereinstimmte, ihr galten die Männer als eine andere Art Geschöpfe, die sie sich immer fern hielt, jeder freiere Blick empörte ihren Stolz, Liebe erschien ihr erniedrigend, auch hatte sie keine Verehrer; ich war überzeugt, daß sie sich entsetzlich langweilen müsse. Trotzdem fühlte sie sich glücklich. Um fünf Uhr frühstückte sie schon mit ihrem Vater, der ihre einzige Leidenschaft war, dann verbrachte sie den Tag in weißem Kleid mit frischem, ruhigem Gesicht und noch ruhigerer Seele; sie nähte viel, buk vorzüglichen Kuchen, sang harmlose Lieder, dachte wenig und schlief gut und fest. Mir erschien sie als ein steifes, kühles Mädchen, das mir imponirte, mich aber nicht anzog.

"Wie viel Thränen mußten auf die Flammen meines Inneren fallen, wie viel Schicksalsstürme mußten das Feuer ihrer Seele anfachen, ehe unsere Herzen sich fanden!

"Jetzt gehört das Amusement nicht mehr unter die Ziele meiner Tage und die ihren haben die Farbe gewechselt. Zwar ist ihr Gang noch ruhig, zwar beherrscht Gesetz und Sitte sie noch, doch sie erblaßt, wenn sie die Herzenskämpfe ihrer Freunde sieht; oft steht sie nach einer schlummerlosen Nacht erst um acht Uhr auf und sitzt stundenlang stumm ihrem Vater gegenüber. Sie singt nicht mehr, sie näht wenig, liest viel und denkt immer. Die Männer sind für sie keine fremden Wesen mehr, doch ihre Kühle ihnen gegenüber ist noch nicht gewichen und ihre Natur wird niemals die zarte Schmeichelei lernen, welche die Frau dem, den sie liebt, entgegenbringt, diesen Instinct, der uns treibt, ohne Berechnung das zu thun, was dem König unserer Seele gefällt, kurz, jenes Etwas, fälschlich Coquetterie genannt. Und doch, als neulich vom weiblichen Stolz gesprochen wurde, der die Liebe besiegen müsse, unterbrach Emma ihre Freundin und sagte: ‚Was hat der Stolz mit der Liebe zu thun?!'

„‚Ich weiß nicht, ob mein Herz oder meine glühende Phantasie Emma ihrer glücklichen Gleichgültigkeit entriß; ich glaube, daß ich im Augenblick des Erwachens zu ihr kam, als plötzlich der Vorhang der Vorurtheile und Gewohnheiten zerriß und ihr die wirkliche Welt erschien. Ich sprach ihr ohne Zweifel von lauter neuen Dingen, Alles, was ich vom menschlichen Geist und Herzen wußte, kam ihr zunächst wie eine Fabel vor. Doch ich vermochte sie zu überzeugen, und später frug ich sie, wenn ich ihr meinen Gedankengang enthüllt hatte: ‚Verstehst du ihn?' und fast immer antwortete sie: ‚Ja, ich verstehe ihn!'

„‚Wir haben in unserem Leben keine andere Aufgabe, als in jedem Augenblick so zu handeln, wie unser Gewissen es uns vorschreibt; die Folgen gehören der Gewalt des Schicksals an, das ihrer doch immer Herr bleiben wird, welches auch unsere thörichten Pläne sein mögen,' sagte ich einst.

„‚Schon längst ist dies auch meine Überzeugung. Manchmal erschwert sie das Leben, doch als allgemeine Regel giebt sie uns Gesetze, Sicherheit, Ruhe und verscheucht auf immer Selbstvorwürfe und Reue. Nur nenne ich das, was du Schicksal nennst, Gott!' erwiderte Emma.

„‚Du weißt,' unterbrach ich sie, ‚daß ich Gott im Goetheschen Sinn verstehe.'

„‚Verstehst du ihn? Ich nicht!'

„‚Auch weiß ich, daß Goethe einst sagte: Es ist ganz einerlei, was für einen Begriff man mit dem Namen Gott verbindet, wenn man nur göttlich, das heißt gut handelt!'

„‚Mir,' lächelte Emma, ‚ist Gott der Gott der Liebe, der liebe Gott der Christen.'

„Doch genug davon — verwelkte Blumen sind die Worte, denen Blick und Händedruck fehlt; ich kenne keine Sprache, die das lebendige Gespräch ebenso lebendig wiederzugeben vermag; Herz, Gefühl und Geist haben ihre eigene Sprache. — Eine Erinnerung wird dauernd frisch in meinem Herzen bleiben, es ist die an unsere in Berka gemeinsam verlebte Frühlingszeit. Ein Tag daraus mag für das Bild unserer unschuldigen Freuden der Rahmen sein.

„Auf einer kleinen Erhöhung in jenem Theil von Berka, der Dorf Berka genannt wird, erhob sich inmitten eines Gartens ein kleines Haus. Wie oft, sobald es am Horizont aufstieg, beschleunigte sich mein Schritt, und mein Herz, alle Sorgen von sich werfend, klopfte vor Freude und Hoffnung; es war keine andere Hoffnung als die auf Frieden und Ruhe, und doch war ich noch nicht zwanzig Jahre alt! In den oberen Räumen richteten Emma und ich unseren Haushalt ein. Wir hatten eine kleine Küche, einen großen Flur, ein Zimmerchen für unsere Jungfer und konnten im Nothfall sogar einen Gast beherbergen. Unser Schlafraum war einfach, aber bequem, unser kleines Wohnzimmer war reizend: ein Schrank, zwei Bücheretageren, ein rosa und weiß drapirter Toilettentisch, darauf ein Spiegel mit goldenem Rahmen, zu jeder Seite eine Vase, mit jenen palmenartigen Farren gefüllt, die im Tannenwald an den verstecktesten Plätzen wachsen; dann unsere Schreibtische, nur durch die Fensterwand getrennt, an der auf weichem Teppich zwei Lehnstühle standen. Neben den tausend Dingen, die auf keinem Schreibtisch vermißt werden, standen drei blumengefüllte Gläser auf einem jeden; wir liebten vor allem die wilden Rosen, von denen ein einziger Zweig schöner ist als alle Centifolien. Auch ein Sopha, ein runder Tisch, verschiedene Bilder fehlten nicht; auf allem lachte die Frühlingssonne, die bis zum Abend auf unserer Diele ihre Strahlen tanzen ließ, und aus jedem Winkel des Zimmers fiel der Blick auf das helle Grün der Hügel, auf die dunklen Tannen, auf drei breite, sich durch das Thal schlängelnde Wege, in nächster Nähe auf die Häuser der Bauern und jene regelmäßige Thätigkeit, um die man sie beneidet, sobald ein böser Gedanke drückend auf der Seele liegt. Aus dem anderen Fenster sah man den kleinen Fluß, die Kirche, die Brücke und den Markt, von dessen Häusern man nur die Dächer bemerkte, in der Ferne ein weites Thal, durch ein Dorf und einen alten Thurm geschlossen, dann Hügel auf Hügel und jedes Jahr ein neues rothes Dach, das sich darauf erhob; schließlich ein spitzer, kahler Berg, auf dem der Fluch der alten Frau zu ruhen schien, die im Anfang des vorigen Jahrhunderts dort verbrannt worden ist. Dieser freundlichen Landschaft gebührt der dankbare Blick, mit dem wir jede Gegend betrachten, die das Glück mit uns bewohnt hat, der freundliche Gedanke für die Zukunft, eine Handlung der Barmherzigkeit für die Gegenwart, die Hand eines mitfühlenden Freundes in der unseren.

„Bei meinem Erwachen stand Emma neben mir, zum Ausgehen bereit; sie ging, der Natur ihren Morgengruß zu bringen. Als sie zurückkam, war ich angezogen, die Stube aufgeräumt, frische Rosen, die ich im Garten gepflückt hatte, auf dem Tisch und das Frühstück daneben. Nachher mußten die Wirtschaftssorgen erledigt werden, bis daß Jede sich an ihre Vormittagsbeschäftigung begab, die wir bis drei Uhr ausdehnten, nur hier und da durch gegenseitiges Vorlesen aus Büchern und Briefen unterbrochen. Der ruhige Schritt unserer blonden, freundlichen Jungfer mahnte uns an die Essenszeit; ihr strahlender Blick galt heute ihren Küchenerfolgen, die unsere vollste Anerkennung fanden. Hastiges Klopfen störte unsere sehr materiellen Freuden, und auf unser ‚Herein' flogen zwei Knaben lachend auf uns zu. ‚Wolf — Walter' riefen wir wie aus einem Munde, und nun überstürzten beide sich im Erzählen, wie es gekommen war, daß der Großvater sie im eigenen Wagen hierhergeschickt habe.

„‚Ich habe ihm gestern vorgespielt.'

„‚Ich habe einen guten Aufsatz geschrieben.'

„Es gab viel zu fragen und zu erzählen, dazwischen wurde unserer Erdbeerspeise tapfer zugesprochen. Wolf berichtete von den Stadtneuigkeiten, von dem Großvater, der sich wieder einmal mit Tante Ulrike gezankt habe. Er ging, nach Art desselben, langsam, die Hände auf dem Rücken, den Oberkörper etwas geneigt, den Kopf gehoben, die weit offenen Augen auf uns gerichtet, im Zimmer auf und nieder, dabei sagte er mit grollender Stimme: ‚Frauenzimmerchen, Frauenzimmerchen, ihr treibt's mir bald zu arg.' Ich mußte lachen, ermahnte aber doch meinen jungen Freund, des Großvaters nicht etwa zu spotten. ‚Zu spotten?!' rief er, ‚Du glaubst, ich könnte das? Ist er nicht unser liebster, bester, einzigster Großvater?' Dann erzählten sie von den Eltern; dem Vater, der viel Kopfweh habe und selten zu Hause sei, der Mutter, die sich eifrig mit dem Plan zu einem Sommerfest beschäftigte, und schließlich sprangen sie hinaus und fuhren davon, uns in einer Art Betäubung zurücklassend. In unseren Frieden war die Welt mit ihrem Zwiespalt gedrungen.

„Bald darauf rüsteten wir uns zum Spaziergang: weiße Kleider, runde Hüte, das schottische Tuch über dem Arm, ein Buch in der Hand, das freilich nur selten geöffnet wurde. Wir gingen stumm Arm in Arm neben einander, meine Gedanken waren in jenem klassischen Hause, in dem ein über alles Erdenleid erhabener Jupiter zu thronen schien und dessen Mauern doch so viel Kummer verbargen; ist es nicht auch immer die mühsam zu ersteigende Jakobsleiter, an deren Sprossen nicht Engel, sondern Dämonen stehen, gegen die der Kletternde kämpfen muß, damit sie ihn nicht hinunterwerfen; wie wenige sind stark genug, um den strahlenden Tempel menschlicher Größe zu erreichen, wie wenige sind so stark, um die schwächeren Genossen nach sich zu ziehen. Ich wäre längst am Boden zerschellt ohne den vorschreitenden erhabenen Führer!

„Wir hatten den Wald erreicht, sein Duft ließ uns freudiger athmen, und ein weicher Moossitz entschädigte uns, wenn wir zu hastig gegangen waren. Manchmal tönten aus der Ferne Axtschläge gegen einen zum Tode verurtheilten Baum; ein Krach, ein Fall, der wie schluchzend verklang, entlockte uns einen Seufzer — der Tag war schön, wer wünschte sich, zu sterben? Nach und nach verlängerten sich die Schatten, unsere Unterhaltung hatte zwischen Gefühl und Erzählung, zwischen Philosophiren und Schweigen, zwischen Vergangenem und Zukünftigem, zwischen Ernstem und Heiterem gewechselt. Wir hatten neue Pfade entdeckt, neue hochgelegene Matten, auf denen sich schöne Luftschlösser bauen ließen, und traten aus dem Wald, als der Mond schon hoch am Himmel stand. Sobald wir die ersten Häuser erreichten, begrüßten wir die freundlichen Bewohner, deren rosige Kinder schon schlafen gegangen waren, um den nächsten Morgen noch rosiger zu erwachen; die Eltern saßen vor der Hausthür, der Vater rauchte seine Pfeife, die Mutter legte die Hände in den Schoß. Kennt ihr solch ein beseligendes Ausruhen, ihr Unthätigen, die ihr euch mit euren leeren Gedanken gelangweilt in den Lehnstuhl werft?! — Zwei Schritte weiter sahen wir ein neues Häuschen entstehen; es hatte, wie die anderen, nur eine Stube, eine Kammer, Küche und Ziegenstall. Wir hatten oft in bewohnte Räume gesehen, überall fanden wir die peinlichste Sauberkeit; vor der Thür neben der Steinbank einen blühenden Rosenstock, ein kleines Gärtchen hinter dem Hause mit gut gepflegten Gemüse- und Blumenbeeten, ein Höfchen daneben mit ordentlich aufgeschichtetem Holzvorrath, einige unglückliche Vögel in Käfigen, die sangen und die weißen Wände garnirten, und dazu zufriedene Gesichter, einen freundlichen Gruß für Jedermann.

„Unsere Jungfer erwartete uns: ‚Der Pächter hat schon wiederholt nach Ihnen gefragt, und das Abendbrot wartet. Auch hat der Bote Briefe in Menge gebracht.'

„Der Mond leuchtete uns zu unserem einfachen Imbiß, den wir in Gesellschaft unseres guten alten Pächters, der zugleich unser Hauswirth war, einnahmen. Er erzählte uns von einem armen Tagelöhner, der sich beim Holzfällen verwundet habe und nun für sich und seine Familie nichts verdienen könne; dabei sah er uns erwartungsvoll an. Ich wollte sofort hinstürzen, Emma hielt mich zurück.

„‚Morgen in aller Frühe packen wir unseren Korb mit Fleisch und Brot, vergessen auch unser Verbandzeug nicht, und freuen uns, daß es Menschen giebt, denen mit so wenig Mühe geholfen werden kann.‘

„‚Und denken an all das namenlose Elend, dem wir nicht steuern können!‘

„Der Abend war herrlich, wir saßen noch lange vor der Thür und sahen, wie nach und nach ein Licht nach dem anderen hinter den Fenstern erlosch. Die Stille herrschte und schien durch die Majestät des Mondes zu regieren; die Ilm flüsterte kaum, sie fürchtete durch ihr Gemurmel das silberne Licht zu stören, das friedlich auf ihrem Wasser flimmerte.

>Füllest wieder Busch und Thal
>Still mit Nebelglanz —
>Lösest endlich auch einmal
>Meine Seele ganz,
>Breitest über mein Gefild
>Ruhig deinen Blick,
>Wie des Freundes Auge mild
>Über mein Geschick.

Zukunftsbilder stiegen vor mir auf, Träume von Glück wurden lebendig; weit in der Ferne verschwand die Vergangenheit.

„Die Lampe im Zimmer machte uns wieder gesprächig, während eine Schleife nach der anderen sich langsam löste. Wir dachten mit Schrecken an die Stadt, an den Winter, den Schnee, den Kerzenglanz, an die falschen Blumen und an das falsche Lächeln, an Toiletten und Gesellschaftsklatsch, und freuten uns der Gegenwart, in die nichts von alledem gehörte. Noch eine zärtliche „Gute Nacht" und es wurde still in Haus und Herzen.

„In den Rahmen dieses Tages gehört das Bild meiner Freundin; dann ist alles Harmonie, Friede, Klarheit. Ihre schöne Gestalt, ihr ruhiger Gang, ihre glatten, über der sanften Stirn gescheitelten Haare, dieser ganze Typus einer deutschen Schloßfrau, paßten so gut zu den schlanken, ernsten Tannen, zu dem majestätischen Wandel des silbernen Mondes auf dem klaren Firmament; ihr verschleiertes weibliches Herz, ihre angeborene Reinheit des Charakters paßten so gut in diese ruhig träumende Landschaft ohne zerrissene Felsen, ohne feuerspeiende Berge. Und in mein Leben gehörte dieser Engel des Friedens."

In einem direkten Gegensatz zu diesem Engel des Friedens stand eine andere Freundin Jennys, **Gräfin Louise Vaudreuil**. Aber auch bei ihr, der Weltdame großen Stils, bewährte sich das Talent, das Jenny in ihren späteren Jahren zur höchsten Kunst entwickelte: das Beste aus den Menschen herauszuholen. Etwas von dem allumfassenden Goethegeist, dem „nichts Menschliches fremd war", lebte in ihr und machte es ihr möglich, schon mit einundzwanzig Jahren — zu dieser Zeit sind die Charakterbilder Ottiliens, Emmas, Louisens und das des Professors Scheidler entstanden — in den Seelen ihrer Freunde, wie in einem offenen Buche zu lesen. Louise Vaudreuil schilderte sie folgendermaßen:

„Es war zwei Uhr Nachmittags, als ich in ein elegantes Boudoir trat, das nur durch auf allen Stühlen und Tischen umherliegende Toilettengegenstände verunziert wurde. Eine junge Frau saß vor dem Spiegel, sie war blaß, ihre Augen schwarz umrändert, doch jeder ihrer edlen Züge von rührender Schönheit; sie hielt einen ihrer glänzenden schwarzen Zöpfe in der Hand und legte ihn mit größter Vorsicht um ihre Schläfen; Alles verrieth, daß sie eben erst das Bett verlassen hatte.

„‚Guten Tag, mein Kind,' sagte sie; ‚ich freue mich sehr, dich zu sehen. Denke dir, ich habe heute keinen Brief von Alfred und bin so besorgt.'

„‚Doch warum dich ängstigen, liebe Louise, erst vorgestern hattest du Nachrichten aus Paris.'

„‚Doch du weißt, ich bin unter einem Unglücksstern geboren, auch nehme ich immer Alles von der trüben Seite. Und gerade heute bin ich schlechter Laune; Margarethe ist wieder unartig gewesen; meine Tochter hat kein Herz, keine einzige Neigung wurzelt darin, sie ist so selbstsüchtig und so kalt!'

„‚Aber liebe Freundin, sie ist drei Jahre alt!'

„‚Der Hut und das Kleid, das ich für dich bestellte, sind auch noch nicht angekommen.'

„‚Gnädige Frau haben es vor acht Tagen bestellt,' sagte die alte Kammerfrau, ‚man kann die Postpferde von Paris hierher nicht beflügeln!'

„‚Schweigen Sie, man hat Sie nicht gefragt.'

„Dann eine Pause. Die junge Frau hatte ihre Frisur beendet, doch sie war noch immer damit beschäftigt, eine widerspenstige Locke zu bändigen; es schlug dreiviertel auf drei Uhr, ehe diese große Arbeit gethan war.

„‚Ich habe fürchterliche Kopfschmerzen, das sind sicher die Vorboten einer neuen Krankheit.'

„‚Das kommt von dem scharfen Duft, den du an dir trägst und in allen Räumen verbreitest.'

„‚Ach nein, Kind; das Ausbleiben des Briefes regt mich zu sehr auf, auch ist der Klatsch, mit dem diese Stadt mich verfolgt, zum Verrücktwerden! Ich schrieb meinem Mann davon, der mich beruhigte und sagte, er würde zurückkehren, um wie früher in seinem Lehnstuhl hinter der großen Zeitung zu sitzen, während ich mich mit Prinz Friedrich Schwarzenberg unterhalte. Man ist zu schlecht in diesem kleinen Weimar; denke nur, daß Graf K. vorige Nacht vor meinem Hause wartete, bis der Prinz fortging, um dies Ereigniß mit seinem Commentar jedem Menschen zu erzählen.'

„Louise weinte und ihre Stimme zitterte.

„‚Ich versichere dir, liebe Freundin, daß ich glaubte, du habest dich längst über den Stadtklatsch erhaben gefühlt. Außerdem kannst du nicht annehmen, daß deine langen Unterhaltungen mit dem Prinzen unbemerkt bleiben würden; wir sind hier nicht in Paris. In Weimar geht man um zehn Uhr schlafen, wenn bei euch die Feste anfangen, und steht auf, wenn sie enden; es ist ganz natürlich, daß gewöhnliche Leute den Maßstab ihrer Gewohnheiten auch an Andere legen; doch da dein Mann davon weiß, hat es nichts auf sich, und dein Kummer verfliegt, sobald er zurück ist. Gehst du an den Hof heut Abend?'

„‚Ja, man sagt, er wäre voll von kleinen deutschen Prinzchen, und diese Stückchen Souveränität amüsiren mich. Am liebsten freilich bliebe ich zu Haus, ich finde keinen Geschmack an der großen Welt; mein Buch, meine Malerei, meine Kaminecke, das ist es, was meiner Natur entspricht, die faul und indolent ist; auch schwöre ich dir, daß ich, wenn es nicht um die kleinen Triumphe der Eitelkeit wäre, die mir Spaß machen, gar nicht ausgehen würde; ich begreife deshalb nicht, wie eine häßliche Frau daran Freude haben kann! Hast du heute den Alten schon gesehen?'

„‚Louise!' rief ich vorwurfsvoll.

„‚Soll ich sagen den Meister?! Ich theile eure kniefällige Bewunderung nicht, dafür ist er mir zu menschlich, hat zu sehr, wie wir gewöhnliche Sterbliche, seine kleinen und großen Aventüren gehabt.'

„‚Trotz eurer kleinen und großen Aventüren seid ihr aber Alle kein Goethe geworden!'

„Louise lachte, jede Spur von Thränen und Ärger war verwischt.

„Man meldete den Schneider, er kam von der Leipziger Messe.

„‚Frau Gräfin haben noch zweiundzwanzig Kleider im Stück liegen,' meinte die Jungfer kopfschüttelnd; doch der Schneider wurde empfangen, mußte alle seine Waren ausbreiten, die aufs Gründlichste examinirt wurden; Louise suchte drei der schönsten Stoffe aus, schenkte mir einen davon, ließ die zwei anderen in den Schrank legen und den Preis dafür auf die Rechnung setzen. Der Schneider wurde von dem Antiquar abgelöst, dem sie ein Rokoko-Armband für vier Louisd'or abkaufte.

„‚Der Kammerdiener des Prinzen fragt, ob Antwort nötig wäre', sagte der eintretende Bediente, indem er Louise ein Billet übergab.

„‚Ich werde sehen.' Sie las, während ich in einem Pariser Modejournal blätterte. ‚Höre nur, Jenny, wie prachtvoll er schreibt' — auf ihrem Gesicht malte sich staunende Bewunderung, doch sie galt nur der Schönheit des Stils; ihre Stimme klang erregt, doch nur aus geschmeichelter Eitelkeit: ‚Wenn der Verdammte, an der Himmelsthür sich anklammernd, nach einem einzigen Ton des Gesanges der Engel verdurstet, wenn das Kind des Verderbens, in dessen Ohr das furchtbare Wort Ewig klang, durch das Rütteln der Verzweiflung jene ehernen Thore erschüttert — würden Sie, Gräfin, es in den dunkelsten Abgrund stoßen, weil es sich mit riesiger Kraft zu dem herrlichsten Glücke emporhob? Ich sah durch das Gitter, welches mich vom Himmel trennt, sein strahlendes Licht, ich sah die Träume meiner Jugend, die Wünsche meines Herzens, das Ideal meines Lebens in Wirklichkeit an mir vorüberschweben — ich streckte flehend die Arme danach aus — das war mein Verbrechen; ich büße es durch das fürchterlichste Erwachen, ich büße es durch erneute Verdammniß. Sie werden mir verzeihen; von nun an sollen Sie in mir nichts als den ergebenen Haushund finden, der nach dem Hieb so treu bleibt wie nach der Zärtlichkeit, der treu bleibt, wenn ihm Unrecht geschieht, treu bleibt, wenn er nur der Gleichgültigkeit begegnet — —'

„Ich hörte ihr verwundert zu und verstummte. Ich verstand, daß er zu weit gegangen war, daß sie ihres Widerstandes wegen triumphirte, daß sie stolz auf ihre tugendhafte Handlungsweise war, die niemals hätte nothwendig sein dürfen. Ein Besuch rechtfertigte meine Schweigsamkeit, oder vielmehr sie zog uns aus der Verwirrung, denn Louise sah zu klar, ihr Urtheil war zu fein, als daß sie meine Gefühle nicht, wortlos wie sie waren, verstanden hätte. Die Besucher gehörten zu jenen Menschen, die ihrer Güte, ihrer Familienbeziehungen, ihrer negativen Verdienste wegen von der Gesellschaft geduldet werden; die bösen Zungen entschädigen sich für deren Nichtigkeit durch wohlfeile Witze über sie; die Geistreichen behandeln sie wie Tische und Stühle, sie benutzend, wenn der Augenblick es mit sich bringt; die Liebenswürdigen sprechen im Vorübergehen mit ihnen; im Ganzen ist Alles, was man ihnen bietet, gerade lau genug, um sie nicht vor Frost zittern zu machen. Ich fürchtete Louisens Ungeduld und Spottlust; es wäre nicht nöthig gewesen, denn nie habe ich sie gesprächiger, freundlicher, zuvorkommender gesehen, nie hat ein Gast befriedigter über sie und sich das Zimmer verlassen.

„‚Du warst äußerst liebenswürdig, zu meiner größten Überraschung‘, sagte ich, als wir allein waren.

„‚Und du, Kind, beurtheilst mich falsch. Ich spotte nie über gute, anspruchslose Leute und habe Freude daran, Unterdrückte zu unterstützen.‘

„In der Ebbe und Flut meiner Gefühle dieser eigentümlichen Frau gegenüber gingen nach dieser wahren, gütigen Antwort die Wogen zu ihren Gunsten hoch.

„‚Habe ich dir schon erzählt,‘ sagte sie, ‚daß ich einen Brief von Frau von B. erhalten habe? Die Arme leidet so sehr und ist dabei ein Engel an Güte und Tugend; Gott weiß, was aus ihrer unglückseligen Leidenschaft werden soll! Ist sie allein mit Georg, so könnte die Welt zu Grunde gehen, der Tod neben ihnen stehen, sie würden es nicht bemerken. Neulich besuchte sie Georg, sie war allein — doch eine einzige Thür nur trennte sie von ihrem Gatten, und diese Thür war nur angelehnt, und dieser Gatte vergöttert Charlotte. Manchmal schafft seine Phantasie ihm einen Nebenbuhler: ‚das wär kein langer Schmerz,' sagt er dann, ‚eine Kugel für ihn, eine für mich und für dich die Qual des Lebens!'

„‚Und sie ist im Stande, diese Liebe zu betrügen!' rief ich empört; ‚und du kannst von ihrer Tugend sprechen!'

„‚Nun ja, meine Liebe, denn sie betrügt im Grunde ihren Gatten nicht. Ihre Mutter hat sie, als sie fünfzehn Jahre alt war, mit ihm verheirathet; er verlangte keine Liebe von ihr und gab ihr seinen Namen wie sein Vermögen. Georg, ihr Vetter und Spielgefährte, hatte nichts!'

„Ich hörte zu, wie man ein Capitel der ‚Vie privée' von Balzac liest, Louise erzählte das Trauerspiel, dessen Heldin Charlotte war, wie dieser Schriftsteller es beschrieben haben würde.

„‚Isabella hat mir von ihrem Bett aus geschrieben,' fuhr Louise in ihren Neuigkeiten fort; ‚sie ist gestürzt und hat sich schwer verletzt.'

„‚Ist sie nicht die Gattin des Mannes, den du zuerst heirathen solltest?'

„‚Ja gewiß. Das war meine erste Erfahrung! Ich hatte mit diesem Gedanken die Kinderstube verlassen; er war schön und reich, er sprach von Liebe und ich war glücklich. Da erfahre ich eines Tages, daß er sich mit Isabella verlobt hat, sie konnte ihm ihre Mitgift baar auf den Tisch zählen, ich hatte erst nach meines Vaters Tod eigenes Vermögen zu erwarten. Kurz nachher wohnte ich seiner Heirat bei, dann hat er mir auf die niedrigste Weise den Hof gemacht, und du verlangst, daß ich die Männer achte, daß ich sie bemitleide und schone — sie verdienen kaum, daß man sich über sie lustig macht; auch ist es nicht meine Schuld, wenn sie sich nicht an mir rächen. Ah, wie ich die Rache liebe!'

„Ich stand auf.

„‚Hier, Kind, sind noch zwanzig Thaler für deine Armen. Werden wir ihre Schuld bald bezahlt haben?'

„‚Noch dreißig Thaler und sie sind sorgenfrei.'

„‚Die bettele ich heute Abend bei Hof zusammen!'

„Der Hof war vollzählig erschienen. Louise kam als Letzte: ihre Schönheit war die einer Sultanin, ein bunter Turban hob ihre regelmäßigen Züge, ihre schönen schwarzen Haare glänzten auf dem tadellosen Teint, den das Licht noch strahlender machte, prachtvolle rothe Seide floß in schweren Falten um sie, es war ein Bild, auf das die Natur stolz sein könnte, wenn die Coquetterie nicht die Natur betrogen hätte. Die Männer umgaben sie, sie entwickelte all ihren Geist, all ihren Witz, all das Feuer ihrer Blicke, und ich sah mit tiefster Traurigkeit dieses glänzende Arsenal der schönsten Fähigkeiten zu einem Feuerwerk verpufft. Nichts mahnte an die Blässe und Traurigkeit dieses Morgens, sie lachte, sprach und sah mit ihrem durchdringenden Blick, hörte mit ihrem feinen Ohr Alles, was in vier Sälen gethan und gesagt wurde.

„Der Großherzog näherte sich in all seiner tadellosen Höflichkeit. Nach einigen einleitenden Liebenswürdigkeiten begann Louise eine jammervolle Armengeschichte zu erzählen von Kindern, die auf dem Ofen schliefen, um nicht zu erfrieren, von Eltern, die ihnen Kartoffelschale als Delikatesse vorsetzten usw., das sah der Wirklichkeit nicht ähnlich, und doch war diese Wirklichkeit schon traurig genug! Louise brachte mir triumphierend zwei Louisd'or. ‚Ich danke dir sehr,' sagte ich; ‚aber ich erkläre dir, daß, wenn der Großherzog mich nach der Sachlage fragt, ich deine Märchen nicht unterstützen kann und von deinen Armen nichts wissen werde, denn ich weiß wirklich nichts von ihnen.' Sie lachte und fuhr fort, mit mehr oder weniger Erfolg ihre Geschichte zu erzählen.

„Später traf ich sie noch einmal, und sie erwähnte wieder ihrer Freundin, Frau von Y.: ‚Im Grunde ist sie eigentlich ein kleines, mageres, törichtes Ding, das sich gehen läßt, obwohl dein deutsch-sentimentales Mitleid für den Gatten mir auch nicht angebracht scheint. Auf eine Heldenthat in ihrem Leben ist sie sehr stolz, hat sie doch eigenhändig einen Pflasterstein aufgehoben, um ihn auf die unglücklichen Soldaten zu schleudern, die sich für diesen verrückten Karl X. massacriren ließen! Das ist gerade keine edle Handlung, und von einer Frau ausgeführt, wird sie gemein; auch habe ich ihr einmal gründlich meine Meinung gesagt. Ich sprach bewundernd von England, und von dem, was dort besser sei als bei uns, sie glaubte sich als Patriotin zeigen zu müssen, und plötzlich höre ich eine spitze Stimme, die mir zuruft: Sie haben wohl nicht das Glück, Französin zu sein? — O doch, gnädige Frau, ich bin sogar im Herzen von Paris geboren, ohne jemals sein Pflaster zu beschädigen.'

„Alles lachte; ich schlich beiseite. Hatte sie doch diesen Morgen erst in den höchsten Ausdrücken der Bewunderung von derselben Frau gesprochen! Mich widerte es an, zu sehen, wie all ihre Geistesgaben der Frivolität geopfert wurden; meine Liebe zu ihr tat mir weh, und doch habe ich sie mir nie aus dem Herzen reißen können.

„Sie hatte genug Verstand, um über Alles zu plaudern, sie fand stets die passendste Antwort, um selbst Klügere zu verwirren, sie hatte Beobachtungstalent, um ihren Märchen den Schein der Wahrheit zu geben, sie beherrschte die Sprache, um die Abenteuer ihrer Freunde geschickt erzählen zu können, sie hatte die Herzen der großen Welt durchschaut, um mit Effect Sentenzen à la Rochefoucauld auszusprechen, sie kannte Hingebung und Opferfreudigkeit, um sie von anderen zu verlangen, sie interessirte sich für Alles, um über Alles zu schwatzen. Sie war die Weltfrau, die Pariserin, die schöne Frau, das Kind der Eitelkeit und der Schmeichelei und hätte der Stolz ihres Geschlechts, der Engel der Tugend, die echte Frau sein können, die ohne zusammenzubrechen eine Welt voll Kummer trägt, die liebt, leidet, tröstet und die Sprache der Menschlichkeit hört und versteht."

Louise Vaudreuil war stets von Bewunderern umgeben; Prinz Friedrich Schwarzenberg, der einst viel genannte Verfasser der Memoiren eines Landsknechts, war einer ihrer treuesten. Während einer Badereise, als Jenny das kleine Töchterchen Louisens in ihre Obhut genommen hatte, schrieb ihr Graf Vaudreuil: „Louise hat viele Verehrer, Prinz Schwarzenberg und Prinz Kotschubey vor allem. Ich liebe diese Mehrzahl, denn nur die Einzahl fordert die böse Nachrede heraus. Übrigens hat bisher weder die Einzahl noch die Mehrzahl mein Vertrauen in eine Frau zu erschüttern vermocht, die Herz und Geist besitzt, und die weiß, daß ein guter Gatte, den man liebt, einem Goldbarren gleicht, den nur der Wahnsinn gegen die kleine Münze der Bewunderer eintauschen wird." In demselben Briefe heißt es: „Vom Tode des Herzogs von Reichstadt haben Sie gewiß erfahren. Was ich bei dem Erlöschen der napoleonischen Race empfinde, werden Sie am besten verstehen, denn trotz Ihrer Betonung Ihres Deutschtums haben wir uns in der staunenden Bewunderung für einen der größten der Menschen immer gefunden." Jenny antwortete darauf: „Mir erscheint Napoleon als eines jener gewaltigen Werkzeuge der Allmacht, die zuweilen nothwendig sind, um das unterste zu oberst zu schütteln, damit der von Jahrhunderten aufgehäufte Staub und Moder davon fliegen und die Erde für neues Blühen bereiten kann. Auch wie ein großer Pflug ist er, der sie aufrührt, der welke Pflanzen, die das neue Leben hindern wollte, in Dünger verwandelt und unterirdisches Gewürm tötet. Nur schade, daß die Arbeit diesmal so wenig vorhielt: mir scheint, als täte uns jetzt schon ein neuer Pflug noth, und ich würde ihn herbeisehnen, wenn nicht mein Herz von Grauen erfüllt wäre vor allem Blut — auch vor dem des Gewürms, das ja nichts dafür kann, daß die Natur es zu dem machte, was es ist." Ein merkwürdiges Urteil für ein einundzwanzigjähriges Mädchen. Vielleicht war es doch der unbewußte Einfluß des Blutes, der sie also empfinden ließ und dadurch noch unterstützt wurde, daß ihr nicht die deutsche, sondern die französische Sprache Gedankensprache war: Sie dachte in ihr, wie sie hauptsächlich in ihr schrieb. Es war ja auch ihre Muttersprache: Diana, die Elsässerin, sprach nach wie vor fast ausschließlich französisch, und am Hofe herrschte seit dem Tode Karl Augusts die französische Sprache um so mehr, als sie für die Großherzogin Maria Paulowna, die geborene russische Großfürstin, die gewohnte war.

Seit 1829 war Jenny als Hofdame in deren Dienste getreten. Durch ihre Freundschaft mit den Prinzessinnen, vor allem mit Augusta, wurde sie jedoch stets mehr als ein Kind des Hauses, wie als Mitglied des Hofstaates angesehen. Das zeigte sich auch in der geschwisterlichen Beziehung, die sich zwischen ihr und dem um sieben Jahre jüngeren Erbgroßherzog Karl Alexander entwickelte. Sie wurde seine Vertraute, der seine Bewunderung galt, und wenn er ihr als Sechzehnjähriger, ähnlich wie Wolf Goethe, eine schüchtern-poetische Knabenliebe widmete, so war das nur eine weitere Grundlage für die lebenslange Freundschaft.

Zu Maria Paulowna sah Jenny, die sie in ihrem Sein und Wirken täglich beobachten konnte, in ehrfürchtiger Liebe empor: „Sie war für sich selbst," so schrieb sie, „demüthig und anspruchslos: ihr ganzes Leben, Wirken und Sein gipfelte in der fürstlichen Pflicht des Beglückens. Sie übte die größte Strenge gegen sich; jede Stunde ihrer bis zur Ermüdung ausgefüllten Tage hatte eine Wohlthat oder eine Pflicht zum Ziel. Sie stand sehr früh auf, und wenn dann die letzte Pflicht des Tages, die Hofgeselligkeit, an sie herantrat, war es denen, die das Glück hatten, ihr nahe zu stehen, rührend, wie oft die Müdigkeit des Körpers sie zu ihrem eigenen Schrecken übermannte. Nie klagte die russische Großfürstin über die kleinen Verhältnisse Weimars; sie sprach es aus, wie das schöne Wort

Schillers bei ihrem ersten Einzuge in Weimar sich ihr als Lebensregel eingeprägt habe: ‚Wisse, ein erhabener Sinn legt das Große in das Leben, aber sucht es nicht darin.'

„Weimars geistiges Leben, das versicherte sie oft, ersetze ihr vollkommen den Glanz des russischen Hofes, darum unterstützte sie es auch und förderte es, wo sie konnte. Dabei war ihr Goethes Urtheil stets maßgebend; wie oft ließ sie einen Wunsch fallen, weil Goethe nicht damit einverstanden war, wie ergreifend war ihr Schmerz bei seinem Tode, wie treu blieb sie seinem Geiste. Die Wohltaten, die sie öffentlich und noch mehr im geheimen that, die durchdachten praktischen Pläne zu Erziehungs= anstalten und Krankenhäusern, welche alle zur Ausführung kamen, das alles zeugt für ihr tiefes Erfassen des Berufs einer Landesmutter. Trotzdem hatte sie stets noch Zeit und Lust zu geselliger Unterhaltung, aber eine unüberwindliche Abneigung gegen das gewöhnliche Hofceremoniell mit seiner öden Langen= weile. Deshalb löste sie gern diese drückenden Fesseln und wünschte ihre Umgebung, wie ihre Gäste, in freier körperlicher und geistiger Bewegung zu sehen. Auch den Fremdesten wandelte sie nach und nach, ihm selbst unmerklich, zum natür= lichen Menschen um, dem sie die Maske leise abnahm, ohne welche die meisten nicht glauben, bei Hofe erscheinen zu können. Ebenso unmerklich bestimmte sie auch die Grenzen des freiheit= lichen Umgangs, und schwer verzieh sie es, wenn sie überschritten wurden.

„Die Sommer in Wilhelmsthal sind mir in freundlichster Erinnerung geblieben. Dort in der herrlichen Luft und reizenden Umgebung schien alles Unnatürliche von selbst von uns ab= zufallen. Wir vergnügten uns mit heiteren Spielen, besonders das Federballwerfen war sehr beliebt, machten Spaziergänge, lasen und schrieben entweder im Schatten der schönen alten Bäume oder in unseren einfach=ländlichen Stübchen. Dabei kamen so mancherlei Phantasien, Gedanken und Verse zu Papier, die nicht unser Geheimnis blieben, denn die liebe Groß=

fürstin interessierte sich lebhaft für jedes Glied ihres Hofstaats und hörte mit gütiger Nachsicht, aber auch mit scharfem Urtheil der Vorlesung unserer Schreibereien zu. Nach und nach wurden die dilettantisch-literarischen Abende zur Gewohnheit, sie waren eine angenehme Unterhaltung für die jüngere Hofgesellschaft und den damaligen Erbgroßherzog, der auch, wie wir, Beiträge dazu lieferte. Es gab nur noch wenige, die sich der Zeiten des ‚Tiefurter Journals‘ erinnerten und das ‚Wilhelmsthaler Journal‘ für eine recht schwache Copie desselben halten konnten; näher lag der Gedanke an das mit Goethe zu Grabe getragene ‚Chaos‘ oder an die literarischen Abende, die während des Aufenthalts in Weimar eine große Anzahl bedeutender Gelehrter bei Hof versammelten. Wir hörten Vorträge von Humboldt, Schleiden, Apelt, Froriep, Schorn, Schöll und vielen anderen, die uns weit mehr bildeten, als es dicke Bücher gethan hätten.[76] Dabei gewöhnten wir uns daran, das Gelernte aufzuschreiben, was auch in Wilhelmsthal fortgesetzt wurde, sobald Interessantes uns auffiel. Die Anregung zu diesem geistigen Leben ging von Maria Paulowna aus; sie wußte, daß darin Weimars Größe lag und immer liegen würde, deshalb erzog sie auch ihre Kinder in diesem Gedanken und hob uns in ihre Atmosphäre, die allem Kleinlichen fern war, die eine belebende Kraft ausströmte."

Wenn kindliche Verehrung, wie hier, mit zu lichten Farben malt, so ist das immer begreiflich gefunden worden, aber man pflegt im Urteil ungerecht zu werden, wenn der Freund auch beim Freunde die Schatten vergißt. Und doch ist gerade das am natürlichsten. Je näher wir einen Menschen kennen, je mehr uns jede Stufe seiner Entwicklung vertraut ist, desto mehr verstehen wir seine Natur, und die Fehler erscheinen uns nicht wie dem Außenstehenden als etwas selbständig Verdammenswertes, sondern als die Bedingungen oder Ausartungen ihrer Tugenden. Wir gewinnen sie beinahe lieb, wie jene. So sah Jenny ihre Freunde an, und ihre Schilderungen ihres Wesens sind dann immer besonders schwer zu verstehen, wenn es sich um Persönlichkeiten handelt, die der Geschichte angehören und der Kritik aller unterliegen, die je nach der Gesinnung und dem politischen Standpunkt eine andere sein wird. Das gilt vor allem von Augusta, der späteren deutschen Kaiserin, der sich Jenny mit jener treuesten Freundschaft verbunden fühlte, von der es heißt:

> Laß adlermutig deine Liebe schweifen
> Bis dicht an die Unmöglichkeit heran;
> Kannst du des Freundes Tun nicht mehr begreifen,
> So fängt der Freundschaft frommer Glaube an.

Aus der Jugendzeit, die sie zusammen verlebten, erzählt sie folgendes von ihr:

„Früh schon entwickelte sich in ihr jene weiblichste Tugend, das Mitleid, die sich aber nie in Klagen und Thränen äußerte, sondern, geleitet von der Mutter, zur praktischen Thatkraft wurde. Wir besuchten oft zusammen unsere Armen und mußten daher nicht selten hören, daß wir im Gefühlsübermaß zu viel gethan hatten oder ihnen statt Arbeit, Kleidung und Nahrung, Geld gegeben hatten, das nur zu bald wieder ausgegeben war und zur Trägheit führte, während Anleitung zur Selbsthilfe die beste Armengabe ist."

Als Prinz Karl und Prinz Wilhelm von Preußen an den Weimarer Hof kamen, wußte jeder, daß sie um die Hand der Prinzessinnen Marie und Augusta werben wollten. „Merkwürdig schnell," so schreibt Jenny, „faßte Prinzeß Augusta Vertrauen zu Prinz Wilhelm, dessen Güte und Liebenswürdigkeit uns sehr gefiel, dessen militärische Straffheit uns, denen der preußische Drill etwas ganz Fremdes war, sehr imponierte. Langsam, aber stetig zunehmend, entwickelte sich bei der Prinzeß eine tiefe Neigung zu ihm. Sie sprach nicht davon, ihr Stolz verbot ihr, die Unterwerfung ihres ganzen Wesens unter einen Mann einzugestehen, von dem sie wußte, daß er ihr jetzt nur Freundschaft entgegenbrachte. Man hatte ihr dienstfertig seine

Herzensgeschichte zugetragen, ihr auch nicht verhehlt, welch ausgezeichnetes Mädchen deren Heldin war. So stand es um sie, als ihre Schwester sich vermählte. Heiter und glänzend waren die Feste dieser zu Ehren, wehmütig der Abschied. Sie schenkte mir noch zuletzt ein Album, in das sie folgende Worte geschrieben hatte:

> This above all, to thine own self be true,
> And it must follow, as the night the day,
> Thou canst not then be false to any man.

Votre souvenir est toujours là!

Marie.

„Fast zwei Jahre vergingen, ehe Prinz Wilhelm die zur vollendeten Schönheit erblühte Prinzeß Augusta heimholte. Sie hatte ihn treu im Herzen getragen, wie sie jedem Treue bewahrte, den sie einmal lieb gewann. Er war und blieb die einzige große Leidenschaft ihres Lebens, die sie zu schöner Weiblichkeit entwickelte und alle Härten ihres Wesens abschliff.

„In meinem Album finden sich diese Zeilen von ihr:

> Doux lieux où l'amitié vint charmer mon enfance
> Il faut, hélas, vous fuir,
> Mais vous viendrez me consoler mon absence
> Par un doux souvenir!
>
> Otez l'amitié de la vie,
> Ce qui reste de biens est peu digne d'envie,
> On n'en jouit qu'autant qu'on peut les partager;
> Désir de tous les cœurs, plaisir de tous les âges,
> Trésor du malheureux, divinité des sages,
> L'amitié vient du ciel habiter ici bas,
> Elle embellit la vie et survit au trépas!

Weimar, 3. 6. 29.

Ces vers expriment ce que j'éprouve en les traçant, puissiez-vous en être persuadée, chère Jenny.

Your faithful

Augusta."

Eine eifrige Korrespondenz entspann sich zwischen den Freundinnen, die, da sie sich fast durch ein halbes Jahrhundert fortspann, ein interessantes Bild der Zeit geben könnte, wenn die Briefe der Kaiserin nicht, einem Versprechen getreu, von meiner Großmutter zum großen Teil verbrannt worden wären. Aus der ersten Zeit der Abwesenheit Prinzeß Augustas finden sich folgende Stellen aus Briefen Jennys an sie:

1./7. 1832.

„... Die Herzen der Leute der großen Welt sind alle nach einer Form gegossen, die leider in allen Ländern die gleiche ist, und in die sie so genau eingepaßt werden, daß schließlich für nichts als für Gleichgültigkeit und Langeweile Platz übrig bleibt.

29./8. 1832.

„Die Erziehung sollte die Einleitung, die Vorrede des Lebens sein; man sollte daraus den Zweck der ganzen Arbeit, ihre Tendenz und wenn möglich ihren Preis, ihren moralischen Wert kennen lernen. Darum ist es nothwendig, daß die Eltern, ohne den klaren Himmel der Kindheit zu trüben, die Rolle des Schicksals spielen, so daß die Fehler der Kinder sich so viel als möglich durch ihre natürlichen Folgen bestrafen; sie würden frühzeitig dazu gelangen, nicht den Himmel der Ungerechtigkeit und die Menschen der Falschheit anzuklagen, wenn sie sehen, daß fast immer sie selbst die Haupturfachen ihrer Schmerzen und Leiden sind, wenn sie in der Tiefe ihres eigenen Wesens die Ursachen des Unglücks erkennen, das sie trifft. Nur selten dürfte ihr Gewissen ihnen keine zu zeigen vermögen. Ist die Vorrede eine vollkommene gewesen, so muß sie, indem sie uns eine sichere Vorstellung von dem Buche giebt, das Interesse dafür steigern, unsere Erwartungen würden nicht getäuscht werden können, und die Eindrücke, die wir vom Styl und von den Details erhalten, würden mehr von unserem Herzen abhängen und von der harmonischen Verbindung unserer

Seele mit dem Autor. Die allgemeine Idee, die uns die Vorrede gegeben hat, sollte uns vor großen Überraschungen und Enttäuschungen bewahren.

12./9. 1833.

„Wenn man das Leben mit seinem Unglück, seiner Niedrigkeit, seinen getäuschten Hoffnungen kennen gelernt hat, so ist nichts natürlicher als die Neigung zur Misanthropie und zur Menschenverachtung, und dieses Gefühl, das man gewöhnlich für eine Folge reifster Erfahrungen und tiefgründigster Gedankenarbeit ansieht, entspricht nur dem gewöhnlichsten Einfluß des Unglücks auf die Menschen. Eine starke und edle Seele ist die, die sich aus dem Schiffbruch des Lebens den Glauben an die Menschheit und die Liebe zum Menschen retten konnte — eine starke und edle Seele, weil sie den Schlüssel des Räthsels in sich selbst suchte und fand.

1./11. 1835.

„Alle großen Leidenschaften sind göttlicher Natur; sie sind die Emanationen Gottes im Herzen der Menschen. Man kann sie weder willkürlich heranrufen, noch vernichten, sie sind Inspirationen des Himmels, denen wir uns unterwerfen müssen, und die für ihren göttlichen Ursprung dadurch Zeugniß ablegen, daß sie über den allgemeinen Gesetzen der Natur stehen und diese sich ihnen unterordnen müssen."

Diese wenigen Proben — alles andere schlummert in mir unzugänglichen Archiven — zeigen, wie weit der Briefwechsel unserer Großeltern von dem Depeschenstil der Gegenwart entfernt war. Sie wollten nicht nur mit ihren fernen Freunden vereinigt bleiben, es gelang ihnen auch, weil sie die Verbindung durch Gedankenmitteilungen, nicht durch bloße Lebensdaten, hinter denen sich die tiefgehendsten Wesenswandlungen verbergen können, aufrechterhielten.

Außer Prinzeß Augusta war es noch eine andere Prinzessin, mit der Jenny auf diese Weise in naher Beziehung blieb:

Helene von Mecklenburg, spätere Herzogin von Orleans. Ihr Gatte war jener französische Thronfolger, den ein tödlicher Sturz davor bewahrte, durch die Revolution seiner Hoffnungen beraubt zu werden. Die Schilderung ihrer Beziehungen zu Helene leitete Jenny folgendermaßen ein:

„... Die Armuth, die Niedrigkeit darf klagen und weinen, auf den Höhen der Menschheit regiert das Lächeln, das klaglose Verstummen. Und die nicht geweinten Thränen wiegen centnerschwer. Mir war es vergönnt, in das Herz, in die Seele solch einer Märtyrerin zu schauen, als sie noch unberührt war von dem giftigen Hauch des Weltenschicksals, als sie noch nicht selbst mitten im Wirbelwind des Lebens stand. Fast ein Kind noch, kam Helene von Mecklenburg zum ersten Mal nach Weimar. Im Andenken an ihre verewigte Mutter, Karl Augusts liebliche Tochter Caroline, wurde sie ganz als Kind Weimars empfangen und blieb vom ersten Tage an des Großvaters Liebling. Trotzdem dauerte es sehr lange, bis ihr durchaus unkindlicher zurückhaltender Ernst einem offen-freundlichen Wesen Platz machte. Ich gab mir viel Mühe um sie, weil ihre tiefen, forschenden Augen mich reizten, sie zu enträthseln. Was mir zuerst seltsam auffiel, war die hinter dem kühlen Äußeren versteckte schwärmerische Phantasie, deren realer Mittelpunkt schon damals Frankreich war. Ihre französische Gouvernante wie die französische Hofdame ihrer Stiefmutter mochten wohl diese Gedankenwelt in ihr mit geschaffen haben, die nach und nach alles andere verdrängte. Unsere Unterhaltungen drehten sich meist um französische Geschichte, französische Literatur, und immer, wenn sie wieder nach Weimar kam, erstaunte ich, welche Fülle neuer Kenntnisse sie sich darin erworben hatte. Ich hatte ihr versprechen müssen, alles Neue, das an guten französischen Büchern erschien, ihr mitzuteilen oder zuzusenden, was dann auch gewissenhaft geschah. Mein Berater war der liebenswürdige, geistreiche Graf Alfred

Vaudreuil, der mit französischer Gewandtheit und Leichtlebigkeit deutschen Ernst und deutsche Gründlichkeit verband und mir immer neben seinem Freunde, dem Prinzen Friedrich Schwarzenberg, von dem Ida von Düringsfeld so richtig sagte: ‚er war immer ohne Umstände er selber', als der Typus wahrer Vornehmheit erschien. Wir hatten bisher, wie Vaudreuil sich ausdrückte, nur mit den Blumen und Zephyren Lamartines gespielt; jetzt gab er uns Werke von Dumas und Victor Hugo, auch las er aus Chateaubriands Büchern vor und unterrichtete uns in der sonst nur in verworrenen Bildern zu uns bringenden französischen Zeitgeschichte. Es war auch zum Theil sein Verdienst, daß er uns, eine sonst der Politik fernstehende Gesellschaft, auf die Geschehnisse des äußeren Lebens aufmerksam machte und uns etwas ablenkte von der ausschließlichen Beschäftigung mit Seelen- und Herzenskämpfen. Mein Stiefvater Gersdorff, selbst ein Staatsmann, war mir gegenüber mehr Philosoph; er meinte, Politik sei nichts für Frauenzimmer. Als aber die erste Kunde der Julirevolution zu uns drang, da war auch uns auf lange Zeit ein Gesprächsthema gegeben. Der Eindruck, den sie auf uns machte, war ein anderer als der, den sie bei der vornehmen Gesellschaft im übrigen Deutschland hervorrief. Wir schwärmten für die Ideen der Volksbeglückung; wir schwärmten für Griechenland, selbst für Belgien, warum sollten wir es nicht für Frankreich thun und in Louis Philipp den Retter des Volksglücks betrachten? Wer ahnte denn, daß er es nicht sein konnte? Am interessantesten war mir, mit welcher Lebhaftigkeit Goethe die Dinge verfolgte. Mein Stiefvater schrieb lange politische Berichte für ihn, so sehr er sonst mit Geschäften überlastet war, und unser Diener sagte uns, der alte Herr sei ihm oft aufgeregt entgegengekommen, um die Briefe selbst in Empfang zu nehmen.

„Noch waren wir ganz erfüllt von dem Thronwechsel in Frankreich, als Prinzeß Helene wieder nach Weimar kam. Ihre Begeisterung für Louis Philipp und seine ‚Mission' spottete

jeder Beschreibung, und es dauerte nicht mehr allzulange, so
fing man an, erst leise, dann immer lauter davon zu sprechen,
daß sie seinem Sohne bestimmt sei. Sie selbst sprach nie davon,
auch brieflich nicht, so offen auch ihr Herz sonst vor mir lag;
aber ich las die Hoffnung auf Erfüllung ihres Kindertraumes
in ihren seelenvollen Blicken. Während sie sich mit ihrer
Mutter in Jena aufhielt, besuchte ich sie häufig. Man nahm
die Krankheit der Herzogin zum Vorwand des Fernbleibens
von Mecklenburg, während die unerquicklichen Verhältnisse dort
es nöthig machten. In Jena versammelte sich bald ein geistig
bedeutender Kreis um die Fürstinnen; ich vermittelte die Bekanntschaft mit meinem lieben Freunde, dem Professor Scheidler,
der seiner Taubheit wegen sehr menschenscheu war, und hatte
die Freude, zu sehen, wie Prinzeß Helene sich ihm anschloß
und sich von ihm bilden ließ. Dort und in Weimar fühlte
sie sich weit mehr zu Hause als in Mecklenburg; wäre sie ein
echtes Kind jenes strengen, nordischen Landes gewesen, niemals
hätte sie dem Sohne des Bürgerkönigs die Hand gereicht. Obwohl sie, wie gesagt, nie mit mir darüber sprach, war mir dieser
Schritt nicht unverständlich. Sie liebte den Herzog nicht, denn
sie hatte ihn nie gesehen, sie war nicht ehrgeizig, dazu war ihr
Charakter ein viel zu weiblicher. Was sie wollte, suchte, er-
sehnte, war ein Beruf, eine Pflicht; was sie glaubte, war an
ein unabänderliches Schicksal, das ihr schon früh die Liebe zu
Frankreich ins Herz geprägt habe. Sie war überzeugt, Recht
zu thun, auch als sie mit ihrer Familie brach und wie eine Aus-
gestoßene von ihrer Heimat scheiden mußte. Strahlend glücklich
waren ihre Briefe; strahlend schön soll ihr Äußeres gewesen
sein, schrieben mir meine Verwandten aus Paris, und ich freute
mich ihres sonnigen Schicksals. Erst nach und nach gingen ihr
die Augen auf über den König, über das Treiben am Hof,
über die sogenannte ‚Volksbeglückung'. Es schmerzte sie tief,
aber sie hatte ja ihren Gatten, der sie in keiner ihrer Träume
und Hoffnungen jemals getäuscht hat; sie hatte ihre Kinder,

denen sie sich mit der vollsten Gluth der Mutterliebe widmete; sie hatte Frankreich und seine Zukunft!

„Da begann ihr Märtyrerthum. Langsam, mit fürchterlicher Grausamkeit riß das Schicksal ein Glück nach dem anderen aus ihren Armen, enthüllte ihr eine bittere Wahrheit nach der anderen, bis das Leben, all seiner rosigen Schleier entkleidet, ein grausiges Skelett vor ihr stand. Sie schauderte wohl davor zurück; aber nicht lange währte es, so saß sie wieder am Webstuhl und schuf neue Hoffnungsgewänder für dies Bild des Todes."

Jenny korrespondierte eifrig mit Helene. Von den Briefen der Herzogin sind eine Anzahl verwahrt worden, die aus ihrer Mädchenzeit und aus der ersten Zeit ihrer Ehe stammen, ebenso einige von Jennys Antworten. Helene zeigt sich in ihnen als eine Schwärmerin, die uns kühlen Modernen, die wir selbst Empfindungen, die wir **haben**, schwer aussprechen, ganz fremd erscheint.

Ihre ganze Persönlichkeit wird nur dann verständlich, wenn wir sie als Kind ihrer Zeit betrachten, das sich über die Gefühlsschwärmerei der Romantik selbständig nicht zu erheben vermochte, und ihre Briefe sind als Spiegelbild des Seelenlebens vieler Frauen jener Epoche so bezeichnend, daß einige von ihnen, trotz ihrer tatsächlichen Inhaltlosigkeit, hier folgen mögen. Wenn Jenny sich auch dem Einfluß ihrer Zeit nicht zu entziehen vermochte, so unterwarf sie sich ihm doch nicht. Das zeigt sich auch in ihrem Briefwechsel mit Helene.

Aus ihren Briefen an sie sei folgendes angeführt:

3./8. 33.

„Mir giebt es neben der Natur keine sicherere Kunde von Gott, als den umfassenden Geist des Menschen, keine höhere Schwungkraft zum Guten und Großen, als dessen Erkenntnis in allen seinen Zweigen; hätte ich nur Kraft und Zeit und Gedächtnis, um alles zu prüfen, was der menschliche Geist seit

Jahrhunderten hervorgebracht hat, wie gänzlich würde dann alles Kleinliche verschwinden! — Ich möchte keine Unruhe in Ihre Seele bringen, Ihren Glauben nicht antasten, denn darüber liegt der heilige Schleier der Jahrhunderte; Beweise sind schwer, es wäge sie daher jeder in seiner eigenen Seele mit Glauben und Vernunft ab, an der reinen Moral der Christuslehre ändert es ja durchaus nichts. Mit Ihnen möchte ich Herder, Schiller, den Faust lesen, mit Ihnen die Geschichte, die erfahrenste Lehrerin der Menschheit, studieren, mit Ihnen die Höhen des Geistes und Lebens erklimmen, wo die Brust frei athmet und die Seele sich rein und entzückt zu Gott erhebt.

3./9. 33.

„Wie verschieden die Philosophien, die Religionen, die Gedanken der Menschen auch seien, in einem Spruch stimmen alle Vernünftigen überein: ‚Wer nach seiner innigsten Überzeugung Recht thut, hat vor dem Tode nichts zu fürchten.' Dieser Spruch muß als heiligste Wahrheit aufgestellt bleiben, und so lassen wir die Frage über Nichts und Ewigkeit, lassen wir die Sorge für die Zukunft und das Grübeln über Unerforschliches dahingestellt. Wir haben genug, wir haben vollauf zu tun, um Recht zu tun allerwege.

9./10. 34.

„Man sollte eigentlich nur Unglück nennen, was tief in die Seele eingreift, was einen Charakter und ein Lebensglück umzuändern mächtig genug ist, was eine bleibende Kränkung in der Seele läßt und was, wenn auch die Zeit ihren milden Einfluß übt, immer als umflortes dunkles Bild in der Erinnerung bleibt, es sei nun zu moralischer Kräftigung oder zu ewiger, innerer Trauer. Und doch, wie viele solcher Unglücksfälle stehen gerade nicht auf der Liste der von den Menschen im allgemeinen anerkannten und aufgezählten, wie oft jammern sie vor dem Schutte eines alten Hauses und wissen nichts von dem Schutte, der allein von einem ganzen, glänzenden Jugend- und Lebensglücke übrig blieb!"

Unter den Büchern, die Jenny der jungen Prinzessin sandte, befand sich auch Victor Hugos „Hernani", das sie ihr nach Eisenberg, dem Landsitz des Herzogs von Altenburg, geschickt hatte. Darauf bezieht sich folgender Brief Helenens:

Eisenberg, den 10. April 1834.

„Empfangen Sie meinen herzlichsten Dank, mein theures Fräulein, für die Freude, die mir Ihre Güte bereitete, und täuschen Sie nicht meine Hoffnung, die vertrauensvoll auf Ihre Nachsicht rechnete, als Ihr Büchlein Tage und Wochen — ja — Monate bei mir ruhte. Meine Entschuldigung kann nur in der Vorliebe für dieses Werkchen und in dem sicheren — vielleicht zu sicheren Glauben an Sie bestehen. Nein, sicher genug kann nie der Glaube an die liebe Jenny sein! Ein Herz, wie das Ihre, kann vergeben, wenn man ihm edelmüthige Gesinnungen zutraut, und wird vergeben, wenn ich sage, daß ich der Besitzerin wegen das Büchlein hochhielt, und des Inhalts wegen mir der Abschied schwer fällt. Sie sind der freundliche Engel meiner Lektüre gewesen, bleiben Sie es und deuten Sie mir, ich bitte Sie, die Schriftsteller an, die Ihnen vielleicht noch Graf Vaudreuil als empfehlenswerth nannte, ehe er schied; denn seinem Geschmack, glaube ich, dürfen wir getrost folgen — und die Perlen der neuen französischen Litteratur noch mehr kennen zu lernen, ist mein lebhafter Wunsch.

„Recht lang scheint mir die Zeit, die seit unserer letzten Begrüßung liegt; ich glaube, es war auf dem Kinderball, wo Sie des kleinen Findlings Schutzgeist waren; ein unfreundlich Geschick trennte uns seitdem; doch hoffe ich, Sie verbannen mich nicht ganz aus Ihrem Andenken, denn hat man sich einmal gefunden, so mag Zeit und Raum kämpfen. Ein freundlicher Stern leuchtet segnend am Horizont und führt zusammen hier oder dort.

„So unendlich glücklich und froh ich hier im liebenden Kreis der Familie lebe, so sehr werde ich mich dennoch freuen, mein liebes Weimar mit seinen freundlichen Bewohnern wieder zu begrüßen, denn ihm gehört ein großer Theil meines Herzens, — Sie, liebes Fräulein Jenny, wiederzusehen, wird mir eine wahre Herzensfreude sein. Ihre Helene."

Etwas später bekam Jenny ein Gipsrelief der Freundin mit diesen Zeilen:

Ludwigsluft, den 27. Sept. 1834.

„Um einen freundlichen Blick meiner lieben Jenny möchte ich bitten, indem ich ihr das unbedeutende Dingelchen in die Hand drücke, welches meine Züge vor ihre Augen führen möchte. Ruhen sie von Zeit zu Zeit auf dem kalten toten Gips, so werden sie auch Leben hinein hauchen und die Seele hervorrufen, die es verbirgt, die die Ihrige liebt und versteht und sich in froher Vergangenheit vertraut mit ihr fühlte.

„Mag auch jene Vergangenheit immer mehr zur Vergangenheit werden — mögen gleich tausend Eindrücke das Gemüth berühren, sie wird nimmer zurückgedrängt, sondern wie ein Glanzpunkt meines Lebens mir theuer und unvergeßlich bleiben. Sie, liebe Jenny, waren eine der freundlichsten Erscheinungen derselben, und Ihr Andenken wird sich nie verwischen, es erweckt nur den Wunsch in mir, Ihnen näher treten zu können, und tiefer noch in Ihre liebliche zarte Seele blicken zu dürfen.

„Sollte uns auch eine lange Zeit trennen, ich glaube, wir werden uns doch immer wieder verstehen und gleich nahe stehen. Meine innigsten Wünsche für Ihr Glück werden Sie umgeben. ‚Es gehe dir nie anders als wohl,‘ sage ich mit Jean Paul, ‚und die kleine Frühlingsnacht des Lebens verfließe ruhig und hell — der überirdische Verhüllte schenke dir darin einige Sternbilder neben dir und nicht mehr Gewölk, als zu einem schönen Abendrot vonnöten ist!‘ Denken Sie, wenn Ihr Herz sich freut, auch einmal an Ihre Helene."

Bald darauf wurde Helene von einem für sie, der die Mutter schon sehr früh gestorben war, doppelt großen Unglück betroffen, das wie eine Vorahnung des künftigen, noch größeren, erscheint: infolge eines Sturzes vom Pferde starb ihr zärtlich geliebter Bruder Albrecht. Jenny schrieb ihr voll warmen Mitgefühls und bekam diese Antwort:

Ludwigsluft, den 12. Nov. 1834.

„Den innigsten, den liebewärmsten Dank meiner lieben theilnehmenden Jenny für die Worte, die Sie in meinem Schmerze zu mir reden, und die in ihrer seelenvollen Tiefe mich so innig rühren und erheben, daß ich sie oft wieder durchlese. Ihr Herz wird durch Gottes Gnade vor einem solchen Verlust bewahrt werden. Er, der Sie liebt und schützt, wird Sie durch freudigere Wege zum Ziele führen, dessen stiller Sinn schon in Ihrem edlen Gemüthe liegt. Das ist mein Wunsch, denn je mehr ich leide, je mehr möchte ich die, die mir teuer sind, mit Freude und Glück umringen können. Ach, aber blicke ich im Geiste hinein in Ihr tiefes dunkles Auge, dringe ich in die Schriftzüge, die mir Ihre Grüße und Worte der Liebe brachten, — ach, da ergreift mich ein schmerzvoller Klang aus tiefem, verborgenem Quell, und ich muß weinen, um Sie weinen, um die Klage Ihres eigenen Herzens. Sie weinen gewiß oft, meine liebe Jenny, aber in Ihren Thränen bricht sich der Strahl des Himmels und die Melancholie, die das Gepräge Ihres ganzen Wesens ist, die Sie umgiebt wie ein Glanz des Mondes, sie zieht Sie ab von der tändelnden Nichtigkeit des Tageslebens, und enthüllt Ihnen in eigner Brust das Leben der Liebe, das ewig Nahrung gebende Princip, das vom Himmel stammend uns Thatkraft und Muth in den Kämpfen, Ergebung eines Kindes in den Fügungen, Glaube und Freudigkeit in jeglichem Wechsel des Lebens verleiht. Die Leichtfertigkeit der faden Welt verletzt das verwundete Gemüth — ich weiß es und Sie müssen es empfunden haben, drum hinein ins eigene Sein, in das Herz — ‚my heart my only kingdom is' . .

„Liebe Jenny — mir ist das Herz so voll, daß meine Worte mir immer dürr erscheinen — Worte sagen wenig, die Sympathie versteht aber auch kaum angedeutete Gefühle. Ich möchte Ihnen die Hand reichen über die weiten Fernen hinüber — wir sind beide betrübt — ich weiß nicht, warum ich Thränen in Ihren Worten lese, täusche ich mich, so danke ich Gott, wenn er Ihnen einen froheren Weg zeigt als mir. Sagen Sie es mir, wenn Sie glücklich sind, und Sie finden gewiß ein Lächeln der Freude in meinem betrübten Gemüth. — Sind Sie geprüft, nun so blicken wir vereint hinauf, von wo uns Hülfe kommt. Gott mit Ihnen und

Ihrer Helene."

„Mein Brief war gesiegelt, da öffnete ich das Zeitungsblatt und fand die Todesnachricht des Grafen Vaudreuil! Nichts konnte mir unerwarteter sein, heute noch dachte ich an ihn, an seine Liebenswürdigkeit und freute mich seiner Bekanntschaft, nun ist auch er hinübergezogen in das ‚stille Land' . . . Was wird jetzt aus Ihrer kleinen Marguerite, die er so liebte! Könnte Sie doch zu Ihnen!"

Aus dem folgenden Jahre stammt ein acht Seiten langer Brief, der nichts ist als ein einziger Gefühlserguß und durch Jennys Geständnis ihres traurigen Herzensschicksals hervorgerufen wurde. Er beginnt:

Ludwigslust, den 4. Febr. 1835

„Mein Herz trieb mich zu Ihnen, liebe vertrauensvolle Jenny, seit Sie meinem Blick erschienen sind, wie viel mehr, seit Ihre holde reine Seele der meinigen ihr Leben, ihr theuerstes Geheimniß anvertraute und damit Gegenliebe dem liebedürftenden Gemüthe bewies . . . Ja, ich irre sicher nicht, Sie wußten es längst, welchen wehmüthigen Lebensglanz Ihr Brief auf mein Herz geworfen hatte, Sie wußten, wie innig ich Sie liebe, seit ich mit Ihnen geweint . . ."

Die Verbindung zwischen beiden blieb über alle Freuden und Leiden des Lebens hinaus bestehen, wenn es auch zweifellos ist, daß hier, wie im Verkehr mit Prinzeß Augusta, Jenny die Gebende war, die anderen die Empfangenden. Ihre Briefe, von denen leider so wenige erhalten blieben, sind stets die stärksten Emanationen ihrer Seele gewesen. Die Form des Briefes wählte sie auch da am liebsten, wo ein größeres Publikum der Adressat war, wie z. B. im „Chaos" und später im „Wilhelmsthaler Journal". Für die Hofgesellschaft war dies ein literarischer Mittelpunkt geworden, wie das „Chaos" es für Ottiliens Kreis gewesen war. Manche jener schwärmerischen Briefe der Herzogin Helene fanden Aufnahme darin; da jedoch das Blatt nicht gedruckt wurde, ging der größte Teil seines Inhalts verloren.

Von Jennys Beiträgen dagegen ist viel erhalten geblieben: Reflexionen, Erinnerungen an Personen und Bücher, Erzählungen, Märchen, auch Familiensagen und Anekdoten, die von den verschiedenen Gästen erzählt und von ihr festgehalten worden waren. Gerade diese kennzeichnen die Richtung einer Zeit, der die napoleonische Epoche noch so nahe war, daß Lebende sich ihrer erinnern und von ihr erzählen konnten, und in der Kriege aller Art die Gemüter erregten. Alte Offiziere Napoleons erzählten von ihm; andere, wie Prinz Friedrich Schwarzenberg und Alfred von Pappenheim, berichteten von ihren Erlebnissen in den italienischen, polnischen und türkischen Feldzügen, oder im griechischen Freiheitskrieg. Auch die romantisch-mystische Neigung der Zeit kam zu ihrem Recht: der eine wußte von dunklen Schicksalen zu berichten, die wie ein ehernes Fatum über bestimmten Familien schweben, oder von geheimnisvollen Einwirkungen einer unsichtbaren Welt. Und während so die bunten Bilder des Lebens und der Phantasie an den geistigen Augen der Zuhörer vorüberzogen, saßen die jungen Mädchen still im Kreise und stickten Vergißmeinnicht und Rosen mit glänzenden Perlen auf Brieftaschen und Geldbeutel für die, die ihrem Herzen nahestanden. Nur Jenny stützte zumeist, ihrer Gewohnheit gemäß, das Köpfchen auf die feine, schlanke Hand, denn sie konnte sich nie mit dem, was man weibliche Handarbeit nennt, befreunden, die ihrem künstlerischen Geschmack widerstand. Lieber nahm sie den Bleistift und das Skizzenbuch und porträtierte die Anwesenden. Ihr Talent dafür war ein nicht gewöhnliches. C. A. Schwerdgeburth, der das letzte Porträt Goethes zeichnete, war ihr Lehrer, und eine Mappe voller Bildnisse aus dem Ende der zwanziger Jahre spricht noch heute für den Lehrer wie für die Schülerin.

Erfindungs- und Darstellungsgabe zeigen ihre kleinen Erzählungen für das „Wilhelmsthaler Journal", wenn auch der schwärmerisch-sentimentale Inhalt sie uns heute schwer genießbar macht. Was sie dagegen in der Form freundschaftlicher Briefe an Erfahrung und Lebensweisheit bot, läßt es erstaunlich erscheinen, daß ein so junges Mädchen die Verfasserin sein konnte. Zwei dieser Briefe mögen hier folgen. Im ersten, der Antwort auf ein in den Schleier der Anonymität gehülltes Schreiben Karl Alexanders, gibt sie sich als alte Frau. Er lautet:

„Wie gut steht es der Jugend, wenn sie ihre Spiele, ihr Lachen, ihre Thorheit vergißt, um dem trüben, ernsten Alter ihr Leben und ihre Farbe zu borgen; sie gleicht dem Epheu, der mit seinem frischen Grün den sterbenden Stamm umschlingt, dem wilden Wein, der sich zärtlich um die Ruinen der Jahrhunderte windet. Sie kommen zu mir mit der Güte der ersten Jugend, mit den liebenswürdig höflichen Formen der großen Welt: Sie bitten um Verzeihung wegen Ihrer Gabe, Sie entschuldigen sich Ihrer Liebenswürdigkeit wegen, mit dem Mantel der Demuth wollen Sie Ihre Gefälligkeit bedecken, für die Sie mir den Dank zu ersparen suchen; trotzdem sollen Sie ihn haben und offenherzig haben: ich danke Ihnen für Ihren reizenden Brief, ich danke Ihnen, daß Sie einen jener glücklichen Augenblicke erfaßt haben, die ich dem Anschein nach für dauernd halten würde, die dem Ausdruck der Gedanken so günstig sind; ich danke Ihnen sogar für den Krieg, den Sie gegen die Einsamkeit und das Gefühl eröffnen — denn, haben Sie nie von jenem magischen Trank gehört, der plötzlich verjüngt, von jenen Streichen mit dem Zauberstab, die jene Hexerei der Zeit, Alter genannt, verbannen? Nun denn, mein Herr, Ihre Worte enthalten diese magische Kraft; meine Krücke werfe ich fort, ich richte den gebeugten Rücken auf, meine grauen Haare färben sich wieder, meine Stimme wird stark und jung und ruft Ihnen den Kriegsruf entgegen; jawohl, den Kriegsruf, denn Sie haben den Trost und die Freude meines ganzen Lebens angegriffen; Einsamkeit, dunkle Wälder, Gedanken, die das Herz erforschen und unter der sichtbaren Form der Thaten in das tägliche Leben eingreifen; das alles verdammen Sie mit dem einen Wort: Sentimentalität. Erinnern Sie sich der Worte von Casimir de la Vigne an Lamartine:

Pourquoi donc trop séduit d'une fausse apparence
Nommer la liberté, quand tu peins la licence?

Mein Herz erkennt diese Entheiligung des Gefühls, Sentimentalität genannt, nicht an: zwar ergeht sie sich gern in der Natur, hat stolze Worte für die Schönheit des Waldes, heiße Thränen für den Tod einer Blume, doch das wahre Gefühl allein hat Kraft und Thaten. Die Natur in ihrer Pracht und Schönheit hat für diese Kinder des menschlichen Geistes zwei verschiedene Sprachen, sie sagt der Sentimentalität: ‚Athme dieses weiche, unbestimmte Glück der Lüfte, der Sonne, der Blumen ein, mache eine Ode daraus, singe ein Lied dafür, und vor allem entsinne dich alles dessen, was andere in ähnlicher Lage empfunden haben, um auszusprechen, wenn du nicht so fühlst,' dann wirft sie ihr einige Reime, wie ‚Herzen — Schmerzen, Thränen — Sehnen' in den Schoß, macht ihr ein Recept nach ihrem Geschmack: träumerisches Schmachten, Blicke gen Himmel, süße Traurigkeit und, siehe da, die Sentimentalität ist fertig! Sie braucht weder Vernunft noch Stärke, sie kümmert sich weder um die Seele noch um den Nächsten, sie badet sich wohlgefällig in dem echten oder künstlichen Genuß des Augenblicks — ich überlasse sie Ihnen, mein Herr, wir wollen sie zusammenrichten, und alle Kräfte unseres Geistes sprechen ein furchtbares ‚Schuldig' gegen sie aus.

„Aber das ist nicht die Lehre der Natur, der Einsamkeit für das echte Gefühl; diese Sprache ist in anderen Sphären entstanden, ihre Worte verlangen **Thaten**: ‚Mein Donner, mein Sturm predigt Dir Gottes Macht, meine Tannen und Eichen predigen Dir seine Größe, meine Felsen, die Pfeiler der Schöpfung, predigen Dir seine Kraft; mit den Strahlen der Sonne sendet er Dir seine Liebe und Güte, in jede Blume, in jede Vogelfeder hat er die heiligen Gesetze ewiger Ordnung eingeschrieben, und Du, Widerschein seines Geistes, Du wagst es, schwach und schüchtern zu sein; erhebe Dich aus Deinem kleinen irdischen Leid, schau um Dich, auf dieser reichen Erde gibt es Wesen, die hungern, die frieren, geh, hilf ihnen; Du hast Brüder, die Dich beleidigten, Dein Herz brachen, Dein Leben zerrissen, geh, vergib ihnen; siehst Du furchtbare Irrthümer, schreckliche Verirrungen, geh und bekämpfe sie; Du seufzt, Du wankst unter der Last Deiner Thränen; schnell, trockne sie, und dann vorwärts, vorwärts ohne Furcht! Der Neid, der Leichtsinn, die Selbstsucht schlagen Wurzel in Deinem Herzen, reiße dieses Unkraut aus, Du darfst nicht, nein, Du darfst nicht schwach und klein sein inmitten der Unendlichkeit!'

„Die Natur hat dem Gefühl ihre Predigt gut gelehrt — nicht wahr, sie verdient die Priesterweihe, wir werden ihr die erste freie Oberaufsicht anvertrauen; ich freilich werde verlieren, da ich sie bisher allein meines Hauses Hüter, meinen Lehrer und Beichtvater nannte, aber ich opfere mich der Gesammtheit und werde ihren Worten folgen, die sie zu allen spricht.

„Während meiner langen Wanderungen zog dieser unsichtbare Priester meine Seele vor Gericht, wir sprachen miteinander über mein Leben, über meine Schmerzen und die Schmerzen anderer, wir theilten sie in zwei Hälften und nannten die eine Schicksal; sie enthielt alles Leid, das wir nicht ändern können; die andere Hälfte trug verschiedene Titel, wie: Pflichten, die zu erfüllen, Fehler, die zu vermeiden sind, und zum Schluß den Wahlspruch: kämpfen! Und wenn ich mich in Theorien verlor, wenn Gedanke sich auf Gedanke thürmte, so hoch, daß die Erde drohte zu verschwinden, hielt mein Führer mich zurück und zeigte mir eine Tanne, die sich stark und gerade zu den Wolken erhob.

„‚Höre die Geschichte dieses Baumes,' sagte er, ‚vergiß nicht, eine Lehre für Dich darin zu finden, und wende sie, die von oben kam, hier unten an. Auf seinen Flügeln trug der Westwind die Samen zweier Tannen bis zu jenem Hügel, und bald entschlüpfte das Leben dem Kerker und erschien grün und frisch in den Strahlen der Sonne. Die eine von ihnen war bezaubert vom Anblick des blauen Himmels, von seinem wunderbaren Glanz, und beschloß, sich bis zu ihm zu erheben. Sie strengte alle ihre Kräfte an, sie wuchs, zum Neide ihrer Nachbarn, mit fabelhafter Geschwindigkeit zu nie gesehener Höhe. So lange nur der Zephyr mit ihr spielte, freute sie sich ihres Wachsthums, doch als der Sturm nahte, schlug sein hochgeschwungenes Scepter mit einem einzigen Schlag den ehrgeizigen Stamm zu Boden. Sein Genosse war viel kleiner als er; er hatte, während er wuchs, nie seinen Ursprung vergessen und fest die Wurzeln in die Erde gesenkt; er widerstand dem Sturm, er wuchs empor, er sah Jahrzehnte ihn bewundern, doch nie in seinem höchsten Ruhm vergaß er die Erde. Des Himmels heiliges Licht nährte ihn, doch was er empfing, gab er der Erde als Kraft und Gesundheit zurück, sie brachte seinen Wurzeln den Saft und er gab ihn als Schönheit und Größe dem Himmel wieder.'

„Ich liebte die Lehren meines Predigers, ich dachte ihrer stets, und ich schämte mich sehr, wenn ich bei der Rückkehr von meinen langen einsamen Spaziergängen keinen guten Rath für den, der ihn bei mir suchte, kein Hilfsmittel für den Leidenden, keinen Trost für meinen Kummer gefunden hatte, kurz, wenn ich keinen Gedanken der That aus meinen dunklen Wäldern heimbrachte. Wie gut verstand ich die Sage der Alten von der Göttin der Wälder, deren Diener auf glühenden Kohlen schritten, ohne sich zu verbrennen; die Kohlen sind die Proben des Lebens, die ihre geflügelten Füße kaum berühren. Und doch bin ich ein Weib, der Kreis meiner Thätigkeit ist eng begrenzt; es kommt vor, daß ich nur mein Herz zu untersuchen habe, daß mein Rath, meine Hilfe nicht gefordert wird, dann denke ich manchmal an alles das, was mein Prediger mir zu sagen hätte, wenn ich über andere gestellt wäre, wenn ich einer jener Männer wäre, die von Tausenden gesehen werden, an denen die Hoffnung von Tausenden hängt, von denen sie mit Recht Glück und Trost verlangen; wie viel würde er zu thun haben, um mich von Stadt zu Stadt führen, ihre Einrichtungen, ihre Leiden, ihre Wünsche kennen zu lernen, um meine Gedanken von der Hauptstadt zum Dorf, von Verbrechen des einen zur Arbeit des anderen zu führen; zu wissen, ob der Bürger Handel treiben, der Bauer sein Feld bestellen kann, ob die Behörden der Gerechtigkeit dienen, die Tatkraft das Grundgesetz des Landes ist, was der Boden trägt und tragen könnte; ferne Reiche aufsuchen, um dort zu finden, was dem meinen nützlich und angenehm sein könnte; die Universitäten, die Schulen im Auge behalten, um in der jungen Generation den Samen einer ernsten Erziehung zu säen, den Keim einer einfachen, starken Moral einzupflanzen.

„Doch genug der Predigt! Vorwärts ihr kleinen Nymphen des Waldes, ihr kleinen Dämonen der Unterwelt, ihr kleinen Elfen der Blumen und des Wassers, zu euren Tänzen, euren Spielen und Possen! Bringt uns die Freuden eurer Wälder und Haine, naht euch auf den Sonnenstrahlen, die durch die Blätter tanzen, die sich hinter Baumstämmen verstecken und die sich, wenn man sich gut mit ihnen stellt, auf dem Papier, dem Antlitz, den Augen niederlassen; schnell eine Wendung, und die Schatten breiter Blätter zeichnen sich auf dem Schoß, ein leiser Westwind rührt den Zweig und wieder tanzt der Sonnenstrahl vor Dir, entreißt Dir neckisch den eben gesponnenen Gedanken und entflieht mit ihm. Du streichst mit der Hand über die Stirn, Du erfaßst, ihn wieder, Du bringst ihn zu Papier — husch — ein kleiner Dämon wirft Dir eine Hand voll geflügelter Teufelchen zu: rote, grüne, blaue, bunte, vielfarbige, kurze und lange, kleine und große, eine ganze Sammlung niedlicher Käfer, des Ansehens wert. Jetzt gilt's ein wenig träumen — da schleudert ein Dämon, ein böser Dämon einen mächtigen Raubvogel durch die Lüfte gerade auf eine arme Taube zu, nun fühlst Du die Erschütterung des Trauerspiels in Deiner Seele, Dein Herz schlägt, Du nimmst die Partei der Schwachen, Du möchtest der Unschuldigen zurufen: Komm zu mir, ich kann Dich beschützen! — aber der Räuber und seine Beute sind verschwunden, der Ausgang bleibt Dir unbekannt — man denkt noch einen Augenblick an den Tod, an die rohe Gewalt, an das Unglück, um zu seinem Buch zurückzukehren. Man läßt die Käfer summen, die Sonnenstrahlen auf der Stirn tanzen, man sieht nicht einmal nach dem Eichhörnchen, das sich vor unserem Anblick erschreckt, man will lesen — Nymphen, Dämonen, Elfen tanzen und spielen, man beachtet sie nicht, da sammeln sie einen Vorrath süßer Gerüche, sie suchen in den Tannen, den Blumen, im Heu, in der Luft und kehren beladen zurück — lebt wohl, Fleiß, Buch, Ernst, tiefe Gedanken — die Träume kommen wieder und all die kleinen Geister der Natur triumphieren! O, diese lieben kleinen Schauspieler, die Niemand bezahlt, diese reizenden Feuerwerke, die keinen Pfennig kosten, diese geistreichen Unterhaltungen ohne Verleumdung und Klatsch, diese frischen, strahlenden Gewänder, die keinen zu Grunde richten, dieser liebliche Duft in all den weiten Räumen, diese herrlichen Konzerte der selbstlosen kleinen Sänger! — Nun, mein Herr, was sagen Sie zu den heimlichen Freuden dieser melancholischen Einsamkeit? Ich biete Ihnen Oper, Drama, Ballet, Feuerwerk, ich biete Ihnen Unterhaltung, Predigt und Farben und Diamanten, soviel Sie wollen, und lebende Blumen und wahre Freuden, und all das stark und schön und groß, und doch habe ich noch die Seele des Freundes vergessen, der dazu gehört, das Herz, das ein Theil des unseren ist, die Augen, die die unseren widerspiegeln, die sanfte Hand, die unsere Thränen trocknet; ich will nicht davon sprechen; für den, der es erfuhr, ist es bekannt, daß Gott uns über solche Freuden schweigen heißt, er gab uns keine Worte, um sie auszudrücken.

„Ich bin nur eine alte Prophetin an dem Altar des Lebens, der Kummer hat mich inspirirt, im Kummer verschrieb ich mir selbst die Mittel dagegen und ich habe sie erprobt. Sie, Sie sind jung, es ist gut, es ist natürlich, daß Sie die Städte und die Welt und die Sonne und die lachende Landschaft lieben, deren Freuden keine Mysterien sind; doch all das thut den Augen weh, die viel geweint haben, sie brauchen Schatten und Stille; nach einem erfahrungsreichen Leben zieht mein Alter die Bäume den Thürmen und Dächern, die Dekorationen des Schöpfers denen der Menschen vor.

„Doch ich sehe voraus, daß mein Predigen, mein Klagen und Fabeln die Faden Ihrer Geduld fast ganz zerrissen hat; zunächst den, welchen Sie meinem Alter gewährten, wie meinem Geschlecht und meiner Freundschaft; so halte ich mich nur noch an dem einen starken Faden Ihrer Güte, wenn dieser mich nicht aus dem Abgrund der Ungnade emporzieht, bleibt mir keine andere Hilfe und ich verliere die Hoffnung, mich ferner nennen zu dürfen

Ihre ganz ergebene
Schwätzerin vom Walde."

Der zweite Brief war auch an einen jungen Freund gerichtet:

"Denken — —. Unter zehn Menschen können nicht zwei denken, und ein richtiger, wahrer Denker findet sich noch unter tausend nicht — und ich sage tausend Deutsche — die denkendste unter allen Nationen. Denken — die meisten Menschen haben noch keinen Begriff, was dieses Wort in sich faßt — alle Fähigkeiten des Geistes auf einen Gegenstand heften, ihn durchdringen, ihn von allen Seiten beleuchten, ihn dem Für und Wider des Scharfsinns wie einer Wasser- und Feuerprobe unterwerfen — ihn durch anderer Menschen Weisheit behutsam durchsichten und dabei recht Acht haben, daß uns nichts Falsches imponiere, nichts nur Liebliches irre leite, daß nichts Äußerliches uns unterjoche — die Vernunft als Mentor nie aus dem Auge lassen — dann das Herz reinigen von Nebenabsichten und in letzter Instanz an das Gefühl als Bestätiger appellieren — dies ist, meines Erachtens, der Prozeß des guten und nützlichen Denkens.

"Zuerst sei unser Denken auf uns selbst gerichtet — wir sind das wichtigste Studium für uns selbst. Haben wir schon einen Charakter oder nur die Fähigkeiten dazu? d. h. ist unser Inneres mit bestimmten Strichen gezeichnet und hingestellt — oder ist es noch ein Chaos, in dem sich die Elemente kreuzen, stoßen, verwirren? Wissen wir schon, was aus uns werden kann und muß? oder haben wir von der Wiege an Tag für Tag hingespielt und genießend oder leidend hinweggelebt? Haben wir einen Lebenszweck? Stehen wir und unsere Bestimmung als Ganzes vor uns? Sind wir Arbeiter oder Müßiggänger im Weinberge des Herrn? — Was haben wir gethan, seitdem wir von der Welt etwas wissen? was haben wir in unserem Beruf geleistet? was haben wir vor allem an uns selbst hervorgebracht? welche Fähigkeit entwickelt, welche Fehler zurückgeworfen, welche Tugend gekräftigt? Haben wir uns ein Bild gemacht von uns selbst, was wir erreichen können, haben wir danach gestrebt, es einst in höchster menschlicher

Vollkommenheit darzustellen? — und dürfen wir ohne zu erröthen uns selbst im Innersten der Seele beschauen? Und wenn nein auf alle diese Fragen erfolgte, und wenn wir noch nichts gedacht, erreicht, begonnen oder erstrebt hätten — nun denn frisch ans Werk — es ist immer Zeit; aber klar und stark und muthig muß man daran. Wehe dem, der sich nicht herausraffen kann aus der schlaffen Sinnesexistenz, wehe dem, der seine Kräfte versauern läßt im Kochtiegel des täglichen Waffer- und Broblebens, er wird auch an das Lebensziel angeschlendert kommen, d. h. er wird gegessen, getrunken, geschlafen haben und dann gestorben sein, aber er weiß nichts von neuen blühenden Gefilden im innersten Sein, er weiß nichts von den reichen Fruchtgärten der Wissenschaft, er weiß nichts von dem edeln Selbstgefühl, das zu Gott aufsieht und sagt: Herr, ich war ein Kind, und vor dir und durch dich bin ich zum Manne geworden; Herr, ich war arm, und vor dir und durch dich bin ich reich geworden; Herr, ich klebte an der Erde und war erdrückt von ihren Sorgen und ihrem kleinen Treiben und ihren elenden Interessen, und vor dir und durch dich habe ich mich emporgeschwungen und kenne eine höhere Heimath und ein höheres Ziel! Wie ruhig schaut der irdisch vollendete Mensch auf die Ewigkeit; und wäre sie nicht, und täuschte uns die eigene Seele über eine Zukunft ihres Lebens, doch hätten wir auch hier schon schöneren Gewinn, denn so eng ist die Tugend und das Recht in der Sphäre unserer irdischen Laufbahn mit der höheren Tugend, die nur auf die Ewigkeit ihre Creditbriefe zieht, verschwistert, daß der Mensch, der in sich hoch steht, schon einen erhöhten Standpunkt im Kreise der menschlichen Gesellschaft einnimmt, und er wird ihm instinktmäßig von seinen Mitmenschen ohne Gesetz und ohne Zwang eingeräumt. Dieselbe Weisheit, die seine eigene Seele erzieht, dieselbe Vernunft, die seinem Herzen Gesetze giebt, thut sich auch kund in den Handlungen, die er in die äußere Welt hinausschickt, so wird ohne sein Zuthun, ohne weltliches Interesse sein Wirkungskreis erweitert, weil er in stetem Verkehr mit seiner Vernunft ist, werden auch seine bloß **weltlichen Handlungen** vernünftig sein. Weil er denken gelernt hat, wird er auch die täglichen Lebensereignisse besser durchdenken und leiten können als sein nicht denkender Bruder, und so dient ihm zum irdischen weltlichen Wirken das erstrebte Große in seiner Brust. Dem Nebenabsichtslosen vertrauen die Menschen, den eisern Tugendhaften suchen sie sich zur Stütze, dem Wahren glauben sie, dem Edlen unterwerfen sie sich; hat also der Mensch sich selbst bemeistert, erkannt und gebildet, so fällt ihm von selbst die Herrschaft über andere zu, und nun kann er sein Leben ausfüllen, nun kann er Gutes stiften, nun kann er jeden Tag einen Kranz des treuen, guten Wirkens auf den Altar seines Gottes legen — da ist das Leben nicht mehr leer, öde und wüst und langweilig, da braucht man des Frivolen nicht mehr, um die schöne heilige Zeit zu tödten, sie zieht nicht mehr zürnend, rächend, strafend vorüber, sie schüttet freundlich ihr Füllhorn aus vor unsere Füße, und jede Stunde winkt gern ihrer Schwester, daß sie uns neue Gaben spende. Dann erst sehen wir mit tiefem, wahrem Jammer hin auf die armen Menschen, die so gar nichts vom eigentlichen Leben wissen, und wir möchten sie herbeirufen und heranziehen und ihnen die Schätze in ihrer eigenen Seele zeigen, und ihnen begreiflich machen, daß sie die Tasche voll Dukaten haben und sich mit Zahlpfennigen herumplagen. Wohl dem, der dieser Stimme folgt und nicht blind ist seinem eigenen Heile, der nicht, wie Mummius in Athen und Korinth, sein reichliches Mahl verzehrt und den Beutel mit schlechten Drachmen füllt, während die schönsten Werke des Alterthums unbeachtet oder verstümmelt oder mit roher Gleichgültigkeit auf den Straßen gelassen oder auf die Schiffe als Ballast gepackt wurden.

„Was oft den ersten Schritt hindert auf dem Wege der Selbsterkenntnis und der Veredelung, ist ein gewisses Ungeschick im, ich möchte sagen, Mechanischen des Werkes, man weiß die Art, die Stunde, die Gelegenheit nicht; aber Gelegenheit ist der erste Gedanke und Entschluß, jede Stunde ist gut, und die Art verlangt nur Beharrlichkeit, Geduld und Klarheit. Man setzt sich hin und beschaut seine Seele wie einen fremden Gegenstand, man macht sich eine Liste der Fehler, der guten Eigenschaften, der Schwächen, der Fähigkeiten, die man hat. Ist man heftig und aufbrausend, so muß dieser Fehler ganz gemildert werden — das thut die Vernunft, wenn man ihr ununterbrochene Wache gebietet —, und ist er gemildert, so muß von seinem Feuer so viel Kraft übrig bleiben, daß es unsere Thätigkeit aufregt und uns frischen Enthusiasmus für das Gute giebt; ist man neidisch, so muß dieser Fehler total weg, davon kann kein gutes Hälmchen kommen, er muß mit der Wurzel heraus — zu diesem braucht man nicht allein Vernunft, sondern auch Gefühl; da muß die Nächstenliebe eingreifen und gestärkt werden und mit ununterbrochener Sorge wachen, daß der häßliche Gast unter keiner Form und keiner Maske sich einschleiche. Ist man faul, so muß dieser Fehler total weg, denn nichts Gutes gedeiht dabei; dazu gehört nur Consequenz und eine unerbittliche Disciplin über den Fehler; man muß sich vorschreiben wie einem Kinde, was an jedem Tage gethan werden soll, und dieses muß ohne einen Erlaß Monde und Jahre durchgeführt werden. Ist man leichtsinnig, so muß der Ernst herausgebildet werden, dazu ist Denken, fortgesetztes Beschäftigen mit gehaltvollen Büchern und Männern der Weg; doch kann dieser Fehler bis zur Tugend gemildert werden, und es darf uns der philosophische leichte Sinn bleiben, der unnöthige Sorgen über Bord wirft, übertriebenen Schmerz nicht aufkommen läßt und uns durch Abwenden oder heiteres Aufnehmen der Schattenseiten des Lebens die innere Kraft zum Wirken erhält.

„Sind wir nun im Reinen mit unseren Fehlern und Mitteln dagegen, so müssen wir eine ebenso strenge Prüfung unserer Fähigkeiten vornehmen, damit wir unser Pfund nicht vergraben.

„Haben wir uns so nach jeder Richtung geprüft, so haben wir zunächst einen Blick auf die uns umgebende Welt zu werfen, um zu sehen, was wir in Bezug auf sie wirken können, was ihre Hauptmängel sind, wo wir ihnen abhelfen können; der Frau ist ein enger Kreis gezogen, aber weit genug, um ihr Leben, ihre Seele, ihre Bestimmung auszufüllen — so verzweigt mit seinen Wurzeln in die ganze Welt und die ganze Zukunft, daß ihr stiller magischer Einfluß unberechenbar in seinen guten und schlimmen Wirkungen ist. Dem Manne ist die ganze Welt offen, und auf einmal tritt sie ihm entgegen, da beschaue er sie vom engsten Kreis aus in immer sich ausdehnendem Bogen, bis daß er an die fernsten Ufer mit seinen Gedanken reiche; er möge denselben Proceß ausführen wie der Stein, den man ins Wasser wirft: von seinem Centrum aus bilden sich Kreise, die vom engsten zum weitesten nach und nach das entgegengesetzte Ufer berühren. Er betrachte mithin zuerst seine nächste Umgebung, prüfe ihr Thun und Treiben, den Grund, den Erfolg desselben, den Geist, der sie beseelt, frage sich, was sie leisten und ausführen, was sie sind und werden, was sie sein sollten und könnten — und diesem Gedanken schließt sich unmittelbar der an: was kannst du zu ihrer Förderung thun? Und so ist das erste Glied geschmiedet, das unsere Veredelung mit der Veredelung des Nebenmenschen verkettet. Hier fängt schon der Einfluß eines stillen Beispiels an. Nun blicken wir weiter um uns und machen uns bekannt mit dem Staat, in dem wir leben, überlegen uns seine Thätigkeit und seine Mängel, ob und was wir dabei zu wirken fähig sind oder werden können; jetzt schon erklären wir innerlich den Krieg allem unredlichen Treiben, allen Irrungen, allen Übelständen — der Kreis dehnt sich aus. Sind wir Deutsche, so liegt uns nun Deutschland als Ganzes am nächsten, das Verhältniß unseres Staates zu den vaterländischen Nachbarstaaten, ihr Einfluß, ihr Zustand, ihr Fortschritt — nun muß nothwendig die Geschichte uns zur Seite stehen, damit wir die jetzigen Zustände aus den früheren entwickeln und beurtheilen und die Wurzel der Übelstände kennen lernen, um sie womöglich ausrotten zu helfen, und die Wurzel des Guten, um sie zu schonen. Von Interesse zu Interesse steigert sich schon in uns die Wißbegierde aufs Höchste, unsere Kreise erweitern sich, unsere Ansichten gewinnen neue Formen, unsere Erkenntnis bildet neue Regionen, und schon ist ein tieferes, gehaltvolleres Leben in uns eingegangen, ohne daß wir noch die philosophischen und politischen Höhen erstiegen haben.

„Jeder Fähigkeit sind ihre besonderen Wissenschaften angewiesen. Haben wir uns geprüft, unseren Geschmack und unsere Kräfte erwogen, so entscheiden wir uns für einen oder zwei Zweige, und diese treiben wir nun mit Ernst und Eifer. Wir müssen uns nach den besten Büchern in diesen Zweigen erkundigen, nach den Autoren, die darüber geschrieben haben; wir machen eine Liste von ihnen, um sie nach und nach durchzunehmen, wir nehmen ein Werk und machen Auszüge, ein anderes lesen wir nur durch, je nachdem wir es rathsam finden — schämen uns vor uns selbst, wenn wir uns von den Schwierigkeiten abschrecken lassen, erlauben uns nicht, feuern uns immer von Neuem an und werden so nach und nach eintüchtiger, brauchbarer, befriedigter Mensch, dem seine Stellung in der Gesellschaft und in der Welt nicht fehlen kann, — weil leider diese Klasse noch sehr in Minderzahl steht — und der mit Ruhe, Zuversicht und Hoffnung jeder Zukunft in die Augen zu sehen vermag."

Die Ratschläge, die sie hier anderen erteilte, hatte sie selbst befolgt und erprobt. Für sie gab es jenen Widerspruch nicht, durch den wertvolle Menschenkräfte der Wirkung auf die Allgemeinheit so oft entzogen werden, jenen Widerspruch zwischen einem bis in seine letzten Konsequenzen verfolgten Individualismus, der sich die Ausbildung des eigenen Ich zum Ziele setzt, und dem sozialen Altruismus, der im Wirken für andere seine Aufgabe sieht. Verfolgen wir Jenny in ihrer Selbsterziehung, die sie so früh schon zu einer harmonischen Persönlichkeit machte, so dürfen wir freilich nicht aus dem Auge lassen, unter welchen günstigen äußeren Bedingungen sie aufwuchs: Nur an den großen Schmerzen und Kämpfen des Herzens und des Geistes entwickelte sich ihre Kraft; jene quälenden, zehrenden Nöte des Lebens, die Sorgen ums tägliche Brot, die schon im Kinde, das der Angst der Eltern zusieht, die besten Keime ersticken können, kannte sie nicht. Noch andere Ursachen aber mußten zusammenwirken, um sie zu dem werden zu lassen, was sie war. Ein Durchschnittsmensch wird weder durch den Reichtum geistiger Anregungen, der ihm zuströmte, noch durch die bittere Erfahrung getäuschter Liebeshoffnungen, die ihm zuteil wurde, solcher Entwicklung teilhaftig werden. Lebt doch so mancher inmitten geistigen Überflusses und bleibt selbst blutarm, und anderen begegnet ein großes Geschick, um, wie es scheint, nur ihre Kleinheit durch den Vergleich besonders scharf hervorzuheben. Jennys Natur dagegen war ein fruchtbarer Boden, dessen Atem nach dem Gewittersturm doppelt erquickend ist, weil er den ganzen Reichtum der Früchte ahnen läßt, den er hervorbringen wird. Ihre natürliche Anlage war es, die sie befähigte, aus allem — dem Guten und dem Bösen, den Menschen und den Büchern — den für das Wachstum ihres Geistes und für die Bereicherung ihres Herzens nötigen Nährstoff zu saugen.

So wenig sie über sich selbst geschrieben hat — im Unterschied zu der Mehrzahl der Memoirenschreiber, bei denen die Lebens- und Seelenanalyse der eigenen Person stets im Vordergrund steht — so läßt sich die Bedeutung dieser Seite ihres Wesens für ihre Entwicklung ziemlich genau nachweisen. „Sage mir, mit wem du umgehst, und ich will dir sagen, wer du bist", das gilt für die lebendigen wie für die toten Freunde — die Bücher.

In ihrem oben zitierten Brief legt Jenny ihnen im Hinblick auf die Selbsterziehung die größte Bedeutung bei. Die

Lektüre war für sie nicht eine Ausfüllung müßiger Stunden, und danach richtete sich auch ihre Auswahl. Mit Hilfe der schöngebundenen, mit zierlicher Goldpressung versehenen, von anmutigen Bronzeschließen zusammengehaltenen Quartbände, die Jenny mit Auszügen füllte, läßt sich nicht nur verfolgen, was sie las, sondern auch wie sie gelesen hat. Da sind Seiten und Seiten mit Auszügen aus Byrons, Scotts und Shelleys Werken gefüllt. Aber bald darauf zeigt sich schon, daß die Beschäftigung mit den englischen Dichtern sie zu England selbst geführt hat: Auszüge aus historischen und kulturhistorischen Werken folgen, denn mit jenem Feuereifer, den sie bei allem entwickelte, was sie ergriff, studierte sie englische Geschichte. Ihr Interesse und ihre Sympathie für England, für seine demokratische Verfassung, seine Art der Erziehung, der Armenpflege, der sozialen Gesetzgebung wurden dadurch geweckt und blieben dauernd lebendig; die politische Überzeugung ihrer späteren Jahre wurzelte in diesen Jugendeindrücken.

Von den deutschen Dichtern steht Goethe, was die Häufigkeit und den Umfang der Auszüge betrifft, an erster Stelle, Schiller findet sich seltener, dagegen Jean Paul um so häufiger; selbst Zacharias Werner, der wie seine Freundin Schardt katholisch geworden war und dessen „Kreuz an der Ostsee" viel gelesen wurde, erscheint neben den Klassikern. Sehr früh schon — ein Zeichen für das persönliche künstlerische Empfinden Jennys, das Schönes selbständig zu finden wußte — wird Grillparzer und Heinrich Heine zitiert. Einen weit größeren Raum aber als Poesien nahmen Prosastellen ein. Goethe erscheint wieder als der Bevorzugte, auch die Briefwechsel mit seinen Freunden, die Schriften, die über ihn erschienen, verfolgte sie genau. Zuweilen werden auch die Eindrücke, die die Bücher hervorriefen, kurz festgehalten. So schrieb sie über Goethes Briefe an Lavater:

„Für das große Publicum sind vielleicht diese Briefe von keinem großen Interesse, für das deutsche Publicum aber von dem allergrößten, denn wenn auch die eigentlich bedeutenden und kräftigen Gedanken in zehn Seiten zusammengefaßt werden können, so läuft doch durch jede Zeile die jugendlich wirksame, strebende Kraft, welche unsere Litteratur und Sprache gewaltsam aus dem Schlummer der Zeiten zu herrlichem Leben rief. Der Riesengeist, der sich fühlt, das Jünglingsherz, das sich innig an- und aufschließt, die reife Männerseele mit der großartigen Toleranz und dem sicheren Adlerblick, der planende Kopf, der die Zukunft mit Schönem bevölkert, der feine, satirische Witz, der den Mephisto schuf — es liegt Alles skizzirt in nicht zweihundert kleinen Seiten. Und dann welches Leben und Regen, welches geistige Zusammenleben, welcher Frühlingshauch von Luft und Frische! Es kam mir vor, als ob ich unter Gräbern wandle, und auf einmal zöge sich vor mir ein Vorhang auf, und Karl August, Herder, Wieland, Lavater, Jacobi ꝛc. ꝛc. ständen lebendig vor mir.

„Es war nur Traum, denn bloß Knebel ist noch nicht hinter den großen, dichten, räthselhaften Vorhang getreten!"

Und über Schillers Leben von Frau von Wolzogen:

„So, ganz so, wie sie ihn schildert, stand Schillers Bild seit meiner frühesten Jugend vor meiner Seele, so rein, so groß, so erhaben über alles Kleinliche schwebte mir sein edler Geist vor, und in jeder Zeile fand ich eine Ahnung meines Herzens in schönste Wirklichkeit getreten!

„Mir fällt dabei ein, was Goethe zu Ottilie sagte, als sie meinte, Schiller langweile sie oft: ‚Ihr seid viel zu armselig und irdisch für ihn!'"

Herder, Schleiermacher, Schelling, Jean Paul sind weiter viele Seiten gewidmet, und wenn wir ihren Inhalt prüfen, ihn mit den französischen Abschriften aus Chateaubriands und Lamartines Werken zusammenstellen, so geht die Neigung Jennys zu religiöser Vertiefung, ihre Sehnsucht nach einem festen Gottes- und Unsterblichkeitsglauben deutlich daraus hervor. Von jener Zeit sprechend, heißt es in einem ihrer Briefe an mich: „Als ich zwanzig Jahre alt war, schrieb ich mein Glaubensbekenntniß, das also begann: Ich verehre den Gott, den Pythagoras verehrte," und in einem anderen: „Mein Verstand befand sich mit meinem Gefühl dauernd im Streit; Beide thaten einander weh wie bittere Feinde."

Neben den philosophischen Schriften gehörten naturwissenschaftliche zu ihrer bevorzugten Lektüre, und auch an Auszügen aus Memoiren und Reisebeschreibungen fehlt es nicht. In bezug auf die erstgenannten bevorzugte sie die französischen, besonders alles, was sich auf Napoleons Zeit bezog. Unter den Reisebeschreibungen wurden den Auszügen aus Fürst Pücklers „Briefen eines Verstorbenen", die leider heute zu den vielen vergessenen guten Büchern gehören, viele Seiten gewidmet. Pückler war ein alter Weimaraner und Jenny persönlich gut bekannt, was ihr besonderes Interesse an ihm erklären dürfte. Charakteristisch für sie ist folgendes Urteil über ihn, das sie 1833, also mit 22 Jahren, niederschrieb: „... Ich kann nicht leugnen, daß ich seine Briefe mit wachsender Sympathie gelesen habe. Wie oft habe ich sein Gefühl und seinen Geschmack für die Natur, die reine ungekünstelte Natur, mitempfunden, und die Leere in der großen Welt, die doch durch ein unwiderstehliches Beobachtungsbedürfniß bei heitrer Stimmung eine philosophische Ausfüllung findet, und dann dies Gefühl von Einsamsein unter Menschen, und vereint mit allen Lieben in der einsamen Natur. Es liegt eine tiefe Religiosität in der Seele dieses geistesadligen Menschen, und ich habe durchaus nicht jene Frömmigkeit vermißt, wegen deren Mangel ihn die Pietisten verdammen. Starke Geister mögen ihre menschenrechtlich angeborene Freiheit benutzen, um sich ihren Glauben selbst zu bilden ... In vielen kleinen Geschmackssachen habe ich meine Meinungen, ja oft meine Worte gefunden, in Frauen- und Gartenschönheiten, in seiner Ansicht über Häuslichkeit und geselliges Leben. Auch in größeren Dingen: seinem poetischen Aberglauben, seiner Geister-Ahnung und seinen metaphysischen Träumen über Seelenwanderungen, vor allem auch in seiner Bewunderung Napoleons und seiner Entrüstung über das seiner Familie bereitete Ende."

Daß bei der jungen Aristokratin, die den beginnenden Kämpfen um die Rechte der Frauen persönlich zunächst fernstehen mußte, das Verständnis für deren geistige Bedeutung in vollstem Maße vorhanden war, zeigt ihre Beurteilung jener drei Frauengestalten, die als letzte Repräsentantinnen der Romantik gelten können, von denen zwei jedoch, auch von der fernen Warte unserer Zeit aus betrachtet, als Führerinnen in die neue Welt der Frau angesehen werden müssen: Rahel Varnhagen, Bettina von Arnim und Charlotte Stieglitz. Im Anschluß an Varnhagens Buch des Andenkens an Rahels Freunde, an Bettinas Briefwechsel Goethes mit einem Kinde und an Theodor Mundts Madonna, Gespräche mit Charlotte Stieglitz — jener unglücklichen Frau, die sich das Leben nahm, weil sie glaubte, die durch ihren Opfertod hervorgerufene ungeheure Erschütterung würde ihren geliebten Gatten aus geistiger Lethargie erwecken — schrieb Jenny das folgende über sie:

„Drei wunderbare Erscheinungen im weiten Bereiche der Litteratur und Psychologie sind in neuerer Zeit wie glänzende Meteore in der Frauenwelt Deutschlands erschienen; die tiefe Beschaulichkeit des Nordens mit seiner sinnenden Philosophie, mit seiner nebelhaft ossianischen Ideenpoesie, mit der schwärmerischen Aufopferungslust, mit allen Reizen und Gefahren der reinen Geistigkeit, stehen feenhaft, hinreißend, in tief empfundener Seelen- und Herzensverwandtschaft vor den deutschen Frauen. Jedem der drei Genien in ihrer Größe und in ihren Irrthümern tönt ein leiser, geistiger Schwesterngruß aus dem heiligsten Innern ihrer Landsmänninnen entgegen. Unberechenbar ist daher der Eindruck, das Fortwirken dieser Bücher auf die Frauenwelt: als geistige Heerführerinnen treten diese Erscheinungen an die Spitze der sich längst im stillen Sinnen, Bilden, Denken emancipirenden Frauen Deutschlands; sie erkämpften sich mit ihrem Geist Sitz und Stimme unter den Intelligenzen ihres Landes, sie räumten den Platz zu dem einflußreichen, weiblichen Wirken, was zwar höher in Deutschland anerkannt ist als in allen anderen Ländern Europas, was aber doch noch lange nicht zu seiner Blüthe, zu seinem eigentlich angemessenen Umfang sich entfaltete. Sie zeigen, wie die reine, nebenabsichtslose, unegoistische Seele der Frau in jede Geistesfaser eingreifen kann, sie zeigen die Gewalt ihres Denkens, ihres Fühlens, ihres Wollens und Vollbringens. Sie fordern durch ihre weise Erkenntniß und klare Auffassung, ja, mehr vielleicht durch ihre Irrthümer, die Bildung, die ihren Geist von den Schlacken des Falschen befreien und in lichtem Wissen und Erkennen darstellen kann; sie fordern die sorgsame Beachtung ihres intellectuellen Fortschreitens, um ihres edlen Selbstes willen; sie fordern sie mehr noch als Mütter der Vaterlandssöhne, als Geliebte seiner Jünglinge, als Gattinnen seiner Männer. Sie treten hervor in aller Würde ihrer Geistesmacht, und ist auch seit den ältesten Zeiten die Stellung der deutschen Frauen ihrer Bestimmung und ihrer inneren Höhe angemessener gewesen als in anderen Theilen der Welt, hat sich auch gern der deutsche Mann in Liebe und Verehrung vor ihrer Reinheit gebeugt, so war doch im Allgemeinen ihre Schätzung noch viel zu sehr auf das bloß dienstbare häusliche Wirken, nicht eigentlich auf die Würde ihrer Bestimmung, auf die Macht ihres Einflusses gerichtet.

„Jetzt, in dem Jahrhundert der Berechnung und eines oft kleinlichen Nützlichkeitsprincips, tritt die große Seele einer Rahel an das Licht der Welt, mit dem Princip des allgemein Großartigen, des ewig Rechten, mit der einzigen Berücksichtigung des Wahren, mit der enthusiastischen Liebe des Schönen und Guten. Sie geht umher in Ländern, in Verhältnissen, in Charakteren mit der gigantischen Fackel, die sie am Altar der Wahrheit entzündete; sie beleuchtet das Kleinliche, Lügenhafte und Elende vor der ganzen Welt, und manches Johanniswürmchen, das uns ein Edelstein schien, stellt sie auf seine Füße, und es wird dunkel, und manchen Edelstein, den wir für einen Kiesel hielten, schleift sie zurecht, und er wird leuchtend. Sie selbst greift mit ihrer Philosophie in das Leben ein, ihr Denken wird zur That, und wie sie mit ihrem Geiste in anderen Seelen unermüdlich Geistesfunken weckt, wie sie, das kleinliche Interesse in allen Herzen abzustreifen sucht, wie sie im Kreise ihrer Pflichten beglückt und wirkt, wie sie ohne aus ihrem weiblichen Beruf herauszutreten, das Große in den Männern fördert und die kleinen Räder der Staatsmaschine, die ihrer Sorgfalt anvertraut sind, fleißig von jedem Stäubchen reinigt, ohne die schwache Frauenhand in die großen Räderwerke zu wagen, bei einem doch so richtigen Blick in die großen Verhältnisse, so steht sie in dem praktisch häuslichen Kreise mit voller Berufskenntnis da, in schweren Kriegszeiten die Trösterin und Pflegerin der Verwundeten, die Retterin der Elenden, Arzt, Näherin, Wartfrau, Bittende bei Reichen, Ermunternde bei Armen, ohne Ruhe und Rast, voll Einsicht und ununterbrochener Aufopferung, unbekümmert um ihre eigenen Körperleiden, unbekümmert um Dank oder Undank, die Gutesthuende um des Guten willen, die echte, wahre, reine deutsche Frau!

"Nicht nur aus ihrem Buch habe ich das Alles gelesen, in ihren Augen, in ihren Worten, in ihrem ganzen Benehmen war es ausgedrückt. ‚Da werdet ihr Bedeutendes kennen lernen,' sagte Goethe zu uns. Einfach und ohne Prätensionen trat sie auf, schien mit ihren klugen, forschenden Blicken in unseren Seelen zu lesen, regte uns an zu frohem Geplauder, scherzte und lachte mit uns und wußte nach und nach das Gespräch auf die höchsten Dinge zu lenken. In wenigen Stunden lernte ich sie kennen und sie mich, denn in der reinen Luft ihres Seins vermochte ich mich nicht anders zu geben als ich war, mein Herz lag auf der Zunge, sie erreichte, was sie wollte; denn ausgebreitet, wie der Entwurf eines Gemäldes, lag meine Seele vor ihr.

„‚So jung und schon so viel gekämpft,' sagte sie, ‚kämpfen Sie nur weiter, immer weiter; hüten Sie sich vor der Ruhe, der Seelenbequemlichkeit; das giebt's nicht für uns. Faust ist auch in weiblicher Gestalt vorhanden, in Ihnen, in mir.'

„‚Ist nicht aber Ruhe das, wonach alles in uns strebt?' wandte ich ein.

„‚Nicht Ruhe, Leben ist es und immer wieder Leben. Nur der allzeit Lebendige, Wache, Thatkräftige erreicht große Ziele, übt große Wirkungen aus. Glauben Sie nicht den Propheten der Ruhe, glauben Sie dem Allmächtigen, der schaffend überall in der Natur ihnen entgegentritt.'

„‚Aber ich bin Christin, möchte Christin sein,' bemerkte ich schüchtern, ‚und dem folgen, der sagt: Meinen Frieden lasse ich euch!'

„Rahel sah mich gütig lächelnd an und erwiderte: ‚Folgen Sie ihm getrost, aber lernen Sie ihn verstehen. Den Frieden, den Christus meint, übersetze ich mit Befriedigung. Sie allein giebt innere Ruhe, giebt Kraft und Lebensfreude; sie wird aber auch nur durch Thätigkeit in uns und außer uns, durch Pflichterfüllung, Gott und den Menschen gegenüber, erreicht.'

„Das war meine kurze und doch nachhaltig wirkende Bekanntschaft mit ihr. Varnhagen schenkte mir nach ihrem, ach, so schmerzlich beweinten Tode das erste Buch ‚Rahel', das nicht im Buchhandel erschien. Auch meine Freundinnen Ottilie Goethe, Alwine Frommann und Adele Schopenhauer waren dadurch erfreut worden.

„In der Absicht, unserem tiefgefühlten Dank würdigen Ausdruck zu geben, schenkten wir ihm eine Schreibmappe, auf der ich Rahels schönen Traum illustrirte. Sie träumte von einem ungeheuren Sturm, und mitten in den Wogen ihr Lebensschiffchen; aber vom Himmel herab rollte der blaue Mantel Gottes, sie fühlte sich als kleines Kind, legte sich in eine große Falte des Gottesmantels und schlief ein. Einige Widmungsverse begleiteten die Gabe. Unbegreiflich blieb mir immer, wie dieser

Mann der Welt, der Reclame, des Egoismus zu dieser Frau nach dem Herzen des Höchsten passen konnte. Die Erinnerung an ihre reine Erscheinung wollte ich mir durch den Verkehr mit ihrem Gatten nicht trüben lassen, deshalb gab ich möglichst schnell die Correspondenz mit ihm auf. Das Buch, das er mir gab, läßt mich jedoch dankbar seiner gedenken, und so oft ich es aufschlage, weht Rahels lebendiger Geist mir daraus entgegen.

„Sie trat ein in unsere Krümel liebende Zeit, die gigantische, ganze Seele. Es hebt sich die Brust der Frau, daß sie Frau, des Menschen, daß er Mensch ist, und mit neuem Schwunge regt sich mancher Geist, und ein großartiger Maßstab wird von Tausenden an die Bestimmung des Lebens, an die Forderungen unserer Welt gelegt. Rahels magische Gestalt schwebt über der Atmosphäre der Gebildeten, und vor dem leuchtenden Kreis ihres Wesens zieht sich das Kleinliche beschämt zurück.

„Was soll aber in dem sogenannten vernünftigen, überpraktischen Jahrhundert eine Bettina? Was will die kleine Elfe unter den Nützlichkeitsmenschen? Was fördern ihre gaukelnden Tänze, ihre Wipfelspiele, ihre Blumenpaläste? Sie schwankt mit den Elfenschwestern ihrer Phantasie in goldenen, glänzenden Nebeln, sie singt ihre Herzensphilosophie in das Wehen der Frühlingslüfte, zuerst an niemand, für niemand, wegen niemand. Die Menschen sind ihr nicht da, von Zweck und Nutzen hat ihr nichts geredet, die Sünde hat sie nicht gesehen, Gesetz und Regel hat sie nicht gekannt; sie träumt, sie spielt, sie liebt, sie singt in die Welt hinein, und ihre auserwählten Spielkameraden findet sie in der Natur. So tanzt und schwebt sie auf und nieder in Gottes großen Schöpfungswerken; man überlegt sich lange, woher sie kam. Da ist's, als hätte man auf einmal die Sage singen hören, daß einst an einem schönen Maientage viel deutsche Kinderseelchen zurück zum blauen Äther kehrten, und als sie an die Himmelspforte kamen, überzählte Petrus ihre Reihen und sagte: ‚Eine ist zu viel, nur neun hat der Herr gerufen.' Die zehnte sah betrübt hinab auf die kleine dunkle Welt: ‚Es ist so kalt, so farblos auf der Erde, und ist so warm und farbenreich bei Gott!' rief sie weinend. Das Gebot aber war unumstößlich; da gaben alle Kinderseelen ihre Poesie dem einen Erdbestimmten und sagten: ‚Damit schaffe dir Wärme und Farben auf der irdischen Welt, wir schöpfen schnell aus ewigem Borne, was wir dir jetzt geben,' und traurig lächelnd flog das Kind zurück. — Dies ist die Seele, die in Bettinens Briefen lebt und dichtet. Sie konnte als Kind wohl unter Blumen schwelgen und wild und ungebändigt mit der Natur verkehren, doch das Kind ward Mädchen, und das Mädchen liebte. Nicht wie Undine wird sie dadurch gezähmt, nein, sie bleibt die wilde, ungestüme, unfügsame Kinderseele, und nun paßt nichts mehr auf der ganzen Welt, nicht andere Menschen, nicht Verhältnisse, nicht die Lebensweisen und nicht ihr eigenes Ich. Da sucht sie in Natur und Poesie die Elemente, um sich einen Herzensliebling zu schaffen, denn tief in ihrer Seele fühlt auch sie das einfach große Wort: ‚Es ist nicht gut, daß der Mensch allein sei.' Als sie fertig mit dem Bilde ist und es nun schön und groß vor ihrer Phantasie vollendet steht und ihre Herzensgluth ihm Leben giebt, da sieht sie sich nach einem Namen um. Mit dem herrlichsten, den sie erfahren kann, ‚Goethe', benennt sie ihren selbstgeschaffenen Gott. Sie umgaukelt in Elfentänzen und mit Elfenliedern unseren Hohenpriester, und ihn, den ernsten mit der Götterstirne, will sie als Schäfer mit in ihre Tänze ziehen. Er reicht ihr wohl die Hand, er läßt sich von ihren Blumen umduften, er läßt den Elfenreigen im Mondenschein an sich vorüber ziehen, doch der Genosse der Elfe kann der greise Denker nicht sein!

„Im reinsten Lichte, in der einzig klaren, ungetrübten Atmosphäre steht sie der Mutter ihres Weisen gegenüber; ganz herrlich, ohne Irrthum, ohne Verkehrtheit, ohne Mißverstehen läßt das Leben diesen Bund. Doch Goethes Mutter stirbt, die Jugend flieht Bettinen, aber ihre wilde Poesie bleibt; ihr Wesen tritt nun aus aller Harmonie, unheimlich werden beim ergrauenden Haupte ihre Spiele und Tänze, und, wie Varnhagen von ihr bemerkte, die Elfe tritt zurück, die Hexe tritt hervor.

„In diesem Stadium lernte ich sie kennen. In leidenschaftlichster Aufregung kam sie nach Weimar. Sie hatte in Berlin eine Klatscherei über Ottilie gemacht, die ihr Goethe sehr übel nahm; sie wollte sich entschuldigen, er beharrte dabei, sie nicht zu sehen. Ottilie, die immer groß und gut war, aber nichts für sie erreichen konnte, räumte ihr schließlich ein Kämmerchen im Gartenhaus des Stadtgartens ein, wo sie den Zürnenden wenigstens aus der Entfernung sah. Nachher sprach ich sie. Ihre großen Augen, die etwas Nichtirdisches an sich hatten, musterten mich mißtrauisch. Ich war jung, war täglicher Gast in Goethes Hause, genug, um ihre flammende Eifersucht zu erregen. Sie war sehr unfreundlich, und als ich mich in die Fensternische zurückzog, rief sie: ‚Aha, ich gefalle wohl der Demoiselle nicht?' Ich wurde feuerroth, sagte aber nichts, sondern versuchte das Fenster zu öffnen, um mich fortwenden zu können; dabei klemmte ich mir die Hand, und während Ottilie davoneilte, um einen Verband zu holen, wurde ich ohnmächtig. In Bettinens Armen fand ich mich wieder. Voll Mitleid sah sie mich an und sagte freundlich: ‚Armes Kind, liebes Kind, thut es sehr weh?' Sie kühlte und verband meine schmerzhafte Wunde, lief hinunter, um gleich darauf mit einem Blumenstrauß und einer darin verborgenen Düte voll Schlecfereien wieder zu kommen. Ihr Groll, ihre Aufregung waren vergessen, sie war ganz Weib: liebevoll und sorgsam. Da, wie ich fortgehen wollte, verabschiedete ich mich unvorsichtigerweise von Ottilie mit den Worten: ‚Also morgen zu Tisch bei Goethe.' Bettina sah mich starr an, brach in herzzerreißendes Schluchzen aus, lief wild im Zimmer umher und stürmte dann an uns vorüber, die Treppe hinunter, zum Hause hinaus, ohne Hut, ohne Handschuhe, gleichgültig gegen die verwunderten Blicke der Menschen. So war sie und so erschien sie mir: unordentlich in Geist, Haus und Wesen.

Was ich am meisten bei ihr schätzte, war ihre glühende Barmherzigkeit, durch die sie sogar praktisch werden konnte, ihr Mitleid, das sie thatkräftig machte. Doch was soll Bettinens Buch für unsere Zeit?

„Zwar hatte ihre Seele als bunter Schmetterling sich auf allen Blumen geschaukelt, als emsige Biene aus allen gesogen: Weisheitssprüche, Liebestöne, Schönheitshymnen, Philosophenworte, die tiefste Offenbarung über das Reich der Töne; aber, wie es die Poesie des Augenblicks ihr eingegeben, wie es der fliegende Gedanke ihr gebracht, wie es die Phantasie ihr eben zugetragen; nicht wie bei Rahel, geht ein Princip des ewig herrschenden Rechts, ein Streben des Erkennens, ein Lebenszweck der höchsten Ausbildung durch ein ganzes herrliches Dasein; Bettina lehrt nicht das Leben kennen, verstehen und im höchsten Sinn ergreifen — was, frag ich nochmals, soll uns dann ihr Buch?

„Vertreter soll es sein für das poetisch Schöne, das unabhängige Bereich der Kunst und des Gefühls soll es beschützen, das nicht als dienende Magd Moral und Recht befördern soll, sondern frei für sich selbst im eigenen Reiche besteht. Im Schönen finden sich dann beide wieder, nur Schönes kann vollkommene Kunst erschaffen und erwecken, nur Schönes kann Moral und Recht im höchsten Sinn erzeugen, im Schönen reichen beide sich schwesterlich die Hand. Im Schönen reift das echte, glänzende Gefühlsleben, das durch Bettinens ganzes Werk die reichsten Farben trägt. Auch dem Gefühl soll es Vertreter sein, auch ihm soll es sein altes Recht beschützen, und weil es in früherer Zeit vom Lande der Vernunft zu viel besessen, soll es jetzt nicht um Haus und Hof, um Sitz und Stimme gebracht, aus seinem alten Erbteil vertrieben werden, um ehrgeizigen Generälen der Vernunft einen bequemen Ruhesitz zu schaffen. Zurückgeführt in seine Grenzen, soll das Gefühl dort Herr und Meister bleiben; ist es doch die letzte Instanz für jede Wahrheit, die sich der Überzeugung des tiefsten Innern vermählen will. Für unsere Frauenwelt ist Bettinens Buch ein giltiges Meisterstück des weiblichen Vermögens, für das Jahrhundert eine Bittschrift der Poesie, daß man sie nicht im Schatten der Vernunft erstarren lasse, daß man die bunten Flügel vor dem Verschrumpfen, die zarten Glieder vor dem Erfrieren retten möge! — —

„Wie naht man dem Lager eines Fieberkranken, der einer schlimmen Seuche unterliegt, weil er durch seine treue Pflege den Bruder von dem Übel heilen wollte? Wie naht man wohl in Gedanken dem Menschen, der muthig, stark, mit Engelsseelengröße für einen falschen Glauben starb? Mit heiliger Scheu, mit tief ergriffenem Herzen, mit billigem Erkennen seiner Größe, mit tiefem Schmerz um den unseligen Wahn. Nur so naht würdig dem Todtenbette der Charlotte Stieglitz; laßt vor der Thür ihrer stillen Kammer das Klatschgeschwätz der Basen eurer Stadt; paßt Alltagsurtheil an die Alltagsmenschen, sprecht über Oberflächlichkeit das schnelle, unbedachte Wort des Tadels aus, doch hier bleibt stehen, denkt tiefer, fühlt besonders, ehe ihr redet, denn auch in große Seelen schleicht der Irrthum ein, und dies ist der Fluch des engbegrenzten Wissens, daß reines Wollen nicht vor dem Wahne schützt.

„Dem Gehalte dieses Denkmals nach, als Darstellung des Lebensinshaltes der Charlotte Stieglitz, steht es bei weitem hinter Bettina und Rahel zurück; es enthält weder die ewig sprudelnde, feenhafte Quelle der Poesie der einen, noch die tapfere, kugelfeste, immer vorwärtsdringende, tiefe Philosophie der anderen. Die ersten Briefe sind durchaus unbedeutend, ja sogar in einem Grade, der sogleich im Leser die Vermutung aufsteigen läßt, daß der Herausgeber, der sie wichtig finden konnte und nicht nur einen oder zwei als Probe und zum Belege ihrer späteren Entwickelung dem Publicum gab, wohl nichts in dem Leben seiner Heldin unbedeutend fand und einen Maßstab an ihr Wesen legte, der nicht von der Vernunft allein gefertigt war. — In den letzten Jahren sind ihre

Äußerungen und Tagebuchblätter größtentheils um vieles bedeutender, das Sinnen, Denken, Erfahren, das reiche innere Fühlen thut sich kund, und es ist nicht zu bezweifeln, daß sie in der schönsten Blüte ihrer geistigen Entwickelungsperiode dem Leben entschwand. . . .

"Zwei meiner Cousinen und ich hatten von Charlotte gehört und wünschten, sie entweder in Weimar begrüßen zu können oder mit ihr in brieflichen Verkehr zu treten; wir schrieben alle drei im Sommer 1833 an sie, an Mundt und an Stieglitz und bekamen umgehend die drei Antworten, die besser als jede Kritik die unglückliche Charlotte kennzeichnen. Sie schrieb:

"'Meine inniggeliebte, unbekannte Freundin! Wahre Seelengröße zeigen Sie mir, denn dieselbe setzt sich muthig im Gefühl ihrer Würde über Hergebrachtes hinweg; darum fürchten Sie kein Mißverstehen von meiner Seite. Ein gemeinsames Band umschließt uns Frauen, das des Leidens, und leichter tragen wir die Bürde, wenn wir sie zusammen tragen. Sie sind noch jung, so scheint es, denn es geht ein freudiger Zug durch Ihre Worte, der mich wie aus anderer Welt berührt. Haben Sie noch nicht gelitten? Haben Sie noch nicht Ihr Liebstes leiden sehen? Ihr Theuerstes verloren? Glauben Sie noch an einen gütigen Gott? Oder lernten Sie, wie ich, durch namenlose Schmerzen nur der eigenen Kraft vertrauen? Kennen Sie die heiße Gewitterschwüle eines Sommertages und die Sehnsucht nach Blitz und Donner? Lassen Sie mich tiefer in das Heilige Ihres Inneren schauen, damit auch ich Ihnen meine Seele ganz enthüllen kann. Aber erwarten Sie kein Frühlingsbild zu sehen, sondern einen tiefen, dunklen See, zu dessen Spiegel nur selten ein Sonnenstrahl sich verirrte. — Leben Sie wohl, Sie liebes Herz; es drückt Sie, feuriger Empfindung voll, an den Busen Ihre   Charlotte Stieglitz.'

"Theodor Mundt und Heinrich Stieglitz sprachen sich ähnlich aus. Ersterer schrieb:

"„Theuerstes Fräulein! Wie das Mädchen aus der Fremde traten Sie in die enge Hütte unserer Alltäglichkeit. Seien Sie mir gegrüßt im Namen unserer Heiligen, Charlotte. Sie wollen von ihr Näheres wissen? Was soll ich Ihnen sagen? Soll ich sie mit menschlichen Worten preisen, mit irdischen Lauten schildern? Wollen Sie den Glanz ihres Auges beschrieben haben, oder den Glanz ihrer reinen Seele? Erlassen Sie dies einem Mann, der nur zu verstummen vermag, wenn er bewundert. Und auch ihren Gatten möchten Sie kennen? Wünschen Sie es nicht. Ach, er ist ein gebrochener Stamm, noch vor der Blüthe. Die Melancholie seines Wesens ist in seinem Leiden begründet. Oft hat er blitzartig herrliche Gedanken, eines Goethe, eines Schiller, noch mehr eines Jean Paul würdig; dann versinkt er in dumpfes Brüten, aus dem selbst die göttliche Liebe seines Weibes ihn nicht erweckt. Dunkle Schatten schweben um uns Alle, darum suchen wir den Verkehr mit Menschen nicht. Wir müssen still in unserer Klause bleiben und des Helden warten, der uns von den lastenden Ketten des Unglücks befreit. Bewahren Sie ein mitleidig-wehmüthig-liebevolles Gedenken Charlottens treuem Freunde
Theodor Mundt.'

"Als seltsamstes Schriftstück gebe ich noch den Brief des Gatten wieder:

„Holde mitleidige Genien! Von uns wollen Sie wissen, uns wollen Sie kennen lernen? Aus dem Licht Ihres Daseins möchten Sie in die dunklen Wohnungen verbannter Sünder sehen? Senden Sie uns Ihr Licht, daß es mich erhelle, und einstimmen will ich in Ihre Hymnen zum Lobe des Schönen, des Guten und Wahren. Und nach Weimar rufen Sie uns, um am Grabe Ihres Propheten zu weinen, Lebenskräfte zu schöpfen. Wissen Sie denn, ob er auch mir ein Prophet ist? Und der Glaube allein kann Wunder verrichten. Für uns giebt es keine Wunder. Lesen Sie Byron und Sie kennen mich; lesen Sie, wenn Sie es können, die goldene Schrift der Sterne, und Sie kennen Charlotte. Dem gütigsten Schicksal befehle ich Sie,

Heinrich Stieglitz.'

"Wir schrieben noch einmal an Charlotte und bekamen im Dezember 1833 ihre merkwürdige Antwort:

"'Ich flatterte ängstlich am Lebensbaum umher, von Zweig zu Zweig; ich brachte ihm Frucht um Frucht hinab, und er erstarkte nicht; ich sang, und er erstarkte nicht; ich hob ihn liebend empor auf meinen Flügeln, und er erstarkte nicht; und da ich alle Mittel meines durch Liebe und Pflicht geschärften Denkens umsonst versucht hatte, da dachte ich des erziehenden Unglücks.'

"Wenige Monate später ward sie Schicksal und Opfer durch eigenen Willen und durch eigene Kraft! Irrte auch der Gedanke in dieser treuen Frau, war auch ihre That ein grauenvoller Wahn — die Absicht trägt das edelste Gepräge, und im Gefühl offenbart sich in reiner Glorie das ‚ewig Weibliche'! —

"Triumphiret nicht, ihr Alltagsfrauen; rufet ihr nicht über dem Strickstrumpf und der Kartoffelsuppe ein ‚überspannte Närrin' nach; denkt sinnend ihres keuschen, muthigen Todes. Sie starb für einen Irrthum, doch sie starb groß, wie jede Heilige für ihren Glauben. Ihr nennt, die Brust bekreuzend, die Namen der Märtyrerinnen, keine ging muthiger in den Tod; ihr beugt das Knie vor Müttern, Gattinnen, Geliebten, die freudig für die Lieben starben; ihr singet ewige Lieder den Helden, die für das Vaterland die blutige Weihe suchten, — aus Herzen wie Charlottens gingen diese Thaten!

"Der Irrthum, unser ewiger Erbfeind, hat dies schöne Opfer zu sich hingelockt.

"Laßt dies stille Grab unentweiht, lernet daran Selbstverleugnung, Opfermuth, Liebe!"

*

Jennys Jugendbild würde ein unvollkommenes bleiben, und vieles in ihrer späteren Entwicklung bliebe unverständlich, wenn des Mannes vergessen würde, der ihr unter ihren männlichen Freunden nicht nur am nächsten stand, sondern auch den nachhaltigsten Einfluß auf sie ausübte: der Jenaer Professor der Philosophie K. H. Scheidler. Dieser tapfere Menschenfreund, der trotz seiner Taubheit sein Leben lang ein Optimist geblieben ist, brachte dem schönen, klugen Mädchen freilich mehr als Freundschaft entgegen, aber erst sehr viel später, als sie längst Frau und Mutter war, erfuhr sie von seiner tiefen, stummen Liebe. Er blieb auch dann, und mit noch größerem Recht als zuvor, ihr Hausphilosoph, und als er sich nach Jahren doch noch zur Ehe entschloß, wurde seine Tochter ihr Patenkind. Ihre philosophischen Studien betrieb sie unter seiner Leitung und pflegte in Erinnerung daran zu sagen: „Er führte mich vom Kinderparadies durch das Dunkel irdischer Hölle zum Himmel reiner Menschlichkeit," und ihre in ihren Kreisen so seltene Fähigkeit, auch den politischen Idealen der äußersten Linken ein weitgehendes Verständnis entgegenzubringen, hatte sie ihm, dem ehemaligen Fahnenträger der Wartburgfeier, zu verdanken. Das Bild, das sie von ihm zeichnete, ist der beiden Menschen und ihrer Freundschaft würdig:

„Ich war einsam und betrübt. Ich hatte gebetet ohne Trost. Ich hatte ein geschichtliches Buch zu lesen versucht, es war mir in den Schoß gesunken. Der graue Himmel hatte einen Sonnenstrahl für meine Blumen und keinen Strahl der Freude für mein Herz. Vergebens hatte ich zu den Schriften gegriffen, in denen ich in Weihestunden des lebendigen Auffassens edler Weisheitslehren angestrichen hatte, was mir als zuverlässiger Leitstern, als Pilgerstab auf meinem Lebenswege erschienen war. Nichts war mir übrig als die Geduld; sie flüsterte mir jenes Wort immer wieder zu, das zugleich landläufige Redensart und tiefes Geheimnis Gottes als ein Lebensräthsel für Jung und Alt in Jedermanns Munde ist: Alles geht vorüber. Ich schlug die Arme ineinander, senkte das Haupt und sagte mir leise: es geht vorüber. Ich wollte das abwarten. — Da tönt auf dem Corridor ein fester sporenklingender Schritt, man meldet den Professor Scheidler. Ich stehe auf, reiche ihm die Hand und heiße ihn durch Zeichen willkommen, denn das traute Wort hätte er nicht gehört; seit mehr als zehn Jahren unheilbar taub, lebt er von Todesstille umgeben. Dieser Mann der Tapferkeit, der Reinheit, des tiefen Denkens und edlen Thuns, der Mann, welcher höher steht als das Unglück, der Mann ursprünglicher Natur, er ist mein Freund.

„Niemals hat der Schmerz weniger Gewalt über einen Sterblichen gewonnen, obwohl er vielleicht keinen mit grausamerer Hartnäckigkeit angefallen hat. Denn dieser Mann mit der heiteren Stirn und dem Blick eines Kindes, mit seinem sicheren Auftreten, seinem Ausdruck von Zufriedenheit, dieser Mann, der nie klagt, nie müde wird, nie murrt, ist inmitten alles menschlichen Treibens allein, allein mit seinem Herzen voll Teilnahme und Liebe. Keine Familie, kein Herd, an dem er einem Blick begegnete, der ihm sagte: ich gehöre dir an. Kein Haus, wo er Karl genannt wird, er ist für jeden nur der Professor Scheidler. Keine Frau, die ‚wir' sagte, kein Wesen auf Erden, dessen erste und oberste Neigung ihm gehörte. Dieser thatkräftige Mann, der alle Mißbräuche, alle Irrthümer bekämpfen möchte, der seine hochgegriffenen Überzeugungen auszubreiten sich berufen fühlt, der den Drang empfindet, seine Lehren der Uneigennützigkeit und des Fortschritts in die Seele jedes Jünglings hineinzudonnern, als Apostel der Sittlichkeit das Böse zu zerschmettern, das Gute bis in sein kleinstes Fünkchen hinein zu schützen, dieser Mann ist ausgeschlossen vom vertrauten und lebendigen Verkehr mit Seinesgleichen, oft verliert seine Stimme sich ins Leere, bei jedem Schritt ist er gefesselt und aufgehalten, eine eherne Wand ist zwischen ihm und der Welt, und der Gedanke der Vervollkommnung, für den er lebt, kann sich bloß für ihn selbst und einen engen Kreis von Freunden geltend machen. Nicht einmal von Sorgen um das tägliche Brot ist dieser Mann der Hilfe und des Rathes für die Leidenden frei, bei aller Einfachheit und Einsamkeit; er, der niemals an sich denkt, wenn es gilt, Einem, der weniger hat als er, zu geben. Er hat keine Vorkehr getroffen gegen das Kommen der Armuth im Krankheitsfalle oder in dem des frühen Alters: sein Vermögen sind einzig sein Arbeiten und seine Bedürfnißlosigkeit. Er hat aber Zeiten erlebt, wo die schwere Last des Leides, das er dauernd zu tragen hat, durch äußere Entbehrungen noch schwerer wurde. Auch da hat er sich nicht beklagt, niemals dem Schmerz gegenüber die Waffen gestreckt; nein, diese Stirn hat sich nicht gebeugt, auch wenn ihre Heiterkeit von dunklen Prüfungswolken überschattet wurde. Der Kampf hat ihn niemals erschöpft, stets behielt er, um dem Nächsten zu helfen, die Hand frei. Einst legte er mir Rechnung über das, was ich mit ihm zusammen für einen in Not befindlichen jungen Gelehrten an Hilfe zu schaffen gesucht hatte, und da ich mich wunderte, wie viel er zusammengebracht hatte, obwohl, wie ich wußte, er selbst nicht bei Casse war, fragte ich nach dem Woher. ‚Das ist nicht schwer,' antwortete er in aller Schlichtheit: ‚ich habe täglich zwei Stunden mehr gearbeitet.'

„Er führt ein durchaus geistiges Leben; seine Bücher trösten, beleben, erquicken ihn; sie sind sein Genuß und gegen das Andringen innerer Feinde seine Waffe. Auch war kein Arsenal jemals so wohlversorgt, kein Vorrath von Vertheidigungs- und Angriffswaffen, um allezeit bereit zu sein, so wohlgeordnet. Scheidler ist ein Mann der strengen Wissenschaft, ohne daß er darum aufhörte, ein Freund der schönen Literatur zu sein; ein zierliches Gedicht, ein guter Roman findet bei ihm offenen Eingang neben den tiefsten Gedanken über Philosophie und Geschichte. Und wie die es tun, die Freunde und Familie haben, teilt er zwischen seinen stillen Gefährten seine Zeit ein; er hat regelmäßige Stunden für das Studium, für den Broterwerb, für die Erholung. Er redet mit den großen Geistern der Vergangenheit, die in ihren Werken fortleben. Ist dann der lange Morgen würdig verwendet, so fordert der Körper eine Rücksicht: nach dem einfachen Mittagsmahl ein Spazierritt, hierauf eine Fechtübung, abends zuweilen Schach oder Whist, häufiger einsames Denken. Menschenfurcht, Eigennutz, Neid, Unwahrhaftigkeit kennt Scheidler nur, soweit er sie in Anderen zu bekämpfen hat, seinem eigenen Herzen sind sie fremd; er hat jene Unschuld der Seele, die das Böse kennt, wie man Geschichte weiß, niemals aber damit durch eigene Erfahrung befleckt ist; die mit der Sünde zu schaffen gehabt, nie aber sie in sich aufgenommen hat; eine Unschuld, die nicht, wie bei einem Kinde, Unwissenheit ist, vielmehr angeborene Reinheit, Unnahbarkeit, ein Tugendgranit, dem Sturm und Tropfenfall nichts anhaben, über den die Zeit keine Macht besitzt. — Von Luxus wird Scheidler in keinerlei Form berührt. Auf Gold und Purpur der Kaiser würde er blicken, ohne daß seine schwarze Tuchweste mit der einfachen Stahlkette darüber, sein noch nicht zur Cravatte gewordenes schwarzes Halstuch, sein blauer, je nach den Umständen neuerer oder älterer Überrock und seine derben Sporenstiefel ihm auch nur in den Sinn kämen. Ob ein Zimmer elegant ist, sieht er nicht, und wenn man ihm das Auge auf ein comfortables Möbel oder eine hübsche Zierlichkeit lenkt, so lacht er, wie wir über eine ingeniöse Spielküche für Kinder lachen; er findet sie allerliebst, aber in seiner Miene erscheint kein Gedanke, daß er sie besitzen möchte.

„So war der Mann, der in mein Zimmer trat. Und ich, ich wagte ihm gegenüber traurig zu sein, zu klagen, den Schmerz zu fliehen.

„,Ihr letzter Brief war betrübt; ich bin herübergekommen, um Ihnen zu sagen: seien Sie tapfer. Machen Sie es wie ich. Kommt mir ein Leiden, so sehe ich ihm ins Gesicht, und dann sage ich: Bagatelle! — und nehme es auf mich. Dergleichen Gäste sind der Seele heilsam; ich weise sie nicht ab, ich nehme sie auf in mein Herz und lasse sie da arbeiten. Sie bringen die Seele in Bewegung, sie sind für unsere Entwicklung, was der Sauerteig für das Brot, sie machen, daß sie sich hebt. Und greift der Schmerz tief, so sieht man ihm noch tiefer ins Antlitz und ermißt daran seine eigene Kraft, die, um ihn eine Minute auszuhalten, allemal reicht. Halten Sie ihn so eine Minute nach der anderen aus, und wenn Sie nachher in der Erinnerung die Minuten zusammenrechnen, so werden Sie froh sein über den guten Kampf und den guten Sieg. Daß wir im Kampfe mit dem Schicksal unsere Kraft zu entwickeln streben, ist einmal unser Lebenszweck. Frisch sein! Das Göttliche in uns zur Erscheinung bringen! Für einen edlen Gedanken leben und gegen Alles furchtlos kämpfen, was sich ihm entgegenstellt! Keine Schwachheiten. Einem vernünftigen Wesen gestattet ist sie höchstens im Falle der Krankheit, das aber ist die einzige Ausnahme. Niedergeschlagenheit ist Zeitverschwendung. Immer arbeiten! Immer seine Ideen klären! Die Philosophie in die That umsetzen! Sie darf nicht verwahrt werden, wie der Schatz eines Geizigen, vielmehr sie muß Zinsen tragen. An andere denken lernen — voran an die Armen! Alles, Alles, Alles, was uns auf diesem Wege begegnet, aufnehmen! Immer inwendig tätig, immer gegen den Irrthum bewaffnet sein! Dann hat man so viel zu tun, daß man gar nicht einmal Zeit hat, seine Thür dem Schmerze aufzuschließen.'

„Ich begann freier zu atmen. Ich horchte auf jedes Wort und blickte in das Angesicht, das für so tapfere Worte den Stempel der Wahrhaftigkeit trug. Ich schämte mich meiner Schwäche; das ist der erste Schritt, wieder Kraft zu gewinnen. Ich mit meinen gesunden fünf Sinnen, meiner Jugend, meinen Zukunftsaussichten, mit der gesicherten und bequemen Fülle meiner Lebenslage, mit meiner Familie und meinen Freunden ließ mich niederschlagen durch ein Leid, und Er, der Arme, Einsame, dem die Welt keinerlei Aussicht bot, redete mir zu. Dafür hatte ihn der Himmel mit seinem heiligen Geiste erfüllt und mit seinem göttlichen Feuer entzündet. — Dennoch wagte ich noch, das Wort ‚Glück' aufzuschreiben. Er schüttelte den Kopf, und indem er mit gütigem Lächeln meine Hand ergriff: ‚Auch da soll man sagen: Bagatelle. Glück ist ein ganz gleichgültiges Ding. Man muß nicht daran denken, dazu ist die Welt nicht da. Hätten Sie, was Sie Glück nennen, Ihr ganzes Leben lang, was wollten Sie damit im Grabe? Glauben Sie, Sie würden Ihre Anlagen dann entwickelt haben? Glauben Sie, daß in der lauen Luft eines beständigen Wohlseins Sie das Bild des Menschen, wie Gott ihn gewollt hat, würden dargestellt haben? Nein, dazu ist Sturm und Wirbelwind nöthig. Sie müssen dahin kommen, den Schmerz zu segnen. — Das Leid, das mich selbst betroffen hat, ermißt Niemand: es kann sich Keiner vorstellen, was es heißt, dies niemals eine Menschenstimme vernehmen, dies Gestorbensein für die Musik, die ich leidenschaftlich liebte, die ich so gut kannte, daß ich noch heute neue Compositionen lese wie ein Buch. Sie wissen, wie ich bei jedem Schritt im Verfolgen meiner Lebensziele gehindert bin, und andere Genüsse haben keinen Werth für mich. Dennoch, wenn Gott mir zur Wahl stellte, das Gehör niemals wiederzuerhalten oder niemals verloren zu haben, ich würde das Nichtwiedererhalten wählen, denn der Verlust hat mich umgewandelt, mich durchgearbeitet, mich zum Philosophen gemacht, mich mehr gelehrt als ein Leben voll Glück. Ja, wenn ich jetzt wieder hören könnte! Aber das wäre zu glücklich, ich könnte es vielleicht nicht ertragen. Jedenfalls,' setzte er mit Nachdruck hinzu, ‚soll es nicht sein, denn es ist nicht.' Es war das erste und einzige Mal, daß er mir von seinem Unglück gesprochen hat. Ich blickte zu ihm auf mit der tiefen Verehrung, die ein Mann, der sein Leben mit dem Heiligenschein eines einzigen göttlichen Gedankens umgeben hat, einflößt. Ich allerdings war nicht imstande, sein Leid zu er-

messen; ich stand davor wie vor einem jener großen grauen
Gefangenhäuser, die man anschaut, ohne alle die Seufzer und
Thränen zu kennen, die sie umschließen. ‚Ja,' schrieb ich ihm
auf, ‚daß Glück nicht die Hauptsache ist, weiß ich und fühle
ich, und verspreche, mein erster und oberster Leitstern soll allezeit das Gutsein bleiben. Aber nach dem Gutsein kommt mir
das Glücklichsein. Bietet es sich mir dar ohne Sünde, so will
ich, indem ich es ergreife, Gott auf meinen Knien danken, daß
Er es mir geschenkt hat. Es gleichgültig zu finden, werde ich
niemals stark genug sein.' Er schüttelte sein Haupt. Seine
Philosophie erschien mir riesengroß; aber er redete von außerhalb der Welt her und ich war inmitten der Welt; er stand
zu fern und zu hoch, um zu verstehen, was ich zu erwidern hatte.
Niemals war ihm der Kreis nahe getreten, in den ich vom
Schicksal gestellt war, mit seinen Irrthümern und Fesseln, seinen
Kleinlichkeiten und seiner Eleganz, seinem Glanze und seinen
Pflichten, seinen Masken, seinen Regeln, seinem Katechismus
des Scheins. Seine Versuchungen waren ihm fremd, seine
lästigen Anforderungen thöricht; er nannte Schwachheit, was
ich als ein pflichtgemäßes Opfer empfand. Dennoch, vor dem
Gerichte der unbeirrten und gesunden Vernunft war alles
richtig, was er sagte, alles gut, was er rieth. Die Welt hatte
allemal Unrecht, wo er und sie Entgegengesetztes verlangten.
Allein sie ist die mächtigere: Scheidler rieth, die Welt befahl.

„Ich hatte mein Gleichgewicht wieder. Ich fühlte, dieser
Mann war mein Freund, er hatte Recht, ich mußte ihn hören
und seinen edlen Grundsätzen gehorsam sein. Als er mich neu
belebt sah, gewann sein Gesicht den Ausdruck reinster Befriedigung. ‚Nicht wahr?' sagte er, ‚wir sind von einer
Partei. Es gibt bloß zwei in der Welt, die eine für das
Gute, die andere für das Schlechte, für eine muß man, wie
Solon von den Athenern es verlangte, sich entscheiden. Wir
beide kämpfen für das Gute, wir sind Krieger desselben Heeres,
und auf unserer Seite kämpfen alle Menschen, die das Gute

wollen. Keine Schwachheit! Man muß sie wegweisen. Kein Schmerz um ein Ding der Welt! Man muß ihn bekämpfen und zu ihm sagen, wie ich: Bagatelle. Sie wissen, meine Philosophie ist die der Tapferkeit. Keine Feigheit! Keine Klage! Man soll die Erde nicht zum moralischen Krankenhause machen, sondern zu einer lebenskräftigen Schule und zu einem Schlachtfelde, auf welchem man Siege ersicht.' — Er stand auf, drückte mir die Hand mehr wie es seiner männlichen Stärke, als wie es meinen schwachgebauten Mädchenfingern entsprach, seine Sporen verhallten auf dem Korridor und er kehrte zurück zu seiner einsamen Arbeit.

„Scheidler ist recht eigentlich ein Kind deutscher Erde. Er ist der echte deutsche Mann. Vor allem, er ist der Mann von deutschem Gemüt, dessen angeborene Redlichkeit und festgewurzelte Gerechtigkeit ein so freies und offenes, allem Menschlichen mit brüderlichem Vertrauen entgegenkommendes Herz gibt. Er ist der Mann der Güte, der zwar durch Erfahrung vorsichtig wird, aber ohne einen Tropfen von Galle; der Mann der Uneigennützigkeit, der niemals sich als souveränes Ich fühlt, dem andere nachstehen müßten. Zum Nächsten sagte er nicht: trage die Last, denn ich habe Macht, sie dir aufzulegen, er nimmt sie auf die eigenen Schultern und sagt: ich bin der Stärkere, ich will sie tragen. Niemals hat die Frivolität mit ihren graziösen Oberflächlichkeiten diesen Mann zum Diener gehabt. Seine Manieren sind brüsk, und auch das kommt vor, daß von dem gewaltigen Schwunge des Gedankenrades, das die härtesten Gegenstände, die inhaltreichsten Körner zermalmend, unablässig in ihm arbeitet, kleine Blumen der Freundschaft und der Freude ohne Erbarmen erfaßt und gestaltlos, duftlos, leblos uns vor die Füße geworfen werden. Einerlei. Gott sei gedankt, daß Er den guten und starken Mann geschaffen, ihm Seinen Geist der Wahrheit und der Liebe geschenkt, ihm den Stempel edler Menschlichkeit auf Stirn und Herz gedrückt hat."

„Folgende Briefe Jennys an ihn mögen als Ergänzung seiner Charakteristik dienen und zugleich die Art ihrer Freundschaft beleuchten:

25./7. 32.

„Manche Erfahrung hat mich gelehrt, daß das Beispiel auch bei intimen Freunden die beste Predigt ist und dieser stille, sich immer wiederholende Vorwurf viel mehr Eindruck macht als ausgesprochener Tadel. Strafpredigten lassen fast immer eine kleine Bitterkeit zurück, das liebe Ich fühlt sich gekränkt, die Eitelkeit, diese mächtige Gewalt in jedem Menschen, wird beleidigt, und oft entsteht wenig Gutes aus diesem directen Erziehen.

3./1. 33.

„Ich halte die Freude für ein solches Mittel zur Kraft, zum Leben, zum Fortschreiten, ich betrachte sie so sehr als den erwärmenden Strahl der Sonne, ohne welchen nichts zur Reife kommt, bei dessen gänzlicher Abwesenheit die Seele verkümmert und zusammenschrumpft, daß ich beim letzten Bettler neben dem Nutzen der Gabe auch die Freude berücksichtige.

„So kaufe ich dem jungen Mädchen einen warmen Rock im Winter und gebe einige Groschen mehr aus, um bunte Streifen daran zu sehen, weil dies das Theilchen Freude ist; so gebe ich zu Weihnachten jedem Kinde neben dem Nützlichen auch Spielsachen und ein Zuckerbäumchen, und wenn ich der Mutter Mehl gekauft habe, so bekommt jedes Kind zwei Groschen, um auf das Schießhaus zu gehen. Dann erst glänzen die Augen, und die Armen sagen sich: Das Leben ist nicht immer hart! Diese Momente sind etwas wert, das nenne ich das Freudenalmosen.

17./6. 33.

„Die in unserer Zeit Neugeadelten kommen mir vor wie jene Ruinen, die nie Schlösser oder Tempel oder Klöster gewesen sind, jene Trümmer ohne Vergangenheit, die hingebaut werden, um einen Park zu zieren. Man sieht sie an ohne Ehrfurcht, ohne das philosophische Gefühl der Nichtigkeit auch des Großen und Festen auf Erden, ohne den Forscherblick, der auf den Steinen die Geschichte der Jahrhunderte lesen möchte; man betrachtet sie lächelnd und lobt die Nachahmung, wenn sie wirklich gut, bemitleidet sie, wenn sie geschmacklos ist. Sie gilt nur als Zierde, wie der Neugeadelte auch nur zum Putz eines Hofes oder Höfchens gestempelt wird. Die Macht des Adels ist an der Zeit und der Unvernunft ihrer Geschlechter zersplittert, die geschichtliche Erinnerung ist geblieben und wird bleiben, solange man lieber einer Reihe von Herren als von Dienern angehört, — das aber läßt sich nicht erkaufen.

17./8. 33.

„Der Charakter ist die Composition des Menschen, seine Tugenden sind die Melodie, seine Fehler das Accompagnement, das Instrument ist das Leben, wohl dem, der es zu stimmen versteht! Das Schicksal schlägt den Tact dazu, und nur ein großer, starker Menschengeist wird es selbst thun können und ihn fest und ohne Schwanken beibehalten.

10./9. 33.

„Es giebt einen anscheinenden Leichtsinn, den die Philosophie gerade den tiefsten Gemütern lehrt, es ist das oft mühsame Ueberbordwerfen von Schwerem und Trübem. Wenn die Leiden der Menschheit das innerste Herz zerreißen und die Trauer darüber fast jede Kraft lähmt, so muß man das zu lebhaft fühlende Herz zu einem gewissen Leichtsinn erziehen, damit die Kraft ungebrochen und das Leben erträglich bleibe, damit man Muth und Stärke habe, wo es Hülfe und Thaten giebt.

„Wenn Sie wüßten, wie schwer und wie nötig gerade mir dieser Leichtsinn ist, wie sehr ich schon meinen Hang zur Schwermuth bekämpft habe, wie tödtend die fortwährende Verletzung meines Herzens war! Jetzt habe ich durch Selbsterziehung Kraft gewonnen zum Unvermeidlichen und Einsicht zum Wegräumen des Vermeidlichen. Ich empfinde für Thiere ebenso wie für Menschen, und seit den zweiundzwanzig Jahren, die ich lebe, habe ich mich noch gar nicht an den Mord der Thiere und das Recht des Menschen dazu gewöhnen können. Der Gedanke an einen geblendeten Vogel oder selbst das Prügeln eines Hundes verbittert mir jede Freude.

5./12. 33.

„Nur kranke Herzen mißtrauen und mißverstehen einen wahren Freund. In dem ganzen klaren Spiegel steht hell und deutlich das Bild, welches er reflectirt, in dem zerbrochenen steht es zerstückelt, zerschnitten, verdoppelt, verdreht, und das Auge, das wir uns anlächeln sahen, wird zur Carricatur, während es doch eben so heiter vor dem Spiegel steht, als zur Zeit, da er ganz war.

21./9. 34.

„Ich fühle mich oft wie eine Taube mit Adlersgedanken; meine eigentliche Täubchengesellschaft langweilt mich, fliege ich zu den Adlern, dann athme und lebe ich erst, aber die Luft drückt meinen Taubenkopf, die Sonne füllt meine Taubenaugen mit Thränen und ich schaudere vor den zermalmten Gliedern der Adlernahrung, so daß ich zu meinen Körnern zurückfliege und Tauben wie Adlern fern bleiben möchte. Soll ich mir nun die Flügel beschneiden, um gewiß bei den Tauben zu bleiben? oder soll ich mich auf einen befreundeten Adlersfittig stützen und Luft und Sonne suchen und die Wildheit der Höhe mir zur Heimath gewöhnen?

13./10. 35.

„Die Natur hat nicht, wie bei Ihnen, alle Linien meines Charakters deutlich gezeichnet, sie hat hie und da zu schwach aufgedrückt, da habe ich nachhelfen müssen und das wird leicht krumm und verkehrt. Ich habe viel anschaffen müssen, was am Ganzen fehlte, ich habe viel wegschaffen müssen, was verunstaltete, und noch fühle ich zu deutlich, wie unvollkommen mein Wesen ist. Doch gerecht und treu für meine Freunde, das bin ich, und darum werde ich Sie nie durch meine Schuld verlieren und nie durch irgend eine Schuld verkennen.

2./4. 37.

„Die dogmatisch historischen Fragen über Christus haben mich lange sehr gequält, dann bin ich zu der Ueberzeugung ihrer Unerweislichkeit gelangt und bin eigentlich ganz zufrieden mit dem Dahingestelltseinlassen. Ich verehre Jesum auf dem Throne der Tugend und Wahrheit und dieser ist mir mit so viel glänzenden Wolken umgeben, daß ich die anderen Throne der Weisen daneben nicht sehe und auch nicht ausmessen wollte, in welchen Graden sie von- oder aneinander stehen. Wie oft höre ich, was meiner Ansicht ganz zuwider ist, daß der Glaube an Christi vollkommene Persönlichkeit, das Hängen an ihm als Person das Haupterforderniß zum Christsein sei. Meiner Seele ist hingegen unerschütterlich gewiß, daß einzig und allein der ein Christ sich nennen darf, der, wie der Heiland sagt: ‚seine Gebote hält‘, daß Christus uns fremd, sogar unbekannt sein könnte und daß wir doch echte Christen wären, wenn wir den Geist seiner Worte kennten, glaubten und übten.

„Darum erscheint mir auch das Beweisen der Sündlosigkeit oder Göttlichkeit ꝛc. gar nicht so wichtig, und ich kann mir vorstellen, daß Christus ganz aus den Annalen der Geschichte verschwände und daß es noch eben so vollkommene Christen geben könnte. Wie Rahel sagt: ‚Ein gutes Buch muß gut sein und wenn es eine Maus geschrieben hätte‘, so müßte das Christenthum herrlich sein und wenn es aus der Erde gewachsen wäre."

*

Inzwischen war Jenny 26 Jahre alt geworden, ein Alter, das das übliche Heiratsalter der jungen Mädchen ihrer Kreise bei weitem überstieg. Ihre Stiefschwester war erwachsen, sie, wie ihre lieben Schüler Walter und Wolf Goethe bedurften ihres Unterrichts nicht mehr, Ottilie, deren unruhiger Geist nicht mehr durch Goethe gezügelt wurde, und die haltlos ihren Leidenschaften folgte, rüstete sich, um Weimar zu verlassen, die Freundinnen hatten sich alle ihren eigenen Herd gegründet, Emma Froriep zog mit ihrem Vater nach Berlin — es wurde merkwürdig einsam um sie her, und jeder Abschied mahnte leise an den Abschied der ersten Jugend. An ihr Herz klopfte, stärker und stärker Einlaß begehrend, jene natürliche Weibessehnsucht, die sich, wenn das Herz schon entschied, im Verlangen nach Mannesliebe äußert, die aber, solange eine leise Stimme an den auf immer verlorenen Geliebten mahnt, im Verlangen nach dem Kinde zum Ausdruck kommt. Um so stärker wird die Sehnsucht nach dieser Richtung alle Empfindungen beherrschen, je reicher die weibliche Persönlichkeit ist, je mehr sie also, bewußt oder unbewußt, danach drängt, einen ihr entsprechenden Lebensinhalt zu finden. Auf dieser Stufe ihrer Entwicklung, die keiner unverdorbenen Frau erspart bleibt, die nicht sehr jung schon geheiratet hat, war Jenny angelangt. Ein paar Worte aus dem Briefe einer Freundin an sie, die sie zur Hochzeit beglückwünscht hatte, zeugen dafür: „Mein Lieblingsgedanke ist, Sie mir in einem ähnlichen Verhältniß zu denken. Ich wünsche es um Ihret- und um der Welt willen. O Jenny, wie müssen Sie beglücken können! Mir war es sehr lieb, Sie der Ehe geneigt sprechen zu hören. Sie haben recht, man macht Ihnen den Vorwurf, daß Sie mit der Liebe nur tändeln, alle ernsten Bande verschmähen. Doch ich weiß es besser! ein Blick in dies Auge, in Ihr Innerstes hat mich belehrt, daß Sie die Liebe kennen, daß Sie ihrer bedürfen."

Noch mehr aber spricht dafür ein Gedicht von ihr, in dem folgende Verse sich finden:

„.. Mein Auge sucht auf Erden sehnend Liebe,
Im Himmel nur erscheint sie hehr und groß;
Daß sie verzehrend mir im Herzen bliebe,
War, Herr, du weißt's, mein jugendtödtend Loos.
Und weil ich Irdisches durch sie verloren,
Hab ich sie mir als Himmelsglück erkoren..

Doch willst du freundlich mir das Leben schmücken,
So gieb mir, Gott, ein Herz voll Liebe nur,
Ich faß es feurig dann, und mit Entzücken
Leist' ich dem Himmel meinen Liebesschwur.
Gieb, Herr, mir Einsamkeit im Schoß der Liebe,
Daß ich dir treu in meinen Kindern bliebe.."

Um diese Zeit kam Werner von Gustedt als Gast seiner Tante, der Hofmarschallin von Spiegel, nach Weimar. Er war nicht viel älter als Jenny, der Typus eines vornehmen jungen Mannes seiner Zeit mit dem feinen, glattrasierten Gesicht, vom hohen Biedermeierkragen eingefaßt, den vollen kurzen Locken, der schlanken, hohen, biegsamen Gestalt. Er gehörte einem braunschweigischen Geschlechte an, das sich rühmen konnte, älter zu sein als die Hohenzollern, und dessen Güter seit Menschengedenken keinen anderen Herrn gehabt hatten als einen Gustedt. Hofdienst war nie dieser echten Freiherren Sache gewesen, von keinem Fürsten besaßen sie den Adelsbrief; sie saßen stolz und selbstzufrieden auf ihrem Besitztum und kümmerten sich wenig um die Schicksale der großen Welt. Wenn Werner eine höhere Bildung genossen hatte, als es sonst bei diesen Landjunkern für gut befunden wurde, so hatte er es dem Umstand zu verdanken, daß er als Zweitgeborener keine Anwartschaft auf das väterliche Gut besaß und sich durch akademisches Studium zu einer anderen Laufbahn als der des Gutsbesitzers vorbereiten sollte. Wie Jenny aber später oft selbst erzählte, war es weder die äußere Erscheinung, noch die Geistesbildung — die in Weimar als etwas Selbstverständliches bei jedem vorausgesetzt wurde —, die ihn anziehend machte, sondern neben der großen Frische und

Natürlichkeit die unberührte Reinheit seines Wesens. Problematische Naturen, sogenannte interessante Männer mit bewegter Vergangenheit und differenzierten Gefühlen, oder sentimentale Schwärmer, bei denen die Empfindung Modesache war, hatte sie bisher kennen zu lernen Gelegenheit genug gehabt. Hier trat ihr die durchsichtige Natur eines einfach-klaren Mannes entgegen, und jenes Gefühl, das nächst dem Mitleid bei den Frauen so oft der Übergang zur Liebe ist — Vertrauen — mag wohl das erste gewesen sein, was sie ihm gegenüber empfand, und blieb das Grundelement ihrer Beziehung zu ihm. Eine Natur wie die ihre, die in ihren Gefühlen wie in ihren Taten ihr ganzes ungeteiltes Selbst ausströmte, hatte die volle Glut der Leidenschaft nur dem einen, dem Toten, geben können; als sie Werner Gustedt ihr Jawort gab, geschah es in ruhiger, vertrauender Liebe. Daß sie sich dabei glücklich fühlte, daß sie der Zukunft hoffnungsvoll entgegensah, geht aus einem Glückwunschbrief der Herzogin von Orleans hervor, der also lautet:

Petit Trianon, d. 8. Oktober 1837.

„Wie sehr hat mich die Kunde Deines Glückes erfreut, meine liebe teuere Jenny — wie innig teilt mein Herz die Gefühle, welche das Deinige erfüllen und ihm in der Zukunft so schöne gesegnete Tage verheißen. Laß mich es Dir aus voller Seele aussprechen, wie ich Dir das reiche Glück wünsche, welches der Himmel mir bescheert hat, wie ich von dem Leiter unserer Schicksale und unserer Herzen die Erfüllungen Deiner goldenen Hoffnungen erbitte. Schon einige Tage vor Empfang Deines so lieben Briefes, für den ich Dir den wärmsten Dank sage, erfuhr ich, daß Dein Loos bestimmt sei, Du meine liebe Tante verlassen würdest — was mir recht leid thut — und die glückliche Braut eines vortrefflichen jungen Mannes wärst — dessen Name Dein guter Onkel wohlweislich vergessen hatte... Rechne in allen Verhältnissen des Lebens auf meine Liebe und auf die warme treue Theilnahme, welche Dir immer widmen wird

Deine Helene."

Eine Bleistiftzeichnung Friedrich Prellers, des Meisters der Odyssee, der ein häufiger Gast im Gersdorffschen Hause war und manch reizende Skizze in Jennys Album zeichnete, hat das Bild der Braut festgehalten: das kindliche Wangenrund hat dem feinen Oval des Antlitzes Platz gemacht, um den Mund ruht ein Zug tiefen Ernstes, die Augen erscheinen größer und tiefer als früher, die Locken an den Schläfen sind dem glatten Scheitel gewichen, der sich um die hohe Stirn legt, von einem Schmuckstück umschlossen wie von einem Königsreif. Den Bräutigam schildert Jenny selbst: „seine dunkelblauen, glänzenden Augen, sein etwas wolliges, dunkelblondes Haar über der schönen weißen Stirn, das lebhafte Colorit, der scharf und fein geschnittene Mund, die fest und edel geformte Nase, der männliche Schritt — das alles vereinte sich zu einem Bilde selbstbewußter, deutscher Vornehmheit."

Ehe sie sich ihm auf immer verband, nahm sie in aller Stille Abschied von der Vergangenheit: im Kaminfeuer ihres Mädchenstübchens schichtete sie aus ihren Tagebüchern den Scheiterhaufen, legte die Briefe dessen darauf, den sie geliebt hatte, und weihte alles dem Feuertod. Zur Dämmerstunde ging sie dann in jenes stille Goethe-Haus mit den geschlossenen Fensterläden, das ihrer Jugend Glück und Weihe verliehen hatte; die breite Treppe schritt sie hinauf und wieder hinab — es war vorüber!

Im Mai 1838 fand die Trauung statt. Noch einmal versammelte sich Weimars glänzende Gesellschaft um das gefeierte Hoffräulein Maria Paulownas —, weinend, glückwünschend, segnend umgaben sie die Gefährten und die Beschützer ihrer Jugend, noch einmal zog vom offenen Hochzeitswagen aus, der sie entführte, das Bild ihrer Heimat an ihren Augen vorüber: die engen, holprigen Straßen, das Schloß mit seinen sonnenglitzernden Fenstern, das Vaterhaus an der Ackerwand mit dem murmelnden Brunnen davor, die hohen Bäume im Park und die rauschende Ilm, und zuletzt: das stille Goethe-Haus mit den geschlossenen Fensterläden — schluchzte nicht doch in der jungen Frau das alte Leid noch einmal auf —? Oder grüßte sie nur ernsten Blicks den Geist ihrer Jugend, ihm Treue schwörend fürs Leben, wie sie sich dem Manne neben ihr zugeschworen hatte?

Der Leidensweg der Mutter

Im stillen Winkel

Eine Neigung, die für die Gestaltung ihrer Zukunft bestimmend werden sollte, hatten Jenny und Werner von Gustedt gemeinsam: die für ein Leben auf dem Lande in stiller Arbeit und Zurückgezogenheit. Jenny hatte das Leben der großen Welt genug genossen, seine Reize waren für sie erschöpft, und nicht nach Vergnügen und Zerstreuung, sondern nach Tätigkeit und Sammlung trug sie Verlangen. Bei Werner wieder machte sich die Familiengewohnheit der Jahrhunderte geltend, und beide stimmten in der Ansicht überein, die Jenny aussprach, indem sie schrieb: „Nichts, auch kein Königthum ist mir vergleichbar mit dem ausfüllbaren, übersehbaren Wirken eines großen, reichen Gutsbesitzers. Der Beruf, zu ordnen, zu beglücken, zu verschönern, zu verbessern, der Land und Leute, Natur und Geist umfaßt, erscheint mir so gut und so groß wie kein anderer."

Und so hatte sich Werner Gustedt entschlossen, dem Gedanken an den Staatsdienst zu entsagen. In Westpreußen, in schöner wald- und seenreicher Gegend, zwischen Deutsch-Eylau und Marienwerder, kaufte er das Rittergut Garden, und hierher, in tiefe Einsamkeit, fern allem gewohnten Verkehr mit den geistesverwandten Freunden, führte er die junge Frau, das einstige gefeierte Weimarer Hoffräulein. Nun erst forderte das Leben den Beweis für das, was sie geworden war. Ihr ganzes Wesen hatte schon längst so sehr nach Betätigung verlangt, daß selbst eine so schwere Aufgabe, wie die ihr gestellte, ihr nur willkommen sein konnte.

Die Erfüllung der praktischen Pflichten einer Gutsfrau ist für die an den städtischen Haushalt gewöhnten niemals leicht; um wie viel schwieriger mußte sie vor siebzig Jahren im äußersten Osten Deutschlands, inmitten einer halbpolnischen Bevölkerung, ohne städtische Nachbarschaft, ohne Eisenbahn, ja selbst ohne Chausseen, sich gestalten, noch dazu für eine junge, nur an das Hofleben gewöhnte Frau. „Wie oft muß ich in meinem Haushalt von 30 Personen," schrieb Jenny an Frau Wilhelmine Froriep, der Schwägerin ihrer lieben Emma, mit der sie ihre praktischen Erfahrungen eingehend auszutauschen pflegte, „meine hofdämische Unwissenheit büßen." Und doch beschränkte sie sich nicht allein auf den Kreis der gegebenen häuslichen Pflichten. Leid und Armut waren ihr auch in Weimar begegnet, und sie hatte nach besten Kräften zu helfen gesucht, aber was sie dort suchen mußte, das trat ihr hier auf Schritt und Tritt entgegen, was dort ihr mitleidiges Herz bewegte, dafür fühlte sie sich hier verantwortlich, wo es sich um die Bevölkerung des eigenen Gutes handelte.

Es war im großen ganzen ein verwahrlostes, dem Trunk ergebenes, in Unreinlichkeit und Unordnung dahinvegetierendes Volk. Kranken- und Armenhäuser gab es meilenweit in der Runde nicht, die Schule war schlecht, um das körperliche und geistige Wohl der Kinder kümmerte sich niemand. Jenny empfand diese Mängel auf das schmerzlichste. „Für die Kollekte der hiesigen Provinz für Spitäler in Jerusalem," schrieb sie einmal, „während wir fast in keinem Kreise eines haben, gebe ich keinen Pfennig;" und ein andermal: „Was uns verdrießt, ist die alberne Errichtung eines Denkmals für den verewigten König, — eine so kostspielige Schmeichelei in einem Lande, wo es fast gänzlich an Kranken-, Waisen-, Armenhäusern, an Chausseen und Kanälen fehlt." So viel in ihren Kräften stand, suchte sie die Unterlassungssünden von Staat und Gemeinde auf dem Gebiete, das ihr unterstellt war, gutzumachen. Was sie leistete, war weniger Wohltätigkeit im damals üblichen Sinn, als soziale Hilfsarbeit, wie wir sie heute verstehen. Wo sie Armut fand, suchte sie ihr durch Überweisung von Arbeit abzuhelfen; sie setzte es bei ihrem Manne durch, daß eine Dreschmaschine, durch die einige dreißig Familien im Winter brotlos geworden wären, erst angeschafft wurde, als eine andere Erwerbsarbeit ihnen gesichert war; wo ihr Trunksucht begegnete — und das geschah in jenem fernen Winkel Preußens noch häufiger als anderswo — bekämpfte sie sie zunächst durch Verabreichung von gesunder und kräftiger Nahrung; wo Alter und Krankheit zur Arbeit unfähig machten, da suchte sie neben allzeit bereiter persönlicher Hilfe die Gemeinde und den Kreis zur Erfüllung selbstverständlicher Menschenpflichten heranzuziehen. Sie stieß bei ihrer Arbeit auf viel Übelwollen, viel Mißverstehen: Von der einen Seite sagte man ihr achselzuckend: „Armut hat es immer gegeben, und die Leute, deren Elend Sie als etwas so entsetzliches empfinden, sind daran gewöhnt." Was half es, wenn sie empört ausrief: „Mag sein, daß dem Menschen der Jammer zur Gewohnheit wird, aber nie, nie gewöhnt sich eine Mutter an die Not ihres Kindes," und von der anderen Seite ihre Hilfe nur zu oft als unbequeme Bevormundung empfunden und dem Säugling schon der schnapsgetränkte Lutschbeutel in den Mund geschoben wurde. Zu lange schon, das fühlte sie bald, hatte das Elend, der schlimmste aller Erzieher, unter dessen Peitschenhieben der Mensch sich nur zum Sklaven entwickeln kann, auf den armen Knechten und Mägden, den fast noch leibeigenen Instleuten gelastet, als daß sie selbst noch hätten wandlungsfähig sein können. „Zu so großem Zweck reicht ein Menschenleben nicht aus," schrieb sie; „wollen wir von der Zukunft irgend eine Besserung erwarten, so müssen wir nicht bei den Erwachsenen anfangen, die wir nur vor Noth zu bewahren vermögen, sondern bei den unschuldigen Kindern."

Ihre Natur, die sich mit dem einen Wort ‚Mütterlichkeit' am besten charakterisieren ließ, hatte sie stets, schon als ganz junges Mädchen, zu den Kindern gezogen. Alles Leid, das ihr begegnete, empfand sie bis zum körperlichen Schmerz, das der Unschuldigsten — der Kinder — verursachte ihr die größten Qualen. Nicht nur, weil es die Wehrlosen traf, sondern auch weil es immer aufs neue ihren schwer errungenen Glauben zu erschüttern drohte. Zu der Überzeugung vom Vorhandensein eines allgütigen Schöpfers, eines Gottes der Liebe, eines himmlischen Vaters nach Christi Lehre, stand das Elend in der Welt und das Unglück des Lebens in einem furchtbaren Widerspruch, den sie nur dadurch glaubte lösen zu können, daß sie es als Strafen für begangene Sünden auffaßte, und zwar für Begehungs- und für Unterlassungssünden der Besitzenden wie der Besitzlosen. Würden alle Besitzenden ihre Menschen- und Christenpflicht erfüllen, würden alle Armen echte Christen sein, so gäbe es bald — davon war sie damals noch überzeugt — weder Not noch Elend. Um diese Auffassung zu verstehen, muß zuerst Jennys Begriff des Christentums verstanden werden. „Religion ist That," schrieb sie, „Christenthum ist That, lauter That, nur That." Der religiöse Glaube hat, wie sie meinte, nur für den Menschen selbst, den er beglückt, Bedeutung, für die Allgemeinheit kommt es allein auf das Handeln an. An einen Freund schrieb sie einmal darüber:

„Glauben ist nicht das gewöhnliche Fürwahrhalten, wie etwa bei einer geschichtlichen Thatsache, es ist die Hand, die sich Gott entgegenstreckt. Es ist nicht wie ein Wissen, das der Schulmeister einpaukt, es ist die Kraft des Schaffens und der Liebe, die durch christliches Wollen, Wandeln, demüthiges Forschen zu unserer Seele herangezogen wird, wie Eisen durch den Magnet. Wer glaubt, daß Christus Gottes Sohn ist, und seinen Diener oder auch nur seinen Hund mißhandelt, der ist kein Christ! Wenn Sie diese Äußerlichkeiten nicht für wahr halten können, so lassen Sie doch die Geburt, die Wunder, die Höllenfahrt, die Auferstehung des Herrn ganz bei Seite, wandeln Sie nur mit allen Kräften Ihrer Seele nach seinen Geboten, aber so, daß das tägliche Leben wie eingehüllt ist darin und alle Beziehungen zu Ihren Nebenmenschen darin wurzeln. Denkt man, der Glaube sei ein Fürwahrhalten aus genügenden Gründen? Aber die Gründe sind nie genügend. Er sei eine Zuversicht dessen, was man nicht sieht und doch weiß? Die Prüfung kommt und die Zuversicht weicht. Glaube ist Leben, nur Leben, lauter Leben."

Das Rechte tun und nicht den Glauben predigen — das forderte sie als Beweis für echtes Christentum, und sie war so überzeugt davon, daß die ‚Sünde der Leute Verderben' ist, daß sie alles Unglück aus dem Unrechttun ableiten zu können glaubte; ein langes Leben voll harter Erfahrungen vermochte zwar ihre Ansicht auf der einen Seite zu modifizieren, auf der anderen zu erweitern — im Grunde aber war und blieb sie der Grund und Boden, in dem ihr geistiges Leben wurzelte.

Ein Brief, den sie von Garden aus an ihre Freundin Emma Froriep schrieb, ist dafür bezeichnend:

„Mit dem Verweisen auf künftige, ewige Seligkeit lockst Du keinen Hund hinter dem Ofen des Materialismus hervor. Diese Hoffnung, so wahr und so tröstlich für den Gläubigen, ist nur ein Reiz zu Spott und Zweifel für den Ungläubigen. Suche das Weltkind auf seinem Feld zu schlagen, und zwar mit der beweisbaren, augenscheinlichen Wahrheit, daß die Sünde auch hier auf Erden der Leute Verderben ist; male in hundert Bildern die Gegensätze, z. B. die arme Tagelöhnerfamilie, bei der der Vater nach schwerer Arbeit in seiner reinlichen Hütte sitzt, den Löffel freundlich mit Frau und Kind in die Mehlsuppe taucht, noch eine Stunde vor der Thür sein Pfeifchen raucht, mit den Kleinen spielt, betet und sich zur Ruhe legt; dagegen den Trunkenbold, der flucht, dem Wucherer für Schnaps mehr als den Tagelohn hingiebt, die Frau schlägt, die Kinder verwünscht, in Schmutz und Lumpen verkommt. Male den Gutsbesitzer, der Rath, Hülfe, Trost für jeden seiner Leute hat, und den, der in Erpressung und Lieblosigkeit alle Arbeitskraft ausnutzt; male den reichen Officier, der sein Vermögen verthut, vertrinkt, verspielt und mit einer Kugel durch den Kopf endet, und den armen Mann, der durch geistige oder körperliche Arbeit ein Vermögen gewinnt und Gutes für die Menschheit leistet; male treu ihr inneres und äußeres Leben und dann laß aufrichtig die Frage beantworten: ‚Auf welcher Seite ist das Glück?' Auch dann, wenn nach diesem Leben nichts wäre, auch dann ist der Christ der glücklichste Mensch auf Erden."

Das Leiden der Kinder aber — und schließlich auch das der Tiere, für das ihr Mitleid fast ebenso rege war — schien die Grundpfeiler des ganzen Gebäudes ihrer Religion zu erschüttern. Ist es möglich, angesichts eines gequälten Tieres, eines mißhandelten Kindes an den Gott der Liebe zu glauben?! Kann ein gütiger Vater im Himmel ruhig mit ansehen, was für einen guten Menschen schon unerträglich ist?! Selbst die weitere Erklärung des Unglücks als einer Prüfung, an der die moralischen und geistigen Kräfte reifer Menschen wachsen sollen, versagte angesichts derer, die noch keine Kräfte haben. Und die alttestamentarische Ansicht von den Sünden der Väter, die sich rächen bis ins dritte und vierte Glied, erschien ihr unvereinbar mit dem Gott der Christen. Sollte sie sich mit Goethes Weisheit, ‚das Erforschliche erforscht zu haben und das Unerforschliche ruhig zu verehren' zufrieden geben, wo sie nur Verabscheuungswürdiges sah? Nach vielen schweren Gewissenskämpfen — ‚wie Jakob mit dem Engel, so habe ich mit mir selbst gerungen' — glaubte sie darin einen, wenn auch keineswegs befriedigenden, so doch als weiteren Ansporn zur Tat dienenden Ausweg gefunden zu haben: „Kinderleiden sind gewiß zum Theil eine Folge der ungeheuren Schuld der Gesellschaft gegenüber den Armen, und sie rächen sich an derselben Gesellschaft, indem sie Verbrecher, moralische und physische Krüppel, Lebens- und Arbeitsunfähige entstehen lassen." Hier also schloß sich der zerrissene Ring ihres Gedankengangs wieder. Ist das Leid Folge der Schuld, so wird es im selben Umfang verschwinden, als die Schuld abgetragen wird. Ihr tiefes Mitgefühl und ihre Überzeugung wurden zusammen zur Triebkraft ihres Tuns.

Zu einer Zeit, wo Fröbels Erziehungsgedanken noch nicht bis zu dem einsamen Gut in Westpreußen gedrungen sein konnten — seinen ersten Kindergarten eröffnete er ungefähr im selben Jahr — sammelte Jenny von Gustedt die Kinder der Landarbeiter und der Instleute um sich, „um ihnen neben warmen Kleidern, guter Milch, reinen Händen und Gesichtern, durch Spiel, Erzählung und Gespräch die primitivsten Ideen des Guten, Wahren und Schönen beizubringen." Zur weiteren Unterstützung ihrer Bestrebungen veranlaßte sie ihren Mann, die bisher in einem fernen Dorf gelegene Schule nach Garden zu verpflanzen, und einen jungen, guten Lehrer anzustellen, der Hand in Hand mit ihr zu arbeiten fähig war.

„Unsere Träume und Hoffnungen für Garden," so schrieb sie an Wilhelmine Froriep im Hinblick auf das bisher Erreichte, „treten allmählich als Wirklichkeiten hervor: ein junger, eifriger Lehrer, unterstützt von unserer häufigen Anwesenheit beim Unterricht, von Preisen und kleinen Kinderfesten, bringt schnell die liebe Schuljugend zu Ordnung, Fleiß und Reinlichkeit, und da beim Verderb der Erwachsenen nur durch die Kinder ein Heil für die Zukunft zu erwarten ist, hat Werner das etwas große Opfer nicht gescheut, ganz allein die Kosten dieser Stelle zu tragen."

Aber den unglücklichsten der Kinder war durch all das doch nur zum Teil geholfen: da gab es Verlassene und Waisen, denen selbst das ärmlichste Zuhause fehlte. Jenny entschloß sich, zunächst vier von ihnen in ihr Haus zu nehmen und mit Hilfe einer dafür angestellten Pflegerin unter ihren Augen erziehen zu lassen. Das erste Kind, das sie aufnahm und von dem sie noch als alte Frau besonders gern zu erzählen pflegte, war ein wunderschönes kleines Mädchen, das sie im Straßengraben neben der schwerbetrunkenen Mutter liegend fand. Erstaunt über den sorgfältig gepflegten Körper des Kindes, erfuhr sie, daß die Mutter es mit dem Schnaps zu waschen pflege, ehe sie ihn trinke. Fünf Jahre blieb das Mädchen in Jennys Obhut, dann entführte es die Mutter, nach weiteren fünf Jahren fand man es eines Morgens sterbend vor der Türe, einen elenden Säugling im Arme.

Die Beschäftigung mit den Zöglingen, deren Zahl schließlich auf sieben anwuchs, führte im allgemeinen zu erfreulichen Resultaten. Über die Anfänge des Stiftes schrieb sie: „Das kleine Mädchenstift ist auch ins Leben getreten, und vier sehr nette Mädchen im Alter von 3—11 Jahren werden unter meiner Aufsicht erzogen; da es die ärmsten und verwaistesten waren, fühlen sie sich sehr wohl ... Zu Weihnachten wurde durch diesen Zuwachs der Familie die Freude sehr erhöht, und ich kann nicht sagen, wie rührend mir die kleinen Wesen waren, die zum erstenmal in ihrem Leben eine Weihnachtsfreude, diesen Glanzpunkt der Kindheit, kennen lernten."

Was wäre aber Jennys Leben, so reich und vielseitig sie auch seinen Inhalt gestaltete, für sie selbst gewesen, wenn ihrer Mütterlichkeit nur fremde Kinder anvertraut worden wären. „Man sagt oft," schrieb sie einmal, „daß ein Weib, das fremde Kinder erzieht, aller Muttergefühle theilhaftig würde. Nur ein Mann oder eine Kinderlose kann das behaupten, die von den Wundern des Mutterseins, den geheimnißvollen Einflüssen des Blutes keine Ahnung haben. Alle Qualen der unglücklichsten Ehe wiegen federleicht gegenüber der Seligkeit der Mutterschaft, alle körperlichen Nöthe und Schmerzen sind nichts als ein nothwendiger winziger Erdenrest, der daran mahnt, daß sie nicht reine Himmelswonne ist. Dabei ist das Mutterherz ein besonders merkwürdiges Ding: neben der Gattenliebe findet eine andere ähnliche keinen Platz, ohne sie zu beeinträchtigen oder zu verdrängen, das Mutterherz aber ist wie ein Diamant: bei jedem Kinde wird eine neue Seite geschliffen und eine neue Flamme erzeugt, die der früheren nicht schadet, sondern sie noch mehr verklärt." Als sie diesen Brief — ein Gratulationsschreiben an eine jung Vermählte — absandte, war ihr zweites Kind, ein Töchterchen, das dem ältesten, einem Sohn, nach kaum einem Jahre gefolgt war, gerade geboren worden, und die Kinder bildeten ihr wachsendes Entzücken, den Mittelpunkt ihres Denkens und Tuns. Welche mütterlichen Träume und

Zukunftsgedanken umspielten jetzt schon Ottos schwarzes Köpfchen und das goldig schimmernde der kleinen Marianne!

Die Kinder sind unsere Unsterblichkeit — wer vermag diesen Gedanken in seiner ganzen Tiefe, in der ganzen Schwere der Verantwortung, den er auferlegt, stärker zu empfinden als eine Mutter, als eine solche Mutter, bei der „Gefühle und Erfahrungen so unverlöschbare Eindrücke hinterließen und eine südliche Phantasie ins Ungemessene trug".

Nach ihren Briefen aus jener Zeit zu schließen, überließ sie die Kinder so wenig als möglich anderen. Gerade die unbewußten Eindrücke der ersten Kindheit erschienen ihr als ausschlaggebend für das ganze Leben. Das sprach sie schon aus, als sie bei der Geburt des Grafen von Paris an die Herzogin von Orleans schrieb: „O, gieb wohl Acht, aus welchen Zweigen du die Wiege des Kindes flichtst, denn die Zweige wachsen zu Bäumen empor und beschatten das Menschenleben; umsonst umwindest du dann die Stämme mit Kränzen, umsonst schmückst du die Wipfel mit Blumen, ein Windstoß des Schicksals verweht sie, und es zeigt sich wieder, ob eine Traueresche oder eine immergrüne Tanne darunter wuchs."

Keinerlei gesellige Ansprüche entzogen sie ihren Mutterpflichten; bei den weiten Entfernungen und schlechten Verbindungen war an nachbarlichen Verkehr nicht zu denken, und das Leben war so ausgefüllt, daß er nicht vermißt wurde: „Ich lebe nach all meinen Einsamkeitsträumen und finde sie in Wirklichkeit noch lieber," schrieb sie nach dreijährigem Aufenthalt in Garden und fügte hinzu, daß sie sich nicht vorzustellen vermöchte, jemals in das städtische Leben zurückkehren zu können. Nur leise klang hie und da die Sehnsucht nach fernen Lieben durch. „Von mir," heißt es in einem Brief an Frau Froriep, „kann ich nur Erfreuliches berichten: meine lieben Herzenskinder gedeihen an Geist und Körper, und übermorgen ist Weihnachten!! — Ottchen ist groß und kräftig, und seine Liebe und Zärtlichkeit beglückt mich unendlich... Wir sehen niemanden, und jeder Tag ist sich gleich — gleich lieb und angenehm, ich zeichne, stricke, schreibe, lese zuweilen, spiele abends mit Werner Schach, oder wir lesen einander vor. Die Grundfarbe des Lebens sind immer die zwei lieben Engelchen, und hätte ich meine Mama und meine Emma, dann möchte ich niemals sterben."

Das liebe Bild Weimars mochte aber doch immer lockender vor ihrer Seele stehen, und das Verlangen, ihr Frauenglück, ihren Mutterstolz dort strahlen zu lassen, wo alle Freuden und Leiden ihres Mädchenlebens sich abgespielt hatten, war bald stark genug, um sie die beschwerliche Reise im Wagen mit zwei kleinen Kindern nicht fürchten zu lassen. Im Februar 1841 schrieb sie an eine ihrer Weimarer Freundinnen:

"Wie ich mich freue, Dich wieder zu sehen, Dir meine lieben, lieben Kinderchen zu zeigen! Wie ich die Unerschöpflichkeit über dieses Thema nun selbst übe, kann Dir Emma sagen; jetzt, wo ich die süße Hoffnung habe, sie nach Hause zu bringen, sie dort lieben und hoffentlich gefallen zu sehen, kann ich eher schweigen, obwohl mir Ottos Geschichten bei weitem interessanter erscheinen als die Berechnungen über den Durchbruch der Weichsel und die Angelegenheiten vom Gleichgewichte Europas! ... Jetzt habe auch ich die stille Ruhe eines befriedigten Herzens und eines ausgebildeten und ausgefüllten Lebens; mein Werner, meine Kinder, mein Haus, meine Lebensweise, meine Gegenwart, meine Aussicht für die Zukunft, alles erfüllt mich mit der gleichen unausgesetzten Dankbarkeit gegen Gott, und die Opfer vieler Lieblingsbeschäftigungen erscheinen mir um so unbedeutender, da ich mit regem Interesse Werners Thätigkeit, seinem so reichen und viel umfassenden Berufe folge."

Alte und neue Freunde, unter diesen der Gatte ihrer Stiefschwester Cecile, Graf Fritz Beust, machten ihren Weimarer Aufenthalt zu einem sehr wohltuenden, und doch kehrte sie gern zurück in den Kreis ihrer Wirksamkeit, zu ihrem Gatten, den sie mehr und mehr lieben lernte. Manche Aussprüche in ihren

Briefen legen von dem ungetrübten Glück ihrer ersten Ehejahre Zeugnis ab. So schrieb sie einmal, als Werner in Geschäften längere Zeit abwesend gewesen war:

„Während meiner sechswöchentlichen Strohwittwenschaft war ich sehr einsam, und gegen das Ende dieser Zeit ergriff mich eine große Sehnsucht, dennoch habe ich mich durch stille Beschäftigung und namentlich durch die ununterbrochene Gegenwart meiner Kinderchen erheitert — als aber einmal mitten in der Nacht mein Werner neben meinem Bette stand und leise meinen Namen rief, da wußte ich mich doch kaum eines schöneren Moments in meinem Leben zu erinnern; seitdem kann ich der Freude seiner Gegenwart gar nicht satt werden, und so einförmig und still unsere Tage aussehen, so sind sie doch lebendig durch unser Glück und unsere Liebe."

Und in einem anderen Briefe heißt es: „... ich bin schon einigemale mit den Kindern und deren Kameraden zu dem unschuldigen Fest der Schlüsselblumenlese auf einer runden allerliebsten Wiese mitten in einem herrlichen Buchenwald gewesen — wenn ich da mit einem Buche sitze und die kleine jubelnde Gesellschaft um mich herum spielt, scheint es mir, als gäbe es gar keine anderen Feste in der Welt, und komme ich dann nach Hause und gehe mit meinem Werner herum, so scheint mir dies wieder wie ein beneidenswertes Fest — kurz, ich bin eine glückliche Frau ..."

Wie wenig die Außenwelt sie lockte, mit der sie nur durch den Briefwechsel mit ihren Freunden verbunden war, wie sicher sie sich glaubte in ihrem stillen Frieden vor allen Zweifeln, aller Zerrissenheit des Innern, unter der sie einstmals litt, geht aus folgenden Zeilen hervor: „Die liebe Prinzeß Augusta hat meiner Ignoranz in der neuesten schönen Litteratur etwas nachgeholfen und mir die Reisebilder der Hahn und einige andere Bücher geschickt; ich habe sie mit großem Interesse gelesen, mich dabei mit einigem Grausen an die Atmosphäre von Ottiliens Salon und leider recht viel an ihr armes zerrissenes

Gemüt erinnert, — ich bin mit einigen Kopfwunden und einigen radikal verwachsenen Narben durch den Strom geschwommen, der die arme Ottilie umbrauste und dem sie sich hingab und hingiebt wie die verrückte Hahn, — jetzt wo ich am friedlichsten Ufer stehe, wo der Strom nicht einmal mit seinem Schaum hinkommt, erscheinen mir die Seelen doppelt unselig, die sich hin= und herschleudern lassen, anstatt einen kühnen Sprung zu tun und ans Land zu kommen."

Demselben Gedankengang folgte sie, als ihr junger Freund, der Erbgroßherzog Karl Alexander sich verlobt hatte und sie ihm schrieb: „Am ruhigen Ufer angelangt zu sein, wie ich, sich selbst freudig in dem geliebten Anderen und dann in den Anderen aufgehen zu sehen, wie ich, von dieser sicheren Stätte aus nach außen im Großen zu wirken, wie ich es nur im Kleinen vermag — darin vereinigen sich meine höchsten und besten Wünsche." Auf ihren Brief erhielt sie folgende Antwort, die der erste Anfang zu dauernder brieflicher Verbindung sein sollte:

Weimar, den 1. März 1842.

„Meine liebe gute Frau von Gustedt!

„Sie werden vielleicht erstaunt sein, einen Brief von dieser Hand zu erhalten, die es wagt, in einem Tone zu schreiben, der auf alte freundschaftliche Beziehungen schließen läßt, aber wenn ich Ihnen sage, daß die Person, die Ihnen schreibt, von allen Ihren Freunden der Treuste und Ihnen am aufrichtigsten zugetan ist, und dessen dauernde Freundschaft für Sie aus seiner Kindheit stammt, werden Sie leicht erraten, welche Hand sich heute zum ersten Mal die Freiheit nimmt, Ihnen zu schreiben. Es ist ein alter Wunsch von mir, Ihnen einmal brieflich zu wiederholen, daß weder Zeit noch Entfernung jemals aus meinem Herzen die Erinnerung und meine tiefe Anhänglichkeit an Sie auslöschen können, aber die Furcht, indiskret zu er-

scheinen, hat mich zurückgehalten, heute aber, wo ich an einem
der wichtigsten Abschnitte meines Lebens angekommen bin, habe
ich das Bedürfnis, meine Gefühle dem Herzen einer Freundin
anzuvertrauen und hätte ich da, sagen Sie es selbst, gnädige
Frau, schweigen und mich nicht an Sie wenden sollen? Arbeiten
aller Art, zwingende Briefe haben mich verhindert, den Wunsch,
den ich hatte, Sie zu sprechen, zu verwirklichen, denn es giebt
Dinge, die zu wichtig und zu zart sind, um besprochen zu
werden, wenn nicht Körper und Geist in Ruhe sind. Ich weiß
bereits, welche Teilnahme Sie für meinen letzten wichtigen Entschluß empfunden haben, es war auch kaum nötig, es noch zu
versichern, denn ich wußte im Voraus, daß Sie mir bei dieser
Gelegenheit Ihre Glückwünsche nicht verweigern würden, die
mir so notwendig sind und denen ich einen so hohen Wert bei-
messe. Dafür möchte ich Ihnen jetzt meinen aufrichtigen Dank
aussprechen, nehmen Sie ihn an mit der Versicherung, daß er
aus dem Grunde eines Herzens kommt, das Ihnen ganz ergeben ist. Ich wage die Bitte hinzuzufügen: geben Sie mir
Ihren Segen als Freundin, er wird mir Glück bringen, er wird
mir die Kraft geben, Sie nachzuahmen in der Erfüllung Ihrer
Pflichten und in der geistigen Entwicklung, die Sie zu so
schönen Erfolgen geführt hat und die alle Menschen ergreift,
die das Glück haben, sich Ihnen zu nähern. Sie müssen von
nun an auch meiner Braut ein wenig Freundschaft entgegen
bringen, denn ich liebe sie aufrichtig, und sie verdient Ihre
Achtung. Ich darf wohl sagen, daß sie alle Eigenschaften hat,
die hoffen lassen, daß wir gut miteinander leben werden, ihr
sanfter Charakter, ihre immer frohe und gleiche Laune, ihr gebildeter Verstand und die Zuneigung, die sie mir entgegenbringt,
berechtigen mich, wie ich glaube, zu dieser Hoffnung. Ich
wage sogar zu hoffen, daß sie dereinst den beschwerlichen, aber
segensreichen Weg wandeln wird, den auch meine Urgroßmutter,
meine Großmutter und meine Mutter gegangen sind und noch
mit solchen Erfolgen gehen; und das ist nicht der geringste

Vorteil, den sowohl das Land wie auch meine Familie aus dieser geplanten Vereinigung ziehen werden . . .

„Meine 23 Jahre und ihre 17 sind allerdings kein hohes Alter, aber das Sprichwort sagt: ‚wem Gott ein Amt giebt, dem giebt er auch die Kraft', das läßt mich hoffen, daß unsere Jugend kein Unglück ist, um so mehr als sich dieser Fehler ja mit jedem Tage verringert. Ich wünsche herzlich, Sie bald mit meiner Braut bekannt machen zu können, und hoffe, daß wenn ich erst verheiratet bin, Sie sich mit eigenen Augen davon überzeugen werden, wie es in meinem kleinen Haushalt zugeht. Der Gedanke, daß ich von meinem Haushalt spreche, kommt mir so seltsam vor, daß ich zu träumen glaube. — Aber dieser Brief wird ein Buch, und ich muß gestehen, daß ich vergaß, daß ich Ihre Güte und Ihre Geduld mißbrauche, wenn ich in einem fort von mir spreche. Gestatten Sie mir noch, Sie zu bitten, Ihrem Gatten meine Empfehlung zu vermitteln, und bewahren Sie Ihre Güte und Freundschaft dem, der für das Leben bleibt
            Ihr ergebener Freund
                    Carl Alexander."

Es gehört zu jenen freundlichen Märchen, an die die Menschen so gerne glauben, solange ihr Herz noch jung ist, daß Freundschaft und Liebe dem Dache gleicht, das vor den Unbilden des Wetters Schutz bietet, oder dem Öl, das die heranbrausenden Wogen des Schicksals besänftigt. Wäre es Wahrheit, wie gesichert vor allem Bösen hätte Jennys Leben verfließen müssen! Aber das Unglück kennt keine Hindernisse, wenn es sein Opfer erreichen will, und um so größer und vernichtender ist es, je reicher und tiefer die Seele ist, die es trifft. Ein Pfeil, der an der Haut des Elefanten abprallt, durchbohrt die Taube; ein Schrotkorn, das im Fell des Bären stecken bleibt, tötet die Nachtigall.

Vielerlei Erlebnisse, die für robuste Naturen ohne tieferen Eindruck vorübergegangen wären — Undankbarkeit und Untreue bei denen, die mit Wohltaten überschüttet wurden, Fehlschlagen der liebevollsten Erziehungsmethoden — wirkten beinahe verdüsternd auf Jennys Gemüt. Schlechte Ernten, getäuschte Hoffnungen auf Verbesserungen im Kreis und in der Provinz überwand sie nicht, wie glücklichere Naturen, durch neue Hoffnungen, sie steigerten vielmehr ihre Sorgen. Kamen trübe Nachrichten von Freunden und Verwandten, so überwand sie sie schwer. Als Wilhelmine Froriep ihr vom Tode ihres Kindchens Mitteilung machte, schrieb sie ihr: „Wie mein höchstes Glück in meinen beiden Kindern liegt, so ist dies auch gleich die wunde Stelle, an der mein Mitgefühl für andere Mütter fast physisch schmerzhaft ist — in jeder Fingerspitze fühle ich körperlich, was im Herzen vorgeht..." Waren die eigenen Kinder krank, so pflegte sie sie bis zur Erschöpfung, aber sie litt weit mehr unter der Angst, als unter dem Versagen der Körperkräfte. Die lang andauernde, schmerzhafte Krankheit ihrer zärtlich geliebten Mutter, der sie fern bleiben mußte, weil sie sich zwischen ihr und den Kindern nicht zu teilen vermochte, erfüllte sie mit dauernder Angst. Die Geburt ihres dritten Kindes, eines Mädchens, das auf ihren Namen getauft wurde, vermochte sie darum nicht mit derselben Wonne zu begrüßen, die sie sonst empfunden hatte — ein Umstand, der sie Zeit ihres Lebens diesem Kinde, meiner Mutter, gegenüber etwas wie Schuldbewußtsein empfinden ließ. Ein halbes Jahr nachher, im Dezember 1844, rief der besorgniserregende Zustand der Mutter sie nach Weimar. „Wenn man nicht mehr für die Seinen leben kann, warum dann überhaupt noch leben?" hatte sie in einem ihrer letzten Briefe geschrieben, „ich kann ihnen nichts mehr sein, kann ihre Zärtlichkeit nur mit einem Blick der Verzweiflung beantworten. O gütiger Gott, erhöre mich, laß mich heimkehren zu Dir! Von dort aus werde ich meine Kinder segnen, werde ihnen danken für alles Glück, das mir geworden ist durch sie! Alle Seligkeit des Lebens verdanke ich ihnen, und die Worte, die ich so gern wiederhole: Ich bin eine glückliche Mutter, sollen auch meine letzten sein und mir den Abschied verschönen!" Jenny traf sie nicht mehr am Leben. Sie gab ihr noch das letzte Geleit, dann kehrte sie heim, um vieles gealtert, wie jeder, an dessen Lebensweg der erste Grabstein sich aufrichtet. Lange vermochte sie sich nicht zu erholen. „Meine Nächte," so schrieb sie, „sind durch schreckliche Träume des vergangenen Jammers, der durch die Lebhaftigkeit derselben immer wieder zur Wirklichkeit wird, sehr peinlich; dann erwache ich in Angstschweiß gebadet mit Herzklopfen und mit einer demnach wieder neuen Täuschung, weil ich zwar die trostlose Überzeugung des nahen Todes meiner geliebten Mutter träume, in der Regel aber nicht, daß er wirklich erfolgt sei — daher mir die Gewißheit beim Erwachen einen neuen Schreck giebt. Am Tage erhole ich mich durch die Stille, den freundlichen Sonnenschein, der zu jeder Stunde meine behaglichen Zimmer erhellt, durch die geistige Ruhe, die unschuldige Fröhlichkeit meiner drei lieben Kinder und die Liebe meines Mannes. Es ist mir sehr wohlthuend, daß mir niemand von meinem Schmerze spricht, und mich wieder niemand stört, wenn ich davon sprechen oder daran denken will. So vergehen leise und sanft meine Tage in einer stillen Trauer, die mir so mit meiner Seele verwebt zu sein scheint, daß ich nicht weiß, wie sie je aufhören kann, oder wie sich neben sie die Fähigkeit, eine frohe Botschaft, eine recht volle Lebensfreudigkeit zu empfinden, stellen wird. Ich beschäftige mich auch so leise hin und fühle mich nicht allein nicht geistig gelähmt, sondern sogar durch den Gedanken an meiner Mutter Liebe und Segen zur Tätigkeit, die sie billigte, angeregt."

Die ländliche Ruhe empfand sie jetzt doppelt wohltätig. Den Schmerz durch Zerstreuung zu betäuben, jenes Rezept schlechter Seelenärzte, die nicht wissen, daß er die Heilkraft in sich selbst trägt, wies sie weit von sich: „Der Schmerz soll sein, wie der Schnitt an der wilden Rose, der ihrer Veredelung durch ein neues Reis vorangeht," schrieb sie, und auf einen teilnehmenden Freundesbrief antwortete sie: „Meine Pläne konzentriren sich alle auf Garden; meine letzte Reise hat einen tiefen Eindruck nicht allein auf mein Herz, aber auch auf meine Phantasie gemacht, erst jetzt kommen Nächte vor, wo ich sie nicht im Traume wieder durchlebe, und das Wort ‚reisen' hat einen schmerzlichen Klang für mich . . . Ich lebe ganz klösterlich, still, ernst, beschäftigt und ergeben, obgleich wehmüthig bis im Innersten der Seele, meine Kinder sind mein Glück, sie gedeihen in dem gesegneten Landleben, wo ich alles auf sie einrichten kann, auch der strenge Winter ist ihnen nicht entgegen, da sie täglich, und Otto oft den ganzen Tag, draußen sind; jetzt fahren sie im Schlitten spazieren, und mein Jennchen hält mit ihren zwei dunkelroten dicken Bäckchen auf dem weißen Kopfkissen ihren Mittagsschlaf."

Während sie mit ihrem Besitztum sich immer mehr verwachsen fühlte, je mehr Liebe und Arbeit darauf verwandt worden waren, und jede Ausgestaltung des Hauses, jede Gartenanlage es ihr mehr und mehr zur Heimat machte, in der sie und ihre Kinder Wurzel faßten, erschien dem Gatten das Feld seiner Tätigkeit immer enger. Der Wunsch, ins Weite zu wirken, beherrschte ihn immer lebhafter. Jenny beobachtete diese Entwicklung mit stillem Kummer. Sie hoffte, er würde als Landrat Befriedigung finden, und unterstützte daher seine Bestrebungen nach dieser Richtung. „Ich wünschte sehr für Werner," schrieb sie, „daß er Landrath wird, da mein viel **sehnlicherer Wunsch**, daß er sein Leben mit dem in jeder Hinsicht angestrengten Eifer ausfüllen möchte, sein Gut materiell und moralisch zur höchst möglichen Vollkommenheit zu bringen, nicht erfüllt wird, und sein Interesse gemeinnütziger ist und in weiterem Kreis sich bewegt, so würde er als Landrath auf andere Weise meine Lebensidee erfüllen, denn seine Pläne für Chausseen, gute Wege, Sparkassen, Krankenhäuser, Turnanstalten, ökonomische Landverbesserungen, sind nicht allein dem Plan, aber auch den Vorarbeiten nach, reif, und ich zweifle nicht an seiner Energie zu ihrer Ausführung."

Für sie selbst gewann der Plan an Reiz, da seine Ausführung sie nicht von Garden fortzuführen schien und sich ihr dabei die Möglichkeit bot, für ihre sozialen Bestrebungen einen breiteren Boden zu finden. Ihre Briefe aus dem Anfang des Jahres 1845 lassen überhaupt einen zuweilen bis zum krampfhaften gesteigerten Tätigkeitsdrang erkennen. Die verschiedensten Pläne durchkreuzten ihr Hirn, und für die, die der öffentlichen Wohlfahrt dienten, suchte sie ihre fürstlichen Freunde vor allem zu interessieren. Schaffung von Rettungshäusern für uneheliche Kinder, Suppenanstalten für Arme, Heime für die schulpflichtige Arbeiterjugend schlug sie ihnen im Detail vor. Sie bekam damals dieselben Antworten, die heute die Regierungen zu geben pflegen, wenn sie zur Abhilfe dringender Notstände aufgefordert werden: man wolle die Frage untersuchen lassen. „Als ob es der Untersuchung noch bedürfte," schrieb sie, „wo im 19. Jahrhundert in Preußen Menschen verhungern und erfrieren und Kinder aus Mangel an Nahrung und Pflege elendiglich zu Grunde gehen!" In einem längeren Brief des Erbgroßherzogs von Sachsen-Weimar — einem der sehr wenigen, die erhalten blieben — findet sich eine Bemerkung, die auch auf eine solche Anregung ihrerseits schließen läßt, aber auch die weiche Liebenswürdigkeit des jungen Fürsten, die damals schon für energische Tatkraft nicht viel Raum ließ, so daß jenes „Weh dem, daß du ein Enkel bist!" auch auf ihn Anwendung finden mochte, tritt gerade in diesem Schreiben besonders deutlich hervor:

Weimar, den 12. März 1845.

„Was Sie von mir denken, kann ich, verehrte und geliebte Freundin, weder rathen noch wissen; was mich angeht, so weiß ich nur, daß ich diesen Brief mit einem Gefühl wirklicher Beschämung beginne. Auf Ihre liebenswürdigen und freundschaftlichen Worte durch ein Schweigen von mehreren Wochen zu antworten, — nicht danken, wo soviel Güte es zur heiligen Pflicht macht, das ist ein Verhalten, das den schärfsten Tadel

Jenny von Gustedt
geb. von Pappenheim
Nach einer Bleistiftzeichnung von Friedrich Preller

verdiente, wenn das Gewissen des Angeklagten ihn nicht berechtigte, seinen Richter um Milde zu bitten. Es giebt Briefe und Briefe, wie es Freunde und Freunde giebt.

„Sie selbst bezeichneten eines Tages die verschiedenen Arten und teilten sie ein in Freunde, die wir lieben, solche, die wir nicht lieben, und solche, die wir nicht leiden können. Es besteht eine große Ähnlichkeit zwischen den verschiedenen Arten von Freunden und den verschiedenen Arten von Briefen; es giebt welche, die man aus Pflichtgefühl schreibt, solche, die man aus Rücksicht schreibt, und es giebt endlich Briefe, die man aus innerem Drang, aus Freundschaft, aus Begeisterung schreibt. Ich brauche Ihnen, glaube ich, nicht zu sagen, daß die Briefe, die Sie mir an Sie zu richten gestatten, zu dieser letzten Klasse gehören, und gerade weil sie dazu gehören, können sie nicht zu jeder beliebigen Zeit geschrieben werden, wie man auch nicht jeden Augenblick eine gute Unterhaltung führen kann. Deshalb schien es mir, als ob die im Tumult des Carnevals verbrachten und durch eine Familienversammlung unterbrochenen Wochen kaum die geeignete Ruhe boten, um mit Ihnen zu sprechen.

„Lassen Sie mich nun von einer Verpflichtung zu einer anderen übergehen und Ihnen im Geiste die Hand küssen für den lieben, freundlichen und zarten Brief, durch den Sie mich geehrt haben und der mich so erfreut hat. Ich will ihn im einzelnen beantworten und ich kann nicht besser beginnen, als indem ich von Ihrer Gesundheit spreche, die, wie ich hoffe, zur Stunde wieder vollkommen hergestellt ist. Die Eindrücke, die Sie im letzten Winter gehabt haben, waren zu tief, zu schmerzlich, um nicht Ihre Gesundheit zu erschüttern, aber ich habe eine zu hohe Meinung von Ihrem Willen, von Ihrem Eifer für das Gute, von Ihrer Thätigkeit und endlich von Ihrer Religion, um nicht überzeugt zu sein, daß Sie schon seit langem Ihre Ruhe und Ihre Gesundheit wiedererlangt haben. Gott behüte mich davor, Ihren Schmerz nicht achten zu wollen, er ist viel zu heilig, um nicht Gegenstand allgemeiner und aufrichtiger Theilnahme zu sein; aber es bleibt ewig wahr, daß eine regelmäßige Beschäftigung heilenden Balsam in solche Wunden gießt. Darum sehe ich Sie muthig den Weg weiter verfolgen, der Ihnen, seit Sie uns verlassen haben, den Segen Ihrer Untergebenen eingetragen hat, ebenso wie die, für die Sie hier sorgten, Sie segneten und noch segnen. Der Plan, den Sie mir vorlegen, oder vielmehr der Vorschlag, den Sie mir machen, mich für eine Anstalt zu interessieren, deren Zweck sein soll, für die Kinder von Ammen und unverheiratheten Müttern zu sorgen, ist ein neuer Beweis dafür. Ich beeile mich, alle erforderlichen Informationen einzuziehen und in Kurzem werde ich die Ehre haben, Ihnen davon zu berichten. Auf jeden Fall bin ich von dem wahrhaft christlichen Gefühl überzeugt, das Ihnen diesen edlen Plan eingegeben hat, auch von dem Schmerz, den Sie empfinden, wenn Sie an das Unrecht denken, mit dem so viele Menschen in dieser Beziehung ihr Gewissen belasten. Es geht ja mit diesem Unrecht wie mit so vielem anderen, das man begeht, ohne daran zu denken, ich kann sagen: glücklicherweise, ohne es zu vermuthen. Wenn man sich immer beobachten würde, wenn man immer Acht gäbe, würde man in seinen eigenen Augen ganz anders erscheinen, als man sich zu sehen gewohnt ist.

„Ich weiß nicht, ob Ihr Gemahl, dem ich mich zu empfehlen bitte, Landrath geworden ist oder nicht; es wäre mir lieb, wenn Sie mir das mittheilen würden. Ich wünschte es ihm aufrichtig, und wenn die Verwirklichung von mir abhinge, hätte ich mich nicht auf bloße Wünsche beschränkt. Wie gern sähe ich Sie in der richtigen Sphäre für Ihre Thatkraft und Leistungsfähigkeit. Doppelt gern, weil Sie, auf einen sozusagen unkultivierten Boden gestellt, alles selbst erst schaffen mußten; eine ganz von Ihnen geschaffene Welt, meine liebe Jenny, muß sehr schön sein, beinahe ein Paradies, denn über dem Schönen, das Sie immer schaffen, werden Sie stets das

Gute herrschen lassen! — Damit wäre Ihr Brief annähernd beantwortet, ich sage annähernd, weil im Grunde nur das Leben allein die rechte Antwort geben kann auf die Worte, die sich an alle fühlenden, empfindenden und handelnden Fasern meines Wesens zu richten scheinen. Ich bitte Sie demnach, von meinem Leben die Antwort auf Ihr Interesse, Ihre Freundschaft und Ihre Theilnahme zu erwarten. — Ich kann die Feder nicht fortlegen, ohne Ihnen noch ein wenig von hier zu erzählen. Ihr Vater und Ihre Schwester befinden sich wohl; Cecile geht seit einigen Tagen wieder aus und scheint sich gut von ihrer Entbindung erholt zu haben. Der Kleine wurde in Gegenwart von Mama und uns allen getauft, was mich tief gerührt hat, denn Beust gehört so sehr zu meiner eigenen Familie, er bildet so sehr einen Theil meiner selbst, daß es mir vorkommt, als ob alles, was ihm begegnet, Gutes und Böses, mir selbst geschähe. Ich sehe häufig Fräulein von Froriep, deren liebenswürdigen Charakter ich mehr und mehr bewundere, ohne von den anderen Eigenschaften zu sprechen, die sie auszeichnen. Sie erinnert mich oft an Sie, und ich glaube deshalb um so mehr, daß das, was sie so liebenswürdig, so gleichmäßig gut und interessant macht, eine Gabe ist, die sie von Ihnen hat. Denn das ist eine wirkliche Wohlthat der Freundschaft, eine ihrer Segnungen, daß sie die guten Eigenschaften eines Freundes auf den andern überträgt. Es scheint mir eine der schönsten Erinnerungen zu sein, die man an jemanden haben kann, sich zu sagen, daß diese oder jene gute Eigenschaft, die ich besonders liebe, von diesem oder jenem Freunde stammt. — Vor einigen Tagen kam Frau von Goethe an, die sich wegen Familienangelegenheiten herbegeben hatte. Es schmerzte mich, sie zu sehen; ich kann sie nur einem entwurzelten Stamm vergleichen, der auf dem Wasser schwimmt, so ohne Ziel, ohne feste Absichten, ohne Plan, ohne Zukunft ist sie. Durch ihre manchmal etwas barocke Eigenart brach zuweilen ihr mütterliches Gefühl durch, und dann sagte sie mit

Thränen in den Augen von Alma: ‚unser aller Frühling ist hin.‘

„Ich sah auch Walther, der bald nach seiner Mutter kam; er sieht so schwächlich und gedrückt und lebensuntauglich aus, — verzeihen Sie den Ausdruck, — daß es einen schmerzt, wenn man ihn sieht. Man kann sagen, daß ein großer Name, wenn er nicht Ruhm und Auszeichnung bedeutet, zur Last wird. Unter den Freunden, die wir im Laufe des Winters hier sahen, befand sich auch ein gewisser Herr von Schober, ein Mann von Geist und Talent, dessen schöne Gedichte ihm in Deutschland einen Namen gemacht haben. Ich erfreute mich des Verkehrs mit ihm ... Eine Reise nach Holland, die ich jetzt während dieses Januarwetters unternehmen muß, kommt mir recht ungelegen. Es ist die Zeit, in der ich mich am liebsten vollkommen in meine Studien vergraben und von nichts stören lassen möchte. Vermuthlich theilen Sie meinen Geschmack, darum verzeihen Sie, daß ich Ihre Zeit so ungebührlich lange in Anspruch genommen habe. Mit vielen Empfehlungen von meiner Frau und den herzlichsten Grüßen von mir

Ihr treuster Freund

Carl Alexander."

Als im Herbst 1845 dem Gardener Ehepaar ein Töchterchen geboren wurde, das den Namen der toten Großmutter erhielt, sah Jenny ihre Tätigkeit nach außen für eine Zeitlang unterbrochen und auf die Kinderstube beschränkt. Ihrer vergessenen Künste erinnerte sie sich nun wieder und zauberte in zarten Aquarellfarben die reizenden Köpfe ihrer vier Kinder aufs Papier. Otto, einen schlanken, feinen Jungen mit dem klassischen Profil der Bonapartes, „der," wie sie schrieb, „für mein Mutterauge das vollkommenste Idealchen ist," malte sie am liebsten keck auf seinem Pony sitzend; Mariannen, mit den großen Märchenaugen, gab sie blasse Rosen in die Hand; während Jenny, „der kleine blondgelockte Engel, bei dessen Anblick mir Thränen der Liebe und Dankbarkeit in die Augen steigen," mit ernstem Gesichtchen auf der Gartenfußbank Sandkuchen backt oder das kleine Dianchen, den Liebling aller, auf dem Schoße hält. Die zwei älteren Kinder gingen schon in die Dorfschule — eine Maßnahme, die Freunde und Verwandte entsetzte — während daheim eine junge Schweizerin, die Jenny aus der einfachen Bonne ihrer Kinder allmählich zur lieben Freundin wurde, sie im Französischen unterrichtete. In Religion und Geschichte unterrichtete Jenny selbst und nach einer Methode, die damals noch eine ganz neue war: mit der Geschichte der engsten Heimat begann sie. Beim eigenen Vorstudium hatte sie sich dabei für die Geschichte der preußischen Ordensritter so begeistert, daß sie einzelne Gestalten daraus, wie z. B. die Winrichs von Kniprode, zum Vorbild aller Rittertugenden erwählte. Als noch größerer Held jedoch erschien ihr der große Friedrich, dessen Lebensgeschichte sie in schlichten Reimen zusammenfaßte, um sie den Kindern recht genau einzuprägen. Auch die Enkel lernten sie, als sie noch nicht lesen konnten, und keine historische Persönlichkeit ist mir infolgedessen so lebendig geblieben wie der „alte Fritz".

Noch mehr als ihr historischer wich ihr religiöser Unterricht vom Gewohnten ab. Die Kinder lernten weder Bibelsprüche noch Gesangbuchverse, von der biblischen Geschichte erfuhren sie wie von schönen Märchen, an die zu glauben, im Sinne des Fürwahrhaltens, sie nie gezwungen wurden. Nur ein Gesetz gab es für sie als das unbedingte, dem zu folgen Tugend sei und selig mache, das zu verletzen, den Weg zu moralischem Zusammenbruch, zu Unglück und Elend betreten heiße: Du sollst deinen Nächsten lieben als dich selbst. Wie Jenny ihren Kindern dies Gesetz verständlich zu machen suchte, wie sie ihnen an Beispielen aus dem täglichen Leben die Folgen des Gehorsams und des Ungehorsams ihm gegenüber auseinandersetzte, das hat sie in einem kleinen Büchlein zusammengefaßt, dessen vergilbte Seiten mich wehmütig anschauen, und hinter denen die Köpfe all der Kinder, die daraus lernten, aufzutauchen scheinen. Auf dem weißen Marmorkreuz aber, das auf ihrem Schreibtisch stand, leuchten noch immer in goldenen Lettern die Worte: Die Liebe höret nimmer auf.

Im Herbst 1846 traf Jenny der schwerste Schlag: die kleine Diana starb — die große Diana zog sie nach ins Grab! Was Jenny empfand, kann ihr niemand nachempfinden als eine Mutter, und zum ersten Male fühlte sie sich, trotz der liebevollen Nähe des Gatten, allein mit ihrem Schmerz. Niemand begriff, daß der Tod eines so kleinen Kindes einen unausfüllbaren Lebensabgrund aufreißen kann; niemand konnte verstehen, daß für eine Mutter das Kind ein Teil ihrer Selbst ist, und sie immer verstümmelt bleibt, wenn es ihr entrissen wird — wie sie denn eigentlich nur vollkommen wird durch ihre Kinder.

Wilhelmine Froriep gegenüber, die eine Mutter war wie sie, sprach sie sich aus: „Seitdem ich den tiefen unauslöschlichen Schmerz empfunden habe, den Dein Mutterherz doppelt gekannt hat, habe ich unzählige Male mit dem Gedanken in Deiner milden wohltuenden Nähe verweilt, mein liebes, liebes Minele, und sehnte mich, in Deinen Augen das volle Mitgefühl zu lesen, das nur Mütter empfinden können, namentlich bei dem Tode eines so jungen Kindes; — aber Du weißt, ich war fast den ganzen Winter so krank, daß ich, statt meine Einsamkeit zu nutzen, sie als eine große Bürde fühlte; — meine drei mir gebliebenen Kinderchen hatte ich sehr viel um mich, aber ich war zu schwach, um dies so recht freudig und dankbar zu empfinden, und hätte mein Körper das Wort führen dürfen, so hätte er sich sogar sehr darüber beklagt. Im Seebad fühlte ich mich wohl, die Luft war so herrlich, und das Meer scheint so ganz ohne Abschnitt mit der Ewigkeit zusammenzuhängen, daß die Seele ruhiger wird; doch meiner Rückkehr nach Garden folgte eine unbeschreiblich trübe Zeit. Wenn die Leiden der Phantasie sich zu denen des Herzens gesellen, werden beide unendlich vermehrt, und ist dann der Körper nicht stark genug, um den Willen zu unterstützen, kann die Thätigkeit nicht den Damm der Gedanken bilden, so wird das Leben recht schwer, ich kämpfe noch fortwährend mit dem traurigen Einfluß, den die alte Umgebung ohne das heißgeliebte Kind auf mich übt, und noch sehne ich mich stündlich von hier weg; da dies Gefühl sich aber mildert, meine Gesundheit sich stärkt, und meine Thatkraft zunimmt, so fasse ich Geduld mit mir, und wo Vernunft und Ergebung nicht ausreichen, hoffe ich auf die Zeit."

Der alte Freund — Arbeit — der ihr noch immer geholfen hatte, sollte auch jetzt wieder helfen. „Ich lebe nur meinen Kindern, die mir viel Freude machen, ohne daß freilich die Schatten fehlen," schrieb sie. „Oft sitze ich auch auf alte deutsche Art mit meinem Mädchen in der Jungfernstube, weil meine Lampe und mein Buch ihnen vortheilhaft sind, und mich der fleißige Kreis erfreut ... Wäre meine Seele ohne Sehnsucht nach Mutter und Kind, und hätte ich eine Freundin, der ich mich so recht innig mittheilen könnte, so wäre diese Existenz ganz nach meinem Geschmacke."

Bald jedoch sollte sich zeigen, daß das tiefe Leid eine große seelische Umwälzung in ihr hervorgerufen hatte: Garden, die traute Heimat ihrer Kinder, wo ihr die Wälder so freundlich gerauscht, die Seen ihr lachendes blaues Auge vor ihr aufgeschlagen hatten, erschien ihr nur noch wie das Grab des einen Kindes, und ihr Geist und ihr Herz, die verlernt hatten, ein eigenes Leben zu leben und darum so qualvoll litten, wenn ein Teil ihres Lebens, das Kind, ihnen genommen wurde, sehnten sich hinaus, zurück nach der Heimat ihrer Jugend. In einem ihrer Briefe aus jener Zeit heißt es:

„Daß meine Wünsche sich nach Weimar richten, kann ich nicht leugnen und zeigt sich auch jetzt keine, auch gar keine Aussicht, uns dorthin zu verpflanzen, so mag man sich doch gern bereit halten, glückliche Zufälligkeiten und Schickungen zu ergreifen. — Den Winter dort zuzubringen, hat immer große Schwierigkeiten: den Kindern ist der hiesige gleichmäßige Winter zuträglicher, Otto hat Schlitten, Pferd und alles Zubehör eigen, und fährt nach Belieben, bis es 10 Grad Kälte übersteigt, dann ist die Freude kurz und er bleibt auch gern zu Hause. Das Kleinste, wenn es Gott giebt und erhält, macht schon nächsten Winter die Reise, wenn nicht unmöglich, doch ganz unwahrscheinlich. Der günstige Einfluß unseres Schullehrers auf Mariannchen wird schwerlich ersetzt werden, eine französische Bonne steht mir seit Ostern in diesem Zweige der Erziehung bei, und für Jennchen sind die großen ganz durchwärmten und zugfreien Räume und die Spiele mit den kleinsten meiner Stiftskinder auch schwer zu ersetzen. Werner hat sein Gut und seine Provinzialinteressen, auch angenehme Männer zum Umgang und meistens eine Reise, die den Winter durchschneidet, und seine Laune ist so gleichmäßig, und sein Ausdruck so zufrieden, daß er keinen hinreichenden Grund zu einem andern Winteraufenthalte bietet. Nun bleibe ich, die sich wohl oft die Abende in Weimar vormalt, wo alles Lebenslustige bei Ball und Theater und ich mit Emma, Dir, Luise, meiner lieben Cecile zusammen wäre, oder der Familienkreis, der jetzt so gemüthlich geworden ist, mit Karls und Beusts und Papa — aber ich bin eins gegen 5, und da außerdem das Beste meines Selbstes in den 5 steckt, ist das, was davon übrig bleibt, nicht lebensfrisch genug, um egoistisch zu sein."

Viele ihrer Freunde teilten ihren Wunsch und suchten ihn dadurch zu verwirklichen, daß sie an berufener Stelle Schritte taten, um Werner Gustedt den Weg in den weimarischen Staatsdienst zu eröffnen, der auch ihm als angenehme Aussicht erschien. Jenny zweifelte von vornherein an dieser Möglichkeit, ihr Mann war zu sehr Preuße, zu wenig Hofmann, um willkommen zu sein. Sie wußte außerdem, daß auch von seiten des Stiefvaters, der mit ihrem Mann nicht gut stand, nur Opposition zu erwarten war, daß auch der Erbgroßherzog, so sehr er ihr nahestand, für ihn keine Sympathie besaß, und zwar um so weniger, je mehr seine Schwester, die Prinzessin von

Preußen, für ihn eintrat. Aber trotz dieser Erwägungen der Vernunft, überließ Jenny sich eine Zeitlang nur zu gern ihrer Phantasie, die ihr ein Leben in Weimar in den schönsten Farben malte. Selbst wenn der Aufenthalt dort kein dauernder würde sein können, so hätte sie ihn doch der drückenden Einsamkeit Gardens vorgezogen; „nach ein paar Jahren," so schrieb sie, „könnten wir im schlimmsten Fall wieder werden, was wir jetzt sind, nur in der Nähe einer großen Stadt, unserer Verwandten und im Mittelpunkt des Fortschritts und eines regen geistigen Lebens."

Wie anders klingen diese Worte der Sehnsucht, als ihre Einsamkeitsschwärmerei der dreißiger Jahre! So fern ab sie den Weltereignissen lebte, sie spiegelten sich doch in ihrer eigenen Seele wider: der Traum der Romantik war ausgeträumt, die Wirklichkeit forderte ihre Rechte; dem Schauspiel wich die Idylle. Wenn sie sich, in innerster Seele unbefriedigt von einem Leben, das trotz aller selbstgewählten und geschaffenen Arbeit doch nur ein Leben des Genießens, wenn auch des reichsten geistigen Genießens gewesen war, in die ländliche Einsamkeit zurückgezogen hatte, um dort in ihrem Mann, in ihren Kindern, in ihren Armen und Pflegebefohlenen aufzugehen, so hatte sie dabei vergessen, was den Mädchen ihrer Zeit zu vergessen freilich zur Pflicht gemacht wurde, daß sie selbst eine Persönlichkeit war, die ihre Rechte früher oder später zur Geltung bringen mußte. Unter dem Druck der Erziehung und der Vorurteile war die Wandlung von einem geistig lebendigen Mädchen in eine gute Hausfrau, deren höchster Ruhm es war, die eigene Individualität mehr und mehr abzustreifen und das Ideal weiblicher Pflichterfüllung dadurch zu erreichen, daß sie dem Willen und den Wünschen der Familie blindlings nachkam, niemals aber die eigenen laut werden ließ, bei dem größten Teil des weiblichen Geschlechts damals eine selbstverständliche. Eine ungewöhnlich starke Natur mußte es sein, die nicht zwischen den Mühlsteinen der Weibespflichten zerrieben wurde, und es mußten ihr Kräfte von außen zu Hilfe kommen.

Hatte der Tod ihres Kindes sie aufgeschreckt aus gefühlvollträumerischem Versunkensein in das friedliche Glück des Hauses, so rissen die politischen Zeitereignisse sie aus einem Gedankengang, der sich nur um das Wohl und Wehe der sie zunächst Umgebenden drehte. Es war nicht nur die Not daheim, die um Abhilfe schrie und der mit persönlichen Maßnahmen beizukommen sein mochte, es war der furchtbare Gegensatz zwischen Kapital und Arbeit, der sich wie ein dunkler klaffender Abgrund deutlicher und deutlicher vor jedem, der sehen wollte, auftat. Wer war geneigter als die Kinder der Romantik, sich von der Not der schlesischen Weber, der hungernden preußischen Bauern, bis zu dem Elend der englischen Fabrikarbeiter aufs tiefste bewegen zu lassen und sich mit der ganzen Überschwenglichkeit ihrer Liebes- und Mitleidsempfindungen ihnen zuzuwenden? Bettinens Buch an den König, George Sands Begeisterung für die Sache des Volkes liefern den Beweis dafür. Kam eine religiöse Überzeugung dazu, wie die Jennys, die vom christlichen Glauben ausging und in der Forderung der Nächstenliebe der Tat gipfelte, so mußten die Ereignisse der Zeit auf sie wirken wie Frühlingswetter auf wohl vorbereiteten Ackerboden. Mit noch weit größerem Eifer als in ihrer Mädchenzeit vertiefte sie sich wieder in ernste Studien, deren Zweck für sie jetzt nicht mehr allein die persönliche Aufklärung war, deren praktische Ergebnisse sie vielmehr hoffte, dem Allgemeinwohl einmal nutzbar machen zu können.

Für ihre Betrachtungsweise ist ein Brief an Gersdorff aus dem Jahre 1846 charakteristisch, der an die Lektüre philosophischer Schriften anknüpft, und in dem es heißt:

„Die Wahrheit, an die ich glaube, liegt zwischen Seneca und Bacon; Bacons Ziel: der Nutzen und materielle Fortschritt durch die Wissenschaften, als Mittel zu Senecas Ziel: die größte moralische und geistige Entwicklung des Menschen. Diese Entwicklung ist das Endziel alles Strebens; wäre es im rohen Naturzustande erreichbarer als durch Civilisation, so würde ich für den rohen Naturzustand stimmen, so aber glaube ich: es liegt der Wissenschaft ob, Raum, Kraft, Zeit, Mittel zu schaffen, um den Geist möglichst unabhängig von der Materie zu machen, zugleich die Intelligenz zu üben und zu schärfen, und dem flügellosen Menschen Flügel zu schaffen. — Die Mittel, welche mit dem wenigsten Zeitaufwande und dem geringsten Verbrauch an Kräften die Bedürfnisse der physischen menschlichen Natur befriedigen, mithin das Vergessen des Körperlichen erleichtern, entfesseln den Geist und geben ihm Zeit, Raum, Kraft und Mittel zum Wachsen und Gedeihen. — Deshalb thut die Wissenschaft göttlichen Dienst, wenn sie Dampfmaschinen, Luftheizungen, Gasbeleuchtungen, Hebel, Wölbungen, Heilmethoden, Ackerwerkzeuge, Produktionsmittel aller Art erfindet, und so lange muß sie rastlos diesem göttlichen Dienste vorstehen, bis die Massen der Menschen Muße gewinnen, um geistige Entwickelung pflegen zu können."

Als dann das Jahr 1847 erschien, mit hohlen Augen und eingefallenen Wangen, eingehüllt in das fadenscheinige Gewand des Hungers, und die Not auf Schritt und Tritt Jenny mehr als je entgegenstarrte, sah sie noch deutlicher als je die Unzulänglichkeit bloßer privater Hilfe ein. Zwar schuf sie einen großen leeren Raum ihres Hauses zur Volksküche um und stellte Frauen an, die in großen Kesseln die Mahlzeiten für die Scharen von Hungernden kochten, die Tag für Tag herbeiströmten; zwar gelang es ihr, Nachbarn und Gemeinden zu ähnlichen Einrichtungen anzuregen, aber sie gehörte nicht zu denen, die voll eitler Freude über die eigene Leistung die große allgemeine, nicht zu erreichende Not vergessen, weil ein paar Menschen während ein paar Tagen satt werden. Unbekannt mit all jenen politisch-ökonomischen Systemen, die die Sozialisten Englands, Frankreichs und Deutschlands aufgestellt hatten, um für alle menschenwürdige Verhältnisse zu schaffen — in ihren Bücherlisten und Auszügen ist kein einziges Buch der Art aufgeführt — und immer noch durchdrungen von der Macht des guten Willens der einzelnen mußten ihre Ideen, sobald sie sich auf Bekämpfung der allgemeinen Mißstände bezogen, notwendigerweise unzureichende bleiben. Aber daß sie sich überhaupt mit ihnen beschäftigte, daß sie, die gläubige Christin, niemals in den verbreiteten Fehler ihrer Glaubensgenossen verfiel, der so bequem ist für die, denen es gut geht, und so einschläfernd für beunruhigte Gewissen: die Armut für eine göttliche Einrichtung anzusehen, und Not und Jammer für göttliche Prüfungen — das allein beweist, daß eine Faustnatur in ihr lebendig war. Die Eindrücke der Zeit diktierten ihr folgenden Brief an Gersdorff:

„... Alle Welt stimmt darin überein, daß der Augenblick gekommen ist, wo für das Wohlergehn der breiten Masse des Volks etwas gethan werden muß, — der edelste wie der egoistischste Mensch begegnen sich heute in dieser Erkenntniß. Es ist interessant zu beobachten, was ein Jeder heranschleppt, um den Damm gegen jene Sturmfluth bauen zu helfen, die näher und näher kommt, um uns zu ertränken. Die einen sehen in schönen Parlamentsreden die Rettung, die anderen in der Organisation der Arbeit. Und zu diesen gehöre ich: vom König bis zum letzten Straßenkehrer müßte jeder sich der Vollendung dieser Aufgabe widmen, alles Andere als nebensächlich bei Seite schiebend, kein Opfer zur Erreichung dieses Zieles für zu gering haltend. Die Schwierigkeiten sind enorme, aber sie sind nicht unüberwindlich, und die Arbeit lohnt der Mühe, weil ihr Ziel die erste Stufe zu vollkommener Radicalcur der kranken Menschheit ist. Preußen ist von allen europäischen Staaten derjenige, der zu ihrer Ausführung am geeignetsten erscheint; seine militairische Organisation, die Gewohnheit jedes Preußen, zu gehorchen und den Gesetzen persönliche Opfer zu bringen, das Princip der Bevormundung, das die Regierung immer befolgt hat, kurz ihre ganze Machinerie haben das Terrain vorbereitet. Ueberall herrscht Ordnung, nur in der Arbeit herrscht blinde Anarchie. Die Philosophen machen Preußen gerade aus der

Bevormundung einen großen Vorwurf, wer aber tiefer sieht, kann nicht so sehr in ihr das größte Uebel erblicken, als in ihrer Einseitigkeit. Ein Kind muß getragen werden, ehe es selbst gehen kann: aus der Organisation der Arbeit, die Willkür ebenso ausschlösse wie Ausbeutung und Unbotmäßigkeit, würde nach und nach erst die Kraft, die Freiheit, die Selbständigkeit sich entwickeln.... An einer uns Landbewohnern naheliegenden Aufgabe könnte die Organisation der Arbeit durch den Staat einsetzen: Der Errichtung von Fabriken auf dem Lande, die auch im Winter der Landbevölkerung Arbeit böte, damit die Einführung der Dreschmaschine sie nicht mehr und mehr zum Hungern verdammt."

Zu dem starken Einfluß, den die Zeitereignisse auf Jenny ausübten, und dessen Grad sich an ihren ebenso vertieften wie gesteigerten und erweiterten Interessen ermessen läßt, der auch den Wunsch in ihr weckte, der Entwicklung näher sein, an ihr mitwirken zu können, trat noch ein anderer, rein persönlicher hinzu: die Aufklärung über ihre Herkunft.

Am 1. Oktober 1847 hatte Jerome Napoleon nach zweiunddreißigjährigem Exil den Boden Frankreichs wieder betreten. Ob er über den Aufenthalt von seiner und Dianens Tochter Pauline im Kloster immer unterrichtet gewesen war, ob sie sich ihm als „Mutter Maria vom Kreuz" auf Grund der Briefe Dianens erst zu erkennen gab, als er Paris wieder zur Heimat wählen durfte — darüber fehlten mir Nachrichten. Ob Briefe der Nonne an Diana von Jenny gefunden wurden und zur Verbindung der Schwestern führten, läßt sich auch nicht mehr feststellen, ebensowenig wie der erste Brief der Nonne an Jenny mit der Mitteilung, wessen Töchter sie beide waren, erhalten wurde, eines nur steht fest: daß Diana selbst es war, die es Pauline zur Pflicht gemacht hatte, Jenny aufzuklären und sie zu bitten, den zu lieben, dem sie das Leben dankte. Wie groß mußte Dianens Liebe gewesen sein, wenn sie über den Tod hinaus dem Mann, der Schmach und Leid und Verlassenheit über sie heraufbeschworen hatte, die Liebe ihrer Tochter zu sichern suchte! Wie erschütternd aber mußte die Nachricht von der Mutter heimlichem Liebesbund, die ihr Ende des Jahres 1847 zugegangen war, auf Jenny wirken! Zwar hatte sie in Weimar nie gelernt, die Beziehungen der Menschen zueinander mit dem Maßstab der Prüderie zu messen, aber von der Heiligkeit der Ehe war sie doch tief durchdrungen, und in ihrer Mutter hatte sie das Muster aller christlichen Tugend verehrt, und nun: welch ein Aufruhr all dieser Gefühle! Ihre gute, edle Mutter war die Geliebte eines der verrufensten Könige gewesen, sie war sein Kind, Bastardblut floß in den Adern ihrer Kinder! Wie mochten die bösen Zungen der Welt ihre Mutter beurteilt haben und noch beurteilen, was für ein Schicksal stand ihren Kindern bevor, wenn man erfahren würde, daß sie eine außerehelich Geborene zur Mutter haben. Sie kannte ja diese Welt nur zu gut: hatte sie sich nicht mit einem merkwürdigen Ahnungsvermögen am meisten zu den unehelichen Kindern hingezogen gefühlt, die von allen Enterbten die unschuldigsten und die verachtetsten sind? Und während sie so empfand, klang zu gleicher Zeit die flehende Stimme der toten Mutter an ihr Ohr, die um Liebe bat, um Liebe für sich und den Vater. Sie sah sie vor sich in ihrer ganzen Lieblichkeit, die doch stets von leiser Melancholie beschattet blieb; sie sah sie, wie sie selbst in ihren Todesqualen ihrer Kinder in heißer Liebe gedachte. Wie mochte sie gelitten haben ein ganzes Leben lang, von dem Augenblick an, da ihr der Säugling vom Herzen gerissen und fern von ihr im Kloster aufgezogen wurde. Hatte sie nicht dies furchtbare Opfer — entsetzlicher noch, als wenn der Tod ein Kind entführt — ihren anderen Kindern zu Liebe gebracht? Jennys Herz, das noch blutete von der Wunde, die des Töchterchens Tod ihm geschlagen hatte, erbebte vor Mitleid und Liebe, und alles, was die hergebrachte Moral ihr an erkältender Weisheit noch eben gepredigt hatte, verschwand vor dem einen großen Gefühl. Nun aber begann auch ihre Phantasie, sich ihrer

Gedanken zu bemächtigen. Stets, selbst als der Haß gegen ihn in Deutschland noch alles beherrschte, hatte ihr Geist dem großen Korsen Altäre gebaut. Und nun war sie seines Blutes, und die Stimme dieses Blutes war es gewesen, die sie gezwungen hatte, dem Schicksal der Bonapartes voll tiefer Anteilnahme zuzusehen, es in seiner tragischen Größe zu erkennen, als alles um sie her voll Genugtuung in ihm nur die gerechte Strafe Gottes erblickte. Und hatte sie sich nicht doch des Vaters zu schämen?! Ihre Mutter hatte ihn bis zur Selbstvergessenheit geliebt, ihre Schwester schilderte ihn als einen der besten Menschen, und zweiunddreißig Jahre des Exils waren auch für schwere Sünden eine harte Buße. Gehörte er aber zu den vielen von der Welt über Gebühr Verlästerten und Verfolgten, dann war er der Liebe doppelt bedürftig.

So stieg endlich aus dem Chaos der Empfindungen und Gedanken all jene Zärtlichkeit hervor, die sie, nach der Innigkeit seines Dankes zu schließen, dem Vater entgegengebracht haben muß. Aber die neue Verbindung des Herzens gab auch ihren Interessen eine neue Richtung. Hatte sie bisher die politischen Ereignisse Frankreichs lebhaft verfolgt — die Freundschaft mit der unglücklichen Helene von Orleans hatte dazu beigetragen —, so fühlte sie sich von nun an innerlich mit ihnen verknüpft, und die rege Korrespondenz ließ sie ihr vollkommen gegenwärtig erscheinen. Der Wunsch Jeromes, die Tochter in seine Arme zu schließen, fand in ihrem Herzen ein lebhaftes Echo. Wie ihre Empfindung sie zu dem Vater zog, so ihr geistiges Ich zu jener Stadt, die wie eine Feuerkugel wieder einmal nach allen Richtungen Europas die erleuchtenden und erwärmenden ebenso wie die zündenden Strahlen ihres Wesens zu werfen schien.

Die Märzstürme der Revolution machten zunächst die Reise nach Paris für Jenny unmöglich. Aber auch aus anderen Gründen war sie ans Haus gefesselt: im Juli 1848 wurde ihr ein Sohn — ihr letztes Kind — geboren, und die nächsten

Monate gehörten seiner Pflege. Ihr Mutterherz klopfte so stark und heiß für dieses Kind wie für die anderen, aber ihre Gedanken, die sich sonst bei jedem neuen kleinen Erdenbürger um so mehr auf die Kinderstube konzentriert hatten, konnte sie diesmal nicht hindern, weit über die Mauern des Hauses hinauszuschweifen. Was sie fühlte und dachte, als der Widerhall der Berliner Barrikadenkämpfe bis an ihr Ohr drang, als Preußens König sich dem Willen des Volkes beugen und die Gefallenen mit entblößtem Haupte ehren mußte, und als der Gatte ihrer lieben Freundin, Prinzeß Augusta, heimlich das Land verließ — darüber befindet sich nichts mehr unter ihren Papieren. Daß sie die Ereignisse aber mit anderen Augen betrachtete, als es in der Sphäre streng konservativen preußischen Junkertums, in der sie lebte, üblich war, dafür legt ein merkwürdiger Artikel von ihr: „Meine Ideen zur Reorganisation des Staates nach 1848" Zeugnis ab, den sie ihrem Stiefvater sowohl wie dem Erbgroßherzog von Weimar und der Prinzessin Augusta von Preußen zusandte. Ihre Antworten sind leider nicht mehr vorhanden — wenn sie überhaupt jemals geschrieben wurden. Der Artikel lautet:

„Ein großer mächtiger Geist zieht durch die Welt — ein Geist des Schreckens, der Leidenschaft und — der Gerechtigkeit; Schrecken und Leidenschaften müssen weichen vor einem reinen, guten Willen, der Geist der Gerechtigkeit muß bleiben, denn er ist der Geist Gottes, der heilige Geist des Evangeliums; — laßt uns tun nach seinem Gebote, denn ein höheres gibt es nicht; laßt uns hell sehen bei seinem Lichte, denn es ist dasselbe Licht, das jenseit des Grabes leuchtet, das Licht, das nimmer vergeht — die Wahrheit und die Liebe!!

„Wir, die Reichen, die irdisch Begünstigten, haben seit einer Reihe von Jahren die Lawine beobachtet, welche die ganze bürgerliche Verfassung zu zertrümmern droht; wir haben die Nothwendigkeit kommen sehen, daß der Arme, auch der fleißige und genügsame Arme, im Schweiße seines Angesichts, mit Auf=

opferung aller Lebensfreuden, nicht mehr das tägliche Brot für sich und die Seinen verdienen kann; wir haben eine Einsicht in die mercantilischen, statistischen, politischen Verhältnisse haben können. — Mancher hat einzeln gern etwas, auch viel, aber lange nicht genug gethan, um dem Übel zu steuern, und eben weil es einzeln geschah und ein Jeder begriff, daß er doch nicht helfen könne, ist es dürftig geschehen, und je greller die Schauer und der Jammer des Elends, welches Jeder allein nicht bewältigen konnte, in die Seele schnitt, desto mehr beschränkte man sich, und mit Recht, auf einen kleinen Kreis, auf Hilfe an Einzelnen, desto mehr sorgte, sparte, erwarb, vermehrte man, um für die eigenen Kinder allen irdischen Unglücksfällen vorbeugend zu begegnen, weil man an den verhungerten, mißhandelten, verkümmerten, elenden, an der Seele gekränkten Kindern, an den vernachlässigten Greisen und Kranken, an der nicht zu bewältigenden Fluth moralischer und physischer Versunkenheit und Verzweiflung ein schreckliches Bild von dem hatte, was möglicher Weise den Liebsten und Nächsten geschehen konnte. Ich brauche nur an das Hungerjahr 1847, an die Webernoth in Schlesien, an die Nothjahre durch Dürre und Überschwemmungen in der Provinz Preußen, an die Thatsachen z. B. in Bettinens Buch an den König über die Berliner Zustände zu erinnern, ich brauche nur Jeden zu bitten, in der Residenz, auf dem Lande, namentlich in den kleinen Provinzstädten, auf der Straße sich umzusehen; wer Arzt, Bürgermeister, Schullehrer, Fabrikherr oder Landwirth ist, der braucht, dem Elende zu Gefallen, noch keinen Schritt außer seiner Berufssphäre zu machen, um zu wissen, zu sehen, zu fühlen, daß unter Menschen, unter Christen die Zustände nicht so bleiben können. — Es ist grauenhaft, daß eine Mutter vom Staate gezwungen werden kann, ihr Kind verhungern zu sehen — und dem ist so: sie läuft zehnmal zum Bürgermeister, der sie nicht einmal anhört — er ist nicht härter, nicht gewissenloser als ein Anderer, aber er hat täglich zwanzig Fälle, wo Hülfe Noth thut, und er hat nicht die Mittel, er kann nicht helfen; so die Gemeinde namentlich in Jahren von Mißwachs, und so endlich der Staat — Willen, Einsicht, Mitleid, Wünsche sind da, aber keine Mittel — diese sind es, die geschafft werden müssen, und wehe, wenn der Spruch des Heilandes auch jetzt in Erfüllung gehen müßte: ‚Wahrlich ich sage euch, es ist leichter, daß ein Kameel durch ein Nadelöhr gehe, als daß ein Reicher in das Himmelreich komme!'

„Ich frage, was der Reiche verliert, wenn er den Überfluß abgiebt, um die Armuth möglichst aus der Welt zu schaffen? Der Bessere unter den Reichen genießt im Angesicht so vielen Elends seinen Luxus mit schlechtem Gewissen; Seide, Silber, Diener, Paläste sind Dinge der Eitelkeit, der Convenienz, der Sitte, sind aber weder Glück noch Genuß, wenigstens keine höheren, als ein comfortables bürgerliches Leben auch gewährt; Vielen sind sie Gewohnheit, deshalb ihre Entbehrung ein anzuerkennendes Opfer, bei weitem den Meisten sind es nur Nothwendigkeiten des Standes: man möchte ebenso gern ein wollenes als ein seidenes Kleid tragen, ebenso gern eine behagliche Stube als zehn besitzen, ebenso gern zwei Gerichte als zehn essen, ebenso gern ein tüchtiges Dienstmädchen als zwei anspruchsvolle Kammerjungfern haben, aber man meint, es ginge nicht, man wird als Sonderling zum Gespräch und Spott der Leute, man muß demüthigenden Momenten Trotz bieten, sich vertheidigen, seine Einfachheit erkämpfen, und das thut man nicht — man braucht es ja nicht. — Der Reiche wird nicht mehr große Feste geben, aber fragt, wieviel wahrhaft Fröhliche auf diesem Feste sind? Wo hundert Hausstände auf ein jährliches Fest in Wohnung, Dienerschaft und Hausgeräth versehen sein mußten, wird ein einziges Etablissement, wie jede Stadt es jetzt hat, mit wenig Kosten für den Einzelnen dieselben Freuden und größere gewähren, weil sie sich nicht bis zum Überdruß häufen können. — Der Reiche wird nicht mehr reisen können? O ja, dieselbe Reise, die er noch vor zehn Jahren mit vier Postpferden in acht Tagen für sechs- bis achthundert Thaler machte, macht er mit der Eisenbahn für sechzig oder achtzig, und so wird nicht einmal sein Genuß geschmälert werden.

„Der Luxus befördert die Industrie — dieser Satz entbehrt alles wahren Gehaltes. Gewinnt die Industrie nicht mehr, wenn eine geschäftige Hausfrau zwei Cattunkleider zerreißt, als wenn eine Dame ein seidenes Kleid auf dem Sopha aufträgt? Gewinnt nicht die Industrie mehr, wenn sechs Porzellan-Milchtöpfe zerbrochen, als wenn alle hundert Jahre eine silberne Milchkanne umgeschmolzen wird? Die Kostbarkeit des Stoffes macht nicht den Verdienst des Arbeiters, sondern die Masse der Arbeit. Wenn statt einer Brüsseler Spitze, die die Augen der Stickerin verdirbt, zehn sächsische geklöppelte Spitzen gebraucht werden, welche von den ärmsten Leuten im Erzgebirge gemacht werden, wo ist da für das Allgemeine der Nachtheil? — Der Luxus befördert nicht die Industrie, aber ein reges Leben, eine allgemeine Wohlhabenheit thun es im wahren Sinne des Wortes — der obige Satz war ein Trost, den sich der Reiche machte, eine Rechtfertigung, die man für ihn erfand, aber keine Wahrheit.

„Dem Armen muß ein menschliches Leben geschaffen werden, Kinder, an denen sich sein Herz freuen kann, deren Geburt nicht ein Unglück, deren Dasein nicht eine Last, deren Tod nicht eine Erleichterung ist; Frauen, die im Hause walten und wachen können, die seinen Herd erfreulich, seine Feierstunde sanft, seine Mahlzeit reichlich bereiten können; ein ruhiges Krankenbett, wo er nicht mit Angst und Kummer über das versäumte Nothwendigste liegt, wo er sich nicht zur Arbeit quält, ehe er halb genesen ist, wo er nicht den Vorwurf der Seinigen über ihre Last und Mühe zu ertragen hat, einen warmen Rock gegen die Kälte, eine gesegnete Einsicht gegen Aberglauben und Irrthum, ein unvergälltes Herz beim Anblick der Wohlhabenden — endlich einen ungebetteten Sarg und ein gepflegtes Grab. — An diesem Gewinne ermeßt seine Entbehrungen, an diesen Entbehrungen seine namenlose Geduld. Wer dürfte sich einen Christen nennen, der zu diesen nächsten, selbstverständlichsten Zielen einer Reorganisation der Gesellschaft nicht gelangen und seine ganze Kraft dafür einsetzen wollte?"

Professor Scheidler, dessen brieflich geäußerte Ansichten sie wohl am meisten in ihrer Gegnerschaft zu der landläufigen Auffassung ihrer Standesgenossen unterstützten, schrieb ihr darauf: "Wären Sie ein Mann, so würde ich von Ihrer öffentlichen Tätigkeit Großes von Ihnen erwarten, so aber fürchte ich fast, daß Ihre Ideen nicht zu Ihrem Glück gereichen."

Seine Befürchtungen sollten sich nur zu bald bewahrheiten. Zum erstenmal kam es zu tieferen Differenzen zwischen dem Ehepaar. Werner Gustedt rechnete sich zwar zu keiner bestimmten Partei; er war seiner Gesinnung und seinen Bestrebungen nach eher liberal als konservativ, aber er war ein Gegner jeden Philosophierens und Spintisierens über Zukunftsprobleme, war ein Mann praktisch-nüchterner Gegenwartsarbeit. Den Phantasien seiner Frau war er niemals gefolgt, ihre Vorliebe, umfassende Pläne zu schmieden, hatte ihn stets geärgert, und er war immer nur froh gewesen, wenn sie sich bei der Ausführung einer praktischen Aufgabe eine Zeitlang beruhigte. Vielleicht hätten ihn ihre radikalen politischen Gesinnungen auch nur verstimmt oder ihm ein Lächeln abgelockt, wenn sie nicht den Versuch gemacht hätte, in weiteren Kreisen für sie Propaganda zu machen. Das wünschte er nicht, und diesem Wunsch gab er deutlichen Ausdruck. Für Jenny war es, wenn nicht eine Folge verstandesmäßiger Erwägungen, so doch eine Folge instinktiven Gefühls, daß die geistige Selbständigkeit der Frau ein die Ehe auflösendes Moment in sich trägt, und zwar um so mehr, je mehr sie öffentlich zum Ausdruck kommt; daß sie sich in ihrem Tun und Lassen ihrem Gatten unterzuordnen hatte, war für sie selbstverständlich. Aber das Recht auf ihre persönliche Überzeugung wollte und konnte sie darum nicht preisgeben. Weder der Wunsch ihres Mannes, noch seine abweichenden Meinungen konnten ihr daher so wehe tun, wie die geringschätzige Art, mit der er ihren eigenen Ansichten begegnete — eine Art, die ihr deutlich genug zeigte, daß er ihnen die Existenzberechtigung absprach. Das war für sie das schmerzlichste, weil es ihr Rechtlichkeitsgefühl verletzte, und um des häuslichen Friedens willen lernte sie, was so viele Frauen glauben lernen zu müssen: Schweigen — jenes Schweigen, das den Frieden nur vortäuscht, in der Tat aber zwischen den Menschen eine höhere Scheidewand aufrichtet, als der bitterste Streit es vermag. Denn dem Streit kann Einigung oder Versöhnung folgen, das Schweigen ist der Anfang eines leisen, langsamen Voneinandergehens.

Jenny beschränkte sich von nun an wieder auf den Austausch ihrer Ideen im Briefwechsel mit ihren Freunden. Zu ihren alten Korrespondenten: ihrem Stiefvater Gersdorff, Prof. Scheidler und einem alten englischen Freund, Mr. Hamilton, der sie über die innere und äußere Politik Englands auf dem laufenden erhielt, sollten bald neue hinzutreten, und auch an neuen, großen Anregungen sollte es nicht fehlen.

Im Jahre 1849, als die politische Situation es gestattete, folgte Jenny der Einladung Jeromes nach Paris. Mit welchen Empfindungen mögen Vater und Tochter sich zum erstenmal umarmt haben, und wie merkwürdig muß das erste Begegnen zwischen den beiden Schwestern gewesen sein: der preußischen Protestantin und der französischen Nonne! — Eine neue, reiche, wunderbare Welt tat sich auf vor ihren Augen: die Welt bewegten politischen Lebens, in deren Mittelpunkt die Familie Bonaparte stand; die glanzdurchglühte, schönheiterfüllte Welt der katholischen Kirche und der unvergleichliche Reichtum alter, künstlerischer Kultur. Welcher Mensch, der von den Wäldern und Seen, der halbbarbarischen Bevölkerung Westpreußens und dem engen Interessenkreis seines Junkertums an die Gestade der Seine versetzt wird, könnte sich des gewaltigen Eindrucks entschlagen? Um wie viel mehr mußte eine Frau, wie Jenny, von ihr überwältigt werden, in deren Innern, ihr selbst fast unbewußt, die Sehnsucht nach geistigem Leben, nach reifer Kultur gebrannt hatte. Paris wird immer, trotz Revolution und Republik, die aristokratischste Stadt der Welt bleiben — wie Berlin ihren bourgeoisen Charakter nie zu verleugnen vermag. Jenny, eine Aristokratin im besten Sinne, mußte sich dort wie zu Hause fühlen. „Es giebt Augenblicke im Leben," schrieb sie in Erinnerung an ihren ersten Pariser Aufenthalt, „die uns, wenn sie eintreten, ganz vertraut erscheinen, weil eine dunkle Erinnerung uns sagt, daß wir sie irgendwann und wo schon im Traume erlebten; in Paris konnte ich mich tagelang auf Schritt und Tritt des gleichen Eindrucks nicht erwehren; ich fühlte mich ebenso sehr hingehörig, wie ich mich in Berlin immer fremd gefühlt habe." Warme Sympathie verband sie sehr rasch mit Jerome und Pauline, ebenso mit ihrem Stiefbruder Napoleon, dessen politisch-radikale Gesinnung sie auch in Zukunft mit ihm freundschaftlich vereint bleiben ließ. Im Kreise der Ihren lernte sie eine Reihe der führenden Geister der Zeit kennen, die der wieder aufgehende Stern der Bonapartes an sich zog, und knüpfte die fast zerrissenen Familienbeziehungen mit den Verwandten ihrer Mutter wieder an. Nach ihrer Heimkehr entwickelte sich eine vielseitige, rege Korrespondenz daraus, von der mir leider nur kärgliche Bruchstücke zugänglich geworden sind.

Einer derjenigen, von dem sie, wie sie sagte, außerordentlich gefördert wurde, war der bekannte Nationalökonom J. A. Blanqui, der sich durch seine Geschichte der politischen Ökonomie in Europa, der ersten ihrer Art, weit über die Grenzen seines Vaterlandes einen Namen gemacht hatte. Als Jenny nach Paris kam, war sein infolge eines Auftrags der Pariser Akademie der Wissenschaften entstandenes Werk über die Lage der arbeitenden Klassen in Frankreich gerade erschienen und hatte durch die rücksichtslose Enthüllung grenzenlosen Elends berechtigtes Aufsehen gemacht. Seine Vorschläge zur Abhilfe der Not, die er auf Grund der sieben Fragen der Akademie zum Schluß zusammenstellte, gipfelten in der Forderung der Beseitigung aller Zollschranken und Monopole. In Wirklichkeit aber ging er viel weiter, als er es hier im Rahmen eines offiziellen Auftrags aussprechen konnte. Wenn er auch nicht, wie sein Bruder, der Kommunist L. A. Blanqui, zum äußersten linken Flügel der damaligen Sozialisten gehörte, so war er doch als alter Saint-Simonist ein überzeugter Gegner der gegenwärtigen Gesellschaftsordnung — der erste der Art, der Jenny Gustedt begegnete und bei ihr von vornherein, ihrer ganzen eigenen Entwicklung nach, ein geneigtes Ohr finden mußte. Den Briefwechsel mit ihm leitete sie durch eine Neujahrsgratulation ein, auf die er folgendes zur Antwort gab:

Paris, 18. Januar 1850.

„Gnädigste Frau!

„Im Augenblick, wo ich mir gestatten wollte, meinen Dank für Ihr freundliches Gedenken, das Prinz Jerome die Freundlichkeit hatte, mir mitzuteilen, persönlich auszusprechen, erhalte ich Ihren überaus liebenswürdigen Brief. Keine Unterstützung könnte mich mehr beglücken, als die Ihre, und ich werde sie als die wertvollste Ermutigung treu im Gedächtniß bewahren. Gewiß, gnädige Frau: es ist das parlamentarische und politische Geschwätz, das uns heute tötet und ganz Europa gefährdet! Alle unsere Revolutionen haben Millionen sogenannter Staatsmänner hervorgerufen, die sich schmeicheln, Alles zu wissen, ohne jemals etwas gelernt zu haben. In der Unkenntniß der elementarsten Dinge besteht eine große Gefahr. Unsere griechischen und lateinischen Studien — und noch dazu welches Griechisch und Lateinisch! — haben aus uns kein gebildetes, sondern ein halbbarbarisches Volk gemacht, ähnlich den Griechen, die zur Beute der Türken wurden. Die Türken, die uns bedrohen, sind aber gefährlicher als die Mahomets II. Denn die Barbaren, in deren Mitte wir leben, haben es vor allen Dingen auf das Wohl des Nächsten abgesehen. In dieser groben und vulgären Form taucht die gleiche Frage überall auf: in Frankreich, in Preußen, in Deutschland. Gegenüber den wenigen gewissenhaften Männern, die aus Überzeugung für die Verbesserung der Lage der arbeitenden Klassen eintreten, giebt es so und so viele, die diese Frage nur im Interesse ihrer egoistischen politischen Passionen auszubeuten suchen. Wer aber heute den ersten Schritt auf dem Wege zum wahren Volksglück tun will, der muß jede persönliche Eitelkeit abstreifen, und zwar um so mehr, je mehr er von Geburt der Bourgeoisie angehört, sich also eigentlich zum Besten der Notleidenden in das eigene Fleisch schneiden muß. Sie werden jetzt begreifen, warum gerade Ihre Sympathie mir doppelt rührend und wertvoll ist. Sie haben mir die Ehre erwiesen, diese Korrespondenz durch Ihren liebenswürdigen Neujahrsgruß zu eröffnen, gestatten Sie mir, gnädigste Frau, das vergangene Jahr als das für mich glücklichste zu bezeichnen, weil ich in seinem Verlauf das Glück gehabt habe, Sie kennen zu lernen. Ich habe mich heute kurz gefaßt, um Sie nicht zu entmutigen, und auch infolge einer respektvollen Zurückhaltung, die mehr als Sie glauben, meine tiefe Sympathie zum Ausdruck bringt, die Ihr vornehmer Charakter mir von Anfang an einflößte. Was Sie sonst sind, konnte ich erraten, indem ich Sie sah, und ich bin stolz darauf. Es bedurfte auch nur kurzer Zeit, um in der verschleierten Tiefe Ihres Frauenherzens das zu entdecken, was Sie bescheiden vergebens zu verstecken suchen: einen gereiften Geist, stolze und großmütige Empfindungen.

„Es würde mir zu höchstem Glück gereichen, Ihnen dienen zu können und dafür das zu empfangen, was in allen Lebenskämpfen so unschätzbar ist: das Verständniß der Freundschaft, die Ermuthigung durch Sie.

„In größter Verehrung bleibe ich, gnädigste Frau, Ihr ergebener J. A. Blanqui."

Von dem Verlaufe des Briefwechsels, der bis 1854, Blanquis Todesjahr, sich ausdehnte, sind nur noch einige Stücke von Jennys Hand vorhanden. So schrieb sie ihm einmal folgendes: „Mit Ihrer schroffen Ablehnung aller kommunistischen Ideen bin ich nicht ganz einverstanden. Warum sollte, eine lange vorbereitende Entwicklung, vor allem eine gute, gleichmäßige Erziehung vorausgesetzt, nicht ein Zustand möglich sein, der eine Gemeinsamkeit des Lebens und des Besitzes zur Grundlage hat? Selbstverständlich stehe ich, was die Utopistereien der heutigen Kommunisten anbelangt, auf Ihrer Seite: mit Blut und Schrecken wird solch ein Zustand ebenso wenig erreicht werden, wie man durch Verbrennung der Ketzer das Christentum förderte. Er muß das Ergebniß des allgemeinen Fortschritts der Menschheit sein, und ich kann nicht leugnen, daß an ihn zu glauben etwas sehr wohltuendes für mich hat."

Unter den ihr durch alte und neue Freunde und durch die politischen Ereignisse zuströmenden Anregungen wuchs ihr Interesse an ökonomischen und politischen Fragen, aber soweit sie sich dabei auch, getrieben von ihrem tiefen Mitgefühl mit den Enterbten des Glücks und von ihrer religiösen Überzeugung, sozialistischen Anschauungen näherte, so blieb sie doch, soweit die Gegenwart in Betracht kam und in bezug auf politisch-rechtliche Fragen, auf dem Boden patriarchalisch-konservativer Anschauungen stehen. Wenn sie z. B. die Möglichkeit des Kommunismus anerkannte, so doch nur für eine ferne Zukunft und auf Grund allmählicher Erziehung und Entwicklung der Menschheit zu einer gewissen Höhe moralischer und geistiger Kultur. Im Unterschied aber zu der überwiegenden Mehrzahl gläubiger Christen, die wie sie die Tugend als Voraussetzung des Glücks erklärten, erkannte sie die ökonomische Lage der Menschen als Bedingung auch ihrer sittlichen Entwicklungsfähigkeit. Darum legte sie den Ärmsten gegenüber so gut wie keinen Wert auf das Predigen der Moral, den allergrößten aber auf die Beseitigung der Not in jeder Form. Erst auf dem Grunde einer gesicherten Existenz, die durch eine möglichst beschränkte Arbeitsleistung gewonnen werden soll, also auch genügend Zeit gewährt, um sich geistige Bildung anzueignen, hielt sie ein Fortschreiten der Menschheit zu ihren höchsten Zielen für möglich. Den auf tiefer Kulturstufe Stehenden gleiche politische Rechte zu geben, hielt sie jedoch für ebenso widersinnig, als wenn reife Menschen unmündige Kinder als ihresgleichen behandeln würden. Es erschien ihr angesichts des ihr so wohlbekannten armen, verrohten, scheinbar zur Freiheit unfähigen westpreußischen Volks ungeheuerlich, ihm politische Macht und damit politischen Einfluß zu gewähren. Sie übersah dabei zweierlei: daß auch in den Reihen derer, die physisch und geistig nicht Not leiden, die Herzens- und Geistesroheit überwiegt, wenn sie sich auch hinter reiner Wäsche und gewählten Formen verbirgt, und daß das Moralpredigen bei ihnen ebensowenig nützt wie bei den Armen, weil es von einer herrschenden Klasse in ihrer Gesamtheit Übermenschliches verlangen hieße, daß sie sich in der Erkenntnis der vollendeten Reife der ihnen bisher Untergebenen ihres Einflusses und ihrer Macht freiwillig entäußern sollte, indem sie die volle Gleichberechtigung gewährt. Wenn Jenny zu dieser Überlegung nicht gelangte, so ist der Grund dafür in der Tatsache zu suchen, die ihres Lebens Glück und zugleich die Bedingung seiner Beschränkung war: in der Epoche, unter deren Einfluß sie sich entwickelte. Das Kennzeichen ihrer Erziehungsmethode war besonders im Hinblick auf die Frauen die Treibhauskultur des Gefühls. Der Intellekt mußte sich in seiner Weichheit und Schwäche vor der bis zum äußersten verfeinerten Empfindung nur zu oft für besiegt erklären. So war es zuerst die Empfindung, die Jenny für die Not der Massen so hellsichtig machte — dieselbe Empfindung, die sie für die Unzulänglichkeit der eigenen Klasse nur zu oft mit Blindheit schlug. Sie empfand die Roheit des Volkes als etwas Schmerzhaftes, Peinliches, sie empfand das gesittete Benehmen ihrer Standesgenossen als etwas Wohltuendes, Gutes, und da die schöne Form für sie persönlich nichts anderes war als ein schönes Gewand auf einem vollendeten Körper, so mußte die Häßlichkeit eines Körpers schon sehr groß sein, um von ihr auch durch die Hülle bemerkt zu werden.

Nach diesen Gesichtspunkten muß man eine Anzahl Briefe Jennys über politische Fragen betrachten, wenn man ihnen gerecht werden will. Für den Oberflächlichen müßte vieles widerspruchsvoll erscheinen, was tatsächlich von ihr vollkommen konsequent gedacht war. Lesen wir z. B., was sie im ersten Jahre der preußischen Reaktion an Gersdorff schrieb:

„Ich glaube nicht, daß, so lange diese Generation mit ihren Erinnerungen an 48 und 49 lebt, irgend eine Aussicht auf Revolution ist — denn der Demokratie fehlen erstlich die Massen und zweitens die Hälfte ihrer aufrichtigen Bekenner von 48, welche sich in der politischen Reife des Volkes geirrt haben, und nun einsehen, daß man zu Johanni zwar Johannisbeeren, aber keine Weintrauben keltern kann. — Ich würde auch mit einem großen Teil des jetzigen Verfahrens einverstanden sein, wenn ihm die Idee zu Grunde läge, in der Bevormundungszeit, die wieder begonnen hat, die Entwicklung zu fördern, die zur Reife und mithin zur Beseitigung der Vormundschaft führt; die Innigkeit und Einigkeit mit Österreich und Rußland deutet aber leider auf den Willen zu einer in alle Ewigkeit fortgeführten Vormundschaft.

„Ich kann auch die Kriegsantipathie von Regierenden und Volk nicht schelten — ich sehe darin keine Feigheit und Schlechtheit, sondern ein Überwiegen der wahren Ehre im christlichen und göttlichen Sinn über die falsche Ehre des Mittelalters, die uns noch in den Junkerknochen liegt. Diese Begriffe von Ehre waren von A bis 3 falsch, unvernünftig und unphilosophisch — die einzige Ehre ist die Ehre, die das Christentum anerkennt: ‚ohne Sünden bleiben'; nichts und niemand hat die Macht uns zu schänden, als wir selbst durch unsere eigene Sünde, nichts und niemand kann uns wieder zu Ehren bringen als unsere eigene Buße und Tugend."

Hier steht der schärfste Radikalismus im einzelnen — mit ihrer Verurteilung des Ehrenkodex der Offiziere und Aristokraten stand sie sicherlich in ihren Kreisen allein — neben einem gewissen Verständnis der Maßnahmen der Reaktion, von denen sie hoffte, daß sie im Interesse des Volksfortschritts und der Erziehung zur künftigen Freiheit gehandhabt würden. In einem Brief an Scheidler aus derselben Zeit tritt diese Auffassung der Bevormundung als eines notwendigen Erziehungsmittels noch deutlicher hervor. Sie schrieb:

„Was Ihre politische Meinung über Preßfreiheit betrifft, so kann ich ihr noch nicht unbedingt beistimmen, die Sache hat zu viel für und wider sich, als daß ich mich nach so wenig reiflicher Überlegung für eine Partei erklären könnte, nur scheint mir, daß Sie die Gründe wider die Preßfreiheit nicht für gewichtig genug halten. Wäre darin nur der Verkehr zwischen Gebildeten und mehr oder weniger Gelehrten zu verstehen, so müßten Sie unbedingt Recht behalten, allein die Frage ist: kann es zum Besten des Volkes, der größeren Massen sein, oberflächliche Begriffe von Dingen zu erhalten, welche sie nur halb verstehen und nie, ihrer Lage und Beschäftigungen wegen, ganz ergründen können? Und ist es räthlich für die Oberhäupter eines Staates, einen Einfluß zu gestatten, welchem oft keine reine Absicht zu Grunde liegt und wo persönliches Interesse sich meist hinter dem Universal-Interesse verbirgt? Jedes Warum und Aber in Staatsregierungen zu begreifen, dazu gehört mehr Kenntniß und Einsicht, als der gewöhnliche Mann je erwerben kann. Sie werden mir sagen, daß gefährliche oder falsche Artikel widerlegt werden können, allein wo haben Geschäftsleute wohl die Zeit, jeden Tag zwanzig Artikel zu widerlegen? Ist bei diesem Fall die Bemerkung der Madame de Staël nicht allgemein zu brauchen: ‚Que sert la justification là où le plus souvent on n'écoute pas la réponse?'

„Die Gründe für Preßfreiheit sind freilich sehr gewichtig, und es geht mir mit meiner Meinung darüber wie mit der über Republiken: ich fände beide Staatseinrichtungen unbedingt jedem anderen Gegensatze vorzuziehen, wenn die Menschen, besonders die Massenführer und Massenaufreger, besser und redlicher wären."

In einem späteren längeren Brief an Professor Scheidler zeigte sich dagegen mit um so größerer Klarheit der Standpunkt, den sie dauernd als festen Boden unter den Füßen behielt: daß der Staat für das menschenwürdige Dasein seiner Bürger verantwortlich sei. „Mir blieb eine Lücke in den von Ihnen angeführten Gleichheitsansprüchen," schrieb sie, „ich möchte nämlich, Sie führten dabei noch die Gleichheit der menschlichen Naturbedürfnisse, Nahrung, Wärme ꝛc. an, woraus die Gleichheit ihrer Ansprüche zu deren Befriedigung auf die einfachste Weise, als Verpflichtung der Staaten, deducirt werden müßte. Dahin gehört auch die Verpflichtung, frühzeitige Ehen, ohne Unvernunft, möglich zu machen. Diese Hauptfragen treten immer wieder viel zu sehr in den Hintergrund, anstatt gerade vorn und obenan zu stehen, und in einer Weise obenan, daß gar nichts Anderes vorgenommen werden müßte, ehe diese große Aufgabe gelöst wäre, die ohne allen Zweifel nach der materiellen Beschaffenheit der Erde gelöst werden kann. Wenn alle Regierungen, auch nur die von Europa, unablässig dahin strebten, Einrichtungen zu treffen, daß ohne übermäßige Arbeit jeder Mensch seine Lebensbedürfnisse auf die einfachste Weise befriedigen könnte, daß bei selbstverschuldetem Elend der Eltern die Kinder gerettet würden, so würden sie es erreichen. Deshalb habe ich mich im Jahre 1848 zu dem ersten Erscheinen der Socialisten und Communisten so hingezogen gefühlt, weil sie sich dem näherten, was ich für das Wichtigste hielt.

„Keine Nation sein, keinen Kaiser haben, als Volk gedemütigt und gekränkt sein, das sind zwar gerechte Schmerzen und verbittern das Leben Vieler; aber kein Brot und keine

Wärme haben, vor Sorgen und Arbeit nicht zum menschlichen Dasein gelangen, als Eltern entweder täglich bittere Kummerthränen weinen oder einer thierischen Gleichgültigkeit anheimfallen, das sind ganz andere Schmerzen, ganz andere Ungerechtigkeiten, das verbittert in unendlich höherem Maße das Leben von unendlich mehr Mitbürgern, die dieselben Ansprüche an Beseitigung ihres Elends haben als die, welche mit ihren Klagen die Sturmglocke läuten, weil sie den Strang in der Hand halten, während die Elendesten stumm bleiben. Die oben genannten politischen Leiden sind des douleurs de luxe neben den Leiden des wahrhaft armen Mannes."

*

Inzwischen hatte Jennys persönliches Leben eine tiefgreifende Wandlung erfahren: im Jahre 1850 war ihr Mann Landrat des Riesenburger Kreises geworden, hatte zu gleicher Zeit Garden verpachtet und sich in Rosenberg, einem Gute in der Nähe der Kreisstadt, neu angekauft. Der Abschied war Jenny nicht leicht geworden: das mit so viel Liebe eingerichtete und alljährlich vervollkommnete Haus, der schöne Garten, in dem jeder Baum und jeder Strauch ihr etwas Lebendiges war, der stundenlang sich hinstreckende Wald, der kaum zwanzig Schritt vor der Haustür anfing, der blaue spiegelnde See, im Sommer und Winter der Kinder beliebtester Tummelplatz — das alles wurde ihr zu verlassen doppelt schwer, als der Weg sie wieder in eine fremde Umgebung und nicht nach Weimar führte, was sie so sehr gewünscht hatte.

„Für meine Kinder," so schrieb sie damals, „wäre ich gern wurzelfest geblieben, denn ich glaube, es liegt ein großer Segen darin, eine Heimat im engsten Sinn des Wortes zu haben, aber ich sehe ein, daß das immer seltener wird, und hoffe, daß andere Werte an Stelle des verloren gegangenen treten werden... Doch bin ich sehr froh, daß Werner bei seiner gemeinnützigen Tätigkeit, die seinen Geschäften sehr hinderlich ist, endlich zum

Entschluß kommt, zu Johanni zu verpachten; lieber wär mir der Verkauf, er schien sich aber dazu nicht entschließen zu können. — Die Sparkassen des Kreises sind im Gang, die Chaussee naht ihrer Vollendung, und nach einer 4 monatlichen mühsamen Verwaltung der **freiwilligen** Unterstützungen der zurückgebliebenen Landwehrfamilien des Kreises hat er einen Gesetzentwurf ausgearbeitet, der die Gemeinden zu deren Unterhalt **verpflichten** will und den er dem Oberpräsidenten eingesandt hat. Es sind drei Werke, auf die er mit Befriedigung hinblicken wird, wenn sie vollendet sind; sie waren notwendig und werden Segen bringen, und in unserer Zeit ist es doppelt wichtig, daß es auch Männer gebe, die im Schatten Fundamente bauen."

In Rosenberg stand der Gustedtschen Familie zunächst nur ein primitives Heim zur Verfügung, das gegen das wohnliche Gardener Herrenhaus sehr abstach. Auf einem hoch über dem See gelegenen, von Linden und Buchen gekrönten Hügel bauten sie sich ein neues Haus. Jenny, die oft von sich sagte, daß ein Baumeister und ein Tapezier an ihr verloren gegangen wären, entwarf die Pläne für den Bau wie für die Einrichtung selbst, eine Arbeit, die ihr große Freude bereitete und ihre Gedanken lange Zeit von allem anderen abzog. Nach einem Jahre war das Werk vollendet und zeugte von dem mit praktischem Verständnis verbundenen Schönheitssinn seiner Schöpferin.

Nachdem Jenny sich und den Ihren die wohltuende Umgebung geschaffen hatte, wandte sie sich mit frischen Kräften den öffentlichen Aufgaben zu, die sie mehr als je zum gegebenen Tätigkeitskreis der Frau hatte betrachten lernen. Auf die Unterstützung Armer und Kranker, auf die Aufnahme von verlassenen Kindern hatte sie ihr Haus von Anfang an eingerichtet: „Den Raum für Alles, sehr groß, hell, leer, weiß gestrichen, mit gut heizendem Ofen, sollte auf dem Lande jedes Guts- und Pfarrhaus haben," schrieb sie; „stelle Betten hinein, so ist es ein Lazareth, zieh Leinen durch, so ist es Wäschetrocken- und Bügelraum, mach Streu, Kopfkissen, Decken, so ist es für die Einquartirung geeignet, bei schlechtem Wetter Kinderspielplatz, bei großen Festen Speisesaal; stell ein Harmonium hinein, so wird es eine Capelle."

Aber sie verfolgte noch größere Pläne, als die bloßer privater Hilfsarbeit, und fand in dem Pfarrer des Kreisstädtchens — Pfeil — einen verständnisvollen Förderer ihrer Ideen. Ein Rettungshaus für uneheliche Kinder wollte sie gründen, das eine bleibende Zufluchtsstätte für diese allerärmsten sein sollte. Da sie, seit sie Kinder besaß, sich nicht mehr als unumschränkte Herrin ihres Vermögens, sondern sich ihnen gegenüber in bezug auf seine Verwendung verantwortlich fühlte, so glaubte sie das, was deren Zukunft sicherstellen sollte, nicht für ihre Interessen angreifen zu dürfen. Auch ihren Gatten wollte sie nicht in Anspruch nehmen; sie hatte sich ihre wirtschaftliche Selbständigkeit neben ihm gesichert und respektierte die seine — ein Verhältnis, das sie einmal brieflich folgendermaßen verteidigte: „Für mich selbst halte ich fest an der Überzeugung: ‚qu'il ne faut pas faire les affaires avec le sentiment;' und ich trenne so scharf Gefühl und Geschäft, daß ich sogar mit meinem Manne, wenn wir einander Geld leihen oder dergl., Schuldschein und Interessen gebe und empfange, genau berechne und pünktlich zahle oder einziehe ... Ich habe zu viel Erfahrungen gemacht, daß dadurch ein üppiges Unkraut aus der Aussaat zum Familienglück herausgesammelt wird, und es entsteht wirklich weder Kälte noch irgend ein Nachteil daraus, denn das Schenken steht ja doch jedem frei und gehört zum Bereiche des Gefühls; so bin ich auch für Heiratscontrakte, genaue immer vorrätige Testamente, genaues Feststellen jedes Eigentums von Mobiliar u. dergl."

Wollte sie also ihren Lieblingsplan zur Wirklichkeit werden lassen, so galt es auf andere Weise die Mittel dafür zu beschaffen, denn wenn auch Stadt und Kreis Unterstützungen bewilligten, so mußte sie den Grundstock des Ganzen liefern. Sie entschloß sich, einen großen Teil ihres Schmuckes, der durch Geschenke Jeromes sehr bereichert worden war, zu verkaufen, und fuhr deswegen selbst nach Berlin. Ein breites schweres Kettenarmband der Herzogin von Orleans, Perlengehänge der Großfürstin Maria Paulowna, Ringe der Prinzessin Augusta von Preußen, vor allem aber die Rubinen und Brillanten, die als Rahmen ein in ein Armband eingelassenes Miniaturbild Jeromes umgaben, verwandelten sich auf diese Weise in schützende Mauern für die von der Gesellschaft Ausgestoßenen. Nur ihre Kinder erfuhren später, was sie getan hatte, da sie sich verpflichtet fühlte, ihnen auch darüber Rechenschaft abzulegen. Das Rettungshaus aber steht heute noch. Ob es in dem halben Jahrhundert im Sinne seiner Schöpferin wirkte, oder ob es vor lauter Mühe, S e e l e n zu retten, die M e n s c h e n zu retten vergaß?

All dem eifrigen Wirken und fröhlichen Gedeihen sollte plötzlich ein Ende gemacht werden. Marianne und Jenny erkrankten an jenem seltsamen Landesübel, dem Weichselzopf. Die Ärzte nehmen noch heute an, daß diese Verwirrung der Haare zu einem dicken unauflöslichen Ballen und die damit zusammenhängende körperliche Schwäche auf Schmutz und Vernachlässigung zurückzuführen ist. Nun gab es ringsum keine schöneren, gepflegteren Kinder als die der Gustedts; die Mägde des Hauses sprachen angesichts ihrer Erkrankung von Hexerei; man wollte, wie im Märchen von Schneewittchen, von einer Landstreicherin wissen, die den Kindern eine vergiftete Frucht gereicht habe, aus Rache dafür, weil man ihr Kind im Rettungshaus untergebracht und ihr zwangsweise genommen hatte. Der Arzt ordnete bei Mariannen, bei der das Übel am stärksten auftrat, das Abschneiden der Haare an. Trotz der Warnungen einiger Bauernfrauen, die bei der einheimischen Bevölkerung in weit höherem Ansehen standen als der Doktor und behaupteten, daß gerade die Haare die Krankheitsstoffe aus dem Körper zögen, griff Jenny kurz entschlossen selbst zur Schere. Nach drei Tagen lag ihr holdseliges Töchterlein zum ewigen Schlaf auf der Bahre.

Es scheint, als ob die Türe nur einmal vom Unglück geöffnet zu werden braucht, um auch sein ganzes großes Gefolge hereinzulassen. Der schwergeprüften Mutter, die ihr blühend schönes, fast erwachsenes Kind, das begabteste von allen, sich von der Seite gerissen sah, blieb keine Zeit, ihrem Schmerz sich hinzugeben.

„Du hast von meinen schweren und harten Prüfungen gehört," schrieb sie im Herbst 1854 an Wilhelmine Froriep, „Du weißt, wie eine Mutter fühlt, obgleich Du nicht die trübe Nachhaltigkeit kennst, die der Verlust eines geliebten, fast erwachsenen Kindes für das Mutterherz hat; andere auch recht schmerzliche Schicksalsschläge folgten diesem Unglück, — der verflossene Winter war eine Reihenfolge der sorgenvollsten Tage durch die langwierige Krankheit meines Jennchen, und diesem Kummer folgte die schwere Krankheit Werners — aber Gottlob, er ist vorgestern ganz gesund von Karlsbad zurückgekehrt, und so bereue ich nicht die zweimonatliche Trennung, so schwer sie mir auch geworden ist. Jenny, ein sehr niedliches, frisches Mädchen, hat ihren Weichselzopf glücklich überstanden, und ihre lockigen Goldhaare sind in alter Fülle zurückgekehrt. Mein Wernerchen hat auch Masern, Ziegenpeter u. dergl. Kinderkrankheiten durchgemacht, und ich natürlich doppelt mit ihm, aber es sind doch mäßige Sorgen, die man auf der armen, so sorgenreichen Erde noch nicht schwer ins Gewicht fallen läßt; dazu bin ich viel, sehr viel allein, zu alt, um Freundschaften zu schließen, zu austauschbedürftig, um mir selbst zu genügen — was denn die Zeiten der Strohwittwerschaft recht grau macht." Von Otto, dem ältesten, ihrem Sorgenkind, schrieb sie im selben Brief: „Er ist ein großer, schlanker Junge, eigentlich schon Jüngling, der als Freund neben mir steht, und so wie er unter fortwährendem Kränkeln doch groß, muskelstark und blühend wird, ein Reiter, Schwimmer, Turner, ein Dominierender bei Kriegen und Prügeln der Gymnasiasten, so entwickelt sich auch sein Charakter unter allen Anfechtungen der Sünde recht erfreulich; im Lernen bleibt er allerdings durch die vielen Krankheitsversäumnisse, trotz seines tadellosen Fleißes zurück, in der Charakterbildung ist er jedoch seinem Alter sehr voraus." Die Eltern waren, des Gymnasiums wegen, genötigt gewesen, ihn in dem nahen Marienwerder in Pension zu geben. Der Vater hatte von der Trennung des Sohnes von der Mutter sehr viel gehofft, weil ihre liebevolle, nachsichtige Erziehung dem zu allen Jugendtorheiten geneigten Knaben nicht förderlich zu sein schien. Vor allem hatte er den Eindruck gewonnen, daß seine Kränklichkeit ihm vielfach nur ein willkommener Vorwand war, um sich dem Lernen zu entziehen, während Jenny von der Echtheit seiner Leiden überzeugt und immer geneigt war, ihn zu schützen und zu entschuldigen. So entwickelte sich in immer stärkerem Maße jener stille Kampf um die Erziehung des Kindes, der, mit so zarten Waffen er auch geführt wird, dem Eheleben so schwere Wunden schlägt: der Vater denkt an das Leben, für das der Sohn sich entwickeln soll, die Mutterliebe will ihn so lange wie möglich vor diesem Leben schützen.

Zunächst schien die Mutter recht behalten zu sollen; der an Freiheit und Selbständigkeit, an Liebe und Nachsicht gewöhnte Knabe empörte sich gegen die strenge Zucht der Pension und des Gymnasiums, die damals noch weit mehr als heute in der Individualität des Schülers nichts als eine verdammenswürdige Verletzung der vorgeschriebenen Ordnung sahen, und deren Ziel daher nicht ihre Entwicklung, sondern ihre Unterdrückung war. Otto Gustedt wurde relegiert. Daheim kam es zu bösen Auftritten, unter denen die Mutter weit nachhaltiger litt als das Kind. Hochmut und Faulheit warf der Vater ihm vor, wo Jenny die Berechtigung beleidigten Selbstgefühls und körperliche Schwäche zu sehen glaubte. Ihre Zärtlichkeit und Sorgfalt ihm gegenüber wuchs um so mehr, je härter ihn der Vater behandelte. „Das Spannen auf das Bett des Prokrustes, das man Erziehung nennt, war mir immer widerwärtig," schrieb sie; „man soll der jungen Menschenpflanze eine Stütze geben, wie dem jungen Bäumchen, aber man soll sie nicht je nach Laune und Wunsch, wie die Gartenkünstler des 18. Jahrhunderts, zu allerlei künstlichen Gestalten beschneiden und zurecht stutzen." Bei dieser an sich zweifellos richtigen Auffassung vergaß sie nur, was heute, wo sie zu allgemeinerer Geltung gelangte, fast stets vergessen wird: daß, wie der unbeschnittene Buchsbaum doch nicht zur hochragenden Buche wird, es auch Menschenpflänzchen gibt, die durch alle Freiheit und Entwicklung doch keine starken Individualitäten zu werden vermögen, die wie Lehm und Wachs erst durch die Hand des künstlerischen Erziehers Wesen und Form erhalten. Jennys Hand aber war weich: sie streichelte die Falten von der Stirn, sie zeigte ihren Kindern die großen und schönen Ziele und die Wege, die zu ihnen führen, wenn sie jedoch abseits gingen, so fehlte ihr zum Zurückziehen die Kraft. „Ich weiß, wie oft meine Augen und der Ton meiner Stimme um Verzeihung gebeten haben, wenn ich schalt, und dadurch wurde das Schelten fast wirkungslos," schrieb sie später einmal. „Sie erzog ihre Kinder, wie man Genies erziehen müßte," sagte eine alte Freundin von ihr, und wer damals den schönen, schlanken, fünfzehnjährigen Otto sah, aus dessen klassisch geschnittenen Zügen zwei Augen hervorstrahlten, die jeden gefangen nahmen, der mochte die Nachsicht der Mutter verstehen. War er ihr doch von allen ihren Kindern noch am meisten wesensverwandt: seine Güte, seine himmelstürmende Phantasie, die ihn auf immer neuen Wegen immer neuen Zukunftsträumen nachjagen ließ, verstand sie nicht nur zu genau, sie wußte auch aus eigener bitterer Lebenserfahrung, zu welch inneren Konflikten und harten Enttäuschungen sie ihn im Leben führen würden. Und Zukunfts- und Gegenwartsleiden vereint steigerten nur noch ihre sorgende Mutterliebe.

So glücklich ihre Ehe war, es fehlte nun nicht mehr an Bitternissen: wie sie zu schweigen gelernt hatte, wenn ihre politischen Anschauungen auseinandergingen, so schwieg sie angesichts der Angriffe des Gatten auf ihre Erziehungsprinzipien. Als trennendes Element, nicht als verbindendes, standen die Kinder zwischen ihnen. Gerade das glücklichste Eheleben wird selten von dieser Liebesprüfung verschont: die Zeit, da die Kinder sich zu Menschen entwickeln, ist immer die gefährlichste, und die harmonischste die, die ihr vorangeht und ihr folgt.

Da Werner Gustedt infolge seines Berufs viel abwesend sein mußte, war der Anlaß zu Differenzen zwischen den Gatten kein häufiger. Abends, wenn über dem runden Tisch die Lampe brannte und die Familie sich um ihn sammelte, plaudernd, lesend, mit Handarbeit beschäftigt, war immer Feierstunde; mit der Arbeit war das Arbeitskleid und die Arbeitsstimmung abgelegt, und der blitzende, summende Teekessel sah zufriedene Gesichter um sich und sang seine leise Melodie nur zur Begleitung frischer, froher Stimmen. „Wer keinen Sonntag hat und keinen Feierabend, der hat keine Familie." Diese Worte aus Pücklers Briefen eines Verstorbenen finden sich in Jennys Abschriften doppelt unterstrichen. Oft, wenn der graue Alltag die Harmonie des Lebens zu zerstören drohte, stellte der Sonntag und der Abend sie wieder her. Dann wurden Bücher gemeinsam gelesen und besprochen, und Gedanken, die sie anregten, wohl auch schriftlich fixiert, um Stoff zu neuer Unterhaltung zu geben. Carlyles „Helden und Heldenverehrung" — „diese Offenbarung von Wahrheit, Mut und Glauben der Menschenseele" —, Feuchterslebens „Diätetik der Seele" — „eines der klarsten, menschenfreundlichsten und überzeugendsten Bücher, die ich kenne" —, Moritz Arndts „Wandlungen mit dem Freiherrn von Stein", Schleidens naturhistorische Vorträge, Moses Mendelssohns „Phädon" und eine Reihe kleinerer historischer und naturwissenschaftlicher Werke wurden bei der abendlichen Lektüre durchgenommen. Aus dem eben erschienenen Leben Goethes von Lewes las Jenny manche Teile vor; „diese höchst interessante Biographie," schrieb sie in ihre

Bücherliste, „ist leider voller falscher Thatsachen über Weimar, dabei mit wenig poetischer Befähigung geschrieben, aber durch tiefe, neue Auffassungen, viel philosophischen Sinn und viel Wahrheit in den geistigen Darstellungen und Urtheilen werth, von jedem Deutschen gelesen zu werden."

Seit der nahen Verbindung mit Frankreich fehlte es natürlich auch nicht an französischer Lektüre. Memoiren, Briefwechsel und historische Werke über Napoleon und seine Zeit spielten darin eine Hauptrolle. Neben den „Dictées de Ste. Hélène" findet sich die Bemerkung: „Welch ein Aufwand von Genie, Kraft, Fleiß, Urteil und Regierungskunst, um in St. Helena zu enden! Aber tragischer noch als das persönliche Ende ist das Ende des Werks — es stürzte zusammen wie ein Koloß ohne Fundament. Die alte Welt unter sich zu begraben, muß wohl schließlich Napoleons gottgewollte Aufgabe gewesen sein." Louis Napoleons Thronbesteigung im Jahre 1852 erregte ihr Interesse für seine Person. Sie las seine „Napoleonischen Ideen," nicht ohne bei ihnen die sarkastische Randbemerkung zu machen: „Ideen — ja, Napoleon — nein!" Wie manche der alten Bonapartisten, vermochte sie ein gewisses Mißtrauen, ja direkte Antipathie gegen ihn nicht zu überwinden, obwohl sie sich der neueinsetzenden napoleonischen Ära freute und auch, im Gegensatz zur allgemein herrschenden Meinung in Preußen, das Mittel des Staatsstreichs billigte, das sie eingeleitet hatte.

„Über den Staatsstreich von Louis Napoleon," heißt es in einem Brief an Scheidler, „stimmen wir nicht überein: ich billige ihn, ohne mich jedoch für die Zukunft zu verbürgen. Durch den Stall des Augias mußte ein Strom geführt werden, während eine holländische Milchwirthschaft durch blanke Wassereimer gereinigt werden kann. Seit zwei Jahren steigerte sich in Frankreich eine nach und nach in alle Parteien übergegangene Sehnsucht nach dieser Ausmistung, mit anderen Worten nach einem Herrn... Frankreich kennt seine eigenen Zustände, deshalb die Riesenmajorität von sieben Millionen bei geheimer Abstimmung; ich dächte, dies schlüge alle Einwendungen, da der liberalste aller Grundsätze doch ist, daß ein Volk am besten selbst wissen muß, wo es der Schuh drückt. Ich kann Louis Napoleon auch nicht des Meineids schuldig finden, denn ein Eid hat nicht nur Worte, sondern auch einen Sinn. Wenn er überzeugt war, daß er es nicht mit den Vertretern des Volkes, sondern mit Parteimännern zu thun hatte, so war die Auflösung der Nationalversammlung gerechtfertigt. Dabei betone ich noch meine alte Ansicht, daß, streng genommen, alle Menschen meineidig sind, weil Keiner je gehalten hat und halten kann, was man in verkehrter Weise bei Einsegnungen, Trauungen, Taufen u. dgl. versprechen läßt. Die wahre, letzte Instanz des Menschenwerthes liegt doch nur in seinem Charakter, in seinem ganzen Sein. Man müßte nie einen Eid auf die Zukunft ablegen, nur für den auf die Vergangenheit kann ein Mensch bürgen."

Im dritten Jahr von Louis Napoleons Kaisertum — 1855 — als die unter dem Protektorate ihres Stiefbruders Napoleon stehende erste internationale Industrie-Ausstellung in Paris stattfand, unternahm Jenny, diesmal in Begleitung ihres ältesten Sohnes, wieder die weite Reise, um Jerome und Pauline zu besuchen. Vater und Stiefbruder waren nun anerkannte kaiserliche Prinzen; ein glänzender Hof residirte wie einst in den Tuilerien; viele der Verwandten Jennys, lauter treue Bonapartisten, fand sie im Besitz von Rang und Würden; der junge Hof und die glänzende Ausstellung lockten Scharen hervorragender Ausländer nach Paris, die Monarchen von Portugal, England und Sardinien waren unter ihnen. Mehr noch als vor sechs Jahren war es der Mittelpunkt der Welt, in den Jenny sich versetzt fühlte. Aber leider findet sich kein Brief, der ihre persönlichen Eindrücke geschildert hätte. Nur einmal erwähnte sie ihre Reise, indem sie schrieb: „Der Pariser Aufenthalt hat mich sehr erfrischt. Ich finde die Sage vom Jungbrunnen darin bestätigt, daß wir, um innerlich jung zu bleiben — was für uns und noch mehr für unsere Kinder eine Lebensnotwendigkeit ist —, in den sprudelnden Quellen geistigen Lebens von Zeit zu Zeit untertauchen müssen, auch auf die Gefahr hin, dabei zuweilen in Schlamm zu treten." Wie Schlamm erschien ihr die realistische Richtung in der Literatur, die während des zweiten Kaiserreichs die Romantik allmählich aus dem Felde schlug. „Um auf wirtschaftlichem und sittlichem Gebiet klar zu sehen und die bösen Schäden, die entstanden sind, mit richtigen Waffen zu bekämpfen, ist es notwendig, daß diese Zustände mit rücksichtsloser Wahrhaftigkeit geschildert werden," schrieb sie an ihren Stiefbruder Gersdorff, „das ist jedoch Aufgabe der Wissenschaft. In das Bereich der Kunst, die uns über uns selbst erheben, uns begeistern und erfreuen soll, gehört dergleichen nicht." Es ist wieder das Kind der Romantik, das sich hier ausspricht, dessen Geist an den märchenhaften Romanen und romanhaften Märchen der Fouqué und Tieck und Novalis sich entzückte. Ihr mußten auch die Neuromantiker Frankreichs verständlicher sein als die jungen Führer des Realismus. Alfred de Vigny zitierte sie häufig in ihren Sammelbüchern, Sainte-Beuves kulturgeschichtliche Bücher schätzte sie sehr hoch, während Mussets „Poesie der Verzweiflung nur für diejenigen zu ertragen ist, ja auch von ihnen genossen werden kann, die selbst noch nicht verzweifelten oder die Verzweiflung heroisch überwunden haben. Ich gehe, bei aller Anerkennung des großen Talents, Dichtungen wie den seinen gern aus dem Wege, weil sie mich bis zum körperlichen Schmerz martern." Sehr merkwürdig für ihre Auffassungsweise ist ihre Stellung zu Stendhal und Balzac, in denen sie die Vorkämpfer des Realismus nicht zu erkennen schien. Nach zahlreichen Auszügen aus den Werken beider, die fast immer die Charakteristik der weiblichen Natur und ihrer Schicksale zum Inhalt haben, schreibt sie: „Um ihrer Erkenntniß der weiblichen Seele willen, die nur dem Auge eines gottbegnadeten Künstlers möglich ist, verzeihe ich ihnen

alle bittere Medizin, die sie zu schlucken geben und die auch
der zu nehmen gezwungen ist, der ihrer gar nicht bedarf, also
nichts davon hat als den widerwärtigen Geschmack. Wenn
Balzac sagt: ‚Fühlen, lieben, sich aufopfern, leiden wird immer
der Text für das Leben der Frauen sein‘, und selbst seine un-
vergleichlichen Illustrationen dafür liefert, so hat er damit eine
so starke Wahrheit ausgesprochen, daß alle Revolten einer George
Sand und ihrer Gesinnungsfreunde wie Strohhalme daran zer-
brechen werden. Streubt Euch, so viel Ihr wollt, fordert
Rechte und erringt sie, zerstört in blindem Fanatismus das
feste Gebäude der Ehe, das Euch zwar einsperrt — und Ein-
gesperrtsein ist oft ganz entsetzlich! — aber auch schützt, laßt
auf Euren weichen Händen die harte Haut der Arbeit erstehen:
fühlen, lieben, sich aufopfern und leiden wird nicht nur immer
das gleiche Schicksal bleiben für Euch, je mehr Ihr ihm vielmehr entrinnen wollt, desto fester wird es seine Krallen in
Eure blutenden Herzen schlagen.“

*

„Meinen Koffer mit Geistesnahrung für Jahre, mein Herz
mit Abschiedsqualen und Dankbarkeitsfreuden gefüllt" — so
kehrte Jenny von Paris und vom Elsaß, wo sie noch ihre
Verwandten besucht hatte, nach Hause zurück. Doch nicht auf
lange sollte sie sich der ländlichen Ruhe erfreuen. Werner
Gustedt hatte sich in den preußischen Landtag wählen lassen,
und wenn auch seine Frau nicht daran denken konnte, alljährlich auf Monate Haus und Kinder zu verlassen und mit ihm
nach Berlin zu gehen, und es noch weniger für rätlich hielt,
Tochter und Söhne wiederholt der ländlichen Ruhe und der
Stetigkeit des Lernens zu entreißen, so wollte sie doch wenigstens
einmal versuchen, den Winter mit der Familie in Berlin zuzubringen.

Welch ein Unterschied: das Paris, das sie eben verlassen
hatte, wo das Leben kraftvoll pulsierte und das Kaisertum der

Bonapartes, wie einst, aus den Flammen der Revolution siegreich emporzusteigen schien — jenes Kaisertum, von dem Gerlach in seinen Briefen an Bismarck schrieb, es sei die inkarnierte Revolution —, und das Berlin, in das sie eintrat, wo jede Lebensregung niedergeknüttelt wurde, und Hinkeldey, der allmächtige Polizeipräsident, seine Rute über eine Gesellschaft von Duckmäusern schwang — jenes Berlin, die inkarnierte Reaktion!

Die politische Stellung Werner Gustedts bestimmte seiner und seiner Gattin gesellschaftliche Position: Offiziell schloß er sich keiner Partei an, ganz in Übereinstimmung mit den Ansichten Jennys, die an Scheidler schrieb: „Meiner Meinung nach kann ein Staatsmann, wenn er praktisch, rechtlich, vernünftig, für das Wohl des Volkes recht eifrig ist, keiner Partei angehören, weil er unter Umständen mit allen Parteien abwechselnd stimmen muß. Bei Gelehrten, die nur über Theorien wissenschaftlich streiten, ist es natürlich anders, die können sich freilich für eine Partei als die beste entscheiden, wo aber der Riegel des Möglichen vorgeschoben ist, den Sie so vollkommen anerkennen, kann man eben doch nur das Mögliche fordern, nur für das Mögliche Partei nehmen, mithin in jetziger Zeit alle drei Monate für etwas Anderes. Gerade das Unterordnen der individuellen Meinung unter die Autorität eines Parteiführers ist es, was ich nicht für recht halte und weßhalb ich gewiß nie, wenn ich Staatsmann wäre, mit einer Partei gehen würde, außer natürlich in konkreten Fragen." Als ausgesprochener Gegner des Manteuffelschen Regimes ging Werner Gustedt in den entscheidenden Fragen mit den Liberalen. Die persönliche Freundschaft Jennys mit der Prinzessin von Preußen kam hinzu, um das Gustedtsche Ehepaar vollends in die Kreise der Opposition zu führen, die durch einzelne ihrer Glieder, wie Bethmann-Hollweg — den Führer der sogenannten Gothaer —, Usedom und Pourtalès, stets in Verbindung mit der damals in Koblenz residierenden Prinzessin standen. Mehr als je hörte ihr in dieser Zeit der Herrschaft der Dunkelmänner die wärmste Sympathie Jennys. Sie waren beide echte Kinder Weimars, und was Bismarck nicht aufhörte, der Prinzessin von Preußen zum Vorwurf zu machen: ihr Wurzeln in den großen Traditionen ihrer Jugend — das gereicht ihr wie ihrer Freundin zum Ruhm. Ihr Briefwechsel würde psychologisch und zeitgeschichtlich von größtem Werte sein, und nicht nur die Einheitlichkeit ihrer Anschauungen, auch der Einfluß, den sie aufeinander ausübten, würde dabei zutage treten. Gerade in der Reaktionszeit Preußens hatten die beiden Frauen viel Gemeinsames: ihre Bewunderung für England, ihre Abneigung gegen Rußland, ihr Wunsch nach Schaffung gründlicher, vor allem sozialer Reformen, ihre Versuche, mit den eigenen schwachen Kräften nach dieser Richtung tätig zu sein. „Das Jahr 1848," berichtete Jenny, „war ihr, wie sie mir schrieb, verständlich und hätte ihrer Ansicht nach zu einem guten Ende führen müssen", aber ihre Gegner — Bismarck an erster Stelle — hielten ihr weitherziges Verständnis auch für die Ansichten der Gegner nur zu oft für ein Einverständnis mit ihnen, so z. B. in bezug auf ihre Stellung zum Katholizismus und zum Judentum. „Sie hatte es sich zum Ziel gesetzt," schrieb Jenny, „die Wunden, die die Politik schlug und schlagen mußte, mit der weichen Hand der Frau zu heilen, und auch das ist ihr vielfach zum Vorwurf gemacht worden. Immer wieder wollte sie zeigen, daß die Politik eines Menschen uns falsch, ja sogar verderblich erscheinen kann, ohne daß der Mensch selbst deshalb verdammenswerth ist. So war ihr die Politik der katholischen Kirche widerwärtig, ohne daß sie sich deshalb von dem einzelnen Katholiken, dessen großen Charakter sie erkannt hatte, abgewandt hätte. Ebenso verachtete sie den jüdischen Geist, zog aber den einzelnen edlen Juden in ihre Nähe. Ähnlich war ihre Stellung England gegenüber; sie bewunderte rückhaltlos den freiheitlichen, großzügigen Geist seiner Politik, der seit Jahrhunderten so erzieherisch gewirkt hat, daß auch der einzelne Engländer ein Stück von ihm in sich trägt, aber sie verabscheute seine Unersättlichkeit, wenn es galt, sich fremde Länder anzueignen, und seine Grausamkeit in der Unterdrückung armer, wilder Volksstämme." Ist das nicht, als ob Jenny sich selber schildert, und liegt der Wunsch nicht nahe, zu erfahren, von welcher der Freundinnen der bestimmende Einfluß ausging? Aber die Briefe Augustas sind verabredetermaßen zum größten Teil verbrannt worden, und die Briefe Jennys, die ein lebendiges Zeitbild gewesen sein müssen, ruhen, falls sie nicht auch dem Feuertode geweiht wurden, in den unerreichbaren Schränken des kaiserlichen Hausarchivs.

Zur Zeit des Berliner Aufenthalts der Gustedts gaben sie der Prinzessin zweifellos auch den Eindruck wieder, den das dortige politische und gesellige Leben auf Jenny machte. Ein einziges Brieffragment, das sich unter ihren Papieren befindet, enthält folgende charakteristische Sätze: „Die Berliner Luft wirkt geradezu lähmend. Es ist, als ob der Geist Hinkeldeys sie so durchdringt, daß gar kein anderer daneben Platz hat. Was groß und gut und zukunftsfroh erschien, ist fort und hält sich im Hintergrund oder ist über das Alter lebendigen Wirkens hinaus, wie Bettina, wie Varnhagen, wie Alexander von Humboldt. Es kommt mir hier vor, wie in einem Kinderzimmer, wo die strenge Gouvernante Ordnung gemacht hat: alles Spielzeug ist verschlossen — die Kinder können beim besten Willen nichts mehr entzwei machen. Aber ich fürchte, das Bild behält auch in seiner weiteren Entwicklung seine Gültigkeit: sie werden nun erst recht unzufrieden und unartig werden. Ich würde es auch, wenn ich hier zu leben verurteilt wäre."

Alte Freunde, wie Fürst Pückler und Karl von Holtei, liebe Verwandte, wie der Schwager ihres Mannes, Graf Kleist-Nollendorf, und seine Frau, verscheuchten ihr die trüben Stunden, und ein schönes Bild, das Peter Cornelius' begabter, leider jung verstorbener Schüler Strauch von ihren Kindern malte, wurde der schönste Gewinn ihres Aufenthalts. Das

Motiv dazu gab sie ihm: Christi Wort „Lasset die Kindlein zu mir kommen": unter einem Palmenbaum sitzt er selbst, Diana, das Erstverstorbene, in weißem Hemdchen, weiße Rosen auf dem Kopf, ihm auf den Knien; die tote, schöne Marianne, gleich gekleidet, neben sich, während die drei anderen weiter entfernt, in den bunten Gewändern des Lebens sich ihm nähern. Zu den Köpfen der Verstorbenen hatte Jenny die Skizzen entworfen.

Kurz vor ihrer Abreise von Berlin schrieb sie einem Freunde: „Können Sie sich vorstellen, daß ich mich nach den, von Ihnen oft verhöhnten barbarischen Gefilden Westpreußens wie nach dem gelobten Lande der Freiheit sehne?! Machte der unhaltbare Zustand Preußens, der bei der merkwürdigen Geistesart des Königs, seinem Sprunghaften, Phantastischen, Unberechenbaren, nur immer unhaltbarer werden wird, mich nicht aufrichtig traurig, ich würde mich der nahen Abreise rückhaltlos freuen." Das „natürliche, gesunde, heitertätige Leben" trat wieder in seine Rechte, es stellte aber auch immer höhere Anforderungen an die Mutter wie an die Gutsherrin. „Viele Mütter atmen erleichtert auf," schrieb Jenny, „wenn die Kinder der Schule entwachsen, dann, meinen sie, sind die Sorgen vorbei. In Wirklichkeit aber wachsen sie nur mit den Kindern. Oder ist es nicht viel leichter, ein Kind zu pflegen, das die Masern hat, als eines Kindes Seele gesund zu machen, die die bösen Miasmen der Welt zu vergiften begannen? Und ist es nicht viel einfacher, ihm das Einmaleins beizubringen als die einzige Wahrheit, daß Freiheit von der Sünde die Freiheit an sich ist?"

Otto, ihr Sorgenkind, der es mit nahezu sechzehn Jahren mühsam bis Untersekunda gebracht hatte, weil nach der Mutter Wort: „seine schwankende Gesundheit und sein schlechtes Gedächtnis ihm das Lernen erschweren," sollte auf die landwirtschaftliche Schule nach Jena kommen, um alle Zeit und alle Kräfte seinem künftigen Beruf als Landwirt zu widmen.

„Aber" — so fährt Jenny in ihrem Bericht an eine Freundin fort — „die stille Schmach, die in Preußen auf denen ruht, die nicht das Abiturientenexamen gemacht haben, hat das Gewicht nach Werners Wunsch hinsinken lassen. Seit seinem Abgang von Marienwerder, den ich nicht weiter berühre, da ich denke, Sie haben durch Emma und meine Schwester die fatale Geschichte, die uns nun seit 8 Monaten peinigt, hinreichend erfahren, ist er hier von unserem lieben herrlichen Prediger unterrichtet und eingesegnet worden. Diese Feier war, durch die, ich kann sagen, heilige Persönlichkeit des Predigers, so schön, wie ich sie nie erlebt habe."

Eine Feier in Haus und Herzen, wie sie wenige so gut zu gestalten verstanden als Ottos gütige Mutter, war der Einsegnungstag gewesen. Alle Arbeit hatte geruht, dunkle Tannenzweige und leuchtendes Herbstlaub hatten das Haus mit Duft und Glanz erfüllt, und stolz und voll Hoffnung sahen die Augen der Mutter auf den nunmehr erwachsenen Sohn. In das Tagebuch, das sie ihm zur Eintragung seiner Gedanken und Erfahrungen schenkte, hatte sie als Richtschnur für sein Leben folgendes geschrieben:

„Am Tage, der Dich aus der Kindheit entläßt, sei das erste Wort der Mutter an Dein Herz das Wort der höchsten, reinsten Liebe, sei die Lehre Christi von der Menschenliebe; der Geist des Herrn gebe meiner Rede Licht und Kraft, daß sie in Deine innerste Seele dringe, daß sie Dich erfülle, Dein ganzes Sein durchglühe, Dich gegen Undank, Irrthum und Bosheit stähle, daß Du befähigt werdest, zu lieben und zu helfen, nur um der Liebe willen, ohne Wunsch oder Hoffnung auf Dank und Lohn, daß Du erkennen mögest, wie Alles eitel ist, was nicht aus dem reinen Quell der Liebe entspringt, daß Du es klar in Deinem Herzen lesen mögest, das einzige höchste Gesetz, das Gott mit glänzenden Buchstaben aufgezeichnet hat, das alle guten Geister in tausend Chören an seinem Throne singen: Liebe deinen Nächsten als dich selbst.

"Ich gebe Dir, mein Sohn, als einziges Studium Deines Lebens, als einzige Aufgabe vom ersten Erwachen Deiner Seele bis zu dem letzten Gedanken: die Erkenntniß und Ausübung der Liebe nach des Heilands Wort. Und Du mußt fleißig und thätig sein, wenn Du die heilige Aufgabe lösen willst, denn die Liebe verzweigt sich in allen Fähigkeiten, in alle geistige Erkenntniß, in alles Wissen, in alle Verhältnisse, in alle Thaten der Menschen. Du mußt vor Allem Dich erkennen und vergessen lernen, denn aus dem Mittelpunkte Deiner Seele, aus den Triebfedern, die Du darin entdeckst; entspringt die Erkenntniß und Nachsicht für andere Seelen, und nur im Vergessen Deiner selbst, im Aufopfern von Vergnügen, Bequemlichkeiten, weltlichen Vortheilen, sobald sie in Widerspruch mit der Menschenliebe stehen, sproßt der göttliche Keim der wahren Liebe. Ihr erstes Erforderniß ist, daß Du Dich ganz in die Lage, in die Empfindungen, in die Denkungsweise Deines Nächsten versetzen zu können lernst, darum mußt Du die Mühe der Beobachtung nicht scheuen, darum mußt Du den Standpunkt kennen lernen, aus dem die fremde Seele fühlt, denkt und handelt, darum mußt Du Dich mit dem Leben in allen seinen Formen bekannt machen, darum mußt Du jede äußere Erscheinung genau prüfen und die Sitten und Ansichten aller Stände kennen lernen; Du mußt klar sehen in den tausend verschiedenen Verhältnissen, die Zeit und Umstände, Weisheit und Irrthum so bunt gestaltet haben, um weder durch Härte noch durch falsches Mitleid Fehlgriffe in dem Werke der Menschenliebe zu thun...

"Mußt Du auch ruhig den Contrasten der geselligen Verhältnisse zusehen, so hüte Dich, daß Du die Grenze genau erkennen mögest, wo Armuth in Mangel, und Einfachheit in Bedürftigkeit übergeht, hüte Dich vor dem Urtheil der Bequemlichkeit so vieler Reichen, welche sagen: Die Leute wissen es nicht besser, sie sind einmal daran gewöhnt. Man gewöhnt sich nicht an Frost und Hunger, an Erschöpfung und Krankheit, man gewöhnt sich nicht an die dumpfe Einförmigkeit täglicher Sorge und freudeloser Arbeit; eine Mutter gewöhnt sich niemals daran, ihr Kind Mangel leiden zu sehen, und immer bleibt die Stimme der Natur wach, welche dem Leidenden zuruft: ‚So sollte es nicht sein', bis daß seine Seele von der Sorge zur Bitterkeit, von der Bitterkeit zum Unrecht, vom Unrecht zum Verbrechen übergeht, und ist es erst so weit gekommen, so tritt die strenge, unabwendbare Macht der Gesetze ein, die als Selbstschutz der Gesellschaft das Verbrechen strafen muß, ohne auf dessen Quelle zurückzugehen; aber der heilige Beruf der Liebe ist es, unermüdlich in dem ganzen Kreise, der uns zum Wirken angewiesen ist, diese Quellen zu erspähen und zu verstehen.

„Alles Unglück sucht die Liebe auf und tilgt'es, wenn sie die Macht dazu hat. Wo Du gebietest, muß die Liebe herrschen und die Gerechtigkeit; daß Du aber die Mittel dazu behältst und Deine Liebe nicht in Schwäche ausarte, darum lerne Welt und Menschen kennen. Was Dir zunächst liegt, lerne zuerst, gehe mit Deinen Untergebenen selbst um, suche sie zu durchschauen, begegne ihnen mild, ernst, konsequent und menschenfreundlich. Nicht Deine Macht muß Dich als ihren Vorgesetzten zeigen, Deine Seele muß das Übergewicht behaupten, Du mußt ihr Herr im Geiste sein, Du mußt es sein in Christi Sinn, und Undank, Tadel und Unvernunft müssen Dich unangefochten lassen in Deinem Werke der Menschenliebe, in Deinem Glauben an das Gute.

„Darum, mein Sohn, läutere erst Deine eigene Seele. Um Gutes zu stiften, mußt Du gut sein, um zu herrschen, mußt du Dich selbst beherrschen, keine Launen dürfen Dich herabwürdigen, sie reizen die Pfiffigkeit, die Schmeichelei deiner Untergebenen, die auf Deinen Edelmuth, nicht auf Deine Schwächen bauen müssen. Wenn der Arme mehr zu tragen hat, so hat der Reiche mehr zu thun. Wem viel gegeben ist, von dem wird viel gefordert werden.

„Das, mein Sohn, ist Christenthum; keine Religion der Gefühlsseligkeit, der Schwärmerei, der Wortgefechte, sondern eine Religion der That, der lebendigen Liebe."

An eine Freundin richtete Jenny kurz nach Ottos Einsegnung folgenden Brief: . . . „Ich bin mir bewußt, ihm das Beste gegeben zu haben, was ich fühle, glaube und denke, und werde und will es ihm weiter geben, wenn es sein müßte bis zur Selbstauflösung. Ich bin auch überzeugt, daß er Alles bereitwillig aufnahm, daß die beste Absicht ihn beherrscht und daß er, wenn keine zu schweren Anforderungen an seinen Körper und an seinen Geist gestellt werden, ein tüchtiger Mensch werden wird. Aber mich überfällt oft die quälende Sorge, daß er zu denen nicht gehört, die großen Schmerzen, großen Pflichten, großen Verführungen gewachsen sind, und das Räthsel der angeborenen Anlage mit all seinem Gefolge an Zweifeln und Qualen steigt dann drohend vor mir auf." Eine wehmütige Resignation klingt aus diesen Worten, jene schmerzlichste, zu der ein enttäuschtes Mutterherz sich durchdringt: daß das geliebte Kind nicht dem Bilde entspricht, das die Mutter von ihm entwarf. Alle Enttäuschungen des eigenen Lebens wiegen leicht für ein Weib, das die eigenen unerfüllten Wünsche und Hoffnungen auf ihr Kind übertragen kann. Mit ihm ist es noch einmal jung und geht mit starkem Vertrauen die alten Wege des Lebens wieder, überzeugt, daß sie nun zum Ziele führen müssen. Eine geheimnisvolle Stimme aus den unergründlichen Tiefen ihres Innern raunt ihr zu, daß die Wunden, die ihr das Leben schlug, nur darum so zahlreich waren, so schmerzten und so bluteten, weil sie die ihrem Kinde bestimmten Leiden mit auf sich nahm. Und als ein Glück empfindet sie dann ihr Unglück. Über spitze Steine mußte ich gehen und glühendes Eisen, sagt sie zu sich selbst, um mein Kind unverletzt auf meinen Schultern hinüberzutragen; von den Dornen am Weg mußte ich die Haut mir zerreißen lassen, aber auf starken, hocherhobenen Armen halte ich mein Kind, damit es ohne Schaden das Ziel erreiche.

„Da Gott nicht überall sein kann, schuf er die Mütter," heißt es in Jennys Sammelbuch. Aber wehe der Mutter, die die Machtlosigkeit ihrer Gottesvertretung langsam begreifen lernt und sieht, daß ihr Blutopfer umsonst war. Nur die Kraft eines Glaubens, der Berge des Leids zu versetzen vermag, und der Quell der Hoffnung, der in stets gleicher Stärke sprudelt, ob er auch schon tausendmal dem Verdurstenden das Leben retten mußte, vermögen über die furchtbarste Offenbarung des Lebens hinwegzuhelfen. Jenny besaß jenen Glauben, aber ihre Hoffnung war wasserarm, sie schien nur zu oft im Sande der Sorge zu versiegen. Da war es der lebenskräftige Gatte mit seinem gesunden Optimismus, der sie immer wieder den trüben Vorstellungen entriß und sie über ihre traurige Wahrheit hinwegtäuschte, und wo es ihm nicht gelang, da war es die Arbeit, die sie davon befreite.

„Wir wissen im Augenblick nicht, wo wir zuerst Hand anlegen sollen; das Elend der uns umgebenden Menschen, Cholera, Kälte, Hunger, Teuerung lasten schwer auf uns und ihnen, und es ist doch im Ganzen nur sehr kärgliche Hilfe möglich, am meisten noch durch Suppenanstalten, und diese bemühen wir uns in den Städten des Kreises einzuführen. Daneben suche ich die Kinder in unser großes, warmes Haus zu retten und freue mich ihrer Fröhlichkeit, die besser ist als aller Dank... Ich schreibe im Angesichte einer Rechenstunde von sechs kleinen Knaben, die eine Art Schule bei mir bilden und neben meiner Jenn, die eine französische Übersetzung macht, — wenn ich also einen uneleganten Brief in Styl und Ausstattung schreibe, so halte es mir zu Gute," schrieb sie im Jahre 1856 an Emma Froriep, und äußerte ungefähr zu gleicher Zeit ihrer Schwester Cecile Beust gegenüber: „Es ist mir jetzt erschreckend deutlich geworden, welch großen Vorzugs wir uns in unserer Arbeit erfreuen: Wir müssen alle Gedanken auf sie verwenden, und werden daher gezwungen, sie von unseren Kümmernissen abzulenken. Sieh dagegen einen Tagelöhner oder einen Scheerenschleifer: der eine mäht die Wiese und der andere schleift die Messer, ohne daß ihm diese Wohltat wird, seine Gedanken können sich nach wie vor um die kranke Frau, um die hungrigen Kinder, um den kommenden Winter, um den leeren Beutel drehen..." — —

Eine lange Periode der Schweigsamkeit beginnt mit dem Jahre 1859, nicht nur, weil die etwa geschriebenen Briefe unerreichbar blieben, sondern wohl auch, weil unter der Folge von Ereignissen ihrer nicht viele geschrieben wurden. Die befreiende Gabe, sich auch im tiefsten Leid aussprechen zu können, kommt vor allem der Jugend zu, die noch an den Trost und die Hilfe der Freunde glaubt und glauben kann. Je älter man wird, um so einsamer wird man; die persönliche Atmosphäre der eigenen Lebenserfahrungen entfernt den einen von dem anderen, je dichter sie uns umschließt. Ein jeder wird eine Welt für sich mit ihren eignen Gesetzen.

Jenny Gustedts ältester Sohn war inzwischen, nachdem er zur Empörung seines Vaters das Abiturientenexamen nicht gemacht hatte, auf die landwirtschaftliche Schule gekommen.

Mitten im Studium erwachte in ihm die Passion für die militärische Laufbahn mit solcher Gewalt, daß er die Eltern vermochte, ihr nachzugeben, und als er im schmucken Schnurenrock des Danziger Husaren zum erstenmal wieder nach Rosenberg kam, war er so strahlend vor Glück und bot ein so bezauberndes Bild junger, schöner Ritterlichkeit, daß es wirklich schien, er habe endgültig gefunden, was seinem Wesen entsprach. Mit Leib und Seele war er Soldat, ein tollkühner Reiter, ein unermüdlicher Tänzer, ein verwöhnter Liebling der Damen. Seine kecken Streiche wurden bald zum Stadtgespräch; als er einmal auf Grund einer Wette während der Vorstellung zu Pferde in einer Loge des Theaters erschienen war, kam er zur Strafe in eine kleinere Garnison. Trotzdem war er bei jedem Ball in Danzig und morgens pünktlich in der Reitbahn bei den Rekruten: er ritt nach Danzig und setzte sich, heiß vom Tanz, wieder aufs Pferd, um in den eisigen Winternächten, so rasch der Gaul ihn trug, die Garnison zu erreichen. Pochend auf seine Jugendkraft, rücksichtslos vergeudend, was für ein ganzes Leben reichen sollte, schlürfte er in vollen Zügen den süßen, perlenden Wein sorglosen, liebe- und lusterfüllten Daseins. Die Mutter zitterte bei jeder Nachricht von ihm und wagte doch dem Gatten ihre Angst nicht zu zeigen, weil sie wußte, wie ungeduldig ihre ahnungsvollen Sorgen ihn machten, weil sie fürchtete, ihn, der gerade anfing, mit dem Sohn zufrieden zu sein, vielleicht unnötigerweise zu reizen. Wie gerne wollte sie unrecht haben, und doch gab ihr die Zukunft recht. Otto brach vollkommen zusammen, so vollkommen, daß es schien, als würde er für immer dem bunten Rock entsagen müssen. In der aufopfernden Pflege der Mutter genas er nach und nach. Kaum, daß sie aufzuatmen wagte, kamen beunruhigende Nachrichten aus Paris: das Alter, das Jerome bisher nichts anzuhaben schien, überwältigte ihn nun mit doppelter Schnelligkeit, und in der Ahnung des nahen Endes wünschte er sehnlich Tochter und Enkel noch einmal wiederzusehen. Jenny entschloß sich mit den drei Kindern zur Reise nach Frankreich und verlebte ein paar stille Sommerwochen bei dem geliebten Vater auf dem Lande, überzeugt davon, daß es das letzte Zusammenleben sein würde. Kaum ein halbes Jahr später — 1860 — wurde der letzte der Brüder Napoleons zu Grabe getragen, und die Kuppel des Invalidendoms, die sich über die sterblichen Reste des Welteroberers wölbte, wölbte sich nun auch über ihm. Aber während Hunderte und Tausende noch immer zum Sarge des Kaisers wallfahrten, und trotz all der Wunden, die er schlug, trotz all des Lebens, das er zertrat, in Ehrfurcht bewundernd, das Haupt vor dem Toten entblößen, werfen sie kaum einen Blick auf das Grabmal Jeromes — der Schatten des Gewaltigen warf seinen dunklen Schleier auch noch über den Toten. Nur seine Kinder weinten um ihn, und unter ihnen wohl keine so heiß als Dianens Töchter.

Was Jenny so sehr gewünscht hatte: dem Vater die letzte Ehre zu erweisen, war unerfüllt geblieben, denn seine Todesnachricht traf sie mitten in der Auflösung ihrer ländlichen Häuslichkeit: Werner Gustedt hatte die Wahl zum Landrat des Halberstädter Kreises angenommen. Seit alten Zeiten hatte ein Mitglied der Familie Gustedt diese Vertrauensstellung inne gehabt, so auch sein 1860 verstorbener ältester Bruder, und die Tradition war eine so fest gewurzelte, daß die Kreisstände ihn wählten, obwohl die meisten ihrer Mitglieder ihn zum erstenmal gesehen hatten, als er, eben von Preußen kommend, sich noch im Reisepelz an das offene Grab des Bruders stellte. Die trüben Ahnungen tapfer überwindend, in Gedanken an die guten Seiten einer Übersiedlung in die Stadt, in die nächste Nähe der Verwandten, besonders im Interesse der Kinder, unterwarf sich Jenny widerspruchslos der Entscheidung des Gatten. In dreiundzwanzig Jahren hatte sie sich durch Kampf und Arbeit, durch Freud und Leid im fernen Osten die Heimat erworben; die lebenden Kinder, die ihr entsprossen waren, die toten, die sie ihr wieder hatte zurückgeben müssen, fesselten sie an diesen stillen trauten Winkel. In ihm begrub sie zum Abschied ihre Jugend. Aber wenn sie auch einst gekommen war mit rosigen Wangen und dem leichten Schritt jugendlicher Freude und nun ging, blaß und schmal, zögernden Fußes, als ob der Boden ihn festhalten wollte: ihre dunklen Augen leuchteten strahlender als einst, und ihre reine Schönheit verleugnete ihre fünfzig Jahre.

Ein großes, schönes Haus in grünem Garten nahm Gustedts in Halberstadt auf, mit offenen Armen und Herzen kamen ihnen die vielen Verwandten entgegen, deren Güter in der Nähe waren, und die den Winter in der Stadt zuzubringen pflegten. Die liebliche, eben erblühte Tochter war des neuen Heimes Schmuck und wurde die stärkste Anziehungskraft für die Jugend des Städtchens. Ein neues, fröhliches Leben trat an Stelle des alten, stillen; das gastliche Haus des neuen Landrats, in dem mit ihrer Vornehmheit seine gütige, geistvolle Gattin eine

Atmosphäre von Behagen verbreitete, wurde zum Mittelpunkt der Geselligkeit, das reizende Töchterchen das umworbenste Mädchen der Gesellschaft. Unter den 7. Kürassieren war manch ein Offizier mit altpreußischem Namen, der sie gern für sich erobert hätte und auch die Gunst des Vaters gewann. Jenny selbst enthielt sich jeden Einflusses, nur das Herz der Tochter sollte entscheiden. Und es entschied rasch genug: auf einen Infanterieleutnant, von dessen Familie kaum jemand viel wußte, der nur ein kleines Vermögen besaß und in der Gesellschaft keine große Rolle spielte, weil er besser zu unterhalten als zu tanzen verstand, fiel ihre Wahl. Als er zum erstenmal in Helm und Waffenrock vor den alten Gustedt trat, ihn um die Hand der Tochter bittend, wurde er schroff zurückgewiesen, und Jenny mußte auf längere Zeit Halberstadt verlassen, um sich die Liebe zu Hans von Kretschman womöglich aus dem Sinn zu schlagen. In Begleitung ihres ältesten Bruders trat sie eine Verwandtenreise nach dem Elsaß an, wobei die jungen Leute es sich wohl sein ließen: die Schwester, in der Zuversicht ihr Ziel doch zu erreichen, der Bruder, im Vollgefühl der wiedergewonnenen Gesundheit.

Auf dem Schloß der Familie Bussières, deren weibliches Haupt, eine geborene Türkheim, Jennys rechte Cousine und alte Pensionsfreundin war, trafen sie eine Schar fröhlicher Vettern und Cousinen. Die eine von ihnen eroberte im Sturm Ottos leicht zu entflammendes Herz, und die Geschwister kehrten nach Halberstadt zurück, die Schwester ihrer Liebe nur noch sicherer, der Bruder entschlossen, die seine zu verteidigen. Er fand unerwarteten Widerstand bei seiner Mutter: seine Jugend, die ihm fehlende Lebensstellung, seine Kränklichkeit, vor allem aber die nahe Verwandtschaft des jungen Paares waren für sie Gründe genug, sich mit allen Kräften gegen die Verbindung zu sträuben. Aber trotz der Unterstützung, die sie bei ihrem Manne und bei ihrer Cousine, der Mutter des jungen, von Otto geliebten Mädchens, fand, unterlagen alle Gründe und

Erwägungen der Vernunft der Liebesleidenschaft des Sohnes. Im Jahre 1863 fand die Hochzeit des jungen Paares statt, das zunächst nach Straßburg übersiedelte. Und kaum ein Jahr später hatten Kretschmans Energie und Jennys Treue den Widerstand des Vaters gebrochen, und den alten Dom von Halberstadt füllte eine glänzende, frohe Hochzeitsgesellschaft.

Als auch die Tochter das elterliche Haus verlassen hatte und nur noch der Jüngstgeborene noch übriggeblieben war — wie einsam erschien es da der Mutter! Sie wußte ihre Kinder glücklich in ihrem selbstgewählten Los, sie wußte von sich, daß ihre Liebe durch keine Spur von Selbstsucht vergiftet war, und doch konnte sie so recht nicht froh werden. Ihr fehlte auch die Arbeit, alles Vertiefen in ihre Bücher bot ihr keinen Ersatz. Nur Jeromes Memoiren, die um jene Zeit anfingen, zu erscheinen, und aus denen ihres Vaters Bild ihr lebendig entgegentrat, vermochten sie von der Gegenwart abzulenken. „Sie enthalten nicht nur," so schrieb sie, „äußerst wichtige historische Tatsachen, sie geben vor allem den richtigsten wahren Abglanz seines Wesens, Wollens, seines Charakters und seiner Liebenswürdigkeit." Mit ihrem Mann begann sie wieder die gemeinsame abendliche Lektüre, aber zu einem stillen Einleben in die neue Art des Daseins schien es nicht kommen zu wollen. Eine innere Unruhe trieb Werner Gustedt hin und her, ließ ihn sich auf der einen Seite wieder in politische Angelegenheiten mischen, während ihn die Reiselust andererseits in die Ferne trieb. Eines schönen Morgens packte er denn auch seinen Koffer und fuhr trotz der Sommerhitze über Italien nach Algier. Zu Beginn des Herbstes, als Hans von Kretschman im Manöver sein mußte, traf Jenny in Heringsdorf mit der Tochter zusammen. Am 10. September 1864 schrieb sie von dort aus an ihren eben heimgekehrten Gatten:

„Mein lieber Werner!

„Einen schriftlichen Gruß sollst Du wenigstens finden, wenn Du an unseren lieben häuslichen Herd zurückkehrst, wo ich Dir so gerne entgegenkäme, ich halte aber mich und meine Jenn gewaltsam hier fest ... Meine Meerpassion wurzelt immer tiefer im Herzen, in den Nerven und in der Phantasie, obwohl ich immer schlecht schlafe. Am Tage aber fühle ich mich leicht an Körper und Geist. Wald und Umgegend erinnern an unser geliebtes Garden ohne Meer, und ich träume mich oft um zwanzig Jahre zurück! ... Leben, Licht, Friede, Größe, Ewigkeit, Wechsel bei der göttlichen Ruhe des stillen Meeres und dann das majestätische Losdonnern des Sturmes wie der Zorn Gottes, und das geduldige Tragen der kleinen Schiffchen, wie das Tragen des kleinen Menschen durch die göttliche Liebe — es ist zu wunderbar schön und mit nichts auf der Welt zu vergleichen! Hätte ich meine Lieben Alle um mich, ich möchte nie von hier fort. So aber werde ich gerne abreisen ... Habe ich Jennchens Wohnung in Magdeburg eingerichtet, wo sie, so Gott will, im nächsten Sommer als glückliche Mutter hausen wird, dann setze ich, vereinsamte Mutter, mich zu meinem lieben alten Mann. Lebe wohl, mein guter, lieber Werner, ich hoffe, das Zuhause wird Dir doch wieder recht sein."

„Beantwortet am 12. September," steht von Gustedts Hand auf dem Briefe vermerkt. Es war der letzte, den er erhalten hatte. Am 30. September war er tot. Still und starr in ihrem Schmerz, mechanisch verrichtend, was für sie zu tun war, ohne Anteilnahme für alles, was um sie her vorging — so sahen die Kinder ihre Mutter, wie sie sie noch nie gesehen hatten. Nicht nur der Gatte war tot, nein auch in ihr war etwas gestorben: ihm hatte sie sich in Liebe hingegeben, ihm hatte sie nicht nur jene banale Treue des geschriebenen Rechts, sondern die Treue der Seele unverbrüchlich gehalten, ihm hatte sie sich untergeordnet, wenn beider Willen nicht zu vereinigen war, ihm hatte sie vieles geopfert, was ihr Leben reicher und glücklicher hätte machen können, und gerade darum war es ein Stück ihrer selbst, das mit ihm starb. Die Opfer, die sie ihm bringt, verbinden das Weib dem Manne viel stärker als die

Freuden, die sie von ihm empfängt, und je mehr sie sich hingibt, desto furchtbarer ist die Leere, die sein Tod hinterläßt.

Folgender Brief Jennys an Wilhelmine Froriep, die ihren Mann auch verloren hatte, gibt den Zustand ihrer Seele am besten wieder:

„Halberstadt, den 16. Oktober 1864.

„Mein liebes teures Minele!

„Was ich damals zu verstehen glaubte, verstehe ich erst jetzt — deinen Schmerz. Daß du nach Jahren noch Tränen hast, ist die Erleichterung, um die ich dich jetzt beneide; seitdem der geliebte Sarg meinen Augen entschwunden ist, kann ich selten weinen, und es ist mir, als versteinere etwas in mir. Nur dafür kann ich Gott nicht genug danken, daß er mir Frieden gibt, Frieden in mir, Frieden in der Erinnerung — Frieden im Gedanken an meinen Werner, dessen heiliges teures Totenbett von lauter lieblichen Bildern und Gefühlen umgeben war. — Gottlob, daß ich ihn pflegen, lieben, bedienen konnte bis zuletzt! Seine Krankheit lag eigentlich zwischen zwei Reisen für mich — ich kam eben von Heringsdorf und wollte im November zu Otto und meiner lieben Schwiegertochter nach Straßburg, wo sie ihre erste Entbindung erwartet. Mein armer Otto mußte den bittern Kelch des „zu spät' ohne sein Verschulden leeren; am Sonnabend früh um halb ein Uhr war sein lieber Vater entschlafen, und am Abend um 7 Uhr kam er an. — Die andern Kinder standen um sein Bett; mich traf sein letzter Blick, ich hatte 13 Stunden um, mit, durch ihn gelebt, ohne von mir selbst etwas zu wissen — vorher glaubte ich an keine Gefahr. Wie du, mein Minele, gehört der Rest meines Lebens meinen Kindern, wenn ich aber übersehe, daß ich nur noch wenige Jahre Arbeit für sie habe, denke ich, dann wird mich der Herr im Frieden abrufen — wie gern beschlöß ich mein Leben in Weimar, aber meiner Kinder Schicksal will sich da nicht einschichten lassen, und so weiß ich jetzt noch nicht wohin. Mein liebes Jennchen und ihr vortrefflicher Mann nehmen meinen Sohn Werner in Leitung und Obhut — ihr Beruf ist, oft umherzuziehen, Otto hat noch keine feste Häuslichkeit, so daß ich wirklich nicht sagen kann, wo ich wieder eine finden werde..."

„Ich muß mich selbst erst wieder finden," heißt es in einem anderen Brief aus Straßburg, wo sie zwei Monate später der Niederkunft ihrer Schwiegertochter entgegensah, „muß Vergangenes und Gegenwärtiges mit dem Zukünftigen zu verknüpfen suchen, muß lernen, allein zu sein. Wer sich so lang und so fest wie ich auf den Arm des Lebensgefährten stützte, den überfällt ein Gefühl des Schwindels, wenn er plötzlich selbständig vorschreiten soll. Ich brauche Stille und weiß, daß ich sie nirgends sicherer finde als bei meiner lieben Nonne, zu der ich von hier aus reise, und bei der ich bleibe, bis meine Tochter mich braucht..."

Als die schwere Türe der Deersheimer Familiengruft sich hinter Werner Gustedts Sarg geschlossen hatte, schien auch das Leben hinter ihr leise die Türe zuzuziehen. An ein neues, das Wert und Inhalt für sie haben konnte, glaubte sie nicht mehr. Zu intensiv hatte sie für Mann und Kinder gelebt — er war tot, sie gingen ihre eigenen Wege — sie vermochte nicht zu begreifen, daß sie für sich selbst noch zu leben vermöchte.

An einem grauen Januartag klopfte eine schwarz verschleierte Frau an die Pforte des stillen Klosters in der brausenden Weltstadt Paris. Keine der Jungfrauen, die hier um Einlaß gebeten hatten, um eine Zuflucht wider die Verführungen und Schmerzen der Welt zu finden, war so voller Sehnsucht nach Ruhe hierhergekommen wie diese Frau, in deren Seele und in deren Herzen Ehe und Mutterschaft ihre unvergänglichen Zeichen hinterlassen hatten. Weit öffnete sich ihr die Pforte, unhörbar schloß sie sich hinter ihr.

Wieder im Strom der Welt

Im Frühling 1865 kehrte die Witwe nach Halberstadt zurück. Niemand von der Familie kannte den Tag ihrer Ankunft. Wie sie es gewünscht hatte, empfing sie die tiefe Stille des vereinsamten Hauses, in dem seit dem Tode Werners noch nichts verändert worden war. Doch nicht, um „dem größten und abstoßendsten Egoismus, den es gibt, dem des Schmerzes", zu leben, war sie heimgekommen. „Eine Lebensberechtigung hat nur, wer nützen kann," schrieb sie, „solange ich irgend Jemanden weiß, dem ich durch mein Dasein eine Last abnehmen, eine gute Stunde bereiten, einen Schritt zum Ziele der inneren Vollendung weiter helfen kann, solange bin ich nicht im Wege, nicht überflüssig und habe noch immer Grund zur Dankbarkeit gegen Gott." Und sie empfand es mit Freuden, daß ihre drei Kinder ihrer bedurften.

Da der Aufenthalt in Halberstadt fern von ihnen für sie keinerlei Anziehungskraft mehr hatte, so beschloß sie, nach Berlin überzusiedeln. „So wenig sympathisch Berlin mir ist, so sehr ich darauf gefaßt bin, durch die natürlichen Ansprüche der Freunde und der Verwandten, durch die Unbequemlichkeiten des Hoflebens viel von der Ruhe, die meinem Alter not tut, opfern zu müssen, Otto ist derjenige unter meinen Kindern, der im Augenblick meiner am meisten bedarf." Vorher aber hatte sie noch eine andere, willkommene Mutterpflicht zu erfüllen: ihre Tochter sah ihrer Niederkunft entgegen, und da ihr Schwiegersohn kurz vorher von Magdeburg nach Neiße versetzt worden war und seiner Frau die Mühen des Umzugs ersparen wollte, so sollte das stille Halberstädter Haus, in dessen weiten Räumen der Frohsinn der Kinder so hellen Widerhall gefunden hatte, nicht eher verlassen werden, als bis es die ersten Lebensäußerungen des Enkels erfüllten.

An einem glühendheißen Julisonntag — Jenny war gerade aus der Kirche gekommen — gab ihre Tochter einem Mädchen das Leben. „Daß dieses Enkelchen in meinem Hause geboren ist," schrieb sie nach Weimar, „ist mir wie ein Fingerzeig Gottes, daß es mir doppelt ans Herz gelegt wurde. Mutter und Kind sind gesund und munter. Mein Jennchen hat meiner alten, viel erprobten Überzeugung Recht geben müssen, daß Kinderkriegen angenehmer ist als Zähneziehen: das Kleine hat seine Mutter gar nicht gequält und hatte es sehr eilig, in die Welt zu kommen, als ob es das Leben gar nicht erwarten könnte. Möchten seine Hoffnungen es niemals täuschen!" Vierzehn Tage später hielt sie das Enkelkind über die Taufe und gab ihr den Namen, der an die ihr liebste Gestalt des Goethe-Lebens erinnern sollte, an die Mutter ihres Onkels Türkheim: Lily.

Nachdem meine Mutter mit mir nach Neiße abreisen konnte, und eine kurze Kur in dem von ihr schon oft besuchten, stets mehr geliebten und dankbar gepriesenen Karlsbad die Großmutter gekräftigt hatte, schuf sie sich in Berlin in Ottos nächster Nähe ihr neues Zuhause. „Mein guter Mann," schrieb sie von dort aus an eine Freundin, „hat so für mich gesorgt und Alles so genau vorbedacht, daß mir nach aller menschlichen Berechnung ein bequemes, sorgenfreies Alter — soweit es materielle Sorgen betrifft — in Aussicht steht. Ich kann dabei, hoffentlich immer mit meinem Jennchen und ihrer Kleinen, die Sommer in Harzburg oder Heringsdorf verbringen, die etwa notwendige Frühlings- oder Herbstkur in Karlsbad durchmachen, und behalte genug, um meinen Kindern auszuhelfen, ihnen Extrafreuden zu bereiten und ohne Skrupel wohltätig sein zu können. Wenn ich das Alles so niederschreibe, klingt es fast selbstsüchtig, aber wenn ich auch ganz genau weiß, daß ich für meine Kinder jede Entbehrung auf mich nehmen könnte, so weiß ich doch ebenso gewiß, daß sie in meinem Alter für mich empfindlich sein würde."

Von einem ruhigen Leben, wie sie es erhoffte, war freilich trotz aller Sicherung der Existenz für sich und die Ihren keine Rede. Der politische Himmel umwölkte sich immer mehr, und der Winter 1865 bis 1866 erschien schon wie eine Kriegsvorbereitung. Wenn Jenny Gustedt am Teetisch bei der Königin von Preußen saß, mochten die Gedanken der Freundinnen sich wohl stets sorgenvoll um dieselbe Frage drehen, die beide im Interesse ihrer Kinder, im Interesse des Vaterlandes und im Interesse des Völkerglücks so sehr bewegte. „Noch kein Argument", heißt es in einem der Briefe Jennys aus jener Zeit, „habe ich gehört, das mir den Krieg begreiflich gemacht hätte. Tausende stürzt er in lebenslanges Unglück, vernichtet den Wohlstand, bringt fleißige Handwerker an den Bettelstab, fördert Roheit und Rauflust. Auch daß er eine Erziehung zum Mut wäre, ist nicht wahr. Das mag für den Kampf mit dem Säbel in der Faust Geltung haben, aber nicht da, wo Kanonen und Gewehre ihre Geschosse aus weiter Entfernung Armen, fast Wehrlosen in den Körper jagen. Auch ist d e r Mut allein der sittliche, der christliche, der sich im Kampf gegen Verführungen und Entbehrungen, für Wahrheit und Recht erwerben läßt. Ein Märtyrer seiner Überzeugung steht tausendmal höher, als einer jener Tapferen, der in der Leidenschaft des Kampfes seinen Nächsten niedermacht." Als dann der deutsch=österreichische Bruderkrieg ausbrach und Jenny von Sohn und Schwiegersohn Abschied nehmen mußte, legte sie für ihre Auffassung des Mutes Zeugnis ab: sie blieb die Ruhige und Tapfere zwischen Schwiegertochter und Tochter, die zu ihr gezogen waren, und half ihnen, die böse Zeit ertragen. Es war keine leichte Auf= gabe, denn als die Nachricht von der Schlacht bei Königgrätz in Berlin eintraf, bekam sie zu gleicher Zeit die Mitteilung, daß Hans von Kretschman an der Spitze seiner Kompagnie den Tod fürs Vaterland gestorben sei. Da sie nicht amtlich beglaubigt war, besaß Jenny den Heroismus, vor ihrer Tochter ruhig und heiter zu erscheinen, während sie heimlich immer wieder zur Kommandantur fuhr, um Gewißheit zu erlangen. Endlich kam Nachricht: ihr Schwiegersohn war zwar schwer verwundet, konnte aber doch nach Berlin gebracht werden. Bald darauf erhielt auch ihre geängstigte Tochter einen be=

ruhigenden Brief von ihm. Wenige Tage nach meinem ersten Geburtstag trug man meinen Vater in Großmamas Haus — man hat mir so oft erzählt, wie ich mich vor dem Mann mit dem verwilderten Bart gefürchtet habe, daß ich heute noch zuweilen meine, das Bild der verdunkelten Stube, wo er lag und wo Mama und Großmama sich um ihn bemühten, vor mir zu sehen.

Nach dem Friedensschluß wurde mein Vater nach Potsdam versetzt; meiner Großmutter ältester Sohn kam zu den dort garnisonierenden Gardehusaren, und ihr jüngster trat bei den Gardeulanen ein. Was war natürlicher, als daß auch sie dorthin ging, wo nun alle ihre Kinder vereinigt waren. Sie bezog ein Haus recht nach ihrem Geschmack, von einem Gärtchen umgeben, mit dem Blick auf grüne Bäume, und richtete es ein, so schön und traulich, wie es in jener Zeit der unumschränkt herrschenden Geschmacklosigkeit nur sie einzurichten verstand. Diese Umgebung, die sie sich selber schuf, erschien stets so sehr als der notwendige Rahmen ihrer Persönlichkeit, daß ihrer wohl gedacht werden muß; gehörte es doch zu ihrem Erbe an Goethischen Lebensmaximen, auch das Äußere des Daseins mit sich selbst in Harmonie zu setzen — in jene Harmonie, die eine so wohltuende Atmosphäre um sich verbreitete, die die Menschen magnetisch in Großmamas Nähe, in den Frieden ihrer Räume zog.

Sie entsprachen in keiner Weise der damaligen Mode, die begann von den geschnitzten Säulen, Löwenköpfen und Akanthusblättern der Renaissance beherrscht zu werden. Nur ihr Speisezimmer enthielt die notwendige Ausstattung an Möbeln aus glattem, dunklem Holz, ohne Schnörkel und staubfangendes Beiwerk. „Es ist die Hauptsache," schrieb sie in einer ihrer vielen Auseinandersetzungen über Hausbauten und Wohnungseinrichtungen, „daß man bei Zimmern und Bauten gleich ihre Bestimmung, so zu sagen ihre Seele erkenne. Darum passen Holzmöbel in Eßräume, Flure usw., nur dorthin nicht, wo es einem warm, wohnlich, auf Bleiben anmutet, da sei Stoff und Polster, Ruhe für den Körper und für das Auge." Die modernen Salons erschienen ihr „wie ein Museum ohne Mittelgang, wie sechs Cabinets ohne Zwischenmauern, halb Atelier, halb Gewächshaus, halb Porzellanladen, halb Theaterdecoration; Drapirungen von türkischen Tüchern um Bilder und Möbel, zahllose Nippes, wie in den Glasschränkchen der Kinder, deren Hauptverdienst es ist, die Geduld des Stubenmädchens bis zur höchsten Vollkommenheit zu üben, Miniaturbilderchen ohne Zahl, auch verblichene, viele ohne die Namen der Dargestellten, den man auch kaum zu wissen wünschte — nirgends Raum zum ruhigen, gefahrlosen Schritt, nirgends wohlthuende einfache Linien, die Ansicht eines Möbels meistens durch ein davorstehendes unterbrochen. Da ist kein Raum zu häuslicher Arbeit, zum Spielen der Kinder, da ist kein eigentlicher großer Familienplatz mit großem Tisch zum großen Sopha, großer Lampe, vielen Lehnstühlen, auf welchen jeder Eintretende wie auf das berechtigte Centrum des Familienlebens zugeht." Wie anders wirkte der stille grüne Salon meiner Großmutter, der überall, wo sie auch hinzog, seinen Charakter beibehielt, gewissermaßen die Heimat war, die sie überall mitnahm. Wie Moos bedeckte der Teppich den ganzen Fußboden, dunkelgrün, ruhig, klein gemustert. Grüne hellere Vorhänge mit weißen darunter hingen glatt an den Fenstern und bildeten die Portieren. Bei ihrer Antipathie gegen alle spitzen Winkel — die in den Zimmern und an den Möbeln — waren zwei Ecken des Salons durch hohe bis zur Erde reichende Spiegel in schmalen Goldrahmen verdeckt, zu deren Füßen meist blühende Pflanzen in schmalen vergoldeten Körben standen. In einer anderen Ecke befand sich ein kleines halbrundes Sofa, hinter ihm auf einem Postament eine Goethe-Statuette. Ein grauer Marmorkamin mit Bronzetüren und dem Bilde der Kinder um Christus geschart darüber, vor ihm zwei der weich und tief gepolsterten Lehnstühle und ein Tischchen mit der täglichen Lektüre, füllte den vierten Zimmerwinkel. Zwischen zwei Fenstern an einer breiten Wand stand ein großes bequemes Sofa, wie die Stühle mit grün in grün gemustertem Stoff bezogen, davor ein großer runder Tisch mit runder, fast bis zur Erde reichender grüner Tuchdecke. An den Wänden, die meist mit einer goldbraunen oder hellgrünen Tapete bedeckt waren, hingen nur wenige schöne Ölbilder, meist Familienporträte. Von der Mitte der Decke hing mondartig eine Lampe mit mattem Glas herab, auf dem Tische vor dem Sitzplatz stand eine kleinere von antiker Form, über der ein ganz leichter, lichter Schleier von rosa Seide hing, ganz unähnlich den Staatslampen, die man so oft, den Gästen zur Qual, nackt, grell in direkter Augenlinie auf den Tisch stellt zur Anerkennung des Verbrauchs an Lichtmaterial.

Was aber dem harmonischen Raum erst das rechte Leben gab, waren die Blumen. Keine Treibhausgewächse, keine steifen Topfpflanzen, sondern blühende Blumen aus Wald und Wiese, zierliche Gräser, buntes Laub, dunkle Tannenzweige — was immer die Jahreszeit bot und von der Bewohnerin selbst auf ihren langen Morgenspaziergängen gepflückt oder eingekauft und zuhause mit täglich neuer Freude in schlanke Kelchgläser geordnet wurde. An den Salon stieß ein intimerer Raum, nur durch Portieren von ihm getrennt, das Boudoir. Es entstand fast in allen Wohnungen durch eine Teilung des Schlafzimmers; alle Wände waren mit leicht gezogener grauer Kretonne bedeckt, auf der Schilfblätter mit Schlingrosen sich rankten. Unter dem großen einscheibigen Fenster stand eine Couchette und auf dem Fensterbrett ein langer Korb aus Golddraht, mit blühenden Pflanzen gefüllt; die eine Wand nahm der Schreibtisch ein, aus glattem Holz, ohne jede Schnitzerei; seine breite Tischplatte hatte ihrer ganzen Länge nach ein Postament zur Aufnahme lieber Freundes- und Familienbilder, in der Mitte eine höhere Konsole mit dem weißen Marmorkreuz darauf. An der Wand darüber hing das schöne Bild ihrer Mutter. Kleine Büchergestelle, ein paar niedrige Lehnstühle nahmen den übrigen Raum ein, dessen Fußboden mit demselben Teppich wie der Salon bedeckt war.

Die Erscheinung der Bewohnerin entsprach vollkommen den Räumen, denen sie die Seele gegeben hatte. Ihr schmales, bleiches Gesicht — eine griechische Kamee in vollkommenster Vollendung — das bis zu ihrem hohen Alter kaum eine Falte aufwies und das die Augen erleuchteten wie von einem inneren Feuer, war von schwarzen Spitzen umgeben, die zu beiden Seiten schleierartig herabfielen, ein dunkles einfarbiges seidenes Kleid, dessen Falten weich zu Boden fielen, ein großer runder Kragen vom gleichen Stoff mit breiten Spitzen besetzt, umgaben und umhüllten die Gestalt, entsprechend ihrer Ansicht: „Es ist der Würde des Alters angemessen, daß Matronen und Greisinnen sich verhüllen. Eine junge, hübsche Frau verschönert eine hübsche Toilette und wird von ihr verschönert, später ist eine hübsche Toilette noch ein Schmuck, welcher von der nicht mehr ganz jungen und noch hübschen Frau nicht verunziert wird, dann kommt aber die Periode, wo die nicht mehr junge, nicht mehr hübsche Frau die Toilette verunstaltet, wo es sich nicht mehr um Toilette, sondern um Anzug für sie handeln sollte, und diese Periode wird bei Weltfrauen meistens übersehen, dann wird die Toilette Aushängeschild ihres Kummers und ihrer Illusionen, und sie selbst verlieren die köstlichen Gaben des Alters: Bequemlichkeit, Einfachheit, Würde." Sie machte der Mode nie eine Konzession, und doch wirkte ihre Erscheinung als etwas so Natürliches und Selbstverständliches, daß man nicht nur keinen Anstoß daran nahm, sondern die Blicke auch des Fremdesten ihr wohlgefällig folgten. Als nach dem Deutsch-Französischen Krieg der Versuch auftauchte, unter Anlehnung an die Gretchentracht eine „deutsche" Mode zu schaffen, schrieb sie: „Um in diesem Kostüm, das für die Menschen unserer Zeit so paßt wie die schrecklichen Renaissancemöbel für unsere Zimmer, anmutig zu erscheinen, muß man sehr hübsch sein, und eine Mode, die Schönheit voraussetzt, ist schon verfehlt. Mode ist der Begriff eines allgemeinen Anzugs, und ihr höchstes Ziel sollte nicht sein, die paar schönen Menschen, die in der Welt herumlaufen, schöner zu machen, sondern die Millionen unschönen dem Auge nicht verletzend erscheinen zu lassen. Bedenkt man, daß kaum der zehnte Mensch hübsch, daß auch dieser zehnte nur höchstens dreißig Jahre lang hübsch ist, daß ihn auch während dieser Zeit Ausschläge, Bleichsucht, Schnupfen und Zahnschmerzen so und so oft entstellen, so schreit die Majorität zum Himmel und bittet um Moden für die Unschönen und für die Alten. Heut setzt sich eine Vogelscheuche denselben verwegenen Hut auf, der eine junge Schönheit entzückend kleidet, fordert die Blicke mit denselben Falbeln, Spitzen, Blumen und Schleifen heraus, die eine reizende Koketterie der hübschen, jungen Frau sein können ... Wo bis jetzt der Versuch gemacht wurde, die Mode zu reformieren, blieb der Erfolg aus, weil die, welche das Scepter in Händen haben, nicht reformieren, und die, welche reformieren wollen, das Scepter nicht in Händen haben ..."

Das Prinzip, aus dem heraus meine Großmutter ihr Äußeres gestaltete, ihre Umgebung schuf, beruhte aber weniger auf verstandesmäßigen Reflexionen als auf ihrem Wesen selbst, das der Inbegriff einer Vornehmheit war, die sie definierte, wenn sie sagte: „Vornehmheit ist vor allem unbewußt; Absicht und Berechnung schließt sie aus, weil sie dann eine Gesellschaft bekommt, die Anmaßung heißt und die sie nicht verträgt ... Vornehmheit ist Ruhe, Ruhe in Bewegungen, Ruhe im Gemüth, Ruhe in der Umgebung, Ruhe in Worten, Ansichten und Urtheil. Freundliche Ruhe gegen Untergebene, sichere Ruhe gegen Höhergestellte. Phantasie und Lebhaftigkeit schließt diese Ruhe nicht aus, so wie die leidenschaftlichste Musik den Text nicht entbehren kann. Bei Fürsten und echten Aristokraten ist sie angeboren, und das einzige untrügliche Kennzeichen alter Kultur. Sie ist eine Folge unangefochtenen Ansehens, einer comparativen Sicherheit, von Anderen nichts zu brauchen, des leichteren Kampfes mit dem Leben; woraus weiter folgt, daß Hochmut und Dünkel nichts mit ihr zu tun haben, denn sie ist nichts von uns persönlich Erworbenes, worauf stolz zu sein allenfalls begründet wäre, sondern etwas Gegebenes, ein Glück, eine Gnade, der wir uns durch edle Gesinnung würdig erzeigen müssen. Sie ist aber auch eine Schranke, und als solche entbehrt sie nicht der inneren Tragik. Eine wahrhaft vornehme Natur leidet schmerzhaft unter der Unvornehmheit, wird aber von ihr niemals verstanden, ja ihrer Empfindlichkeit wegen bespöttelt, wenn nicht gar gehaßt werden. Sie wird infolgedessen immer eine gewisse Zurückhaltung bewahren, sich in ihr fremden Kreisen niemals heimisch fühlen, was ihr denn oft als Hochmut ausgelegt wird."

In Potsdam sammelte sich rasch ein großer Kreis von Verwandten, von alten und neuen Freunden um Jenny Gustedt. Es waren durch die Beziehungen ihrer Kinder viele junge Leute darunter, die sich bei ihr ebenso wohl fühlten wie die alten, weil sie das Verständnis für die Jugend nie verlor. Besonders in der Zeit nach dem Karneval, wo — wie sie sagte — „Leidenschaft, Langeweile, Eitelkeit, Hochmut, Toilettenunsinn dem Teufel einen Kranz geflochten hatten, über den viele gute Engel weinten", war ihr abendlicher Teetisch der Mittelpunkt einer Geselligkeit, die um so anregender war, je weiter sie sich von jener „philisterhaften und egoistischen Art" entfernte, die sich „in späten, vielschüsseligen Abendessen, prahlend, Verpflichtungen abmachend, dokumentiert." Jenny Gustedt besaß noch das Talent der Frauen des ancien régime, die Konversation unmerklich zu beherrschen, jeden einzelnen Gast zur Geltung kommen zu lassen. „Weniger was Du giebst, als was Du aus Anderen hervorlockst, macht Dich liebenswürdig," sagte sie, und dies Hervorlocken verstand sie meisterlich. Der jüngste bescheidenste Leutnant ging in gehobener Stimmung von ihr fort und fühlte, daß er „nicht nur eine Uniform war mit obligaten Tanzbeinen," sondern ein Mensch, der auch etwas zu sagen gehabt hatte. Nur wenn die Königin sich anmeldete, was gewöhnlich einmal in der Woche geschah, blieb die Tür zum grünen Salon für alle anderen Gäste verschlossen, und niemand konnte belauschen, was die Freundinnen miteinander besprachen. In einem einzigen Brief aus dem Jahre 1867 findet sich eine Andeutung darüber: „Gestern war meine liebe Königin bei mir," heißt es darin. „Wir vergaßen über der Not und der Angst der Zeit unsere traute gemeinsame Vergangenheit. Sie war schön, im besten Sinne königlich wie immer, aber ernst und angegriffen. Der drohende Krieg, nachdem wir kaum ein entsetzliches Blutvergießen hinter uns haben, lastet schwer auf ihr, und es bedarf aller ihrer Festigkeit und Pflichttreue, um gegenüber dem Einfluß Bismarcks auf den König an ihrem Grundsatz festzuhalten, sich nicht in politische Angelegenheiten zu mischen." In demselben Jahre hatte meine Großmutter auch die Freude, den Prinzen Napoleon bei sich zu sehen. Bei ihrer Liebe für ihn und ihrem natürlicherweise zwischen Preußen und Frankreich geteilten Herzen — hatte sie doch überall Verwandte, deren Schicksale ihr nicht gleichgültig sein konnten — war die Aussicht auf einen Krieg für sie doppelt furchtbar. An Wilhelmine Froriep schrieb sie damals:

„Mein Alter hat viel Segen, und ich danke Gott dafür, bin aber doch oft müde, und da ist es ein so beruhigender Gedanke, daß jetzt meine irdische Aufgabe beendet erscheint, meine Kinder versorgt, meine Geschäfte geordnet und daß ich in Frieden scheiden könnte; da ich aber auch in innigster Liebe mit meinen Kindern lebe, so kann ich alles erwarten und weiß, daß ich ihre Lebensfreude erhöhe und ihnen keine Last bin. Wovor mir graut, daß ich es gar nicht erleben möchte, das ist der Krieg, der mir wie ein Hohngelächter Satans immer in den Ohren klingt — warum die Völker das Verbrechen begehen wollen, ist dies Mal unfaßlicher wie je, und doch zweifeln gerade die nicht daran, die es am besten wissen können."

Aber es war nicht nur die Kriegsfurcht, die das Gleichgewicht ihrer Seele störte. „Meine wichtigsten Gedanken und Gefühle werden nur dann zu Sorgen, wenn meiner Kinder Sünden damit verwickelt sind," schrieb sie, und die Sünden ihrer Kinder waren es, die ihr am Herzen zehrten. Schweigsam, Hypochonder, im stillen und lauten Kampf mit seinen Vorgesetzten, die oft, infolge Ottos langer Unterbrechung der Dienstzeit, jünger waren als er, lebte ihr geliebter Ältester neben ihr. „Mit stillem Entsetzen sehe ich, wie er zuhause wahllos Bücher um Bücher verschlingt," schrieb sie, „ohne den geringsten Nutzen, denn bei seinem schlechten Gedächtniß kann er unmöglich etwas davon behalten, auch findet er niemals Anregung zu irgend einer Unterhaltung darin. Obwohl er wissen muß, daß Niemand soviel Theilnahme und Verständniß für ihn haben kann als ich, bleibt er auch mir gegenüber stumm und ich weiß von seinem Innenleben so wenig, als wäre er ein Fremder." Ganz anderer Art waren ihre Sorgen um ihren jüngsten Sohn, der sich in fröhlichem Lebensgenuß keinerlei Zwang auferlegte und es für selbstverständlich zu halten schien, daß die Mutter, wenn er mit seinem eigenen Einkommen nicht reichte, immer wieder für ihn einsprang. Eine Empfindung, die ihr sonst fremd war — Bitterkeit — drückt sich oft in ihren Briefen aus, wenn sie dieser Erfahrungen gedenkt. Sie gehörte nicht zu jenen Müttern, die ihre eigene Jugend vergessen haben und darum die Fehler ihrer Kinder mit dem strengen Maßstab des Alters messen; wo sie konnte und wo es ihrer Auffassung von Ehre und Anstand entsprach, verschaffte sie ihnen sogar gern alle erreichbaren Lebensfreuden. Was sie nicht verstand, war jenes lustige Indentaghineinleben, jenes Sichgenügenlassen nur an den materiellen Freuden des Daseins. Dabei vergaß sie wohl auch zuweilen, daß ihr Sohn ein blutjunger, hübscher Gardeleutnant war, nicht besser, aber auch nicht schlechter als seine Kameraden, und hinzu kam, daß sie ihn bei sich wohnen ließ, also aus nächster Nähe zu ihrer täglichen Qual beobachten konnte, wovon sie sonst vielleicht gar nichts erfahren hätte. Seine Offenherzigkeit blieb dabei ihr Trost und versöhnte sie immer wieder. Aber auch die Herzensgeheimnisse, die er ihr rückhaltlos anvertraute, riefen ernste Sorgen in ihr hervor. Sie, die frühe Heiraten noch vor zehn Jahren eifrig propagiert hatte, schrak jetzt, nachdem sie bei Nahen und Fernen so viel Tragödien der Ehe miterlebte, davor zurück. „Ich glaube, daß seine Liebe ein Strohfeuer ist, aber auch ein Strohfeuer steckt ein Gehöft an, wenn der Moment günstig ergriffen wird! Und wenn ich wieder erleben müßte, ein von der zu frühen Fessel wundes und blutiges Herz zu sehen und zu wissen, daß, wie sehr sie auch drückt, ihr Entfernen noch schwerer sein würde — es wäre zu traurig," schrieb sie an die Vertraute ihrer Mutterschmerzen, ihre Tochter.

Nur zwei Jahre hatte sie die Freude gehabt, auch diese in ihrer Nähe zu haben; eine Freude, die ihr um so schattenloser war, als ihre Ehe ungetrübt und ihre Zukunft in jeder Beziehung gesichert erschien. Eine größere Erbschaft, die ihrem Schwiegersohn zugefallen war, verscheuchte die einzige Sorge, die sie hatte: „Wenn ich auch weiß, daß Hans nie arm zu sein verstünde, so weiß ich doch auch, daß er vom Reichtum nur den edelsten Gebrauch machen wird." Und das Enkelkind, mit dem Sohn Ottos in fast gleichem Alter, war ihr vollends ans Herz gewachsen, so daß sie die abermalige Versetzung ihrer Kinder im Jahre 1869 sehr schmerzlich empfand. Ihr Briefwechsel mit der Tochter, der einzige, der aus jenem Jahr vollständig erhalten blieb, war ein sehr reger. Familienerlebnisse und Erfahrungen, Bücherempfehlungen und Erziehungsratschläge spielten eine große Rolle darin, aber die größte: die Sehnsucht nach den Abwesenden. „Heute habe ich meinen Stuben die letzte Nuance von Seele: Blumen, gegeben, habe sie allein, ohne mein Lilychen, die so gern nebenher trippelte, gepflückt, und mir wäre sehr wohl, wenn ich meine ruhigen, grünen Mauern um mich habe, nur müßten alle Kinder und Enkel darin sein..." heißt es in einem Brief. In einem anderen: „Ich gehe nicht gern in das Haus, wo mir mein Lilychen nicht mehr entgegenjauchzt, meine Tochter nicht mehr entgegenlächelt... mich übergießt dabei eine so schmerzliche

Wehmut, daß ich sogar die Straße vermeide." In einem ihrer Erziehungsbriefe schrieb sie: „Regt mein Lilychen nicht durch viele Erzählungen und sogenannte freudige Überraschungen auf, das Kindchen muß terre à terre gehalten werden, kochen, Sandkuchen backen, laufen, mehr vegetieren, als mit Bewußtsein leben ... Wie mein das Kind ist, könnt Ihr nicht glauben, darum weiß ich auch, was ihm schadet und nützt ... So müßt Ihr Euch Beide die kleinen strengen Beschäftigungen mit den Nebenmenschen abgewöhnen, ehe sie das Kind versteht und ihr Herzchen erkältet. Du, mein Jennchen, mußt in Ton und Ausdruck weniger streng und hart sein, das tut so zarten Seelchen weh ..." Es war der Seherblick der Liebe, der sie von dem vierjährigen Kind so sprechen ließ, jener Liebe, durch die ich vom ersten erwachenden Bewußtsein an in dieser Frau alles fand, was ein Kind bedarf: Verständnis, Anregung, Leitung, Freundschaft und Mütterlichkeit.

Im Sommer 1869 besuchte sie uns. Sie war voller Sorgen um ihre Söhne, um Otto, dessen Kränklichkeit den Dienst fast unmöglich machte, um Werner, der weniger denn je das Seinige zusammenhielt. Wie immer, so wirkte der Kummer auch auf ihren körperlichen Zustand, das alte Leberleiden machte sich mehr als früher geltend, und eine Müdigkeit beherrschte sie, die ihr wie eine Vorahnung des Todes erschien. „Ich möchte den ganzen Tag schlafen," hatte sie kurz vorher ihrer Tochter geschrieben, „auch das Hinüberschlafen denke ich mir süß — mir wird all das Harte, Grausame, Gewalttätige, die Verirrungen, Sünden, Leidenschaften, Wehen in der Welt so entsetzlich schwer mit anzusehen und anzuhören — — mir ist, als hätte ich hier nicht mehr viel zu lernen, ich weiß immer alles, was ich höre und lese, und kann doch nicht verhindern, daß Ihr, meine geliebten Kinder, vom Leben noch gelehrt werdet, was Euch Eure treue Mutter lieber lehrte und ersparte ..."

Meine Mutter, in ernster Sorge um sie, befürwortete, daß Mutter und Söhne sich trennen möchten, um die Last täglicher

Leiden von ihr zu nehmen, und hätte der drohende Krieg sie nicht noch fester an ihre Kinder gefesselt, so wäre sie dem guten Rat vielleicht gefolgt. So entschloß sie sich nur zu einer Karlsbader Kur im Frühling 1870. „Unbeschreiblich schön ist es in diesem gesegneten Ort," schrieb sie von dort aus, „ich fühle mich jetzt schon wie neugeboren, genieße auf stundenlangen einsamen Morgenspaziergängen Wald und Berge und begreife nicht, wie es Menschen geben kann, die sich freiwillig in die Steinwüsten der Städte begeben. Auf stillen Bänken lese ich alte und neue Bücher: Humboldts Kosmos zum zweiten oder gar dritten Mal, und mit wahrer Leidenschaft: Ut mine Stromtid von Fritz Reuter; es ist ein eminentes Meisterstück und die Atmosphäre einfachen Lebens und redlicher Menschen tut so wohl ... Verkehr habe ich so gut wie keinen, bin aber neulich gegen meinen Willen in eine ganz interessante Unterhaltung gezogen worden. Nicht Hände, nein Kiepen voll Schmutz wurden auf Lassalle geworfen. Sein Auftreten, besonders seine eitle, großspurige Manier, sein wüstes Hetzen, das so viel persönliche Eitelkeit und Ehrgeiz durchblicken ließ, waren mir auch stets antipathisch. Aber sein starkes Gerechtigkeitsgefühl erhebt ihn doch so sehr, daß man, nach seinem Tode besonders, das Andere leichter vergessen sollte. In seinem Eintreten für die Sicherung des Lebens der Armen bin ich unbedingt auf seiner Seite. Ich gehe sogar noch weiter: denn da ohne die friedliche Gewaltthat des Strikes auch die gerechtesten Ansprüche der Handwerker nicht erfüllt werden, kann man sie ihnen nicht verargen, und sie sind doch besser als Barrikaden. So bin ich aus einem politischen Gespräch zu einem politischen Brief an mein sehr konservatives liebstes Töchterchen gelangt, das sicher dabei krebsrot wird ..."

Kurz vor dem Ausbruch des Krieges kehrte Jenny von Gustedt nach Potsdam zurück, und als das lange Gefürchtete Wahrheit wurde und alles um sie her im Paroxysmus der Begeisterung schwelgte, schrieb sie ihrer Tochter: „Es ist selbstverständlich, daß wir Frauen uns mit den lieben Kindern und Enkeln hier vereinen. Alles steht in Gottes Hand, aber mir erscheint es doch wie Gotteslästerung, wenn mitten im Hurrahschreien und Toben der Vater aller Menschen wie ein alter Kriegsgötze für uns allein in Anspruch genommen wird... Er verhüllt sein Haupt bei diesen größten Sünden der Völker..." Während des ganzen Feldzugs wohnten wir bei Großmama in Potsdam. Noch sehe ich sie deutlich vor mir, wie sie frühmorgens im Sommer mit mir nach Sanssouci ging, wo die Bäume so hoch waren, daß ich glaubte, sie wüchsen in den Himmel, und die Stille so zauberhaft, daß ich, wenn die Blätter zu rauschen begannen und die Wellen auf den Teichen sich kräuselten, Elfen und Nixlein zu spüren meinte. Gingen wir aber oben auf den Terrassen, wo im heißen Sommersonnenschein die Rosen glühten, dann hätte ich mich kaum gewundert, wenn hinter den Laubengängen der alte Fritz mit dem Krückstock und den Windspielen gemächlich hervorspaziert wäre. Durch Großmamas schöne Geschichten war er mir ganz vertraut geworden. Oft saßen wir auf den weißen Marmorbänken und sahen dem Steigen und Fallen des Springbrunnens zu — auf jedem Tröpfchen tanzte ein lustiger Sonnenelf, darum blitzte es so vergnüglich, und ganz, ganz oben, da badete sich die Rosenkönigin, die täglich von den Terrassen herüberflog, damit kein Stäubchen an ihrem duftenden Hemdchen hängen blieb. Ich habe sie sogar gesehen, wie sie zu uns herunterlachte: zu dem kleinen Mädchen und zu der alten Frau. Großmama war ja auch ihre gute Freundin, sonst wüßte sie nicht so viele Geschichten von ihr und allen ihren Schwestern! Hinter der Marmorbank war ein dichtes Gebüsch, und da gab es im feuchten Schatten viele, viele Schnecken, große und kleine, schwarze, weiße und rote mit buntem, komischem Häuschen auf dem Rücken. Die brauchten sich vor keinem Franzosen zu ängstigen, sagte Großmama; wurde es ihnen irgendwo ungemütlich, dann trugen sie eben ihr Häuschen, das ihnen kein

Feind wegnehmen konnte, anderswo hin. Ach, es war herrlich, mit Großmama spazieren zu gehen, viel tausendmal schöner als mit Mademoiselle, bei der man immer artig sein und beileibe nicht hinter die Bänke kriechen durfte! Freilich: oft hatte sie keine Zeit für mich, und wenn sie mit Mama und Tante Cecile im grünen Zimmer saß und alle ernste Gesichter machten, dann liefen wir, mein Vetter Wawa, Onkel Ottos Sohn, und ich, am liebsten in den Garten und bauten Wälle aus dem großen Sandhaufen, der für uns in der Ecke lag. Kam eine Siegesnachricht, dann kriegten wir immer was Schönes geschenkt und schrien darum aus Leibeskräften „Hurrah!" Als die Kapitulation von Sedan bekannt wurde, tanzte meine Mutter ganz allein im Zimmer umher und Großmama liefen zwei große Tränen aus den Augen, so daß ich durchaus nicht entscheiden konnte, ob es zum Lachen war oder zum Weinen. Auf dem Balkon aber wurde eine große Fahne herausgesteckt, und viele, viele Lichtchen brannten abends hinter den Fenstern. Wir durften aufbleiben, um die Herrlichkeit mit anzusehen. Und dann warteten wir alle Tage, daß unsere Papas mit Sternen und Lorbeerkränzen geschmückt nach Hause kommen sollten. Aber sie kamen nicht; nicht einmal zu Weihnachten, und unsere Mamas weinten, und Großmama sah sehr, sehr ernst aus. Trotz der großen Puppe war es darum gar nicht schön.

Wie im Sommer unsere Morgenspaziergänge, so waren im Winter unsere Abende das Schönste vom ganzen Tag: Großmama erzählte Märchen am Kaminfeuer, und wenn die Lampe kam, dann schnitt sie Puppen und Schlitten und Wagen und Pferde aus, zeichnete Häuser und Bäume dazu — kein Spielzeug war uns so lieb wie dieses!

Nur ein einziges Brieffragment aus der Zeit des Krieges gibt einen Begriff von den widerstreitenden Empfindungen, die Großmama bewegt haben müssen. „Ich bin wohl zu alt für den Siegestaumel," schrieb sie, „oder mein Herz ist wie immer zu sehr auf der Seite derer, die leiden. Wie vielen armen

Müttern bin ich schon begegnet, die ihr Liebstes haben hergeben müssen und kein ‚Tod fürs Vaterland' macht sie wieder lebendig. Und ich habe täglich, stündlich um drei Söhne zu zittern! Und nicht nur das: vor Metz lag Hans, während in Metz Berckheim und Henri (nahe Verwandte) sich befanden; vor Paris ist Otto, in Paris meine geliebte blinde Pauline, deren Kloster jeden Augenblick in Flammen aufgehen kann, wenn mir auch meine gute Königin immer wieder versichert, daß Alles geschehen sei, um es vor dem Bombardement zu schützen.. Das schöne Frankreich, das friedliebende gute tüchtige Landvolk, wie müssen sie leiden! Nachher wird dann aber noch die Saat des Bösen aufgehen: zum grollenden Feinde wird der Bauer werden, der seine zertrampelten Felder, seine vernichtete Ernte sieht.." Wenn sie auch selbst vor dem Furchtbarsten bewahrt blieb und der mörderische Krieg ihre Söhne verschonte wie ihre Schwester, so traf sie das Unglück, das ihre nächsten Verwandten traf, als hätte es sie selbst getroffen: die beiden einzigen Söhne ihrer Schwester Cecile Beust fielen am gleichen Tage in derselben Schlacht. Es war zugleich der Todesstoß für die unglückselige Mutter, die auf die Schreckensnachricht hin zusammenbrach, um nicht wieder aufzustehen. Wenn schon vorher die innigste Freundschaft meine Großmutter mit ihrem Schwager Fritz Beust verband, so wurde sie jetzt zum wärmsten geschwisterlichen Verhältnis. Wie hätte sie rückhaltlos mit den Siegern jubeln können, da er so namenlos litt? Nur wo ihr Mutterherz sich freuen durfte, da freute sie sich wirklich.

Die Erfolge ihres Schwiegersohnes, die Auszeichnung, die er mit Recht erfuhr, bestärkten sie in der hohen Meinung, die sie von seinem Geist wie von seinem Charakter hatte, und vertrieben die Sorgenwölkchen, die sie hie und da auch am Lebenshimmel ihrer Tochter glaubte aufsteigen zu sehen. Ganz besonders glücklich aber machten sie die Nachrichten von Otto, ihrem Sorgenkind. Der Krieg hatte ihn zum begeisterten Soldaten gemacht, hatte seine Schwermut vertrieben, und da er sah, daß sein Mut nicht unbeachtet blieb, daß seine Leistungen als Ordonnanzoffizier des Kronprinzen anerkannt wurden, schwand auch sein Mißtrauen und machte frohen Zukunftshoffnungen Platz. Einen Teil eines Briefes, den er im August 1870 an seine Frau geschrieben hatte, teilte seine Mutter einer Freundin mit folgenden Worten mit: „Es scheint, daß eine Kur auf Leben und Tod wie dieser Krieg notwendig war, um meines armen Otto Seele gesund zu machen. Er schrieb seiner Frau: ‚Denke Dir meine maßlose Freude, als mir der Kronprinz, mein lieber gnädiger Herr, im Namen des Königs das eiserne Kreuz überreichte, als Auszeichnung für mein tapferes und umsichtiges Benehmen in der Schlacht bei Wörth. — Das sind seine eigenen Worte. Ich weiß mich nicht zu lassen vor Freude, denn es ist eine sehr große Auszeichnung, die ich gar nicht erwartet habe. Ich glaubte mich schon übermäßig belohnt, als mich der Kronprinz heute dem König mit den Worten präsentierte: hier ist Otto Gustedt, er hat sich in der Schlacht bei Wörth und Weißenburg besonders ausgezeichnet, seiner muthigen Recognoszirung am Tage von Wörth verdanke ich die wichtigsten Nachrichten. Die Thränen standen mir dabei in den Augen.' Vielleicht, daß nicht nur für meinen Otto, sondern auch für Preußen die dunklen Wege Gottes doch schließlich wieder die hellsten waren!"

Als die Friedensglocken feierlich ihre frohe Botschaft verkündeten und ein Wald von Fahnen aus den kleinen Häusern Potsdams fast bis zum holprigen Pflaster niederwehte und die engen Straßen noch enger machten, da vermochte Jenny Gustedt zum erstenmal all des Jammers, den der Krieg hervorgerufen hatte, zu vergessen: „So war es doch ein Seherblick, der vor dreißig Jahren meinen Stiefvater jene Worte aussprechen ließ: Preußen wird an der Spitze Deutschlands stehen, das ist die allein mögliche Lösung des gordischen Knotens der deutschen Politik, und es war mehr als ein Traum jugendlicher Begeisterung, wenn ich vor dreiundzwanzig Jahren, als diese Auffassung noch in den Verdacht revolutionärer Gesinnungen bringen konnte, für die Kaiserkrone Deutschlands auf dem Haupte eines Hohenzollern schwärmte. Möchte der Ruhm uns nicht übermütig machen und die Macht nur dazu führen, dem Wohle des Volks zu dienen."

Nach dem Feldzug mußte sich Großmama wieder von ihrer Tochter trennen. Die Hoffnung, daß mein Vater als Generalstabsoffizier im IV. Armeekorps bleiben würde, erfüllte sich nicht, er wurde vielmehr nach Karlsruhe versetzt, so daß die Trennung, der weiten Entfernung wegen, eine recht schmerzliche war. Daß ihr Sohn Otto so fröhlich zurückkam und beim Kronprinzen in Potsdam blieb, daß ihr Sohn Werner so viel ernster und reifer geworden zu sein schien, erleichterte ihr den Abschied. Im Sommer des folgenden Jahres verband sie eine Reise nach Karlsruhe mit einem Besuch bei ihrer Schwester in Paris und beschloß sie mit der gewohnten Karlsbader Kur. In einem Briefe aus dieser Zeit — 1872 — heißt es: „Es scheint, als ob ein sehr friedliches, sorgenloses Ausleben mir beschieden wäre." Aber schon bald nach ihrer Rückkehr nach Potsdam verdunkelte sich das helle Zukunftsbild wieder. Es wiederholte sich, was gerade die besten Eltern am schmerzlichsten erfahren müssen: daß ein Zusammenleben von jung und alt nicht gut tut. Bei allem Verständnis für jugendliche Neigungen und Torheiten wird es jeder Mutter, jedes Vaters berechtigtes Bestreben sein, dem Kinde die Erfahrungen des eigenen Lebens zunutze zu machen. Nietzsches herrliches Wort: Nicht fort sollst du dich pflanzen, sondern hinauf! entspricht dem Wunsch, der, seit es Mütter gibt, ihr Denken und Fühlen beherrscht. Für ihr Kind wollen sie Erfahrungen gesammelt, wollen sie gelitten haben; ihr Kind soll nicht denselben Weg gehen, auf dem sie strauchelten, sondern ihn dort fortsetzen, wo sie angelangt sind. Darum wachen sie über seine Schritte, lassen es an Warnungen und Zukunftsprophezeihungen nicht fehlen, darum kann nichts so schmerzhaft verwunden, als wenn sie sehen müssen, daß der erwachsene Sohn oder die Tochter allem zum Trotz doch ihre eigenen Wege gehen, und für die Angst der Mutter gar nur ein mitleidiges Lächeln übrig haben. Was Güte und Liebe ist, empfindet Sohn oder Tochter nur als Beeinträchtigung der Freiheit, und so spitzt sich ein ursprünglich zärtliches Verhältnis oft so zu, daß es nur durch Trennung vor dem Zerreißen bewahrt werden kann. „Er glaubt mich ganz zu übersehen," schrieb Jenny Gustedt von ihrem jüngsten Sohn, „ahndet nichts von meiner Seele, weiß von der Würde einer Mutter nichts, und doch sprechen seine zärtlichen Augen meist die innigste Liebe aus . . ." Sie fühlte selbst, daß sie ihren Sohn verlassen müsse, um ihn zu erhalten. Als daher mein Vater in den Großen Generalstab nach Berlin versetzt wurde und die begründete Aussicht bestand, daß er eine Reihe von Jahren in derselben Stellung bleiben würde, entschloß sie sich, mit uns zusammen zu ziehen. In der Hohenzollernstraße, ganz nahe dem Tiergarten, wo die Stadt sich in ihrer aufdringlichen Häßlichkeit ihr weniger empfindlich bemerkbar machte, wurde eine geräumige Wohnung gemietet, in der sie ihre ungestörten Zimmer für sich haben konnte; mich allein hatte sie in nächster Nähe: mein Schlafzimmerchen war nur durch eine dünne Tapetenwand von ihrem Salon getrennt, und eine Portiere ersetzte die Türe zwischen beiden. Entzückt war ich darüber und genoß das Zusammenleben wie nie zuvor: wieder, wie in Potsdam, gingen wir zusammen spazieren oder saßen während der Vormittage spielend und lesend im Zoologischen Garten; wieder erzählte sie mir vor dem grauen Marmorkamin Geschichten, viel schönere als früher, weil es nur selten noch Märchen waren, sondern Erzählungen aus der eigenen Jugend, aus dem Leben großer Geistes- und Kriegshelden. Auch sonst glich das äußere Leben sehr dem in Potsdam: Freunde und Verwandte kamen zur Teestunde zu ihr, und jeden Donnerstag abend rollte der Wagen der Kaiserin in den Torweg, und ich durfte den Kuchen zum Tee in den grünen Salon tragen, wo die beiden Freundinnen in lebhaftem Gespräch beieinander saßen. Einmal kam auch der Kronprinz zu ihr hinauf, als ich gerade alle meine Papierpuppen auf ihrem Tisch tanzen ließ. Das schadete aber gar nichts; er war nur um so freundlicher und machte, wie immer, seine Scherze mit mir.

Bald jedoch sollte mir der Unterschied von dem damals in Potsdam und dem heute in Berlin zum Bewußtsein kommen. Ob die Lombarden gestiegen oder gefallen waren, das war angesichts der Morgenzeitungen das Gesprächsthema, und abends, wenn man mich schlafend glaubte, dann saß ich aufrecht im Bett und hörte Großmamas und ihrer Kinder erregte, klagende und anklagende Stimmen. Ich verstand nicht alles, aber doch genug, um zu wissen, daß Geld, viel Geld verloren worden war, viel mehr, als Großmama es vorher gefürchtet hatte; als dann gar unsere schönen Goldfüchse verkauft, der Kutscher entlassen wurde, und ich — ein unerhörtes Ereignis für mein Leben! — in einer Droschke zu Kronprinzens fahren mußte, wenn ich dort eingeladen war, da begriff ich Großmamas sorgenvolles Gesicht, und mein Herz krampfte sich zusammen vor heißem Mitgefühl.

Ihr Sorgenkind war es gewesen, das sich, dem Zuge der Zeit folgend, in wagehalsige Spekulationen eingelassen und Schwager und Bruder mit hineingezogen hatte. Sie verloren alle den größten Teil ihres Vermögens. Welch ein Schlag für die Mutter! Sie selbst traute sich wohl zu, „unter dem kategorischen Imperativ der Lebensmaxime: Auskommen! von der Stufe der Zehntausend zu den Hunderttausend, ja zu den Millionen ruhig hinabzusteigen und jedesmal liebgewordenen Ballast, der keinen Platz auf der unteren Stufe hat, blutenden Herzens über Bord zu werfen — wenn nur derselbe Weg für die Seele ein Steigen ist," aber für ihre Kinder sah sie Kämpfe und Sorgen ohne Ende voraus. „Nicht weil ich sie so verwöhnt habe," schrieb sie einer Freundin, „sondern weil sie trotz all meiner Anstrengung durch Wort und Beispiel das glänzende Blech bloß materiellsten Lebensgenusses dem Golde geistiger und seelischer Freuden vorziehen. Mein Jennchen macht noch am ersten eine Ausnahme, aber dafür ist ihr Mann um so mehr der Sparsamkeit abgeneigt, und ist es mit so viel Güte und Liebe, fast immer nur, um Andere zu erfreuen, daß man sich fast schämt, ihm darum zu zürnen." Was sie fürchtete, sollte rasch zur Gewißheit werden: die Söhne, auf ihre Güte vertrauend, lernten es nicht, sich einzuschränken, und sie versagte sich eine liebe Gewohnheit nach der anderen, um ihnen die Zulagen, die sie brauchten, gewähren zu können. Mit der Hoffnung auf ein sorgenfreies Alter war es ein für allemal vorbei. „Ich bin noch immer vergebens neugierig," heißt es in bitterer Ironie in einem ihrer Briefe, „wann die Reihe des Gewinnens an mich kommen wird, da ich bei allem Unerwarteten immer die schwarzen Kugeln aus der Urne ziehe."

Hinter der Tapetenwand hörte ich bald so viel, daß es für ein empfindliches neunjähriges Kindergemüt drückend wurde wie Zentnerlast. Aber ich sprach nicht darüber, am wenigsten mit Großmama, vor der ich doch sonst nie ein Geheimnis gehabt hatte! Ich mochte wohl fühlen, welch unerträglicher Schmerz es für sie gewesen wäre, wenn sie mich in alles Leid der Familie eingeweiht wüßte. Auseinandersetzungen zwischen Mutter und Söhnen gab es besonders oft, und wenn sie sporenklingend das Zimmer verließen, hörte ich noch lange Großmamas leisen Schritt auf und nieder gehen und die qualvollen Seufzer, die von ihren Leiden zeugten.

Viele Jahre später kleidete sie mancherlei Ansichten, Gedanken und Erinnerungen in eine novellistische Form, deren Mittelpunkt, „Gräfin Thara", sie selber war. Die Gespräche darin, die sich um Offiziersehre, um Schuldenmachen, Spielen und Trinken drehten, riefen mir jene Berliner Abende lebhaft ins Gedächtnis zurück. Wie oft hatte ich dieselben Worte gehört:

„Wieder ein Liebesmahl? Und wieder Sect?"

„Thust du nicht, als wäre das eine Sünde? Schadet das Jemandem, wenn ich Sect trinke?"

„Direct nur dir!"

„Das ist doch meine Sache!"

„Außerdem ist es Sünde, sobald das Bedürfniß nach Trank und Speise zur Lust, Erweckung desselben zum Ziel wird! Nimmst du dir nicht etwa oft die ruhige Selbstbeherrschung, bringst dich in einen unwürdigen Zustand, machst auf viele Stunden deinen Körper krank, giebst den Leuten, denen du befehlen sollst, ein gefährliches Beispiel und übertrittst dabei sehr oft das einfache Ehrengebot: was ich nicht bezahlen kann, muß ich mir versagen."

„Das war falsch, versagen darf ich mir das unter meinen Kameraden nicht, und bezahlen kann ich eine Flasche Sect."

„Eine, ja, fünfzig, nein, wenigstens nicht ohne Opfer der Deinigen, oder ohne Rechnungen armer Handwerker stehen zu lassen. Und das Alles um das Bischen Nasenkitzel, um das jämmerliche Lustigsein mit dem Ende, das du Katzenjammer nennst!"

„Darin liegt gerade der Schneid, dem Katzenjammer zu trotzen, und so lange ich den Körper habe, will ich mich mit ihm vertragen und ihm seine Freude gönnen, ist er einmal weg, so hat er auch keinen Durst mehr..."

Und wie oft, wenn der Sohn sich mit dem Hinweis auf die notwendigen Verpflichtungen verteidigte, hörte ich sie die Vorgesetzten anklagen, die „mehr verlangen, als die reichlichsten Zuschüsse leisten können, glänzende Regimentsfeste, übermäßig kostbare Geschenke, Pferde und Uniformen, Jagden, Rennen und dergleichen, und die jüngeren Officiere auf ein Eitelkeitspiedestal heben, von welchem aus sie glänzen sollen. Ich habe selbst gehört, wie ein Regimentscommandeur Kartoffeln in den Bann erklärte, weil es für Gardecavallerie-Officiere ein zu gemeines Essen sei — die Kartoffeln des großen Fritz! Und wie ein Anderer in dem preußischen Schnarr- und Nasenton einen jungen Officier, der, seinen Paletot auf dem Arm, zum Bahnhof ging, frug, ob sein Bursche den Wadenkrampf habe, daß er sich selbst so bepacke."

Gingen die Wogen der Erregung hoch, wurde der Mutter

weiche Stimme schärfer und härter, dann waren es die „falschen Ehrbegriffe inbezug auf Geld und Geldverwertung", die sie immer wieder bekämpfte. „Der, welcher am versprochenen Termin sein Geld fordert," heißt es in der „Gräfin Thara", „gilt für gemein und unzart, nicht der, welcher empfangen und versprochen hat und sein Wort nicht hält; der, welcher eine Rechnung schickt, wird mit jedem Schimpfnamen bezeichnet und als unverschämt abgewiesen, nicht der, welcher auf Rechnung genommen hat. Der, welcher mahnt, wird als Tretender bezeichnet, nicht der, welcher die Mahnung verdient. Der Vater, der seinen Sohn versetzen läßt, weil er Schulden macht, wird verdammt, der Sohn wird bedauert, und es geschieht, meinen die Kameraden, dem Vater ganz Recht, wenn der Sohn nun noch mehr Schulden macht; der Vater hat ja nur das Vermögen der Kinder zu verwalten, lebt auch zu lang, steht blos dem berechtigten Lebensgenuß des Sohnes im Wege! Mit ritterlichem Muth tritt er auf das Herz der Mutter, die für zwanzig- bis dreißigjährige Liebe und Treue Spott und Undank erntet. Das ist das Porträt eines ‚charmanten Kerls', der unsinnige Wetten macht, eine Maitresse hat, die schöner wohnt, besser lebt, kostbarere Kleider hat als Schwester und Mutter! Wie könnte er drei Monate lang z. B. nicht nach Berlin fahren, wie kann er nicht Sect trinken, nicht spielen! Nein, da muß man den Muth haben, durch seine noblen Gewohnheiten dem Regiment Ehre zu machen, und ginge es über den Sarg von Vater und Mutter, über alle göttlichen Gesetze, über alle Pflichten der Liebe und der Ehre, und opferte man die Altersruhe der Eltern, die Unabhängigkeit der eigenen Zukunft, die Gesundheit des Leibes und der Seele! Und zuletzt giebt es ja, Gott sei Dank, Pistolen zum Selbstmord."

Aber auch die erregteste Auseinandersetzung schloß mit allen Zeichen der Liebe, einer sorgenden, schmerzlichen, aber doch immer wieder hoffenden Liebe. „Laß die Sonne nie über deinem Zorn untergehen", war einer der Grundsätze Jenny

Gustedts, und oft schloß sie ein ernstes Gespräch mit den Worten: „Das Alles giebt Stoff zu guten Monologen bei der Cigarre im Lehnstuhl oder vor dem Einschlafen. Bei Dialogen tritt Eitelkeit, Rechthaberei, Kränkung so leicht in den Weg, aber die Selbstgespräche, die folgen, die können Frucht bringen."

Aus jener schweren Berliner Zeit datiert ein Brief von ihr, der ihre Stimmung am besten wiedergibt. „Die Gewohnheit meiner abendlichen Selbstprüfung", so heißt es darin, „hat mir niemals so viele schlaflose Nächte gemacht, als jetzt. Was habe ich versäumt an meinen Kindern? Welche Schuld habe ich ihnen gegenüber begangen? Das sind die Fragen, die mich quälen und auf die ich keine Antwort weiß ... Mein Mann und ich haben nie über unsere Verhältnisse gelebt, unseren Kindern gaben wir immer das Beispiel unbedingter Rechtschaffenheit. Aber freilich, diese Verhältnisse waren eben sehr gute; was hätte geschehen müssen, um die Kinder vor der Verwöhnung durch sie zu schützen? Wir hatten nach menschlichem Ermessen die Sicherheit, daß ihre Lebensführung dieselbe bleiben könnte wie unsere ... Ich habe ihnen immer durch mein Leben und Denken meine Geringschätzung rein materieller Genüsse gelehrt, habe Geist und Natur ihnen als Höchstes gepriesen und zugänglich gemacht, habe ihnen das Christentum niemals durch Kasteiungsideen und Weltverachtung verekelt, sondern im Gegenteil gezeigt, daß der beste Christ auch stets der fröhlichste, genußfähigste Mensch sein wird. Und dennoch diese Resultate! Bin ich vielleicht doch im Urteil zu hart? Sind sie zu jung und vergesse ich ihre Jugend? Als ich so alt war, bin ich doch auch lebensfroh gewesen, aber die geistigen Genüsse gingen mir über Alles ... Ich bin zwar unter ungewöhnlich günstigen Verhältnissen aufgewachsen, und das ist vielleicht die Ursache dafür, daß ich mich so ganz anders entwickelte. So wäre also die Schuld in der Zeit zu suchen, in dieser oberflächlichen, genußsüchtigen, nur nach Geld und Vergnügen jagenden Zeit, wo ein junger Lieutnant die Nase rümpfen würde, wenn er ein Schlafzimmer wie das Goethes bewohnen müßte, und ein Student empört wäre, wenn man ihm Goethes Arbeitszimmer anwiese . . . Wenn das die Folgen unserer Siege sind, dann wäre es wahrlich besser, wir wären das arme, unscheinbare Preußen geblieben . . . Ich fühle mich recht müde, recht alt und recht fremd in dieser Welt. Neulich besuchte mich R., seiner Gesundheit hat das Studentenleben, das das Lieutnantsleben fast zu übertrumpfen scheint, einen Knacks gegeben, den er vielleicht noch als Greis spüren wird — wie jammerschade, Lust, Tatkraft, Tüchtigkeit so zu vergeuden! Und wie unbegreiflich bei einem Menschen wie er, der ehrgeizig ist und dieses Leben für das einzige hält, also logischerweise alle Kraft darauf konzentrieren müßte, es durch Leistungen zu erfüllen. Statt dessen wird Gesundheit, Nerven- und Geisteskraft im Genußleben ertränkt. Ich suche sein Verantwortlichkeitsgefühl zu wecken, und da er immer wieder kommt, muß doch irgend etwas ihn herziehen, was eine alte ernste Frau kaum sein kann . . . Wie arm an Liebe muß die Welt sein, daß mein wirkliches aufrichtiges Wohlwollen mir immer so unerwartet Herzen gewinnt und ohne mein Wissen und Zutun es jedermann für Liebe nimmt, während ich eigentlich wirkliche Liebe für sehr wenige Menschen empfinde, deshalb nur mit sehr Wenigen lieber zusammen, als mit mir selbst allein bin . . . Laute, lärmende Heiterkeit in meiner Nähe schmerzt mich jetzt ganz besonders. Meine Seele, die unter den Fröhlichen den Druck wie von heißer Sonnenhitze fühlt, empfindet den Umgang mit Trauernden, als träte sie in einen milden Schatten."

Die Schmerzen, die ihr diesen Brief diktiert hatten, bezeichneten noch nicht den Gipfel des Leids, zu dem diese Jahre sie emporführen sollten. Selbst die Bäume am rauhen Lebensweg, in deren Schatten sich zuweilen von der mühseligen Wanderung ruhen ließ, hörten auf, und die Steine wurden spitzer und der Pfad immer steiler. Ihr Sorgenkind, ihr ältester Sohn, wurde ohne seine Schuld in einen tragischen Familienkonflikt verwickelt, aus dem es nur einen Ausweg für ihn gab: das Duell. Die Kugel seines Gegners traf ihn in den Unterleib. Leben und Tod standen in langem, schwerem Kampf an seinem Lager, und als er sich endlich von ihm erhob, war er ein an Leib und Seele gebrochener Mann. Nun war der Platz der Mutter wieder an der Seite des Sohnes. Sie, die ihm das Leben gegeben hatte, sah es als ihre Aufgabe an, es aus Schutt und Trümmern ihm wieder aufbauen zu helfen.

Da ihr Schwiegersohn gegen alle Erwartung nach einem kaum anderthalbjährigen Aufenthalt in Berlin nach Posen versetzt wurde und sie nun abermals heimatlos war, erschien es ihr wie eine Fügung Gottes. „Ich bin wohl noch zu egoistisch gewesen," schrieb sie, „als ich mich vor ein paar Jahren auf ein friedliches Ausleben in der Mitte meiner Kinder vorbereitete. Bei der Art eurer Generation, alle Lasten, die seit Beginn der Welt Jeder getragen hat, unerträglich zu finden, sind die großen Familien sehr zu fürchten; wer ein egoistisch ruhiges süßes Alter träumt, muß kein zehnfaches Leben mit hineinnehmen, wie es bei Kindern und Enkeln geschieht und um so mehr geschieht, je mehr man sie liebt. Ich fühle die Schmerzen meiner Kinder doppelt und dreifach und würde sie freudig tausendfach fühlen wollen, wenn ich auch nur ein Sandkörnchen ihrer Last dadurch von ihren Schultern nehmen würde. Aber ich kann nichts, als im Stillen für sie beten, und da sein, wenn sie ein allzeit offnes Ohr und Herz brauchen, um ihren Jammer hinein zu schütten . . . Es müssen glückliche Menschen gewesen sein, die sich Hölle und Fegefeuer erträumten, sonst hätten sie wissen müssen, daß die Erde Beides zugleich ist . . . Glaube nicht, daß ich klage: mit dem Leid wächst die Kraft. Das wird auch Dein Mutterherz noch erfahren. Der Glaube, der Berge versetzt, ist nicht stärker, als die Mutterliebe, die den Kampf mit Hölle und Fegefeuer aufnimmt, um ihres Kindes willen."

Ausleben

Wieder daheim

Jenny Gustedt war 64 Jahre geworden, ein Alter, von dem sie zu sagen pflegte, daß es ihm angemessen sei, "sich in den Schatten, sich aus dem Wege der Welt zu stellen, um seiner selbst willen, weil die Grenze des Diesseits schon das Jenseits streift, um Anderer willen, weil in den Lebensverhältnissen das Greisenalter, ich möchte sagen, über dem Etat ist und oft beengend auf die nächste Generation wirkt". Und wenn sie auch äußerlich fast unverändert blieb und die Pforten ihres geistigen Lebens sich nicht, wie bei den meisten alten Leuten, vor der Außenwelt und ihren Eindrücken zuschlossen, nur das Besitztum der Vergangenheit hütend, so zeigte sich doch ein untrügliches Merkmal hoher Jahre: Heimweh. Es befällt nicht nur den einen, der lange in fremden Ländern war, als eine Sehnsucht nach den Wäldern und Wiesen, wo seine Jugend reifte; noch stärker und schmerzhafter macht es sich vielmehr dem anderen fühlbar, der in geistiger Fremde lebte, und nun heim verlangt nach dem vertrauten Boden, in dem sein inneres Leben wurzelt, der seiner Seele die erste Nahrung gab. Nicht die Zahl der Jahre bestimmt den Zeitpunkt, wann dieses Heimweh unüberwindlich wird, sondern das Maß der Entfernung und die Menge der begrabenen Hoffnungen. Am längsten vermag die Mutterliebe, die das Weib an das innere und äußere Leben des Kindes fesselt, die Stimmen der Sehnsucht zu übertönen. Aber schließlich, wenn der müde Fuß den raschen Schritten der Jugend nicht mehr folgen kann und das Auge nichts als eine fremde Welt vor sich sieht, dann siegt das lang unterdrückte Verlangen, dorthin zurückzukehren, von dannen wir gekommen sind.

Nach dem Tode ihres Gatten war der erste Gedanke der Witwe gewesen, sich von nun an dauernd in Weimar niederzulassen. Liebe und Pflichtgefühl hatten sie daran gehindert. Jetzt, zehn Jahre später, sah sie, daß ihre Kinder ihrer nicht bedurften, daß sie ihnen, selbst wenn sie litten, kaum zu helfen vermochte, weil ihr Trost ihnen kein Trost war, und es regte sich nun wohl auch in ihr der Wunsch, zum Schlusse des Lebens noch einmal sich selbst zu leben. Im Hause ihres Schwagers, des Grafen Beust, am Ende der Ackerwand, wo die alten Bäume des Parks in die Fenster hineingrüßten und der Brunnen dasselbe Lied rauschte und murmelte, wie vor einem halben Jahrhundert, fand sie eine kleine, freundliche Wohnung. „Meine Stuben würden Dir sehr gefallen," schrieb sie mir, „sie sind kleiner als die in Berlin, aber sehr harmonisch, und enthalten Alles, was mir notwendig, nützlich, angenehm und lieb ist; meine Freunde sind sehr gern darin, meistens zwischen 6 und 8 Uhr, dann brennen meine Lampen, alles ist still und friedlich, voll Blumen sind die Tische... Morgens nach dem Frühstück gehe ich fast ohne Rücksicht auf das Wetter im Park, der immer schön ist, spazieren und vergesse vor lauter Erinnern zuweilen das halbe Jahrhundert, das zwischen meiner Jugend und meinem Alter liegt. Um 1 Uhr esse ich und habe neben der Güte der einfachen Mahlzeit die Freude stets unbestellter Gerichte, die Du, mein Herzensenkelkind, auch empfinden wirst, wenn Du einmal jahrzehntelang Hausfrau warst und — leider muß ich das vermuthen — wie ich, gar kein Talent dafür hattest. Oft esse ich auch bei meinem lieben Schwager Fritz, der dann schon am Abend vorher sagt: Auf morgen freue ich mich, dann bist Du bei mir! Selten vergeht ein Tag, ohne daß ich liebe Verwandte oder Freunde besuche oder empfange, und wie ein weicher, warmer Mantel legt sich die vertraute geistige Luft Weimars um mich.. Abends lese ich viel und mache mir darüber kurze Notizen, die Dir vielleicht einmal nützlich sein werden. Man vergeudet so viel Zeit mit schlechter Lektüre, daß es ein großer Gewinn wäre, wenn Kinder und Enkel sich darin wenigstens von den Alten raten und leiten ließen. Um 11 Uhr bin ich zu Bett und schlafe mit Gedanken und Gebet für meine Kinder und Enkel ein... Ich denke, wir Beide, mein geliebtes Kind, könnten jetzt schon besser plaudern, als auf unseren Wegen in Berlin, und im Lieben und Denken wirst Du mich immer besser verstehen .."

Wenn es auch nicht das alte Weimar war, das meine Großmutter wieder aufnahm, so war es doch in der Hauptsache das alte geblieben. Es schien, als ob jeder im Umfang seiner Kräfte sich bemühte, die Tradition aufrechtzuerhalten, die vorschrieb, geistige Interessen in den Mittelpunkt des Lebens zu stellen. Und der Großherzog Karl Alexander war es, der darin mit dem guten Beispiel voranging. Er besaß jene Fürstentugend, die wir heute vergebens suchen: Talente heranzuziehen und zu beschützen, ihnen freie Bahn zu schaffen, ohne sie beeinflussen zu wollen. Seine Ehrfurcht vor geistiger Bedeutung war so groß, daß er vor ihr bescheiden zurückzutreten verstand. Niemals hätte er einem Künstler seinen Willen aufgezwungen und ihn dadurch auf das Niveau eines bloßen Handwerkers herabgedrückt. Die geistige Atmosphäre, die er dadurch schuf oder vielmehr erhielt, denn sie war Karl Augusts kostbares Vermächtnis, ermöglichte es, daß aus dem Weimar Goethes und Schillers noch ein Weimar Liszts und Wagners wurde. Obwohl die Welt Franz Liszt zu Füßen lag, wählte er sich die kleine Stadt, um alljährlich sein Haus an der Hofgärtnerei zum Mittelpunkt der Musikbewegung zu machen. Von Weimars unscheinbarem Theater aus trat Wagners „Lohengrin" den Siegeszug durch die Welt an. Ohne den Großherzog hätte Liszt seine Aufführung nicht durchzusetzen vermocht. Daß der Hof der modernen Musik so viel Verständnis und Förderung zuteil werden ließ, zog eine Reihe anderer Musiker, die später zu großer Bedeutung gelangten — es sei hier nur an Männer wie Eugen d'Albert und Richard Strauß erinnert — nach Weimar. Und wie die moderne Musik, so fand die moderne bildende Kunst hier zwar nicht einen Mittelpunkt des Lebens, wohl aber eine stille Wiege, wo sie die jungen Glieder strecken, von wo aus auch sie den Weg in die Welt antreten konnte.

Graf Kalkreuth und Schillers liebenswürdig-geistvoller Enkel, Herr von Gleichen-Rußwurm, waren Ende der siebziger Jahre ihre Hauptvertreter in Weimar. Wie viele Dichter, Maler und Musiker haben außerdem, wenn nicht den Beginn oder den Höhepunkt ihres geistigen Schaffens, so doch Stunden der Anregung und Befriedigung — jener seltenen Feiertage des Lebens, die ihnen notwendig sind, wie dem Arbeiter die Sonntagsruhe — der lieblichen Stadt an der Ilm zu verdanken! Dem Fürsten aber, dem es gelang, im brandenden Meer des modernen Weltlebens diese Insel der Ruhe, des stillen Schaffens und Werdens, zu erhalten, blieb das Schicksal nicht erspart, das auf die eine oder andere Weise alle traf, die im Schatten der Titanen geboren wurden. Derselbe Mann, der vor seinen Freunden ein lebendiger, geistvoller Plauderer und immer ein vornehmer Mensch im besten Sinne des Wortes war, schien der verantwortungsvollen Last der großen Vergangenheit seines Hauses und Landes oft fast zu erliegen, wenn er sich unter Freunden im großen Kreise bewegte: er fühlte sich bedrückt, wenn alle Augen auf ihn sahen, wenn jeder darauf wartete, was er sagen würde, und seine Zerstreutheit, seine Schüchternheit und Verlegenheit machten ihn in der breiten Öffentlichkeit zu einer lächerlichen Figur. Meine Großmutter schrieb einmal von ihm: „Daß mein guter Großherzog so oft mißverstanden, ja, was noch schlimmer ist, verhöhnt wird, schmerzt mich um so mehr, als er im Grunde seines Wesens und seiner Anschauungen der Typus dessen ist, was ein Fürst in unseren konstitutionellen Staaten überhaupt noch sein kann: ein Grandseigneur, der die alte schöne Tradition pflegt und die Entwicklung einer neuen Kultur fördert, indem er wie ein guter Gärtner dort der wildwuchernden Rosenranke eines Talents eine Stütze giebt, dort einer andern, die im Verdorren ist, Wasser, Luft und Licht zuführt und allmählich einen Park anlegt, in dem Natur und Kunst den Gärtner gleichmäßig preisen, weil er die Natur nicht knebelte und die Kunst nicht degradierte."

Neben ihrem Schwager Beust, der ein ungemein liebenswürdiger Mensch war, und trotz seiner lebenslangen Hofstellung — was ebenso für den Fürsten wie für seinen Hofmarschall spricht — nie ein Höfling wurde, gehörte der Großherzog zu meiner Großmutter vertrautestem Umgang. Er besuchte sie oft, und sie war ein häufiger Gast im Schloß, wenn sie allein kommen konnte oder nur ein kleiner Kreis versammelt war. Bei solchen Gelegenheiten war es, wo sie Liszts herrliches Spiel genoß, sich des genialen, geistvollen Gesellschafters freute, und durch ihn Wagners Musik kennen lernte. Es war eine neue Welt für sie und eine, die sich der altgewohnten harmonisch anschloß.

„Ich habe zu viel Sinn für Musik," schrieb sie einmal, „um es nicht unerträglich zu finden, bei einem Kaffeekonzert, wo zwischen: ‚wie freue ich mich, Sie zu sehen' — ‚Kellner, eine Portion Kaffee' — ‚nein, sieh nur diese Toilette' — wo zwischen diesen und ähnlichen Gedanken und Gesprächen einige Töne von Mendelssohn oder Beethoven und dann zum lauten Entzücken des Publikums das ‚Pariser Leben' ertönt. Das Ideal von Musik, das ich in der Seele trage, ist Verklärung, Seligkeit reinster Liebe, Auflösung des Innern in Ton und Klang. Wenn ich still in dämmeriger Ecke saß und Liszt spielte, wenn mir in Karlsbad, hoch über dem Konzert, auf einsamer Waldbank Wagners wunderbarer Pilgerchor entgegenklang, wenn ich in Freiburg in der stillen dunklen Kirche saß und die Orgel über mir brauste — das Alles war Musik. Es beeinträchtigt schon meinen Genuß, wenn ich, um eine Wagnersche Oper zu hören, in ein volles Theater mit im Zwischenakt schwatzenden und kokettierenden Menschen gehen muß. — Wie ich den Faust nicht auf der Bühne sehen kann — den zweiten Teil aufzuführen, ist überhaupt eine Blasphemie — so ist für mich jede Art Kunst, Musik insbesondere, entwertet, oder besser entweiht, wenn sie auf das Niveau des Massenamüsements heruntergezogen wird. Wertvoller für den Menschen ist ein schönes Bild im eigenen Zimmer, als Hunderte weltberühmter Bilder im Museum, an denen er mit einer Karawane Fremder vorüberziehen muß. Eine Welt höchster künstlerischer Kultur müßte alle Museen auflösen und die Kunstwerke in den Wohnungen verteilen, müßte in gothischen Domen mit gemalten Fenstern täglich musizieren und singen lassen, wobei einem Jeden der Eintritt zu Genuß und Andacht frei stünde..."

Das Interesse für den Musiker Wagner führte sie zu dem Dichter und Denker, und nichts zeugt mehr für ihre geistige Regsamkeit und Auffassungsfähigkeit, als die Tatsache, daß er bei aller Grundverschiedenheit der geistigen Tendenz so stark auf sie wirkte. „Ich lese mit wachsender Anteilnahme, wobei Staunen, Entzücken, Empörung, Bewunderung in lebhaftem Streit mit einander liegen, Richard Wagners Prosaschriften und Dichtungen," schrieb sie 1877 aus Weimar; „Alles darin ist bedeutend und sehr klar; in schöner bündiger Weise unterrichtend sind alle Artikel über Musik. Wie Wagner selbst die Musik versteht, ist mir sonnenklar vor die Seele gesprungen in den wenigen Worten: ‚Wo die Sprache aufhört, fängt die Musik an'. Nicht allein ihre wortlose Herrlichkeit hienieden wird damit bezeichnet; aber man fühlt sie als Sphärensprache der Ewigkeit. Die Aufsätze: ‚Eine Pilgerfahrt zu Beethoven', ‚Ein Ende in Paris', ‚Ein glücklicher Abend' erinnern ausnehmend in Tendenz, Empfindungen, spöttischer, tiefer Menschenverachtung, von der man sich selbst fast allein ausschließt, an Byron, der einmal mein Lieblingsdichter war, bis ich Goethe und sein Urteil über die von ihm so richtig bezeichnete ‚Lazarethphilosophie' begreifen lernte. Es muß wohl Jeder, der von innen heraus wächst, dieses Seelenstadium durchmachen — auch Goethe mußte es und hat es im Werther geschildert und überwunden — aber wehe dem, der darin stecken bleibt: nicht nur, daß er selbst ein dauernd unglücklicher Mensch wird, auch seine Schaffenskraft zerbricht. In welcher herrlichen Verklärung tritt im klarsten Gegensatz zu der ganzen Lazarethphilosophie und Menschenverachtung das Christentum vor meine Seele. Die

Menschenverachtung, die dort zu Spott, Haß und Verzweiflung führt, die Lebensbeziehungen der Menschen untereinander vergiftet und zerstört, führt hier zu tiefem Mitleid mit dem Sünder, der noch blind für die Wahrheit ist: ‚die Sünde ist der Leute Verderben', führt zu sorgfältiger Prüfung der Ursachen, die Gemeinheit und Schlechtigkeit nähren und entstehen lassen, und zum rücksichtslosen Kampf gegen sie. Auf der Seite der Menschenverächter ein Schrei der Verzweiflung neben dem anderen, auf der anderen Seite das himmlische: Freuet euch in dem Herrn, und abermals sage ich euch, freuet euch. Auf der einen Seite Krieg mit oder Abgeschlossenheit von den Menschen, auf der anderen Seite hülfreiches, thätiges Zusammenleben und Lieben... Ich kann Richard Wagner gegenüber den Eindruck nicht überwinden, der mich z. B. auch bei Heinrich Heine immer wieder überwältigte, daß sein Menschliches noch mit seinem Göttlichen — und jeder Künstler und Dichter ist gottbegnadet — im Kampfe liegt. Seine Musik, seine Dichtung, z. B. im Tannhäuser — widerspricht seiner, nicht vom Genie, sondern vom irdischen Verstand diktierten Lazarethphilosophie. In Beethovens neunter Symphonie ist das rein Göttliche zu unvergleichlichem Ausdruck gekommen; ich warte nun auf Richard Wagners Neunte!..."

Einige Jahre später las meine Großmutter, noch ehe sie die Musik kannte, den „Parsival" und schrieb mir darüber: „Ich begann ihn gleichgültig, werde aber immer mehr davon hingerissen und begreife nicht, wie Eitelkeit, Weltlichkeit und Genußsucht einen Geist beschatten konnten, der solcher Gedanken, Anschauungen und Gefühle fähig ist. Die Verherrlichung und Weihe des Mitleids, das er als die höchste Liebe hinstellt, die Heiligung durch Buße und Gnade aller seiner Helden, die Auffassung des Abendmahls werfen Lichter in meine Seele, wie noch kein theologisches Buch es gethan hat.

„Wie oft habe ich mich geprüft, ob es denn nicht Falschheit und Schmeichelei sei, was mich so liebevoll hinzog zu Menschen, deren mein Herz für mich gar nicht bedurfte. Wagners Auffassung des Mitleids erklärt mir meinen eigenen inneren Widerspruch. Das Mitleid, welches ich in seiner höchsten, mir oft krankhaft erscheinenden Potenz von je her für Menschen und Thiere empfand, ist eben die höhere und bessere Liebe, weil das Mitleid nichts für sich will, auch nicht Gegenseitigkeit, die meiste Liebe aber etwas sucht und braucht für sich."

In einem anderen Briefe heißt es: „Ich habe nun auch einen großen Teil der Musik zum Parsival kennen gelernt. Sie gehört zu den erschütterndsten Eindrücken meines Lebens. Wunderschön war mir schon seine Sprache, um wie viel herrlicher ist seine Musik. Wenn ich sagen müßte, welches die höchsten Emanationen des Göttlichen im Menschen sind, die ich kenne, so würde ich heute antworten: Goethes Faust und Wagners Parsival. Sie stehen mir auch in anderer Weise gleich: wie ich den Faust nicht auf der Bühne sehen mag, so möchte ich den Parsival nicht sehen. Zwar ist der Bayreuther Gedanke, der den Ort zu einer Art Wallfahrtsort macht und die Menschen dadurch schon aus der Alltagsstimmung herausreißt, mir sympathisch, aber da es leider auch dort weniger die stillen, auf seelischen Genuß gestimmten Seelen sein werden, die sich zusammen finden, sondern die jeder neuen Sensation auf dem Fuße folgenden großen Geldbeutel, so möchte ich um Alles in der Welt nicht unter ihnen sitzen."

Mit vollen Zügen, mit einer fast ungebrochenen jugendlichen Kraft genoß Jenny Gustedt das geistige Leben, das wieder in breiten Fluten zu ihr hereinströmte. „Ich empfinde mit täglichem Dankgefühl," schrieb sie ihrer Tochter, „wie wertvoll der Mensch dem Menschen ist, sofern wir uns entschließen, die Präliminarien des Konventionellen rasch zu erledigen, und uns dann geben, wie wir sind, d. h. mit dem Besten, was in uns ist. Eure Art, das Innerste zu verschweigen, also im Konventionellen stecken zu bleiben, so daß der Verkehr mit Menschen schließlich zum überflüssigsten Zeit=

vertreib wird, ist nur eine Folge Eures Mangels an echter menschlich-christlicher Gesinnung: Ihr fürchtet jede Meinungsverschiedenheit, weil Ihr andere Ansichten in Eurer egoistischen Rechthaberei gar nicht mehr vertragen könnt. Das ist nicht nur ein Nagel zum Sarg der Geselligkeit, sondern auch zum Sarg der Freundschaft, der Ehe, ja selbst der Beziehungen zwischen Eltern und Kindern. Bereichert wird unser Leben, erweitert unser Gesichtskreis nur durch andere Ansichten als die unseren, und nur durch ihren Austausch können wir fördernd und anregend aufeinander wirken. Übrigens gilt dasselbe auch vom Lesen: Nichts törichter, als nur lesen zu wollen, was in unseren engen geistigen Horizont, in unsere Seelenstimmung, in unsere Glaubensauffassung hineinpaßt, und zu sagen: Das und das kann man nicht lesen. Man kann es nicht nur, man soll es sogar. Wie ein gesunder Körper sich Wind und Wetter aussetzt und davon nur gekräftigt wird, so muß ein gesunder, reifer Geist sich allen geistigen Luftströmungen aussetzen, um immer gesunder zu werden..."

Die Bücherliste der Weimarer Zeit ist erstaunlich reichhaltig und umfangreich, und Auszüge aus dem Gelesenen füllen einige Bände. Memoiren, Korrespondenzen und Biographien aus der Zeit Goethes und Napoleons, Friedrichs des Großen philosophische und historische Werke und seine Korrespondenz mit Voltaire, Chateaubriands zwölfbändiges Memoirenwerk nehmen auch in bezug auf die Auszüge einen breiten Raum ein. Kants Metaphysik der Sitten, Schopenhauers Ethik, Nietzsches Geburt der Tragödie, Strauß' Leben Jesu und sein Voltaire wurden studiert; kleinere historische und kulturhistorische Schriften, Reisebeschreibungen und hier und da auch ein Roman finden sich daneben verzeichnet. In ihren Briefen erwähnte sie meist, was sie gerade beschäftigte; da ich damals noch ein Kind war, blieben ihre Äußerungen mir gegenüber meinem Alter angepaßt. An die elfjährige Enkelin schrieb sie: „... Ich wünschte Dir, mein Kind, die Weimarer Luft, die Deiner Entwicklung notwendiger

wäre als die Offiziersinteressen-Atmosphäre, in der Du lebst...
Wie oft finde ich im Laufe meiner Lektüre Vieles, was ich
Dir jetzt vorlesen und über das ich mit Dir sprechen könnte.
Ganze Abschnitte aus Goethes Faust, aus Wahrheit und
Dichtung, viele seiner herrlichen Briefe an seine Freunde würden
Dich besser vorwärts bringen als Deine stupende Geschichts=
tabellenweisheit, die mir als Gedächtnisleistung zwar sehr im=
poniert, aber sonst doch gar keinen Zweck hat, als etwa den
Eitelkeitszweck, damit zu prunken. Aber Bildung bedeutet
nicht eine möglichst große Ansammlung von Wissensstoff,
sondern ein persönliches Gewordensein... Über all das
wollen wir miteinander reden, wenn ich Dich bei mir habe,
mein Herzenskind."

Bald darauf, im Frühling 1877, kam ich zum ersten Male
zu Großmama nach Weimar. Während einer langen, schweren
Krankheit, die ich im Jahre vorher durchgemacht hatte, war
ich aus den Kinderschuhen herausgewachsen, und noch sehe ich
mich im Spiegel von Großmamas grünem Salon vor ihr stehen:
einen hoch aufgeschossenen Backfisch, blaß und schmal, die
blonden Haare straff aus der so schrecklich hohen Stirn ge=
kämmt, und daneben die schöne alte Frau mit dem feinen Ge=
sicht und den graziösen Bewegungen, die mich gerührt in die
Arme schloß. Ich weiß nicht, warum ich herzbrechend weinen
mußte, vielleicht wußte sie es besser als ich; ihre ersten Worte
waren: „Mein armes Kind", und sanft und vorsichtig behandelte
sie mich wie eine Kranke.

Wer keine Großmutter hat, der weiß nichts vom schönsten
Märchenwinkel des Kindheitsparadieses, der ist um das kost=
barste Erbe der Vergangenheit betrogen worden. Und wer
von den armen Kindern der Gegenwart besitzt sie noch, auch
wenn sie nicht gestorben ist? Jene gütige, verstehende, auf der
Höhe der Lebenserfahrung milde gewordene Frau, die nicht
nur unsere Schmerzen besser mitempfindet als die Mutter, die
auch die Ruhe des Alters besitzt, die notwendig ist, um sie zu

heilen? Die für sich selbst nichts mehr will und darum Zeit hat für uns; der wir alles sagen dürfen, weil sie alles versteht.

Die Stadt der Epigonen, von der Dingelstedt sagte: „Sie mahnt mich selber wie ein Sarkophag", wurde mir zu einer Stadt geistiger Auferstehung. Meiner Großmutter Erzählungen, das Zusammensein mit ihren Freunden, die mir durch die Gloriole der Vergangenheit, die sie umgab, wie Wesen aus einer anderen Welt erschienen, belebten die Straßen, die Häuser, die Alleen und die stillen Waldwege mit den Gestalten Goethes und Schillers. Hier durfte ich, ohne daß das Lachen der anderen meinen Mund versiegelte, von all meinen phantastisch-törichten Kinderträumen reden, hier konnte ich meiner Begeisterung für Menschen und Werke den überschwenglichsten Ausdruck geben, ohne daß ich zu fürchten brauchte, für „dumm" oder „albern" gehalten zu werden. Großmama verstand mich, denn nur altkluge Kühle hätte sie nicht begriffen. Täglich wanderte ich mit ihr, die bis in ihr spätestes Alter eine rüstige Fußgängerin war, morgens durch den Park und nachmittags nach Tiefurt oder nach Belvedere. Nie versiegte unser Gespräch, nie ermüdete sie, meine Fragen zu beantworten. Abends und bei schlechtem Wetter lasen wir zusammen die „Iphigenie" aus dem alten blauen Buch, den Osterspaziergang aus dem Faust und manches, was Großmama selber in ihrer Jugend geschrieben hatte. Ihre Verwandten und ihre Freunde besuchte ich mit ihr, und seltsam muteten die Räume, die ich betrat, das heimatlose, von Ort zu Ort verschlagene Soldatenkind an: Großeltern, Eltern, Kinder hatten nacheinander darinnen gehaust, an den Bildern, den Möbeln, den tausend Kleinigkeiten der Umgebung haftete der Duft der Tradition; sie waren wie ein Kleid, das sich, je älter es wird, desto genauer und selbstverständlicher um den schmiegt, der es trägt, und das die Ausstrahlung seines Wesens aufnimmt. Jene Harmonie, die denen verloren gehen muß, die auch die Wohnung und ihre Einrichtung dem Wechsel der Mode unterwerfen, umfing mich ebenso wohltätig wie der große Kreis der Familie, für die ich, als Großmamas Enkelin, von Anfang an keine Fremde war. Meiner Großmutter starker Familiensinn, der durch ein erstaunliches Gedächtnis für die verwickeltsten verwandtschaftlichen Beziehungen unterstützt wurde, war sehr oft ein Gegenstand des Amüsements für ihre Kinder; ich habe ihn immer nur als die Grundlage einer großen Lebenswohltat empfunden: der Gedanke, nirgends verlassen und vereinsamt zu sein, gibt eine gewisse innere Sicherheit, die freilich meist der erst schätzen lernte, der sie verlor. Doch was sind alle diese Eindrücke und Empfindungen gegenüber der Erinnerung an jenes eine Ereignis meiner Kindheit, dessen tief erschütterndes Erleben bestimmend für mich werden sollte: mein erster Besuch in Goethes Haus.

Zwischen jener Zeit, wo Jenny Pappenheims zierliche Mädchenfüße täglich die breite, klassische Treppe emporgestiegen waren, und der Gegenwart lag ein Menschenleben. Als sie heimkehrte nach Weimar, eine alte Frau, hatte Ottilie Goethe die Augen geschlossen, Ulrike, ihre Schwester, war ihr gefolgt, und einsam und menschenscheu, um ihr Lebensanrecht an Glück betrogen, niedergebeugt unter der Last der weithin leuchtenden Krone, die Goethes Name bedeutete, lebten Walter und Wolf in den stillen Dachstuben des großen Hauses am Frauenplan. Die alte Freundin ihrer Jugend war immer mit ihnen in Verbindung geblieben und hatte von Jahr zu Jahr gehofft und gewartet, daß sie sich doch noch einen selbständigen Platz in der Welt erobern würden. Vergebens! Walters musikalisches Talent, das vielleicht ausgereicht hätte, einem Menschen mit unbekanntem Namen eine Durchschnittsstellung ohne Prätensionen von Berühmtheit zu schaffen, war wie eine Pflanze, die, wenn man sie künstlich treiben will, vor der Entfaltung verdorrt. „Er versuchte den Kampf mit dem Leben nicht mehr, er ergab sich darein," schrieb meine Großmutter von ihm. „Er nahm es mit tiefem, aber verborgenem Schmerze auf, als seine

Compositionen nicht beachtet wurden. Er dachte unendlich gering von sich selbst. Mit rührender Treue hing er an seiner Mutter, opferte ihr Geld, Zeit, Gesundheit, Lebensfreude. Pietät war der Cultus seines Lebens, doch auch hier in schroffen Gegensätzen zur Welt. Nicht mittheilend, unter vielem Kleinlichen auch die großartigen Kundgebungen der deutschen Nation abweisend, waren er und sein Bruder mißverstehend und mißverstanden. Mit allen Opfern persönlichen Behagens erstrebten sie das pietätvollste Erhalten des Überkommenen, aber ihre größte und verborgene Pietät bestand darin, Weimar, welches durch Goethe groß geworden und aus dem seine Größe herausgewachsen war, durch keine selbstische Vertheidigung, durch keine Anklage, Enthüllung, Preisgeben von Controversen, literarischen Klatsch in Wort und That zu schädigen."

Weit schwerer ertrug Wolf die Tragik seines Lebens, die ihn — den Enkel — zum Schattendasein verdammte, denn die Kraft, die in ihm zerstört wurde, war eine bedeutend größere als die des Bruders, ihr Kampf gegen die Unerbittlichkeit des Schicksals daher länger und schmerzhafter. Mit neunzehn Jahren schrieb er eine romantisch-philosophische Tragödie, die den Kampf des Menschen gegen die Natur und den Zwiespalt zwischen heidnisch-naturreligiöser und kirchlich-christlicher Anschauung zum Gegenstand hatte und eine nicht gewöhnliche Begabung verriet. Meine Großmutter, die Wolf von klein an in ihr Herz geschlossen hatte und ihn auch als den geistigen Erben Goethes ansah, schrieb von ihm:

„Niemand staunte, Niemand begriff, was in einem Menschen liegen mußte, der mit neunzehn Jahren ‚Erlinde' schrieb. Humboldt und Varnhagen schienen es zu begreifen, ihr Lob war aber nicht mächtig und nicht nachhaltig genug, und so kam es, daß sein Werk, wie sein ganzes Leben, durch Enttäuschung, Überreizung und Stolz vereinzelt verloren ging." Er vergrub sich später in archivalische Studien, wurde zeitweise Legationssekretär bei einer Gesandtschaft, aber seine zunehmenden schweren neuralgischen Leiden hinderten ihn an allem und verbitterten ihm immer dann das Leben, wenn es eine glücklichere Wendung zu nehmen schien. „Er litt unter seinem Zustand wie unter einem Fluch, er litt ebenso unter dem Fluch eines Namens, den er nicht überbieten konnte... Seine Vernunft paßte nicht zur Welt und die Vernunft der Welt nicht zu ihm. Das empfand er und hüllte sich stolz und stumm in sein einsames geistiges Leben, durchschritt ernst, forschend, lernend und denkend ein langes Lebensdasein.

„Er hat sich einmal um ein Amt in Weimar beworben, es hätte ihn zu einer ersehnten glücklichen Häuslichkeit geführt. Der Minister von Watzdorf stemmte sich dagegen; später allerdings wurden ihm sehr wohlwollende Anerbietungen gemacht, aber sein Leben war abgelaufen.

„Im Jahrhundert der Geldgier und des Ehrgeizes verachtete Wolf Geld und äußere Ehre; für nichts und niemand war ihm seine Würde feil. Seine großen, tiefen Gedanken blieben verschlossen in seiner Seele, sein leidenschaftliches Herz wurde stumm.

„Es fand ein Mann am Meer eine Muschel, und weil sie keine Auster war, schleuderte er sie zurück in die wogende See, nicht ahnend, daß sie die köstlichste Perle enthielt. Der Mann war Deutschland, die geschlossene Muschel Wolfs liebe, edle, große Seele..."

Mit jener unglückseligen Eigenschaft der Nachgeborenen begabt, die jeden Luftzug des Mißverstehens wie ein Ungewitter, jeden leisen Nadelstich der Lieblosigkeit wie ein Ans-Kreuz-Schlagen empfinden läßt, zogen sich die beiden Brüder immer mehr von der Außenwelt zurück — „zwei in Nachtvögel verzauberte Prinzen, die einen vergrabenen Schatz bewachen". In dem fatalistischen Glauben an den notwendigen Untergang ihres Geschlechts, hatten die Brüder auch die Liebe zum Weibe in sich unterdrückt — niemand sollte von neuem geboren werden, um den Namen Goethe fortzusetzen. Schon in den vierziger

Jahren, nach dem Tode der reizenden Alma, des letzten Sonnenstrahls der Familie, hatte Walter Goethe an den Sekretär Schuchardt geschrieben: „Wenn Sie so in den Sammlungsräumen oder dem Arbeitszimmer des Großvaters Staub und böse Geister bannen, so gereut es Sie vielleicht doch nicht, daß Sie treu an uns festhalten, den Überbliebenen aus Tantalus' Haus. Aber glauben Sie mir: das Reich der Eumeniden geht zu Ende...!" Und seitdem war eine neue Welt neben ihnen emporgeblüht, aber sie sahen sie nicht, wollten sie nicht sehen, und empfanden es doch peinigend, daß sie selbst von ihr auch übersehen wurden.

Zu den wenigen Freunden, denen ihr Heim und ihr Herz immer offen geblieben war, gehörte Jenny Gustedt. „Du bist ein Vermächtniß, eine Erinnerung und ein Gegenwartstrost," schrieb ihr Walter, „Du, die Du verstanden hast, in dieser Welt weiter zu leben." Und von Wolf erhielt sie kurz vor ihrer Ankunft in Weimar diese Zeilen: „Seit der Mutter Tod lebe ich nicht mehr. Ich passe auch zu nichts anderem, als allein zu sein. Dich aber will ich wie ein Stück meiner selbst und wie das Allerbeste begrüßen." Von nun an war sie wieder einer der häufigsten Gäste in den Dachstuben. „Ich möchte Lebenswärme hineintragen, da es keine Gottesliebe sein kann," sagte sie. Daß ich sie begleiten durfte, war eine große Vergünstigung, die ich wie ein Geschenk aus einer höheren Welt empfing. Mit angehaltenem Atem und pochenden Schläfen stieg ich mit ihr die Treppe empor. Es schien mir wie Frevel, diese Stufen, die Goethe gegangen war, mit denselben Schuhen zu betreten, an denen der Staub der Straße haftete. Eine uralte Frau öffnete uns. Ich zitterte wie vor einer Erscheinung: auch sie, die alte Dienerin, hatte Goethe noch gekannt! An der Schwelle blieb ich wie verzaubert stehen: Goethe selbst mit lebendig leuchtendem Blick sah mir entgegen. Es war das Stielersche Bild, das an der Wand gegenüber hing. Und ich übersah angesichts dieser Gestalt den unscheinbaren kleinen

Mann, der uns entgegengekommen war: Walter Goethe. Als dann aber die Türe aufging und sein Bruder eintrat und plötzlich ein paar große, ernste, forschende Augen auf mich richtete, kam ich zu mir. Während Großmama und Walter plauderten, stand Wolf auf und ging mit mir herunter. Kein gläubiger Katholik kann die Kapelle der wundertätigen Madonna mit inbrünstigeren Gefühlen betreten, als ich die Zimmer Goethes. Wie ein Sturm brauste es mir dabei in den Ohren, so daß ich nicht hörte, was mein Begleiter sprach. Im Arbeitszimmer des Dichters ließ er mich allein. Wie lange ich dort in Andacht versunken blieb, weiß ich nicht. Der kleine Garten lag im Sonnenlicht unter mir, nichts regte sich; nur durch meinen Kopf und mein Herz spukten Träume und Phantasien. Großmamas Stimme riß mich aus meiner Versunkenheit. Wir gingen still nach Hause, während über die dunklen Bäume des Parks rosenrote Abendwölkchen zogen. Zurück in die große Vergangenheit schweiften die Gedanken der alten Frau, vorwärts in die unbekannte, geheimnisvolle Zukunft wanderten die des Kindes neben ihr.

Fast drei Monate war ich bei Großmama geblieben, schweren Herzens trennte ich mich von ihr, denn selbst der Briefwechsel, der von nun an ein immer regerer wurde, war nur ein schwacher Ersatz für den täglichen Umgang, für den ständigen Einfluß dieser in ihrer Güte, ihrer Anteilnahme, ihrer freundlichen Stimmung sich stets gleichbleibenden Frau. Nie hörte ich ein ungeduldiges Wort von ihr, nie kam das ein weiches Kindergemüt so oft verbitternde „das verstehst du nicht" über ihre Lippen, niemals verfiel sie in den Ton des Moralpredigers oder suchte mir ihre religiösen Ansichten aufzudrängen; aber gerade weil sie keine Autorität über mich zu gewinnen suchte, wurde sie mir zur höchsten Autorität. —

Dasselbe Jahr führte uns noch einmal zusammen. Ihren jüngsten Sohn, den schließlich die Verhältnisse genötigt hatten, sich von der Garde fort nach dem fernen Osten versetzen zu

laſſen, hatte das Leben in die Schule genommen und ihn ge≈
lehrt, was er von der Mutter nicht hatte lernen wollen; sein
Leben war, zu ihrer Beruhigung, in ein anderes Fahrwaſſer
geraten, und als er ihr seine Verlobung mitteilte, die die Um≈
wandlung des Offiziers in einen seßhaften Gutsbesitzer in Aus≈
sicht stellte, freute sie sich deſſen um so mehr, als all ihre Hoff≈
nungen und Träume, die sie einst an die Tätigkeit ihres Gatten
als Gutsherrn geknüpft hatte, nun mit alter Lebendigkeit wieder
erwachten. Im Herbst des Jahres 1877 vereinigte sich die
ganze Familie in Ostpreußen zur Hochzeit, und meine Groß≈
mutter benutzte die Gelegenheit, um Verwandte, die sie seit
ihrem Abschied von Rosenberg nicht gesehen hatte, wieder auf≈
zusuchen. Von der Besitzung ihrer Schwägerin, der Gräfin
Kleist, aus schrieb sie nach Weimar: „Wir bleiben noch diesen
Monat hier, dann kehre ich heim, und es wird mir sehr gut
tun, wenn ich wieder in meiner grünen Stube und bei meinen
alten Freunden bin, obwohl es mir in meinem lieben Preußen
recht gut gefällt ... Körperlich ist mir nicht ganz wohl, und
das mahnt an die Weisheit bei alten Leuten, nicht zu reisen.
Zwar sind es nur kleine Unbehagen, die nicht stören, wenn man
nicht immer die Sorge wie eine beharrliche Herbstfliege ver≈
scheuchen müßte, außerhalb seines zu Hause krank zu werden...
Ich habe 14 Tage in Lablacken zugebracht und ein schönes
Gut, eine liebe Schwiegertochter und einen Sohn, der zufrieden
ist, gefunden. Wenn ich Dir Alles erzählen wollte, würde ich
viele Seiten des dünnsten Papiers beschreiben müſſen, so muß
ich für unsere Winterabende Alles aufbewahren, um so mehr,
als Alles so ganz anders ist, als was Du kennst, daß wirklich
nur mündlich und mit den Ausdrücken von Auge, Stimme und
zeichnendem Finger eine Schilderung möglich ist..." In einem
anderen Briefe heißt es: „Nun muß ich Dir noch sagen, daß
sich meine untergegangene Freudefähigkeit aus ihrem Schein≈
tode rührt durch das Glück meines geliebten Sohnes ... Aber
noch mehr durch seine zunehmende Ähnlichkeit mit seinem Vater,

durch seinen Ernst und seine Männlichkeit. Hier darf ich auf einen Ruhepunkt für meine Gedanken und meine Muttergefühle hoffen, der um so notwendiger ist, als es sonst der Sorgen gar zu viele giebt."

Ihr armes Sorgenkind Otto hatte, körperlich zum Militärdienst nicht mehr fähig, den Abschied nehmen müssen, und sein Leben spielte sich zwischen Plänen zu neuer Tätigkeit und steten Enttäuschungen, wenn es an ihre Ausführung gehen sollte, ab. Dazu kam die zunehmende Schwierigkeit seiner ökonomischen Lage, aus der die Mutter ihn immer wieder zu befreien suchte. Aber auch dort, wo ihre Sorgen bisher die wenigste Nahrung fanden, bei ihrer Tochter, war vieles anders geworden. Zwar war die militärische Karriere meines Vaters eine ungewöhnlich gute, und die Zukunft schien in der Richtung gesichert, aber mit jeder höheren Stellung wuchsen die Ansprüche an sie und die Verpflichtungen, die sie auferlegte, ohne daß ihr Einkommen in gleichem Verhältnis zunahm. Es entstand jenes Mißverhältnis, dessen ganze nervenaufreibende Qual nur der ermessen kann, der es selbst erlebte, zwischen einem glänzenden Leben nach außen mit ausgedehnter Geselligkeit, schönen Toiletten und einem großen Haushalt und der ängstlichen Sparsamkeit nach innen, die meiner Mutter früh jeden Frohsinn nahm und das Familienleben mit jener Gewitterschwüle erfüllte, die sich schwer auf die Brust eines jeden legte und den freien Atem beengte. Wer anders war es, als wieder die Großmutter, die helfend einsprang, sei es durch materielle Opfer, sei es dadurch, daß sie Tochter und Enkelin monatelang zur Kräftigung ihrer zarten Gesundheit und zur Erleichterung des Lebens mit sich nahm, wenn sie nach Karlsbad, nach der Schweiz oder nach Tirol reiste. „Alle irdischen Hoffnungen, die noch so sicher erschienen, erwiesen sich in meinem Leben als auf Sand gebaut," schrieb Jenny Gustedt im Hinblick auf das Schicksal ihrer Kinder; „es ist das der Weg, den Gott mit uns geht, um uns zu der Erkenntniß zu führen, daß Alles eitel ist und nur Eins not thut.

Ich würde auch für mich selbst nicht klagen, denn ich verstehe den Lehrmeister und habe immer mehr irdischen Ballast über Bord geworfen. Aber meine Kinder verstehen ihn ganz und gar nicht. Ihnen wird irdisches Unglück nicht zur Stufenleiter geistigen Wachstums; sie vermögen ihm nicht ruhig ins Gesicht zu sehen, es willkommen zu heißen mit der Frage: wohin führst Du mich? Ich bin bereit! Und was mich für sie doppelt sorgenvoll in die Zukunft sehen läßt, das ist die Tatsache, daß sie ja vom eigentlichen Unglück, von wirklichen Nahrungssorgen, von leiblicher oder seelischer Gefährdung der Kinder noch gar nichts wissen; wie würden sie das ertragen, da sie schon jetzt sich als zu schwach erweisen... Ich frage mich oft, was ihnen besser ist, wenn ich in ihrer Nähe oder wenn ich fern von ihnen bin, aber da ich, so schmerzlich auch diese Erkenntniß ist, mit meinem Rat und Beispiel gar nichts und nur mit materieller Unterstützung helfen kann, so ist es besser, ich bleibe in Weimar und erhalte mich in der dortigen, mir so wohltuenden Atmosphäre ihnen so lange wie möglich."

Die Entfernung allein war auch imstande, ihre Gedanken und Empfindungen abzulenken und ihr noch ein persönlich reiches Leben zu sichern, wie Weimar es ihr bieten konnte. Bald nach ihrer Rückkehr aus Ostpreußen schrieb sie mir von dort: "Warm und freundlich haben meine stillen Stuben mich wieder aufgenommen. Mein guter Schwager, der liebe Großherzog, Walter Goethe und alle anderen Freunde und Freundinnen kamen mir entgegen, als hätten sie mich alle sehr vermißt, und es gab ein Fragen, ein Erzählen ohne Ende. Viele schöne Blumen haben mein Zimmer in einen Garten verwandelt, eine Reihe schöner Bücher lassen mich schon die Abendfeierstunden ahnen, bei denen Du, mein Lilychen, mir recht fehlen wirst. Ich wünschte, Du wärst wieder unter meinem Dach, wo es Dir so gut gefällt und Dein leider sonst so verschlossenes Herzchen Dir wieder aufgehen würde. Jedenfalls sollst Du wissen, daß Du mir immer alles sagen kannst, ohne ein Mißverstehen zu fürchten. Deine alte Großmama war auch einmal jung und war wie Du..." Nachdem ich es mit Großmamas Hilfe erreicht hatte, daß meine Briefe nicht mehr als Stil- und Schönschreibübungen betrachtet wurden, die vor der Absendung die Kritik beider Eltern zu bestehen hatten, schrieb ich ihr oft, und jede Antwort von ihr war ein Fest, das mich nach dem lieben Weimar zurückzauberte. „Du würdest Dich wie ein Fischlein im Bache wohl fühlen," schrieb sie mir im Sommer 1878, „wenn Du all die Herrlichkeit mit erleben könntest, von der jetzt ganz Weimar voll ist. Im Juni war hier die Erstaufführung von Wagners ‚Rheingold'. Es wimmelte von Musikbeflissenen — echten und unechten — aus aller Herren Länder, und jeder dritte Mensch, dem man begegnete, war eine Berühmtheit oder eine, die es werden wollte. Da hätte doch mein Lilychen hineingepaßt?! Ich habe den Strom an mir vorüberfluten lassen, habe ganz im Stillen manches Schöne gehört, habe unter anderem auch die Wagnersche Nibelungendichtung gelesen, die aber dem Original nicht gerecht wird. Die germanischen Göttersagen haben mir sowohl vom aesthetischen wie vom sittlichen Gesichtspunkt immer viel höher gestanden als die griechischen; sie sind ein unerschöpflicher Quell für die epische und die dramatische Dichtung, der aber in seiner lebendigen Urkraft nur in den Dramen Hebbels zu spüren ist. Hebbel als Dichter — Wagner als Komponist — das wäre vielleicht die richtige Mischung gewesen, da einen Goethe und einen Wagner zusammen zu wünschen, eine Vermessenheit wäre... Was mir einen sehr fatalen Eindruck machte, ist das genialische Geberden, das sich die Kunstjünger beiderlei Geschlechts jetzt angewöhnt zu haben scheinen: wehende Locken und vernachlässigte Toilette. Es erinnert mich an ein Wort Goethes, das er einmal angesichts ähnlicher Erscheinungen sagte: Je mehr einer was scheinen will, desto weniger ist er was... Eben haben wir das Jubiläumsfest des lieben Großherzogs überstanden. Es war ein gräßlicher Trubel, mein armer Fritz aufs äußerste angestrengt. Den ganzen Tag waren Husaren, Lakaien, Hofequipagen unterwegs. Wie Cyrus seinem Großvater vor dessen üppiger Tafel sagte: Wie viel Umstände, um satt zu werden, so sage ich: Wie viel Umstände, um zu leben. Eine Episode der Feste war wunderschön: das Morgenkonzert im Park unter dem goldenen flutenden Glanz der Sommersonne mit der schönen Greisengestalt Franz Liszts am Dirigentenpult . . ."

Ein altes Bild von Goethes Lili hatte Großmama dem Großherzog als Jubiläumsgeschenk gegeben und mit folgenden Versen begleitet:

>Anmutig im Vergangenen sich ergehen,
>Das Schöne schöner noch zu sehen,
>Die Schatten doppelt zu verdecken,
>Viele Liebe geben und viele Liebe wecken:
>Das ist des Tages festliches Beginnen,
>Das Ziel von unserm Wünschen, unserm Sinnen.
>Ein Frauenbild, das lieblichste von Allen,
>Das irdisch längst der Zeit verfallen,
>Bring ich Dir heut; es mahne Dich der Zeiten,
>Die, ob auch tot, uns noch lebendig leiten.
>So möge nie im Herzen uns veralten,
>Was liebt und lebt in ewigen Gestalten.
>Und wenn wir heut uns in Gedanken einen,
>Wird über uns ein ander Bild erscheinen,
>Im Glorienglanze steigt es vor uns auf.
>Ich nenn' es nicht — ich zeige nur hinauf!
>Was groß und gut Dir heute kommt entgegen —
>Das Beste dankst Du Deiner Mutter Segen.

Der Großherzog antwortete darauf:

>„Zierlich denken und süß erinnern,
>Ist das Leben im tiefsten Innern!"

„Nie hab ich die Wahrheit dieses Wortes von Lilis unsterblichem Freunde tiefer empfunden als heute, als in diesem Augenblick, wo die innigst verehrte Freundin mir jenes Bildniß durch meine Tochter übermitteln läßt und die Gabe durch ein Gedicht begleitet, das mich unentschieden läßt, was sinniger zu bezeichnen ist, Bild oder Gedicht. Indessen stammt beides noch von einem Sinn und von demselben Herzen, das so glücklich zu geben weiß, weil es so richtig empfindet und in der „Mutter Segen" den Schlußstein für so bedeutungsreiche Erinnerungen, so viel bedeutende Wünsche findet. Glauben Sie meinem Dank, weil er nicht die Worte zu finden weiß, und Sie vor allem dem Herzen glauben,

Ihres wahrhaft ergebenen Freundes
Weimar, am 8. Juli 1878. Carl Alexander."

Die nächsten Jahre verflossen, nur von Reisen zu ihren Kindern und nach Karlsbad unterbrochen, still und friedlich. Meine Korrespondenz mit meiner Großmutter drehte sich mehr und mehr um religiöse Fragen und Zweifel, die mich um so stärker beschäftigten und quälten, als ich durch einen ultra= orthodoxen Geistlichen für meine Einsegnung vorbereitet wurde, dessen Ansichten mit denen meiner Großmutter in schroffem Widerspruch standen. Ihre aus diesem Anlaß an mich ge= schriebenen Briefe bilden in ihrem Zusammenhang ihr religiöses Glaubensbekenntnis, das sie in den letzten Jahren ihres Lebens nur noch wenig modifizierte. In einem ihrer ersten Briefe schrieb sie: „Alle meine Gedanken sind bei Dir, mein liebes, liebes Kind, nicht blos weil die Bestrebungen unserer Seelen sich gleichen, sondern weil ich Dich vor allen Klippen, Rückfällen und Kämpfen bewahren möchte, die auf meinem Wege lagen und einen langen Teil meines Lebens recht rauh gemacht haben... Das Erforschliche erforscht zu haben und das Un= erforschliche ruhig zu verehren, giebt Goethe als des Menschen würdigste Seeleneinrichtung an, und bei der Umarbeitung seiner morphologischen Studien ein Jahr vor seinem Tode schrieb er: ‚Man muß ein Unerforschliches voraussetzen und zugeben, als= dann aber dem Forscher selbst keine Grenzlinien ziehen. Muß ich mich denn nicht selbst zugeben und voraussetzen, ohne jemals zu wissen, wie es wirklich mit mir beschaffen sei, studiere ich mich nicht immerfort, ohne mich jemals zu begreifen? Und doch kommt man frisch und fröhlich weiter!' Du siehst daraus, daß der größte Geist, den seit Jahrhunderten die Welt gesehen hat, nicht wie jetzt die naseweisen Schulbuben, ein letztes Unerforschliches zugab. Die ganze Welt ist ja voller Mysterien, von der Eichel an, die zur Eiche, bis zum Kinde, das zum Propheten, zum Dichter, zum Helden wird. Für den klügsten Menschen bleibt also stets unendlich viel, was sein Verstand nicht erreicht, was entweder zur Glaubenssache wird, oder was dahingestellt bleiben muß. Unerkennbares zu glauben wird gegeben, aber nicht ergrübelt. Es kommt aber auch gar nicht auf dies ‚Glauben' im Sinne eines Fürwahrhaltens an. Laß Alles dahingestellt. Folge Christus nur auf dem Wege, den er vorgeschrieben hat: ‚Tut nach meinen Worten und ihr werdet sehen, ob es Gottes Worte sind oder ich aus mir selber rede.' Beten und arbeiten, mit den Menschen Frieden halten, Alles fröhlich genießen, was sich ohne Sünde genießen läßt, barmherzig, wahr, liebevoll sein — das ist des Weges Anfang... Das erste aller Geheimnisse — das Leben — hat noch niemand ergründet, obwohl wir es sehen, fühlen, haben; es ist auch ganz gleichgültig, wie wir uns seine erste Entstehung denken — einen allerallerersten Anfang uns denken zu wollen, bleibt so wie so unmöglich — aber darauf kommt es an, was wir daraus machen. Christus ist mit seinen Jüngern auch nicht den Weg des Grübelns gegangen, sondern den der Tat, die unter der ganz schlichten, ganz begreiflichen Weisung stand: Liebe deinen Nächsten als dich selbst. Er brauchte gar nicht existiert zu haben, wir brauchten gar nichts von ihm zu wissen und dieses einzige Gebot — ‚darinnen hänget das ganze Gesetz und die Propheten' — würde die höchste Richtschnur sein... Niemals dürfte die Idee von der Erlösung von der Sünde so verstanden werden, als ob etwa ihr bloßes Fürwahrhalten uns los und ledig spräche von allem

Unrecht, das wir begehen. Wir müssen sie uns vielmehr täglich und stündlich im Kampf gegen das Böse, Selbstsüchtige in uns erringen. Ist unser Wille darauf gerichtet, ist nicht das Glücklichsein im Sinne einer Anhäufung materieller Genüsse, sondern das Gutsein, im Sinne des Freiwilligendienstes der Menschheit, unser Ziel, so werden wir auch glücklich sein, weil Schmerz und Unglück uns nicht mehr bitter, trotzig, menschenverachtend machen, sondern milde, ergeben, liebevoll, stark." In einem anderen Briefe heißt es: "Mit all meinen Gedanken bin ich bei Dir, mein Kind, und es bekümmert mich tief, daß Du, wie es scheint, mehr von einem Theologen als von einem Christen unterrichtet wirst. Es ist der Fluch der Theologie, daß sie Glaubenssätze aufstellt und daran festhält, wenn der wirkende Geist Gottes längst darüber hinausging, wenn sie erklären will, was nur erfahren werden kann, und wenn sie oft so alberne Erklärungen giebt, die sie Glauben nennt. Nicht nach dieser vorgeschriebenen Weise glauben zu können, ist kein Unglauben, aber in Hochmuth und Übereilung die Glaubenslehren wegwerfen, das führt zum Unglauben, weil es verhindert, daß Geist und Herz nach dieser Seite hin thätig sei, innere Erfahrungen machen und auf diesen weiter bauen kann. Ich glaube jetzt an Christus als an den geistigen Sohn Gottes, an sein liebevolles Werk, an sein Einssein mit dem Vater, an das großartige Erziehungswerk, wodurch nach Aeonen alle Menschen selig werden; ich glaube jetzt an den heiligen Geist als an die schaffende Kraft Gottes, die das Universum erfüllt, in Menschen, Kunstwerken, Erkenntnissen der Wissenschaft zu Form und Gestalt sich bildet... Du fragst, wie es möglich sei, eine Entscheidung zu treffen, wenn Glaube und Wissenschaft einander widersprechen. Handelt es sich um echte Wissenschaft, um das Ergebniß sorgfältiger Untersuchung, so ist sie Wahrheit, und der Glaube, das Fürwahrhalten, wird ihr selbstverständlich weichen, wie er vor der Erkenntniß der Kugelgestalt der Erde weichen mußte. Sagt dir aber jemand im Namen der Wissenschaft, daß es z. B. eine

Seele nicht geben könne, weil er sie nicht unter dem Mikroskop gefunden habe, so fordere ihm den Beweis für das Leben ab, denn alles Sichtbare ist todt, eigentliches Leben ist unsichtbar. Das entflohene Leben des Körpers hast Du nie gesehen, der todte Körper ist ja als Leiche derselbe, der Dir sichtbar war. Liebe, Dankbarkeit, ja, sogar die unedlen Empfindungen sind unsichtbar, und wo sie sichtbar sind, werden sie es nicht durch Form, sondern durch Ausdruck und Gefühl. Der eben abgehauene Baum ist das, was Du vom Baume siehst, sein Leben siehst Du nicht, den Duft der Rose siehst Du nicht, die gewaltigsten Naturkräfte, Magnetismus, Electricität, siehst du nicht ... Das Christenthum verlangt von seinen Anhängern gar keinen Wunderglauben, es bekämpft nur den geistigen Hochmut — der übrigens auch menschlich ein Zeichen der Unbildung ist —, der alles zu wissen und erklären zu können behauptet. Nicht Wunder als Ausschreitungen der Natur brauchst Du anzunehmen, bekenne Dich nur in Demuth, daß Deine Intelligenz noch nicht bis zur Erkenntniß aller göttlichen Gesetze reicht, durch die diese Wunder erklärt werden. Hätte Christus vor fast 2000 Jahren gesagt: ‚Wahrlich, ich sage euch, wenn ihr ein Mikroskop hättet, ihr würdet Tausende von lebenden Geschöpfen in einem Wassertropfen sehen, oder wenn ihr ein Fernrohr hättet, ihr könntet Millionen Welten entdecken, wenn ihr ein Telephon hättet, ihr würdet die Sprache eurer fernen Freunde hören,‘ sie hätten den Herrn ebenso verspottet, als da er sprach: ‚Wahrlich, ich sage euch, so ihr Glauben hättet, ihr könntet Berge versetzen!‘"

Auf meine Frage, ob ich nach ihrer Auffassung gezwungen wäre, an Gott zu glauben — mein Lehrer hatte mir mit allen Strafen der Hölle gedroht, wenn ich die drei Artikel des Glaubensbekenntnisses nicht eidlich zu bekräftigen vermöchte — antwortete sie: „Zum Glauben zwingen wollen ist ein Verbrechen an der Menschenseele und kann nur zum Bösen führen, wie es nur zum Bösen führt, wenn man einen Menschen dadurch zum treuen Arbeiter machen will, daß man ihn in Sklavenketten legt. Gott wird die Seelen nicht fragen: glaubst Du an dies und das? sondern: wie war Dein Herz, was hast Du gethan? Dann wird Mancher, der sonntäglich in die Kirche ging und den Morgen- und Abendsegen nicht vergaß, wohl aber die thätige Menschenliebe, vor dem zurücktreten müssen, der sagte: wer darf ihn nennen, wer ihn bekennen? und der betete: gieb mir große Gedanken und ein reines Herz...

„Beängstigend, einengend ist mir immer so Vieles gewesen, was aus dem Christenthum herausgequält und als Glaubensartikel hingestellt wird, wie z. B.: ‚Gottes Gerechtigkeit fordert ein Opfer, deshalb stirbt der Sündlose für den Sünder,‘ was aber die größte Ungerechtigkeit wäre. Oder: ‚Meine Sünden haben den Herrn ans Kreuz geschlagen,‘ was auch unverständlich ist, fast 2000 Jahre nach Christus. Oder das Allerschwerste: ‚Das ist mein Leib, das ist mein Blut,‘ während das neue Testament so einfach und erklärend hinzufügt: ‚Solches thut, so oft ihr es thut, zu meinem Gedächtniß‘... Da ich demnächst bei Euch zu sein hoffe, so wollen wir vor Deiner Einsegnung uns noch gründlich aussprechen. Es soll Dir in keiner Weise Gewalt angetan werden. Das Eine aber laß Dir jetzt noch sagen und halte daran fest: Es kommt nicht auf das Glauben an Gott, sondern auf das Handeln im Sinne Gottes an. Der Glaube, jenes unerschütterliche Vertrauen in Gott, das uns seine Wege nicht nur tapfer gehen läßt, sondern auch die härtesten zu denen macht, die uns am meisten vorwärts führen, ist ein Geschenk höherer Seelenentwickelung, eine Gnade, ein Glück, aber kein Sittengesetz..."

Ich weiß nicht mehr, warum, aber Großmama kam nicht. Ich blieb allein, auch innerlich, denn in der tiefen Zerrissenheit meines Gemüts — einer Folge des Religionsunterrichts, den ich genoß — blieben ihre Worte ohne tieferen Eindruck, und ich wagte ihr nicht zu schreiben. Erst am Tage meiner Einsegnung, als die Kirchenglocken mir wie die Stimmen des ewigen Gerichts in die Ohren gellten und ich das Glaubensbekenntnis sprach in der Überzeugung, einen Meineid zu leisten, sah ich sie wieder. Mit den Sorgen um ihren ältesten Sohn und das Ergehen ihrer Tochter mehr denn je beschäftigt, hatte sie für die blasse, stille, vierzehnjährige Enkelin wohl Worte zärtlicher Liebe, aber sie pochten nur an die Türe meines Herzens, die eine fremde Gewalt in das Schloß geworfen hatte und darin festhielt. Wir reisten zusammen nach Ost= preußen, aber ich ging dem Alleinsein mit ihr aus dem Wege. Dann kam ich aus dem Hause, und die Korrespondenz schlief ein, weil die gestrenge Tante, bei der ich mich zur Erwerbung des letzten Erziehungsschliffs aufhielt, die Briefe las, die ich schrieb oder zu bekommen pflegte. Aber die Erinnerung an Weimar, an Großmama war um so lebendiger in mir und steigerte sich um so mehr zur Sehnsucht, je schroffer der Gegen= satz zwischen dort und hier mir fühlbar wurde, und ich ergriff schließlich die erste Gelegenheit, die sich mir bot, um wieder in die alte Verbindung mit ihr zu treten. „Du wirst vor all dem Neuen an Menschen und Dingen, die Dir begegnen, Deine alte Großmutter wohl fast vergessen haben," schrieb sie mir, „aber sie denkt um so mehr an Dich, mein Herzens= kind. Deine Mutter teilte mir nur Gutes von Dir mit und schickte mir einige Deiner neuesten Gedichtchen, die in der Form sehr hübsch, im Inhalt aber gar zu einförmig sind. Liebe und Frühling sind sehr schöne Dinge und können ein junges sech= zehnjähriges Herz wohl ausfüllen, aber mein Enkelkind kenne ich zu gut, als daß ich nicht wüßte, daß sie mehr zu sagen hat. Die hauswirtschaftlichen und gesellschaftlichen Talente, die Deine Tante bei Dir pflegt, sind sehr nützliche, aber die wertvolleren sind die des Geistes. Weder darfst Du das Große und Gute von Dir werfen, noch über die Gaben stolpern, die Gott Dir vor die Füße legte, Du mußt sie aufheben und pflegen.

„Ich sehe jetzt gerade die preußische Geschichte von Voigt; selten ist ein Werk so treu, so vollständig und so langweilig

geschrieben worden. Ich möchte Dir nur raten — als An=
regung zu poetischer Gestaltung — die ungeheuer poetische und
und brillante Episode aus der Ritterzeit in Marienburg nach=
zulesen, wo Johann von Bendorf wegen Bruchs der Ordens=
gesetze vom Kriegszug der Ritter nach Livland ausgeschlossen
wird und aus Rache und Verzweiflung den Hochmeister
Winrich von Kniprode ermordet im Augenblick, da dieser die
Kapelle verläßt. Johann wird im Hof der Burg enthauptet,
während die Ritter an ihm vorüber in den Krieg ziehen.
Was meinst Du dazu? Wage Dich an große Stoffe, spanne
Deinen Bogen so stark Du kannst, damit die Pfeile Deines
Geistes weitgesteckte Ziele erreichen! ... Und dann habe ich
ein anderes Büchlein wieder gelesen, das mir mein armer,
lieber Wolf Goethe wortlos übergab, ehe er auf immer von
hier Abschied nahm: seine Erlinde. Sie hat mich sehr er=
griffen, und ich schrieb ihm darüber nach Leipzig, wo er jetzt
lebt. Da sein rechter Arm durch furchtbare neuralgische
Schmerzen beinahe gelähmt ist, antwortete er mir nur diese
wenigen Zeilen: ‚Rühre die Wunde nicht an, denn nur dünn
ist die Haut, die darüber wuchs; daß meine Erlinde einen
lebenskräftigen Keim hatte, glaube auch ich, aber es war niemand
da, der sie pflegte.' — Hier hast Du das Buch, mein Herzens=
kind. Wenn es Dir etwas sagt, wird doch vielleicht, auch
ohne es in Worte zu kleiden, ein warmes Gefühl das Herz
des einsamen Unglücklichen berühren, dessen letztes, tragisches
Bekenntniß er in diesen Versen niederlegte:

> Alle Blumen sind gepflückt,
> Alle Lieder sind verstummt,
> Und ich geh einher gebückt
> In mein dumpfes Leid vermummt.
>
> Ich stehe stets daneben,
> Ich trete niemals ein;
> Nur einmal möcht ich leben!
> Und Mensch nur einmal sein! ..."

Dieser Brief griff mir ans Herz. Mit der überschwenglichen Schwärmerei eines sechzehnjährigen Mädchenherzens träumte ich mich in den Gedanken hinein, dem Enkel Goethes ein Glück bereiten zu können. Und der Zufall wollte es, daß ich einen Theaterdirektor kennen lernte, der die Aufführung Erlindens wagen wollte. Meine Großmutter übermittelte dem Verfasser seine Absicht. Wolf Goethe sandte ihr folgende Antwort.

"Leipzig, den 1. Januar 1881.

„Theuerste Jenny!

„Wie wunderbar und doch wie natürlich ist es, daß Dir jetzt die Erlinde nahe getreten. Welche Reihe von Gedanken und Empfindungen sich hieran für mich knüpfen muß, wirst Du Dir vorstellen können.

„Es giebt Dinge, die wir ablehnen müssen, ja die es unsere Pflicht ist, abzulehnen, es giebt Dinge, bei denen wir zweifelhaft sein mögen, ob wir nicht den Willen der Vorsehung stören, wenn wir hemmend eingreifen. Zu solchen gehört wohl: später Erfolg, spätes Glück. Das Glück liebt es, uns verhüllt, in fremder Gestalt zu nahen. Erst wenn es im Weggehen das Haupt wendet und das unverhüllte Antlitz zeigt, erkennen wir es oft. Es wäre unnatürlich gewesen, wenn ich nicht an die Erlinde Hoffnungen geknüpft hätte. Daß sie nicht von den Menschen, von den Vielen, aufgenommen wurde, hat auf mein Leben großen Einfluß ausgeübt; aber ich empfinde keine Bitterkeit mehr deshalb! Es hat nicht sein sollen! Ob die Zeit der Erlinde gekommen ist, weiß ich nicht. Ob gar meine Zeit gekommen?! Ich glaube es nicht und wünsche es auch nicht. Der Mensch steht in der Welt erst im Augenblick nach seinem Tode vollendet da, bis dahin ist er für sie eine Gestalt ohne Haupt, sind die Glieder formlos.

„Wie Du, theuerste Jenny, halte ich die Erlinde für aufführbar, mit einigen Abänderungen und Auslassungen... Erlinde bedarf bei der Aufführung einer mäßigen Ausstattung und einer mit Maß angewandten Musik. Die Frage des Theaterdirektors, welche Du mir freundlichst mitteilst, hat mir große Freude bereitet, die Antwort wird mir aber nicht leicht. Die Gründe für sie, ja sie selbst, liegen schon in dem, was ich früher ausgesprochen habe. Soll ich die Gestaltung für die Aufführung der Erlinde ganz in die Hände von Anderen legen, Anderen ganz überlassen? Denn ich selbst vermöchte nicht, mich an ihr zu beteiligen. Wer weiß denn, ob sie nicht auch jetzt zurückgewiesen wird!? Soll ich selbst mir noch etwas Neues, Schweres, Schmerzliches heraufbeschwören? Ich weiß wohl, daß ein Erfolg viel unerwartetes Gutes für mich mit sich führen könnte. Ich weiß wohl, daß es zu den großen Seltenheiten gehört, wenn einer Dichtung die Stelle, die sie bei ihrem Erscheinen nicht erlangte, später eingeräumt wird, und daß etwas Entscheidendes darin liegt, auf einen bedeutenden Versuch in dieser Richtung nicht einzugehen. Nun aber bleibt mir nach meiner ganzen Lage nichts anderes übrig, als Dich zu bitten, in möglichst unscheinbarer Form, vielleicht durch die Güte Deiner verehrten Enkelin, zu antworten, daß der Verfasser der Erlinde, weil er nicht in der Lage ist, sich an ihrer Gestaltung für die Bühne zu beteiligen, gegenwärtig auf eine solche verzichten müsse.

„Nun, theuerste Jenny, nimm, was ich schrieb, freundlich auf und lege alles an die rechte Stelle."

Bis hierher ist der Brief ein Diktat. Darunter aber steht mit großer zitternder Schrift:

„Treulichst

Dein Wolf.

Und wenn ich doch noch an dem Leben hinge?!"

Meine Großmutter antwortete ihm mit folgenden Zeilen:

„Mein lieber Wolf!

„Du mußt Dir eine Antwort auf Deinen herrlichen — mir herrlichen — Brief gefallen lassen; es giebt auch mit 70 Jahren

Lichtstrahlen, wie sie das 17te beleuchten, aber es sind nur Blitze, und unter einem solchen stand die Landschaft meines Jugendlebens vor mir, Deine Mutter, die ich nie aufgehört habe zu lieben, Du als Knabe, dunkle Wolken und nun milder Regen. Das mußte erst wieder still bei mir werden. Ich hoffte auch auf einen Brief meiner Enkelin, um zu erfahren, weß Geistes Kind der Theaterdirektor ist, ob verstehend oder nur berechnend, — sie hat aber noch nicht geschrieben, und ich glaube in Deinem Sinn gehandelt zu haben, als ich ihm gleich bei Lilys Anfrage, ehe ich Dir schrieb, sagen ließ, Du seist verreist, ich rate zu keiner direkten Anfrage, gab ihm auch nicht Deine Adresse. So bist Du, ohne ihn zu kränken, aus dem Spiel und frei, eventuell hervorzutreten. Ich verstehe Deine Auffassung — ich fühle ganz die letzten Zeilen Deines Briefes — dann siegt aber doch die ungeheure Scheu vor den Krallen des Lebens, und wir behalten unsere Narben und unsere Ruhe!

„Ich kann es nicht lassen, die Erlinde nur noch eifriger, eingehender und mit Berücksichtigung der Bühne zu lesen; da könnte allerdings nur Deine Hand die Bühnenfähigkeit geben. Gestrichen dürfte wenig werden, aber verbunden viel, sowohl in den einzelnen Scenen, die in lebendigere Beziehungen zueinander treten müßten, als in den Personen. Ich kann nicht leugnen, daß ich glaube, nur in Weimar würde man Erlinde ganz verstehen und mit Sorgfalt und Liebe zur Aufführung bringen, so daß das nahe und ferne Publikum ein Verständniß dafür bekäme. Ich hätte gern noch einen Stern in Euer Wappen gebracht und das Licht dazu war da — es lagen nur Nebel dazwischen, aber sie haben es verhindert, durchzudringen.

„Mein lieber Wolf, das soll kein Zureden sein; mir würde so bang werden wie Dir, daß Du Dir neue Schmerzen für Seele und Körper bereiten könntest; es liegt die Atmosphäre einer ganz anderen Welt zwischen Dir und den Menschen;

was sie Dir bieten, achtest Du zu gering, und das ‚Sesam, thu dich auf‘, das zu Deinen Schätzen führt, vertraust Du wenigen an..“

Er antwortete nicht auf diesen Brief. Monate später sandte er diese Zeilen, deren Buchstaben noch größer, noch zitteriger sind.

„Ich schreibe Dir Briefe in Gedanken; ich kann sie Dir aber nicht senden, weil wir auf der Erde sind, und später kannst Du sie nicht mehr erhalten, weil wir drüben nicht lesen können.

Dein
Wolf Goethe.“

Der Umschlag trägt das Wappensiegel: ein Stern — für einen anderen war daneben kein Platz mehr! Ein Jahr später folgte ein kleiner Zug von Trauernden einem einfachen Sarge, dessen Blumenschmuck schon auf dem Weg der rauhen Winterkälte erlag.

„Heute haben Sie meinen lieben Wolf neben seiner Mutter begraben,“ schrieb Jenny Gustedt an diesem Tage. „Napoleons Sohn ging jammervoll zu Grunde wie er: an der Kraft, die nach innen zehrte, weil sie sich nach außen nicht entfalten durfte. Viele Generationen müssen sang- und klanglos versinken, ehe der Eine aus ihnen hervorgeht, dessen Name in die ewigen Sterne geschrieben wird — das ist eine gerechte Entwicklung —, aber daß die Nachkommen an der Größe dieses Einen zu Grunde gehen, gehört zu den grausamen Räthseln, die wir nicht lösen können! — Bald wird Walter dem Bruder folgen — ich wollte, es wäre auch Zeit für mich zu gehen.“

Der Kummer, der aus diesen Zeilen spricht, hatte seinen Ursprung nicht in der Erlösung des Freundes von einem Leben der Schmerzen, auch um sie hatten sich die Nebel wieder zusammengeballt. „Daß ich meinen Kindern so fern bin,“ schrieb sie, „daß mein Alter mir das Reisen zu ihnen fast unmöglich macht, daß ich sie in meinen eigenen Räumen nicht beherbergen kann und nicht die Mittel habe, mir zu dem Zweck eine geeignete Wohnung zu nehmen — ich muß ängstlich zusammen halten, denn immer wieder kommen Überraschungen, die mich nötigen, einzuspringen, — das macht meine letzten Lebensjahre zu recht traurigen." Nach langen Kämpfen, die ihr durch ihre Weimarer Freunde und deren inständiges Bitten, sie nicht zu verlassen, noch schwerer gemacht wurden, als sie durch den Zwiespalt ihres eigenen Herzens sowieso schon waren, entschloß sie sich, nach Lablacken, dem Gute ihres jüngsten Sohnes, überzusiedeln. „Ich bedarf eines Heims, wo ich ohne Skrupel meine Kinder bei mir haben kann, und eines Lebens, dessen völlige Einfachheit mir ermöglicht, ihnen, was ich erübrige von meinem Einkommen, zuzuwenden," heißt es in einem ihrer letzten Briefe aus Weimar.

Im Frühling 1883, als der Park seine erste duftende Lenzespracht entfaltete, kam ich zu ihr. Vierzehn Tage blieben wir zusammen dort. Nur wenige Freunde wußten, daß sie von der Karlsbader Reise, die sie vorhatte, nicht mehr nach Weimar zurückkehren wollte. Leise, ohne Abschiedsschmerzen, sollte die Trennung sich vollziehen. Wir gingen noch einmal all die schönen Wege nach Tiefurt, nach Belvedere, in die geheimnisvolle Stille von Goethes Gartenhaus, und auf den Kirchhof an das Grab ihrer Mutter und an das von Ottilie — von Wolf; wir schritten hinab in die Dämmerkühle der Fürstengruft und standen schweigend vor den irdischen Resten ihres väterlichen Freundes. Dann aber stiegen wir hinauf zu dem letzten Lebendigen, den er hinterlassen hatte: über die klassische Treppe in die kleinen, stillen Dachstuben. Ich ließ die beiden Freunde allein und betrat die Zimmer wieder, wo Goethe wirkte, bis der Tod ihn von der Arbeitsstätte mit sich nahm. Es war eine Stunde heiliger Andacht, aus der Großmamas leise Stimme mich weckte. „Komm," sagte sie leise, und ihre Augen schwammen in Tränen. Ich gab ihr den Arm. Zum erstenmal sah ich, daß sie alt, sehr alt war, denn sie ging gebückt, und ihre Füße zitterten auf den breiten Stufen der Treppe, die sie nie wieder betreten sollte.

Dem Ende entgegen

Nordwärts von Königsberg führt die Chaussee durch ein Land, das sich glatt wie ein Tischtuch bis zum Kurischen Haff erstreckt. Wogende Kornfelder, grüne Wiesen, soweit das Auge reicht, nur hie und da von schmalen Waldstreifen unterbrochen, deren Eichen ihre knorrigen, zackigen Äste in tausend abenteuerlichen Formen nach allen Richtungen der Windrose recken — ein Zeichen all der Stürme, mit denen sie um ihr Leben kämpfen mußten. Nach ein paar Stunden glatter Fahrt, vorüber an strohgedeckten Häuschen und großen schmutzigen, lärmenden Kneipen, wendet sich der Weg nach links. Dicke, kurzgeschnittene Weidenstämme, deren lichte junge Kronen so drollig wirken wie blondes Lockengewirr über einem runzligen Greisengesicht, fassen ihn zu beiden Seiten ein. Über die tiefgefahrenen harten Geleise holpert der Wagen, während das junge, unruhige Viergespann, die Nähe des Stalles witternd, weiter ausgreift. In eine breite Allee, über die sich uralte Linden zu lebendigem Dome wölben, schwere Duftwellen ringsum verbreitend, mündet der Weg. Und durch ein Tor, von dicken Steinmauern flankiert, die, aus unbehauenen Blöcken, wie von Zyklopenhänden aufgerichtet erscheinen und das Ganze einer Festung ähnlich machen, geht es hinein auf den breiten, vom Reichtum seiner Besitzer Zeugnis ablegenden Gutshof von Lablacken. Ringsum langgestreckte, massive Ställe, auf die, von der Weide kommend, die vierbeinigen Bewohner gemächlich zuschreiten; die schwarz weiß gefleckten Rinder von der einen Seite, die sich ängstlich zusammendrängende Herde der Schafe von der anderen, und schließlich in hellem Galopp unter fröhlichem Wiehern der Trupp der jungen Pferde, deren schmale Fesseln und schlanken Hälse von ihrer edlen Abstammung Zeugnis ablegen. Am Herrenhaus, das nur eine niedrige Mauer und ein paar himmelhohe Pappeln vom Gutshof trennen, müssen sie alle vorüber. Ein seltsames Haus ist es:

Jahrhunderte haben an ihm gebaut, ohne Rücksicht auf Stil und Schönheit, nur bestrebt, Platz zu schaffen für die mit dem Wohlstand steigenden Bedürfnisse der Bewohner. Im Grunde sind es drei im Halbkreis aneinandergereihte zweistöckige Gebäude; über jedem der Tore prangt ein in Stein gehauenes Wappenschild, das derer von Ostau und von Wnuk und zuletzt das der Gustedts: die drei eisernen Kesselhaken im goldenen Felde. Der Mittelbau enthält die Eingangshalle: Elchfelle auf dem Boden, Elchgeweihe an den Wänden, schwere alte Eichensessel, Tische und Schränke als Einrichtung, dazwischen als einzige helle Flecke in dem dämmrigeren Raum ein paar Ritterrüstungen, auf denen das Licht in weißen Reflexen spielt. Zu beiden Seiten steigt im Hintergrund die dunkle, braune Treppe empor, nur geradeaus, wo die große gedeckte Veranda nach dem Park mündet, schimmert das Grün der hohen Linden herein. Fast endlos, so scheint es, ist die Flucht der Zimmer, die sich oben und unten, von Fluren, Treppen und Winkeln vielfach unterbrochen, rechts und links durch die langgestreckten Häuser ziehen. Alle Zeiten, alle Stile spiegeln sich ab in ihnen: verblaßte Rokokostühlchen, von deren alter Pracht nur noch flüchtige Reste von Vergoldung zeugen, mächtige Truhen und Schränke, die einst den selbstgesponnenen und gewebten Leinenschatz der Hausfrau bargen, steife, feierliche Empiremöbel mit Bronzebeschlägen und gelbem Seidenbezug, und die ehrbar-gemütlichen Biedermeierkommoden, Servanten und breiten, schwerfälligen Sofas aus der Großväterzeit erinnern an die Generationen, die hier geboren wurden, arbeiteten, lebten und starben. Auch am lichtesten Sommertage ist alles wie von graugrünen Schleiern umhüllt, und ein Geruch, wie von feuchtem, welkem Herbstlaub durchströmt die Räume, denn dicht um das Haus stehen alte Pappeln und Linden, so daß ihre rissigen Stämme die Mauern berühren, ihre Äste an die Fenster klopfen, ihre Kronen sich über das Dach hinweg grüßen. Zu ebener Erde, im Eßsaal, vor dessen breiter Glastür die älteste der Linden Wache hält, hängen ringsum dunkelgerahmte Bilder an den Wänden: Männer mit dem Lockenhaupt des großen Kurfürsten, mit Allongeperücken und Galanteriedegen, mit dem steifen Zopf des großen Friedrich, im braunen Wertherfrack oder mit hohen Vatermördern — alte und junge, harte, finstere, und fröhliche, weiche Gesichter, ohne einen gemeinsamen Zug darin, der darauf deuten ließe, daß sie eines Geschlechtes wären — und zwischen ihnen die Frauen, solche mit dichter Haube und glatt gescheiteltem Haar, die Arme verschränkt unter der züchtig bedeckten Brust, oder die Hände, das weiße Tüchlein haltend, gekreuzt über dem Leib, und solche mit gepudertem Köpfchen, hochgeschnürtem Busen und enger Taille, oder im klassisch frisierten Lockengewirr und tief ausgeschnittenem Empiregewand — alte und junge auch unter ihnen, und doch alle einander ähnlich, wie Schwestern.

Es ist des Hauses seltsam geheimnisvolles Schicksal, das aus diesen Bildern spricht: Schon lange, lange ist es her, daß hier nur Mädchen geboren wurden, daß der alte Besitz sich vererbte von Tochter zu Tochter, mit den Namen ihrer Gatten den Namen des Besitzers wechselnd. Und eine dieser Frauen, aus deren todblassem Gesicht ein paar dunkle Augen feindselig funkeln, hat, so erzählt man, von irgendeinem finsteren Geheimnis belastet, keine Ruhe gefunden im Grabe; mit hohen Stöckelschuhen geht sie allnächtlich durchs Haus, und das Klappern ihrer Tritte, das Rauschen ihrer seidenen Röcke, die tiefen, schweren Seufzer, die sie ausstößt, will schon manch einer gehört haben, wenn der Sturm, vom Kurischen Haff herüberbrausend, draußen heulte und pfiff und die alten Baumäste knarrten und die Blätter an die Fenster schlugen. Auch die Buchenallee im Park, die vor hundert Jahren ein zierlich beschnittener Laubengang war, soll sie zuweilen auf und nieder gehen. Vielleicht war sie es, die diese Bäume, die die geraden Wege mit den Blumenrabatten zu beiden Seiten anlegen ließ und die undurchdringlich dichten Lauben von Flieder und Jasmin! Einer der Wege durchschneidet den großen Garten von Osten nach Westen. Wo er beginnt und wo er aufhört, ist die Mauer von einem hohen hölzernen Bogenfenster unterbrochen. Wer abends durch das eine gen Westen hinausschaut, der sieht, wie jenseits der Felder und Wiesen am äußersten Horizont der rote Sonnenball in den grauen Fluten des Kurischen Haffs versinkt, und wer durch das andere am frühen Morgen die Blicke schweifen läßt, den soll auch der dämmernde junge Tag an das Scheiden gemahnen, denn hinter dem fernen Kirchturm von Legitten, unter dem die Toten von Lablacken begraben werden, steigt er auf. — — —

Hier war es, wo Jenny Gustedt ihres Lebens letzte Station gefunden hatte. In der geräumigen Wohnung des Erdgeschosses von einem der drei Häuser richtete sie sich in alter, vertrauter Weise ein. Ihr zuliebe — denn Luft und Licht war ihr ein Lebensbedürfnis — ließ ihr Sohn zwei der großen beschattenden Bäume vor ihren Fenstern fällen, so daß die Sonne von allen Seiten freien Zutritt hatte. Monatelang versammelten sich jeden Sommer ihre Kinder und Enkel um sie, und da die Gastfreundlichkeit ihres Sohnes und ihrer Schwiegertochter keine Grenzen kannte, so war in der schönen Jahreszeit für sie fast zu viel der Unruhe, der sie freilich durch ein mit dem zunehmenden Alter immer häufigeres Zurückziehen in ihre stillen Stuben entgehen konnte. Die fremden Gäste brachten ihr auch allzu wenig, denn so sehr sie sich fröhlicher Jugend freute und für harmlosen Witz ein heiteres Verständnis besaß, so vertrug sie doch schwer den herrschenden Ton der dortigen Gesellschaft. Die Signatur ihrer Unterhaltung war die Oberflächlichkeit; man hätte fast ein stillschweigendes Übereinkommen aller vermuten sollen, durch die jede Vertiefung eines Gesprächs verhindert wurde. Meiner Großmutter Auffassung, wonach Vornehmheit Ruhe ist, erschien hier in ihrer Karikatur: man war ruhig, weil man sorgfältig alles zu berühren vermied, was Uneinigkeit und damit Unruhe hätte her-

vorrufen können. Seine tiefsten Gedanken, seine eigensten
Sorgen behielt ein jeder für sich. Durch Reiten und
Kutschieren, durch Jagd und Segelfahrt und durch den ost-
preußischen Nationalfehler langer und häufiger Mahlzeiten
war der Tag für die Gäste ausgefüllt; um gesellschaftlichen
und nachbarlichen Klatsch drehte sich die allgemeine Unterhaltung; kam das Gespräch auf politische Fragen, so wurde es
ausschließlich eins der in der Hauptsache — in ihrer partei-
politischen Stellung dazu — von vornherein einigen Männer.
Auch der beste, naheliegendste Anknüpfungspunkt zur Entwicklung tieferer Interessen, die praktischen Fragen der Landwirtschaft, bildeten das Sondergebiet des Gutsherrn, für das
er ein ernsteres Verständnis bei anderen weder voraussetzte
noch zu wünschen schien. Selbst seiner Mutter, die seine
Pläne und seine Tätigkeit, zwischen Freude und Sorge
schwankend, verfolgte, gewährte seine Zurückhaltung nicht den
Einblick, den sie sich so dringend gewünscht hätte.

Das schöne große Gut, ein kleines Fürstentum nach mittel-
deutschen Begriffen, bot dem tätigen Landwirt die größten,
abwechslungsreichsten Aufgaben. So hatte es seit Menschengedenken durch die Überschwemmungen der Wasser des Kurischen Haffs zu leiden gehabt; Felder, Wiesen und Weiden
waren so und so oft auf Jahre hinaus dadurch ihres Wertes
beraubt worden. Jetzt erhoben sich unter der Leitung des neuen
Besitzers allmählich Dämme und Deiche gegen die anstürmenden
Wogen, und Kanäle durchzogen nach allen Richtungen hin die
Felder, so daß ganze Strecken sumpfigen Landes in üppige
Wiesen verwandelt wurden. Der Wald, dessen uralter Baum-
bestand und dessen Bewohner, die riesigen Elche, an jene dunkle
Vorzeit erinnerten, wo noch kein menschlicher Fuß die öde
Wildnis des Samlandes betrat, wurde allmählich licht und
schön. Das Haff, das bisher nur wenigen armen Fischern
kärgliche Nahrung geboten hatte und allen wie ein finsterer
Feind erschien, in dessen unergründlicher Tiefe die letzte der

heidnischen Göttinnen, Neringa, die Riesin, hauste, Jahr um Jahr Steinblöcke emporschleudernd, um die Menschen zu verderben, wurde nicht nur zu einem fröhlichen Tummelplatz für die elegante Jacht des Gebieters, auch ein fester Hafen wurde gebaut, wo die Fischer Zuflucht fanden und wo allmählich mehr und mehr große Kähne landeten, um den Reichtum an Steinen zu verfrachten. Alljährlich hatte der Landmann die seltsamen, immer wieder neu auftauchenden erratischen Blöcke beim Bestellen der Felder sprengen und sammeln müssen, hatte überall, nur um sie beiseitezuschaffen, breite Mauern aufgeschichtet; jetzt fuhr eine Feldeisenbahn sie zum Hafen, und sie wurden zur Quelle reicher Einnahmen. Die Vermehrung der Wiesen und ihres Ertrags führte zu einer Vergrößerung und Modernisierung der Milchwirtschaft. Für alle Gebiete der Landwirtschaft wurden neue Maschinen aller Art angeschafft und, als einer der ersten, der den Versuch wagte, wurden in Haus und Gut telephonische Verbindungen angelegt. Aber neben diesen großen praktischen Reformen steigerten sich die Luxusbedürfnisse: der altmodische Garten, mit seinen Georginen und Malvengängen, seinen verwachsenen Lauben und versumpften Teichen wurde in einen englischen Park verwandelt, das Haus wurde vielfach erweitert, die alten Möbel wanderten in die Fremdenzimmer und machten neuen Platz; die Zahl der Reit- und Wagenpferde vermehrte sich, eine kostbare Pferdezucht, eine Fasanerie wurde eingerichtet — kurz, wenn sich die Mutter auf der einen Seite der rastlosen landwirtschaftlichen Tätigkeit ihres Sohnes freute, so wuchsen auf der anderen ihre Sorgen.

Nach einem langen Aufenthalt bei ihr schrieb sie mir: „Als der Wagen, der mein bestes, geliebtes Kind und ihre zwei trautsten Töchter auf lange entführte, verschwunden war, ging ich wie im Traum in meine Stube und sammelte meine Gedanken und Gefühle. Mein großmütterliches Herz war überfließend weich, als ich mit Rührung die 5 Monate an mir vorübergehen ließ, in der mein liebes Enkelkind mir nur noch mehr ans Herz wuchs . . . Ruhe und Friede ist um mich, auch treue, gute kindliche Liebe. Wer aber kürzlich doppelt so viel besaß, muß sich erst an Herzensgenügsamkeit gewöhnen, um so mehr, als ich mir auch wieder das Schweigen angewöhnen muß über all die vielen Dinge, die wir, mein Lilychen, miteinander beredeten . . . Ich bekomme von allen Freunden Kondolenzbriefe über meine bevorstehende Einsamkeit, wenn Werners ihren Winteraufenthalt in Königsberg nehmen, aber ich empfinde sie doch nur an solchen Tagen ernst, wo meine Augen zur Schonung mahnen und Freundschaftsstündchen wie in Weimar wohltätig wären. Ich habe aber Gott Lob eine Virtuosität, in Gedanken und Briefen mit meinen Lieben in der Ferne weiter zu leben, und mein Körper bedarf immer mehr der Ruhe und Einförmigkeit, so daß ich den Winter nicht allzusehr fürchte."

In einem anderen Briefe heißt es: "Werners fahren diese Woche zum Rennen, da ihre Pferde beteiligt sind. Auch diese Sache hat nicht meine Billigung, doch mache ich meinen Tadel nicht breit, wenn ich weiß, daß er nichts nützt. Hier sind in diesem Jahr ungeheure Arbeiten gemacht worden, Gott segne sie und lasse aus dem Überstürzen keine Sorgen entstehen und aus der zu vielen Arbeit keine Abspannung für meinen lieben Sohn. Er ist jetzt oft recht hypochonder, was bei dem vielen Regen, der Erschwerung der Kanalarbeiten, den sich mehrenden Lasten durch Verwöhnungen und der vollkommenen Unfähigkeit, sich einzuschränken, mich nicht Wunder nimmt. Seine Frau hat es dann um so leichter, um ihre Abneigung gegen das Landleben — das herrliche, segensreiche, natürliche Landleben! — einzuimpfen und ihm den Aufenthalt in Königsberg oder Berlin als viel angenehmer erscheinen zu lassen. Und dann wundern sich die Gutsbesitzer, wenn ihre Arbeiter demselben Zug nach der Stadt folgen! . . ."

Einem Brief des folgenden Jahres entnehme ich diese Zeilen: "Mein Werner war drei Tage hier. Sie könnten so schön sein, wenn die Flut unangenehmer Geschäfte ihn nicht immer unter Wasser brächte und die Sorgen ihn mir gegenüber nicht so verschlossen machten, daß ihn selbst mein stilles ängstliches Lesen in seinen müden Zügen nervös macht. Dabei immer neue Pläne und Wünsche, die er befriedigen soll, unaufhörliche Ansprüche an Amüsements, wo doch hier aus der täglichen Erfüllung der Pflichten ein so tiefes, reiches Glück blühen könnte, vor dem jedes Vergnügen nichts ist als ein Rausch, aus dem man krank erwacht... Glück suchen die lieben Beiden, d. h. stete Erfüllung ihrer Wünsche, und es ist doch so leicht zu sehen, daß auf Erden nichts darauf eingerichtet ist. Im alltäglichen Leben kommt ähnliches Erkennen so ganz von selbst, z. B. eine Schulstube nicht für ein Theater, eine Scheune nicht für einen Ballsaal zu halten, sie sind eben nicht darauf eingerichtet. Man sollte das Leben gleich klar und tapfer und freudig nehmen als das, was es ist: als Schule, Schule mit Freistunden, Sonntagen, Ferien, aber immer Schule. Es giebt selten Schüler, die die Schule lieben, aber alle lieben das Gelernte... Nimm dir kein Beispiel, mein Lilychen, an dem Styl dieses Briefes, der meinen alten französischen Professor noch im Grabe ängstigen könnte: ein Brief, sagte er, muß wie ein Bächlein fließen, das tausend kleine Wellen hat, aber nur einen Lauf. Ein Thema muß unweigerlich aus dem andern sich entwickeln, ohne daß der Faden verloren geht!..."

Zu den Sorgen um die Kinder und ihr Ergehen kamen die um die Enkel hinzu: da war der Sohn ihres armen Ältesten, der nicht recht fortzukommen vermochte in der Welt, da war das Töchterchen ihres Jüngsten — wieder ein Mädchen, ein einziges, das unter Lablackens Dach geboren worden war —, dessen Leiden eine langwierige Kur notwendig machte, an deren Erfolg die Großmutter nicht glauben konnte, da war meine schwere Erkrankung, die mich ein paar Jugendjahre kostete.

„Ich wache jetzt regelmäßig im Morgengrauen mit starkem Herzklopfen auf," schrieb sie damals, „wobei alle meine Angst um Kinder und Enkel mir recht lebendig wird. Dann wird es recht schwer, den kategorischen Imperativ, den ich am Tage zu meinen Pflichten stelle: Sorget nicht! zu erfüllen. Menschliche und Herzensgründe habe ich wohl nach allen Seiten hin: hier die durch überwältigende Lasten eines Luxuslebens gesteigerten landwirtschaftlichen Nöte, die auch meines lieben Sohnes Gesundheit erschüttern, dazu der Stoizismus des Schweigens über die Dinge, die man glaubt, nicht ändern zu können oder die man nicht ändern will, und der allmählig bei meinen Kindern zur Verkehrstradition geworden ist. Und bei Ottos die Existenz auf einem Ast, der sie widerwillig trägt, bei ihm wie bei Werner Gedankenwechsel auf eine große Zukunft, bei denen die Millionen in der Luft hängen — das ist, mein Lilychen, nicht die Art Deiner alten soliden Großmutter, aber leider die Art unserer Gesellschaft, die sich selbst ihr Grab gräbt... Die Vertrauensfähigkeit ist bei mir zu sehr ausgegangen, als daß ich mit hoffen könnte..."

Ich befand mich damals, als die Krankheit mir Zeit zum Grübeln ließ, in jenem inneren Konflikt, den viele Mädchen unserer Kreise, die nicht im oberflächlichen Genußleben aufzugehen vermögen und weder einen ernsten Beruf haben noch heiraten wollen ohne Liebe, durchkämpfen müssen. Als ich einmal wieder in Lablacken war, erriet meine Großmutter mehr, was mich quälte, als daß ich es verraten hätte — zum „Stoizismus des Schweigens" war auch ich dressiert worden. Es kam zu ernsten Aussprachen zwischen uns, und was sie sagte, gipfelte immer in dem Rat: schaffe dir durch dein Talent so viel innere und äußere Selbständigkeit, um nicht heiraten zu müssen! Sie regte mich mündlich und brieflich immer wieder zu schriftstellerischer Arbeit an, bat mich, ihr alles zu schicken, was ich geschrieben hatte, „Du brauchst Dich dabei vor mir nicht zu fürchten, mein geliebtes Herzenskind," schrieb sie, „höchstens binde ich einige zu üppige Schlingpflanzen Deiner Phantasie an, damit der Sturm sie nicht zerzaust." „Entschließe dich," heißt es in einem anderen Brief, „nicht zu einer Heirat, weil irgend jemand Dir zuredet, oder etwa gar aus Mitleid mit einem Kurmacher — das ist schon das allerdümmste! — oder weil Du fürchtest, zu alt zu werden. Glaube fest, daß die späten Heiraten die besten sind. Junge Eheleute entwickeln sich fast immer auseinander, und da Scheidungen, so notwendig sie oft sein mögen, immer ein Gefolge schwerer Schmerzen und Bitterkeiten nach sich ziehen, so ist es besser, zu warten, bis der reife Verstand, das reife Herz ihre Wahl treffen." Ein paar Jahrzehnte früher hatte Jenny Gustedt im Hinblick auf Lewes' und George Sands Apostelschaft für freie Ehen noch geschrieben:

„Ich betrachte die Ehe in ihrer Heiligkeit und Unauflös= barkeit als einen Hebel des Göttlichen, als die Stütze wahrer Reinheit und Liebe, als Schutz und Schirm von Frauenehre und Frauentugend, als das festeste Band bürgerlicher Ordnung und geselliger Anmuth. Diese außerehelichen Verhältnisse, auch bei edleren Naturen, lassen immer in Kampf und Irrgängen mit der Welt und mit sich selbst, sie tragen das Gepräge des selbst= gemachten Geschickes, sie werden nicht wie ein Gegebenes fest und demüthig hingenommen, weil sie eben lösbar sind und dem Menschen den Versuch gestatten, einen Mißgriff durch einen zweiten und dritten Mißgriff zu verbessern. Es ist deshalb nicht genug zu betonen, wie groß Goethes Charakter sich zeigte, als er sich ge= rade mit der alternden Geliebten ehelich verband und sich selbst damit befahl: Sie ist Dir gegeben, bleibe ihr treu! Wir kommen schnell dahin, weltliche Stellungen und Verhältnisse als etwas Gegebenes anzunehmen, uns ihnen in Treue und Demuth anzupassen, und wir sollten vor allen Dingen Men= schen als Gegebene betrachten und uns dahin erziehen, wie Goethe es that, uns, unser Glück und unser ganzes Wesen so zu bilden, daß wir damit an keinem der uns gegebenen Menschen

Schiffbruch leiden. Von den Verhältnissen zwischen Eltern und Geschwistern wird dies noch eher eingesehen, bei der Ehe wird es so selten und so spät verstanden, weil man sich einbildet, den Mann oder die Frau gewählt und nicht empfangen zu haben. Wer hat aber je die und vollends den Gewählten im engsten Zusammenleben wiedergefunden? Besser — schlimmer — jedenfalls anders, und dem echten Menschen — ich erinnere wieder an Goethe — muß es dann so recht sein, er muß dem Gegebenen halten, was er dem Gewählten versprach."

Und sie hatte, als man sie auf die vielen unglücklichen Ehen verwies, gesagt: „Ich bin trotz alledem ein Advokat der Ehe, die doch, trotz Wenn und Aber und Ach und Leider, das beste ist, was man wählen kann." Jetzt, auf der Höhe ihrer Lebenserfahrung, schrieb sie mir: „Ich habe meine alten Ansichten vielfach modifiziert, nachdem ich Menschen kennen lernte, die nichts zusammenhielt als ihre treue Liebe, und Ehen sah, die auch vom strengsten christlichen Standpunkt aus nicht aufrecht erhalten werden durften, ohne die sittliche Verderbniß von Eltern und Kindern nach sich zu ziehen. Auch die unbedingte Empfehlung der Ehe vermag ich nicht mehr aufrecht zu erhalten. Jedenfalls sollte sie nicht wie bisher als einziger Beruf des Weibes aufgefaßt werden; das Resultat davon ist auf der einen Seite die Tragik der beschäftigungslosen alten Jungfer, die vergebens auf die Ehe gewartet hat, auf der anderen die oft noch größere der Frau, die den Gatten verlor, die Kinder fortgeben mußte und nun verzweifelnd vor einem leeren Leben steht. Darum mag Dir bescheert sein, was da will, sichere Dir auf alle Fälle den inneren Schatz, den der Rost und die Motten nicht fressen und der unter allen Umständen die reichsten Zinsen trägt . . . Ich möchte Dir gerne dabei behülflich sein und kann es nicht in dem Maß, wie ich möchte. Mir fehlt leider gute Lektüre, wie sie mir in Weimar von allen Seiten zufloß. Ich scheue die Anschaffungskosten wertvoller Werke, und was Werners aus der Leihbibliothek kommen lassen, ist zwar ein Zweig der Litteratur, den ich bisher zu gering schätzte — Tendenzromane und Sittennovellen — und der manches Gute und Belehrende bringt, aber doch nur für ein Publikum, das es in anderer Form nicht annehmen mag. In meinen stillen Stunden würde ich mich noch gern mit Übersetzen beschäftigen, da das Selbstproduzieren, wozu ich früher Kräfte hatte und keine Zeit, und jetzt Zeit habe und keine Kräfte, doch nicht mehr mit 73 Jahren in Angriff genommen werden kann; aber auch dazu fehlt Gelegenheit und Material..."

Es war die geistige Einsamkeit, die ihr dann am drückendsten fühlbar wurde, wenn sie unter Menschen war. Sie empfand, was Goethe aussprach, der bis in seine letzten Lebensjahre ein freudig Empfangender blieb und darum als Geber so überschwenglich reich sein konnte: „Wir sind Alle kollektive Wesen... Wir müssen empfangen und lernen, sowohl von denen, die vor uns waren, als von denen, die mit uns sind. Selbst das größte Genie würde nicht weit kommen, wenn es Alles seinem eigenen Innern verdanken wollte." Und wenn sie auch niemals darüber sprach, so mochte die Sehnsucht nach Weimar, das ihre Heimat war und blieb, doch oft ihr Herz mit stiller Wehmut füllen. Die Liebe zu ihren Kindern hatte sie fortgetrieben, aber was sie ihnen von den Schätzen ihres Innern geben konnte, das galt ihnen nichts, und was sie empfing, war nicht viel mehr als ein wenig pflichtmäßige Zärtlichkeit, die einer Mutter galt, deren tiefstes Wesen allen ihren Kindern fremd und unverständlich war. Wie oft krampfte sich mir das Herz zusammen, wenn ich sah, wie ihre Gedanken und Empfindungen mit einer Art nachsichtigen Mitleids belächelt wurden, wie ein spöttisches Wort über ihren „liederlichen" Freund Goethe sie verstummen machte, welch beziehungsreiche Stille eintrat, wenn „die gute Mama" von Seelenerfahrungen zu sprechen versuchen wollte. Nein, hier fand sie die Saiten nicht, aus denen ihr Spiel Töne hätte hervorlocken können, hier war niemand, der für ihren nie verlöschenden geistigen Durst einen frischen Trunk bereithielt.

Auch mit ihrer Anteilnahme für das Wohl und Wehe der Gutsinsassen, der Knechte und Mägde, der Instleute und Dorfbewohner stand sie allein. Hier geschah nichts, das an jene umfassende Tätigkeit erinnerte, die sie in Garden und Rosenberg ausgeübt hatte. „Am Notwendigsten fehlt es zwar nicht," schrieb sie, „aber dafür am Freiwilligen vollständig, und es wird, fürchte ich, so lange daran fehlen, bis dies unterwürfige demütige Volk aufhören wird, den Rocksaum der Herrin und die Hand des Gebieters zu küssen, und fordern wird, was man ihm von selbst nicht gab. Unendliches wäre hier zu leisten: den armen elenden Weibern die notwendigsten Begriffe von Reinlichkeit und Haushaltung beizubringen, die Männer in ihren Feierstunden mit unterhaltender und belehrender Lektüre zu versorgen, statt daß sie im Krug alles Verdiente durch die Gurgel jagen. Und was wäre Alles für die Kinder zu tun, bei denen überhaupt jede Arbeit anzufangen hat! Sie wachsen buchstäblich zwischen den Schweinen und im Straßenkot auf, von klein an gewöhnt an die widerlichsten Eindrücke der Unzucht und der Trunkenheit, und von der Schule, die für sie der lichte Punkt des Lebens, der Ausgang von geistiger Erweckung, Sittlichkeit und Frohsinn sein sollte, erwarten sie nichts als Prügel." Um den Wünschen und Ratschlägen der Mutter in etwas nachzugeben, richtete ihr Sohn einen Kindergarten ein, für den eine ehemalige Krankenschwester als Leiterin gewonnen wurde. Meine Großmutter hatte die größte Freude an den vielen strohgelben Kinderköpfchen, die sich nun zu fröhlichem Spiel alltäglich versammelten, und den ärmsten unter ihnen, den armen vaterlosen, wandte sie wie immer ihr größtes Mitleid, ihre weitestgehende Sorgfalt zu. Es waren ihrer nicht wenige, denn uneheliche Geburten waren an der Tagesordnung, Trunksucht und Roheit förderten ihre Vermehrung. Da gab es z. B. ein armseliges Weib — Großmamas Hauptschützling —, das als ganz junges Ding von ein paar Burschen betrunken gemacht und im Straßengraben vergewaltigt worden war; nachher hatten sie ihr ein paar Eimer eiskaltes Wasser über den Kopf gegossen, und als sie zu sich kam, war sie halb gelähmt und blödsinnig. Sie erholte sich so weit, um die Puten hüten und — fast alljährlich ein neues elendes Würmchen in die Welt setzen zu können. Der Kindergarten nahm sie alle auf und brachte ein bißchen Sonnenschein in das dunkle Leben der Kleinen, etwas Freude in das graue Leben der Mutter. Wo sie meine Großmutter sah, den einzigen Menschen, der ihr anders begegnete als mit Fluchen, Schelten und Spotten, humpelte sie von weitem schon eilig auf sie zu, um ihr die Hand zu küssen; dabei huschte über ihr blödes Gesicht ein seliges Lächeln, und ein Blick grenzenlosen Erbarmens antwortete ihr aus den Augen ihrer Wohltäterin. Als aber nach einiger Zeit die fromme Schwester, die Leiterin des Kindergartens, ihn selbst um ein kleines, schreiendes Baby vermehrte, wurde trotz aller Gegenvorstellungen meiner Großmutter der Anlaß benützt, ihn aufzulösen. „Du siehst, wohin solche Sentimentalitäten führen, dadurch wird die Unsittlichkeit nur unterstützt — die Leute verdienen es eben nicht besser!" hieß es, und die armen Kinder kamen wieder zurück in den Schmutz und das Elend des Elternhauses. Nicht einmal die Schule, in der nur neue und andere Qualen ihrer warteten, befreite sie daraus. Der Anblick dessen, was sie dort erlitten, war ein neuer Anlaß für meine Großmutter, um einzuschreiten und hier wenigstens ihren Willen so weit durchzusetzen, daß der alte rohe Lehrer durch einen neuen ersetzt wurde. In einem ihrer Briefe darüber heißt es:

„Es sind Vereine gegen Tierquälerei entstanden — und ich begrüße sie freudig — aber ruhig sehen wir zu, wie die Kinder gequält werden, wie vor allem die ländlichen Schullehrer ihr Züchtigungsrecht in unbarmherziger Weise gebrauchen. Zu Folterkammern der Kinder werden die Schulen; der Lehrer versucht einzuprügeln, was ein armes, schlecht genährtes, schlecht begabtes Kind nicht begreifen kann, und nun, aus Angst vor der Mißhandlung, erst recht nicht begreift. Man spricht viel über die Fürsorge des Staates für den armen Mann, läßt aber inzwischen ruhig des armen Kindes ohnehin recht graue Kindheit durch qualvolle Schuljahre vollends verbittern. Es kommt bei jedem Wetter, schlecht bekleidet, schlecht genährt, erfroren, durchnäßt in die schlecht erwärmte enge Schule, wo beim geringsten Vergehen strenge Strafen seiner warten. Dabei muß es den Lehrern noch Garten-, Feld- und andere Arbeit leisten, zu Hause Aufgaben lernen und den armen Eltern nach Kräften helfen ... Ich habe einen Jungen infolge der Ohrfeige eines Lehrers sterben sehen, einen anderen desgleichen, der bis Mitternacht in Schweiß gebadet zitternd sein Pensum lernte, bis ein Gehirnschlag ihn erlöste. Ich habe die Bitte gehört: Vaterchen, schneid mir die Haare nicht zu kurz, sonst tut der Stock des Lehrers so weh! Oder: Mutterchen, nur heute noch laß mich zu Hause, ich habe so große Angst — und das von Kindern, deren arme Kathe nichts verlockendes für sie hatte, für die eine freundliche Schule, ein froher Unterricht, ein gütiger Lehrer ein wahrer Lebenssonnenschein sein müßte; ich habe es gesehen und gehört ein halbes Jahrhundert nach Goethe, den man als unseren größten Dichter preist, dem man Denkmäler errichtet, auf dessen Namen man Vereine gründet und der gesagt hat: Fröhlichkeit ist die Mutter aller Tugenden."

Wenn sie sich schon, soweit die Prügelstrafe der Kinder in Betracht kam, in schroffem Gegensatz zu der allgemeinen Auffassung konservativer Kreise befand, so noch entschiedener in bezug auf die Art in der Behandlung der Erwachsenen. Ich habe sie oft bebend und totenblaß sich zurückziehen sehen, wenn ein Knecht oder ein Diener mit einer Ohrfeige traktiert wurde und sie doch nicht die Macht besaß, es zu verhindern. „Ihr erzieht Sklaven, und aus den Sklaven werden notwendig Aufrührer," sagte sie, „während ihr Menschen erziehen solltet, die nur in

Liebe folgen." Sie selbst empfand allen Untergebenen gegenüber „ein instinktives Schuldbewußtsein, ein Gefühl der Scham, wenn ich in bequemem Wagen an ihren schmutzigen Hütten vorüberfuhr. Ich habe immer versucht, durch besondere Güte, Rücksicht und Liebe diese Schuld abzutragen, aber mit dem Alter ist das peinigende Gefühl nur immer drückender geworden. Warum bist Du nicht die alte Frau, die auf dem Feld Rüben zieht oder mit der Holzkiepe auf dem Rücken nach Hause wankt, um dort noch von der Ungeduld, der Armut und Lieblosigkeit ihrer Kinder empfangen zu werden — frage ich mich immer wieder, und die rätselvollen Beziehungen zwischen Schuld und Unglück werden nur immer dunkler. Erfahre ich, wie Millionen und Abermillionen Jahr aus, Jahr ein im Schweiße ihres Angesichts die widerwärtigste Arbeit verrichten und kaum das nackte Leben dafür haben, während Andere, nicht weil sie besser, sondern nur weil sie glücklicher sind, im bequemen Lehnstuhl Kupons schneiden, so verdunkelt sich das Auge meiner Seele nur zu oft und vermag den allgütigen Vater im Himmel nicht mehr zu erkennen."

Mitleid, auch in dieser höchsten Steigerung, mit dem Unglück zu haben, ist eine Empfindung, die sie mit anderen weichen Herzen teilte, aber bei ihr erschöpfte sie sich weder in bloßen sentimentalen Gefühlen, sie löste vielmehr auf der einen Seite stets eine eingehende Überlegung über die Maßnahmen zur Abhilfe des Unglücks aus und steigerte sich auf der anderen nicht zur Verdammung, sondern zu tiefstem Mitleid mit der Schuld. Englands sozialpolitische Gesetzgebung, ebenso wie die Selbsthilfe der englischen Arbeiter durch Gewerkschaften und Genossenschaften, über die sie durch ihre Korrespondenz mit ihrem Freunde Hamilton genau orientiert war, erschienen ihr vorbildlich. „Das Bedürfniß," so schrieb sie mir einmal, „das große Kreise der Besitzlosen jetzt nach besseren Lebensbedingungen empfinden, ist der klarste Beweis für ihren geistigen Fortschritt. Verurteilt, in ihrem Elend zu verharren, sind eigentlich nur die ganz Stumpfsinnigen, die sich, wie die Verblödeten im Schmutz, darin wohl fühlen." Sie stand mit ihrer Auffassung im Kreise Lablackens ziemlich allein, und jede Roheit, jede Gemeinheit, die unter den Arbeitern oder den Instleuten zutage trat, wurde als Gegenbeweis benutzt. Ich erinnere mich, wie sie z. B. einmal ihrer Entrüstung über die sich wiederholenden schamlosen Vergewaltigungen ihres Schützlings, der armen Lahmen, lebhaften Ausdruck gab und man ihr sagte: „Und diesen Leuten, die Du so verdammst, glaubst Du eine höhere Kultur zuführen zu können? Verlangst für diese gemeine Bande alle möglichen Arbeits- und Lebenserleichterungen? Verteidigst es sogar, daß ein so elender, besoffener Kerl dasselbe Wahlrecht hat wie ein gebildeter Mann?" Sie aber erwiderte darauf: „Seid ihr vielleicht stets dieselben gewesen, die ihr heute seid? Seid ihr und euresgleichen nicht auch vor Jahrhunderten aus solch physischer und moralischer Vertiertheit aufgestiegen? Daß es bei euch um so viel früher geschah, ist nicht euer Verdienst, sondern Gottes Gnade, die euch nun die Verpflichtung auferlegt, den Anderen, Zurückgebliebenen herauszuhelfen. Und was das Wahlrecht betrifft, so ist, wenn sein Besitz von sittlicher Wertung abhängen soll, der arme rohe Trunkenbold dessen noch immer würdiger als der reiche und vornehme Mann, dessen Körper, Geist und Seele die Jahrhunderte bildeten, und der doch sein größtes Vergnügen im Saufen, Spielen, Pferde- und Leuteschinden und Mädchenverführen findet." Ihre Entrüstung über Gemeinheit und Ungerechtigkeit ihrer Standesgenossen löste aus der sonst so milden, sanften Frau zuweilen eine so große Erregung aus, daß die ursprüngliche, durch Erziehung und Leben gebändigte Leidenschaft ihrer Natur dabei wieder zum Vorschein kam. „Wenn der Adel, nachdem die alte Welt zertrümmert ist, nicht die Bausteine trägt zur neuen, so ist er selbst Schuld daran, wenn er Ruine bleibt und allmählich ganz verschwindet," schrieb sie. „Adlig sein heißt eine adlige Gesinnung haben," heißt es an anderer Stelle, „und sie ist zugleich die christliche; sie verbietet üppiges Leben, Schulden machen, über die Verhältnisse hinauswollen, die Armen und Abhängigen verletzen und ausnutzen... Wenn ein Leutnant für dreißig Mark diniert und fünfzehnhundert Mark verspielt, dessen Vater sich sein gewohntes Glas Bier versagt, dessen Mutter stirbt, weil sie keine Badereise an sich wenden kann, dessen Schwester eine widerliche Geldheirat macht, um die Familie zu retten, so ist das ein größeres Verbrechen, als wenn ein armer Kerl einem reichen Mann das Portemonnaie aus der Tasche zieht..." „Ihr entrüstet Euch," schrieb sie ein anderes Mal, „über die zunehmende Unzufriedenheit, über die wachsenden Lebensansprüche der Armen, statt über den Grad ihrer bisherigen Zufriedenheit zu staunen und Euch über Euch selbst zu entsetzen, die Ihr im Besitz aller höchsten Güter der Welt doch noch immer unglücklich seid. Was ist unglücklich in Euch? Neid, Genußsucht, Geldgier, gekränkte Eitelkeit — ach, wenn sie doch vor lauter Unglück sterben wollten!... Ihr seid mit Allem unzufrieden, außer mit Euch selbst, kehrt die Sache um und seid mit Allem zufrieden, außer mit Euch selbst! Lernt das Beichtgebet der katholischen Kirche, aber nicht nur mit den Worten, sondern mit dem Herzen: mein ist die Schuld, mein ist die große Schuld —, statt daß Ihr die Schuld nur immer auf Andere schiebt. Ihr habt Euch entwickelt, habt Euch genährt, habt die Kultur der Welt für Euch allein in Anspruch genommen, während die Anderen, die stillen, dunkeln, demütigen Massen im Schweiße ihres Angesichts für Euch arbeiteten, und Euch noch die Hände küßten, wenn ein gnädiges Lächeln sie dafür belohnte. Jetzt ist ihre Zeit gekommen, und wenn sie mit Gewalt und Verbrechen protestieren gegen die lange Leidensnacht, so ist Euer die Schuld."

Eine andere Variation desselben Standpunktes war es, wenn sie gegenüber dem zunehmenden Antisemitismus ihrer Kreise die Juden verteidigte. „Ich teile den Haß gegen die jüdischen Gesinnungen," schrieb sie, „nur daß ich das ‚jüdisch' als Eigen=

schaftswort für unsere Zeit und nicht blos für die Juden ansehe. Wenn heute alle Juden verschwänden, blieben unzählige Christen aller Nationen, um den jüdischen Geist fortzusetzen. Wenn der Ursprung dieser Gesinnung den Juden nicht ganz, aber vielfach zur Last fällt, so müssen wir nicht vergessen, daß die Folgen von Druck, Qual, Mißhandlungen während vieler hundert Jahre nicht durch Emancipation von einem halben Jahrhundert ausgeglichen werden können und ein mehr als tausendjähriger Haß sich nicht in fünfzig Jahren verwischt. Daß sie ohne Vaterland eine compacte Nation geblieben sind, gereicht ihnen zum Ruhm, uns Namenchristen aber zum Vorwurf. Im Eifer für ihre Idee leugnen die Antisemiten fast die Geschichte, ignoriren Foltern, Judengäßchen, Judensteuern, Qualen jeder Art, Ausschließen von fast jedem Amt und Erwerb. Nennen sie Krämer, nicht Handelsherren, angesichts eines Rothschild! Läuten die Sturmglocke gegen hunderttausend Juden und ihre Siege über Millionen Christen, doch gehören zu jedem Betrüger Leute, die sich betrügen lassen, und die Armeen sind auch nicht zu finden, mit denen uns die Juden vertilgen. Sind es denn geistige, diabolische Waffen, so laßt uns nur Christen sein, anstatt zu Millionen überzulaufen in das Lager des Schwindels, des Betrugs und der Gründerei, die nirgends so schamlos sind wie in Frankreich, wo es sehr wenig Juden giebt. Laßt uns in unseren christlichen Bestrebungen so zäh, so klug, so ausdauernd sein wie die Juden, laßt uns, wie sie, erst erwerben und dann ausgeben, anstatt uns beim Ausgeben so lange aufzuhalten, bis wir den Halsabschneidern selbst in die Arme laufen, weil es für faule Verschwender keine rechtlichen Leiher giebt."

Daß sie mit diesen Ansichten ziemlich allein stand, kann weder wundernehmen noch ihrer Umgebung zu persönlichem Vorwurf gemacht werden. Im Geiste Goethes lebte und dachte sie; für sie war des irdischen Lebens höchster Inhalt, wie für Faust vor seiner Vollendung: die Arbeit im Dienste der Menschheit, das Schaffen eines neuen Bodens für ein neues Geschlecht. „Solch ein Gewimmel möcht ich sehn, auf freiem Grund mit freiem Volke stehn," darin gipfelten auch ihre Wünsche angesichts des grenzenlosen Elends in der Welt. Und auch ihr Christentum war das Goethes. Wenn er sagte: „Ich bin ein dezidierter Nichtchrist," so drückte er damit dieselbe Absage an das kirchliche Christentum aus, das sie kennzeichnete, wenn sie von ihrer „Gräfin Thara" sagte: „Sie bezeichnete ihre Herzensstellung mit dem ‚Ich bete allein'." Und wenn sie erklärte: „Religion ist Tat," so geschah es auch in der treuen Gefolgschaft ihres großen Meisters.

Aber zwischen diesen Auffassungen, die einer inneren Befreiung von Vorurteilen und Selbstsucht und einer geistigen Höhe entstammen, von der aus alles Materielle auf gleicher Ebene liegt, und denen der Generation, die ihre Kinder angehörten, lag eine Welt, lag vor allem der große Kampfplatz der sozialen Gegensätze, auf dem ein ungeheures Ringen ums Dasein begonnen hatte, bei dem auf allen Seiten die persönlichen Interessen die Führer waren. Den Wünschen der zum Bewußtsein ihres Elends gelangten Massen nach Freiheit, nach Gleichheit der Lebenshaltung nachgeben, bedeutete für die privilegierten Klassen ein allmähliches Aufgeben ihrer selbst, das dem einzelnen zwar möglich erscheinen konnte, der, wie Jenny Gustedt, das Menschheitsinteresse allein im Auge hatte, für die Gesamtheit aber unmöglich war. Diese historisch notwendige und in seiner Entwicklung psychologisch folgerichtige Kampf entzündete unausbleiblich jenen Haß, der sich bei zwei Gegnern immer entwickelt, die um ihr Leben miteinander ringen, und dieser Haß wird wieder notwendig das Urteil über den Feind irreführen und die besten Absichten verdunkeln. Meiner Großmutter ging dafür jedes Verständnis ab, und das erschwerte noch ihre Stellung.

Ihres Sohnes Wahl in den Reichstag, durch die zwar die Sphäre seiner Interessen erweitert wurde, brachte sie noch mehr als früher in innere und oft auch in äußere Konflikte, da sein schroffer, konservativer Standpunkt ihren Widerspruch herausforderte. „Meines Sohnes neue Tätigkeit hat dem geistig oft recht öden Leben einen neuen Inhalt verliehen," schrieb sie an eine Freundin, „es kommen Bücher, Broschüren, Zeitungen ins Haus, und vor allem die außerordentlich unterrichtenden stenographischen Reichstagsberichte, die meine fast eingeschlafenen politischen Interessen wieder rege machen und meinen alten Kopf oft mit einer Flut von Ideen erfüllen, die wie gepanzerte Ritter im Turnier auch wohl gegeneinander streiten. Wie viel Kraft, Klugheit, Erfahrung in den Köpfen und Worten der Volksvertreter! Statt der Zeitungen, die Alles parteipolitisch färben und mehr und mehr auf den sittlich tiefsten Standpunkt gelangt sind, in jedem Gegner ohne weiteres einen Schurken zu sehen — wodurch die demoralisierendste Wirkung, die sich denken läßt, von ihnen ausgeht — sollten die Reichstagsberichte allgemein gelesen werden. Bei mir befestigt sich dabei die theoretische Neigung nach links, während ich doch wohl einsehen muß, daß praktisch die jetzige konservative Regierung die beste ist. Das Ideal der Linken, das sich in den viel verpönten und doch, christlich aufgefaßt, herrlichen Worten: ‚Freiheit, Gleichheit und Brüderlichkeit' ausdrückt, ist auch das meine und entspricht der Reinheit der Theorie, steht aber im Widerspruch mit der Unreinheit im praktischen Leben: es baut auf dem Fundament und der Voraussetzung tugendhafter Menschen, während das praktische Leben auf der Voraussetzung sündhafter Menschen bauen muß. Das große Erziehungswerk aber der Geschichte und der Menschheitsentwicklung nähert uns beständig dem Ideal, denn trotz aller Qualen und Greuel der Gegenwart läßt sich der allgemeine, für unsere Wünsche freilich sehr langsame Fortschritt doch nachweisen: von der unaufhörlichen Kriegsplage, den Hexenverfolgungen und Ketzergerichten des Mittelalters, über die Schauer der Negersklaverei bis heute — ein stufenweises Aufsteigen, zu dessen gottgewolltem Tempo wohl der Hemmschuh

konservativer Politik ebenso notwendig ist wie die Peitsche der
Sozialisten ... Nur wo die Konservativen schärfster Observanz
sich nicht mit dem Aufhalten begnügen, sondern erhalten
wollen, was dem Tode verfallen ist, da befinde ich mich in
Gegensatz zu ihnen. Wie gute Eltern sollten sie ihre Arbeit
als ein Erziehungswerk betrachten, das ja auch oft darin be=
steht, der zu großen Heftigkeit der Kinder Zügel anzulegen,
und sollten sich mit dem Gedanken vertraut machen, daß sie,
wie alle Alten, der Jugend weichen müssen, wenn ihre Rolle
ausgespielt ist." In einem anderen, aus dem Jahre 1886 da=
tierten Briefe schreibt sie: „Ich möchte wohl mit den Plänen
unseres eisernen Kanzlers einverstanden sein, aber ich kann es
nicht immer und bin froh, daß ich mit meinem Gewissen nicht
an der Stelle meines Sohnes im Reichstag sitze. Allein die
Kolonialpolitik ist mir nicht sympathisch, so sehr ich den Schutz
zum Auswandern billige — Goethe sagt: wo wir nützen, ist
unser Vaterland! — aber doch nur in Gegenden, die ein
schönes Vaterland werden können, nicht in die Glutöfen der
Welt, wo man noch dazu mehr Eisenbahnen brauchen wird,
um zu besseren Ländern zu gelangen, als wir in Deutschland
noch brauchen, um das nötigste Verkehrsnetz zu vollenden, und
wo es, wie ich fürchte, nicht ohne jene Kolonialgreuel der
Unterdrückung und Ausrottung der Eingeborenen abgehen wird,
die Englands großartige Politik so beflecken. Auch mit der
Polenausweisung bin ich nicht einverstanden, ich halte sie für hart,
grausam, ungerecht, unpolitisch, erbitternd. Unter den Tausenden
sind eine Masse harmlose, gehorsame, genügsame Leute, die
jetzt erst ein Polenbewußtsein bekommen, und wenn Bismarck
an eine Vorbereitung zu einem Polenaufstand glaubt, so ist er
es, der ihnen die Soldaten zutreibt. Einen ähnlichen Stand=
punkt habe ich immer gegenüber der Sozialisten=Ausweisung
eingenommen: es ist selbstverständlich, daß der Staat Ver=
brecher verfolgt und ihnen die Möglichkeit zum verbrecherischen
Handeln nimmt, aber wie Wenige der Ausgewiesenen mögen

von Natur Königsmörder sein! Und wie viel Idealismus, wie viel ehrliche, aufopfernde Menschenliebe spricht aus den Worten ihrer eigentlichen Vertreter im Reichstag! Sie sind nicht nur ein notwendiger Sauerteig in unserer inneren Politik, sie wirken auch als Strafgericht Gottes an all denen, die, befriedigt vom eigenen Wohlleben, an der grenzenlosen Not der Millionen achtlos vorübergingen. Wollte Gott, daß die Herrschenden sich dieses Strafgericht zu Herzen nehmen und sich ihrer ungeheueren Unterlassungssünden ebenso bewußt werden wie der großen Verantwortlichkeit, die eine Folge ihrer bevorzugten Stellung ist. Du siehst, mein Lilychen, worauf alte Leute verfallen, die nichts Tatsächliches aus ihrem Leben zu berichten haben: sie treiben sogar ihre stille Privatpolitik, und im Hintergrund will der Wunsch nicht zur Ruhe kommen, daß sie sogar damit noch nützen können. Meine Kinder habe ich nach der Richtung aufgegeben, mein Enkelkind aber ist noch ein unbeschriebenes Blatt und läßt sich vielleicht die großmütterlichen Zeichen gefallen, die sich darauf einprägen möchten."

Nichts kann den Wesensunterschied zwischen meiner Großmutter und der Welt, die sie umgab, deutlicher bezeichnen, als diese Briefe. Sie war zwar weit entfernt davon, sich zu irgendeiner der sozialistischen Theorien zu bekennen, sie beschäftigte sich gar nicht mit ihnen und wäre z. B., hätte sie sich damit beschäftigt, zu einer Anerkennung der Idee des Klassenkampfes nie gelangt, aber daß sie in ihrer Beurteilung einen Sozialisten menschlich auf gleiche Stufe stellte mit anderen Menschen, daß sie praktische Forderungen, die von jener Seite kamen, als berechtigt anerkannte — das machte sie in diesem Kreise zu einer ganz ungewöhnlichen Erscheinung und begegnete nur darum meist einem gewissen nachsichtigen Schweigen und fand eine verzeihende Beurteilung, weil ihr weltfremder Idealismus und ihr hohes Alter als die eigentlichen Ursachen dafür angesehen wurden.

Ihre Lektüre der stenographischen Berichte der Reichstagsverhandlungen — „die ich mit einem Eifer lese, wie Backfische einen spannenden Roman" — bestärkten sie indessen in ihren Auffassungen. „Ich gewinne," schrieb sie, „besonders durch die Reden der Mitglieder der Linken, Einblicke in Zustände, deren Grauen ich zwar ahnte, die mich aber doch angesichts ihrer Wirklichkeit ganz außer Fassung bringen. Das Elend der Schuldlosen — das gräßlichste Rätsel der Welt! In den Dorfkathen hockt es und sieht mich aus blöden Augen an, und in den Fischerhütten am Strand, wo ein hartes Geschlecht in ständigem Kampf mit Wasser und Wind um das Bißchen armseliges Leben ringt, und aus Zolas Romanen schreit es mir entgegen, daß aller Rest von Lebensfreude davor die Flucht ergreift."

Ihr Mitleiden, das kein gefühlsmäßiges Mitleid mehr war, steigerte sich fast bis zum Krankhaften. Kein Mensch, ja kein Tier war ihr zu gering, als daß ihr Herz sich vor ihm verschlossen hätte; es wurde ihr zum körperlichen Schmerz, wenn sie Unrecht sah, das sie nicht verhindern, Kummer sah, dem sie nicht abhelfen konnte. Wenn sie sich früher angesichts des unverschuldeten Unglücks dadurch beruhigt hatte, daß die Schuld der Gesellschaft an Stelle der Schuld des einzelnen trat, so vermochte sie jetzt nicht mehr dabei stehenzubleiben. Es gab für die Greisin, die sich am Ende ihrer Tage demselben Sphinxrätsel des Lebens gegenüber sah wie in ihrer Jugend, nur einen Ausweg, der sie davor zu bewahren vermochte, den Glauben an den allgütigen Gott — die Stütze ihrer inneren Welt — nicht selbst zu zertrümmern, ihn mit dem namenlosen Unglück, das sie sah und empfand, in Einklang zu bringen: der Glaube an Vor= und Nacherixistenzen der Seele. Die christliche Idee von einer künftigen ewigen Seligkeit hatte sie sich nie zu eigen gemacht, „in ihr liegt weder ein Trost für die Unglücklichen," sagte sie, „noch eine Erklärung dafür, warum der Eine ins Elend, der Andere in den Glanz geboren wurde," aber der

Gedanke einer unendlichen Entwicklung, in der das Erdendasein nur eine der Episoden ist, hatte für sie etwas außerordentlich Beruhigendes und Befriedigendes. Scheinbar unverschuldetes Unglück war danach die Folge der Schuld früherer Existenzen, und selbst für die Qualen der Tiere fand sie eine Erklärung in der Seelenwanderung, wie sie der Buddhismus auch im Hinblick auf sie lehrt. Ihr Glaube war so unerschütterlich, daß keine Einwendung dagegen sie aus der Ruhe brachte. „Du glaubst nicht an Vorexistenzen, weil Du Dich ihrer nicht erinnern kannst, und hältst sie, selbst ihr Vorhandensein vorausgesetzt, für wertlos, wenn wir von unserem persönlichen Vorleben nichts mehr wissen?" schrieb sie mir. „Kennst Du nicht jenes merkwürdige Erinnern, das uns in Gegenden und in Situationen befällt, die wir zweifellos auf Erden noch nicht sahen oder erlebten, oder das Geheimniß der Sympathie, das Menschen gegenüber nicht anders wirkt wie ein Wiedererkennen längst Vertrauter? Oder die Bilder des Traums, die uns mit aller Lebendigkeit in Länder und unter Menschen führen, die wir auch in diesem Leben noch nicht gesehen haben? Und was den Wert der Erinnerung betrifft, so vergessen wir doch schon von unserem irdischen Leben neun Zehntel aller Thatsachen und noch unendlich mehr aller Worte; schon hier liegen die Lebensresultate nur in dem, was wir geworden sind, schon hier lösen sich Hunderte von scheinbar nahen Verhältnissen bis zur Vergessenheit. Ist es nicht sogar in tausend Fällen eine Erlösung, wenn die Erinnerung verblaßt und verlischt? Es kommt gewiß in früheren und späteren Existenzen des Geistes nicht auf Erinnerung, sondern auf Gewordensein an."

Und in einem ihrer letzten Briefe schrieb sie: „Am Schlusse meines Lebens ist das innere Drängen, Stürmen, Fragen, das Hin- und Hergeworfensein zwischen Glauben und Zweifeln beseitigt; mit den Dogmen habe ich abgeschlossen ... Das Unglück der Schuldlosen, Kinderqualen, Leiden, die vor unseren Augen nicht zur Besserung, sondern zum Verderben zu führen scheinen, die geringe Zahl der Namenchristen und die noch geringere der Christen im Geiste und in der Wahrheit, die Millionen in Irrthum und Grausamkeit hereingeborener Menschen — Rätsel, die mich mein Leben lang quälten und meine Freuden vergällten, sind mir zu Mysterien geworden, Folgen oder Beziehungen von Vor- und Nachexistenzen. Darüber hinaus dringt siegreich mein Hoffen, und ich glaube, daß schließlich allen Menschen geholfen wird und sie zur Erkenntniß der Wahrheit kommen. Es scheint mir begreiflich, daß, wie ein Maulwurf das Licht nicht sehen, wie ein unmündiges Kind den Faust nicht verstehen kann, wir auf unserer Erdenstufe die höheren Stufen noch nicht zu erkennen vermögen. Auch der ungeheure Fortschritt der Wissenschaft und der trotzdem noch so geringe Umfang unseres Wissens dient mir zum Beweise dafür, wie viele Erkenntniß-Entwicklungen wir sowohl in der irdischen wie in anderen Existenzen noch vor uns haben. Wo aber der Verstand sich entwickelt, sollte die Seele es nicht vermögen, sollte nicht reifen und wachsen und Höhen erreichen, die auf Erden nur wenige — ein Christus, ein Goethe — erreicht haben!?"

Aber wie ihr ganzes Lebensgebäude zusammengestürzt wäre, wenn dieser Glaube nicht die Brücke gebaut hätte zwischen ihrem Gottesglauben und ihrer Menschenliebe, so wäre sie auch an dem Schmerz und an der Größe ihrer Mutterliebe zugrunde gegangen, wenn sie die Hoffnung auf ihrer Kinder endliche höchste Entwicklung hätte aufgeben müssen.

Die letzte Eintragung in ihr Sammelbuch besteht in jener düsteren spanischen Ballade, die von dem Jüngling erzählt, der der Mutter das Herz aus der Brust reißt, um es der grausamen Geliebten zu bringen. Er stürzt auf dem Wege zu Boden —

"Da sieh, dem Mutterherzen
Ein Tropfen Bluts entrinnt,
Und fragt mit weicher Stimme:
Tat'st Du Dir weh, mein Kind?..."

So groß, so stark war auch ihre Liebe, die durch alle Wunden, die ihr geschlagen wurden, nicht sterben, sondern nur immer noch wachsen konnte. Aus dieser Empfindung heraus schrieb sie mir: „Mir ist oft, als müßte ich denen Glück wünschen, die nicht heiraten und keine Kinder haben. Wie gering ist die Zahl der Mütter, bei denen das Glück das Unglück überwiegt! Für Muttermühe, Muttersorge, Mutterarbeit entschädigt die Liebe zu den Kindern und die Freude an ihnen — aber der Schmerz und Stachel über ihre Leiden und ihre Sünden und ihre schweren Schicksale, die sind par-dessus le marché, und je mehr man liebt, desto schwerer ist dies Mitleiden, und je älter man wird, desto kraftloser ist man dagegen, sogar Gebet, Glaube und Frömmigkeit lassen darin schmerzliche Lücken. Eine Mutter trägt nicht nur ihre eigene Last, sondern noch die Lasten ihrer Kinder und Kindeskinder bis zum Grabe, und das schlimmste ist, daß sie sie ihnen dadurch nicht einmal abnimmt ... Und wenn ihr Nest leer geworden ist, sie keine oder oft keine erfüllbaren Pflichten mehr hat, ihre Kinder ihr fremd und fremder werden, ihr Rat nicht gehört wird und ihre Erfahrungen nichts nützen — wie furchtbar, wie unerträglich würde diese entsetzlichste Lebensenttäuschung sein, die Enttäuschung an dem, was wir aus unserem Blut entstehen sahen, mit unserem Herzblut nährten, wenn es den einen Trost nicht gäbe: den Glauben an immer neue Verwandlungen, bis für Alle die höchste Stufe der Seelenentwicklung erreicht ist. Der Schmerz freilich bleibt: hat das Erdenfegefeuer sie nicht genug gereinigt, so sinken sie in eine noch tiefere Hölle der Prüfungen — vielleicht, daß die Thränen der Mutter, auch die ungeweinten, die am schwersten wiegen, sie davor bewahren! Wenn ich rückwärtsschauend mein Leben betrachte und mich frage, welches Gefühl das mächtigste, welche Erkenntniß die folgenreichste, welche Hoffnung die sicherste ist, so lautet die Antwort: Das tiefste Gefühl ist die Mutterliebe; die wichtigste Erkenntniß: Die Sünde ist der Welt Verderben; die sicherste Hoffnung: Die Entwicklung der Menschheit bis zum höchsten Sein. Ohne diese würden Gefühl und Erkenntniß nur die Qualen der Erdenkinder erhöhen, und es gäbe nur einen Ausweg aus dieser Hölle: Die Selbstvernichtung der Menschheit."

So war sie am Ende des Lebens da angelangt, wo Goethe gestanden hatte, als er schrieb:

> „... Und solang Du dies nicht hast,
> Dieses: Stirb und Werde,
> Bist Du nur ein müder Gast
> Auf der armen Erde."

Und sie sah dem Tode entgegen im Sinne seiner letzten Worte, die sie oft wiederholte: „Nun kommt die Wandelung zu höheren Wandelungen."

Innerlich fester verbunden wie je und nur äußerlich fern der alten Heimat, schien sich der Kreislauf ihres Lebens leise zu schließen. Und als ob die Harmonie ihres Wesens auch in ihrem Dasein zum Ausdruck kommen sollte, so berührte das Ende den Anfang. Hatten sich beschattend, aber auch schützend die Äste des Waldriesen über sie gebreitet, so schmiegten sie sich jetzt wie Freundesarme um sie.

Mit denen, die sie in Weimar lieb hatte, war sie immer in Verbindung geblieben und hatte an allem, was sie erzählten, den lebhaftesten Anteil genommen. Nur einer, der zu den Nächsten gehörte — der Großherzog — war seit ihrer Abreise verstummt. Er hatte ihre Trennung von Weimar nicht begriffen und sie als eine persönliche Kränkung empfunden, die er nicht verwinden konnte; daß es vor allem pekuniäre Sorgen waren, die sie dazu gezwungen hatten, daß sie geblieben wäre, wenn sie sich eine größere, zur Aufnahme ihrer Kinder mögliche Wohnung hätte gönnen dürfen — das hatte ihr Stolz ihm verschwiegen, das verschwieg sie ihm auch dann, als sein Mißverstehen, der scheinbare Verlust seiner Freundschaft ihr tiefe Schmerzen bereitete. „Eure Generation, die so reich an Verstandeserkenntniß und so bettelarm an Herzensreichtum ist, weiß nichts von dem Wert treuer, lebenslanger Freundschaft," schrieb sie, „sie ist die Wahlverwandschaft der Seelen, die uns die Fremdheit der Beziehungen des Bluts vergessen läßt, sie ist der Hebel geistigen Fortschritts, der größte menschliche Trost im Leid. Einen lebendig verlorenen Freund beweinen müssen, ist darum viel schmerzlicher, als um das unabweisbare Geschick seines Todes zu trauern. Daß der Großherzog mich so mißverstehen konnte, wo die gute Kaiserin mich so ganz verstand, war darum eine harte Prüfung für mich. Nun ist meines lieben Walter Goethes Tod die Brücke geworden, die ihn wieder zu mir hinüberführte — wie denn das Beste in meinem Leben immer in tiefer Beziehung zu dem Namen Goethe gestanden hat." Walter Goethes Vermächtnis seines großväterlichen Nachlasses an die Großherzogin Sophie von Sachsen-Weimar war nicht nur ein Zeichen seiner großen Gesinnung, sondern auch ein Beweis für seine Menschenkenntnis. Er wußte, daß es durch sie in der rechten Weise zu einem Besitztum des deutschen Volkes werden würde. „Es ist so viel über Goethes Nachlaß gestritten worden," heißt es in einem Brief meiner Großmutter, „man hat oft mit mehr Neugierde als Begeisterung darnach verlangt, mir selbst sind von allen Nachlässen die geistigen Goetheflammen in seinen Enkeln als die wichtigsten und liebsten erschienen, und daß ich recht hatte in meiner großen Meinung über diese so viel Gescholtenen beweist Walters Testament. Die großartige und würdige Weise, wie es zur Verherrlichung seines großen Ahnen gewandelt wird, entspricht ihren Charakteren, die zwar nicht in dieses Jahrhundert, aber in das Große und Edle aller Jahrhunderte passen." Als nun auch das Goethe-Haus der Öffentlichkeit zugänglich gemacht und die Empfangszimmer wie zu Goethes Lebzeiten gestaltet werden sollten, wandte man sich von Weimar aus an sie, die einzige, die von der ehemaligen Beschaffenheit der Räume noch etwas Genaues wissen konnte. Nach ihrer Beschreibung und einer Zeichnung, die sie sandte, wurden sie in ihrer alten schlichten

Vornehmheit wieder hergestellt. „Ich beschäftige mich viel mit Weimar," schrieb sie mir, als sie davon erzählte, „und es versinkt ein halbes Jahrhundert meines Lebens, während in jugendlicher Frische die alte schöne Zeit vor mir aufsteigt. Ob die Goethe-Gesellschaft ein Mittel sein wird, sie auch für die Menschheit lebendig zu machen, wage ich nicht zu entscheiden. Es ist leider eine Eigentümlichkeit des Deutschen, daß er gute und große Gedanken hat, sie aber verknöchern und versumpfen, sobald er sie in die Paragraphen eines Vereinchens zwängt. Auch der deutsche Gelehrte, so hoch ich ihn stelle als gründlichen Wahrheitssucher, gerät mit seinem Forschungstrieb leicht in Kleinigkeiten, und dann geht ihm der große Blick für das Ganze verloren. Hoffentlich wird der Goethe-Verein nie vergessen, daß Goethe, neben seinem Interesse für das Kleinste, das Große stets obenan stellte, hoffentlich wird er seinen Geist zu erforschen und lebendig auszubreiten suchen, was uns recht not tut..." Der Großherzog, erfüllt mit jugendlicher Begeisterung für die neue große Aufgabe Weimars, wandte sich nun auch an die alte Freundin mit Fragen und Bitten, die die Zeit Goethes und ihre Erinnerungen daran betrafen. Und die ferne Einsamkeit Ostpreußens wurde ihr belebt und erfüllt mit den unsterblichen Gestalten der Vergangenheit. Unermüdlich im Fragen war der Großherzog, unermüdlich im Antworten war sie. Im Traum verloren machte sie ihre regelmäßigen Spaziergänge durch Park und Wald oder saß still mit gefalteten Händen in ihrem tiefen grünen Stuhl; ihr Mund zuckte nicht mehr so oft wie sonst in schmerzlicher Sorge, ein weiches Lächeln umspielte ihn — mit sanftem Kuß grüßte sie der Genius ihrer Jugend.

Immer schattenhafter erschien ihr die Gegenwart, immer mehr lebte sie in der Vergangenheit und in einer Zukunft, die sie jenseits des Grabes sah: „Ich sehe von Stufe zu Stufe, von Licht zu Licht bis in den fernen, gottdurchglänzten Raum des Allerheiligsten. Ein Reich des Lichts, voll Musik, voll Liebe, hört und fühlt mein Geist mit einer Zuversicht, die täglich wächst. Und lächelnd, fast ohne Schmerz winke ich denen, die mir vorangingen, grüßend zu . . ."

Es waren ihrer viele vorangegangen: Pauline, die blinde Schwester, war in demselben Kloster gestorben, das des verlassenen Säuglings erster Zufluchtsort gewesen war, und Beust, auf den sich alle schwesterliche Liebe meiner Großmutter nun konzentriert hatte, war ihr gefolgt. „Er war," schrieb sie von ihm, „ein reiner Mensch und darum eine vornehme Natur, wie ich eine zweite nicht kenne." Sein Tod wurde, wie der Walter Goethes, zu einem neuen Bindeglied zwischen ihr und dem Großherzog. Auf ihren Brief, der den Freund über den Verlust des Freundes zu trösten versuchte, antwortete er:

„Schloß Wartburg, am 9. September 1889.

„Ihr Brief, gnädige Frau, hat mich tief gerührt, ich wollte, ich könnte Ihnen danken, wie ich es fühle. Jede Zeile erweckt Erinnerungen und Bedauern, die sich darin gleichen, daß sie, die einen wie die andern, sich in mir nur durch Schweigen ausdrücken. So tief ist die Furche, die der Schmerz um den Verlust meiner Mutter in mein Herz grub, und so tief ist auch die, die mir der Verlust meines Freundes gräbt. Er gehört zu denen, deren Eindruck erst erkennen läßt, was man besessen hat. Und man lernt die ganze Größe dessen, was man besaß, erst kennen, wenn der Besitz verloren ging. So feste Bande zwischen den Menschen, wie die zwischen mir und ihm, ziehen gleichsam, wenn sie auseinander gerissen werden, ein Stück von unserem eigenen Ich mit sich . . . So haben Sie mich doch wider meinen Willen zu einer erlösenden Aussprache veranlaßt. Sie allein können beurteilen, was ich leide! Der Glaube, daß mein treuer Freund nun mit denen vereint ist, die ihm vorangegangen sind und die er so zärtlich liebte, ist wohl ein Trost, aber den Verlust läßt er mich nicht überwinden.

„Ihr Brief hat mich in Wilhelmsthal gesucht und in Weimar gefunden. Der nahende Herbst hat mich und meine Tochter

Elisabeth veranlaßt, die Gegend zu verlassen, an die sich all die schönen Erinnerungen knüpfen, die Ihr Brief heraufbeschwor. Ich gestehe Ihnen, daß ich an jenem lieben alten Hause auch um anderer teurer Jugenderinnerungen hänge, die mit unsichtbarer Schrift auf seinen Mauern geschrieben stehen. Wie bedaure ich, gnädige Frau, mit Ihnen nur noch schriftlich verkehren zu können, und wie sehr bedauerte es der Verstorbene, der in derselben Lage war wie ich. Aber die Erinnerung kennt weder Zeit noch Entfernungen, und auch das Herz weiß von beiden nichts. Das empfindet aufs tiefste und mit aufrichtiger Dankbarkeit
Ihr alter Freund
Carl Alexander."

Auch aus der Ferne schloß sich der Kreis der alten Freunde um so enger zusammen, je kleiner er wurde. Drei Greise waren es nur noch — Jenny Gustedt, der Großherzog und die Kaiserin — die das Band einer gemeinsamen Vergangenheit umschloß. Und unter ihnen war Jenny die Trösterin, die, die sie aufzurichten versuchte aus dem niederdrückendsten Leid. „Aus jeder Zeile, die meine geliebte Kaiserin mir schreibt," heißt es in einem Brief meiner Großmutter aus dem Jahre 1888, „lese ich, wie schwer sie unter den Schlägen des Schicksals leidet: den Gatten, den Sohn verloren, den Enkel, der die erziehende Schule des Kronprinzentums nicht durchmachte — wie sie sich ausdrückt — unter der Last einer schwer zu tragenden Krone, mit dem Ausblick in eine ungewisse Zukunft." Nicht allzu lange sollte die Kaiserin die neue Zeit miterleben, die ihr immer fremder wurde. In den ersten Tagen des Jahres 1890 schloß sie die müden Augen für immer. Kurz darauf schrieb Carl Alexander an ihre Freundin:

„Berlin, Schloß, 15. Januar 1890.
„Sie werden es mir, wie sich selbst, gern glauben, daß Ihre Teilnahme mir eine wahre Wohltat gewesen ist. Sich selbst,

weil es Ihr Herz war, das Ihre Feder führte, und weil es
der Schmerz ist, der die Sprache der Freundschaft am liebsten
hört. Ich kann von meinem eigenen Verlust nicht sprechen.
Das ist auch nicht nötig. Ein Jeder macht mir den Eindruck,
als hätte er einen persönlichen Verlust erlitten. Das ist, wie
ich glaube, das charakteristische Zeichen dieses Unglücks.

„Gestatten Sie mir, hier zu schließen. Es giebt Ereignisse,
deren einzige Sprache das Schweigen ist, denn dieses allein ist
der richtige Ausdruck für den größten Schmerz.

„Mein treuer Beust fehlt mir sehr und fehlt mir stets aufs
neue und immer mehr . . .

„Leben Sie wohl, gnädige Frau. Das Gedächtniß meiner
Schwester und meiner Mutter werden Sie immer treu be=
wahren, erinnern Sie sich aber auch freundlich

Ihres sehr traurigen Freundes

Carl Alexander."

Seiner Bitte um ein Erinnern folgte von Weimar aus
eine neue: Goethes letzte Lebensjahre möchte sie schildern, sie,
die von allen Überlebenden dem großen Toten jetzt noch am
nächsten stand. Und während der Wintersturm vom Haff her=
überbrauste und Wintereinsamkeit das Haus mit tiefer Stille
füllte, saß die alte Frau am Schreibtisch und suchte ihren Er=
innerungen eine Form zu geben. „Ich werde selbst wieder
jung dabei," schrieb sie mir, als sie von ihrer Tätigkeit erzählte.
Auf ihre ersten Sendungen antwortete der Großherzog:

„Weimar, 28. Januar 1890.

„. . . Ich erhielt die Blätter, die Sie, meine liebenswürdige
und getreue Freundin, die geduldige Güte hatten mit Details
über Goethe und die englische Gesellschaft während seiner letzten
Lebensjahre zu füllen, und um die ich mir erlaubt hatte, Sie
zu bitten. Ich komme heute, um Ihnen die Hand dafür zu
küssen. Vor allem aber komme ich, um Sie um Entschuldigung

dafür zu bitten, daß ich abermals an dieselbe Güte appelliere, die mich so zu Dank verpflichtet, und an dieselbe Erinnerung, die mich entzückt. Meine Unbescheidenheit verlangt vor Allem eine Erklärung; hier ist sie: Das Testament Walter Goethes hat mit dem Augenblick, da es bekannt wurde, in Weimar ein neues Leben erweckt. Ich kann es nicht besser charakterisieren, als indem ich versichere, daß man den Eindruck hat, als ob die Seele des größten deutschen Dichters, die Seele Goethes, wieder eingezogen sei in diese Stadt, in sein altes Haus, in das Schloß, um aufs neue zu wirken und zu schaffen. Hervorragende Männer sind herberufen worden, um Walter Goethes Vermächtniß zu ordnen und zu verwalten, andere haben sich bemüht, Zulassung zu der wundervollen neu entdeckten Quelle zu finden; sie kamen und kommen, um im Archiv zu arbeiten, und wir verdanken dem Umstand eine Fülle interessanter Bekanntschaften. Einen jungen Amerikaner, Mr. G..., rechne ich dazu, der eine Arbeit „Goethe in England" unter der Feder hat, und für den es sehr wichtig ist, alle Beziehungen zwischen Goethe und England kennen zu lernen. Diese Notwendigkeit führte mich zu Ihnen, und das Interesse, das ich an der Sache nehme, läßt mich meine Bitte wiederholen. Und um meine Zudringlichkeit vollends auf die Spitze zu treiben, gestatten Sie mir, Sie zu bitten, für mich Notizen über Alles zu machen, was an Tatsachen, Unterhaltungen und Namen aus jener Zeit noch in Ihrer Erinnerung lebt. Diese Zudringlichkeit ist so natürlich, daß Sie sie verzeihen, und so notwendig, daß Sie sie verstehen werden. Es lohnt sich der Mühe, die Arbeit, die ich Ihnen zumute, in zwei Teile zu teilen: die eine, die Erinnerungen an die Engländer enthaltend, so daß sie Mr. G... von Nutzen sein kann, die andre, für mich persönlich, die die übrigen Erinnerungen an die große Epoche Weimars zum Gegenstand hat.

„Goethe hatte die Gewohnheit, jeden großen Schmerz dadurch zu bekämpfen, daß er eine neue Arbeit unternahm. Dieser

Brief ist freilich keine, aber er gehört zu jener Tätigkeit, die ich mich bemühe, im Gang zu erhalten, weil ich in dieser fremden Welt der Seelen so schwer zu kämpfen habe. Dieser Kampf wird mir um so leichter werden, je eher ich dort Verständniß finde, wo ich verstanden sein möchte. Sie werden aus diesem Bekenntniß, teuerste Freundin, nichts Neues folgern, denn Sie kennen, wie ich hoffe,

Ihren alten, treu ergebenen Freund
Carl Alexander."

„Weimar, den 11. Februar 1890.

„... Ich habe niemals aufgehört, Ihr Fernsein von Weimar, meine liebe verehrte Freundin, auf das lebhafteste zu bedauern, ich tue es jetzt lebhafter denn je: wie würden Sie sich inmitten all der Tätigkeit wohl fühlen, die ich nicht anders charakterisieren kann als mit dem symbolischen Bilde des Januskopfes, denn sie umfaßt die Vergangenheit und wirkt für die Zukunft ...

„Vier Wochen sind heute seit unserem großen Verlust vergangen. Ich fühle mich in dem seelischen Kampf, der von ihm hervorgerufen wurde, noch nicht als Sieger. Und er beginnt immer wieder, wenn ich am wenigsten daran denke. Wie seltsam ist doch dieses doppelte Leben, das wir führen: eines nach außen und eines nach innen, und Liszt hatte Recht, als er während einer für ihn sehr schweren Zeit der Prüfungen einmal sagte: es schiene ihm, als ob ein zweites Ich es auf sich genommen habe, sie zu ertragen. Da wäre ich bei den intimen Bekenntnissen angelangt — die rechte Sprache einer fest gegründeten Freundschaft! Und sie ist keine bloße Vermutung, sondern die einfache Wahrheit von Seiten

Ihres treuesten Freundes
Carl Alexander."

„Weimar, den 20. März 1890.

„Die Verlegenheit, meine teuerste Freundin, scheint mir den schlimmsten aller Momente zu schaffen, um einen Brief zu schreiben. Dieser Gedanke ist für mich zur Überzeugung geworden, als ich die Feder ergriff, um Ihnen — endlich! — für Ihren liebenswürdigen Brief zu danken und für die interessanten und wertvollen Notizen, die ihn begleiteten. Ich bedarf von Seiten Ihrer alten und treuen Freundschaft aller Nachsicht und all der Güte, die sich mir gegenüber stets bewährt hat, um Ihrer Vergebung angesichts meiner Nachlässigkeit und Undankbarkeit sicher zu sein. Ich habe aber trotzdem ein Recht, zu versichern, daß meine Sünden nur scheinbare sind: Sie werden die erste sein, mir zu vergeben, wenn Sie sich erinnern wollen, welch traurige Pflichten mich Anfang des Monats nach Berlin geführt haben. Nun aber bin ich wieder zu Ihren Füßen mit meinem aufrichtigsten Dankgefühl. Nehmen Sie es als solches an.

„Ihre Notizen haben den doppelten Reiz eines wichtigen und interessanten Inhalts und einer entzückenden, faszinierenden Form. Wir sollten Ihr Gedächtnis und Ihre Feder in Anspruch nehmen, um ein Bild der Gesellschaft Weimars zu zeichnen. Ich habe mir immer gewünscht, daß ihre Geschichte geschrieben würde. Das könnte nicht besser geschehen, als wenn Zeitgenossen einzelne Personen darstellen, und Niemand in der Welt wäre dazu besser imstande als Sie. Und so sehen Sie mich abermals als Bittenden nahen, um Sie zu beschwören, es zu tun! Die Biographie Ottiliens wäre das erste, was Sie unternehmen sollten. Ein Lebensbild Walter Goethes zu zeichnen, würde ich sehr gern unternehmen. Wolf hat einen ebenso treuen wie geschmackvollen Biographen in seinem Freunde Mejer gefunden. Der Salon von Johanna Schopenhauer ist von Stephan Schütze geschildert, aber noch nicht veröffentlicht worden. Eine Sammlung würde auf diese Weise entstehen, die an Interesse zunehmen würde, je mehr die Epoche sich entfernt, die sie schildert, und je mehr die litterarischen Publikationen des Goethe-Schiller-Archivs fortschreiten. Diese würden für unsere Sammlung erst die Atmosphäre schaffen. Lassen

Sie mich Ihrem Nachdenken meine Überlegungen anvertrauen, während die Vögel von Liebe singen und die Blumen den Frühling predigen. Zahllose Kindererinnerungen sind durch Ihre Notizen erweckt worden wie Blumen aus dem Lenz meines Lebens, und es ist nicht ohne tiefe Bewegung — Sie können nicht anders empfunden haben! — daß ich diese Zeugen der Vergangenheit vor mir lebendig werden sah! . . .

„. . . Wie fehlt mir dauernd mein treuer Beust, und wie anders wäre es, wenn Sie mir nicht auch fehlen würden!

„Die Reichstagswahlen haben uns hier sehr beschäftigt, wir sind von den Resultaten degoutiert. Ich finde übrigens, daß der Moment für den Abschied des Reichskanzlers sehr schlecht gewählt ist. Daß er es so wollte, vermindert beinahe den Eindruck des Unglücks, das im ersten Moment empfunden wurde.

„In der Verlegenheit habe ich angefangen, ich schließe mit der Politik — Beide begegnen einander öfters — Der Himmel wolle, daß wir von der einen entfernt bleiben und daß Sie aus der anderen befreien

„Ihren treuesten, anhänglichsten und ganz ergebenen Freund
Carl Alexander."

„Weimar, den 9. April 1890.

„Goethe sagt irgendwo:

> Du im Leben nichts verschiebe,
> Sei Dein Leben Tat um Tat,
> Und Dein Streben sei's in Liebe,
> Und Dein Leben sei die Tat.

„Es steht gewiß nicht im Widerspruch dazu, wenn ich mit der Beantwortung Ihres liebenswürdigen Briefs die Zusendung des Buchs von M. Mejer über Wolf Goethe verbinde, das Sie sicherlich interessieren wird. Der Autor hat es mit Liebe geschrieben — es gelingt nichts, wie Sie wissen, wenn man

nicht auch mit dem Herzen bei der Sache ist! ... Nur Sie
allein, meine sehr liebe und verehrte Freundin, könnten, wenn
Sie die Biographie Ottiliens schreiben wollten, etwas noch
weit Besseres leisten, denn ich glaube, daß im allgemeinen die
Feder einer Frau mehr dafür geeignet ist, eine so merkwürdige,
ungewöhnlich begabte, aber niemals im Gleichgewicht sich be-
findende Persönlichkeit zu charakterisieren, wie Frau von Goethe
es war. Ich komme abermals, um Sie darum zu bitten, obwohl ich verstehe, daß Ihre Freundschaft für Ottilie Ihnen
dabei einige Skrupeln macht. Gestatten Sie mir dazu zu bemerken, daß es nur menschlich ist, Fehler zu haben, daß aber
alles Menschliche notwendig die Kritik herausfordert, noch mehr
jedoch auf Verständniß und Vergebung rechnen kann. Die
Geschichte Ottiliens ist im übrigen so bekannt, daß es sich um
Indiskretionen dabei kaum mehr handeln kann. Die Biographie
ihrer Freundin, Mrs. Jameson, ist ein Beweis dafür. Nur
um die Auferstehung der großen Epoche Weimars, die durch
Walter Goethes großherziges Vermächtniß hervorgerufen wurde,
zur vollständigen zu machen, bitte ich Sie, Ihre Erinnerungen
und Ihre Feder in den Dienst der Sache zu stellen ... Meine
Frau dankt Ihnen herzlich für Ihre Glückwünsche, meine Kinder
vereinigen sich mit mir im Gefühl der Liebe und der Dankbarkeit für Sie, und ich danke Ihnen noch besonders und voll
tiefer Bewegung für die Worte, die Sie meiner geliebten, unvergeßlichen Mutter gewidmet haben. Ich habe das Recht,
so zu sprechen, denn auf der einen Seite führen mich meine
Pflichten in die Vergangenheit zurück, auf der anderen lebt
mein Herz in ihrem Kultus. Er wird mit Gottes Hilfe der
Compaß sein, der mich in die Zukunft leitet, die ich mich bemühe, im Vorhinein zu verstehen, indem ich die Geschichte
studiere, und für die ich mich vorbereite, indem ich mich selbst
immer weiter zu einer selbständigen Individualität zu entwickeln
trachte ... Offene Aussprachen wie diese sind nur Fortsetzungen
unserer unvergeßlichen Weimarer Unterhaltungen. Die Freund-

schaft ist doch die süßeste aller Gewohnheiten. Meinen Sie nicht auch? — Jedenfalls ist es die Ansicht

Ihres getreusten Freundes
Carl Alexander."

Kurze Zeit nach Empfang dieses Briefes schrieb mir meine Großmutter: „Mein von Dir übersetzter alter Aufsatz über Ottilie ist freilich keine Biographie und mein Auszug noch weniger, doch bin ich dem alten guten treuen Freund gern gefällig, der ihn haben will. Er schreibt mir gute und schöne Briefe und hat mir endlich mein Wegziehen von Weimar vergeben; unserer Kaiserin Tod hat uns zu einander isoliert, und was den Jetztmenschen Phrase ist, bleibt uns Bedürfnis und Wahrheit. Das stumme Nebeneinanderhergehen in Freud und Leid schnürt mir jetzt wieder, da die Söhne hier sind, das Herz zusammen und nimmt dem Zusammenleben Trost und Wärme; wenn auch etwas Tränen und Sorge dabei gespart werden, so wird viel Höheres an Rat, Mitgefühl, Seeleneinfluß und Liebe Preis gegeben oder wenigstens beschattet und verscharrt... Ich bin immer sehr müde und schlafe viel; dabei lächelt eine heitere Frühlingssonne in mein Zimmer und tanzt freundlich um die Bilder meiner Lieben. Wenn ich im Halbschlummer liege, ist es mir, als ob sie Alle lebendig würden, oft füllt sich der Raum ganz an mit trauten Gestalten — fernen, halb vergessenen und ewig geliebten. Dann meine ich oft, ich wäre in Weimar... Mein guter Großherzog ist es, der mir die Vergangenheit so lebendig vor die Seele zaubert. Ich danke es ihm, denn sie war schön — viel schöner als die Gegenwart, und meine Sehnsucht wächst, je weiter ich mich von ihr entferne... Oder nähere ich mich ihr wieder?..."

Oft schien es, als spräche sie mit teuren, anwesenden Freunden — und doch war das Zimmer leer. Auf einen fragenden, erstaunten Blick ihrer Kinder sagte sie dann lächelnd: „Wundert Euch nicht — sie waren wirklich da, sie reden mit mir, während

Ihr schweigt —" Sie hatte keinerlei Schmerzen, aber ihr Bedürfnis, allein zu sein, nahm zu, ihre Spaziergänge wurden immer kürzer, und ein äußeres Interesse nach dem anderen fiel von ihr ab. Ihr Herz aber lebte ein um so stärkeres Leben, und aus ihren Augen leuchtete es wie Verklärung. Mitte April schrieb sie dem Großherzog u. a.: „Mutterliebe und Erinnerung sind meine Lebenselixire. Wie in einen schützenden Mantel und undurchdringlichen Harnisch möchte ich Kinder und Enkel hüllen, und dankbar vor dem Abschied von dieser Lebensstufe ein paar immergrüne Blättchen dem zu Füßen legen, der meiner Jugend Abgott, meines reifen Lebens Erzieher, meines Alters Freund und Vorbild ist. Ihnen brauch ich ihn nicht zu nennen... Nehmen Sie, was ich schrieb, nur wieder als Zeichen der guten Absicht an, denn die Kräfte versagen. Die Vorangegangenen werden mir immer gegenwärtiger. Sie rufen mich!" Der Großherzog schrieb darauf:

Weimar, den 26. April 1890.

„In Ihrem gütigen und interessanten Brief vom 16. sagen Sie mir, daß Ihnen, gnädige Frau, die Biographie von Mrs. Jameson unbekannt ist. Ich erlaube mir, sie Ihnen zuzuschicken... Da Sie Ottiliens Lebensgeheimnisse kennen, werden Sie zwischen den Zeilen lesen, was die Freundschaft verbergen wollte. Man sagt, daß der Kaschnack — der Schleier, mit dem die Frauen des Orients ihr Antlitz bedecken und der nur die Augen frei läßt — ihnen einen ganz besonderen Reiz verleiht. Die Seiten der Biographie, in denen von Ottilie die Rede ist, bestätigen diese Auffassung. — Und Walter Goethe, mein Freund Walter, wo bleibt sein Portrait, seine Biographie, die ihn darstellt, so wie er war! Das schmerzt mich, denn ich empfinde es als eine Ungerechtigkeit und Undankbarkeit, daß die großen Eigenschaften dieser edlen Seele nicht in der Oeffentlichkeit bekannt werden... Dürfte ich selbst zur Feder greifen? Um Walter richtig zu beurteilen, muß man mit ihm vertraut gewesen sein, es genügte nicht, ihn zu sehen oder auch nur mit ihm zu verkehren. Er zeigte sich nur in der Intimität, und ich darf wohl sagen, daß ich zu denen gehörte, die ihm am nächsten standen... Seine Schöpfung, das Goethe-Schiller-Archiv, vervollständigt sich inzwischen mehr und mehr, und ich hoffe, daß es sich nach und nach zum Archiv der deutschen Litteratur erweitern wird. Sie sehen: meine Träume suchen immer den Frühling! Sie sprechen vom Herbst, von den schweren Verlusten der Freundschaft — lassen Sie mich Ihnen mit einer Hoffnung antworten. Hoffnung aber läßt nie zu Schanden werden!

In treuster freundschaftlicher Gesinnung küßt Ihnen die Hände
Ihr alter Freund
Carl Alexander."

Auf diesen Brief kam keine Antwort mehr. Die Hand der Achtundsiebzigjährigen war müde geworden, und ein Schleier nach dem anderen umhüllte ihren Geist. Wohl suchten auch ihre Träume den Frühling, aber nicht den, der draußen die Bäume mit Blüten bedeckte, der vor ihren Fenstern Veilchen und Reseden duften ließ, der mit holden kleinen Lenzesgrüßen ihre Zimmer schmückte. Sie schlief — sie träumte — und wenn sie die Augen öffnete und des Sohnes oder der Tochter Hand leise drückte oder zärtlich über das Köpfchen ihres jüngsten Enkelkindes strich — dann war das ihres Gegenwartlebens einziges Zeichen. Kam der Abend, und deckte der dunkle Schleier der Nacht Haus und Garten, dann erst, so schien es, ward es lebendig um sie: wie leise Schritte war's, wenn die Lindenblätter weich über die Scheiben strichen, wie Rauschen von Gewändern, wenn durch den wilden Wein an der Mauer der Westwind strich, wie Flüstern von Stimmen, wenn über das Dach hin die alten Äste sich berührten. Alle sah sie, grüßte sie, lächelte ihnen zu und rief sie mit Namen: die Mutter mit dem schimmernden Lockenhaar, die Kinder im weißen Rosenkränzchen, den fernen Geliebten mit den durchgeistigten Zügen des frühe vom

Tode Gezeichneten, den Dichter mit den leuchtenden Augen des Unsterblichen und den Vater, über dem leise und feierlich der Adler Napoleons seine Kreise zog. Und es kam eine linde Juninacht, da zogen sie die Tochter, die Mutter, die Geliebte, die Freundin mit in ihren Reigen. Niemand sah, wie sie ihr nahte — die Wandelung zu höheren Wandelungen! Sie starb allein. Ihre Augen waren geschlossen, ihre Hände gefaltet, jede Falte hatte der Tod, ein sanfter Freund, aus ihrem Antlitz weggewischt, ein hoheitsvoll-feierlicher Ernst lag auf ihren Zügen. — — —

Der Haffwind pfiff über die wogenden Felder, rüttelte die toten Äste von den Bäumen und streute weiße und rote und gelbe Blüten über die Wege, als sie zu Grabe getragen wurde. Niemand dachte daran, die Tote dorthin zu führen, wo ihres Geistes Geburtsstätte, ihres Herzens Heimat war; niemand schenkte ihr den letzten Ruheplatz an der Seite der Mutter, in der Mitte der Freunde, wo ein treues Gedächtnis ihn geschmückt, Liebe ihn gepflegt hätte. In Legitten, mitten im öden Land, dicht an der staubigen Straße, wo ein einsames Kirchlein zwischen spärlichen Bäumen sich erhebt, umgeben von eines kleinen Dorfes armseligem Friedhof, dort, dicht an der Mauer, liegt ihr Grab. „Die Liebe höret nimmer auf" steht in goldenen Lettern auf dem eisernen Kreuz. Aber die, denen sie ihres ganzen Lebens Liebe schenkte — ihre Kinder — sind weit, weit fort. Nur die Blumen, die der Zufall zwischen dem Efeu wachsen läßt, und die Blüten, die der Wind von den Linden herüberweht, schmücken die Stätte, wo sie ruht, und statt daß Worte der Liebe und des Erinnerns sie grüßen, zwitschern die Schwalben unter dem Kirchendach und das Glöcklein singt sein Sterbelied, wenn neue Schläfer unter ihm einziehen.

Fühlt sie die Einsamkeit, die liebelose? Oder weiß sie, daß Blumen ihrem Grab entsprießen, die nie verwelken, daß ein Ton aus ihm klingt, der sich dem Siegeslied der Menschheit vermählt? Mir war's, als hätte ich ihn gehört und müßte ihn weiter verkünden.

Anmerkungen

¹ Vgl. André Martinet, Jérôme Napoléon, roi de Westphalie. Paris 1902. Seite VIII f.

² Vgl. Mémoires et Correspondance du roi Jérôme et de la reine Catherine. Paris 1861—1866. 7 Bände. Bd. 1, S. 18. — Dieses Quellenwerk umfaßt die ganze Korrespondenz des Königs mit Napoleon, mit seiner Gattin und mit hervorragenden Persönlichkeiten seiner Zeit, zugleich das regelmäßig geführte Tagebuch der Königin, ferner die amtlichen Berichte aus den Archiven der Ministerien des Krieges, der Marine und des Auswärtigen sowie einen großen Teil der Berichte des Grafen Reinhard, Gesandten Napoleons in Kassel, an diesen.

³ Vgl. Mémoires, a. a. O. Bd. 1, S. 20 f.

⁴ Vgl. Martinet, a. a. O. S. IX.

⁵ Vgl. Mémoires, a. a. O. S. 22, und Martinet, a. a. O. S. X.

⁶ Vgl. Mémoires, a. a. O. Bd. 1, S. 23.

⁷ Vgl. Mémoires, a. a. O. Bd. 1, S. 51.

⁸ Vgl. Mémoires, a. a. O. Bd. 1, S. 52 ff.

⁹ Vgl. Mémoires, a. a. O. Bd. 1, S. 107 u. 118 f.

¹⁰ Vgl. Mémoires, a. a. O. Bd. 1, S. 123 f.

¹¹ Vgl. Mémoires, a. a. O. Bd. 1, S. 128 bis 324. — Dieser Abschnitt enthält die ausführliche Darstellung der Ehe Jeromes mit Elisabeth Patterson und all ihrer Folgen bis zu seinem Tode, sowie zahlreiche Briefe Jeromes an Elisabeth, auch aus der Zeit nach der Trennung der Ehe.

¹² Vgl. Mémoires, a. a. O. Bd. 1, S. 374 ff., und Martinet, a. a. O. S. XVIII.

¹³ Vgl. Martinet, a. a. O. S. XVIII.

¹⁴ Vgl. Martinet, a. a. O. S. 19 ff., und Mémoires, a. a. O. Bd. 3, S. 71 f.

¹⁵ Vgl. Dr. Rudolf Goecke und Dr. Theodor Ilgen: Das Königreich Westfalen. Nach den Quellen dargestellt. Düsseldorf 1888. S. 163. — Die Verfasser, unter den deutschen Historikern des westfälischen Königtums diejenigen, die sich möglichster Objektivität befleißigten, verurteilen die nach Jeromes Abdankung erschienenen gemeinen Klatschgeschichten über seine Regierungszeit, die „nach den Urteilen Ununterrichteter die Epoche der Fremdherrschaft allein ausgefüllt haben". S. 116.

¹⁶ Vgl. Goecke und Ilgen, a. a. O. S. 50 f., und Mémoires, Bd. 3, S. 82 ff.

¹⁷ Vgl. Goecke und Ilgen, a. a. O. S. 122.

¹⁸ A. a. O. S. 117.
¹⁹ Vgl. Mémoires, a. a. O. Bd. 3, S. 78 f und S. 90 f.
²⁰ Vgl. Martinet, a. a. O. S. 37.
²¹ A. a. O. S. 45 f.
²² Vgl. Mémoires, Bd. 3, S. 129 ff.
²³ Vgl. Goecke und Ilgen, a. a. O. S. 76.
²⁴ Vgl. Martinet, a. a. O. S. 46 ff.
²⁵ A. a. O. S. 50.
²⁶ Mémoires, a. a. O. Bd. 4, S. 33.
²⁷ Martinet, a. a. O. S. 85.
²⁸ A. a. O. S. 86.
²⁹ A. a. O. S. 119.
³⁰ Mémoires, Bd. 4, S. 336 ff.
³¹ Goecke und Ilgen, a. a. O. S. 206.
³² Vgl. Martinet, a. a. O. S. 148 ff.
³³ Vgl. Mémoires, a. a. O. Bd. 5, S. 140.
³⁴ Vgl. Martinet, a. a. O. S. 170 ff.
³⁵ A. a. O. S. 185 ff.
³⁶ A. a. O. S. 191.
³⁷ Vgl. Goecke und Ilgen, a. a. O. S. 258.
³⁸ Vgl. Martinet, a. a. O. S. 200.
³⁹ Vgl. Mémoires, a. a. O. Bd. 6 und 7.
⁴⁰ u. ⁴¹ Vgl. Mémoires, a. a. O. Bd. 7, S. 46 ff., Martinet, a. a. O. S. 274 ff.
⁴² Vgl. Ed. Wertheimer: Die Verbannten des ersten Kaiserreichs. Leipzig 1897, und Correspondance inédite de la reine Catherine de Westphalie. Publiée par le baron A. du Casse. Paris 1891.
⁴³ Vgl. Mémoires, a. a. O. Bd. 5, S. 27, wo von 64 000 Fr. berichtet wird, die der König seiner Frau zur Begleichung ihrer Schulden schenkte. Mémoires, a. a. O. Bd. 3, S. 118 ff., wo Reinhard von ihrem Toilettenluxus spricht. Vgl. auch Ernestine v. B.: König Jerome und seine Familie im Exil. Leipzig 1870. S. 128 f., wo erzählt wird, wie Katharina sich hundert Paar Schuhe aus Paris bestellen wollte und Jerome unter Hinweis auf ihre finanzielle Lage sie vor Verschwendung warnte.
⁴⁴ Vgl. Martinet, a. a. O. S. 223, 232, 239, 245, und Mémoires, a. a. O. Bd. 7, S. 233, wo im Detail über den zum Teil vom König von Württemberg erzwungenen Verkauf des Schmucks der Königin Katharina, des Silbers, der Kunstgegenstände berichtet wird.
⁴⁵ Vgl. Goecke und Ilgen, a. a. O. S. 117, und Martinet, a. a. O. S. 52.
⁴⁶ Vgl. Mémoires, a. a. O. Bd. 3, S. 198 ff., Briefe Reinhards vom 15. Januar 1809.

⁴⁷ Un roi qui s'amusait. Par un indiscret. Paris 1888. S. 40 u. 44. Dies Buch ist nur insofern eine zuverlässige Quelle, als der Autor Berichte und persönliche Briefe des Grafen Reinhard zitiert, und es wurde auch nur insoweit von mir benutzt.

⁴⁸ Geheime Geschichte des ehemaligen Hofes in Kassel, Petersburg (Braunschweig) 1814. Zwei Bände, fast ausschließlich voll mehr oder weniger schmutziger, durch nichts beglaubigter Anekdoten.

⁴⁹ Otto von Boltenstern. Am Hofe König Jeromes. Erinnerungen des westfälischen Pagen von Lehsten. Berlin 1905. S. 29 f. Lehsten erzählt unter anderem, um zu beweisen, wie groß Jerome gegenüber die Verleumdungssucht war, daß man bei seinem Aufenthalt in Dresden seine Pagen — also auch ihn, Lehsten — für verkleidete, zum „Harem" Jeromes gehörige Mädchen gehalten und sie dadurch aufs bitterste gekränkt habe.

⁵⁰ Moritz von Kaisenberg: König Jerome Napoleon. Leipzig 1899. — Der Verfasser vermischt authentische Briefe eines seiner Vorfahren mit Briefen einer Frau von Sothen und anderer, in denen zahlreiche Abschnitte mit Stellen aus der eben zitierten „Geheimen Geschichte des ehemaligen Hofes in Kassel" zum Teil wörtlich identisch sind. Es sei nur auf die folgenden hingewiesen: Geheime Geschichte I S. 91 und Kaisenberg S. 143, Geh. Gesch. S. 92 und Kaisenberg S. 101, Geh. Gesch. S. 93 und Kaisenberg S. 73, Geh. Gesch. S. 96 und Kaisenberg S. 73, Geh. Gesch. S. 89 und Kaisenberg S. 74, Geh. Gesch. S. 113 und Kaisenberg S. 96 ff., Geh. Gesch. S. 133 und Kaisenberg S. 143, Geh. Gesch. S. 174 ff. und Kaisenberg S. 75 ff., Geh. Gesch. S. 192 und Kaisenberg S. 78, Geh. Gesch. S. 235 ff. und Kaisenberg S. 160 usw.

⁵¹ Vgl. Martinet, a. a. O. S. 15.

⁵² Un roi qui s'amusait, a. a. O. S. 253.

⁵³ Das Tagebuch ist in den sieben Bänden der Memoiren vollständig veröffentlicht.

⁵⁴ Correspondance inédite, a. a. O. S. 66 f., S. 150 f., außerdem die zahlreichen, in den Memoiren veröffentlichten Briefe Katharinens an Jerome, und S. Schloßberger: Briefwechsel der Königin Katharina. Stuttgart 1886.

⁵⁵ Vgl. Mémoires, a. a. O. Bd. 6, S. 382 f. — In Ihrer Verzweiflung über die Gewaltmaßregeln, die ihr Vater ergriffen hatte, um sie zur Trennung von Jerome zu zwingen, wandte sich Katharina schutzflehend sowohl an den Kaiser von Rußland wie an den von Österreich, und erniedrigte sich so sehr, den Falschesten unter den Falschen, Metternich, um seine Unterstützung zu bitten. Ihre Empörung über ihre Familie, die alles tat, um ihren Mann in ihren Augen herabzusetzen, und die Liebe zu ihm, der „das ganze Glück meines Lebens ist", drückt sich darin rührend aus. Vgl. Correspondance inédite, a. a. O. S. 165.

⁵⁶ Vgl. Erlebnisse in kurhessischen und russischen Diensten und Erinnerungen an die Gesellschaft in Weimar des Freiherrn Alfred Rabe von Pappenheim. Marburg 1892.
⁵⁷ Un roi qui s'amusait, a. a. O. S. 225 u. 229. Berichte Reinhards.
⁵⁸ Vgl. Almanach royal de Westphalie pour l'an 1810. S. 62 u. 65.
⁵⁹ Un roi qui s'amusait, a. a. O. S. 236. Berichte Reinhards.
⁶⁰ A. a. O. S. 210 f.
⁶¹ A. a. O. S. 199.
⁶² Vgl. G. Th. Stichling, Ernst Christian August von Gersdorff. Weimar 1853.
⁶³ Vgl. Briefwechsel zwischen Goethe und Minister von Gersdorff. Mitgeteilt von Lily von Kretschman. Goethe-Jahrbuch. 1892. Bd. 13, S. 98 ff.
⁶⁴ Vgl. Graf Ferdinand Eckbrecht von Dürckheim: Lilis Bild. München 1894.
⁶⁵ Vgl. Dr. Karl Mendelssohn-Bartholdy: Goethe und Felix Mendelssohn. Leipzig 1871. S. 27.
⁶⁶ Dieses Gedicht befindet sich in meinem Besitz. Der Bogen, schönes englisches Papier, war mit blauem Umschlag versehen und gerollt; die Adresse, auch von Goethes Hand geschrieben, enthält nur den Namen der Empfängerin, „Fräulein Jenny von Pappenheim", das Siegel ist fast ganz abgebrochen.
⁶⁷ Die Bescheidenheit verbietet hier, wie es scheint, meiner Großmutter, zu wiederholen, was sie mir in bezug auf diesen Ring, den sie mir geschenkt hat, und den ich besitze, erzählte. Von dem kleinen schwarzen Pfeil, einem Stückchen Kohle vielleicht, in einem Bergkristall eingeschlossen, sagte Goethe: „Das ist der Pfeil, mit dem Sie mich getroffen haben."
⁶⁸ Die „Iphigenie" mit Goethes Widmung, die ich gleichfalls besitze, ist die Jubiläumsausgabe von 1825, mit dem Prolog vom Kanzler von Müller, in Quart, hellblau gebunden.
⁶⁹ Dieses Blatt habe ich einem Frankfurter Goethe-Verehrer zum Geschenk gemacht.
⁷⁰ Maler Müllers Porträt der Gräfin Baudreuil, ein Pastellbild, befindet sich im Goethe-Museum.
⁷¹ Vgl. meinen Artikel „Weimars Gesellschaft und das Chaos" in Westermanns Monatsheften 1893.
⁷² Unter dem „Volkslied" ist das bekannte „Lieblingsplätzchen" gemeint, das nicht, wie Mendelssohn in der Komposition angibt, dem „Wunderhorn" entnommen ist, sondern dem „Chaos" Nr. 41. Als Verfasserin wird „Friederike" angegeben, das Pseudonym für Bettina.

[73] Es handelt sich nur um einen Brief vom 28. August 1831 (siehe Goethe-Jahrbuch XII. 1891), den Goethe unter dem Titel „Berner Oberland" im „Chaos" veröffentlichte.

[74] Vgl. Erlebnisse in kurhessischen und russischen Diensten und Erinnerungen an die Gesellschaft in Weimar aus der Goethezeit des Freiherrn Alfred Rabe von Pappenheim. Marburg 1892. S. 40 f.

[75] Vgl. „Die litterarischen Abende der Großherzogin Maria Paulowna", von Lily von Kretschman, in der „Deutschen Rundschau". Berlin 1893.

Register

Ahlefeldt, Frau von, 98.
d'Albert, Eugen, 347.
Albrecht, Herzog von Mecklenburg, 187.
Anna Amalia, Herzogin von Sachsen-Weimar, 99.
Apelt, Professor Ernst, 175.
Arndt, Ernst Moritz, 293.
Augusta, Kaiserin von Deutschland, 12, 79, 88, 176 ff., 189, 249, 272, 289, 298 ff., 317, 334, 409.

Bacon, Roger, 266.
Bagration, Prinz, 35.
Balzac, Honoréde, 107, 110, 296, 297.
Beauharnais, Eugen, 19, 37.
Bendorf, Johann von, 372.
Berckheim, General von, 331.
Berthier, Marschall, 30.
Bethmann Hollweg, 298.
Bettina von Arnim, 89, 114, 211 ff., 266, 300.
Beust, Graf Fritz, 248, 264, 346, 349, 408.
Bismarck, Fürst, 299, 399.
Blanqui, J. A., 71, 278 ff.
Bocholtz, Gräfin, 43.
Boisserée, Sulpice, 114.
Boltenstern, Otto von, 43.
Bonaparte, Jerome Napoleon, 10 ff., 17, 57, 269 ff., 271, 277, 279, 289, 295, 308, 311.
„ Jerome Napoleon (der Sohn), 58 ff., 68 f., 70 f., 74.
„ Lätitia, 17 f., 23.
„ Louis Napoleon, König von Holland, 28.
Bonaparte, Louis Napoleon (Napoleon III.), 64, 294 f.
„ Mathilde, 58 f.
„ Napoleon I., 11, 17 ff., 23, 84, 86, 106, 172, 294 f., 353, 376.
„ Napoleon II., Herzog von Reichstadt, 172.
Bülow, Minister von, 32.
Bussières, Familie von, 310.
Byron, Lord, 110, 204.

Carlyle, Thomas, 293.
Chamisso, Adalbert von, 114.
Caroline, Herzogin von Mecklenburg (Prinzessin von Sachsen-Weimar), 180.
Chateaubriand, F. R., 110, 181, 205, 353.
Cornelius, Peter, 300.

David, Bildhauer, 152.
Davout, Marschall, 19, 33, 35.
Dickens, Charles, 107.
Dingelstedt, Franz, 355.
Donero, Lord, 151.
Dörnberg, Major von, 30.
Dumas, Alexander, 181.
Duperré, Madame, 52 f., 59.

Eckermann, 95, 113 f., 125 f.
Egloffstein, Isabella von, 79, 90.
„ Julie von, 97, 101.
„ Die Schwestern v., 114.
Einsiedel, Kammerherr von, 99.

Feuchtersleben, Ernst von, 293.
Fouqué, Baron de la Motte, 114. 296.

Friedrich II., König von Preußen, 261, 353.
Friedrich, Goethes Diener, 91, 95, 144.
Frommann, Alwine, 155, 210.
Froriep, Emma, 113, 151, 155 ff., 231, 243, 264, 302.
„ Ludwig, 175.
„ Wilhelmine, 240, 245, 247, 253, 262, 313, 324.

Gauteaume, Konteradmiral, 20.
Gerlach, Ernst Ludwig von, 298.
Gersdorff, Cécile von (Gräfin Beuft), 126, 139, 259, 264, 331.
„ Ernst August von, 82, 87, 266 ff., 277, 283.
Gleichen-Rußwurm, Emilie von (Schillers Tochter), 98.
„ H. L. von, 348.
Goethe, Johann Wolfgang, 79 f., 84 f., 87 f., 89 ff., 109 f., 119 ff., 131, 134, 137 f., 144 f., 158, 161, 166, 204 f., 213, 234 f., 353, 355, 359, 364, 377, 389, 392, 396, 414.
„ Alma von, 89, 120.
„ August von, 101, 103, 113, 134 ff., 150.
„ Ottilie von, 89, 93 ff., 102 ff., 113 f., 116, 126 ff., 136, 138 f., 144 ff., 151, 189, 205, 210, 213, 231, 250, 259, 377, 415 f.
„ Walter von, 90, 103, 139, 160, 231, 260, 359 f., 360, 406, 411.
„ Wolf von, 90, 103, 139 ff., 160, 231, 356 ff., 372 ff., 377.
Goff, 115.

Gower, Lord Loveson, 115.
Gries, Johann Dietrich, 114.
Grillparzer, Franz, 204.
Gustedt, Diana von, 261 f.
„ Jenny von (die Tochter), 253, 255, 260, 264, 289, 310 ff., 312, 316, 327 f., 336.
„ Marianne von, 73, 247, 260, 264, 289.
„ Otto von, 71, 75, 247 f., 255, 260, 264, 290 ff., 301 ff., 307, 310, 313 f., 315 f., 318, 325, 327, 331 ff., 362 f.
„ Werner von, 61, 232 f., 239, 248 f., 255, 264, 276 f., 286, 293, 297 f., 302, 309, 311 f., 314.
„ Werner von (der Sohn), 325 ff., 333, 360 f., 384, 397, 399.

Hahn-Hahn, Ida Gräfin, 108, 249 f.
Hahnemann, Dr. Samuel, 121 ff.
Hamilton, Mr., 277, 393.
Hebbel, Friedrich, 364.
Heine, Heinrich, 204, 351.
Helene, Herzogin von Orleans, 12, 180 ff., 233 f., 271, 289.
Henckel, Gräfin, 135, 145.
Herder, Johann Gottfried, 98, 107, 205.
Heygendorf, Frau von (Caroline Jagemann, 100, 126.
„ Wolfgang von, 126.
Hinkeldey, Polizeipräsident von, 298, 300.
Holtei, Karl von, 9, 109, 113, 148 ff.
Hugo, Victor, 107, 110, 181, 185.
Humboldt, Alexander von, 94, 175, 300, 328.
Huschke, Dr., Goethes Arzt, 101.

Jagemann, Caroline (siehe Frau von Heygendorf).
Jameson, Anna, 90, 415.

Kaisenberg, Moritz von, 44.
Kalkreuth, Graf Leopold, 348.
Kant, Immanuel, 353.
Karl Alexander, Großherzog von Sachsen-Weimar, 10, 88, 190, 250 ff., 256 ff., 347 f., 363 ff., 405 ff., 417 f.
Karl August, Großherzog von Sachsen-Weimar, 46, 81 f., 85, 90, 99 ff., 126, 173, 180, 205.
Karl, Prinz von Preußen, 176.
Katharina, Königin von Westfalen, 25, 31, 39, 41, 44 f., 50.
Kirchner, Goethes Friseur, 91.
Kleist-Nollendorf, Graf von, 300.
„ Gräfin von, 361.
Knebel, Karl Ludwig von, 99, 114, 205.
Kniprode, Winrich von, 261.
Kretschman, Hans von, 310, 317, 330 f., 341.
Küster, Geschäftsträger von Preußen in Kassel, 27, 42.

Lamartine, A. M. L., 110, 191, 205.
Lassalle, Ferdinand, 328.
Lavater, Joh. Kaspar, 204.
Lehsten, Page von, 43.
Lewes, George Henry, 293.
Liszt, Franz, 347, 349, 365.
Louis Philipp, König von Frankreich, 181.
Luise, Großherzogin von Sachsen-Weimar, 81 f., 100 f.
Ludwig I., König von Bayern, 91.

Maria Paulowna, Großherzogin von Sachsen-Weimar, 48, 79 f., 110, 173 f., 289.
Marie de la Croix, mère (siehe Pauline, Gräfin Schönfeld).
Marie, Prinzessin von Sachsen-Weimar (Prinzessin Karl von Preußen), 79, 176.
Mendelssohn, Felix, 88, 94, 113 f., 143 ff.
„ Moses, 293.
Metschersky, Prinz Elim, 115 f.
Metternich, Fürst, 39 f., 106.
Müller, Kanzler, 102.
Mundt, Theodor, 216 f.
Musset, Alfred de, 296.

Napoleon (siehe Bonaparte).
Naylor, Samuel, 115.
Nietzsche, Friedrich, 353.
Noël, Mr., 127 f.
Novalis, Friedrich, 296.

Otto-Peters, Luise, 108.

Pappenheim, Alfred von, 55, 109, 126.
„ Diana von, 46 ff., 79, 85, 89, 173, 253 f., 269.
„ Gottfried von, 53.
„ Wilhelm Maximilian, 46 ff., 53.
Parry, Mr., 113.
Patterson, Elisabeth, 22, 24.
Paul, Jean, 204 f.
Paul, Prinz von Württemberg, 59.
Pauline, Gräfin Schönfeld (mère Marie de la Croix), 52 ff., 57 ff., 92, 269, 277, 295, 331.
Pfeil, Pfarrer, 288.
Pogwisch, Ulrike von, 103.

Pourtalès, Graf, 298.
Preller, Friedrich, 234.
Pückler, Fürst (Semilasso), 206, 293, 300.

Rahel Varnhagen, 108, 146, 207 ff.
Rauch, Christian, 94.
Reichstadt, Herzog von (siehe Bonaparte).
Reinhard, Graf, 27, 30 f., 37, 43 f., 49 ff.
„ Graf Karl (der Sohn), 110.
Reuter, Fritz, 328.
Riemer, Fried. Wilh., 114.
Rückert, Friedrich, 94.

Sainte-Beuve, Charles Aug., 296.
Saint-Simon, 107.
Salmgunt, Admiral, 20.
Sand, George, 107 f., 110, 266, 387.
Schardt, Sophie von, 99.
Scheidler, Prof. Karl H., 9, 164, 182, 219 ff., 276 f., 284 f., 294.
Schelling, F. W. J., 205.
Schiller, Ernst von, 137.
„ Friedrich, 85, 98, 107, 205, 355.
Schleiden, M. J., 175, 293.
Schleiermacher, Friedr., 205.
Schlieffen, General von, 38.
Schöll, Adolf, 175.
Schopenhauer, Adele, 97, 111, 114, 155, 210.
„ Arthur, 111, 353.
„ Johanna, 98, 110 f.
Schorn, Ludwig von, 175.
Schütze, Dr. Stephan, 112.
Schwarzenberg, Prinz Friedrich, 165, 167, 172, 181.

Schwerdgeburth, C. A., 190.
Scott, Walter, 94, 107, 110, 204.
Sebastiani, Marschall, 72.
Seneca, 266.
Shelley, Percy Bysshe, 107, 204.
Sophie, Großherzogin von Sachsen-Weimar, 406.
Soret, Hofrat, 113.
Spiegel, Die Schwestern von, 114.
„ Hofmarschallin von, 232.
Staël, Frau von, 108.
Stein, Charlotte von, 98.
Stendhal, 296.
Stieglitz, Charlotte, 108, 215 f.
„ Heinrich, 216 f.
Stieler, Maler, 89.
Strauch, Maler, 300.
Strauß, Richard, 347.

Thackeray, W. M., 115.
Thiers, L. A., 69.
Thistleswaite, Mr., 90.
Tieck, Ludwig, 94 f., 296.
Toussaint-Louverture, 21.
Truchseß-Waldburg, Gräfin, 43, 49.
Türckheim, Elisabeth von (Goethes Lili), 83, 365.
„ Karl von, 83.

Usedom, Herr von, 298.

Varnhagen von Ense, 210, 213, 300.
„ Rahel (s. unter Rahel).
Vaudreuil, Graf Alfred, 172, 181, 188.
„ Gräfin Louise, 103, 164 ff.
Vigny, Alfred de, 296.
Villaret-Joyeuse, Admiral, 21.
Voeux, Charles des, 115.
Voltaire, 353.

Wagner, Richard, 347, 349 ff., 364.
Waldner, Adelaide von, 99.
 „   Eduard Graf, 86, 110.
Wellesley, Lord Charles, 150.
Werner, Zacharias, 99, 204.
Wieland, 98, 107, 205.
 „   Lina, 98.

Wilhelm, Prinz von Preußen (Kaiser Wilhelm I.), 176 f.
Willaumez, Admiral, 24.
Wolzogen, Frau von, 98.

Zelter, Karl Friedr., 94, 114, 144.
Ziegesar, Präsident von, 99.

CPSIA information can be obtained
at www.ICGtesting.com
Printed in the USA
LVHW101352101222
734930LV00003B/36